Emma

by Jane Austen

愛瑪

珍・奧斯汀◎著　　林劭貞◎譯

好讀出版

第一章 Emma

愛瑪・伍德浩斯，美麗、聰明又富有，家宅華美舒適，性情快樂開朗，似乎得天獨厚，集一切之恩寵。降生在世上的二十一年來，她幾乎可說是無憂無慮。

父親慈愛寬容，生有兩個女兒，愛瑪是么女。打從姐姐出嫁之後，年紀輕輕的愛瑪就成爲這個家的女主人。愛瑪幾乎已不記得早逝母親慈愛的模樣。母親的位置，遂由一位優秀的女家庭教師所取代，她像母親一般呵護著愛瑪。

這位泰勒小姐已在伍德浩斯家服務了十六年，與其說是家庭教師，不如說更像是朋友。她非常疼愛兩姐妹，尤其是愛瑪。泰勒小姐與愛瑪之間的感情篤厚，更甚於親姐妹。即使在泰勒小姐辭去家庭教師之前，性情溫和如她，也很難強加任何約束規範。她老早就失去了教師威嚴，她們就像互相依賴的朋友，共同生活在一起，而愛瑪總是隨己所欲。儘管愛瑪極尊重泰勒小姐的判斷，仍老是照著自個兒的主見行事。

愛瑪眞正的問題便在於太有主見，以及自視過高；這些缺點使她無法充分享受生命的樂趣。然而目前她尚未察覺危險，因此根本沒把這些缺點視爲不幸。

悲慘的事情發生了——其實也沒什麼大不了，還不至於令人難以接受。那就是泰勒小姐要結婚了。失去泰勒小姐，使愛瑪生平第一次感到哀傷。在這位摯友的婚禮當天，愛瑪坐在那裡，滿腦子淨是感傷的念頭。婚禮鐘聲落下，新人離開，只剩她父親和她一同晚餐；少了第三人的作伴，漫漫長夜似乎更顯寂寥。晚餐後，父親像往常一般回房就寢，她坐在那裡思索著獨自的失落。

這樁婚姻對泰勒小姐來說，是幸福的承諾。威斯頓先生的人品優秀，身家富裕，年紀相稱，舉止合宜。愛瑪向來極力促成這起良緣，並且以自己無私慷慨的友誼而自豪，但對她來說，要適應這樣的改變並不容易。從當下開始的時時刻刻，她都會意識到泰勒小姐的缺席。她回憶起泰勒小姐十六年來的慈愛與溫柔。從她五歲起，泰勒小姐便教導她，並且陪她玩耍；泰勒小姐奉獻一切心力守護她的健康，在她幼時各種大大小小的病痛期間無微不至地照護。她對泰勒小姐充滿感激；最讓她深深懷念的是過去七年來的相處，也就是姐姐依莎貝拉出嫁後，她和泰勒小姐之間那種平等對待且毫無保留的情感。泰勒小姐是位難得的友伴，見多識廣，有智慧又幹練，熟知且關心這個家裡的一切，尤其特別關注愛瑪，包括她一切的快樂與想法。在泰勒小姐面前，她可以暢所欲言，泰勒小姐對她的感情是無可挑剔的。

她要如何承受改變？沒錯，她好友的新居只離此地半哩遠；但愛瑪清楚得很，半哩遠的威斯頓太太與昔日家裡的泰勒小姐，這兩者雖是同一人，差異卻極大。儘管她有再多先天與後天的優勢，如今她身處於極大險境之中，承受著精神上的孤單。她深愛父親，可是他不算是作伴的好對象。他無法和她對得上話，不論是理性的對話或玩笑話。

除了年齡上的差距（伍德浩斯先生很晚婚）之外，他的脾氣習慣更拉開父女倆間的距離。伍德浩斯先生一輩子都在無病呻吟，缺乏心智或身體活動，所以各方面都顯得比實際年齡老上許多。雖然他的友善與親切使其人緣頗佳，但卻從來無人誇獎過他的機智。

姐姐婚後定居倫敦，雖然距離不算太遠，僅相隔十六哩，但終究無法天天見面。依莎貝拉和她的丈夫、小孩們在聖誕節時才會回到哈特菲宅邸探訪，屆時屋子裡才會充滿人氣，愛瑪也才能再度享受愉快的社交活動。此時離聖誕節還有兩個多月，在那之前，愛瑪必須挨過數十個寂寥夜晚。

哈特菲宅邸所屬的海伯瑞村，儘管草皮樹叢與哈特菲宅邸不相連，名字也無關，卻是最大且人口最多的村莊，幾乎等於一個鎮的規模。然而在偌大的村莊裡，找不到能和愛瑪智力與口才匹敵的人。伍德浩斯家族最早立基在此，所有人皆敬愛他們。她父親是個謙謙君子，她在這個地方有很多熟人，不過少了泰勒小姐，沒有人能在這個家裡作客超過半天。這番改變令人無奈；愛瑪也只能嘆息，祈求在父親醒著的時候，從天而降一些意外好事，盡量爲家裡的氣氛添增愉悅。他需要旁人的精神支持。他個性緊張，容易憂鬱。他喜歡他所習慣的人，討厭和他們分開，由此討厭任何改變。他極不贊同婚姻，因爲婚姻是引發許多改變的根源。他甚至連自家女兒的婚姻都不怎麼贊同，當他提起已出嫁的女兒時，即使是天作之合，他也甚少用憐憫慈愛的語氣，尤其此刻他不得不和泰勒小姐分開，對於婚姻更是吐不出什麼好話。他向來有些許自私，從來無法體諒別人可能潛藏不同感受，照這種習性推斷，他很可能會認爲泰勒小姐做了一件讓自己難過也讓大家難過的事。他可能認爲泰勒小姐若是一輩子都待在哈特菲宅邸，會更加幸福快樂。愛瑪盡己可能地歡顏閒談著，避免父親冒出這些想法，只是當餐後喝茶時，他免不了又要重複一次晚餐時說過的話。

「可憐的泰勒小姐！多希望她再回到這裡。威斯頓先生把她娶走了，眞是可惜啊！」

「話可不是這麼說，爸爸，您知道我無法同意您的說法。威斯頓先生是個幽默、討人喜歡的優秀男子，他絕對值得娶一位好妻子。況且泰勒小姐有幸建立她自己的家庭，您不能指望她永遠和我們住在一起，忍受我的古怪脾氣啊！」

「她自己的家庭？可是她有自己的家庭，究竟有什麼好處呢？我們宅子是她府上的三倍大。再說，妳的脾氣一點也不古怪啊，親愛的。」

「我們應該常常去探望他們，他們也要三不五時來看我們！應該要如往常頻繁見面！我們必須立刻開始，趕快去探訪這對新婚夫婦。」

「親愛的，我要怎麼去到那麼遠的地方？他們住的蘭道斯離這裡遠得很，我連一半都走不到。」

「不，爸爸，沒人要您走路。我們當然要坐馬車去。」

「馬車！但是馬夫詹姆斯哪肯爲了這麼一點路程而準備馬車。更何況，當我們拜訪她家時，這些馬要安置在哪裡呢？」

「安置在威斯頓先生的馬廄裡啊，您明知道我們已經討論過這件事了。昨晚我們和威斯頓先生說好了。至於詹姆斯，您不用擔心，他向來樂意去蘭道斯，因爲他女兒漢娜現在在那兒幫傭。我甚至懷疑，除了蘭道斯以外，他搞不好哪裡都不願意帶我們去呢！那是您的功勞啊，爸爸。是您替漢娜找到幫傭的好地方。當初沒人想到漢娜，直到您提起她。詹姆斯欠您這份人情。」

「我很高興當初想到她。眞是幸運啊，我不希望可憐的詹姆斯認爲自己不受重視。我相信漢娜會是好幫傭。她有教養，說話得體。我認爲她非常不錯。每次我見到她，她總是很有禮貌地問候我。而且當妳邀請她來我們家做些針線活兒時，我留意到她總是正確地打開門鎖，從來不會摔門。我相信她會是位優秀的女僕。尤其對泰勒小姐來說，能有個熟人在她身邊服侍，該是多大的安慰。以後詹姆斯每次去那裡探望時，泰勒小姐將會得知我們的消息，他會告訴她所有人的近況。」

愛瑪竭力讓父親保持這般正面愉快的心情。她希望能用雙陸棋①幫父親打發夜晚時光，不陷入難過懊悔的情緒。雙陸棋桌已經擺設妥當，不料一名訪客旋即走進屋內，棋桌頓時派不上用場。

奈特利先生是年約三十七、八歲的明智男子，他不僅是這家的親密老友，也是愛瑪姐夫的兄長。他住在離海伯瑞村一哩遠處，常常來此造訪，而且隨時受到歡迎。今天他比往常更受歡迎，因爲他剛從倫敦拜訪共同的朋友回來。他去了幾天，回到這裡已過了平日晚餐時間，晚餐後，他走到哈特菲宅邸來，轉達布朗斯威克廣場的朋友一切安好。這是個愉快的場合，伍德浩斯先生的精神振奮了許多。奈特利先生有一種振奮愉悅的氣質，對伍德浩斯先生頗有益處。他向奈特利先生問起一堆「可憐的依莎貝拉」與她孩子們的近況，得到了滿意的答覆。

當這些問答結束之後，伍德浩斯先生感激地說：「奈特利先生，你這麼晚還來看我們，眞是太好心了。我想你恐怕走路走得累壞了。」

「一點也不累，先生。今晚的月色很美，天氣也很溫暖，我還得離您溫暖的火爐遠一點才不會太熱哪。」

「不過外頭又濕又髒，希望你別著涼了才好。」

「髒？先生！您瞧瞧我的鞋子，一點髒污都沒有。」

「眞令人驚訝啊，今天下了不少雨。我們吃早餐時，一連下了半小時的傾盆大雨。早上我還要求他們延後婚禮呢！」

「對了，我今天尚未祝賀你們呢。因爲我知道此刻兩位的心情已是喜悅無比，所以不急著向你們道喜。但我希望婚禮至少進行得順利。各位在婚禮中的表現還好嗎？誰哭得最慘？」

「哎呀，可憐的泰勒小姐。這眞是一件難過的事。」

「如果您說『可憐的伍德浩斯先生與小姐』，這我倒沒有意見，不過我個人是不可能說出『可憐的泰勒小姐』這樣的話。我很尊敬您與愛瑪，但如果說到依賴與獨立這回事，我就不予置評了！再怎麼說，取悅一個人，總比取悅兩個人容易得多了。」

「尤其當兩位的其中一位是如此麻煩又難纏的人物！」愛瑪戲謔地說：「我知道你腦子裡是這麼想的，要不是我父親在場，你肯定會說出來。」

「我相信確實如此，親愛的，」伍德浩斯先生嘆了一口氣。「我想有時候我的確是麻煩又難纏。」

「我最親愛的爸爸啊！您別以為我是在說您，或者以為奈特利先生指的是您。絕對不是這樣的！噢，不！我指的是我自己。您知道奈特利先生老喜歡找我麻煩。剛剛那不過是玩笑話，尋開心罷了。我們兩個開起玩笑總是肆無忌憚。」

奈特利先生的確是少數能在愛瑪身上挑出毛病的人，且是唯一敢直言不諱的人。雖然愛瑪不怎麼喜歡被挑剔，但她知道父親比她更不能忍受這種情況。她不希望讓父親認為有人覺得她不完美。

「愛瑪知道我從來不會對她阿諛諂媚，」奈特利先生說：「但我剛剛並沒有意指任何人。泰勒小姐向來習慣服侍兩個人，現在她只需要取悅一個人。結婚對她來說是件好事。」

「這個嘛，」愛瑪打算岔開話題，「你想知道有關婚禮的事，我十分樂意告訴你，因為我們所有人都表現良好。每個人都很準時，個個精心打扮。沒有人流淚或擺出苦瓜臉。噢！不，我們全都知道往後相隔只有半哩遠，絕對可以天天碰面。」

「親愛的愛瑪看似把心情調適得很好，」她父親說：「不過，奈特利，失去可憐的泰勒小姐她可難過得很，我相信她想念泰勒小姐的程度會遠超過她想像。」

愛瑪轉過頭去，一下子淚眼汪汪，一下子強裝微笑。

「愛瑪不可能不想念這樣一個友伴。」奈特利先生說：「如果早知道會這般想念泰勒小姐，當初我們就不應該讓自己這麼喜歡她。但是愛瑪很清楚，這樁婚姻對泰勒小姐有多大的益處。她知道泰勒小姐此生有機會建立自己的家庭，是怎樣的美事一樁。她也知道泰勒小姐能有理想的歸宿是多麼重要，因此她不能讓自己覺得痛苦，而是應該開心。泰勒小姐的每個朋友都該欣慰她得到幸福。」

「你忘了還有一件事是讓我開心的，」愛瑪說：「而且非常重要。是我促成這樁婚姻的。你知道是我在四年前撮合他們的。當初好多人都說威斯頓先生不可能再婚，如今他們終於結成連理，證明我是對的，我覺得欣慰極了。」

奈特利先生朝她搖搖頭。她父親接著以疼愛口吻回答：「噢，親愛的，我希望妳別再作媒或預言，因為妳所說的事情總是成眞。我祈禱妳別再亂點鴛鴦譜了。」

「我可以答應您不替我自己作媒，爸爸。但是我必須替其他人作媒。替人作媒是世界上最有樂趣的事。尤其是作媒成功之後，更能體會這種樂趣！人人都說威斯頓先生不會再婚。噢，天啊，不！威斯頓先生已經鰥身那麼久，他看起來似乎挺習慣沒有老婆的日子，不是忙著城裡的事業，就是和這裡的朋友打交道。他處處受歡迎，看上去永遠那麼開心。大家都說，如果威斯頓先生不喜歡單身生活，他絕對不需要忍受任何一個獨處的夜晚。噢，不！威斯頓先生不會再婚。有些人甚至謠傳這是他在妻子死前允下的承諾，有些人則說是他兒子和大舅子不讓他再娶。有關這件事的荒謬傳聞眾說紛紜，但我全然不信。四年前，我和泰勒小姐在百老匯大道遇見他，當時下著雨，他火速衝到農夫米契爾的店裡，替我們借了兩把雨傘。打從那天起，我就下定主意撮合他們兩個。自那刻起，我就盤算著該怎麼作這個媒。親愛的爸爸，如今終於成功，您不可能認為我會放棄替人作媒。」

威斯頓先生好心地爲兩位女士借來兩把雨傘。

插畫／Hugh Thomson（1860 - 1920）
1884年移居倫敦，開始執筆爲雜誌刊物繪製插畫，簡單線條勾勒出十九世紀鄉紳、貴族社會的人物姿態，使其作品漸受歡迎。1894年到1898年間，他爲珍·奧斯汀六部小說繪製百餘幅精美插畫，留傳至今。

「我不曉得妳所說的『成功』是什麼意思，」奈特利先生說：「成功意謂著竭盡心力。如果過去四年妳都竭盡心力促成，妳的時間勢必全花在這件事情上。這對年輕小姑娘的心智來說，算是一項不錯的鍛鍊。但是，如果如我所想，妳所謂的作媒指的僅是在心裡盤算這件事——當初某天妳閒來無事，對自己說『我認為威斯頓先生娶了泰勒小姐會是件美事』，如果從那之後，妳只是偶爾對自己重複這句話，卻半點行動也沒執行，那麼妳為什麼會說那是成功？妳做了什麼好事？什麼讓妳覺得自豪？妳只不過是幸運猜對了，就光是這麼一回事。」

「那麼你是否能體會幸運猜對的快樂與成就感呢？我很同情你。我本來以為你很聰明的。話說回來，幸運猜對，絕對不只是純然的運氣，其中乃是有學問的。至於你剛剛挑剔我所說的『成功』，我可不是完全無憑無據的。你描繪了兩種情況，但我認為還有第三種可能，也就是介於完全不做與包辦一切之間。若是我不曾促成威斯頓先生來此造訪，給他許多鼓勵，從旁幫他打點些零碎瑣事，也許什麼事情都不會發生。你很清楚這宅邸裡的情況，肯定可理解這個道理。」

「像威斯頓先生這種坦率開朗的男人，和泰勒小姐這種理性含蓄的女人，大可讓他們自己去打點自己的感情與婚姻。妳強行介入，不僅可能對他們沒有好處，更可能害到妳自己。」

「愛瑪如果能為別人做好事，從來不會先想到她自己，」伍德浩斯先生開口，他能體諒愛瑪，但不是全然贊同。「不過，愛瑪，拜託妳別再作媒了，作媒是蠢事，只會無情地破壞某人的家庭。」

「我再作一次媒就好了，爸爸。我只要為艾爾頓先生作媒。可憐的艾爾頓先生！您也喜歡艾爾頓先生。我必須替他找個老婆。海伯瑞村沒有一個女子配得上他。他已經在這裡住了一年，把房子打理得很舒適，他如果繼續單身，實在太可惜啦！今天在婚禮上，我看到艾爾頓先生和新人握手，他看起來似乎很渴望有人爲他作媒。我對艾爾頓先生的印象不錯，爲他作媒是我能幫得上忙的唯一方法。」

「艾爾頓先生的確是個很英俊的年輕人，而且是個好青年，我對他的觀感也很好。但如果妳想幫他忙的話，改天邀請他過來和我們一起用餐吧。這樣較恰當。我敢說，仁慈的奈特利先生也會很願意和他見見面。」

「我非常樂意，先生，隨時奉陪，」奈特利先生大笑，「我完全同意您的建議，這樣的確好多了。邀請他來用餐吧，愛瑪。妳可以爲他安排最上等的魚肉和雞肉，但讓他選擇自己的妻子吧！再怎麼說，一個二十六、七歲的男子，絕對有能力自己作主！」

譯註：

①雙陸棋（backgammon），一種供兩個人玩的棋戲，雙方以擲骰子決定行進的順序。

第二章 Emma

威斯頓先生是海伯瑞村本地人，出身望族，家族在最近兩三代開始發跡繁榮。他受過良好教育，由於很早就繼承一筆家產，加上不喜歡像他兄長那樣順從家裡長輩的意見行事，他加入郡上的民兵部隊，部隊裡的生活恰符合他活潑高昂、愛好社交的心性。

威斯頓隊長受到眾人愛戴。在服役生涯中，他在因緣際會之下結識了約克郡一位望族名媛——邱吉爾小姐。邱吉爾小姐愛上他，眾人皆不意外，但她的兄嫂頗不以爲然。他們從未見過威斯頓先生，自視甚高的他們，認爲威斯頓先生配不上邱吉爾小姐。

不過邱吉爾小姐已屆可自己作主的年紀，且享有充分支配她名下資產的權利（雖然她的個人資產與龐大的家族財富不成比例），她堅持結這場婚。其兄嫂備覺羞辱，所以跟這位小妹斷絕了關係。這樁不相配的婚姻並未迎來太多幸福。威斯頓太太本應在這樁婚姻裡尋得更多幸福快樂，因爲她的丈夫心腸好、脾氣溫和，他爲了感念妻子愛上他，因此用一切最好的事物來回報她。然而，威斯頓太太心性雖佳，卻算不上頂好。她雖有足夠決心不顧兄長反對，但一見到哥哥如此憤怒，還是抑不住無限懊悔，同時也無法忘情娘家的富裕奢華。他們的生活花費超過威斯頓先生的收入所得，但和邱吉爾家族在恩斯康豪宅的生活仍沒得比。她對丈夫的愛並未歇止，只是她希望自己除冠上威斯頓太太之名外，還能是原來的富家千金邱吉爾小姐。

眾人普遍皆不看好他們，尤其是邱吉爾家族，而事實證明，威斯頓隊長確也自食惡果，因爲當他妻子於三年後過世時，他比當初結婚時更窮，而且還有一個孩子要養。所幸小男孩的生活開銷均由邱吉爾夫婦買單，才免除了威斯頓先生的經濟窘境。小男孩因母親久病之故，多得人們的一份憐愛，亦成了威斯頓先生與邱吉爾家族之間維繫互動的媒介。邱吉爾夫婦膝下無子，又無其他近親的孩子可以寄情，所以當威斯頓太太過世之後，他們立刻就提出收養小法蘭克的想法。成了單親爸爸的威斯頓先生也許會感到有些顧忌與不情願，但是其他的現實考量令他招架不住，他不得已放棄了這個孩子，讓富裕的邱吉爾夫婦來照顧。威斯頓先生只需盡可能尋求自身慰藉，努力改善自己的生活。

他突然渴望全然不同的生活。他辭去了軍職，從事貿易。他的兄弟們已在倫敦打下相當的根基，因此讓他有了良好的立足點。這份事業帶給他足夠的工作收入。他在海伯瑞村仍保有一棟小房子，他大部分的休閒時光都在這裡度過。接下來的一、二十年歲月，他就在事業與愉快的社交生活中度過。此時，他已累積了不少財富，足以如他所願，在緊鄰著海伯瑞村的地方添購一幢小房子，也有能力娶回一名像泰勒小姐這樣無嫁妝的女子，並隨著他本身友善親切的天性過日子。

這些日子以來，泰勒小姐開始影響他的人生計畫，但並非年輕人之間那種劇烈的牽動。長久以來，他就有意購買蘭道斯宅邸，其決心絲毫不受動搖，他按部就班，一步步實現自己的目標。他賺到了錢，買了房子，娶了老婆，正要開始盡情享受幸福，感受更眞實的幸福存在，而不是像從前那樣得到後又錯過。他從來都不算是沉緬不幸的人。他本身的個性讓他遠離那境遇，即使在第一次婚姻裡也一樣，但是第二次婚姻讓他見識到一位聰慧又親切的女子是多麼迷人。這件事必定讓他體會到：寧可主動選擇，也不要被動任人選擇；寧可主動表達感激，也不要被動地感受對方的謝意。

他可以隨心所欲，只需讓自己開心就好：他自擁一筆財富，至於兒子法蘭克，說實在的，倒比較像是被當成舅父的繼承人般養大，甚至變成領養，改姓邱吉爾。因此，他很可能完全不需要父親的奧援。身為父親的威斯頓先生一點也不需擔心。孩子的舅媽是個性情善變、脾氣古怪的女人，牢牢掌控自己的丈夫。威斯頓先生實在無法想像，一個人的古怪性情居然可以如此強烈地影響另一人，而且一切彷彿理所當然、天經地義。他每年都在倫敦與兒子相聚，深以兒子為榮，逢人便稱讚他兒子是個好青年，這使得海伯瑞村的居民也覺得與有榮焉。眾人認為他兒子出生於海伯瑞村，因此法蘭克的優點與未來發展跟著成為大家關切的話題。

法蘭克・邱吉爾儼如海伯瑞村的風雲人物，大家都熱切地關注他的發展，雖然眾人對他的恭維鮮少得到回報，因為他這輩子幾乎沒造訪過海伯瑞村。儘管常聽說他要來探訪父親，可卻遲遲未成行。

如今，他父親再婚，大夥兒認為他總算可實現探訪的承諾了。不論是培瑞太太與貝茲太太及小姐共進下午茶時，或是當貝茲太太和小姐造訪培瑞太太時，大家無不作如此想。如今該是法蘭克・邱吉爾先生和大家見面的時機了。當眾人得知他為了這個場合而寫信給他的繼母之後，他造訪的可能性就更大了。連續好幾天的早晨，海伯瑞村的居民碰面時，一定會提及威斯頓太太收到的那封文筆極佳的信。「我想，你一定聽說法蘭克・邱吉爾先生寫給威斯頓太太的那封信吧？我聽說那封信寫得極好。伍德浩斯先生告訴我的。伍德浩斯先生看過那封信，直說他這輩子沒見過寫得那麼好的信。」

這封信的確是備受稱讚。威斯頓太太自然對這位青年留下絕佳印象。他特地寫信給她，不僅證明了他良好的教養，也為原本即受眾人恭賀的這樁婚姻更添了一份來自兒子的歡迎致意。她覺得自己是最幸福的女人。見過許多世面的她，知道眾人咸認她獲得幸福，她唯一的遺憾是從此之後無法與好友朝夕相處。那些好朋友們對她的愛從未冷卻，甚至無法忍受與她分離！

她知道好朋友們時時刻刻想念著她。每回一想到愛瑪因少了她的作伴而失卻生活中唯一的快樂來源，或是必須忍受無聊煩悶的時光，她就非常痛苦。但愛瑪的個性並不柔弱，她比一般女孩更能順應時局，加上她的個性、活力與精神，絕對能讓她在艱困情境中甘之如飴。更何況，威斯頓夫婦居住的蘭道斯宅邸離伍德浩斯家的哈特菲宅邸並不遠，在女子獨自步行亦可到達的範圍之內，而且依威斯頓先生的個性與情況來判斷，應不會阻止她們未來每週相聚消磨好幾個夜晚時光。一思及此，她就覺得無比安慰。

愛瑪每每講到威斯頓太太的情況時，說的多半是對她的感激，鮮少提及遺憾。威斯頓太太很滿意新生活——以「滿意」甚至還不足以表達——她顯然非常欣喜地享受。有時候愛瑪與父親造訪威斯頓夫婦之後，留下威斯頓太太在充滿家庭溫馨的蘭道斯宅邸，或者有時候威斯頓夫婦來訪，而愛瑪父女倆目送她在溫柔丈夫的陪伴之下登上自家馬車離去，這時愛瑪還是會聽到她父親仍對「可憐的泰勒小姐」表達同情，這令愛瑪覺得很驚訝。每次伍德浩斯先生結束這個話題之前，免不了會輕嘆一聲說：「唉，可憐的泰勒小姐！她一定很想留在我們家。」

泰勒小姐已不可能再回頭，伍德浩斯先生對她的同情也不可能消失；但是幾星期之後，伍德浩斯先生的心情似乎較為平復了。來自鄰居的祝賀已經告一段落，他也不再因為對這樣一件喜事懷抱著哀傷心情而被取笑。那個令他惱怒的結婚蛋糕也全被吃光了。他自己的腸胃無法承受太營養的食物，但他從來不相信別人與他不同。對他來說不健康的食物，也絕對不可能適合他人。因此他熱切地勸他人別碰蛋糕，當他發現勸阻無效時，又想盡辦法阻止大家吃蛋糕。他向擔任藥劑師的培瑞先生請教過這件事①。培瑞先生是個頗有紳士風度的聰明人，他的頻繁造訪是伍德浩斯先生生活中的慰藉之一。當被問起這個問題，他不得不承認（雖然似乎違背他的意願）：除非適量取用，否則結婚蛋糕可能對大部分的人都不太適合。伍德浩斯先生發現有人與他意見相同之後，甚至希望能影響每位前來參加婚宴的賓客，然而蛋糕最後還是被吃光了。出於一片好意的他始終神經緊繃，不得安寧，眼睜睜看著蛋糕被吃光光。

之後，海伯瑞村出現一個奇怪的謠言——據說有人看見培瑞先生家的每個孩子手上都捧著一塊威斯頓夫婦的結婚蛋糕。但是伍德浩斯先生根本不相信這起謠言。

譯註：

①十九世紀初，藥劑師便等同醫者身分，本書中出現的培瑞先生、溫菲爾先生均以醫療為業。

培瑞先生的孩子被目睹手上都拿著一塊蛋糕。

伍德浩斯先生對於社交生活自有他的偏好。他非常喜歡朋友來串門子。他有一些志同道合的朋友，畢竟他在哈特菲宅邸住了那麼久，做人還算成功，而且他有財富、有房子，還有女兒，因此可以根據自己的偏好，邀請少數朋友來家裡作客。除了這個小小社交圈以外，他鮮少與人交際。他不喜在晚上出門，也不愛大型晚宴，因此無法認識太多新朋友。而他那幾位少數朋友總能依他的意思造訪。所幸海伯瑞村有一些朋友供他選擇，包括住在附近蘭道斯宅邸的威斯頓夫婦，以及住在隔壁區丹威爾莊園的奈特利先生。在愛瑪的鼓勵之下，他時常邀請一些他愼選過後的最佳人選一塊兒共進晚餐，他偏愛晚間聚會，因此，除非他自認當天狀況不宜，否則每晚愛瑪幾乎都會爲他準備一張牌桌。

威斯頓夫婦與奈特利先生是基於眞實長久的友情前來；而艾爾頓先生這個年輕人一個人住，卻不喜歡獨居生活，與其自個兒度過寂寥夜晚，不如到伍德浩斯先生家的客廳裡享受美食與社交，一併欣賞他女兒迷人的微笑，這種特別待遇可不容輕易錯過。

這批人是伍德浩斯先生的賓客首選。第二批最頻繁來往的賓客則是貝茲太太與小姐，以及嘉達德太太，這三位女士幾乎隨時都能應邀前來哈特菲宅邸，她們時常由馬車來回接送，伍德浩斯先生不禁以爲詹姆斯與馬匹早已習慣這樣的奔波。如果這種情況一年只發生一次，搞不好還比較累人哩！

貝茲太太是海伯瑞教區牧師的遺孀，她年紀很大，除了喝茶、打牌之外，幾乎無法做其他活動了。她與單身女兒住在一起，過著簡樸的生活。在這麼艱困的生活條件之下，她仍受到眾人關愛與尊崇，這是一名沒有顯赫背景的老婦人所能得到的最大殊榮。她的女兒並不年輕貌美，也不富裕，甚至沒結婚，但卻難得地受到眾人歡迎。貝茲小姐的各種外在條件，均不足以獲得眾人如此愛戴，再說她也不具備過人的智慧能夠補己之短，或者嚇唬那些對她不恭敬的人，要他們表現出尊敬。她從未展現美貌或機靈。她的青春歲月悄悄地流逝，中年生活全都奉獻於照顧年邁母親，甚至連掙一份微薄薪水的機會都沒有。然而，她算是位快活的女士，人人提起她時無不帶著稱許。她那善良知足的個性，使她受到歡迎。她愛每個人，且關心大家的福祉，往往一眼就能看見對方的優點。她自認為是最幸運的人，身邊圍繞著眾人的祝福，包括她偉大的母親與鄰居朋友，更何況她還有個什麼都不缺乏的家。她的個性單純愉悅，知足感恩，人人都喜歡她，也是她幸福的泉源。她擅長談論小事情，傳播著瑣碎的消息與無傷大雅的八卦，這正合伍德浩斯先生的胃口。

嘉達德太太是一所「學院」的女校長。她的學校並非神學院或教會學校，也不會用毫無內容的長篇大論，把冠冕堂皇的道德觀念包裝成新的校規與制度——許多年輕女性為了增加日後覓得幸福婚姻的自身籌碼，因而到那種以功利為出發點的學校就讀，揚棄健康、擁抱虛榮。嘉達德太太的學校是一所誠懇辦學的老式寄宿學校，課程實在且收費合理，女孩們被送來這裡受一點教育，大多能增加自己的特長，卻不必擔心會被訓練成神童。嘉達德太太的學校享有極高聲譽，堪稱實至名歸，因海伯瑞村被視為健康寶地：她擁有寬大充裕的房舍與庭園，提供孩子充足的優質食物，讓他們在夏日裡盡情奔跑，冬天則親手幫孩子們的凍瘡敷藥。難怪現在每次都有一列二十對女孩的隊伍跟著她前往教堂。她是個像慈母般的親切女士，年輕時辛勤工作，如今認為自己值得偶爾在假日時串門子喝個茶。多虧伍德浩斯先生的大方邀約，他特別勸她偶爾離開那布置精美的美麗客廳，來到他的壁爐旁輸贏一些小錢。

愛瑪發現，這些女士經常可以隨傳隨到。她樂於看到父親具有如此的號召力；雖然就她所知，這仍然不足以彌補威斯頓太太缺席的遺憾。她高興見到父親如此自在，也很滿意自己能把事情打點妥適，但是這三位女士乏味的談話常讓她覺得，與她們共處的每個夜晚都漫長得令人害怕。

某個早晨她坐在那裡等待當天晚上的聚會時，嘉達德太太派人送來了一張紙條，以最謙恭的態度詢問她當晚是否能帶史密斯小姐一起參加聚會。這是最受歡迎的請求了，因為十七歲的史密斯小姐長得十分美麗，愛瑪常常見到她，對她頗感興趣。愛瑪回以誠摯歡迎，這位女主人無須憂心今晚了。

海芮．史密斯的生父母另有其人。多年前，她被送進嘉達德太太的學校，後來寄宿在嘉達德太太家中。這就是大家所知有關她的過去。她在海伯瑞村生活各樣都不缺，只是沒有什麼好朋友。前陣子她到鄉間農場去拜訪從前的女同學，在那裡住了一段日子，最近才剛回到海伯瑞村來。

她出落得美麗動人，正好是愛瑪特別欣賞的那種美。她個子不高，豐滿白皙，臉色紅潤，藍眼睛，淡色頭髮，面容姣好，長相甜美。當晚聚會尚未結束，愛瑪已對她的態度與人品留下極佳印象，並且打定主意要繼續發展這份友誼。

史密斯小姐的言談並不讓人覺得特別聰明伶俐，然而愛瑪發現她講話時很吸引人——毫無羞赧，沒有保留——但卻一點也不咄咄逼人，不故作姿態，也不刻意與眾不同，她似乎很榮幸能受邀前來哈特菲宅邸，她發現這裡的一切似乎比她平時所習以為常的事物更添了一份品味質感，令她格外驚豔。這表示她的品味不俗，因此值得鼓勵。她應該得到鼓勵。那雙溫柔的湛藍眼眸以及她自然散發出來的優雅神韻，不該被浪費在這兒的乏味社交圈。她剛剛認識的那群人，根本不值得她耗費時間。那群人雖然都是好人，卻會帶給她不良影響。他們是馬汀一家，愛瑪非常清楚他們的狀況，他們租了奈特利先生家的一塊農地，住在丹威爾教區裡。她知道奈特利先生對他們的評價很高，但她確切相信，他們八成是粗俗魯莽的，哪裡適合成爲史密斯小姐的密友，因爲她的知識與優雅可說是幾近完美。愛瑪應該勸告她、改造她，讓她遠離這群人的不良影響，並要介紹她進入上流社會。愛瑪決心塑造她的見識與態度。這將會是一項非常有趣且立意良善的任務。這件事將成爲她生活及休閒娛樂的重心，也是讓她發揮影響力的絕佳練習。

愛瑪忙著欣賞那雙溫柔的藍眼睛，忙著說話與聆聽，在這當下，她已經擬定了所有的計策。那個傍晚時光流逝得特別快。每回聚會都是以晚餐劃下句點，愛瑪總是坐在桌旁靜候時間結束，而今晚，在她來不及意識到之前，晚餐桌便已準備就緒，移到爐火旁了。愛瑪向來樂於將一切打點妥善，且很滿意自己出於至誠所想出來的各種點子，今晚她做得特別起勁，親手打點晚餐的每樣細節，熱切地向客人推薦雞丁與鮮蠔。她知道時間還早，而且客人們基於禮貌，一定會接受她的推薦。

每到這種用餐時刻，伍德浩斯先生總是充滿矛盾心情。他喜歡鋪在餐桌上的那塊桌巾，因爲那是他年輕時的流行擺飾。但是他堅信豐盛的晚餐是有害健康的，所以不願意見到那塊桌布上擺放任何東西。雖然他的好客態度讓客人覺得賓至如歸，但由於關心大家的健康，他看到他們享用晚餐，總覺得很難過。

當女士們愉快地享用美食佳餚時，他只准自己吃一小碗稀粥，還不忘向大家宣揚晚餐吃得清淡的好處。他說：「貝茲太太，我推薦妳嚐嚐這顆蛋！水煮蛋很柔嫩，不會危害健康。我們家的廚娘瑟莉最會烹調水煮蛋了。我不會推薦別人做的水煮蛋，但妳不用擔心，這些蛋都很小，妳瞧——吃一顆小蛋對妳無害。貝茲小姐，讓愛瑪替妳弄一點派塔，一點點就好。我們這個是蘋果派塔。妳不需擔心裡頭有不健康的食材。我不建議妳吃蛋奶凍。嘉達德太太，妳喝半杯紅酒如何？半個小杯就好，加一點水如何？我想應該滿適合妳的。」

愛瑪讓她父親盡量說話，但用能使賓客更滿意的方式招待賓客，這天晚上，她以特別愉悅的心情送別賓客。史密斯小姐滿心歡喜。伍德浩斯小姐是海伯瑞村的大人物，在未見面之前，史密斯小姐對於這樣的見面雖然開心，但也很緊張。然而，此刻史密斯小姐這位謙恭有禮的小女孩帶著極度感恩的心情離去，她很高興伍德浩斯小姐整晚都熱情招待，最後甚至還跟她握手！

海芮・史密斯與哈特菲宅邸之間的熱絡互動，很快成了定局。愛瑪轉眼間就打定主意，她一點時間也沒浪費，積極邀請、鼓勵與勸說史密斯小姐再度造訪。隨著她們逐漸熟識，對彼此的滿意度也愈益增加。愛瑪早早看出海芮會是極佳的散步友伴。從前總會陪她散步的威斯頓太太如今離開，對愛瑪的散步活動造成重大影響。她家與最近人家土地接壤的地方以灌木叢分隔，她父親最遠只走到灌木叢；視時節而定，有時候她父親甚至尚未走到灌木叢就折返了。自從威斯頓太太結婚之後，愛瑪的散步運動便大大受限。某次她曾獨自走到蘭道斯宅邸，結果一點也不有趣；因此，有了海芮・史密斯這位隨傳隨到的散步友伴，對她可是極有益處。愛瑪愈認識海芮，便愈想改造她，將自己的風格想法灌注給她。

海芮固然不聰明，但是她的個性甜美溫順，懂得感恩，全無心機，願意接受她所崇拜對象的指導。她與愛瑪一見如故。她喜歡有人作伴，且頗樂於欣賞優雅聰慧的人，這顯示她的品味不俗，儘管本身領悟力並不高。總而言之，愛瑪確信海芮・史密斯正是她企盼的年輕友伴，同時也是她家中所需求的。像威斯頓太太這樣的朋友是打著燈籠也難再覓的，愛瑪不可能擁有兩個這樣的朋友，而且她其實並不想要一對這樣的朋友。這是兩碼事——不同且相異的感情。愛瑪對於威斯頓太太的感情是基於感激與尊敬；但她喜歡海芮，是因爲覺得自己對海芮可能有用處。在威斯頓太太面前，愛瑪毫無施展能力的機會，然而對海芮來說，愛瑪每件事情都幫得上忙。

愛瑪發揮用處的第一件事，就是替海芮找到親生父母。但是海芮尚未準備好談論這件事；她能夠侃侃而談其他所有事，唯獨問到這方面時，往往三緘其口。愛瑪自顧自的揣測海芮想要什麼，唯獨不願相信她其實不該挖掘眞相。海芮並不想深究，她滿足於聽聞且相信嘉達德太太選擇透露的部分，無意再知道更多。

海芮談話的內容多半是嘉達德太太、老師、女學生以及學校裡的事務，除此之外，海芮還常常提到艾比密農場的馬汀家族。馬汀家族佔據了她半副心思；她與他們愉快共處了兩個月，如今喜歡談論起她造訪時的樂趣，不停描述那個地方的舒適宜人。愛瑪鼓勵她盡量說——她喜歡從海芮的談話裡頭想像另一群人的圖像，也很喜歡那份少女的天眞單純，例如她洋洋得意地形容馬汀太太擁有兩間非常華美的客廳，其中一間就像嘉達德太太的客廳一樣大；還有一位女管家，已經與他們同住了二十五年。他們養了八頭母牛，其中兩隻是奧爾德尼品種，一隻是威爾斯品種的小母牛，那眞的是一頭出奇漂亮的小母牛。馬汀太太特別喜歡那頭小母牛，聲稱要喚牠爲她的小母牛。他們的花園裡有座美麗涼亭，明年他們打算找個一天邀請一大群人到涼亭裡喝茶——那座涼亭眞的很大，足以容納十幾個人。

起初愛瑪挺喜歡聽海芮講這些事情，沒想太多，只是當她更瞭解那個馬汀家族之後，便有了不同的想法。她原本想錯了，以爲那是一對母女與兒子、兒媳一家子住在一起，直到她發現海芮的言談裡老是提到馬汀先生，而且常以讚賞語氣形容馬汀先生的優點與特長。原來馬汀先生還是單身。海芮的談話中從沒提到年輕的馬汀太太，表示他仍未娶妻。馬汀家族如此親切熱情地招待海芮，這讓愛瑪不禁擔心她那可憐的小朋友處境堪慮——愛瑪擔心如果她不好好照顧海芮，海芮可能會一直沉淪下去。

有了這個靈感啓發，她提問的次數就愈來愈多，且別有用意。她特別引導海芮多說一些有關馬汀先生的事——海芮顯然並不排斥多談談他。海芮不避諱談論他們共享的月光散步與愉快的晚間休閒活動，還常常提及他的幽默感與樂於助人。「有一天他跑了三哩路，就爲了替我帶回來一些胡桃，因爲我曾說過我有多喜歡吃胡桃——至於其他事，他也相當熱心！某天晚上他曾特意邀請放牧工人的兒子入客廳爲我唱歌。我好喜歡唱歌，而他也能唱一點。我相信他有副聰明頭腦，什麼都懂。他養了一群非常健康肥壯的羊，每次羊毛喊價都是最高的。我相信每個人對他的評價都好極了。他的母親與妹妹也很愛他。某天馬汀太太告訴我（她說此話時，羞紅了臉），再也找不到比他更好的兒子，因此我很確定，一旦他結婚，絕對會是個好丈夫。不過他母親並不希望他現在就結婚，她一點也不急。」

「很好，馬汀太太！」愛瑪心想，「妳很清楚狀況。」

「而且當嘉達德太太回家之後，馬汀太太慷慨地送了一隻鵝，那是嘉達德太太所見過最肥美的鵝。某個星期天，嘉達德太太把那隻鵝烹煮了，並邀請納許小姐、普林斯小姐與理查森小姐三位老師來與她共進晚餐。」

「我猜想，馬汀先生除了自家事務之外，大概不會涉獵其他方面吧？他不閱讀嗎？」

「噢，會的！我是說，不，我不清楚，我相信他讀了很多書，只是不是妳所想的那類。他會讀《農業報告》與一些其他的書，那些書都擺在窗邊座椅上。他都是自己閱讀那一堆書。但是有些晚上我們還沒開始玩牌之前，他會大聲朗讀《優雅精粹》（*Elegant Extracts*）上的文章，多有意思！我還知道他會閱讀《威克菲牧師傳》（*The Vicar of Wakefield*）那部小說。他從來不讀《森林羅曼史》（*The Romance of the Forest*），也不讀《修道院小孩》（*Children of the Abbey*）。在我提起之前，他從來沒有聽過這些小說，不過他一聽我說之後，便決定盡快找這些書來看看。」

下一個問題是：「馬汀先生相貌如何？」

「噢！並不英俊，一點也不英俊。起初我以爲他非常平凡，但現在我不這麼認爲了。您知道的，看一個人看久了，就不覺得他平凡了。不過，您見過他嗎？他偶爾會到海伯瑞村來，而且每星期固定騎馬經過這裡，前往京斯頓。他常常經過您身邊。」

「那很有可能哦！我可能老早見過他五十次，卻不曉得他的名字。一個年輕農夫，不論騎馬或走路，都不太容易引起我的好奇心。我和那種平凡百姓沒什麼交集。再低一、兩個階級，若加上外表英俊，搞不好會讓我感興趣。我可能會冀望自己對於他們家人有點益處。但是農夫不可能需要我的任何關注，所以如果他的地位再低一點，或許還會引起我的注意哩！」

「當然。噢！是啊。您當然不可能注意到他，但他非常清楚您，我的意思是他常見到您。」

「我毫不懷疑他是個令人尊敬的青年。我知道他的確是，因此很願意給他祝福。妳想，他有多大歲數啦？」

「今年六月八日，他剛滿二十四歲，而我的生日是二十三日，我們的生日只差了半個月！眞奇妙！」

「他才二十四歲。這種年紀成家還太年輕。他母親是對的，不必急著催他結婚。他們似乎很滿意目前的狀況，她若急著替他娶親，可能會後悔。他如果能在六年之內遇到與他門當戶對的年輕女子，最好是擁有一點財富，會較理想。」

「六年！親愛的伍德浩斯小姐，到時候他就三十歲了！」

「呃，對於大部分家境並不富裕的男人來說，那是他們有能力結婚的最低年齡了。我想，馬汀先生既然無法含著金湯匙出生，那麼還得爲自己的財富好好打拚一番。不論他父親過世時他繼承多少錢，不論他分到多少家族財產，我敢說一定早就用光了，全部都投資在他的牲畜上。雖說只要他夠勤奮，再加上一點運氣，總有一天會富有，可是目前他仍是一事無成啊！」

「當然，的確如此。可是他們的日子過得很舒適啊，儘管家裡沒有男僕，但其他一概不缺。不過馬汀太太說，過幾年他們會僱請一名僮僕。」

「海芮，他結婚時，我希望妳別太急著認識他的新婚妻子。我的意思是，雖然他那些受過較高教育的姐妹們也許不表反對，但他娶進門的妻子很可能不是妳我能看得上眼的。妳的出生不幸，所以應該特別慎選結交的朋友。妳無疑出身紳士之門，必須盡可能堅持那樣的身分主張，否則會有很多人以欺負妳爲樂。」

「是的，當然——我猜一定有這樣的人。可是，伍德浩斯小姐，當我造訪哈特菲宅邸時，您對我這麼和善，我根本不怕有人欺負我。」

「妳很瞭解影響力的作用，海芮，但是我希望妳能在上流社會站穩腳步，我希望即使離開哈特菲宅邸或是我不在場時，妳也可以有自己的一席之地。我希望看到妳的人際網絡很穩固。如果要達到那樣的目標，我建議妳最好少結交古怪的朋友，因此如果馬汀先生結婚時妳仍留在此地，我希望妳不要因爲和馬汀先生的姐妹們熟識而結交他的妻子，她也許只是某個農夫的女兒，甚至沒受教育。」

「當然。是的，雖然我並不認爲馬汀先生會娶任何未受教育或欠缺良好教養的女子。我並不是故意要與您唱反調，也確信自己並不想結識他的妻子。但我很喜歡馬汀小姐們，尤其是伊莉莎白，如果必須放棄她們的友誼，該有多難過，因爲她們和我一樣受到良好教育。但是如果他娶了一個無知粗俗的女子，我當然盡可能別上他們家去拜訪。」

在交談的過程中，愛瑪一直注視著海芮，未發現任何愛意的跡象。馬汀這個年輕人應是她的第一位愛慕者，愛瑪相信沒有其他對象，海芮應該不會反對愛瑪的善意建言。

隔天，當她們走往丹威爾的方向時，遇見了馬汀先生，他正步行著。他禮貌地向愛瑪致意之後，便注視著海芮，眼神充滿無限情意。愛瑪當然不願錯過這個觀察的好機會。海芮與馬汀先生一起往前走了幾步。趁他們交談時，愛瑪連忙打量著羅伯特．馬汀。他的外表十分乾淨整潔，看起來像個聰明的年輕人，但是除此之外看不出其他優點。愛瑪認為，當他被拿來與其他紳士比較時，海芮對他的所有青睞定會蕩然無存。海芮並非不聰慧，她見識過愛瑪父親的紳士風度，滿是讚賞與驚異。而馬汀先生相形之下似乎不知風度為何物。

他們兩人僅一起散步了幾分鐘，畢竟不好意思讓伍德浩斯小姐等候太久。然後，海芮快步跑向愛瑪，臉上帶著微笑與興奮激動的神情。愛瑪希望海芮能很快鎮定下來。

「眞沒想到我們居然會遇見他！多麼巧合啊！他說這眞的是太巧了，他已經很久沒路過蘭道斯宅邸了呢！他沒想到我們會在這條路上散步，以為我們大部分都是往蘭道斯宅邸的方向散步。他還沒有機會閱讀《森林羅曼史》那本小說。他上次到京斯頓時太忙了，所以忘了找那本書，但是他明天還會再去。我們居然會遇到，實在太巧了！呃，伍德浩斯小姐，他是否如您所預期的？您覺得他如何？您覺得他的長相很平凡嗎？」

「毫無疑問的，他非常平凡——不可思議的平凡，但若和他那個階層的粗人比起來，那根本不算什麼。我無權對他期望太多，而我的確沒什麼期望，只是我不曉得他竟是這般粗俗，沒有半點氣質。我承認，我原本以為他多少會有一點紳士氣質。」

「是的，」海芮尷尬地說：「他的確不像眞正的紳士般有氣質。」

「海芮，我想，自從妳認識我們之後，一直與眞正的紳士們爲伍，肯定也體會到馬汀先生與這群紳士的差異。在哈特菲宅邸，妳可以觀察到一些受到良好教育與教養的男士。如果在見過這群紳士之後妳還再度與馬汀先生爲伍，而不認爲他條件很差，也不納悶自己當初爲何那樣欣賞他，我會感到很驚訝的。難道妳現在不開始這麼覺得嗎？妳沒有領悟到嗎？我很確信妳一定體會到他不起眼的外表與粗俗的態度，以及粗魯的聲音，連我站在這麼遠的地方都聽得清清楚楚。」

「當然，他不像奈特利先生。他不像奈特利先生那樣氣質高尙、談吐優雅，我明白兩者的差異。但奈特利先生是那麼高尙的人啊！」

「奈特利先生的氣質優於常人，拿馬汀先生來與他相比是不公平的。像他這樣優秀的男子，一百個人裡都找不著一個，奈特利先生的臉上明顯寫著紳士。但他不是妳最近認識的唯一紳士啊。妳對威斯頓先生與艾爾頓先生的看法如何？妳可以拿他們兩個來和馬汀先生相較，比較他們的舉止儀態，以及輕聲細語的方式。妳一定看得出箇中差異。」

「噢，是啊！差異眞的很大。但是威斯頓先生算是個老頭子了，起碼有四、五十歲。」

「正因如此，他的優雅風度才更顯可貴。海芮，一個人年紀愈大，愈應注意不讓自己失了優雅風度。年紀大時，如果出現任何吵雜、粗俗鄙陋的行爲，就會愈令人覺得刺眼與厭惡。年輕時能被容忍的事情，年紀大了可能會被討厭。馬汀先生現在就那麼粗俗魯莽，等他到了威斯頓先生那個年紀時會變成什麼樣呢？」

「那就不得而知了！」海芮嚴肅地回答。

「不過極有可能的是，他會變成一個不折不扣的粗莽農夫，不修邊幅，滿腦子只想著獲利與損失。」

「如果眞是那樣，就太糟糕了。」

「他現在已經把整副心思都放在工作上了，妳只需想想他居然會忘記去找妳推薦的書，就可以明白。他滿腦子都想著市場的事情，沒心思去想別的，雖然對於一個爲事業打拚的男人來說理當如此。他哪有時間讀書呢？我毫不懷疑，他總有一天會發達，成爲富人；但是他的學識不豐及粗俗，可不該影響到我們。」

「我想，他可能不記得我推薦的那本書。」海芮只答了這麼一句，語氣裡盡是不開心。愛瑪心想她最好別再多說。因此，愛瑪沉默了好一會兒，才又開口。

「就某方面看來，也許艾爾頓先生的風度勝過奈特利先生與威斯頓先生。這兩位先生更爲溫文儒雅，他們大可被當作一種典型。威斯頓先生具有一種開朗、敏捷，甚至是直率的態度，大家都喜歡他這一點，因爲他的態度裡蘊涵著一種幽默感，但是這種態度是無可模仿的；而奈特利先生的坦率、果決、威風凜凜也是無可模仿——雖然這種態度很適合他，因爲他的身材、相貌與生活條件俱使他適合擁有這種態度，但是如果任何年輕人想模仿他，可能令人無法忍受。相反的，我認爲年輕人倒是可以把艾爾頓先生當作典範。艾爾頓先生很風趣開朗、樂於助人、性情溫和。在我看來，他老了之後會特別溫文儒雅。我不曉得他是否刻意對我們兩個特別溫柔，海芮，但我突然領悟到，他的態度比一般更加溫和。如果他別具用意，那麼一定是爲了取悅妳。我是否說過他前幾天是怎麼說的？」

接下來，愛瑪重述了她從艾爾頓先生那裡逼問出來對海芮的讚美話，如今這些讚語爲艾爾頓先生的形象大大加分。海芮羞紅了臉，微笑著說她向來認爲艾爾頓先生很不錯。

艾爾頓先生是愛瑪鎖定的最佳人選，認爲他可以將那位年輕農夫逐出海芮的腦海。她心想這樣的配對是天作地合，極有可能成功，如此撮合能讓她居功厥偉。她很怕其他人必定也早就預想到這樣的配對。然而，其他人不可能比她更早料想到，因爲早在海芮來到哈特菲宅邸的頭一晚，她便已萌發這個點子了。她愈思量這件事，就愈想大膽嘗試。艾爾頓先生的條件最適合，他本身是個紳士，沒有什麼不稱頭的朋友。更何況，他並沒有任何家人可以反對海芮那可疑的出身。他可以提供她一個舒適的住家，愛瑪猜測他的收入應該很充裕。雖然海伯瑞村的牧師公館不大，但據說他有一些自己的財產。況且愛瑪對他評價很高，認爲他是個風趣、善良、受人敬重的年輕人，富含對於這世界的理解與知識。

她早先探問清楚，確定艾爾頓先生認爲海芮外貌美麗。她相信，如果讓他們兩人在哈特菲宅邸頻繁會面，應可大大增加他的勝算。至於海芮那方面，愛瑪篤信，一旦海芮得知艾爾頓先生對她鍾情，事情將會進行得更順利。艾爾頓先生是個討人喜歡的年輕人，只要不是過分挑剔的女孩，應該都會對他產生好感。他被公認是個英俊青年，大家都欣賞他的個性，雖然愛瑪並不十分滿意，她總認爲他似乎缺少了那麼一點高尚優雅；不過如果海芮會因爲羅伯特·馬汀騎著馬在鄉間爲她揀找胡桃而受感動，那麼也許會被艾爾頓先生的愛慕之情所征服。

「威斯頓太太，我不曉得妳對於愛瑪與海芮・史密斯之間的親密友誼有何看法？」奈特利先生說：「但我認爲不妥當。」

「不太妥當？你眞的認爲不太妥當？爲什麼呢？」

「我認爲她們兩個對彼此都沒有好處。」

「這話眞教我驚訝！愛瑪對海芮必定有好處自不用說，海芮提供了愛瑪一個新的關注嗜好，這對愛瑪當然也有好處。我很開心看到她們如此親近。我們的感受是多麼不同啊！你居然會認爲她們對彼此無益！這將會是我們兩個爲愛瑪而爭論的開端，奈特利先生。」

「也許妳會認爲我是趁威斯頓先生不在家，沒人給妳奧援而故意跑來和妳爭論。」

「如果威斯頓先生在這裡，他無疑地會支持我，因爲他對此事的看法和我一樣。我們昨天才談到這件事，彼此都認爲這對愛瑪是件好事，海伯瑞村本該有像海芮這樣的年輕女孩陪她作伴。奈特利先生，在這件事情上，我認爲你的判斷並不公允。你太習於獨居，所以並不瞭解友伴的價值，也許沒有男人可以瞭解，一名女子終其一生都習慣有同性作伴，而同性的友誼能爲一名女子帶來極大的安慰。我可以理解你爲什麼反對。海芮不是愛瑪應該來往的優秀年輕女性。但是話說回來，愛瑪希望看到海芮多懂些事，這也許能激勵愛瑪自己也多讀一點書。她們會一起閱讀。她是認眞的，我知道。」

「打從愛瑪十二歲起，她就嚷著要多讀一點書了。我親睹過她每次說要定期閱讀的一長串書單（那些書單列得極好），每本書堪稱精選之作，安排得再好不過，有時是按照英文字母排列，有時是用其他規則排列。她十四歲那年列出的書單——我記得當時我還備加讚賞她的判斷力，因此珍藏了那份書單好一陣子。我敢說，她此刻一定也列了一份不錯的書單，可惜我已不再懷抱期望愛瑪能按照計畫完成閱讀。她從來都無法完成任何需要勤奮與耐心的事情，而且也不擅長需要理解力甚於幻想的任務。從前的泰勒小姐若無法激發她這方面的天分，我敢大膽地說，海芮．史密斯也辦不到。妳永遠也無法勸她閱讀，她連妳一半的期望都做不到——妳很清楚，妳無法逼她。」

「我敢說，」威斯頓太太微笑回答：「當時我確實是這麼想，但自從我們分開之後，我不記得愛瑪曾忽略任何我希望她做到的事。」

「我一點也不想回憶。」奈特利先生衷心地說，然其實他的確回想過一兩次。他隨即補充：「我雖然感官不敏銳，仍然看得見，聽得到，想得起。愛瑪是她家裡最聰明伶俐的，所以深受寵愛。十歲時，她就能解答姐姐在十七歲時才答得出的謎題。她總是敏銳且自信，而依莎貝拉則反應慢且缺乏自信。自從愛瑪十二歲之後，她就是這個家的女主人，還把你們每個人吃得死死的。她的母親是唯一能對付她的人，失去了母親，就沒人治得了她了。她遺傳了母親的天分，只有她母親能讓她屈服。」

「奈特利先生，我該要覺得汗顏，當初沒能聽從你的建議，辭去伍德浩斯先生家的家庭教師，追求另一種生活。我不認爲你曾在任何人面前替我說過一句好話。我相信，你一直認爲我很不適任吧？」

「是的，」他微笑著說：「妳比較適合這裡。妳非常適合當一名妻子，一點也不適合當家庭教師。但是，在哈特菲宅邸的歷練，讓妳培養出成爲好妻子的條件。妳也許不若當初所承諾般給予愛瑪完備的教養，但是妳反而從她那裡得到很多歷練，例如世俗婚姻所必備的條件——放棄妳自己的意願，依照別人的要求行事。如果威斯頓先生曾要求我推薦一名妻子人選給他，我當然會推薦泰勒小姐。」

「謝謝你。成爲像威斯頓先生這種男人的好妻子，並沒有太大好處。」

「爲什麼呢？說眞的，我很怕妳嫁得不幸福。妳在伍德浩斯家期間忍受過各種古怪脾氣，應該不會再有什麼脾氣是讓妳忍受不了的吧！威斯頓也許是因爲過於安逸放縱而發脾氣，或者只是爲他兒子的事情煩惱。」

「我希望事情不會變成那樣，不可能的。不，奈特利先生，請別從一件小事就揣測出大麻煩來。」

「其實我不是故意要這麼預言，只是點出一些可能性。我並不像愛瑪那樣擅長預言、猜測。我誠心希望這位公子能遺傳威斯頓先生個性上的優點，同時繼承邱吉爾家族的財富。但是海芮．史密斯——我對她尚存許多意見。我認爲她是最不適合愛瑪的友伴。她什麼都不知道，卻將愛瑪視爲萬事通。她推崇愛瑪的一切，更糟的是，她沒有心機。她的無知，化爲對愛瑪漫無止盡的恭維。當海芮的條件在在都不如愛瑪時，愛瑪怎麼會認爲自己還必須學習什麼？至於海芮，我敢大膽地說，她從這段友誼中也得不到什麼好處。一旦她接觸了哈特菲宅邸的生活，只會讓她嫌棄她原來的出身背景。

如果愛瑪所受的教養信念讓她相信一個女孩能刻意改變她自己去應付生命情勢的變化，那麼我眞的是想錯了。我向來認爲那些教養信念沒什麼太大作用。」

「我若不是比你更相信愛瑪的聰明理智，否則我就是太希望她得到像現在這般的舒適自在。因爲我實在無法苛責她們的友誼。你沒瞧見，昨晚她看起來多麼亮眼啊！」

「喔！妳寧願談論她的外貌，甚於談論她的心智。很好，我不否認她的確很漂亮！」

「漂亮？我寧可你形容她是美麗。你能想像還有比愛瑪更完美的美麗嗎？不論是臉蛋或身材？」

「我不曉得該作如何想像，我承認我很少見過比她更討人喜歡的臉蛋與身材。但我是她的老朋友，這樣讚美她，似乎太偏袒。」

「她的眼睛多美！眞像榛果般的眼睛。如此閃耀動人！中等身材，開朗面孔，氣色眞好！噢！多麼健康啊，而且她的身高體態是多麼適中，如此挺直的身材。不只她的體魄散發健康光彩，還包括她的氣息、她的頭型、她的眼神。我們有時候常聽人形容一個孩子是『健康的樣貌』，如今愛瑪常讓我聯想到成人健康的完整樣貌。她就是可愛。是不是啊？奈特利先生？」

「她的外貌無可挑剔，」他回答：「妳對她的形容，我樣樣贊同。我喜歡注視著她，還願意多加一條讚美，我認爲她對於外表並不愛慕虛榮。雖然她是這麼美麗，但似乎不會太過執著於外貌。她的虛榮心表現在另一方面。威斯頓太太，我還是反對她和海芮．史密斯太過親近，擔憂這對她們兩人都有壞處。」

「奈特利先生，我也同樣堅持我的立場，我不認爲這對她們會有任何壞處。愛瑪雖然有很多小缺點，但她是個優秀的孩子。我們上哪兒去找一個更好的女兒、更慈愛的姐妹，或更眞實的朋友呢？不，不。她具有值得信任的特質。她不會眞的把人帶壞。她不會持續犯錯。即使愛瑪錯了一次，她還是對了一百次。」

「很好，我不會再煩擾妳了。愛瑪的確是個天使，我會暫時壓抑住我的衝動，直到聖誕節時約翰和依莎貝拉回來探訪。約翰很愛愛瑪，好在他的感情是理性而不盲目的，依莎貝拉的想法總是和他一樣，除了他並不像依莎貝拉那樣一天到晚替孩子們窮擔心。我很確定，他們的意見一定會和我一致。」

「我知道你們都太愛她了，所以說話避免不公正或不仁慈。然而，奈特利先生，請恕我大膽直言

（我認爲自己似乎頗有立場代替愛瑪的母親發言），我並不認爲你們這樣談論愛瑪與海芮的交往能帶來什麼好處。我祈禱你們能原諒我，但假設她們的親密友情會造成任何不便，只要這段友情能爲愛瑪帶來快樂，我們便不能期望愛瑪就此結束這段友情。更何況愛瑪僅須對她父親負責，而她父親非常贊成這段友誼。奈特利先生，我已有許多年不曾給你建議了，請你別感到意外，這是我秉持先前的工作職責，提供你一點小小的建議。」

「我一點也不意外，」他大聲說：「我很感激妳。這是絕妙的建議，妳的建議應當更受重視，我該審愼思量。」

「約翰・奈特利太太很容易情緒激動，她可能會爲了她妹妹的事情而不開心。」

「別擔心，」他說：「我不會驚動他們。我會隱藏自己的情緒。我眞的很關心愛瑪。依莎貝拉是我的弟媳，我對愛瑪的擔憂與關注卻甚於對她姐姐。我很好奇她將來會變成什麼樣子！」

「我也是，」威斯頓太太輕柔地說：「非常好奇。」

「她老是宣稱未來不結婚，當然，她可能不是認眞的。天曉得她是否遇見過讓她心儀的男子。如果她能和適合的對象談戀愛，應該不是件壞事。我希望見到愛瑪談戀愛，卻很懷疑是否會有這樣的好消息。戀愛對她有好處，偏偏這裡並沒有人與她親近，而她也很少離家。」

「的確，此刻似乎無法讓她打消不結婚的念頭，」威斯頓太太說：「尤其她在哈特菲宅邸是如此快樂，我不期望她現在和某人談戀愛，這可會讓伍德浩斯先生難過不已。我不建議愛瑪當下考慮婚姻大事，雖然並非出於輕視婚姻這件事，我向你保證。」

言下之意，她想盡可能保留某些她自己與威斯頓先生對這件事的想法。她對於愛瑪的未來似乎有一些想法，但卻不希望啓人疑竇。於是奈特利先生後來很快地悄悄轉移話題，他問道：「威斯頓太太對於天氣有何看法？這幾天會下雨嗎？」

這成功地讓威斯頓太太以爲奈特利先生對於愛瑪的事情沒什麼好說，也沒什麼可臆測的了。

愛瑪自覺無疑給了海芮一個恰當的指引。她那年輕人的虛榮心高漲，把注意力放在一個好目標上，因爲發現她比從前更意識到艾爾頓先生是個彬彬有禮的英俊男子。透過一些可靠的跡象，她趕緊確認艾爾頓先生對海芮的愛慕之意，並且很快就確信海芮也同樣中意對方。她相當篤定，艾爾頓先生就算還沒有愛上海芮，至少也瀕於墜入愛河的邊緣。而海芮也一再表示對他的景仰。他常常提起海芮，大力讚賞她，因此愛瑪相信假以時日一定能成就好事。他察覺海芮的態度舉止與當初來到哈特菲宅邸時相比，有明顯改善，這證明了他一直都在注意著海芮。

「妳給了史密斯小姐所需的一切，」他說：「妳讓她變得優雅大方。她與妳認識時本就美麗出眾，但以我看來，妳爲她增添的吸引力，遠勝於她天生所具備的。」

「我很高興你認爲我對她有用處。但海芮所缺乏的只是將她的特質散發出來，她只需要別人給她一些提點罷了。她本來就具備天生的優雅，個性甜美單純，我並沒有幫上太多忙。」

「我不敢反駁妳所說的話。」艾爾頓先生客套地說。

「也許我讓她變得更有想法，我教她對某些她從未想過的事情形成見解。」

「的確如此，那正是讓我驚訝之處。她產生了許多想法，而且很純熟。」

「我從中得到很大樂趣。我沒有見過比她更親切的個性。」

「毫無疑問。」艾爾頓先生發出宛如對愛人的讚嘆。

愛瑪很高興那一天他提出的請求正符合冀望——艾爾頓先生想要一張海芮的畫像。

「妳是否曾讓人替妳畫過肖像，海芮？」她說：「妳是否曾坐著讓人替妳畫像？」

海芮正要離開房間，她只稍作停留，用耐人尋味的天眞語氣說：「噢，親愛的！從來沒有。」

愛瑪還來不及驚呼，海芮便轉身走開了。

「如果能擁有一張她的肖像畫，該是多麼別緻的收藏啊！付再多的錢我都願意。我甚至想親自爲她畫。我敢說你一定不曉得這件事，但兩三年前我迷上畫肖像，試著替幾位朋友畫，還得到不差的評價呢！只是後來不曉得爲什麼，我變得不喜歡而放棄了。說眞的，如果海芮願意坐著讓我畫，我願意再度嘗試。如果能替她畫張人像，一定很令人開心。」

「算我懇求妳，」艾爾頓先生大聲說：「如果能爲妳的朋友發揮妳那迷人的天分，的確會令人很開心，伍德浩斯小姐。我知道妳之前的畫像。妳怎麼會以爲我不知道呢？難道這個房間不是掛滿了妳的風景畫與花卉畫嗎？威斯頓太太在蘭道斯宅邸的客廳裡不是也擺放了一些獨特的人物畫嗎？」

「是啊，好傢伙！」愛瑪心想，「但是那些畫作和畫肖像有何關聯呢？你根本不懂繪畫。別假裝對我的畫作著迷。把你的癡迷保留給海芮的臉蛋吧。」

「好吧，如果你給我這麼眞誠的鼓勵，艾爾頓先生，我相信我會嘗試努力。海芮的五官那樣細緻，替她畫肖像頗有難度。畫肖像時，特別要注意掌握眼睛的形狀與嘴巴的線條。」

「的確如此——眼睛的形狀與嘴巴的線條——我相信妳絕對會成功的。祝福妳，祝福妳成功。如果妳嘗試了，這作品一定會如妳所說，是項別緻的收藏。」

「但是我怕海芮可能不願意坐下來讓我畫，艾爾頓先生。她對她自己的美貌信心不足。你剛剛不也看到她回答我的態度？她的意思很明白，彷彿在說『爲什麼要替我畫肖像？』」

「是的，我看到了，我向妳保證。我並沒有錯過那一幕。但我相信她一定可以被說服。」

海芮很快地又回到客廳來，於是愛瑪幾乎立刻便向她提議畫肖像。她根本無法招架愛瑪與艾爾頓先生的強力勸說，沒幾分鐘就妥協了。愛瑪希望立刻就動手畫，因此翻出了自己的作品集，包含了她之前的各種肖像練習，其中沒有一張是完成品。他們一同翻閱這些作品，以決定海芮肖像的最佳尺寸。她拿出了許多初學時期的作品，從縮小圖、半身到全身，從鉛筆、蠟筆到水彩，她全都一一嘗試練習。她向來都想嘗試每件事，她在繪畫與音樂方面的進步，比起其他和她一樣沒花什麼心力的人來說，明顯多得多。她彈琴、唱歌，且嘗試各種不同風格的繪畫，但總是無法堅持到底，向來都不曾達到專精的程度，雖然她也希望自己能夠專精，不應該半途而廢。她本身的技巧，無法讓人昧著良心稱之爲藝術家或音樂家，但是她倒不排斥接受別人的恭維，也不介意大家誤以爲她才華洋溢，儘管她的成就其實沒那麼高。

每張畫作裡俱有優點——在完成度最低的作品裡，搞不好優點最多。她的繪畫風格是活潑有朝氣的。不過不論她畫得好或不好，她的兩個同伴還是給予每張畫同等的讚嘆。他們兩個都看得入迷，覺得畫得很像。伍德浩斯小姐的表現必定是一流的。

「我沒辦法讓你們看到更多不同的人像，」愛瑪說：「我只有自家人可供我練習。這是我父親——這張也是我父親——但是他一想到要坐在那裡讓我畫，就難掩緊張，所以我只能偷偷畫他，因此沒有一張是畫得像的。這張又是威斯頓太太，這張也是，還有這張，你們瞧。親愛的威斯頓太太在每件事情上都是我最好的朋友。每次我提出要求，她就答應坐在那裡讓我畫。這張是我姐姐，她的身形眞的很嬌小又優雅，富有自己的風格，而我把她的臉畫得頗像。如果她當時願意多坐一會兒，我就能畫得更像了，但是她急著要我替她四個小孩畫像，所以根本靜不下來。接下來，這些都是我試著替其中三名孩子畫的肖像，從畫紙這一端到另一端，依序是亨利、約翰與貝拉，他們長得像，畫其中一個如同在畫其他三個。她急著要我替他們畫，我根本無法拒絕。但是你們也知道，根本不可能讓三、四歲的小孩乖乖定住不動，當然不容易替他們畫，只能捕捉他們的氣質與表情而已。這是我替第四個孩子畫的速寫，他是個小嬰兒。我趁他睡在沙發上時趕緊畫下他，如果你們仔細端詳的話，我把他帽子上的花結畫得多像。他用最舒服的姿勢垂下頭，實在像極了。我爲小喬治感到十分驕傲。沙發的角落畫得不賴。接下來是我的最後一張畫作，」她攤開了她爲某位紳士畫的小尺寸全身速寫畫，「這是我畫的最後一張，也是最棒的作品——我的姐夫，約翰．奈特利先生。當我把這張畫收起來時，它幾乎可說是完成的作品，當時我便發誓我不再畫肖像畫了。我最受不了被挑釁；當我費了一番工夫，好不容易畫出一張神似的肖像時（威斯頓太太和我都一致認爲它非常像），只不過畫中人物太過英俊了，比本人好看太多——除此之外，只有畫面右側有一個小缺點——我這麼辛苦作畫之後，卻只得到依莎貝拉一句冷淡的評論：『是啊，是有一點像，但與他眞正的樣子有點差距。』我們當時好不容易才說服他坐下來讓我畫。本來我還滿喜歡畫的，可是突然間，我卻再也無法忍受了。所以我從來都不想完成它，因爲我不希望姐夫必須因爲這幅不成功的肖像畫而向在清晨造訪他家的每位賓客道歉。何況，就像我說的，從此之後我再也沒替任何人畫肖像了。但是爲了海芮，或者說爲了我自己，我願意重拾畫筆。反正之前下的決定並非夫妻之間的誓約，所以此刻我願意打破我的宣誓。」

艾爾頓先生似乎深受這個想法打動，他重複唸了愛瑪剛剛的話：「正如妳所說，目前這種情況的確不是夫妻之間的誓約。的確，不是夫妻——」愛瑪突然意識到，也許她應考慮是否讓他們兩個單獨相處。但是她想要動手畫畫，所以只好讓艾爾頓先生的告白再多等一下。

她很快就決定了肖像的尺寸與媒材。這張肖像將和約翰・奈特利先生一樣，是全身的水彩畫，而且如果她高興的話，還會把作品掛在壁爐上方的顯眼處。

畫作開始進行了。海芮微笑著，臉頰泛著紅暈，她很怕沒有保持住姿勢與表情。她朝著畫家直盯著她的眼神，綻放洋溢著青春甜美的表情。這並不是件簡單的事情，因為艾爾頓先生就站在愛瑪身後，注視著愛瑪的每道筆觸。她佩服他選擇了一個絕佳的站立位置，可以一次又一次盯著海芮，卻一點也不顯失禮。但愛瑪眞的很想阻止他，並請他站到別處去。這時，她突然想到可以派他去朗讀。

「如果妳能行行好，朗讀給我們聽，那就太好心了！這可以解除史密斯小姐的尷尬，讓她不會那麼心煩意亂。」

艾爾頓先生十分樂意。海芮專心聽著他朗讀，愛瑪趁機自在地作畫。她還是允許他不時跑過來瞧瞧。在愛人眼中，一點點細微的變化也都是大事。只要愛瑪的鉛筆稍微停下來，他就急著跳起來瞧瞧進度，而且不斷讚嘆。面對這麼會鼓勵的人，愛瑪怎麼可能不開心，因為有時候愛瑪根本還沒有畫，艾爾頓先生便直呼畫得像極了。她無法苟同他的鑑賞力，但他的愛意與殷勤是無可挑剔的。

這次的肖像畫整體而言著實令人滿意。她很喜歡第一天的速寫成果，並且希望能繼續進行。她畫得滿像，把姿勢畫得很好，她打算在身材上作一點修改，增加一點高度，更添幾分優雅。她十分確信這最後會變成各方面皆精采的肖像畫，也相信這張畫注定對於兩人來說別具意義——這張畫可永久紀念海芮的美麗與愛瑪的繪畫技巧，以及兩人的友誼。此外，這張畫也會讓人聯想到許多事情，例如艾爾頓先生的愛慕讚賞。

艾爾頓先生不時起身看愛瑪畫圖的進度，拚命恭維。

海芮隔天將會再度過來讓愛瑪畫像。而艾爾頓先生理所當然地懇求讓他參與並且為她們朗讀。

「當然，很高興你加入我們的行列。」

隔天，作畫的場合依然洋溢著同樣的禮貌，同樣的成功與滿意，而且畫作的進度既快速又愉悅。每個見過這張畫的人都很滿意，不過艾爾頓先生陷入癡迷，面對有人批評時還極力辯駁。

「伍德浩斯小姐表現出她朋友所缺乏的美麗，」威斯頓太太對艾爾頓先生說，完全沒想到她是對海芮的愛慕者說話。「眼睛的部分畫得最正確，但是史密斯小姐並沒有那種眉毛與睫毛。她臉蛋的缺點就是缺少那種眉毛與睫毛。」

「妳眞的這麼認為？」他回答：「我不同意妳的看法。對我來說，愛瑪小姐把每項特徵都畫得很相像。我這輩子沒見過這麼像的肖像畫。我們必須容許陰影造成的效果，妳知道的。」

「妳把她畫得太高了，愛瑪。」奈特利先生說。

愛瑪知道她的確如此，但她不願承認，於是艾爾頓先生幫腔補充。

「喔，不！當然不會太高，一點也不會太高。你想想看，她當時是坐下來，這當然會有差異。而你知道的，畫畫時必須保持整體比例。整體比例，透視法的縮短比例。喔，不！它的確表現了史密斯小姐的實際身高。眞的確實如此！」

「這張畫很美，」伍德浩斯先生說：「畫得眞好！正如妳一直以來的繪畫水準，親愛的。我不曉得還有誰能畫得像妳一樣好。我唯一不滿意的一件事是，她似乎坐在戶外，肩上卻只披了一條小圍巾，這讓人覺得她一定會著涼。」

「可是，我親愛的爸爸呀，我畫的是夏季時節，是溫暖的夏日。您瞧瞧那棵樹。」

「坐在戶外向來都不安全，親愛的。」

「先生，您大可這麼說，」艾爾頓先生大聲說：「但是我必須承認，我認爲把史密斯小姐置於戶外的場景，是個很好的想法。那棵樹畫得多麼生氣蓬勃啊！其他的場景想必失色許多。史密斯小姐的天眞個性，以及其他種種，喔，這樣的安排最理想！我無法移開我的目光。我從來沒見過像這樣的肖像畫。」

接下來該做的就是爲肖像裱框。這裡遇到幾個難題。這張畫必須盡快裱框，裱框必須在倫敦進行，且承辦這件事的人必須是某個品味值得信賴的聰明人。然而，原本負責打理這件事的依莎貝拉這次卻無法幫忙，因爲此時是十二月，伍德浩斯先生捨不得讓她在濃霧籠罩的十二月還必須留連戶外忙著打理這些事。不過艾爾頓先生一察覺到這份擔憂，便立刻把問題接下了。他向來伺機獻殷勤。

「也許可以把這件事交辦給我，我十分樂意執行這項任務！我可以隨時騎馬前往倫敦。如果有這個榮幸讓在下跑腿一趟，我眞是感激不盡。」

「你眞是太好了！」她簡直不敢想像！她本來不敢將這件麻煩工作拜託他，但是經不起他一再的懇求與保證，這件事情在幾分鐘之內就解決了。

艾爾頓先生將帶著那幅畫前往倫敦，選擇畫框，吩咐一些要求。愛瑪心想，她要好好地將這幅畫包裝起來，以免增加他太多麻煩，但他顯然一點也不怕麻煩。

「多麼珍貴的物品啊！」他收下這幅畫時發出溫柔的讚嘆。

「這個男人對我太過殷勤了，實在不像在和海芮談戀愛，」愛瑪心想，「雖然我這麼說，但我想，談戀愛的方式有千百種。他是個優秀的年輕人，非常適合海芮。套句他常說的話，這是『必然的』。只是他常常把我當作主要對象，對我投以讚嘆，找機會獻殷勤，遠超過我所能容忍的程度。我在這其中所扮演的角色是次要的。不過他是因爲海芮的緣故才這麼恭維我吧。」

艾爾頓先生前往倫敦的那一天，愛瑪又發現了一個能提供海芮幫助的好機會。海芮一如往常，在用過早餐後立刻就來到哈特菲宅邸，待上一段時間之後，再度回家去用晚餐。不一會兒，她又回來了，臉上帶著激動慌張的表情，宣布發生了一件特別的事，要向大家報告。她花了半分鐘把話講完。她一回到嘉達德太太家，就聽說馬汀先生在一小時前曾造訪。他發現她不在家之後，便留下一個他姐姐要送給海芮的小包裹，然後離去。海芮打開包裹後發現，裡頭除了她之前借給伊莉莎白抄寫的兩首歌之外，還有一封寫給她的信。那封信是馬汀先生寫給她的，裡頭明白表示著求婚之意。「誰想得到啊？我很驚訝，不曉得該怎麼做。沒錯，這是求婚，這是一封寫得多好的信，至少我這麼認爲。他信裡的語氣，彷彿他眞的很愛我——但是我也不確定——於是我立刻趕來徵詢您的意見。」愛瑪見到她的朋友看起來居然如此雀躍與不知所措，眞是覺得很難堪。

「在我看來，」愛瑪說：「那個年輕人是怕錯過任何事情，所以決心開口。他想盡可能高攀。」

「您能讀一下這封信嗎？」海芮說：「求求您。我希望您讀一下。」

愛瑪不介意被逼著讀這封信。她讀了信之後，感到很驚訝。這封信的文筆遠超過她的預期。信裡不僅沒有文法錯誤，而且文筆堪稱具有紳士級的水準。他所使用的語言雖然簡白，但卻十分有力又眞摯。信裡所傳達的情感，著實有作家的水準。這封信言簡意賅，仍可窺出熱情洋溢、開朗坦誠、謙恭有禮、情感細膩的一面。愛瑪仔細研讀，海芮則焦急地等她發表意見。

海芮不停地說：「怎麼樣？怎麼樣？」最後終於忍不住問道：「這封信寫得好嗎？會不會太短？」

「是的，這封信的確寫得很棒，」愛瑪緩慢地回答：「這封信眞的很好，海芮，各方面都很周到，我想他的姐妹們一定協助他寫這封信。我無法想像，前幾天見到的那位和妳交談的男子，如果光靠自己的實力，可以表達得這麼好。不過這封信的風格又不像出於女性之手。當然不可能，因爲這封信的語氣太強烈精簡，如果是女性寫的，語氣會較綿長些。無疑的，他是個有水準的人，我想，他可能有這方面的天分，思緒強烈且清晰——當他執筆時，自然會找到最適切的語彙來表達。有些男士也是這樣。沒錯，我瞭解這種人，充滿活力、果決明快、情感豐沛，但卻不粗俗。海芮，這封信寫得比我預期得更好。」愛瑪將信交還給海芮。

「呃，」仍在等候的海芮說：「呃，那麼，我該怎麼做？」

「妳該怎麼做？關於哪件事？妳的意思是該拿那封信怎麼辦？」

「是的。」

「可是妳有什麼好猶豫的呢？妳當然必須回信，而且動作要快。」

「沒錯。但我該說什麼呢？親愛的伍德浩斯小姐，給我一點建議吧！」

「噢，不，不！妳最好自己處理那封信。妳可以表達得很好的，我確信。雖然妳書讀得不多，但不礙事的。妳的意思必須精確明白，沒有任何猶疑。基於禮貌，妳必須對於即將爲他造成的痛苦表達致意與關心，這會讓他們明白妳的心意，我確信。妳不需要讓他們感覺到妳爲了他的失望而心懷歉疚。」

「那麼您是認爲我應該拒絕他囉？」海芮低著頭說。

「當然應該拒絕他啊！我親愛的海芮，妳這是什麼意思？難道妳還有任何懷疑？我以爲——請原諒我，也許我搞錯了。如果妳會對於答案的內容有所疑慮，那麼我顯然一直都誤解妳的意思。我以爲妳來問我，只是想知道該用什麼措詞。」

海芮陷入沉默。基於禮貌，愛瑪繼續說：「妳的意思是要給他一個肯定的答案，是嗎？」

「不，不是的。我是說，我的意思不是——我該怎麼做？您會建議我怎麼做？求求您，親愛的伍德浩斯小姐，請告訴我該怎麼做？」

「我不應該給妳任何建議，海芮，我和這件事毫不相干。該是妳釐清自個兒感受的時刻了。」

「我不曉得他這麼喜歡我……」海芮一邊說，一邊思索著那封信。愛瑪保持片刻的沉默，但又擔心起那封信裡令人動容的愛慕之意太具影響力，於是認爲她最好說話。

「海芮，我的原則是，如果一名女子對於是否接受一名男子的感情存有疑慮，那麼她理當拒絕他。如果她對於『我願意』這個答案感到猶豫，那麼她就應該直接說『不』。妳不應該帶著任何疑慮走入婚姻。我之所以跟妳說這麼多，是自認爲這是我身爲朋友的職責，況且我年紀比妳稍長。但妳千萬別誤以爲我想影響妳。」

「噢！不！我相信您是出於善意，而不是想影響我。不過，如果您能告訴我究竟該怎麼做——不，不，我不是這個意思——就像您說的，一個人的心意理當十分篤定，不應該有所疑慮。這是件嚴肅的事情。也許說『不』會較妥當一些。您認爲我最好說『不』嗎？」

「我不可能做其他的建議，」愛瑪優雅地微笑著，「妳必須爲自己的幸福作主。如果妳喜歡馬汀先生甚於其他人，如果妳認爲他是妳所見過最適合的人，那麼妳何須猶豫呢？妳臉紅了，海芮。妳此刻是否想到任何人符合我剛剛說的條件呢？海芮啊，海芮，別欺騙自己。不要被感激與憐憫給沖昏頭了。此刻妳想到誰？」

情況頗樂觀。海芮並沒有回答，而是轉過身去，滿臉疑惑，若有所思地站在爐火旁。雖然她手中仍握著信，卻不自覺地把信扭轉成一團。愛瑪不安地等候海芮的決定，懷抱著強烈的希望。

終於，海芮略帶遲疑地說：「伍德浩斯小姐，既然您無法給我意見，我就必須自己做決定。此刻我已經打定主意，幾乎可說是下定決心了——我要拒絕馬汀先生。您認爲我的決定是對的嗎？」

「對極了，我親愛的海芮，妳這麼做是對的。妳方才在考慮的時候，我可緊張死了。現在妳既然已下定決心，我絕對贊成。親愛的海芮，我實在太高興了。一旦妳決定嫁給馬汀先生，我們勢必不能常常作伴，到時候我一定會很難過。妳剛才正在猶豫時，我什麼都沒說，因爲我不想影響妳。但是如果妳結婚，我就會失去一個朋友，因爲到時候我無法前去拜訪艾比密農場的羅伯特．馬汀太太。現在我可以永遠保有妳了。」

海芮之前並未思考到自己的危險處境，此刻她突然領悟到這一點。

「您沒有辦法去探訪我！」海芮看起來很震驚，「不，您當然不可能。我之前竟沒想到這一點。如果是那樣，未免太可怕了！幸好我躲掉了！親愛的伍德浩斯小姐，我不會爲了任何事情而放棄與您作伴的快樂與榮幸。」

「的確，海芮，若失去妳這個朋友，會是多大的遺憾，一定是的。如果是那樣，妳就失去進入上流社會的契機，而我也必須放棄妳這個朋友。」

「天啊！我怎麼受得了？如果再也不能來到哈特菲宅邸，我會死掉！」

「太誇張了！妳會被困在艾比密農場！一輩子都會被困在粗俗無知的人群裡。我很好奇，那名年輕人哪來的自信，居然敢提出這種要求？他一定自視甚高。」

「其實我並不認爲他是自負的，」海芮的良心反對這種指責而澄清說：「至少他本性很不錯，我向來都欣賞他，也很關心他——但這種感情不同於愛情——您知道的，雖然他可能喜歡我，並不表示我應該喜歡他——當然，我必須承認，自從我拜訪這裡後，見過一些人——如果要比較外貌與風度，馬汀先生當然比不上，我在這裡認識的人個個英俊非凡又彬彬有禮。然而，我真的認爲馬汀先生十分親切，我對他印象極佳，而且他也很欣賞我，還寫了那樣的一封信給我。但是如果要離開您，我是說什麼也不願意的。」

「感謝之至，我親愛又窩心的小朋友。我們不會分開的。女人不能只因爲男人開口求婚，或是表達好感，或是寫一封差強人意的信就答應結婚。」

「噢！當然不囉，尤其當它只是一封短信。」

愛瑪感覺到她朋友心裡不是滋味，但是她只淡淡回應道：「沒錯！如果嫁給馬汀先生，也許時時刻刻都會被對方粗俗的舉止氣個半死，但知道自己的丈夫寫得一手好信，對女孩子來說也許算是個小小的安慰。」

「噢！的確。誰會在乎一封信啊？重要的是能和討人喜愛的伴侶過得幸福快樂。我打定主意要拒絕他了。但是我該怎麼做？我該說什麼？」

愛瑪向她保證，她的答案絕對不會造成任何難處，建議她直接寫明。海芮接受密友的建議，因爲她希望獲得愛瑪的協助。雖然愛瑪一直堅持海芮可以自己寫信、不需要她的協助，然而事實上，每一個句子還是愛瑪唸出來給海芮寫的。她們在回信時，再一次閱讀了馬汀先生的信，那封信很容易讓人心軟，因此特別需要用上幾句堅定的話語來讓海芮鼓起勇氣。而且海芮很擔心會令馬汀先生不開心，也擔心他的母親與姐妹會如何看待這件事，她擔憂她們會認爲她不知感恩。愛瑪相信，如果馬汀先生突然出現在她面前，搞不好海芮就會心軟而接受了他。

然而，信終於寫成、封緘，寄出去了。事情解決了，海芮安全了。整個晚上她都很低落，但是愛瑪允許她有遺憾的情緒，畢竟這樣才算厚道。愛瑪會適時緩和海芮的低落情緒，有時候談談她自己的喜好，有時候則提及艾爾頓先生的消息。

「我應該再也不會受邀到艾比密農場了。」海芮的語氣裡盡是惆悵。

「就算妳再度受邀，我也無法忍受與妳分離，我的海芮。哈特菲宅邸這個地方太需要妳了，不能把妳讓給艾比密農場。」

「我很確信，我再也不想去那裡了，因爲我只有在哈特菲宅邸才是快樂的。」

過了一會兒，海芮又開口說：「我想，嘉達德太太如果知道發生了什麼事，肯定會很驚訝。我相信納許小姐會很驚訝，因爲納許小姐認爲她自己姐妹嫁得不錯，而對方只是個亞麻布製造商哩！」

「一名學園教師的尊嚴與眼界竟然僅止於此，實在教人遺憾，海芮。我敢說，納許小姐一定很羨慕妳有嫁人的機會。在她眼中，這是個大好機會。我想，她不曉得妳還有更好的選擇。海伯瑞村居民的閒談之間還沒有提起艾爾頓先生對妳的青睞關注，因此我想，目前大概只有妳與我明白他的眼神、態度所代表的意涵吧？」

海芮羞紅了臉，微笑著說她很好奇爲什麼會有人這麼喜歡她。當愛瑪提到艾爾頓先生時，固然讓海芮的情緒稍微振奮一些，但是不一會兒，她又對於拒絕馬汀先生一事感到心軟。

「現在他收到我的信了，」她輕聲地說：「我很好奇他們此刻在做什麼？他的姐妹們是否知道了？如果他不開心，她們也會不開心。我希望他別太介意。」

「讓我們轉移思緒，想想那些不在我們身邊、爲我們效勞的朋友吧！」愛瑪大聲說道。「此刻艾爾頓先生也許正將妳的肖像拿給他母親與姐妹看，告訴她們說妳本人比肖像漂亮得多。也許她們逼問了他五、六次，他才願意讓她們聽見妳的名字，妳可愛的名字。」

「我的肖像！但是他已經把我的肖像留在龐德街了。」

「如果他眞的這麼做，那麼我實在搞不懂艾爾頓先生。不，我親愛的小海芮，直到明天他上馬之前，那幅肖像才會被送到龐德街。今晚他一定隨身帶著那幅肖像，那是他的慰藉，他的喜悅來源。那幅畫讓他的家人知曉他的心意，等於把妳介紹給他的家人，那幅畫讓他們感受到我們天生的開朗、好奇心與熱情。此刻他們的想像力八成活絡起來，忙得不可開交，滿腦子充滿臆測！」

海芮再度微笑，她的微笑更加燦爛了。

愛瑪跟海芮說，
也許艾爾頓先生正把海芮的肖像拿給他的家人欣賞。

當天晚上，海芮在哈特菲宅邸過夜。過去幾個星期以來，她有一半以上的時間都待在那裡，且已有一間爲她準備的臥房。愛瑪左思右想，認爲這樣的安排最好，既安全又能表達對海芮的關心，至少目前這段時間要把海芮留在身邊。海芮隔天早上必須返回嘉達德太太家一兩個小時，目的是要向嘉達德太太稟告她將到哈特菲宅邸小住幾日。

海芮出門後，奈特利先生即上門拜訪，坐下來和伍德浩斯先生及愛瑪聊了一會兒，直到愛瑪催促伍德浩斯先生出門散步。伍德浩斯先生原本早已下定決心要散步健身，所以散步時間一到，愛瑪便勸他別再拖延。伍德浩斯先生禁不住兩人的催促，只好丟下奈特利先生，準備出門，雖然這麼做有違他的紳士風度。奈特利先生並不拘泥於禮束，他照例給了簡短果決的答案，這與伍德浩斯先生拖泥帶水的道歉與基於禮節的猶豫不決形成有趣對比。

「呃，我相信，如果你能原諒我的失禮，奈特利先生，如果你不會認爲我這樣很無禮，那麼我將接受愛瑪的建議，出門去散步個一刻鐘。太陽出來了，我想最好趕緊走完我的三趟來回路程。我這樣對待你實在很失禮，奈特利先生。還請你多多包涵我們這種身體孱弱的老人。」

「先生，您就別跟我客套了。」

「那麼我就請我女兒代勞了，愛瑪會很樂意招待你的。望請包涵，我這就出門去走個三趟路了，這是我冬天的散步活動。」

「這樣是最理想的了，先生。」

「我本來想邀你和我一起散步，奈特利先生，但我走路的步伐對你來說實在太慢了。更何況，你待會兒還要走一大段長路回丹威爾莊園呢！」

「感謝，先生。我現在也要離開了，我想您還是趕緊出門較好。我來替您拿外套，順便開門。」

伍德浩斯先生終於出門了，但是奈特利先生並沒有立刻離開，而是又坐下來，似乎想再多聊一下。他開始談到海芮，言談之間添了更多誠心的讚美，這是愛瑪從未聽過的。

「我和妳對她的美或許評價不同，」他說：「但她是個漂亮的青春少女，我也頗爲欣賞她的性情。她的個性取決於她所結交的人，只要多和好對象來往，她最後會變成深具吸引力的女人。」

「我很高興你這麼想，至於你所說的好對象，我想她現在應該已經找到了。」

「瞧，」他說：「既然妳那麼急著想得到別人的讚美，那麼我就告訴妳，妳的確改造了她。她已經改掉她那種小女孩似的嬌笑，她確實沒辜負妳的努力。」

「謝謝，如果我一點用處都沒有，未免也太慚愧了。但並不是每個人都能在該讚美的時候表達讚美。你就不太常讚美我啊！」

「妳說，她今天早上又會回到這裡來？」

「幾乎隨時都會抵達。她已經比說好的時間遲了一些呢！」

「八成是發生了什麼事耽誤她了，也許突然遇到一些訪客。」

「可能是海伯瑞村那些愛說三道四的居民！那些煩人的討厭鬼！」

「海芮可不會像妳這樣把人人都視爲煩人的。」

愛瑪知道這話太眞切，無法反駁，因此不發一語。他微笑地補了一句：「我也不知道會發生在什麼時間或地點，但我必須告訴妳，我有充分的理由相信，妳的朋友很快會聽到某些好消息。」

「眞的？是怎樣的好消息？」

「非常正經的好消息，我向妳保證。」他仍然微笑。

「非常正經！我只能想到一件事——誰愛上她了？誰向你吐露了對她的愛意？」

愛瑪期盼是艾爾頓先生透露了什麼訊息。奈特利先生向來是大家的朋友與謀士，她知道艾爾頓先生十分景仰他。

「我有理由相信，」他回答：「有人很快會向海芮．史密斯求婚，堪稱最佳人選——那個人就是羅伯特．馬汀。她今年夏天造訪艾比密農場，似乎把他迷倒了。他瘋狂地愛上她，並且打算娶她。」

「他的確非常樂於助人，」愛瑪說：「但他確定海芮想嫁給他嗎？」

「這個嘛，他只是想向她求婚。那有可能嗎？兩天前他來找我，希望我提供些建議。他知道我很瞭解他與他的家人，我相信他把我視爲好朋友之一。他來問我，是否會覺得他現在成家太早了？是否她年紀太輕？總之，他問我是否認同他求婚的決定。他也擔心也許大家認爲海芮的社會階級比他高，尤其自從妳爲她進行一番改造之後。我很高興聽到他說的話。我沒有見過像他那樣條理清楚的人。他總是切中要點，坦白直率又富有判斷力。他把每件事都告訴我，包括他的狀況與計畫，以及他們一家人打算如何籌辦他的婚禮。他是個優秀的年輕人，是個好兒子、好兄弟。我當然建議他結婚。他向我證明他足以養家，而我相信他絕對做得到。我也讚美了那位好姑娘，最後我愉快地送走他。就算他以前不怎麼重視我的意見，那麼現在他對我的評價一定很高。我敢說，他離開我家時，心裡一定想著我是他最佳的朋友與顧問。這件事發生在前天晚上。如果我們猜得沒錯，他此時定不會等太久，應該很快就去向海芮求婚了。如果他昨天沒有開口的話，那麼他很可能今天就會到嘉達德太太家裡去。所以我說，她可能被一名訪客耽擱了，但絕對不會認爲他是煩人的討厭鬼。」

「拜託，奈特利先生，」愛瑪在聽奈特利先生說這番話之時，一直暗自微笑著，她說：「你怎麼知道馬汀先生昨天沒有開口？」

「當然，」他驚訝地回答：「我不確切知道，但這是可想而知的。她昨天不是一整天都跟妳在一起嗎？」

「好吧，」她說：「我要告訴你一件事，當作回報你剛剛透露的事情。他昨天的確開口了，也就是說，他寫信了，但是被拒絕了。」

愛瑪重複了這句話，奈特利先生才相信。他由於驚訝與不悅而滿臉通紅。他站起來，身子挺得高高的，說：「那麼她就比我所想的更愚蠢。這個蠢女孩究竟是怎麼了？」

「噢！當然囉，」愛瑪說：「男人總是無法理解爲什麼女人可以拒絕求婚。男人總是以爲女人隨時等著男人來求婚。」

「眞是無稽之談！男人根本不會這麼想。但這是什麼意思呢？海芮．史密斯拒絕了羅伯特．馬汀？如果眞是如此，就太瘋狂了。我眞希望是妳搞錯了。」

「我看到她的回覆了，看得清清楚楚。」

「妳看到她的回覆？妳也替她寫了回覆吧？愛瑪，這件事是妳在主導的。妳勸她拒絕馬汀。」

「我根本不可能允許這種事，而且就算是我勸她拒絕，我也不認爲自己做錯了。馬汀先生是令人尊敬的年輕人，但我不認爲他和海芮是匹配的，我也很驚訝他居然敢向她求婚。就如你剛剛所說，他似乎的確曾有過一些掙扎，我很遺憾他最後居然都克服那些掙扎。」

「他和海芮不匹配？」奈特利先生大聲又激動地說。幾分鐘之後，他的情緒稍微平復，再度開口：「他的確和海芮不匹配，因爲他的聰明與條件比海芮優秀太多了。愛瑪，妳對那女孩的感情使妳變得盲目。海芮．史密斯不論在出身、個性或教育方面，有哪一點配得上比羅伯特．馬汀更優秀的人呢？沒人知道她的親生父母是誰，也許他們根本過著不安穩的生活，也沒有任何顯赫的親戚。她只不過是一間普通學校的寄宿學生。她一點也不聰慧，常識又不豐。她沒學到什麼有用的事情，加上年紀太輕、思想太單純，根本沒辦法自力更生。就她這種年紀而言，她可能毫無社會經驗，又不夠聰明，不太可能有任何好的發展。她很漂亮，脾氣也好，可惜優點僅止於此。我當初贊成這樁婚姻時只替馬汀擔心，我怕他娶了一個條件不如他的女子，對他不利。至於財富，我認爲他的發展極有可能比現在更理想，足以成爲可依靠的好丈夫。偏偏我無法對一位戀愛中的人分析這些道理，我願意相信她不會帶來任何壞處，我願意相信，雖然她的個性是那樣，但如果受到他妥善的照顧與調教，很容易被導引到正確的方向，結果也許會非常好。我認爲這樁婚姻裡唯一獲得好處的人是她，我一點也不懷疑，大家都會羨慕她極度的好運。我甚至敢保證妳也會很滿意。我立刻就想到妳一定相當捨不得讓海芮離開海伯瑞村，因爲她已經在這裡適應得非常好了。我記得當時我還對自己說：『就連對海芮那麼偏心的愛瑪，一定也會認爲這是樁好姻緣。』」

「我實在忍不住納悶，你一定是對本小姐很不瞭解，才會講出這樣的話。你怎麼會認爲一個農夫配得上我親愛的朋友？儘管他頗聰穎，也有一些別的優點，但除此之外別無其他。連我都不太可能接受馬汀先生當我的朋友了，如果她爲了和這樣的人結婚而離開海伯瑞村，我怎麼可能毫無悔憾？我很好奇，你是否想過我可能會有這般感受。我確信，你我的感受迥然不同。我認爲你方才的言論一點也不公允。你對海芮的那番評論是不公平的。別人的看法肯定和你大不相同，如同我一樣。馬汀先生也許較爲富有，但是他的階級地位肯定不如海芮。她的社交對象層級高出他許多。如果她嫁給他，無疑是降低身分地位。」

「降低至私生女與無知的層級，好匹配一位受人尊敬又睿智的紳士農夫！」

「有關她的出身，雖然法理上她被列爲父母不詳，但並非人人都這樣看待她的。她不應該跟層級低於她背後撫養者的人結婚，而爲此受人瞧不起。幾乎沒人懷疑過，她的生父是位紳士——一位富有的紳士。她生父爲她支付的生活費非常充裕，她的生活舒適安穩，從未打折扣。我毫不懷疑她的生父是一名紳士，沒人會否認她理當和紳士的女兒們往來。她的社會地位優於羅伯特．馬汀。」

「不論她的父母是誰，」奈特利先生說：「不論誰能爲她作主，我都看不出來那些人打算介紹她進入妳所說的上流社會。她在接受了些許教育之後，就被交給嘉達德太太照顧，任她自由發展。簡言之，他們讓她與嘉達德太太淪爲同一層級，與嘉達德太太的朋友往來。她的朋友顯然認爲這對她來說已經夠好了，而這也確實。她自己本來已經別無所求，直到妳決定把她變成妳的朋友。她本來一點也不怨恨自己原來的生活，也不冀求更多。和馬汀一家歡度夏日時光的她並沒有任何優越感。如果她此刻有了一些優越感，那麼一定是妳灌輸她的。愛瑪，妳根本不是海芮．史密斯的朋友。如果羅伯特．馬汀沒有感受到海芮對他的情意，他是不可能進展到目前這個地步的。我很瞭解他。他用情很眞，絕不可能出於自私的激情而隨便對任何女子展開追求。至於自視甚高，他可說是我所知道最謙抑的男子。我敢說，他一定受到鼓勵才會採取行動。」

針對奈特利先生的這番言論，愛瑪最好的選擇是不作任何直接的回應。她選擇繼續說她自己想談的話題。

「你眞是馬汀先生的好朋友啊，然而，如我之前所說，你說的話對海芮太不公平了。海芮想讓自己嫁得好的心思，一點也不像你形容的那麼可鄙。她雖然稱不上是個聰明的女孩，但是她的智慧遠超過你所知，她不應該被你數落得那麼不堪。就針對你剛剛所說的那一點，如果她眞的如你所形容，只是漂亮且個性好，那麼讓我告訴你，她漂亮的程度，絕對超乎世俗的標準，她可是漂亮極了，一百個人有九十九個都會這麼認爲。男人一提到美貌的話題，顯然說的是一套、做的是一套。除非男人眞的傾向在意女子的豐富內在，而不注重美麗臉蛋，否則像海芮這樣的可愛女孩，是少不了一群追求者的，她絕對有條件從眾多追求者中挑一個好對象。她的好個性也不容輕忽，她善解人意、眞誠甜美，謙恭表達自己的意見，而且很隨和。如果你們男人不把這樣的美貌與個性當作一名女子最傑出的特質，那麼我實在錯看你們男人了。」

「愛瑪，聽到妳剛剛所陳述的道理，讓我幾乎快被說服了。寧可失去聰明，也不要像妳一樣誤用。」

「當然囉！」她戲謔地大叫。「我知道那就是你們男人的感受。我知道像海芮這樣的女孩正是每個男人夢寐以求的，她絕對會立刻迷惑一個男人的理智與判斷。噢！海芮絕對有條件挑選最好的夫婿。如果是你自己要結婚的話，她是最適合你的女孩了。十七歲的她，正展開人生的扉頁，開始被注意到，如果她沒有接受生平第一次的求婚，應該不足爲奇吧？這一點也不奇怪。給她多一點時間探索自己吧！」

「我向來認爲妳和海芮的親密友情是很愚蠢的事，」奈特利先生馬上接口說：「雖然我一直都把這個想法放在心裡。但我現在突然覺得，這份友情對海芮來說，實在太不幸了。妳一直向她灌輸自恃美貌的念頭，還告訴她該有所挑剔。過不了多久，她身邊就再也沒有匹配得上她的人了。她的意志不堅強，受到妳那些浮誇想法的影響，會產生不幸的結果。一名年輕女孩把期望擺得太高，看似簡單卻禍患無窮。雖然海芮・史密斯小姐是個漂亮的女孩，但她不可能很快再度遇到有人向她求婚。不管妳怎麼說，有智慧的男人不會想娶愚蠢的妻子；有名望的男子，也不會想和出身不明的女子有所牽扯；個性謹慎保守的男子，也會擔心哪一天她的生父母突然出現時可能帶來的不便與不光彩。讓她嫁給羅伯特・馬汀，那麼她就會受人尊敬，安享一生幸福。如果妳鼓勵她繼續等待更好的結婚對象，並且教她只著眼那些有名望、有財富的男子，那麼她便只能一輩子寄宿在嘉達德太太家裡了。或者，如果海芮・史密斯是那種非要結婚的女孩，她可能會一直等到心煩意亂，到時候連嫁給老作家的兒子都會欣然接受。」

「我們兩個對於這件事的看法非常不同，奈特利先生，再繼續討論下去也沒什麼用，只會讓彼此更生氣而已。不過我是不可能讓她嫁給羅伯特・馬汀的。她已經拒絕他了，我想她的態度相當堅決，應該足夠阻止他再度求婚。她必須忍受狠心拒絕他而產生的心理煎熬，不論程度有多嚴重。至於拒絕婚事這件事，我無意假裝對她毫無影響，但我向你保證，不論是我或任何人，能施力的程度都很有限。他的外表十分不起眼，他的談吐舉止很差勁，就算她曾極度欣賞他，現在已不會了。我可以想像，在她尚未遇到更優秀的人之前，她也許可以容忍他。他是她好朋友們的兄弟，他費盡心力討好她，而且她這輩子可能沒有遇過更優秀的人（這對他來說是十分有利的一點），所以她造訪艾比密農場時，才不會覺得他條件欠佳。現在情況不同了。她瞭解紳士爲何，只有具備教育與教養的紳士有機會和海芮交往。」

「胡說，眞是胡說八道，沒人這樣講話的！」奈特利先生大叫：「羅伯特．馬汀的談吐舉止充滿睿智、誠懇與幽默，令人讚嘆。他的內涵深度不是海芮．史密斯所能理解的！」

愛瑪沒有答話。她試圖讓自己看起來愉悅鎮定，但其實她感到不悅，眞希望他離開。她一點也不後悔自己所做的。她仍然認爲，針對此事，不論是從女性的立場或教養來看，自己比他更具有判斷力。只是因爲她向來敬重他，所以她實在不喜歡他這麼大聲地反駁她的意見，也不樂意見到他這麼氣沖沖地坐在她對面。在不愉悅的靜默中，幾分鐘過去了，愛瑪這一方努力想挑起天氣的話題，卻沒得到任何回應。他正在思考。他思索的結果，終於擠出以下這些話。

「羅伯特．馬汀沒有任何重大損失，但願他能這麼想。我希望他不需花太多時間就能體悟到這一點。妳對海芮的想法，妳自己最清楚，既然妳一點也不諱言自己愛替人作媒，我大可以假設，妳心裡有一些主張或計畫打算。身爲妳的朋友，我應該提醒妳，如果妳想替海芮撮合的對象是艾爾頓先生，那麼我認爲妳最後會落得白忙一場。」

愛瑪大笑，予以否認。奈特利先生繼續說：「我敢說，艾爾頓是不可能的。艾爾頓是個優秀的青年，而且在海伯瑞村受到大家的敬重，但是他絕對不可能締結與他不匹配的婚姻。他比任何人更深知財富收入的價值。艾爾頓也許言談間洋溢熱情，不過他的行動是十分理性的。他很清楚自己結婚的條件，就像妳認定海芮具有條件一般。他知道自己是非常英俊的年輕人，到處受到人們喜愛，從他私下在純男士場合中所說的話看來，我相信他一點也不想隨便成婚。我聽說他曾經熱烈地談論他姐妹們熟稔的一大群年輕女孩，那些女孩個個將來都會繼承巨額遺產。」

「我不得不說聲感謝，」愛瑪再度大笑，「如果我打算讓艾爾頓先生娶海芮，那麼聽到你這番中肯的提醒，我肯定會即時醒悟。然而，目前我只希望把海芮留在身邊。我其實已經完成了替人作媒的任務，不敢奢望還能再次締造威斯頓夫婦那樣的傑作。我應該見好就收。」

「告辭了。」他道別後，突然站起來走開了。他非常惱怒。他體會得到馬汀這名年輕人會有多失望，他很慚愧自己會是促成這個失望結果的幫凶，畢竟當初他曾鼓勵馬汀採取行動。而愛瑪爲了說服他所說的話，也惹得他惱怒異常。

愛瑪同樣處於惱怒的狀態，但是她比奈特利先生更多了一份不確定感。她並不像奈特利先生那樣時懷自信，她向來不完全確定自己的意見是對的，而對手是錯的。他走開的時候帶著十足的自信，愛瑪卻缺乏那樣的信心。她沒那麼容易沮喪低頭，然而此刻她需要一點時間，並且希望看到海芮歸來，才能提振她的精神。海芮出門這麼久沒回來，開始讓愛瑪感到不安。馬汀先生很可能會上嘉達德太太家造訪，他可能會見到海芮，親自懇求她，這讓愛瑪很擔心。她害怕忙了半天最後白費力氣，這種恐懼讓她十分不安。當海芮出現時，心情似乎頗佳，也沒特別說明她是因爲遇見馬汀而耽擱這麼久，愛瑪這才終於放下心來。她說服自己，隨便奈特利先生愛怎麼想或怎麼說，反正她所做的一切都是基於姐妹淘之間的情誼與職責。

奈特利先生提到艾爾頓先生的那些事情，確實有點嚇到她，但是她想到奈特利先生沒辦法像她一樣仔細觀察艾爾頓先生，他既沒興趣，也沒有像她那樣傑出的觀察技巧，況且他剛剛說那番話時，帶著急切與憤怒，這使愛瑪相信，奈特利先生說那番話只是盛怒之下隨便說的，並非他眞的知道什麼事情。（她告訴自己別去在意奈特利先生所言。）他當然比她更有機會聽過艾爾頓先生私底下毫無保留的談話，但艾爾頓不是個勢利貪財的人，他可能只是比較關注錢財之事罷了。話說回來，奈特利先生雖然提到了艾爾頓先生的各種動機，卻沒有考量到艾爾頓先生那份強烈的熱情。奈特利先生沒見識過，當然不可能將它列入考量。但是她太清楚艾爾頓先生的那份熱情，她絲毫不懷疑，那足以使人忘卻一般情況下該有的謹慎與顧忌。她非常確定艾爾頓先生並沒有這種謹慎顧忌。

海芮回來之後，愉悅的表情與態度也感染了愛瑪。她一回來後，並沒有想到馬汀先生，而是談起艾爾頓先生。納許小姐告訴她一些事，此刻海芮隨即興奮地述說。培瑞先生曾上嘉達德太太家去照料一名生病的孩子，納許小姐見過他，他告訴納許小姐說，昨天他在從克雷頓公園返家的路上遇到艾爾頓先生，他驚訝地發現艾爾頓先生正在前往倫敦的路途中，打算明天才會回來。然而昨晚是惠斯特牌之夜，他向來不曾錯過。培瑞先生提醒他這件事，告訴他說，如果他這位打牌高手缺席，未免太無趣了。培瑞先生努力勸艾爾頓將行程延後一天就好，但是他不肯。艾爾頓先生決意要繼續行程，且用一種非常特別的口吻說，他正要去辦的這件事很重要，他不可能爲了任何理由而延誤。他還說這件事是關於一件令人羨妒不已的委託，他必須攜帶一件非常珍貴的物品。培瑞先生不太能瞭解他說的話，不過他非常確定這件事必定牽涉到某個女孩，他也把他的想法告訴了艾爾頓先生，艾爾頓先生只是笑而不答，隨即興高采烈地騎馬離去。納許小姐把這一切都告訴海芮，若有所思地注視著她。

「我並沒有假裝瞭解他的要務是什麼，我只知道，如果艾爾頓先生眞愛上了哪個女孩，那個女孩便是世界上最幸運的。畢竟毫無疑問的，向來都還沒有哪個女孩的美貌或條件配得上艾爾頓先生。」

第九章 Emma

奈特利先生也許會和愛瑪爭吵，但愛瑪可無法跟她自己吵架。他非常不高興，因此他再度造訪哈特菲宅邸的間隔比往常拉長了一些。當他們再度碰面時，他嚴峻的表情透露了她尚未被原諒。她感到很抱歉，卻一點也不後悔。相反的，她的計畫進展愈來愈明確正當，而且從接下來幾天的態勢看來，堪稱順心如意。

那幅肖像的裱框製作得相當精緻。艾爾頓先生一回來，便安全地將那幅畫送達。畫被掛在客廳的壁爐平台上方。他站起身來端詳那幅畫，然後恰如其分地說完他那些讚嘆的話語。至於海芮的感受，顯然漸漸形成一種強烈且堅定的情愫，正如她的青春與心智狀態所允許的。愛瑪很快就滿意地發現，馬汀先生已經逐漸被海芮淡忘了，因爲他與艾爾頓先生形成強烈的對比，這對艾爾頓先生極爲有利。

她想要透過大量有用的閱讀與對話來教化海芮的心智，可惜目前爲止只進行了頭幾個章節，事情總是一再交付明天。她們湊在一起時，很容易就分心聊天，無法專心。她較喜歡讓自己的想像力耗用在海芮未來的歸宿上，而比較不喜歡費事鍛鍊她的理解力，或把理解力耗用在枯燥無聊的史實上。而目前海芮唯一從事的文學素養，也是愛瑪在晚間所提供唯一的心智訓練活動，就是收集與抄寫各式各樣的猜謎。愛瑪請朋友把這些謎語裝訂成一本薄薄的燙金四開紙本，並且在裡頭裝飾著密語與破解標記。

在這個文學的年代，很流行這種大規模的蒐集。納許小姐身爲嘉達德太太學校的首席教師，曾經抄錄了至少三百則謎語，而海芮受到納許小姐的啓發，她希望在愛瑪的協助之下，可以打破納許小姐的紀錄。愛瑪很支持海芮，她用她的創造力、記憶與品味來支持。尤其海芮寫得一手好字，使得製作出來的謎語集不論在形式或數量上，俱堪稱一流。

伍德浩斯先生對於謎語集的投入程度絲毫不亞於女孩們，他常常試著回想起一些值得她們收藏的謎語。「我小時候聽過許多絕妙的謎語，我很怕想不起那些謎語，但希望最終還是能全部記起來。」而他每則謎語最後的結尾都是：「凱蒂，一位美麗但冷若冰霜的女孩。」

伍德浩斯先生曾向他的好朋友培瑞提過那則謎語，不過培瑞先生現在也完全想不起來。伍德浩斯先生要求培瑞努力替他打聽。他認爲，依他這麼努力打探的程度，總會蒐尋到一點線索。

他的女兒愛瑪絕對不希望海伯瑞村的每個知識分子都被叨擾一番。她唯一尋求協助的人是艾爾頓先生。他受邀前來貢獻任何他想得起來的精采謎語、猜字或機智問答。她很高興看到他努力回想謎語的樣子，同時，她也可以趁機觀察他是否脫口而出任何不雅或不恭敬的話。有兩三則文雅的謎語便是他所提供的。當他終於想起那些謎語時，極度欣喜，接著便感性地背誦出那則著名的字謎。

這個字的第一個部分代表著悲痛，
第二部分則代表受苦者，
而整個字代表著可軟化與療癒苦惱的最佳解藥。①

他說出這道謎語之後，她不得不滿懷抱歉地向他坦承，她們稍早之前已經抄錄過了。

「你何不親自替我們寫一則謎語呢？艾爾頓先生？」她說：「唯有如此才能確保謎語的新奇與原創

性。這對你來說，再輕易不過了。」

「喔，不！我這輩子從來沒寫過，幾乎不曾。我是最笨的傢伙！我怕就連伍德浩斯小姐（他停頓了一會兒）或史密斯小姐都無法逼我寫出謎語來。」

然而，隔天他所創造出來的東西顯然證明他還是受到了啓發。他上門造訪了一段時間，爲的是把一張紙放在桌上。紙上寫著一道謎語，據說是他的朋友爲一名他所心儀的年輕女孩所寫的，但愛瑪立刻就斷定那一定是他自己心儀的對象。

「我並不是爲了讓史密斯小姐收藏而提供這道謎語，」他說：「這道謎語是我朋友的，我沒有權利公開，但也許妳們不介意瞧瞧這道謎語。」

這些話對於愛瑪的意義遠勝於對海芮，愛瑪可以理解他的意思。他的話裡隱藏著深意，他發現他比較容易直視愛瑪的眼睛，反而不容易直視海芮。接著艾爾頓先生便離開了片刻。

「拿去吧，」愛瑪一邊微笑，一邊把那張紙推向海芮，「他是寫給妳的。妳自己拿。」

但是海芮渾身顫抖，無法觸碰那張紙。向來不愛搶先的愛瑪不得已，只好自己檢視那張紙。

獻給某某小姐的字謎

這個字的第一部分，是國王們的財富與浮華。
大地的神祇們！祂們的奢華與安逸。
這個字的第二部分是，瞧呀，祂在那裡，海洋的君王！

但是，啊！兩者合而爲一的話，一切就顚倒了！
男子引以爲傲的權力與自由，全都消失了。
曾貴爲大地與海洋的主宰啊，如今變成了奴隸，
而女人，可愛的女人，成爲唯一的主宰。

您夠機智的話，謎底很快就會揭曉，
但願溫柔的眼裡能綻放出認可的光芒。

她瞄了一眼，沉思了一會，便明白了其中意涵。她再仔細讀了一遍，以便更加確定。她確實掌握那些字句之後，把它交給海芮，坐在那裡高興微笑。當海芮帶著希望與枯燥乏味的複雜情緒閱讀那張紙時，愛瑪心想：「很好，艾爾頓先生，眞的非常好。我曾經讀過很糟糕的謎語。求愛（courtship）——這是非常好的暗示。我爲此讚賞你。這是你表達情意的方式。這是很明顯的表達——『求求妳，史密斯小姐，請允許我向妳表達情意。請在同一個眼神裡，讚揚我的謎語以及對妳的愛意。』」

但願溫柔的眼裡能綻放出認可的光芒。

這的確是在形容海芮。溫柔，是形容她眼睛的最佳字眼——在所有讚美中，這是最中肯的。

您夠機智的話，謎底很快就會揭曉。

嗯——海芮的機智！沒問題。一個男人必定很愛她，才會如此形容！啊！奈特利先生，我眞希望你能親眼瞧瞧。我想這應該可以讓你信服。你這輩子總有必須承認自己錯誤的時候。這眞是個美妙的謎語！正合我意。事情很快就會演變成一場好戲了。

海芮急著想解開謎題，因此愛瑪在心裡的自言自語被迫中斷。

「這會是什麼呢？伍德浩斯小姐？究竟是什麼呢？我毫無頭緒。我一點也猜不出來。它有可能是什麼呢？請試著找到答案吧，伍德浩斯小姐。請您幫幫我。我從沒看過這麼難的謎題。謎底是王國嗎？我很納悶那位朋友是誰？而誰又是那名年輕女孩？您覺得這是一道好謎題嗎？答案是女人嗎？

而女人，可愛的女人，成爲唯一的主宰。

答案是海王星嗎？

瞧呀，祂在那裡，海洋的君王！

或是海神的三叉戟？一隻美人魚？還是鯊魚？噢，不，鯊魚只有一個音節。謎底一定很精采，否則他不會特地提起這道謎語。噢！伍德浩斯小姐，您認爲我們是否找得出答案？」

「美人魚和鯊魚？胡猜一通。我親愛的海芮，妳在想什麼？他何必費心提起他朋友的謎題，而謎底卻是美人魚或鯊魚？把那張紙給我，好好聽著。」

「獻給某某小姐，這裡指的是史密斯小姐。

這個字的第一部分，是國王們的財富與浮華。
大地的神祇們！祂們的奢華與安逸。

這兩句指的是宮廷（court）。

這個字的第二部分是，瞧呀，祂在那裡，海洋的君王！

這兒指的是船隻（ship），清清楚楚的。接下來是最精采的部分。

但是，啊！兩者合而爲一的話（猜出了吧，是求愛哪），一切就顚倒了！
男子引以爲傲的權力與自由，全都消失了。
曾貴爲大地與海洋的主宰啊，如今變成了奴隸，
而女人，可愛的女人，成爲唯一的主宰。

這是非常合宜的恭維！然後緊接著的是懇求，親愛的海芮，我認爲妳應該很容易就能理解。放鬆心情，再唸誦一次吧。這道謎題無疑是爲妳而寫，是獻給妳的。」

海芮絲毫無法抵抗這麼令人雀躍的勸說。她讀了最後幾行字，滿心喜悅。她說不出話來，但她本來就無意說話。她只需要感受喜悅就夠了。愛瑪會替她說話。

「這份讚美詩的意涵是如此清楚明確，」她說：「我絲毫不懷疑艾爾頓先生的情意。妳是他心儀的對象，妳很快就會得到證明。我認爲一定是這樣的。我本來以爲我不可能被如此矇騙，但此刻一切都明朗了，他的心意清楚又堅定，一切正如我所願。自從我認識妳之後，就一直希望事情如此發展。是的，海芮，長久以來，我一直希望這個情況發生，而如今眞的實現了。我分辨不出妳和艾爾頓先生之間的情愫究竟是被刻意撮合的或是自然發生的。它的可能性與正當性幾乎是同等的。我非常高興。我誠心誠意向妳恭喜，我親愛的海芮。能發展這樣的情愫，值得女人引以爲傲。這樣的交往所帶來的全是好處。這會爲妳帶來一切妳所冀求的——尊敬、獨立自主，以及一個美滿的家——它會讓妳成爲所有眞心朋友的焦點人物，靠近哈特菲宅邸，也靠近我，也確保我們可以永遠親近。海芮，這樣的聯姻，讓我們兩個以後都不會感到尷尬了。」

「親愛的伍德浩斯小姐，」起初，海芮什麼話都說不清楚，只能不停地和愛瑪相互擁抱，擁抱之後，她也只能勉強擠出一句「親愛的伍德浩斯小姐」。當她們開始對話後，愛瑪才明白，海芮看到的、感受到的、預期的、記憶的，都十分切合實際。艾爾頓先生身分的優越，是不爭的事實。

「您說的向來都對，」海芮說：「因此我假設，我相信，並且希望事情果眞如此。否則的話，我不可能作此想像。這一切太超乎我所應得的。艾爾頓先生很可能娶任何人！大家對他的評價都是一致的。他非常優秀。光是想想那些甜美的字句——『獻給某某小姐』，天啊，寫得多好。它眞的是爲我而寫的嗎？」

「對於這一點，我絲毫沒有疑問。這是千眞萬確的。相信我的判斷吧！這是一齣戲的序曲，一個章節的題詞，緊接而來的將會是實實在在的正文。」

「這是令人意料不到的事。我很確定，一個月前我自己毫無頭緒。最奇怪的事情的確會發生！」

「當史密斯小姐與艾爾頓先生剛認識的時候，事情的確發生了，而這件事眞的很奇怪。它是違反常情的，因爲一般的愛戀通常是顯而易察的熱切渴望——在經過他人事前安排撮合之後，應該立刻就會發展爲適當的形式。妳和艾爾頓先生因緣際會之下被撮合，你們各自的家庭背景都注定了你們屬於彼此。你們的結合如同泰勒小姐的婚姻一般天造地設。哈特菲宅邸的空氣中似乎有一種神奇的成分，能讓愛情往正確的方向滋長，並且把愛傳遞到每一個它應該蔓延的管道之中。

眞愛的路徑從來都不是那麼順暢易行的——

這句莎士比亞的詩句，如果拿到哈特菲宅邸來詮釋的話，註釋肯定得花上很長的篇幅。」

「艾爾頓先生眞的愛上我了！他在那麼多人之中居然看上了我，而我在米迦勒節②的時候對他根本不瞭解，也沒跟他說過話。他是我所見過最英俊的男子，每個人都仰望他，就像奈特利先生一樣！大家都渴求他的陪伴，每個人都說，除非他自己希望，否則他從來都不需獨自用餐。他獲得的邀約，排滿了整個星期的每一天。他在教會的表現是多麼出色啊！納許小姐抄下了自從他來到海伯瑞村所做的每一場佈道內容。天啊！當我回想起第一次見到他！當時我實在有欠思量啊！我和艾伯特家的兩個女孩聽到他正要經過的腳步聲，我們闖進了教堂前方的小房間，透過窗隙偷窺。納許小姐跑過來斥喝我們離開，結果她自己反而也透過窗隙偷窺。不過不一會兒她就把我叫回去，讓我也一起參與，眞是非常好心。當時我們都覺得他好英俊啊！他和柯爾先生臂挽著臂走路。」

「你們的這場聯姻，肯定會讓妳的朋友們都很滿意，不論妳的朋友們是誰，只要他們有常識，一定都會這麼認爲。至於那些愚蠢的朋友，我們實在也不需要費心向他們解釋自己的行爲。如果妳的朋友渴望看見妳獲得幸福美滿的婚姻，那麼艾爾頓先生和藹可親的個性絕對是幸福婚姻的最佳保證。如果妳的朋友希望看到妳定居在同一個鄉鎮與生活圈，那麼這個願望已經實現了。如果他們的唯一目標只是希望妳嫁得好（用最通俗的字眼來說），那麼艾爾頓先生擁有充裕的財富、受人尊敬的事業，在這世界上佔有一席之地，這一切肯定能讓妳的朋友們滿意。」

「沒錯，眞的，您說得眞好。我眞愛聽您說話。您明瞭一切事理。您和艾爾頓先生一樣聰明。這道字謎！就算讓我再認眞學習個一年，也不可能寫出這麼精采的字謎。」

「從他昨天婉拒親自寫字謎的態度來看，我想他打算試試自己的技巧。」

「我眞的認爲這是我所讀過最傑出的字謎。」

「我也沒讀過其他的求愛字謎。」

「我們之前所收集的那些謎題，好像都沒有像這道字謎那麼長的。」

「我並不認爲這道字謎的長度特別長，通常像這樣的字謎不能太短。」

海芮太專注於那些字句，所以沒聽見愛瑪的話。她的腦海裡浮現了最令人滿意的對比。海芮的臉頰泛著紅暈，接著說：「像一般人一樣具有尋常的智慧，在有話想說的時候坐下來寫一封信，用簡潔的字句充分表達自己的意思，這是一回事。但要寫出像這樣的長篇文句與字謎，又是另一回事了。」

海芮此刻是在比較馬汀先生的那封信和艾爾頓先生的這道字謎呢！愛瑪很高興海芮似乎認為馬汀先生的那封信略為遜色。

「這些甜美的字句啊！」海芮繼續說：「最後這兩句！我怎麼有能力回覆這張字紙呢？或者我該怎麼說我已經找到答案了？噢！伍德浩斯小姐，我們該怎麼做？」

「這事情就交給我吧。妳什麼都不必做。我敢說，他今晚會到這裡來，到時候我把這道字謎交還給他，隨便和他瞎扯閒聊一番，而妳暫時不動聲色。妳那溫柔的眼睛必須選擇恰當的時機才能綻放光芒。相信我。」

「噢，伍德浩斯小姐，眞可惜，我不能把這麼美麗的字謎抄進我的書裡面。我很確定，我所收集的謎題之中，沒有一道及得上它一半精采。」

「只要把最後兩句拿掉，妳就沒理由不把這道字謎寫進妳的書裡。」

「噢！但是最後這兩句是——」

「是最精采的。當然囉。妳可以保留這兩句，讓自己私底下回味。這絲毫不會減損這兩句話的文采，因為妳只是把它們拆開而已。它們仍是一組對句，意涵也沒有改變。不過如果把它移開，就看不出這是一封要求肯定的求愛信，而變成一道頂級優美的字謎，適合任何的收錄。無疑的，他不會樂意見到他的字謎被拆開，但這總比讓人看出他的求愛對象好。戀愛中的詩人，應該在詩作與求愛兩方面都受到鼓勵。把那本筆記拿給我，我來抄寫，絕對不會讓人看出是寫給妳的。」

海芮把筆記交給愛瑪。雖然她的腦袋幾乎無法拆解那道字謎，她倒很確信她的朋友不會讓人看出這是一份愛的告白。這道字謎太珍貴了，不適合做任何的公開。

「我絕對不會讓這本謎題筆記流傳出去。」她說。

「很好，」愛瑪回答：「這是當然的了。妳這個原則堅持得愈久，我愈滿意。但是我父親走過來了。妳應該不反對我把這道字謎唸給他聽吧？這會帶給他極大的樂趣！他很喜歡這類字句，尤其是讚美女性的字句。他對我們女性懷藏著最溫柔殷勤的心思。妳務必要讓我唸給他聽！」

海芮的表情看起來很嚴肅。

「我親愛的海芮，妳不能對這道字謎作太多的推敲琢磨。如果妳太急著想從中推敲出更多意涵，甚至想挖掘出全部的意涵，那麼妳就會洩露了妳的情意。別被這麼一首小小的愛慕字謎弄得心神不寧。如果他在意保守這個祕密，就不會趁我在場時留下這張紙。尤其他是把紙塞給我，而不是塞給妳。我們千萬不要對這件事太過認真。他有了足夠的鼓勵才會採取行動，我們不能把整副心思擺在這道字謎上。」

「噢，不！希望我的反應不會太過荒謬可笑。一切就依您的意思吧。」

伍德浩斯先生走進房間內，他很快就挑起謎題筆記的話題。他一如往常詢問道：「親愛的小姑娘，妳們的謎題收集進行得如何？有沒有什麼新鮮玩意兒？」

「有的，爸爸，我們有東西要唸給您聽，一個非常新鮮的玩意兒。今早我在桌上發現一張紙（我們猜測可能是一名小仙子掉落的），這張紙裡寫了一道非常優美的字謎，我們剛才把它抄進筆記裡。」

她把字謎唸給他聽，用他最喜歡別人爲他朗讀的方式——緩慢而清楚，重複個兩三次，而且一邊唸，一邊進行解釋。他非常滿意，尤其對於最後的結尾印象深刻，正如愛瑪所預料的。

「哎呀，寫得眞美，說得眞好。太眞實了！『女人，可愛的女人。』這是多麼美的一道字謎啊，親愛的，我立刻就能猜出是哪位仙子帶來的。愛瑪，除了妳之外，很少有人能寫出這麼優美的字句。」

愛瑪只是點點頭，微笑著。

伍德浩斯先生思索了一會兒，輕嘆了一口氣後又說：「啊！毫不費力就知道妳遺傳了誰。妳親愛的媽媽非常擅長寫這些東西。眞希望我具有像她那樣的記憶力！可惜我想不起任何事情，甚至想不起妳曾聽我提過那句特別的猜謎。我只記得第一段，但那道猜謎還有好幾段。

> 凱蒂，美麗但冷若冰霜的少女，
> 點燃了我內心的火焰，卻又令我哀痛。
> 我召喚那位蒙眼的少年前來應援，
> 雖然他的靠近，讓我害怕他會破壞了我之前的求愛告白。

我只記得這些了——每一句都寫得很精采。不過，親愛的，我記得妳說妳已經抄過了。」

「是的，爸爸，它被抄在第二頁。我們從《優雅精粹》抄下來的，那是葛瑞克（Garrick）的詩，您知道的。」

「哎呀，的確，我希望我能多想起一些。」

凱蒂，美麗但冷若冰霜的少女。

這個名字讓我想起可憐的依莎貝拉，因爲她差一點依照她祖母的名字而被命名爲凱撒琳（譯註：Catherine，簡稱爲凱蒂 Kitty）。我希望她下星期會回家來過節。親愛的，妳是否想過要讓她睡在哪裡？那些孩子又要睡哪個房間呢？」

「喔，是的！她當然會睡在她原來的房間。那個房間永遠都是她的。還有一間育嬰房是給孩子們睡的。一如往常，您知道的。何必有任何改變呢？」

「我不曉得，親愛的，她可是好久沒有回來了！自從上次復活節就沒回來過，而且上次也只待了幾天。她的夫婿約翰・奈特利先生擔任律師，眞是不方便啊！可憐的依莎貝拉。她被迫和我們大家分離！當她回來時見不到泰勒小姐，會有多麼傷感啊！」

「至少她不會覺得驚訝，爸爸。」

「我不曉得耶，親愛的。我很確定，當我頭一次聽到她即將結婚的消息時，我非常驚訝。」

「我們得邀威斯頓夫婦過來用晚餐，趁依莎貝拉回娘家的這段期間。」

「是的，親愛的，如果有時間的話，但是（他的語氣非常沮喪）——她只回來一個星期，根本沒時間做任何事情。」

「可惜他們不能待太久，但似乎非得那樣不可。姐夫必須在二十八號那天返回，爸爸，我們應該慶幸至少他們還有一整個星期的空檔待在這裡，而不是撥出兩三天時間到丹威爾莊園去。奈特利先生答應這個聖誕節會把他們讓給我們，雖然您知道，他比我們更久沒見到他弟弟一家人了。」

「如果依莎貝拉不待在這裡而到別的地方去，我的確會很難過的，親愛的。」

伍德浩斯絕對不允許奈特利先生霸佔他弟弟，或是讓任何人霸佔依莎貝拉的時間，除了他自己以外。他坐在那裡沉思了一會兒，然後才又開口。

「雖然約翰的確需要趕回去，但我實在想不透，依莎貝拉為何也非得要急著趕回去呢？愛瑪，我想我會試著勸她留下來和我們多待一陣子。她和孩子們都可以留下來。」

「哎呀，爸爸，這件事情您從來沒有成功過，我也不認為您會有成功的一天。依莎貝拉無法忍受與丈夫分離。」

這句話太眞切，伍德浩斯先生無法反駁，他只能發出一聲屈服的嘆息。當愛瑪看見父親的心情因為想到女兒對丈夫的依戀而受到影響時，她立刻轉移話題，以提振父親的情緒。

「當姐姐和姐夫造訪期間，海芮可以盡可能抽空陪我們。我相信她一定會很喜歡那些孩子。我們以那些孩子為榮，是不是啊？爸爸？我很好奇，她會認為哪個孩子長得較俊美？亨利或約翰？」

「哎呀，我也很好奇她會選哪一個呢？可憐的小親親們，他們一定很高興能回到這裡來。他們很喜歡哈特菲宅邸呀，海芮。」

「我敢說他們一定很喜歡這裡，先生。我確信，沒人會不喜歡這裡的。」

「亨利是個英俊的男孩，但是約翰長得像他媽媽。亨利是老大，他是依我的名字命名，而不是依他爸爸的名字。老二約翰才是依他爸爸的名字而命名。我相信有些人會很驚訝老大不是依自己父親的名字而命名，但依莎貝拉希望他的名字是亨利，這讓我多開心。他眞是個聰明極了的孩子。他們全都非常聰明，還有許多優點。他們會站到我椅子旁說：『爺爺，您能給我一小段繩子嗎？』有一次亨利還向我要一把小刀，但我告訴他說刀子是專門給爺爺們用的。我想，他們的父親常常對他們太過放縱了。」

「只有您覺得他太過放縱，」愛瑪說：「因爲您自己本身太過溫文儒雅了。如果您拿其他爸爸們來和他比較，就不會認爲他是放縱的。他希望他的兒子們能主動且堅強。如果他們表現不佳，可以偶爾訓斥他們一頓。但他是個慈愛的父親——約翰・奈特利先生絕對是個慈愛的父親。孩子們都很愛他。」

「還有，每次他們的伯父一進屋裡來，就把他們舉起來，拋向天花板，那動作實在嚇壞人。」

「可是孩子們很喜歡呀，爸爸。他們最喜歡這個動作了。這對他們來說很有趣，如果他們的伯父沒有立下輪流玩的規定，他們肯定互不相讓的。」

「這個嘛，我實在無法理解。」

「我們大家也都無法理解，爸爸。這世界上有一半的人都不瞭解另一半人的樂趣所在。」

那個早上的稍後，當愛瑪與海芮正要分頭去爲四點鐘的晚餐做準備時，寫下那首求愛字謎的英雄再度出現了。海芮害羞地別過頭去，愛瑪則以一如往常的微笑迎接他。她看了一眼，就知道他打算乘勝追擊。她認爲他是來看看事情發展得如何。然而，他來此的表面理由卻是詢問他是否能不參加伍德浩斯先生於晚間所舉辦的餐宴，或者他在哈特菲宅邸是否有任何可以效勞之處。如果有需要的話，他可以把其他事情排開，否則，因爲他的朋友柯爾嚷嚷了好久要邀他共進晚餐，他也答應會視情況盡可能前去參加。

愛瑪向他道謝，但是她不能讓他爲了他們而使朋友柯爾失望。她父親顯然是他的顧忌。他一再要求效勞，她一再婉拒，而正當他似乎即將鞠躬離開時，她從桌上拿起那張紙，交還給他。

奈特利先生把姪子高高拋起，逗樂他們。

「噢，這是你今天留在這裡的字謎。謝謝你讓我們有機會拜讀。我們都非常欣賞，我還大膽地把它抄進史密斯小姐的謎題筆記書裡了。我希望你的朋友不會介意責怪。當然，我只抄了前面八行字。」

艾爾頓先生的確不曉得該說什麼。他看起來很迷惘困惑，僅說了一句關於「榮幸」的話。他瞄了愛瑪一眼，再瞄了海芮一眼，然後望向攤在桌上的那本筆記，拿起它，專心地檢視。愛瑪注視著這尷尬的一幕，然後微笑著說：「你一定要替我向你的朋友致歉。但是這麼精采的字謎，絕對不能只限於一兩個人之間流通。他能寫出這麼優美的字謎，一定會讓每個女子都對他傾心。」

「我必須毫不猶豫地說，」艾爾頓先生回答，但他顯然經過了十足的猶豫，「我必須毫不猶豫地說，至少如果我朋友的感受和我一樣的話——我絲毫沒有懷疑，如果他能像我一樣親眼見到他這小小的作品受到如此榮幸（他再度注視那本筆記書，然後把它放回桌上），他一定會認爲這是他一生中最值得驕傲的時刻。」

說完這些話，他便盡可能快速離開了。愛瑪還來不及多作他想。因爲就他平常風度翩翩的優越自在而言，他剛剛那番話裡有一種正經八百的嚴肅口吻，惹得她很想大笑。她跑開到別處去盡情大笑，讓海芮留下來享受愛慕情愫裡所涵藏的溫柔與狂喜。

譯註：

①第一部分指的是悲痛（woe），第二部分意指受苦者是男人（man），故謎底答案是女人（woman）。

②英國節日，每年九月二十九日。

雖然此時正值十二月中旬，還是無法阻擋兩位年輕女孩外出活動。這天，愛瑪前往一個生病的貧戶家庭進行慈善探訪，那戶人家住在海伯瑞村郊。

通往那幢偏僻小屋的路是牧師公館所在的巷子，從寬大但不規則的大街上轉進去。艾爾頓先生的牧師公館就在這條巷子內。她們首先經過幾間破舊的屋舍，然後大約走了四分之一哩路之後，就望見牧師公館。這是一幢老舊的屋舍，幾乎緊貼著街道。這幢屋舍的狀況不佳，但經過現任屋主艾爾頓先生的精心打理，算是差強人意。兩名女孩經過時，免不了放慢腳步，仔細端詳。愛瑪首先發話。

「就是這裡。妳和妳的謎題筆記書總有一天要入住這裡。」

海芮則回：「噢！好可愛的房子！多麼美麗啊！那些是納許小姐非常喜歡的黃色窗簾。」

「我現在很少走這條路，」當她們向前走時，愛瑪說：「但是既然以後有理由常來，我應該慢慢熟悉這裡的圍籬、大門、水池，以及樹叢。」

她發現，海芮這輩子從沒來過這條巷子，顯然對眼前一切感到很好奇。這幢房子的外觀與一切條件看來並不算太理想，不過考量艾爾頓先生在海芮身上看見機智，愛瑪也只能將海芮表現出來的好奇歸類為愛的表徵。

「我希望能想出辦法，」她說：「但我實在想不出什麼正當的理由能讓我們混進去瞧瞧。我們家沒僱請僕人，所以我也不能詢問他的管家工作情況如何。再說也沒有我父親的口信可以帶給他。」

她沉思了一會兒，仍想不出任何辦法。經過幾分鐘的沉默之後，海芮再度開口。

「伍德浩斯小姐，我一直很納悶，爲什麼您沒有結婚，甚至也不打算結婚！您是如此迷人啊！」

愛瑪大笑著回答：「海芮，我就算迷人，也還不足以誘發出想結婚的念頭。我必須找到同樣迷人的對象——至少得找到一個才行。而且我不只是目前不想結婚，我甚至這輩子都不打算結婚。」

「啊！您是這麼說沒錯，但我不相信。」

「我必須先見到比我目前所見更優秀的男子，才會觸發結婚念頭。妳知道的，艾爾頓先生已是不可能的。（她想了一想）何況我也不願意認識這樣的人。我寧願不被挑起結婚的念頭。我即使改變現狀，也不會比現在的生活更好了。如果我眞的結婚，我一定會後悔的。」

「天啊！聽到一名女子這麼說，眞是奇怪啊！」

「我不像一般女子一樣渴望結婚。假使我有戀情，也許是另一回事。但我不曾戀愛過。那不是我的風格，也不是我的天性，而且我認爲我永遠都不會戀愛。若非爲了戀愛而硬要改變目前的狀態，那我豈不是個大傻瓜？我不想要財富。我也不想要事業，不要承擔責任。我相信只有少數結了婚的女性能夠當家作主，就像我此刻掌管哈特菲宅邸一樣。在我父親眼中，我永遠都是最重要、最正確的，此刻的我是眞正被愛且地位崇高的，我從來都不期望自己能從別的男人那裡得到同樣尊貴的對待。」

「但話說回來，不結婚的話，最後會像貝茲小姐一樣變成孤單老婦人！」

「海芮，別用那種可怕的畫面來嚇我。如果我認爲自己以後會變得像貝茲小姐一樣——如此傻氣，如此滿足，如此滿臉微笑，如此平凡乏味，如此不起眼，如此沒有主見，而且還急著把自個兒身邊每件事情都向人宣揚——那麼我肯定明天就趕緊結婚去。但是我相信我和她之間除了不結婚之外，不會有任何相似之處。」

「可是，您仍然會是個孤單老婦人！那實在太可怕了！」

「別擔心，海芮，我不會變成可憐的孤單老女人。只有貧窮，才會讓獨身生活在一般大眾眼中看似可悲。大家都認爲，收入微薄的單身女子必定是個難以相處的荒謬老婦人，會淪爲年輕男女的笑柄。但是有錢的單身女子永遠都會受到尊敬，就和任何人一樣講理好相處。乍看之下，這樣的差別也許有違世俗的正規與常理，但其實不然。因爲微薄的收入會讓人不自覺地局限了心智，因而讓脾氣變壞。那些勉強維生的人，或是那些生活在狹小環境且條件不佳的人，很可能非常拘泥偏執、脾氣暴躁。不過這個道理不適用在貝茲小姐身上。她只是脾氣太好、太傻氣，所以和我不同。總體而言，雖然她單身又貧窮，大家還是很喜歡她。貧窮顯然沒有局限了她的心智：我眞的相信，如果她的財產只剩下一先令，她很可能會拿出六便士分給別人。況且，沒有人會畏懼她：那眞的是很了不起的魅力。」

「天啊！但是您要做什麼呢？當您老了之後，您要拿什麼養活自己？」

「海芮，如果我夠瞭解我自己的話，我認爲我的心智是活躍忙碌的，我有很多可供運用的不同資源。況且，我在二十一歲不需要擔心如何養活自己，爲什麼到了四十歲或五十歲必須特別擔心呢？到時候，女性能用眼睛、手與腦袋從事的工作，我還是可以做啊，就像現在一樣，一點差別也沒有。如果我圖畫少一點，我就多讀一點。如果我放棄音樂，那麼我就開始織地毯。至於愛慕的對象或是情感的寄託，的確是一項缺點。不結婚最大的壞處，就是缺乏這些。但這對我來說也不成問題，我很愛我姐姐的小孩們，盡可以把感情寄託在他們身上。有了他們，就可以滿足我老年生活所需的一切情感需求。他們足以讓我付出期望與擔心。雖然我在情感上不依附任何人，但對他們的愛卻也不會亞於他們的父母。這種生活狀態較適合我，我覺得這樣舒服自在多了，總比對愛人付出熾熱且盲目的愛來得好。我的外甥與外甥女們！我可以時時請我的外甥女們陪伴我。」

「您知道貝茲小姐的外甥女嗎？我知道您一定見過她幾百次了，但您認識她嗎？」

「喔，是啊！每次她來到海伯瑞村，我們總被迫見面。要不了多少時間，那種經驗就幾乎要讓我打消請外甥女作伴的念頭。真是太慘了。真希望以後我不會像貝茲小姐談論她外甥女珍．費爾法斯那樣，老是拿我姐夫奈特利一家子的事情來叨擾身邊的人。有人一聽到珍．費爾法斯這個名字就開始頭暈了。她寫的每封信都要被唸誦個四十遍以上。她對所有朋友的讚美一再地被轉述。如果她送給她姨媽一份三角胸衣的圖案，或是替她外婆織了一雙吊襪帶，那麼接下來整整一個月，貝茲小姐就只會重複講這件事情。我真心祝福珍．費爾法斯一切安好，但她實在讓我覺得無聊要死。」

如今兩人已經快走到那間小屋，她們的閒談也告一段落。愛瑪非常具有同情憐憫心，而這一戶可憐人家的遭遇，讓她出於個人的關注和仁慈付出了慰問與耐心，同時也傾囊相助。她瞭解對方的狀況，所以能容忍他們的無知傲慢與貪求，她不會對這些人的美德或品性有什麼浪漫的期待，畢竟這些人受的教育有限。她帶著同理心來瞭解他們所遇到的麻煩，總是以智慧與善意來提供協助。目前這家人遇到的是貧病交加的難題，所以她前來探訪。她們待在那裡的期間，她盡可能給予安慰與建議，然後才離開。

在她們回程路上，愛瑪顯然是有感而發地說：「海芮，剛剛那些景象有一個好處。這些景象使得其他一切變得多麼微不足道啊！我現在覺得，接下來這一整天，我的心思大概只能圍繞在這些可憐人身上了。然而，誰知道我何時才能將這件事從腦海中抹去呢？」

「的確，」海芮說：「這些可憐人！看過了他們之後，再也無法思考其他事情了。」

「眞的，我不認爲這個印象能迅速消失。」愛瑪說，她跨過矮牆，踉蹌步下台階，走上穿越小屋庭院那條又窄又濕滑的小徑，最後才再度走回到巷弄裡。「我不認爲這個印象能迅速消失。」她停下腳步，再度注視這個遮掩不住破爛的地方，回想著屋內更加破爛的景象。

「噢！親愛的！不！」她的同伴說道。

她們繼續走著。這條小巷有點彎曲，她們經過彎道之後，立刻看見艾爾頓先生。他們之間的距離如此靠近，愛瑪只來得及說：「啊！海芮，現在突然來了一個機會，可以考驗我們是否像剛剛所說會一直保持悲天憫人的情懷。這個嘛（她微笑著），我希望如果同情憐憫能對那些可憐人產生慰藉與激勵，那麼它成就的便是確實重要的工作。如果我們同情那些可憐人，且也盡所能地幫助他們了，那麼剩餘的就是空泛的同情，只會造成我們自己的困擾。」

海芮只來得及回答「是啊！」，艾爾頓先生便加入她們的行列了。然而，他們交談的第一個話題卻是那戶可憐人家的不幸與痛苦。他本來打算去探訪。如今他可能會延後這趟探訪，不過他們熱烈地討論還有什麼事情可以做與應該做。接著艾爾頓先生轉過身去伴隨她們。

「在這樣的情況之下碰巧遇到彼此，」愛瑪心想，「在這種慈善探訪的場合中相遇，對雙方都會增添愛意。我不禁好奇，這種情況會不會促使艾爾頓先生當場告白？如果我不在場的話，艾爾頓先生一定會告白的。眞希望此刻我身在他處。」

她急著離開，好讓他們兩人獨處，於是她很快就走上巷子邊上一條高起的狹窄步道，讓他們兩人繼續走在主要幹道上。但是她在那裡還待不到兩分鐘，就發現習慣依賴跟著她的海芮也走上來了，這表示他們倆很快就會追趕上來。這可不成，她立刻停下腳步，假裝要調整一下半統靴上的鞋帶，然後坐下來，佔據了整個步道，懇求他們繼續向前走，她會在半分鐘後追上他們。他們照著她的話做了。等到她判斷該是調整完鞋帶的合理時間時，她故意耽擱了一會。她被一名從那幢小屋走出來的女童追趕上了。這名小孩是在大人的吩咐之下，帶著水壺出發，前往哈特菲宅邸去取回一些高湯。走在這名孩子身旁，和她聊天，問一些問題，是最自然不過的事。雖然愛瑪是故意耽擱的，看起來亦很自然。如此一來，那兩個人就可以繼續向前走，不必非要等候她趕上。然而，她還是不由自主地快趕上他們了，那孩子的步伐太快，偏偏他們兩人的步伐太慢。她更加擔憂會追上他們，因爲從他們交談的樣子看來，似乎在談一件很感興趣的話題。艾爾頓先生興奮激動地說話，海芮則專心聆聽。當愛瑪送別了那個孩子之後，開始思考自己該如何往回走一點。這時，他們倆剛好都回過頭來，愛瑪只好再度加入他們的行列。

艾爾頓先生仍繼續說話，交代某個有趣的細節。當愛瑪發現艾爾頓先生只是在向海芮描述前一天在朋友柯爾家的餐宴，說他親自準備了史提爾頓起司、北威爾特起司、奶油、芹菜、甜菜根以及所有的點心……她實在失望。

「這樣的談話當然很快就會引發更美好的事情，」愛瑪在心裡安慰自己，「愛人之間的一切話題都是有趣的，任何事情都能引發內心的情感。眞希望我剛剛能離開他們久一點。」

此時他們三人安靜地繼續向前走，直到看見牧師公館的灰籬。愛瑪突然做了個決定，至少要讓海芮進入牧師公館裡一窺究竟，於是她再度藉口說靴子上掉了一樣東西，所以慢下腳步來處理。然後她把靴子的鞋帶扯斷，敏捷地丟進水溝裡。這一次她要求他們停下腳步，說她的靴子出了點問題，如果不先處理一下，就沒辦法舒服地走路回家。

「我的鞋帶掉了，」她說：「我不知道是否能想辦法解決。我眞的是最麻煩的同伴，但還是希望能盡快解決問題。艾爾頓先生，我必須請求先在你家裡暫歇一下，請貴府管家給我一點緞帶或繩子，或者任何能繫得住靴子的東西。」

艾爾頓先生對於這個提議滿心歡喜。他熱切地邀請女士們進屋，並且努力想在她們心中營造最佳印象。她們被引領至一個房間，這是他主要的起居空間，面向屋子前方。這個房間後面還有另一間房，兩房相通，中間的門敞開。愛瑪隨著管家走進後面房間，管家以無微不至的態度提供協助。愛瑪不得不讓那道門繼續敞開著，她其實很希望艾爾頓先生把門關上。然而門並沒有被關上，仍半掩著。愛瑪不停地與管家交談，希望讓隔壁房間內的艾爾頓先生有充裕時間能挑選話題。整整十分鐘，她除了自己的聲音之外，聽不到有任何動靜。不能再拖延下去了，於是她不得不結束與管家的交談，回到隔壁房間。

這一對戀人併立在一扇窗戶旁。這是最好的現象。整整半分鐘的時間，愛瑪感受到計畫已焉成功的光榮感。但事實不然，他根本沒有說到重點。他很討人喜歡，取悅芳心。他告訴海芮說他方才看到她們經過屋前，於是故意跟隨她們。他還說了一些讚美恭維的話，可是稱不上重要。

「他非常謹慎。」愛瑪心想，「他步步爲營，小心行事，直到確信自己安全才會進攻。」

雖然愛瑪精心策劃的各種小手段全落空，她還是不禁安慰自己，這次的機會對兩人來說都是愉快的經驗，有利於後續的重要發展。

第十一章

Emma

從現在起，艾爾頓先生就得靠自己了。愛瑪再無能力關照他的幸福或者催促他採取行動。她姐姐一家人即將造訪，起初她只是期待，後來演變成她關注的重心。在他們停留哈特菲宅邸的十天期間，她不可能再有任何機會提供這對愛人任何協助。不過如果他們願意的話，還是有可能進展迅速。不論他們願不願意，一定要有某些進展才行。她幾乎不奢望自己得空去關注他們的戀情發展。有些人是這樣的，你如果爲他們做得愈多，他們爲自己做的就愈少。

約翰・奈特利夫婦因爲比往常離開薩里郡①更長的時間，使大家倍感興奮。他們結婚之後到今年爲止的每段長假，都被分配在哈特菲宅邸與丹威爾莊園兩處度過，但是今年秋天的假期，孩子們要去做海水浴，因此他們沒有回來。親朋好友已有好幾個月沒見到這一家人了，包括伍德浩斯先生，他不願意大老遠跑到倫敦去，甚至不願意爲了可憐的依莎貝拉前往。然而，如今他也是最熱切且興奮期待他們一家短暫造訪的人。

他擔心路途艱辛對女兒造成的影響，倒一點也不在意他自己馬匹與馬夫的疲累。他的馬夫從半途去把他們一家人接回來。但是他的擔心是沒有必要的。十六哩的路途輕鬆完成，約翰・奈特利夫婦及五名子女、幾名訓練有素的保母，都安全地抵達哈特菲宅邸。他們的抵達帶來了歡樂。大家彼此寒暄，迎接、安頓到房間，這一切製造出的噪音與混亂，使得伍德浩斯先生的神經再也無法承受。孩子們回到外公家來，突然間獲得充分的自由，可以盡情吃喝、遊戲與睡覺，他們把握這難得的機會，片刻也沒有耽擱。依莎貝拉很擔心孩子們一時玩瘋了，她在兼顧母職之餘，仍非常尊重哈特菲宅邸的規矩以及父親的感受，因此不准孩子們叨擾外公太久的時間。

約翰・奈特利太太是名美麗優雅的小婦人，氣質溫柔嫻靜，非常和藹可親。她全心奉獻給家庭，扮演賢妻良母的角色。她懷念父親與妹妹，但由於家庭責任繁重，因此無法對娘家付出更多心力。她從來不會挑剔家人的缺點，總認爲家人是完美無瑕的。她理解力並不強，也不算敏銳；她在這方面和父親很相像，遺傳了許多他的特質。她體弱多病，因此過分擔心自己孩子的健康，成天恐懼擔心。她十分依賴鎮上的溫菲爾醫生，就像她父親依賴培瑞醫生一樣。他們善良的個性也如出一轍，且擅長對每位舊識表達關心。

約翰・奈特利先生個子高，頗有紳士風範，非常聰明，而且事業有成，居家愛家，受人敬重。然而他生性保守拘謹，通常不太會討好人，有時候甚至缺乏幽默感。他並非脾氣不好，不常無理地大發雷霆，但是他的脾氣也不能說是完美。事實上，身邊有一位如此崇拜敬重他的妻子，她的甜美脾氣必定會把他寵壞。他的思慮清晰敏銳，是她所缺乏的，而他有時候表現得像是不知感恩，甚至口出一些嚴厲的話。他的小姨子愛瑪並不是太喜歡他，他的任何缺點都逃不過愛瑪的眼睛。愛瑪三兩下就察覺出他對依莎貝拉有時過分嚴厲，依莎貝拉本人卻渾然不覺。如果他對小姨子愛瑪的態度熱絡一點，也許愛瑪還能不跟他計較，但是他對愛瑪就像冷靜善良的兄長或朋友，罕有讚美或獻殷勤。不過就算他再怎麼做，也不可能讓愛瑪無視於她所認爲的最嚴重錯誤——他對老丈人缺乏足夠的寬容。他往往耐心不夠，伍德浩斯先生的古怪與不安性格有時會激得他也失去理性或言語尖酸。這種情況不常發生，因爲約翰・奈特利向來尊敬老丈人，而且認爲這是天經地義的事。愛瑪卻必須時常擔心姐夫不小心的失控冒犯，雖然最後都幸好無事。儘管如此，每次他們一家人回來造訪，大家都還是盡量展現最恰當的情緒，並且祈禱這短暫的造訪能在溫馨圓滿的氣氛中安然度過。他們坐下來歇息沒多久，伍德浩斯先生便開始傷感地搖頭嘆息，提醒大女兒注意到自從她上次離家後所發生的改變。

「喔，親愛的，」他說：「可憐的泰勒小姐，這眞是太不幸的事情了。」

「噢，是啊，爸爸，」她同情地說：「您一定很想念她吧！親愛的愛瑪也是！這對你們兩個來說是多麼殘酷的損失啊。我一直爲你們感到難過。我無法想像，沒有她的日子，你們要怎麼過啊？這的確是令人難過的改變。但我希望她現在過得很好，爸爸。」

「她過得很好，親愛的。我希望她過得好。我不太清楚，不過她在那個地方似乎適應得還可以。」

這時，約翰．奈特利低聲詢問愛瑪，蘭道斯宅邸那裡是否有什麼不對勁。

「噢，不！一點也沒有。我這輩子沒見過威斯頓太太這麼快樂過。她現在看起來非常幸福。爸爸只是在表達他自己的遺憾罷了。」

「這對雙方來說都不失禮。」約翰．奈特利漂亮地回答。

「您是否常見到她？」依莎貝拉用一種哀愁的語調問道，這種語調正好符合她父親的心境。

伍德浩斯先生躊躇了一下。「並不像我所期望的那麼頻繁。」

「噢！爸爸，自從他們結婚之後，我們只有一天沒見到他們。除了那天之外，幾乎每天至少都會見到他們其中一個，通常是兩人一起，不是在早上就是晚上，見面地點不是在蘭道斯宅邸就是在這裡。依莎貝拉，妳想也知道，多半都在這裡碰面。他們夫婦倆眞好心，願意常常來造訪。威斯頓先生眞的像她一樣善良。爸爸，如果您再用那種哀傷的語調說話，會讓依莎貝拉誤會。每個人都知道，泰勒小姐教大家多想念，但每個人也都該確信，威斯頓夫婦的確盡一切可能讓我們不需掛念她。這是千眞萬確的。」

「這是應該的，」約翰・奈特利說：「正如我從你們的信中讀到的情況一樣。她希望持續關心你們，這是無庸置疑的，剛好她的夫婿也很隨和、熱愛交際。親愛的，我一直都告訴妳，我認爲泰勒小姐結婚不會爲哈特菲宅邸帶來太大的改變，根本不需要像妳那麼擔心。現在妳親耳聽到愛瑪這麼說，希望妳能放心了。」

「當然，」伍德浩斯先生說：「沒錯，我不否認可憐的威斯頓太太確實常常過來看我們，但話說回來，她每次總是得再離開。」

「她如果不回家，威斯頓先生就難過了。爸爸，您每次都忘了可憐的威斯頓先生。」

「是呀，」約翰・奈特利神情愉悅地說：「我認爲威斯頓先生的確有權利做這要求。愛瑪，妳我都能體會可憐丈夫的難處。我身爲別人的丈夫，而妳還沒成爲別人的妻子，大概都能體諒那位可憐丈夫的小小要求。至於依莎貝拉，她結婚太久了，久到幾乎可置威斯頓先生的權益於不顧了。」

「親愛的，」他的妻子聽他這麼說，卻沒完全聽懂意思，「你在說我嗎？我想，再也沒人比我更擁護婚姻了。要不是泰勒小姐必須離開哈特菲宅邸這件事情如此不幸的話，我會說泰勒小姐是世界上最幸運的女人。至於可憐的威斯頓先生，也是優秀的威斯頓先生，我認爲他並沒有受到不公的對待。我相信他是史上脾氣最好的男人。除了你和令兄，我不曉得還有誰的好脾氣能與他匹敵。我永遠忘不了上次復活節時，那天風很大，威斯頓先生還替我們的小亨利放風箏。另外去年九月的時候，他半夜十二點還在熬夜寫信，只爲了告知我說卡波翰②一帶並沒有出現猩紅熱的疫情，打從那時候開始，我就相信這世界上再也沒有比他更好心的人了。如果有任何女子匹配得上他的話，絕對非泰勒小姐莫屬。」

熱心的威斯頓先生幫忙小亨利放風箏。

「威斯頓先生的兒子在哪裡呢？」約翰・奈特利問道：「這回見得到他嗎？」

「他還沒來。」愛瑪回答：「自從威斯頓夫婦結婚之後，這裡的人就強烈盼望他兒子很快出現，但一直都沒有成眞。最近我沒聽人提起過他了。」

「親愛的，妳應該說說有關那封信的事情，」愛瑪的父親說：「那個年輕人寫了一封道賀信給可憐的威斯頓太太，那封信寫得極其得體優美。她拿給我看過。我認爲他這麼做眞的很好。不論那到底是不是他的意思，誰也不曉得。他還很年輕，也許他的舅舅……」

「親愛的爸爸，他已經二十三歲了，您都忘了時間過得有多快。」

「二十三歲？眞的嗎？這個嘛，我眞是無法想像。他可憐的媽媽過世時，他才兩歲啊！哎，時光果眞飛逝。我的記憶力眞差。不過話說回來，那封信實在寫得好，讓威斯頓夫婦覺得很高興。我記得那封信是在威茅斯③那個地方寫的，日期是九月二十八日。開頭是『親愛的夫人』，但我忘記後面是怎麼寫的，最後的署名是『F. C. 威斯頓・邱吉爾』。我記得很清楚。」

「他是多麼貼心懂事啊！」善良的約翰・奈特利太太說：「我絲毫不懷疑，他是最親切的年輕人了。可惜他居然沒法回來和他父親同住。一個孩子被帶離父母身邊，眞是令人不忍啊。我無法理解，爲什麼威斯頓先生能忍受與兒子分離？他被迫放棄自己的小孩啊！我眞無法想像，怎麼會有人膽敢向別人提出這種要求？」

「我想，大家對邱吉爾夫婦的觀感都不太好。」約翰・奈特利冷冷地說：「但是，妳不能要求威斯頓先生的感受，必須如同要妳放棄亨利或約翰時一樣。威斯頓先生是個樂觀隨和的人，不是那種情感強烈的人。他逆來順受，接受事情的本質，並苦中作樂。我想，他是從社交活動中來尋求心靈的慰藉，藉由吃吃喝喝以及一週五天和鄰居打牌來排遣苦悶。他倚靠的並非家庭溫暖，或是任何家庭所賦與的事物。」

愛瑪實在不希望威斯頓先生受到如此誤解，有點想要打斷話題。她掙扎了一下，還是忍住了。她要盡可能維持平和的氣氛。她的姐夫具有強烈的居家習性，以及家和萬事足的想法，這當然有他值得尊敬之處，但也造成他對於一般社交活動頗爲輕視，看不起把社交活動視爲重要的人。愛瑪費了一番工夫才克制住自己想要插話的衝動。

譯註：

①薩里郡（Surry），位於倫敦南邊，本書中重要場景的海伯瑞村和丹威爾莊園都在薩里郡內。

②卡波翰（Cobham），位於薩里郡內的小鎮，距倫敦約三十二英里。

③威茅斯（Weymouth），英國南方海濱的港鎮，是多賽特郡（Dorset）內著名的渡假勝地。

奈特利先生前來共進晚餐，伍德浩斯先生顯得有點不大情願，他實在不想和他人共享依莎貝拉回來的第一天。然而愛瑪認爲這樣做是對的，因此下了這個決定。除了認爲這對奈特利兩兄弟都好外，由於上回奈特利先生和她之間發生爭執，她也想趁機示好，邀請他前來正好給自己一個台階下。

她希望他們兩個能再度恢復友誼。她認爲該是和好的時機了。和好其實並不容易，她當然不會承認自己有錯，而他也不會示弱。不可能有人先讓步的，但在這種場合中，兩人應該都會假裝未曾爭執過。她希望這能有助友情的修復。當他進門時，她正陪著一個孩子。這是年紀最小、約八個月大的漂亮小女嬰，生平第一次造訪哈特菲宅邸，此刻正在阿姨的懷抱裡雀躍舞動著。這幅景象的確有所幫助。雖然一開始他板著臉孔，簡短問候了幾句，但不久就像往常一樣開始和她聊起孩子，還從她懷裡把小女嬰抱過去，十足親切，看不出任何無禮或不悅。愛瑪覺得他們再度成爲朋友了。這個想法起初讓她感到很滿意，可是當他正在讚美小嬰兒時，她忍不住又覺得他有點無禮。

「眞是令人欣慰啊，我們竟然都這麼憐愛手足的兒女。我們對於男人女人的看法或許不同，但對於這些孩子，我發現我們倒是意見一致。」

「如果妳對於男人女人的看法上能多依隨一點天性，別受到妳自身經驗的影響和光是想像與臆測，而像現在和孩子們互動這般眞情流露，那麼我們也許會意見一致。」

「當然，我們的意見不一致，總都是因爲我的錯。」

「是的，」他微笑著說：「這是當然的。我十六歲的時候，妳才出生啊。」

「那麼我們的差異眞的很大。」她回答：「我年紀還小的時候，你的判斷當然比我好囉，不過難道這二十一年的間隔，沒讓我們兩人的意見更接近嗎？」

「有啊，當然更加接近了一些。」

「但是顯然還不夠接近，所以當我們看法不同時，你根本不讓我有對的機會。」

「我仍然比妳多了十六年的經驗，而且我不像妳是個漂亮的小女人與被寵壞的孩子。拜託，親愛的愛瑪，讓我們和好，別再提這件事了。小愛瑪，請妳告訴妳阿姨，要她爲妳樹立一個良好的典範，別老愛翻舊帳；妳告訴她，如果她之前沒有錯，那麼現在她這樣就眞的錯了。」

「沒錯，」愛瑪大聲說道：「沒錯，小愛瑪，請妳長大之後務必成爲比妳阿姨更優秀的女人。妳一定要很聰明，別像我這麼容易受騙。奈特利先生，現在我再說一兩句話就閉嘴。既然我們的立意都是良善的，那麼我們就都是對的。我必須說，沒人能說我的論點是錯的。我只想確認，馬汀先生並沒有爲此感受到萬分失望和痛苦。」

「沒有一個男人像他那麼失望痛苦。」這是奈特利先生簡單而直接的回答。

「啊！那麼我眞的很抱歉。來吧，和我握手言和吧！」

他們倆誠心握手言和時，約翰．奈特利出現了。他們用典型的英國紳士方式互相打招呼。「你好嗎？喬治？」以及「你好嗎？約翰？」，平淡的語調中藏著一股冷靜。然而有必要的話，他們兄弟倆願意爲彼此赴湯蹈火。

這個晚上非常安靜，時光在閒聊間度過。伍德浩斯先生爲了和親愛的依莎貝拉多聊聊，所以取消打牌活動。小小的一夥人很自然地分成兩群：一群是伍德浩斯先生和他的大女兒，另一群則是奈特利兄弟倆。兩群人的聊天話題截然不同，且很少混合交談。而愛瑪只是偶爾加入其中一方的對話。

奈特利兄弟倆聊的是他們自己關心的話題和事業，主要都是關於哥哥的，他的脾氣向來擅於與人溝通，比弟弟健談許多。奈特利先生身爲地方法官，通常會有一兩件事可請教約翰，或者講述一些耐人尋味的小故事；而他的另一個身分是農場主人，照料丹威爾的家族農場，他必須判斷來年哪一塊地會收成什麼作物，每當聊起這些當地訊息，總是能讓他那位戀家的弟弟聽得津津有味。排水設施、圍籬的改變、樹木的砍伐，以及每一畝收成後的小麥、甘藍或玉米要運往哪裡，同樣讓約翰感到興味盎然，也使他冷酷的態度稍微軟化一些。如果他那說得口沫橫飛的哥哥留有空檔讓他提問，那麼他問問題的語調亦很激動高昂。

兄弟倆聊得起勁的時候，伍德浩斯先生與他女兒正享受著親密家人之間的憐惜與傷感。

「我可憐的依莎貝拉，」他慈愛地執起她的手，好幾次打斷她照料五個孩子的動作。「妳多久沒有回家來啦？非常久了吧？大老遠的路程一定讓妳累壞了，妳必須早點上床睡覺，親愛的。在妳就寢之前，我向妳推薦稀粥。妳和我可以一塊享用一碗稀粥。我親愛的愛瑪，也許我們大家都可以吃點稀粥。」

愛瑪認爲這個想法不可行，她知道奈特利兄弟倆是不會被說服的，就像她一樣，因此只命人準備了兩碗稀粥。伍德浩斯繼續宣揚著稀粥的益處，還抱怨了爲什麼人人不在每天晚上享用一點稀粥，然後他繼續以極度嚴正的口吻說話。

「眞是不妥當啊，親愛的，你們這個秋天居然到南方海邊去渡假，而沒有到這裡來。我向來都不太喜歡海邊的空氣。」

「爸爸，是溫菲爾先生強烈推薦我們到那兒走走，否則我們是不可能去的。他建議所有的孩子都應該去，但他其實是特別爲了小貝拉虛弱的喉嚨建議的。他推薦海風與海水浴。」

「啊！親愛的，但培瑞先生很質疑海風對她究竟有沒有好處。至於我自己，我長久以來都認爲大海對健康的助益是很少的，雖然我之前可能沒向你們提過。我相信大海會立刻要了我的命。」

「拜託，拜託，」愛瑪大聲制止，她覺得這不是個安全的話題，「我必須請求你們別再談論大海了。這讓我嫉妒，覺得很悲哀。我從來沒見過大海啊！如果可以的話，請別再談論南邊的大海了。我親愛的依莎貝拉，我還沒有聽妳問候培瑞先生呢，他可是從未忘記妳啊！」

「噢，善良的培瑞先生，他還好嗎？爸爸？」

「不錯，但不是太好。可憐的培瑞患了膽病，而他無暇好好照顧自己。他告訴我說他沒有時間照顧自己，眞令人難過。偏偏這地方到處都需要他。我想，其他地方找不到像他這樣的醫生。話說回來，其他地方也找不到像他這麼聰明的人。」

「培瑞太太和他們的孩子們還好嗎？那些孩子長大了不少吧？我很關心培瑞先生。我希望他很快就上門造訪。他一定很高興見到我的孩子們。」

「我希望他明天會來，因爲我有一兩個切身的問題想要請教他。還有，親愛的，不管他何時來，妳務必要讓他檢查一下小貝拉的喉嚨。」

「噢，親愛的爸爸，她的喉嚨已經好多了，我幾乎用不著擔心了。若不是海水浴眞的把她治好了，要不就是溫菲爾醫生的藥膏眞的有效，自從八月起，我們就常常替她塗抹藥膏。」

「海水浴不太可能有什麼助益，親愛的。如果早知道你們缺的是藥膏，我早就向培瑞要——」

「在我看來，妳似乎忘了貝茲太太與貝茲小姐，」愛瑪說：「我至今還未聽妳問過她們。」

「喔！貝茲家的人啊？我眞是慚愧得很。但在妳寫給我的每封信裡幾乎都提到她們。老好人貝茲太太，我明天就去拜訪，而且會帶著孩子們一塊兒去。貝茲家的人總是很高興見到孩子們。還有大好人貝茲小姐！他們都是非常好的人！她們還好嗎，爸爸？」

「親愛的，她們大致說來很不錯。只是可憐的貝茲太太在大約一個月前患了重感冒。」

「眞是遺憾啊！不過最近的感冒不像今年秋天時那麼流行。溫菲爾先生說他不認爲最近的感冒會很嚴重，它只是會傳染罷了。」

「如果那樣的話倒好，親愛的，希望不至於像妳提到的那種程度。培瑞說，感冒是很普遍的，但不會像十一月流行的感冒那樣嚴重。培瑞並不認爲這一季有很多人生病。」

「是啊，溫菲爾先生也不這麼認爲，除了——」

「喔，我親愛的孩子，其實在倫敦，已稱得上是很嚴重的季節病了。住在倫敦的人沒有一個是健康的。你們被迫住在那裡，實在太可怕了。那麼遠的地方，空氣又那麼糟！」

「不，眞的，那裡的空氣一點也不糟。我們住的那一區是倫敦的高級住宅區。您一定把我們住的地方和一般的倫敦搞混了，爸爸。布朗斯威克廣場附近與倫敦其他區域非常不同。我們那裡的空氣很新鮮。我自己也不願意住在倫敦的其他地區，更不願意讓我的孩子住在其他地區。但是我們那一區的空氣很新鮮！溫菲爾先生認爲布朗斯威克廣場附近的空氣絕對是最新鮮的。」

「喔，親愛的！那裡的空氣根本比不上哈特菲宅邸。只要在這兒住上一星期，你們每個人都會變得不一樣。妳看起來和從前不同了。我認爲你們每個人現在看起來的狀態都不大好。」

「我很遺憾聽到您這麼說，爸爸，但我向您保證，除了還擺脫不掉小小的頭痛與心悸外，我是很健康的。如果孩子們上床前的臉色看起來有點蒼白，那只是因爲他們比平常疲累一些，畢竟旅途勞累，而且他們對於回來這裡感到興奮激動。但願您明天能覺得他們的臉色好多了。我向您保證，溫菲爾先生告訴我，說他眞不敢相信他送我們離開的時候，每個氣色都這麼好。我想，您至少不會認爲我丈夫的氣色不好吧？」她將目光移向她丈夫，眼神裡滿是焦急。

「還好而已，親愛的。我無法故意說些好聽話來逗妳開心。我認爲約翰看起來一點也不健康。」

「怎麼了？先生？您在跟我說話嗎？」約翰・奈特利聽到有人提到他的名字，隨口問道。

「親愛的，很不幸的，我爸爸認爲你看起來氣色不佳，我希望那只是因爲你有點疲累。不過，你知道的，我眞希望你離家之前才看過溫菲爾醫生。」

「我親愛的依莎貝拉，」他急著大喊：「請妳不必擔心我的氣色。請妳把自己和孩子們照料好就好了，就別管我了吧！」

「我不瞭解你剛剛對你哥哥說的那件事，有關你的朋友格拉漢先生打算從蘇格蘭請來一位管家，以便照料他的新家。那件事確定了嗎？他的觀念會不會太古板守舊了？」愛瑪問道。

愛瑪成功地把話題岔開了好一陣子。當她被迫再度把注意力轉回她父親與姐姐身上時，不幸聽到依莎貝拉正問起有關珍・費爾法斯的事情。雖然愛瑪並不特別喜歡珍・費爾法斯，此刻她倒很樂意幫她說幾句好話。

「那位甜美親切的珍・費爾法斯啊！」約翰・奈特利太太說：「我好久沒見到她了，只有偶爾在街上碰巧遇到。她前去探訪她的外婆與姨媽，她們一定相當開心！我一直很遺憾聽到親愛的愛瑪提起她沒辦法常常來到海伯瑞村，但現在坎貝爾上校夫婦的女兒出嫁，他們更是離不開珍・費爾法斯了。否則她和愛瑪作伴應該很不錯。」

伍德浩斯先生非常贊同，另外補充了一句。「不過，我們的小朋友海芮・史密斯也是個非常漂亮的年輕女孩。你們會喜歡海芮的。海芮是愛瑪的最佳友伴。」

「我很高興聽到這個消息，只是珍・費爾法斯家世背景都不錯，而且和愛瑪同年紀。」

大家非常愉快地談論這個話題，然後又聊了一些別的事情，時光便在和諧的氣氛中度過了。在即將接近尾聲時，還是免不了發生一些小小的不愉快。稀粥被送上桌時，伍德浩斯先生有很多話要說——大部分是讚美，以及許多評論——他大加讚揚稀粥對於各種體質均有好處，然後又痛斥許多人家煮不出像樣的稀粥。然而不幸的是，向來總是舉錯例子的依莎貝拉，此刻舉出一個最近印象深刻的例子，是她在南方海邊暫時僱用的那位廚子，那位廚子無法明白依莎貝拉所謂一碗好稀粥究竟是什麼意思，也無法掌握何謂「稀，又不會太稀」的原則。依莎貝莎每次依自己的要求囑咐，卻總無法吃到令人滿意的稀粥。這是個危險的話題開端。

「啊！」伍德浩斯先生搖搖頭，用溫柔的眼神注視著她。愛瑪聽到她父親突然說：「妳去南方海邊所遇到的倒楣事還眞是沒完沒了啊，根本不値得一提。」有那麼一會兒，愛瑪希望她父親別再繼續談論了，她以爲片刻的沉默也許足夠讓他把話題轉回他自己那碗綿密的稀粥上。然而，經過幾分鐘之後，他又開口說話了。

「我一直覺得很遺憾，妳今年秋天選擇去了南方海邊，而不是回來這裡。」

「可是您爲什麼要覺得遺憾呢？爸爸？我向您保證，那趟旅行對於孩子們有很大益處。」

「況且，如果妳非去海邊不可，也不該選擇南方海邊。南方海邊是個不健康的地方。培瑞聽到妳選擇南方海邊，也大吃一驚。」

「我知道很多人都這麼想，但其實大家都誤解了，爸爸。我們去了那裡之後，健康都有起色，毫無任何不便。而且溫菲爾先生說，把那個地方視爲不健康完全是個錯誤。我認爲他的話是可靠的，因爲他非常瞭解那裡的空氣，他自己的兄弟和家人都常常去那裡。」

「如果妳要去海邊的話，應該去克羅默海灘①啊，親愛的。培瑞曾經在克羅默待了一星期，他認爲那裡的海水浴場是最好的。他說那裡有寬闊的大海與非常純淨的空氣。而且就我所知，妳也可以在那裡找到離海邊有段距離的住宿地點，大約四分之一哩遠處，非常舒適。妳應該先問問培瑞的意見。」

「可是，親愛的爸爸啊，那裡距離我們太遠啦！您想想看，兩個地方的距離差多遠啊。克羅默海灘距離我們搞不好有一百哩，而南方海灘才四十哩。」

「啊，親愛的，就像培瑞所說，健康才是首要考量，其他一切都不重要。如果一個人要旅行，不必考慮四十哩或一百哩。你們寧可完全都不要動，乾脆最好就留在倫敦，總勝過趕四十哩路去呼吸糟糕的空氣。這正是培瑞所說的。在他看來，妳作了一個錯誤的判斷。」

愛瑪試圖阻止父親，但徒勞無功。當父親已把話講成這樣了，她認爲她姐夫定會跳出來反駁。

「培瑞先生應該在別人向他徵求意見時才發言，」約翰・奈特利的聲音裡透露著明顯不悅，「爲什麼他總是要插手每件事呢？他居然質疑我的作法？爲什麼他要管我帶自家人去哪個海灘？我希望我也能被允許運用自己的判斷，就像培瑞先生被允許一樣。我除了需要他開的藥方之外，其他的指令一概不需要。」他暫停了一會兒，語氣隨即變得更加冷酷，尖酸地說：「如果培瑞先生教我如何把妻子和五名小孩帶到一百三十哩遠的海灘，而不會比旅行四十哩增加更多的開銷與不方便，那麼我當然願意照他的意思選擇克羅默海灘，而不是南方海灘。」

「的確，的確，」奈特利先生隨即插話，「非常眞切。那的確是個考量。不過，約翰，我之前一直跟你提過的那件事，就是把路移到蘭格罕，更轉向右邊一點，才不至於讓那條路切穿家裡的草原，我想這件事應該沒什麼困難。如果這樣會對海伯瑞村居民造成不便，我就不嘗試了，但如果你也在意目前所規劃的路徑……那麼唯一的改善方法就是查看一下地圖。我希望明天早上能在丹威爾莊園見到你，到時候我們可以一起看看地圖，你可以給我一點意見。」

伍德浩斯先生很氣自己的朋友培瑞受到這樣的嚴厲批評，他對培瑞先生懷有許多感情。他的兩個女兒不斷安撫他，漸漸平息他的憤怒。再加上奈特利先生適時提醒他弟弟，讓弟弟也緩和了情緒，才沒讓火藥味繼續蔓延。

譯註：

①克羅默（Cromer），英國東海岸諾福克郡（Norfolk）境內的濱海小鎮，保留不少維多利亞時代建築，亦是觀光勝地，遊客如織。

在這次短暫造訪哈特菲宅邸的行程中，最快樂的人莫過於約翰・奈特利太太了，她每天早上都帶著孩子拜訪舊識，每天晚上則與父親、妹妹閒聊她白天的行程。她只希望時光不要飛逝得如此迅速。這是一趟愉快的探親之旅——很完美，唯一的缺點是太短。

通常他們晚上都和家人相聚一起，只在早上與朋友共處，但是他們免不了在聖誕夜全家出門去享用一頓大餐。威斯頓先生不會拒絕的，他們總有一天必須連袂到蘭道斯宅邸去作客。就連伍德浩斯先生也被說服了，因爲他實在不想和大夥兒分開。

本來伍德浩斯先生一定會對於如何把一夥人送過去表示意見，但既然他女兒女婿的馬車已經停留在哈特菲宅邸，交通工具便絲毫不成問題了。愛瑪甚至毫不費力就說服他，說他們甚至能爲海芮在其中一輛馬車上找到位子。

唯有海芮、艾爾頓先生和奈特利先生，獲邀與他們一家同行。出發的時間必須很早，人數不能太多。每件事情都得徵詢伍德浩斯先生的習慣與意願。

伍德浩斯先生居然肯在平安夜當天出門用餐，這可算是件了不起的大事。在這件大事的前夕，海芮到哈特菲宅邸作客。她因爲罹患感冒，大部分時間都回家去，要不是海芮自己很希望能回去接受嘉達德太太的照料，愛瑪不可能讓她離開哈特菲宅邸。愛瑪隔天就去探望海芮，結果發現她病懨懨的，表示她無法參加蘭道斯宅邸的晚宴。她發高燒，加上喉嚨疼痛。嘉達德太太全心全意照顧她，而且培瑞先生也被諮詢過了。海芮病得太重，不得不辭謝這場愉快晚宴的邀約，雖然她在說起她的遺憾時淚流滿面。

嘉達德太太另有要事去忙的時候，就由愛瑪盡可能地陪伴海芮。她爲了振奮海芮的心情，便說艾爾頓先生如果知道海芮生病了，一定會很沮喪。這終於讓海芮勉強好過一點，滿心期盼他也許會來探病。愛瑪還向海芮保證，大家都會非常想念她。她走出嘉達德太太家門沒幾步路，就遇到艾爾頓先生，他顯然是向嘉達德太太家裡走來。他們一起緩慢往前走了一段路，談起生病的海芮。他聽到海芮生病的消息，打算來探望她一下，心想他也許可以把她的一些消息帶回哈特菲宅邸。接著他們又遇到正從丹威爾莊園造訪歸來的約翰・奈特利，他帶著大兒子和二兒子同行，兩個小男孩因爲在鄉間跑跳了一陣，臉色健康且發亮，他們似乎餓壞了，急著趕回家享用烤羊肉與米布丁。父子三人加入愛瑪他們的行列，一起走回家。愛瑪正在描述海芮對於生病的抱怨：「她喉嚨灼痛，發高燒，脈搏急促而隱微。我很遺憾從嘉達德太太那裡得知，海芮平常就抱怨喉嚨疼痛。」艾爾頓此時看起來很驚恐，他叫道：「喉嚨疼痛！我希望她沒有發炎感染。但願不是容易傳染的疾病。培瑞去看過她了嗎？說眞的，除了照顧妳的朋友之外，妳也要照顧自己。我求求妳別太冒險。爲什麼培瑞之前沒有診療過她的病情？」

愛瑪一點也不害怕，她一再保證嘉達德太太的經驗與照料能力，才平息了艾爾頓先生的擔憂。但是她知道艾爾頓先生心裡仍有某種程度的不安，她不願完全勸服，儘管會滋長也寧願留給他去品嘗，因此她立刻轉移話題。

「天氣非常冷，看來極有可能下雪，如果換作是去其他人家裡或者與其他人同行，我寧可待在家裡不出門，也會勸父親別出去。只是他已經下定決心，而且似乎不覺得冷，所以我也不想干預了，因爲我知道如果我們不去的話，威斯頓夫婦會很失望的。但是，聽我說，艾爾頓先生，如果換作我是你，一定會拒絕的。你的嗓子已經有一點沙啞，想想看明天你的嗓子會變成怎樣，再說你也會很疲累的。我想你今晚最好還是待在家裡好好照顧自己，這一點也不失禮。」

艾爾頓先生看起來像是不知如何回答。他的確不曉得該如何回答。雖然他很感激這位美麗女孩的關心，無法拒絕她的任何建議，但是他一點也不想放棄這次的邀約。可惜愛瑪太專注於她之前的想法與信念，所以沒辦法看清楚他眞正的心思。她聽見他低聲附和「天氣很冷，眞的很冷」，心裡感到滿意。他們繼續走著。愛瑪很高興她終於勸退艾爾頓先生前往蘭道斯宅邸，這樣他就用不著在晚宴中每隔一小時就派人去問候海芮的病況。

「你這樣做是正確的，」她說：「我會替你向威斯頓夫婦致歉。」

她話還沒有說完，就發現她姐夫禮貌地表示如果天氣是艾爾頓先生唯一的考量，那麼他願意提供馬車裡的一個座位給他。艾爾頓先生立刻滿心歡喜地接受這提議。事情已成定局，艾爾頓先生還是會去參加。當他接下來注視著愛瑪時，他那張英俊臉龐上的表情再也沒有比此刻更欣喜的了，他此刻的微笑最燦爛，眼神最閃亮。

「嗯，這個嘛，」她心裡暗想，「這眞是奇怪！我勸退他老半天，他居然還是選擇參加聚會，而讓生病的海芮落單！眞的很奇怪！但我相信很多男人，尤其是單身男子，偏好外出用餐。這對於他們的享樂、他們的工作、他們的尊嚴甚至他們的責任，同等重要，他們大概不會輕易放棄吧？艾爾頓先生一定是這樣的。他無疑是個最可貴、最親切、最討人喜歡的年輕人，又非常愛慕海芮。話說回來，他還是無法拒絕這樣的邀約，只要有人開口邀請，他就必定會外出用餐。愛情是多麼奇怪的一件事啊！他可以在海芮身上看出機智，卻不願意爲了她而獨自用餐。」

沒多久，艾爾頓先生便先告辭了。他在道別時感性地提到海芮，使愛瑪覺得較爲釋懷。他向愛瑪保證他會先上嘉達德太太家去探望她的朋友，然後才回家爲當晚愉快的餐敘做準備，他希望到時候能爲愛瑪帶來好消息。他輕嘆一口氣，志得意滿地微笑走開了。

約翰・奈特利與愛瑪之間經過了幾分鐘的靜默之後，他終於開口說：「我這輩子沒見過像艾爾頓先生這樣刻意討人喜歡的男人。他很努力討好女孩子們的歡心。他面對男人時，可以是理性且無動於衷的，但是每當他想取悅女孩們時，就會使出渾身解數。」

「艾爾頓先生的個性是不完美，」愛瑪回答：「但一個人眞心想討好別人的時候，難免會有疏忽之處，而且還不在少數。當一個男人運用恰當的資源試圖盡力表現，總勝過隨便輕忽的優越感。艾爾頓先生具有好脾氣與良善的意圖，這是難能可貴的。」

「是呀，」約翰・奈特利立刻回答，語氣裡有點神祕狡猾，「他似乎對妳有許多良善的意圖。」

「我？」她驚訝地笑答：「你以爲我是艾爾頓先生心儀的對象？」

「愛瑪，我的確這麼以爲。如果妳之前沒想到的話，現在應該可以好好考慮一下。」

「艾爾頓先生愛上我？怎麼可能！」

「我沒有說一定是，但妳可以好好思索一下究竟是否如此，並且調整妳的行爲。我認爲妳對他的態度的確給了他很多鼓勵。我以朋友的立場發言，愛瑪。妳最好檢視自己，審視一下自己在做什麼，以及打算做什麼。」

「我很感謝你，但我向你保證，你搞錯了。艾爾頓先生和我是親近好友，僅此而已。」然後她繼續往前走，心裡思索著這種人們常因搞不清楚狀況而產生的誤解，尤其有些自視甚高的人常常會犯下這種判斷上的錯誤。她的姐夫似乎認爲她盲目而無知，需人提醒，這點讓她相當不悅。約翰．奈特利便不再說下去了。

伍德浩斯先生執意要參加當晚的餐宴，儘管天氣愈來愈冷，他似乎也沒打消念頭。最後他終於準時與大女兒一起搭上他自己的馬車，顯然比其他人更不在意天氣。他一心想要前往，心繫著參加蘭道斯宅邸晚宴的樂趣，因此沒注意到天氣的冷冽，甚至在過度保暖下渾然不覺。天氣眞的非常冷，等到第二部馬車出發時，已經有一些雪花飄落，像是將緊接著大雪紛飛，在很短的時間內即可造出一片雪白世界。

愛瑪很快就察覺到她的姐夫心情欠佳。在這種天氣裡勞師動眾地準備出門，而且還得犧牲在晚餐後和孩子們共處的時光。約翰．奈特利一點也不喜歡這樣的安排。他認爲這趟造訪實在不值得這樣大費周章。在前往牧師公館的路途中，他一路都在表達不滿。

「一個男人會要求別人在這種天氣裡離開自己家裡的溫暖火爐，只爲了前去看他，這種男人想必自視甚高吧？他想必認爲自己是個最討人喜歡的傢伙。我是做不出這種事情的。這實在太荒謬了。此時此刻還在下雪呢！他不讓人家舒服地待在家裡！人家明明可以舒服地待在家裡啊！就算爲了責任或工作而非得在這樣的夜晚出門，都嫌太過分了。而我們此刻居然穿著比平常更薄的衣服，在風雪中出發前進。邀請我們的主人此刻卻待在自己家裡，享受遮蔽。我們正要到另一個人家裡去度過無聊的五個小時，說的與聽的盡和昨天一模一樣，了無新意，而明天搞不好說的與聽的都還是同樣一套。去程的天氣是這麼糟，回程的天氣搞不好更糟。動用了四匹馬與四名僕人，竟只爲了把我們五個冷得發抖的人送到更冷的地方去，而且那裡的人還比家裡的人更無趣。」

她姐夫向來很習慣接受一旁的妻子連忙表示「的確是，親愛的」這樣的附和，可是愛瑪發現自己沒辦法表達贊同，她很努力克制自己答話的衝動。她無法順從，卻又怕引起爭吵。她的勇氣充其量只能以沉默來表達。她讓他表達意見，而她只是調整一下車窗，把自己包裹得溫暖一些，從頭到尾不發一語。

他們終於抵達，馬車調了頭，踏板也放下來了。打扮整齊、穿著一身黑的艾爾頓先生微笑著，立刻出現在他們面前。愛瑪很高興終於可以轉移話題了。艾爾頓先生神采奕奕，模樣看起來雀躍不已，於是她心想，他八成是打探到關於海芮的好消息。她在出門前打扮的時候派人去探問了一下海芮的病情，然而答案卻是：「還是一樣，並沒有好轉。」

「我從嘉達德太太那裡得知的消息不如我所希望的那麼樂觀，」她立刻說：「『沒有好轉』是我得到的答案。」

他的臉霎時拉長，回答時的語調充滿感傷。「喔，正是這樣，我在回家梳洗之前，先去敲了嘉達德太太的門，他們告訴我史密斯小姐仍無好轉，不僅沒有好轉，情況反而更糟。我很難過又擔心。我安慰自己說，也許經過今天早上妳的誠心探望，她也許已經好多了。」

愛瑪微笑著回答：「我的探訪，充其量只能讓她抱怨一下，發發牢騷罷了。但我也沒辦法治療她的喉嚨痛。這眞的是很嚴重的感冒。你可能已經聽說，培瑞先生去爲她看病了。」

「是啊，我猜吧，可是我並沒有聽說。」

「他已經習慣她這些抱怨了，我希望明天早上我們都能獲得好消息。不過，擔心是免不了的。這對我們的晚宴是個大損失！」

「的確如此，她會時時刻刻被想念的。」

艾爾頓先生說這句話時，發出了一聲嘆息，這是很恰當的反應。然而，艾爾頓先生的遺憾情緒應該再持續久一點才對。不到半分鐘，他便開始談起其他事情，聲音裡滿是激動喜悅，這讓愛瑪覺得詫異。

「這是多麼傑出的發明啊，」他說：「把羊皮用在馬車上，讓馬車坐起來十分舒適，完全感受不到寒意。現代的發明，的確讓紳士們的馬車愈來愈完善了。坐在馬車裡完全不受外頭天氣的影響，不受一絲冷風的侵襲。天氣不再造成任何干擾。今天下午非常冷，但坐在這部馬車裡，我們卻渾然不覺！哈！外頭下了一點雪，我看到了。」

「是啊，」約翰・奈特利說：「我想我們應該要遇到漫天大雪。」

「這是典型的聖誕節氣候，」艾爾頓先生說：「我們眞的很走運，幸好這種天氣不是從昨天就報到，否則今天的晚宴就辦不成了，這是極可能發生的，因爲通常只要地上積雪一深，伍德浩斯先生就不願意出門了。幸好天氣沒有造成影響。此時是親朋好友相聚的季節。大家都會在聖誕節時互相邀請去作客，就算氣候再惡劣也不在意。有一次我去一個朋友家作客，結果被大雪困了整整一星期。那是非常愉快的經驗，我本來只打算待一個晚上，最後卻走不了，一直待到第七天。」

約翰・奈特利看起來似乎不太能理解樂趣何在，他冷冷地回應：「我一點也不想被困在蘭道斯宅邸一星期。」

若是其他時候，愛瑪可能會覺得這句回答頗有趣，但是此刻她見到艾爾頓先生還有心情管其他的事情，著實感到驚訝。艾爾頓先生對於這場晚宴是如此期盼，海芮似乎被遺忘了。

「我們絕對會有足夠的爐火，」他繼續說：「而且這裡的一切樣樣舒適極了。威斯頓夫婦眞是迷人。威斯頓太太的優點自然不在話下，威斯頓先生也很令人敬佩，他是如此好客，且熱愛交際。他們參加的多半是小型宴會，但不論是哪裡舉辦的小型宴會，這對夫婦向來是最受歡迎的。威斯頓先生的晚宴廳頂多容得下十人左右。在這種情況下，我認爲少兩個人勝過多兩個人。你們不反對我的說法吧（他輕輕地轉向愛瑪），我想妳應該會認同我的話，雖然約翰·奈特利先生可能習慣了倫敦的大場面而無法體會我們的感受。」

「我對於倫敦的大型宴會一無所知。我從來不和任何人共進晚餐。」

「眞的？（他的語氣裡帶著驚訝與同情）不曉得法律工作是如此繁重。先生，總有一天你的付出都會得到報償，到時候你就可以付出少少的勞力而享受大大的快樂。」

當他們穿越門廊時，約翰·奈特利丟出一句：「我最大的快樂，就是讓自己再度安然返回哈特菲宅邸。」

在走進威斯頓夫婦的客廳之前，幾位紳士必須轉換一下臉上的表情。艾爾頓先生必須收拾起他過分喜悅的表情，約翰・奈特利必須驅散臉上的不悅。艾爾頓先生必須收斂一些微笑，約翰・奈特利必須增加一些微笑，才能與這個地方的氣氛匹配。愛瑪只需要放輕鬆，自然展現她的快樂心情。對她來說，能和威斯頓夫婦共處最快樂。威斯頓先生很受大家歡迎，至於他的妻子則是這世界上最能讓愛瑪傾心交談的人。從沒人能像她這樣，永遠對於愛瑪父女倆的大小事情及喜怒哀樂都予以傾聽與關注，且永遠抱持著風趣睿智的態度。威斯頓太太對於哈特菲宅邸的每一件事都十分關心，每次她們見面後的半個小時之內，淨在談論那些牽繫他們日常生活樂趣的小事情。

有時候出門拜訪一整天，也不見得會有像這短短半小時的快樂。一看到威斯頓太太，她的微笑、撫觸與聲音，無不讓愛瑪覺得感動。於是她決定盡可能不再去想艾爾頓先生有多奇怪，也不再想其他不開心的事。她只想好好享受此時此刻的快樂時光。

早在愛瑪進門之前，海芮羅患感冒的不幸消息便已傳到。伍德浩斯先生老早舒服地坐下來，把事情始末交代結束，除此之外，他也交代了他自己與依莎貝拉同車的路程，以及愛瑪尾隨在後。他正要說完他很高興馬夫詹姆斯也有機會來探望在此幫傭的女兒時，大夥兒出現，而專心聽伍德浩斯先生講話的威斯頓太太這才能轉過身來迎接親愛的愛瑪。

愛瑪打算暫時忘記艾爾頓先生的事情，但當他們全都在客廳裡坐下後，她很不幸地發現他坐得離

兩位紳士進屋之前，必須轉換臉上的表情。

她很近。愛瑪無法不想到，他對海芮這麼不體貼的態度實在奇怪。艾爾頓先生不僅坐在她隔壁，還時時把他那張喜悅的臉湊過來，不斷地對她說話。愛瑪不僅無法暫時忘卻他的事情，他的行爲也讓她忍不住在內心自忖：「這不可能眞如我姐夫所想的那樣吧？這個男人是否眞的開始把他對海芮的感情轉移到我身上呢？這實在太荒謬，太令人無法忍受了！」他十分擔心她是否舒適溫暖，很關心她父親，也很喜歡威斯頓太太。最後他開始熱情地讚美她的畫作，一點也沒意會到他讓自己看起來像個愛慕者。愛瑪費了好一番工夫才保持住自己的風度。爲了自己的形象，她不能太無禮。爲了海芮，她又希望最後能有好結果，因此她甚至必須格外有禮。然而要保持禮貌並不容易，尤其當艾爾頓先生不停說著一些無聊的話時，其他人聊得很熱絡，而愛瑪實在很想專心聽他們在說什麼。她隱約聽到威斯頓先生正提到有關他兒子的消息，她聽到他說「我兒子」、「法蘭克」、「我兒子」，重複了好幾次。而從其他不完整的音節聽來，她猜他正在宣布他兒子將提早造訪。只是她還來不及讓艾爾頓先生安靜下來，話題就整個轉移了，如果她再重新挑起話題，肯定會很突兀。

儘管愛瑪打定主意不想結婚，可是一提起法蘭克·邱吉爾的名字，還是會引起她的興趣。她常常想，尤其是在他父親娶了泰勒小姐之後，如果她眞的要結婚的話，那麼他不論在年紀、個性與家庭背景方面，都是最適合她的人選。似乎因爲有了這層聯姻關係，他注定最適合她。她不得不猜想，認識他們的每個人一定也覺得他們是絕配。威斯頓夫婦的確想過這個可能，也曾強烈地勸說她。雖然她並不想被他或任何人動搖心志，不想爲了不見得更好的情況而改變目前的生活，但她還是好奇地想見見他，她想看看他是否好相處，也想試試看被他喜歡到某種程度是什麼感覺，同時也覺得被朋友們認定是一對，這種感覺頗有意思的。

當愛瑪心懷這些浪漫想法時，艾爾頓先生的猛獻殷勤似乎便顯得時機不對了。她雖然覺得有點惱怒，仍能努力保持禮貌。她心想著，今晚剩餘的時間，健談開朗的威斯頓先生不可能不再度提到有關他兒子的消息。的確如此。愛瑪好不容易從艾爾頓先生身邊離開，在餐桌上被安排坐到威斯頓先生旁邊。威斯頓先生出於好客之意，利用上完第一道羊肉之後的空檔，趁機對她說：「我們本來希望再多加兩個人才對。今天這裡應該再多加兩個人，一位是妳美麗的朋友史密斯小姐，一位是我兒子，那樣才算圓滿。我相信妳剛剛一定沒有聽到我在客廳裡告訴其他人我們本來預期法蘭克也會來吧？我今早接到他寄來的一封信，他半個月內就會到這裡來。」

愛瑪以極爲恰當的愉悅態度回話，非常贊同威斯頓先生認爲有了法蘭克·邱吉爾與史密斯小姐才算圓滿的說法。

「自從九月之後，他一直想來看我們，」威斯頓先生繼續說：「他每一封信上都這樣說，但是他無法掌控自己的時間。他有一群必須被取悅的人，而有時候他必須做很大的犧牲才能取悅那群人（別告訴別人喔）。不過現在我毫不懷疑，大約在一月上旬就可以見到他了。」

「您將會多麼開心啊！再說威斯頓太太急著想認識他，她的開心程度肯定不亞於您。」

「是啊，她會的。但是她認爲他還會再拖延。她不像我對於他的到來那麼有信心，不過她不像我那麼瞭解那些人。妳聽著，事實上是這樣的（但這件事只有妳我知道喔，我剛剛在客廳裡並沒有提起這件事。妳也瞭解，每個家庭裡都有祕密）。事實是，有一群朋友受邀於一月到邱吉爾家族所居住的恩斯康宅邸造訪，而法蘭克能否成行，就要看那群朋友有沒有延期了。如果沒有延期，他就來不了。但是我知道他們會延期的，因爲恩斯康宅邸裡有位重要女士不太喜歡那群即將造訪的家庭。雖然每隔兩三年必須邀請他們一次，每次到了最後關頭，他們總會延期。我對這件事情絲毫沒有懷疑。我信心滿滿，一定會在一月上旬見到法蘭克。但是妳的那位好朋友（他朝餐桌另一端的威斯頓太太點點頭）很少遇過難以預料之事，在哈特菲宅邸也很少碰過這種事，所以她無法適應這種不確定感，而我自己長久以來也一直都在適應。」

「我很遺憾這件事居然還有這麼多變數，」愛瑪回答：「但是我決定站在您這邊，威斯頓先生。如果您認爲他會來，我也會這麼認爲，因爲您最瞭解恩斯康宅邸的情形。」

「是啊，我的確有資格這麼說。雖然我這輩子從未去過那裡。她眞是一個很奇怪的女人！但我從來不許自己說她壞話，這是看在法蘭克的份上，在我眼中，她確實很疼愛法蘭克。我以前總認爲她除了自己以外無法喜歡任何人，可是她一向善待法蘭克（她的行事風格就是不允許奇思妄想，而且期望一切都遵照她的意思）。在我看來，她的疼愛對他而言也很重要，所以他才會認爲應該對她回報以感情。縱然我不會對任何人承認，但一般人確實認爲她鐵石心腸，脾氣古怪。」

愛瑪對這話題很感興趣，所以等到他們移師到客廳之後，她很快就向威斯頓太太提起這個話題：她希望威斯頓太太能放輕鬆，但她知道第一次的會面一定會讓她很緊張。威斯頓太太也同意這一點，她補充說，她希望能如期結束第一次會面帶來的心理煎熬。「因爲我無法繼續把一顆心懸在他是否會來的這件事情上。我無法像威斯頓先生那樣冷靜。我很害怕最後又不了了之。我敢說，威斯頓先生已經把事情原原本本告訴妳了。」

「是的，而且事情似乎取決於邱吉爾夫人的古怪脾氣，我認爲只有她的古怪脾氣是世界上最確定的事情。」

「我的愛瑪，」威斯頓太太微笑著回答：「她反覆無常的性格，哪有什麼確定性可言呢？」然後她轉向剛剛不在場的依莎貝拉，說：「親愛的奈特利太太，妳一定要知道，我可沒他父親那麼樂觀，能不能見到法蘭克・邱吉爾先生還拿不準呢！他的到來，完全取決於他舅媽的心情；簡單地說，要看她的脾氣。對妳，對我兩個乾女兒，我敢大膽地說實話。在恩斯康宅邸裡，作主的人是邱吉爾夫人，而她的脾氣非常古怪。法蘭克這次的造訪，取決於她願不願意放他過來。」

「噢，邱吉爾夫人，人人都知道邱吉爾夫人，」依莎貝拉回答：「我很確定，每次我一想到那位可憐的年輕人，就滿心同情。長久以來都必須和一個脾氣古怪的人相處，肯定很可怕。像我們這麼快樂的人是完全無法體會的，那必定是一生的不幸。所幸她沒有生育任何子女！如果她生了孩子，那些小孩會有多可憐啊！」

愛瑪眞希望她能和威斯頓太太獨處。那麼她就能得知更多消息了：威斯頓太太一定會毫無保留地全都告訴她，但依莎貝拉在場，威斯頓太太就不敢如此冒險。而且她相信威斯頓太太一定不會隱瞞任何有關邱吉爾家人的事情，除了有關她對那位年輕人的看法之外。不過愛瑪光憑想像，就已經猜出威斯頓太太的想法，只是現在沒什麼可多說的。伍德浩斯先生很快地跟著她們進入客廳。他無法忍受在晚餐之後久坐。喝酒或聊天，對他來說都不成問題。他很開心地跟隨那些他相處起來很自在的人。

然而，當他與依莎貝拉聊天的時候，愛瑪逮住機會對威斯頓太太說：「所以妳不認爲令公子這次的造訪是十分確定的囉！我爲妳感到遺憾。不論初次見面是何時，一定都滿尷尬的。如果能盡早結束是最好的了。」

「是啊，如果有一次延後，就會讓人擔心會有更多次。就算那個布萊斯威茲家族又把造訪日期延後了，我還是很怕那邊會再找到某個藉口讓我們再度失望。我想，法蘭克絕對不會有任何不情願，不過我相信邱吉爾夫婦一定很希望把他留在身邊。他們會嫉妒。他們甚至會嫉妒他對他爸爸的感情。簡而言之，我已經不奢望他的到來，我希望威斯頓先生也別抱太大期望。」

「他應該會來，」愛瑪說：「如果他只能待一兩天，那麼我們很難想像一名年輕人連這種小事都無法作主。一名年輕女孩不幸遇人不淑，也許會被欺負，並且不准她回到她親愛的人身邊。但是我們無法理解爲什麼一名年輕男子會受到這種阻擋。如果他想的話，應該可以和他的父親共度一星期。」

「一個人必須先在恩斯康宅邸住上一段日子，瞭解那家人的脾氣個性，才能判斷自己能辦到什麼事情。」威斯頓太太回答：「也許只有透過這種方式，才有資格評斷別人家裡的任何一名成員。不過我相信恩斯康宅邸是無法用一般常規來判斷的。她非常的不講理，什麼事情都得讓她。」

「但是她很喜歡這位外甥：他非常討人喜歡。根據我對邱吉爾夫人的認知，雖然她的一切都是丈夫給的，她卻從沒有爲了丈夫做過任何犧牲，還不停地對他耍任性。奇怪的是，她從沒虧欠她外甥什麼，心卻被他收得服服貼貼的。他應該有能力主宰她。」

「我最親愛的愛瑪，妳的個性如此甜美，請別假裝妳瞭解壞脾氣是怎麼一回事，或是妄想爲它立下規矩：妳必須任它自由發展。我從來不懷疑，他有時候也許會對他舅媽具有一些影響力，但他不太可能預知那是什麼時候。」

愛瑪聽完後，冷冷地說：「除非他眞的來了，否則我是不會滿意的。」

「他也許在某些事情上具有很大的影響力，」威斯頓太太繼續說：「但在其他方面的影響力卻很小。而在這種情況之下離開他們而來造訪，很可能就是他作不了主的事情啊！」

伍德浩斯先生很快就準備好喝他的茶了。喝了茶，他便準備好要回家。他的女伴們所能做的就是在其他三名男伴回到客廳之前盡量逗他開心，讓他別注意到時間不早了。威斯頓先生是個健談又好客的主人，他絕不會讓朋友早早離開。但後來總算又有一人加入客廳裡的那群人。心情極佳的艾爾頓先生是第一個走進客廳的男士。威斯頓太太與愛瑪正一起坐在沙發上。他立刻加入她們，在未受到邀請的情況下就坐到她們兩人中間。

愛瑪由於心裡期盼著法蘭克‧邱吉爾先生，心情不錯，因此願意原諒艾爾頓先生的無禮舉止。她對他又回復像從前一樣的和顏悅色，再加上他一開口就聊起海芮，使得愛瑪立刻就願意聽聽他在說什麼，臉上更掛著最友善的微笑。

他首先表現出對於愛瑪那位美麗朋友的極度擔心——她那位美麗、可愛又親切的朋友。「自從我們一夥人來到蘭道斯宅邸之後，妳是否聽到任何有關海芮的最新消息？我放心不下——我必須承認，海芮抱怨病痛的描述，真教我擔心不已。」他以這種恰當的口吻繼續談論了一會兒，他並不真的想求得一個答案，卻足以喚起大家對於喉嚨疼痛的警覺，愛瑪對他稍微釋懷一些。

後來他話鋒一轉。彷彿突然間他更擔心喉嚨痛發生在愛瑪身上，彷彿他更擔憂的是愛瑪千萬別受到感染，而較不擔心海芮的情況。他開始急切地懇求她暫時別再去探望生病的海芮，懇求她要答應他不會再冒險，直到他向培瑞先生徵詢過意見。她試著以大笑化解尷尬，繼續把話題導回正軌，但他還是繼續擔心她。她被惹得惱怒。他看來就像毫無掩飾地假裝愛上愛瑪，而不是海芮。如果這是眞話，那麼這種前後不一致的花心態度未免太卑鄙可惡了吧！可是她又不便讓脾氣發作。他轉向威斯頓太太，尋求她的奧援。

「妳應該要給我一點支持吧？妳應該和我一起勸說伍德浩斯小姐，請她別再去嘉達德太太家，直到確定史密斯小姐的感冒不具有傳染力。如果得不到一個承諾，我是不會滿意的。妳是否能發揮妳的影響力，勸勸她？」

「她對別人如此細心，」他繼續說：「對自己卻很粗心大意！她要我今天待在家裡休養，卻不肯答應要盡量避免讓自己也染上喉嚨痛！這公平嗎？威斯頓太太！妳來評評理。難道我沒有權利抱怨嗎？我相信妳一定會贊同支持我的。」

愛瑪看見威斯頓太太的驚訝表情，感覺到她一定非常吃驚，發現這番言論裡的措辭與態度在在顯示他對愛瑪極爲愛慕。至於愛瑪自己則是氣得說不出話來。她只能擺出不悅的表情，希望可以讓他恢復理智。然後她離開沙發，移坐到她姐姐身邊，把整個注意力都放在姐姐身上。

她還來不及得知艾爾頓先生對她的責備眼神有何反應，大夥兒又開始討論另一個話題了。約翰・奈特利此時從戶外走進來，他剛觀察過天氣，正向大夥兒報告大地已覆滿了白雪，而且外頭的雪仍然下得很急，還挾帶著強風。他向伍德浩斯先生總結說：「這將會是您冬季休閒活動的精采開端。您的馬夫與馬匹將有新的體驗，因爲他們必須在大風雪中行進。」

可憐的伍德浩斯先生驚訝得說不出話來，但其他每個人都有話要說。有人驚訝，有人不驚訝，而且都有問題要問，或者需要別人來安撫情緒。威斯頓太太與愛瑪急著振奮伍德浩斯先生的心情，把他的注

艾爾頓先生向愛瑪大獻殷勤，希望威斯頓太太幫腔。

意力從他女婿身上轉移開來。此刻約翰・奈特利正無情地乘勝追擊。

「我非常敬佩您的決心，先生，」他說：「您居然願意在這種天氣裡冒險出門，當然，您本來就知道快要下大雪了。每個人都知道勢必會降下大雪。我敬佩您的精神。我敢說，我們大家一定可以順利返家。即使再過一兩個小時，大雪也不會讓路面窒礙難行，更何況我們有兩部馬車。如果其中一部在空曠的雪地裡被吹翻，還有另一部馬車可以用。我敢說我們大家都能在午夜之前平安返回哈特菲宅邸。」

威斯頓先生也坦承，他之前就知道會下雪，但他什麼話都沒說，免得讓伍德浩斯先生覺得尷尬，以為是藉口趕他回家。至於剛剛提到積雪有可能阻礙他們返家，那只不過是玩笑話，他認為他們的返家之路不會有任何困難。他甚至希望路面果眞窒礙難行，如此一來，他就可以把大夥兒留在蘭道斯宅邸了。他虔誠地說每位賓客都有房間可以過夜，還要妻子附和他說每個人都可以安穩地住下來。然而，威斯頓太太其實並不曉得該怎麼做，因為他們的宅邸裡只有兩間空房。

「該怎麼辦？親愛的愛瑪？該怎麼辦？」這是伍德浩斯先生所發出的第一聲驚呼，也是他久久之後所能硬擠出來的話。他向愛瑪尋求安慰。愛瑪向他保證一切均安，馬匹狀況良好，馬夫詹姆斯的經驗老到，而且有這麼多朋友陪著他們。伍德浩斯先生的心情這才好起來。

他的大女兒和他同樣緊張。她滿腦子想著萬一她被困在蘭道斯宅邸，而她的孩子們都還在哈特菲宅邸，該怎麼辦？這個想法讓她覺得很害怕。她心想，也許目前的路況還適合肯冒險的人們勉強通行。她認為事不宜遲，因此急著安排上路。她認為她父親與愛瑪應該留在蘭道斯宅邸，而她與夫婿必須即刻出發，穿越可能對他們造成阻礙的積雪。

「你最好趕快命人備好馬車，」她對丈夫說：「我想如果我們立刻出發的話，應該可以一路順利。

如果眞的遇到什麼麻煩，我可以下車走路。我一點也不怕。就算要走上大半的路程，我也不介意。我一到家就可以把鞋子換掉。這種事情不會讓我患感冒的。」

「眞的嗎？」他回答：「我親愛的依莎貝拉，那麼這將會是世界上最稀罕的事情了，因爲平常連一點小事都會讓妳感冒啊！妳要走路回家！妳的鞋子還眞適合走路回家呀！這種天氣，連馬兒走路都很困難了。」

依莎貝拉轉向威斯頓太太，希望她能支持自己的提議。威斯頓太太只好附和。接著依莎貝拉轉向尋求愛瑪的支持，可是愛瑪尙未放棄讓他們一夥人全部回家的希望。當他們還在討論這件事情時，奈特利先生走進屋內。他是在他弟弟第一次報告外頭下雪時就立刻離開房間。此刻他告訴大家說他已經到外頭去觀察過，他說，不論是現在或一小時後，大家隨時都可以回家，不會有任何困難。他已經沿著海伯瑞大街走了一小段路，積雪未超過半吋高，有些地方的路面根本還沒有被白雪覆蓋。目前只有一些雪花飄落，天空的雲並未聚攏，所以風雪應該很快就會停止。他也去問過馬夫們了，兩位馬夫皆同意他的看法，認爲沒有什麼好擔心的。

對於依莎貝拉而言，能聽到這些消息眞是太好了。愛瑪也很高興能聽到。她們父親聽到之後，雖然還是擔心，卻放心了不少。但既然他剛剛已經升起了警戒之心，只要繼續留在蘭道斯宅邸，他就是無法全然放心。他很高興回家的路程中不會有即刻的危險，但是沒人能向他保證留下來是安全的。當其他人紛紛催促、建議之時，奈特利先生與愛瑪用幾句簡單對話就把事情定下來了。

「令尊放不下心，你們爲什麼不趕快上路？」

「我已經準備好了，就等其他人了。」

「我是否該搖個鈴，命人備車呢？」

「是的，請務必這麼做。」

於是鈴響了，馬車也吩咐妥當了。愛瑪希望再過幾分鐘，麻煩的艾爾頓先生就能抵達自己家門，恢復清醒與冷靜。她也希望當這場痛苦的造訪結束後，約翰・奈特利能恢復平靜與快樂。

馬車抵達蘭道斯宅邸門口了。伍德浩斯先生永遠是在這種場合中最受到關注的。他在奈特利先生與威斯頓先生的攙扶下坐上自家馬車。然而，當他一看到外頭確實下了不少雪，且發現夜色比他預期的更加昏暗，這時不論再說什麼，都無法再壓抑他的緊張。「我很怕我們的返家路程將很艱辛，恐怕依莎貝拉會不太開心。而可憐的愛瑪還是在後頭那部馬車上。我不曉得我們該怎麼做才好。我們一夥人必須盡可能聚在一起。」他對馬夫詹姆斯這麼說，並且交代他盡量放慢行車速度，等候後頭那輛馬車。

依莎貝拉跟隨她父親上了車。約翰・奈特利忘了他之前並不是乘坐這部車，很自然地跟著妻子上了車。艾爾頓先生護送且跟隨愛瑪坐進第二部馬車，於是當車門關上之後，愛瑪這才發現這趟車程只剩他們兩個獨處。本來這趟車程不會太糟，本來會是像今天之前那種愉快的氣氛，本來她可以和他談論海芮的事情，而四分之三英里的路程很快就會走完。然而此刻她好希望這不是真的。她相信他喝了太多威斯頓先生的上等紅酒，她覺得他一路上可能都會胡說八道。

爲了盡可能透過自己的風度來約束他，她立刻用冷靜認眞的態度談論著天氣與這個晚上。然而她開口說不到幾句話，他們的馬車都還沒有經過大門、趕上前頭那輛車，她就發現她的話題被打斷了——艾爾頓先緊抓著她的手，要求她的注意，向她放送猛烈的愛慕之意：他把握這個難得的機會，宣告他那隱藏不住的情感——希望、恐懼、愛慕，並且說如果她拒絕的話，他隨時準備去死。但是他安慰自己說，他狂熱的眷戀、無可匹敵的愛意、無與倫比的熱情，絕無可能得不到同樣的回應。簡言之，他很有信心自己的心意立刻就會被接受。所以這是眞的囉。艾爾頓先生，海芮的愛人，正在向她表白，沒有顧忌、沒有歉意，也沒有明顯的怯懦。她試圖阻止他，但徒勞無功，他還是繼續一股勁兒地說。由於她滿懷怒氣，當下便決定如果開口說話，務必要盡量克制自己。她覺得這件蠢事的一半原因是他喝醉了，因此希望這一個小時之後，整齣鬧劇就會結束。於是，爲了配合他這種半醉半醒的精神狀態，她半認眞半戲謔地回答。

「我非常驚訝，艾爾頓先生。看清楚，是我啊！你醉到不省人事，把我誤認成我朋友。我樂意將你的意思轉達給史密斯小姐。但如果可以的話，請別再對我說這些話了！」

「史密斯小姐！轉達給史密斯小姐！妳究竟在說什麼啊！」他以這種假裝驚訝的誇張口吻不停重複地說，使她不得不立刻回應。

「艾爾頓先生，這是最不尋常的行爲了，我只能用一種方式來解釋。你喝醉了，否則你不論對我或海芮，都不可能用這種態度說話。請你約束一下自己，別再說了，我會很樂意把剛剛那一切都忘記的。」

然而，艾爾頓先生所喝的酒只是爲了提振精神，還不至於醉到失去理智。他很清楚自己的意思，因此溫和地抗議愛瑪的質疑傷了他的感情，而且還略微提及他對史密斯小姐的尊敬，只出於她是愛瑪的朋友。他繼續闡述自己的熱情，非常渴望得到肯定的答案。

既然這一切不是酒精作祟，那麼這就是他花心與自以爲是的態度囉？她不再理會什麼禮貌的考量，於是回答：「我再也不會質疑你弄錯了。你說得夠清楚了。艾爾頓先生，我無法形容我的震驚。我在上個月就親眼見過你的這種行爲，而當時的對象是史密斯小姐。我每天都在觀察你對史密斯小姐表達情意的舉動，而你現在居然用同樣的態度來對我。這反映出了你的花心，我眞的沒想過有可能這樣！相信我，面對你這樣的告白，我一點也不覺得榮幸。」

「我的天啊！」艾爾頓先生大喊：「妳這是什麼意思？史密斯小姐？我這輩子從沒對史密斯小姐有過非分之想，除了把她當成妳的朋友之外，我從來沒有注意過她。除了把她當成妳的朋友之外，根本不在乎她的死活。如果她認爲我在追求她，那純粹是她自己的幻想誤導了她。我很抱歉，非常抱歉，但是我眞的不可能愛上史密斯小姐！喔！伍德浩斯小姐啊！當伍德浩斯小姐在眼前時，誰還能想得到史密斯小姐啊？不，我以我的榮譽起誓，我絕對沒有花心。我心裡只有妳。我從來不會對其他人有任何一點注意。過去幾個星期以來，我所說的或所做的一切，都只是爲了表明我對妳的愛慕。妳眞的不能有任何的質疑。不！（他用一種諂媚巴結的口吻說道）我相信妳已經看透並瞭解我的心意了。」

愛瑪聽到他這麼說，眞是難以形容她的感覺——主要是不愉快的感覺。她實在招架不住，因此無法立即回答。然而這片刻的沉默，卻鼓舞了艾爾頓先生的希望。他試著再度握住她的手，同時開心大喊：「迷人的伍德浩斯小姐！請允許我解讀妳這耐人尋味的靜默！這代表妳早就明白我的心意。」

「不，先生，」愛瑪大喊：「這不代表任何意義。我不僅沒早一步明白你的心意，還徹頭徹尾地誤解了你，直到此刻才發現。至於我自己，我很抱歉讓你付出感情。我莫大的快樂，全來自於自身的盼望——盼望你愛上我的朋友海芮，盼望你追求她（看起來的確很像追求）。我一直期望你能成功，如果早知道你不是爲了她而一天到晚到哈特菲宅邸來，我會認爲你這般頻繁造訪，必定是在判斷上出了什麼問題。我是否該相信，你從來沒有試圖向史密斯小姐獻殷勤？你眞的從來沒有認眞考慮過她？」

「從來沒有，小姐，」他的神情彷彿受到侮辱，「從來沒有，我向妳保證。我很尊敬史密斯小姐！史密斯小姐是位很好的女孩，我也很希望看到她嫁得幸福。我衷心期許她幸福。無疑的，有些男人也許不會反對，畢竟每個人都有自己的標準，但至於我自己，我想我還沒有糊塗到那種地步。我不需要爲了反對講究門當戶對的惡習，而去追求史密斯小姐！不，小姐，我造訪哈特菲宅邸，向來都只爲了妳，而我所接收到的鼓勵——」

「鼓勵？我給你鼓勵？先生，你完全搞錯了。我只把你視爲密友的愛慕者。除此之外，你對我來說只是一般認識的人。我眞的非常抱歉。幸好這個錯誤就此結束了。如果同樣的行爲繼續下去，史密斯小姐可能會更加誤解你的意思。她可能也會像我一樣，沒有察覺原來你對雙方背景的差異是如此在意。既然事情如你剛剛所說，那麼你恐怕要失望了，但我相信你的失望不會持續太久的。目前我並沒有考慮結婚。」

他氣得說不出任何話。她的態度太堅決，不讓人有懇求的餘地。在這種火爆氣氛逐漸升高以及互相都覺得羞愧的狀態中，他們被迫繼續同行幾分鐘，因爲伍德浩斯先生吩咐車行的速度不得快過於步行。如果兩人之間的怒氣這麼深，那麼氣氛應該會很尷尬；但是他們直來直往的情緒，使得他們根本沒空覺得尷尬。他們不曉得馬車何時會轉進牧師公館那條巷子，也不曉得它何時會停。突然間，馬車停在他的家門口。兩人沒開口說話，艾爾頓先生就下車了。這時愛瑪只好基於禮貌向他道晚安。艾爾頓先生也祝她晚安，語氣冷酷傲慢。在難以言喻的情緒紛擾中，她被送回哈特菲宅邸。

她的父親高興地迎接她。他一直很擔心她獨自從牧師公館巷子回來的路上會有危險。他不敢想像，連在街角轉個彎可能都會有危險，更何況還是一般的馬夫駕車，而非他們家的馬夫詹姆斯。彷彿只有她回到家裡來，才算得上一切順利圓滿。約翰・奈特利爲了自己先前的壞脾氣感到羞愧，所以此刻又恢復親切和藹的態度。愛瑪擔心她父親是否覺得舒適，此時她突然感受到一碗熱粥對於健康的益處，雖然她尚乏胃口和她父親共享一碗粥。對於其他家人來說，這一天終於在平安舒適中結束了，只有愛瑪尚未平靜。她的思緒從來沒有如此紊亂，她必須花費好大一番工夫才能讓自己看起來精神集中與愉悅。直到大家分別就寢後，她才能安靜地思索反省今晚發生之事。

頭髮盤起來了，女僕被支開了，愛瑪才坐下來思考，滿心惆悵。這眞是一件悲慘的事。她這陣子以來所期盼的一切，居然瞬間被推翻了。一切的發展都出乎意料。這對海芮會是很大的打擊！這是最糟糕的。這件事的每個環節多少都爲愛瑪帶來一點痛苦與羞辱，但是與海芮將受到的痛苦比起來，全不算什麼。她眞希望所有錯誤判斷影響到的只有自己，不必波及到海芮。眞可如此的話，再大的誤解、荒謬與屈辱，她都願意承受。

「如果我當初不要說服海芮喜歡那個男人，就不會惹出這些麻煩了。就算他加倍的妄想加諸我身上——可是，可憐的海芮啊！」

她怎麼會如此愚昧？他說他從來沒有認眞考慮過海芮，從來沒有！她盡可能地回想這一切，但愈想愈困惑。她猜想，自己一定是先有了成見，然後把一切淨往那個方向想。而他的態度一定也是曖昧不明且可疑的，否則她不會被誤導至此。

那幅肖像！他對於那幅肖像的態度是多麼熱切啊！還有那道字謎！還有其他百百種小地方！那些事情不是都明明白白針對海芮的嗎？當然，那道字謎裡提到的「機智」的確不太像在形容海芮，話說回來，「溫柔的眼睛」呢？其實那樣的形容好像也不太貼切。那只不過是一個含糊籠統的尋常形容詞罷了。誰看得穿混沌腦袋的眞正意思？

當然，她最近常常覺得他對她的態度不需要如此殷勤，她後來都把它想成是他的行事風格，只是判斷、知識、品味上的錯誤，因爲他並非一直生活在上流社會。她認爲，雖然他的佈道詞裡透著一股文采，但他還是少了一份眞正的優雅。直至今天之前，她一直以爲他對她的殷勤有禮僅源自於她是海芮的朋友。

約翰・奈特利是第一個提醒她這件事的人。無可否認，奈特利兄弟倆的洞察力很強。她記得奈特利先生曾經對她說過有關艾爾頓先生的事情，他提出警告，他認爲艾爾頓先生不會草率結婚。她不禁覺得羞愧，奈特利先生懂的事情遠比她所知道的更眞切。這著實讓人感到羞愧。但是此刻艾爾頓先生在各方面表現出來的，都和她所想的或所相信的截然相反：驕傲、自以爲是、自負，只爲滿足自我，不太關心他人的感受。

有違常理的是，艾爾頓先生想要向她示愛，卻讓她對他有了負面的印象。他的告白與求婚於他無所幫助。她對於他的愛慕不屑一顧，甚至對於他的冀求感到被羞辱。他想要娶個名門貴族，因此自大地把目光放在她身上，假裝自己愛上了她。不過她認爲，他並非眞的承受了失望的痛苦，因此她不需覺得有罪惡感。他的態度或言語裡，缺乏眞正的情感。他雖然發出了許多嘆息，也說了一堆漂亮話，但她從他的表情或聲音語調中感受不到眞愛。她無須費心同情他。他只不過企圖攀龍附鳳，如果哈特菲宅邸的伍德浩斯小姐，也就是三萬英鎊的繼承人不如他所預期的那般容易贏得芳心，那麼他很快就會轉而追求其他名媛。

然而他居然提到鼓勵，居然以爲她明白他的心意、接受他的愛慕，甚至打算嫁給他！他居然以爲他和她在家世背景或想法方面是匹配的！他瞧不起她的朋友。他很清楚哪些人的身分地位比他低下，而他又攀不上身分地位比他更高的，所以才會認爲追求愛瑪一點也不是冒昧無禮的事。這是最令人氣憤的！

他的天分資質差了她一大截，腦袋也聰慧不足，或許不能強求他體悟到這一點。他的這個缺陷，也許使他看不清事情的眞相，但是他必須知道，不論在財富或表現上，她比他優越太多了。他必須知道，伍德浩斯家族已經在哈特菲宅邸立足了好幾代，他們是古老家族的最新一代，而艾爾頓家族則是默默無名。哈特菲宅邸的地產雖然不大，和佔據海伯瑞村大半土地的丹威爾莊園比起來，只能算是小巫見大巫。但是伍德浩斯家在其他來源方面的財富，使得他們和丹威爾莊園不相上下。伍德浩斯先生長久以來在這個地區佔有極尊貴的地位。而艾爾頓先生不到兩年前才乍到此地，在人生地不熟的情況下努力融入這裡的社交圈，所能憑藉的僅有他的牧師職位與彬彬有禮的態度。但是他一直想像愛瑪會愛上他。這一定是他依靠的信念。他表面溫文儒雅的態度和他腦子裡的自負思想，是多麼表裡不一啊！愛瑪想到這裡，不得不承認，她向來對他如此和顏悅色又謙恭有禮，對他充滿問候與關注（假設她的眞正動機未被察覺），也許這樣的行爲會讓像艾爾頓先生這種心思細膩的男人誤以爲是女人示好的表現，會以爲自己成了對方的心儀對象。如果連她都如此誤解了他的情意，那麼她就沒有資格質疑爲什麼被自我利益沖昏了頭的艾爾頓先生會誤解她。

這是她第一次也是最糟糕的錯誤。主動撮合兩個人，本來就是愚蠢且錯誤的。這太冒險了，太自以爲是，輕忽了該被認眞看待的事情，把原本簡單的事情變複雜了。她很在意，自覺慚愧，她決心不再做這種事了。

「我的確說服可憐的海芮喜歡這個男人，」她說：「要不是我，她也許從來不會注意到他。如果我沒有向她保證他愛上了她，她當然也不會對他有所盼望，因爲她是非常含蓄謙恭的，我誤以爲他也是如此含蓄。噢！我當時還很得意自己說服她拒絕馬汀先生。我以爲我是對的。我以爲我做了一件好事。但我應該在那時候就停手，讓一切隨著時間與機緣發展。我把她介紹給好伴侶，好讓她有機會去討好值得取悅的人。我不該介入太多的。可憐的女孩啊，接下來她會有一段時間都無法平靜了。我哪算是她的好朋友！如果她這次不會感到非常失望的話，那麼我實在不曉得還有什麼人可以讓她傾心？威廉・考克斯嗎？噢，不，我無法忍受威廉・考克斯，那個伶牙俐齒的年輕律師。」

她發現自己又故態復萌了，於是停下來笑罵自己。接著她繼續盤算另一個更嚴肅、更令人沮喪的計畫。她必須去向海芮解釋，可憐的海芮將會痛苦萬分，因爲以後見面無法避免尷尬，很難決定到底要不要繼續和艾爾頓先生來往，也很難收回感情、隱藏恨意或是避免大家的閒言閒語。她在痛苦的省思情緒中煩惱這些事情，沒多久之後，她睡著了。她什麼辦法也沒想出來，唯一確定的信念是——她犯了一個最可怕的錯誤。

對於像愛瑪這種生性樂觀的年輕人來說，夜晚的心情也許暫時憂鬱低迷，但是天一亮之後，心情立刻又振奮起來了。早晨所洋溢的青春與活力也具有異曲同工之效，而且作用很大。如果悲傷痛苦不夠強烈，無法使人整夜睜著眼睛不睡覺的話，那麼眼睛一張開，看到的將會是被稀釋過的痛苦以及更燦爛的希望。

愛瑪早上醒來之後，覺得自己比睡前舒服多了，她看見眼前的痛苦已經減緩許多，她決定要努力從這種痛苦中掙脫出來。

幸好艾爾頓先生並非眞的愛上她，況且他也不是特別厚道，因此讓他失望並不是什麼不得了的事。海芮天生不是那種太聰明優秀的人，她的感受並沒有那麼敏銳深刻，也沒那麼容易耿耿於懷。況且，除了三位當事人之外，毫無必要讓其他人得知此事，尤其是她父親很有可能爲這種事情而感到不安。

這些都是非常振奮人心的念頭。她一看到地上的大量積雪，心情更加振奮，因爲目前只要是能暫時阻擋他們三個人碰面的事情，都是值得歡迎的。

天氣對她很有利。雖然今天是聖誕節，但她沒辦法上教堂。如果愛瑪想冒著風雪上教堂，伍德浩斯先生會很擔心的。於是她便可以不用去傳佈或接收那些令人不愉快且最不恰當的想法了。大地覆滿了白雪，空氣時而結霜、時而融化，不太穩定。這種天氣最不適合外出走動。每天早上以下雪或下雨爲開端，每天晚上開始結冰，一連好幾天都被困在家裡。她與海芮只能透過字條互通消息。除了聖誕節以外，她連星期天也無法上教堂，所以也不需要探究爲什麼這幾天都不見艾爾頓先生的蹤影。

壞天氣將每個人困在家裡。雖然她相信父親一定很希望和朋友聚在一起，但是出乎意料的，她父親居然很滿足於獨自待在自己家裡。他學聰明了，不肯再冒著風雪出門。她聽到她父親對奈特利先生說話。天氣是無法阻擋奈特利先生來造訪他們的。

「啊！奈特利先生，你怎麼沒像可憐的艾爾頓先生一樣待在自己家裡呢？」

撇開她內心的複雜情緒不談，被困在家裡的這幾天，出奇地舒服，因爲這樣的與世隔絕，正合她姐夫的意，而他的情緒對於他身邊的人來說是很重要的。何況，他完全收斂了他在蘭道斯宅邸所表現出來的壞脾氣。他待在哈特菲宅邸的這些天裡，一直保持和藹可親的態度。他總是隨和且有禮，對每個人都有所稱讚。然而，雖然她很想開心起來，雖然被風雪耽擱了事情也不算太糟，她心裡還是因掛念著向海芮解釋的時刻即將到來，而無法完全放輕鬆。

第十七章

Emma

約翰・奈特利夫婦並沒有被困在哈特菲宅邸太久。天氣很快好轉，人們可以開始自由活動了。伍德浩斯先生一如往常，試圖勸大女兒帶著孩子留下來多住幾天，但最後還是不得不送別他們。他又像往常一樣，哀嘆依莎貝拉的可憐命運——可憐的依莎貝拉，和她所溺愛的一群人過日子，光看見他們的優點，對他們的缺點卻視而不見，總是忙得焦頭爛額，也許典型的幸福女子就是這樣啊！

姐姐一家人離開的那天晚上，艾爾頓先生請人帶了信給伍德浩斯先生。那是一封又長又謙遜有禮的信，以艾爾頓先生最客氣的口吻說：「我打算隔天一早就離開海伯瑞村，前往巴斯①，因爲那裡有些朋友熱忱地邀請我去，所以我打算在那裡住上幾星期。由於天氣不佳，加上另有要事打點，所以遺憾無法親自向伍德浩斯先生辭行，但我十分感激您對我的友善與照顧。如果伍德浩斯先生有任何吩咐，我定樂意效勞。」

愛瑪非常驚喜。艾爾頓先生的暫時離開，正是這個時候最理想的安排。她很佩服他居然想出這個辦法，雖然她不太能認同他宣布這消息時的態度。在信中，艾爾頓先生對於伍德浩斯先生是如此謙恭有禮，至於愛瑪卻隻字未提，這明白表示他對愛瑪的怒氣未消。在他那封信的開頭，甚至完全沒有問候愛瑪——她的名字一個字都沒提。而且他突然做此決定，倉促地以信箋辭行，她父親一定免不了會起疑。

然而，她父親卻沒起疑。對於艾爾頓先生突然的決定，她父親感到震驚，他很擔心艾爾頓先生是否能安然抵達目的地，因此毫無注意他信裡文字的不尋常。這封信還頗有用處的，因爲它讓他們父女倆在這個冷清寂寞的晚上有一些新鮮話題可聊。伍德浩斯先生談論起他的擔心，愛瑪則以她一向的聰敏果決平息她父親的擔憂。

現在她決定不再隱瞞海芮了。她有理由相信，此刻海芮的感冒幾乎快康復了，而且在艾爾頓先生回來之前，最好能讓海芮有充分的時間從失戀傷痛中復元。於是她隔天就趕到嘉達德太太家，硬著頭皮去向海芮揭露這個不幸的消息。這件事的確很嚴重。她必須扮演令人討厭的角色，親自毀掉她之前細心餵養出來的希望，並且承認在這過去六個星期以來，自己對於這件事實在是大錯特錯，包括所有的觀察、所有的信念，以及所有的預言。

她向海芮坦白之後，完全重燃了當初覺得羞愧的心情。她一見到海芮掉淚，就覺得她這輩子再也不會原諒自己了。

然而海芮十分明理──她不責怪任何人，尤其這時候表現出來的率直與謙遜態度，讓她的朋友當下體會到她特別的優點。

愛瑪認爲這樣的坦率謙遜是最可貴的。此刻展現出寬容厚道的，或者有權利怪罪任何人的，似乎是海芮，而不是愛瑪自己。然而海芮並不認爲該對愛瑪存有任何抱怨。像艾爾頓先生這種男人的情感太高貴了，她從來不配獲得，伍德浩斯小姐只因身爲她的朋友，才會偏心且仁慈地認爲海芮配得上艾爾頓先生。

她的眼淚不停地滾落，她的悲傷是毫無掩飾的。在愛瑪的眼裡，再也沒有比這更令人敬佩的情操了。她細心聆聽，並且全心全意試圖安慰。在此刻，愛瑪眞的認爲海芮比她更優秀。即使運用所有的天分與智慧，恐怕也沒辦法像海芮這樣善良且快樂。

也許現在才開始想當一個單純天眞的人，有點太遲了，但是海芮讓愛瑪下定決心這輩子都要謙遜謹愼，盡量壓抑自己荒誕的想像。此時她的第二個責任（僅次於把她父親照顧好的責任），就是盡量讓海芮好過一些，別再透過作媒的方式來滿足自己的成就感，而是改採其他方法。她把海芮接到哈特菲宅邸，對她展現永遠不變的親切，努力想逗她開心，讓她透過看書與聊天來忘卻艾爾頓先生的事情。

她知道，要讓這件事進行得徹底，必須花費很多時間。她把自己設想爲一位冷眼旁觀的裁判。此時海芮仍深陷在對艾爾頓先生的依戀中，如果愛瑪在這時候對她抱持同理心，是很不恰當的。但是在她看來，即使遭遇絕望打擊，像海芮這種年紀的年輕人，也許在艾爾頓先生回來之前就能完全恢復平靜了。也許到時候他們三個人又可以回到正常來往的模式，不會有任何尷尬的情緒。

海芮的確認爲艾爾頓先生是完美的，她還是認爲沒有人的人品或美德能與他匹敵，這證明了她之前的確比愛瑪所預期的更愛慕艾爾頓先生。然而，既然海芮的感情無法得到回報，那麼她的熱情自然很快就會冷卻下來，所以愛瑪認爲這股愛慕之情不會持續太久。

如果艾爾頓先生回來之後明顯地表露出冷漠無情的態度（她認爲他很可能會這麼做），那麼她認爲海芮應該不會繼續把她的快樂建築在凝望或回憶艾爾頓先生這件事情上。

他們三個人不得已必須生活在同一個地方，這對每個人均非好事。沒人有能力遷移，或者改變社交圈，他們仍必須與彼此碰面。

海芮的情況更加悲慘，尤其是常常得聽嘉達德太太家那群夥伴讚美艾爾頓先生。艾爾頓先生一直是學校裡那些老師與女學生的心儀對象，而海芮只有在哈特菲宅邸時才會聽到愛瑪用冷靜眞實的語氣談起艾爾頓先生。既然傷口已經造成，必定也可以找得到治癒傷口的藥方。愛瑪覺得，在看到海芮傷口復元之前，她內心也不會有眞正的平靜。

譯註：

①巴斯（Bath），字面即「沐浴」之意，英國著名的溫泉鄉、旅遊勝地，溫泉設施建置始於西元一世紀的羅馬帝國時期。

第十八章

Emma

法蘭克・邱吉爾先生畢竟還是失約了。當預定的時間快到時，一封說明信寄達，證實了威斯頓太太的擔憂。他表示目前仍無法抽身前來，他感到「非常慚愧與遺憾」，盼望能夠在不久之後造訪蘭道斯宅邸。

威斯頓太太失望不已，尤甚於她丈夫，雖然她原本並不像她丈夫那樣對於法蘭克的造訪感到樂觀。不過，樂觀的人即使盼望落空，也不會讓自己陷入憂鬱過久而折減了希望。樂觀的人總是能跳脫眼前的挫折，再度抱持希望。得知消息後的半個小時內，威斯頓先生的確感到驚訝與遺憾，但他隨即心想，也許法蘭克兩三個月後再來會更好。那個時候將會是一年中最棒的時節，天氣比較好，到時候他肯定能和他們多住上一段時間。

這些想法立刻讓他欣慰多了。然而個性較容易擔憂的威斯頓太太並沒有看到這麼樂觀的一面，只看到一再的藉口拖延。她原本擔心她丈夫會難過，但其實她自己更難過。

除了擔心威斯頓夫婦又要失望之外，愛瑪此刻無心在乎法蘭克・邱吉爾的失約。目前法蘭克・邱吉爾對她並沒有吸引力。她只想安靜過日子，不希望被挑動心弦。不過她還是希望表面上盡量恢復她原來的狀態，因此她像往常一樣，基於她們之間的深厚友誼而表達熱切的關心，並且盡量安慰威斯頓夫婦的沮喪心情。

她首先把消息告知奈特利先生，也盡可能抱怨（但多半是假裝）邱吉爾夫婦阻擋法蘭克前來的行爲。然後她繼續說一些表面的話，包括這位人物的到來會爲薩里郡封閉的社群帶來什麼好處、認識陌生人的樂趣，以及整個海伯瑞村居民只要看到他就會獲得的快樂等等。最後她又回頭評論邱吉爾夫婦，卻發現她的看法再度和奈特利先生有所出入。令她覺得有趣的是，這回她表面上採取的是與自己眞實意見相反的立場，而且還援引威斯頓太太說過的話來反駁自己。

「這很有可能是邱吉爾夫婦的錯，」奈特利先生冷靜地說：「但我認爲，如果法蘭克自己想來，他早就來了。」

「我不曉得你爲什麼這麼說。他非常想來，偏偏他舅舅與舅媽不讓他來。」

「我不相信如果他表明自己想來，會無法作主。除非有證據，否則我不可能相信。」

「你眞奇怪！法蘭克・邱吉爾先生到底哪裡惹到你了？你爲什麼會認爲他不近人情呢？」

「我一點也不認爲他不近人情，我只是覺得他可能因爲身邊盡是不好的榜樣，讓他有樣學樣，變得忘記自己根本，除了圖自身享樂之外其他一概不管。一個年輕人如果被傲慢、奢華、自私的人撫養長大，很自然地也會變成一個樣。如果法蘭克・邱吉爾眞想見他父親，他在九月至一月這段期間內就會想出辦法了。像他這種年紀——他幾歲？——二十三、四歲——不可能想不出辦法。不太可能的。」

「你向來都是自己作主，當然說得簡單，也覺得做起來似乎很容易。奈特利先生，你最沒有資格評斷那些還需仰賴他人之人所面臨的難處了，你根本不瞭解如何面對脾氣不好的人。」

「很難想像一個二十三、四歲的人居然無法爲自己作主，或者受限成這種程度。他不缺錢，也不缺閒。其實我們都知道他有錢又有閒，而他卻寧可把這兩種東西虛擲他處。我們一直都聽說他去了一些靠海或有水的地方。不久前他人還在威茅斯港呢！這證明了他可不是離不開邱吉爾夫婦。」

「是的，有時候他的確辦得到。」

「他認為值得或是具有享樂誘惑的時候，就辦得到了。」

「還沒有充分瞭解狀況就對一個人的行為妄下判斷，這是很不公平的。除了那戶人家裡的人之外，沒人能瞭解他們所面臨的難處。我們應該先瞭解恩斯康宅邸的情形，瞭解邱吉爾夫人的脾氣，才能判斷她的外甥能做什麼。也許他有時可以做很多事，有時則不行。」

「愛瑪，有一件事情是男人只要願意就永遠辦得到的，那就是他的責任。那不是靠謀慮與籌畫，而是靠魄力與決心。法蘭克・邱吉爾的責任就是關注自己的老父親。從他的承諾與信件看來，他也深諳這個道理，但如果他有心，早就做到了。一個男人如果有擔當，應該立刻堅定地對邱吉爾夫人說：『您知道我可以為了您的方便而隨時犧牲我的享樂，但是我必須立刻去探望我的父親。我知道目前這種情況可能會讓他誤以為我不尊敬他，進而傷了他的感情。因此，我應該明天就出發。』如果他立刻以有擔當的堅定語氣對她這麼說，她便無理由反對。」

「不！」愛瑪大笑，「也許這樣一來，他就回不去那個家了！你要一個完全依賴他們的年輕人說這種話？奈特利先生，除了你以外，沒人覺得這是可能的。你完全不瞭解那些處境與你截然相反的人。法蘭克・邱吉爾先生怎麼可能對從小撫養他且供應他吃穿的舅父母說這種話？你希望他站在房間中央，大聲說話！你怎麼會認為這有可能發生？」

「愛瑪，我敢說，這對一個聰明睿智的男子來說是毫無困難的。他會覺得自己理由正當，天經地義。當然，一個聰明睿智的男子會用合宜的態度表達他的主張，而這樣的昭告對他很有益處，能提高他的自信，讓那些他所依賴的人更意識到他的自身權益，這比一味的拖延與屈從更有效果。他們會覺得他足堪信賴，認爲如果這位外甥能孝敬父親，當然也會孝敬他們。因爲他們知道，外甥知道，全世界都知道，他理應來探望他的父親。就算他們運用權力阻擋外甥來探望父親，但其實他們看到外甥屈服了，在他們心裡對於這位外甥的觀感也不會好到哪裡去。每個人對於正確的行爲都會予以尊重。如果他不斷且持續地以正確的態度行事，最後他舅父母狹隘的想法終會有所改變的。」

「我對你這個說法很懷疑。你非常喜歡改變別人的想法。然而，既然有錢有勢的人往往想法狹隘，我想他們會一直自我膨脹，直到難以駕馭。我可以想像，如果奈特利先生閣下被放在法蘭克・邱吉爾先生的情況之中，一定會照你剛剛建議他的去做，最後的結果也許會很理想。邱吉爾夫婦可能一句話都不敢回。話說回來，眞是那樣，你也就沒有什麼長久以來遵從命令的習慣可以突破啦！而對他這種長久以來習慣遵從的人來說，也許不容易立刻就大聲宣告獨立自主，也不可能瞬間將他對他們的感激與在意歸零。他也許很清楚怎麼做才是對的，就像你一樣，但是他的狀況卻讓他沒辦法如此採取行動。」

「那麼他可以採取不那麼強烈的態度。就算無法爭取到同樣的權利，多少會改變他們的想法。」

「噢！差別就在於情況與習慣啊！我希望你能試著體會，要一位感情豐沛的年輕人直接頂撞他從小所仰望的人，他一定很不好受吧？」

「如果這是他第一次必須違背他人意志而做出對的事情，那麼妳所說的那位情感豐沛的年輕人，其實是個柔弱小毛頭。他到了這般年紀，應該早就習於承擔他的責任，而非便宜行事。我可以允許小孩子懦弱流淚，但成年男子可不准這樣。成年男子該理性思考，應該要能自我覺醒，擺脫對於他的自主權無益的事情。他一開始就要反對他舅父母要他怠慢親生父親的企圖。如果他那時候就做他該做的事，現在早就沒有困難了。」

「我們兩個對於他的事情永遠不會意見一致，」愛瑪大呼：「但這早已不稀奇了。我一點也不認爲他是柔弱小毛頭，我很確信他不是。威斯頓先生不可能對自己兒子的愚昧坐視不管。不過和你對男子完美的信念相較之下，他的確是較爲讓步、順從與溫和。我不敢說他是完美的。他縱然有些缺點，但仍具備很多優點啊！」

「是呀，當他該採取行動時卻按兵不動，過著閒散安逸的生活，絞盡腦汁爲這一切行爲找藉口。他寧可坐下來寫一封文辭優美的信，充滿世故與虛假，且自以爲已盡力維護家裡的和諧，努力不讓他父親有權利抱怨。他寫的那些信眞教我噁心。」

「這是你個人的見解吧？其他人似乎很滿意那些信。」

「我很懷疑威斯頓太太會滿意。像她這樣聰明且敏感的女性，是不容易對那些信感到滿意的。她名義上雖是母親，但並不具有母親的情感，所以不會過於盲目。這次是因爲她的緣故，所以法蘭克承諾前來造訪，卻一次次失約，而她必定也會覺得一次又一次被輕忽。我敢說，如果她本身是個重要人物，他早就來了。妳眞認爲妳的朋友未曾思慮過這些嗎？妳眞的以爲她內心不是常常這麼想？不，愛瑪，妳所形容的那個感性的年輕人，只有在法文字義裡說得通，在英文中是不成立的。他或許非常『感性』，很有禮貌，相當討人喜歡，但是他對別人的感受卻欠缺英文字義裡的細心體貼。他絕對不是什麼感性的人。」

「你似乎執意要著眼於他的缺點。」

「我？一點也不，」奈特利先生回答，神情流露出不悅，「我並不想著眼於他的缺點。我也可以像其他人一樣讚揚他的優點，但是我只聽到大家對他外在的稱讚，說他發育得不錯，長相好看，溫順懂事。」

「這個嘛，就算他沒有其他優點，仍然會是海伯瑞村的珍寶。我們這裡不常見到教養良好、討人喜歡的年輕人。我們不能要求他身上必須具備所有的美德，這樣未免太苛刻了。奈特利先生，你難道不曉得他的到來會引起多大的騷動嗎？到時候丹威爾莊園與海伯瑞村一帶，就只聽得到人們談論一個話題，只有一個關注焦點——大家好奇的對象，那就是法蘭克．邱吉爾先生。到時候所有人想的與談論的就只有他了。」

「請妳包涵，我實在難以忍受。如果我覺得他是健談的，我當然會很高興和他認識。但如果他只是愛說三道四的花花公子，就不值得我浪費時間與心思了。」

「就我所知，他和每個人都有話聊，具有人見人愛的魅力。他可能會和你聊農場的事情，對我則談論繪畫或音樂，對其他人也找得到聊天的話題。他對所有事物都有所涉獵，只要有人起頭，他就可以接話，或者自己挑起話頭，而且每個話題都可以聊得很精采。這是我所知的。」

「但就我看來，」奈特利先生激昂地說：「如果他真是這樣，那麼他就是最令人討厭的傢伙了。妳想想！一個二十三歲、受到大家愛戴，這麼厲害的人，擅長交際，能判斷每個人的個性與愛好，他的優秀讓大家的智慧都相形失色。他到處逢迎討好大家，這會讓我們所有人和他比起來都像傻瓜。我親愛的愛瑪啊，到時候，聰明如妳，也會受不了他這種諂媚逢迎的個性。」

「我不想再談論他的事了，」愛瑪高聲說道：「你把一切都講得那麼糟。我們兩個誰不是帶著偏見，你對他評價不高，我對他印象極佳。在他真的造訪這裡之前，我們兩個是不會有共識的。」

「偏見！我並沒有偏見！」

「但我很有偏見吶，而且我一點也不羞於承認。我喜歡威斯頓夫婦，所以連帶地對法蘭克・威斯頓印象很好。」

「我對他這個人，一點也不想在意。」奈特利先生有點惱怒地說。於是愛瑪立刻轉移話題，雖然她無法理解爲什麼奈特利先生要這麼生氣。

只因爲法蘭克・威斯頓的個性和他不同，奈特利先生就這麼討厭他，這實在不像奈特利先生一向的開明思想。愛瑪向來認爲奈特利先生自信滿滿，她從來沒想過他會這麼不公平地輕視另一個人的優點。

第十九章

Emma

這天早晨，愛瑪與海芮並肩散步。愛瑪個人覺得她們當天已經談了夠多有關艾爾頓先生的事情。她認爲不論是她給海芮的安慰或她自己的罪惡感都到了極點，因此當她們折返時，她很想轉移話題。不過正當她以爲已成功轉移話題時，往往又會回到原來的話題。她們聊到窮人在冬天一定很難熬，結果海芮的唯一回答只有「艾爾頓先生對窮人眞好啊」。愛瑪當下決定，應該另想辦法解決這件事。

她們快走到貝茲母女的家。她臨時決定拜訪她們，希望藉著人多，可以轉移這些話題。她這麼做也有很充分的理由。貝茲母女很好客。愛瑪知道，在少數幾個瞭解她缺點的人眼裡，她理應常來探訪貝茲母女，爲她們增添一些安慰，但她在這方面似乎有所忽略。

愛瑪從奈特利先生的言談間得知自己的缺點，內心深處也這麼認爲，儘管如此，她還是不太樂意常去探訪貝茲母女，她覺得和這群無聊的女人在一起是浪費時間，也很怕因此而淪落至海伯瑞村二、三流的社交圈，所以她盡量少和她們接近。不過此刻她突然決定經過她們家時進去造訪一下。正當她向海芮提議時，她在心裡盤算了一下，此時造訪貝茲家應算安全，因爲應該還不是貝茲家接到珍・費爾法斯來信的時候。

她們的房東是個生意人。貝茲母女住在二樓。她們的公寓大小適中，這是她們的一切了。她們懷著最熱忱感恩的心情迎接客人。安靜的貝茲老太太正在織毛衣，本來坐在最溫暖角落的她，甚至想把位子讓給伍德浩斯小姐。而她那位較活潑聒噪的女兒對她們極爲熱情地噓寒問暖，感激貴客的造訪，擔心她們的鞋子，急切地詢問伍德浩斯先生的健康，她興奮地交代起母親的健康狀況，還從櫥櫃裡拿出甜點來招待她們。「柯爾太太剛剛才來過這裡，她本來只打算待十分鐘，後來居然和我們聊了一小時，她眞是好人。她吃了一塊蛋糕，還說她非常喜歡，她人眞是太好了。所以我們希望伍德浩斯小姐與史密斯小姐也能答應我們的請求，吃塊蛋糕吧！」

她既然提到了柯爾太太，自然免不了也會提到艾爾頓先生。柯爾夫婦和艾爾頓先生的交情很好，而自從艾爾頓先生離開之後，柯爾先生收到了艾爾頓先生的幾封信。愛瑪知道接下來會發生什麼事：她們一定又會談論那封信，然後計算他離開多久了、他對朋友多麼好、到處都受人歡迎，以及餐宴的盛況。愛瑪應付得不錯，她帶著極感興趣與讚揚的態度拚命接話，不讓海芮有說話的機會。

早在她進門前，就做好這個心理準備了。她打算漂亮地聊完這個話題之後，就別再碰任何會製造麻煩的話題，於是她開始談論在海伯瑞村舉辦宴會的男女主人與他們的橋牌聚會。聊完了艾爾頓先生之後，她本來沒料想到緊接著會是珍・費爾法斯的話題，但是貝茲小姐快速聊完了艾爾頓先生的事，話鋒突然轉移到柯爾夫婦身上，帶出了來自她外甥女的一封信。

「噢，是的，艾爾頓先生，我瞭解，有關跳舞的事情。柯爾太太方才告訴我，在巴斯那些宴會上的舞——柯爾太太人可眞好，願意陪我們多坐一會兒，聊聊珍的事情。柯爾太太一到這裡來，就立刻問起珍的事情，珍很受歡迎呢！每次珍來探望我們，柯爾太太總是對她非常親切。我必須說，珍的確值得這份疼愛。柯爾太太一進門就直接問起珍的事：『我知道妳們最近不大可能有珍的消息，因爲現在不是她會寫信來的時候。』當我立刻說：『但我們的確有她的消息啊，今天早上才收到她的來信。』我再也沒見過比她更驚訝的表情了。她說：『妳們眞的收到了？眞令人意外呀，恭喜妳們。請務必讓我聽聽她說了什麼。』」

愛瑪立刻表現她的禮貌。她帶著微笑，故作感興趣地說：「妳們最近收到費爾法斯小姐的信？我非常高興！我希望她一切都好！」

「謝謝！您人眞好！」這位開心的姨媽急忙翻找出那封信，「噢，找到了！我確定沒有擱在太遠的地方，但是我忘記自個兒把小布囊壓在上面，難怪被蓋住了，我不久前才拿在手上，我幾乎確定我是把信放在桌上的。我剛剛把信唸給柯爾太太聽，之後又再重唸給我母親，她可愛聽我唸珍寫的信，怎麼聽也聽不膩呢。所以我知道當時不可能把信放得太遠，果然就在這裡，在我的小布囊底下。既然您人這麼好，想知道她說了什麼，我必須先向您致歉，因爲這封信寫得很短，只有兩頁，您瞧，幾乎不到兩頁。通常她會寫滿一整張，再寫半張多一點①。我母親很好奇我怎麼能辨識得出所有的字句。每次信一打開，我母親總是說：『海蒂，現在妳又得花心思辨讀那些字句了！』您是不是也很好奇啊？伍德浩斯小姐？不過我告訴母親，我很確信如果沒人替她辨讀出那些字句，她自己也能辨得到的。我相信在她辨識出每個字之前，絕對不會善罷干休的。我母親的視力雖然不如從前，只要戴上眼鏡還是可以看得很清楚，感謝上帝！這眞是一大恩賜！我母親健朗得很。珍每次到這裡來，總是說：『外婆，我相信您有一雙明目，現在才能看得這麼清楚。您做了那麼多細緻的作品哪！我眞希望我老了的時候也能保有好視力。』」

貝茲小姐一口氣說完，不得不停下來喘口氣。愛瑪禮貌地稱讚一下費爾法斯小姐的美麗字跡。

「您人眞好！」貝茲小姐感激萬分地說：「您自己寫得一手好字，最有資格作此評斷了。我相信再也沒有人的讚美比伍德浩斯小姐的讚美更令我們覺得榮幸。我母親沒聽見，她有點耳背。」她轉頭對她

貝茲小姐找出費爾法斯小姐的來信，準備唸給愛瑪聽。

母親說：「媽媽，您有沒有聽到伍德浩斯小姐稱讚珍的字跡？」

愛瑪聽到自己那愚蠢的恭維被重複了兩次，貝茲老太太才完全聽懂。同時，她心裡正盤算該怎樣阻止貝茲小姐唸誦珍・費爾法斯的那封信才不失禮。當貝茲小姐再度轉向她，尋求她的注意時，她幾乎想隨便找個藉口離開。

「我母親的耳背並不太嚴重，沒什麼大不了的。我只需要提高聲量，重複個兩三次，她就聽得見了。她習慣聽我的聲音。但令人驚奇的是，她聽珍說話總是比聽我說的話更清楚。珍說話多麼清楚啊！她不曉得她外婆的聽力跟兩年前比，差多了。就我母親的年紀來說，兩年的意義重大，自從珍上次造訪，距今已整整兩年了。我們從未這麼久未見到她，就像我對柯爾太太說的，不論她在這裡待多久，我們恐怕都會覺得時間不夠。」

「費爾法斯小姐最近會來這裡拜訪嗎？」

「噢，是的，下星期。」

「眞的嗎？大家一定都會很開心！」

「謝謝。您人眞好！是的，下星期。每個人都很驚訝，大家口中全說同樣客氣的話哪。我相信她一定很期待見見海伯瑞村的朋友，就像他們期待見到她一樣。是的，星期五或星期六，她還不確定哪一天，因爲坎貝爾上校在這兩日的其中一天可能要用馬車。他們夫婦倆是多麼好心啊，願意一路送她到家。不過他們向來都是這麼好心的。噢，是的，下星期五或星期六，她信上是這麼寫的。這就是爲什麼她出乎意料地寫信來。按照通常的情況來推算，我們要到下星期二或星期三才會收到她的信。」

「是的，我也是這麼想。本來我還擔心今天恐怕沒什麼機會聽到費爾法斯小姐的消息。」

「您眞是客氣呀！是啊，要不是因爲她突然打算造訪的特別狀況，我們也不會收到她的信。我母親多麼高興呀！因爲她至少會在這裡待上三個月。三個月，她是這麼說的，一點也不會錯，我很樂意把她寫的信唸給您聽。事實上，坎貝爾夫婦要去愛爾蘭。狄克森太太一直勸她父母親過去看她。他們本來想等到夏天再去的，但是她急著想見到他們，因爲在她去年十月結婚之前，她從來沒有離開父母超過一星期，我敢說，隻身前往異鄉的感覺一定很奇怪。所以她寫了一封緊急家書給她的母親或父親，我也不知道是哪一位（現在就來看看珍的這封信），裡面的署名是狄克森先生與她自己，他們在信裡催促她父母即刻前往，他們會在都柏林和雙親碰頭，接回他們在鄉間的住所巴里克雷格，我猜那是個美麗的地方。珍常聽說那裡很美，我的意思是，她從狄克森先生那裡聽來的，我不曉得是不是還有別人也這樣說。在狄克森先生還在追求坎貝爾夫婦的女兒時，珍常常陪他們兩個一起出去散步，因爲坎貝爾夫婦不允許自家女兒單獨與狄克森先生一起散步，我一點也不怪他們如此嚴格。狄克森先生在散步時，自然喜歡提起自己的住所，珍大概就是在那時候聽說了不少他在愛爾蘭家鄉的事情！我想，她在信中提到他向他們展示了一些那個地方的圖畫，是他自己繪製的。我相信他是最親切迷人的年輕人。聽到他的描述，珍很渴望能去一趟愛爾蘭。」

就在此時，愛瑪的腦海裡突然升起一個最直覺式的懷疑——有關於珍・費爾法斯、這位迷人的狄克森先生，以及珍這次不去愛爾蘭的事情。愛瑪暗地裡打算挖掘這背後的眞相。她說：「您一定覺得很幸運，他們居然願意讓珍在這個時候來探望您。想想看，她和狄克森太太之間的情誼多麼深厚啊，根本想不到她這次可以不必陪伴坎貝爾夫婦一同前去。」

「的確，的確。我們原本非常擔心。我們一點也不希望她離我們那麼遠，再說一去就是好幾個月，萬一發生了什麼事情，她根本趕不回來。不過您瞧，幸好一切的結果都令人滿意。狄克森夫婦企盼珍與坎貝爾夫婦一起過去，這是很自然的道理。珍說，沒有什麼比得過他們夫婦倆眞摯懇切的聯合邀請了，您待會兒就可在信裡讀到那段文字。狄克森先生對於珍的關心未曾稍減。他是最迷人的年輕人。之前她參加了威茅斯港的水上宴會，那些風帆之間突然捲起了一陣旋風，要不是狄克森先生機警地注意到，及時抓住了她，她很可能立刻落入海中，甚至消失不見了。（我一想到就發抖。）自從那次事件之後，我就很欣賞狄克森先生。」

「不過奇怪的是，儘管她朋友催促，她自己也很想去愛爾蘭，可是費爾法斯小姐還是寧願到這裡來陪您與貝茲老太太？」

「是的，這完全是她自己的抉擇。坎爾貝上校夫婦認爲她做得很對，他們也建議她這麼做。其實他們特別希望她來這裡享受新鮮空氣，她最近不像從前那樣健康了。」

「我很遺憾聽到這個消息。我想，他們的判斷是明智的。但是狄克森太太一定很失望。據我所知，狄克森太太本人並沒有什麼姿色，無論如何是比不上費爾法斯小姐的。」

「噢，不，您這麼說眞是客氣，不過的確是比不上的。坎貝爾小姐長相平凡，但卻十分優雅親切。」

「是的，那是當然的。」

「珍患了重感冒，可憐的小東西！自從不久之前的十一月七日（我待會兒會唸給您聽），她人就不舒服了。感冒一直未癒，這時間是不是拖太久了？她之前並沒有提起，因爲不想讓我們擔心。她就是這麼貼心！她的身體這麼不舒服，所以她那仁慈的友人坎貝爾夫婦認爲她最好返鄉來享受新鮮舒服的空氣。他們認爲她在海伯瑞村住上三、四個月定可完全康復。如果她身體不舒服，那麼回家來的確會比去愛爾蘭好多了。沒有人能像我們一樣照料她。」

「在我看來，這似乎是最妥當的安排了。」

「所以她下星期五或星期六就會到這裡來，而之後的那個星期一，坎貝爾夫婦才會離家前往愛爾蘭，您待會兒就可在珍的信中讀到這些。如此突然啊！親愛的伍德浩斯小姐，您也猜得到，我聽到這個消息是多麼興奮激動啊，除了遺憾她生病之外。不過我們必須有心理準備，她恐怕會變瘦，看起來更憔悴一些。我必須告訴您一件發生在我身上的不幸事件。通常在我把珍的信唸給我母親聽之前，我一定會仔細地讀一遍，因爲怕信裡會有一些讓她不開心的事。珍希望我這麼做，所以我總是這麼做：今天我開始像往常一樣謹慎地讀信，但是當我讀到她生病的消息時，不禁驚恐地脫口而出說：『天啊！可憐的珍生病了！』這時在一旁注意我動靜的母親，居然聽得清清楚楚，立刻就擔心起來。然而當我繼續讀信，發現情況並沒有我原先所想的那麼糟，所以盡量把事情淡化，讓她別那麼擔心。事後我不禁責怪自己怎會如此缺乏戒心！如果珍沒有很快康復，我們就會召請培瑞先生過來。我們會不計任何花費。他是如此慷慨大方，而且很喜歡珍，我敢說他一定不會收取任何費用，但我們不能讓他這樣。他有妻子與家庭要養，不能這樣白白奉獻他的時間。現在我先提示一點珍信中的內容，然後我們再來讀她的信。我相信，由她自己的信來交代這一切，總比我替她說來得好。」

「我們恐怕得離開了，」愛瑪望了海芮一眼，然後開始起身，「我父親在家裡等著哪。進來妳們家叨擾時，我本來無意待超過五分鐘的，況且也沒有權利那麼做。畢竟不能經過妳們家門而不問候一下貝茲老太太的近況，所以就進來叨擾啦，不過我很高興能夠逗留這麼久！我們現在必須向您與貝茲太太告辭了。」

貝茲小姐熱切地想挽留她們，但徒勞無功。她們再度回到街上。雖然她被迫聽了很多事，雖然事實上她已經聽完珍・費爾法斯整封信的內容，她還是很高興最後躲掉了聽那封信被唸誦的厄運。

譯註：

①當時英國書信多用信紙摺好封起，不用信封。單張寫不完時，會交叉地寫在已書寫部分之上。

第二十章

Emma

珍・費爾法斯是個孤兒，她是貝茲太太小女兒的獨生女。

步兵中尉費爾法斯在與珍・貝茲小姐的婚姻生活中，亦曾經歷過榮耀、愉悅、希望與樂趣的歲月，但如今已不復存。費爾法斯中尉在海外作戰身亡，徒留給其遺孀哀痛的回憶以及尚在腹中的女兒。他的遺孀隨即陷入憔悴與哀傷之中。

珍・費爾法斯一出生就被送回海伯瑞村。三歲時，她母親過世，於是她被外婆與姨媽所領養，受她們照顧，成爲提供安慰和被寵愛的對象。本來她很有可能一輩子都待在這個地方，她所受的教養資源有限，而且幾乎沒有任何有利的人際關係或親戚，只能依靠她天生討人喜歡與善解人意的個性，以及熱心善良的外婆家親戚。

她父親的一位朋友所懷抱的惻隱之心，改變了她的命運。這位朋友就是坎貝爾上校，他非常賞識費爾法斯中尉，認爲他是一名優秀的軍官與值得賞識的年輕人。此外，某次坎貝爾上校罹患了斑疹傷寒，多虧了費爾法斯中尉的照料才好轉，因此他認爲費爾法斯中尉等同他的救命恩人。他從來沒有忘記這份恩情，雖然在他返國擁有一點權力之前，費爾法斯中尉早已身故多年。坎貝爾上校回到英格蘭後，找到了這個孩子，關心她的狀況。他已結婚，只有一個女兒，年紀和珍相仿，於是珍成爲他們家的客人，每次造訪都待上很長一段時間，受到大家喜愛。由於他女兒很喜歡珍，而且他也希望善盡朋友的本分，於是在珍不到九歲之前，坎貝爾上校便提議完全承擔起珍的教育責任。這個提議被接受了。從那時起，珍便歸屬於坎貝爾上校一家，與他們同住，偶爾才來拜訪她的外婆。

坎貝爾家爲珍安排的計畫是：她長大後必須具備教育他人的能力。她從她父親那裡繼承的幾百英鎊無法讓她不依靠外援。然而坎貝爾上校自己也無能力供給，雖然他的軍俸堪稱優沃，但身家財富卻只能算是中等，且將來都將歸於他女兒。不過，他希望藉由提供珍教育機會，讓她在日後能夠自食其力。

這就是珍・費爾法斯的身世。她得到悉心照顧，從坎貝爾一家接收到許多關愛，受了很好的教育。她長久以來一直與心思正直且通達事理的人們住在一起，她的心智與思想都受到良好的薰陶。坎貝爾上校的住所在倫敦，在一流的教師調教之下，就算天資不夠聰穎的人，也會有令人滿意的表現。她的資質與能力沒有辜負坎貝爾上校的栽培。在年紀輕輕的十八、九歲時，她便取得照料孩童的資格，能獨力勝任教學工作。但是坎貝爾一家人太愛她了，捨不得與她分開。不論是坎貝爾夫婦或他們的女兒都無法忍受與珍分離。於是她自食其力的日子便往後推延。他們藉口說她仍然太年輕，便輕鬆地推延了這件事。珍繼續和他們同住，與另一個女兒一起分享上流社會的所有樂事，並同時享受家庭的溫暖與消遣娛樂。只不過她清醒的理智時時自我叮嚀：這一切也許很快就會結束。

珍在美貌與資質方面都過人一等，這對於雙方來說均稱光榮，讓坎貝爾一家人全對她充滿感情，尤其坎貝爾小姐更是依賴她。坎貝爾小姐不可能不意識到珍的天生麗質，而坎貝爾夫婦也不可能不知道珍的智力較高。然而他們對她的熱情未曾稍減，直到坎貝爾小姐結婚。坎貝爾小姐一認識狄克森先生這位富有且迷人的年輕人之後，立刻就對他傾心，沒多久就興高采烈地結了婚，而珍・費爾法斯卻還得繼續自食其力。命運似乎常常有違大家對於婚姻大事的預料，條件中等的人往往比條件優秀的人更快獲得青睞。

這件事是最近才發生的。發生得太快，使得她那位較不幸運的朋友還來不及安排未來去處，雖然她這年紀已能開始自己判斷作主。她長久以來都認定二十一歲應是可以自己作主的年齡。珍有著像虔誠修女般的堅毅性格，她決心在二十一歲時奉獻自己，戒除一切生活享樂與人際交往，也不再去想什麼門當戶對、和平與希望之類的問題，終生苦行與禁欲。

明理的坎貝爾夫婦無法反對珍的決心，雖然他們不甚情願。只要他們還活著，她就不需這麼辛苦，他們的房子可以永遠是她的，而且他們為了自己的安適，一定希望把她留在身邊，不過這是自私的想法。長痛不如短痛，遲早都要面對的事情，不如早一點面對。也許他們開始覺得，應該試著壓制任何想要阻擋她的衝動，讓她能夠享受輕鬆自在，也許會是較為仁慈且明智的作法。然而，他們在情感上仍樂於找到任何合理藉口來拖延這個不幸的時刻。自從他們女兒結婚之後，珍的身體就一直不舒服。在她恢復往昔的健康之前，他們必須禁止她就職，因為她虛弱的身體與不穩定的精神狀況絕對不適合工作。在最理想的情況下，仍需要健全的身心狀態才足以勝任愉快。

有關於珍辭卻陪坎貝爾夫婦前往愛爾蘭一事，她在寫給她姨媽的信中說的都是事實，雖然隱瞞了部分事實。是她自己決定趁他們不在時回到海伯瑞村。也許她是希望在還有機會享受完全自由的最後幾個月內，與她最親的親人共度。而坎貝爾一家人，不論是出於何種動機，不論是單一的、雙重的或三重的理由，一聽到她這樣的規畫，便立刻贊同，表示支持她為了恢復健康而花幾個月的時間呼吸新鮮空氣。她確定即將到來。到時候海伯瑞村居民歡迎的就不是老早承諾要來的完美人物——法蘭克．邱吉爾先生了。目前他們必須改為迎接珍．費爾法斯，兩年沒有來過這裡的她一定會帶來很多新鮮事。

愛瑪覺得很難過——在漫長的未來三個月裡，她都要對一位她不喜歡的人以禮相待！這將有違她眞正的意願，充其量只是出於不得已罷了。她之所以不喜歡珍・費爾法斯的理由，一下子也說不清。奈特利先生曾經告訴過她，那是因爲她在珍身上看到一位傑出的年輕女子，而這正是她自己希望別人對她抱持的看法。雖然愛瑪當場就嚴正地駁斥奈特利先生的指控，但有時候她捫心自問時，卻也承認這是事實。「可是我絕對不會和她熟絡的。我不知道究竟是怎麼一回事，但是她總有一種冷淡與含蓄保留——不論她高不高興，似乎都有一種明顯的漠然——還有，她的姨媽永遠都那樣聒噪！每個人都很受不了！大家向來都認爲我和珍會合得來，因爲我們年紀相仿，每個人都以爲我們會很喜歡彼此。」這些就是愛瑪的理由——她找不到更好的理由了。

這種厭惡說起來一點也不公平——每一個小過錯都被放大了，以至於每次久別之後的第一次見面，愛瑪都覺得自己傷害了珍。此刻，經過兩年的間隔，愛瑪基於禮貌前去造訪貝茲家。愛瑪對於珍的美貌與舉止特別驚訝——這是她在過去兩年來一直很鄙視的。珍・費爾法斯非常優雅，出奇地優雅，而愛瑪向來最重視優雅。她的高度適中，每個人都會認爲她個子高，但又不會太高。她的身材尤其優美。她的體型穠纖合度，雖然看起來有點病容。愛瑪留意到這一切細節，接著，她發現她的臉龐、她的五官都比印象中更加美麗。這並不是典型的美麗，卻格外討人喜歡。她的眼睛是深灰色，配上深色睫毛與眉毛，向來受到讚美。她常常挑剔自己的皮膚缺乏血色，但其實她的皮膚又白又嫩，根本不需要再添加什麼紅潤光澤。珍的美麗極具特色，充滿優雅氣質，因此基於愛瑪自己的原則，她十分欣賞這種美麗——珍不論是外貌或內在的優雅，在海伯瑞村都是少見的。沒有半點庸俗，她高貴又優雅。

簡言之，愛瑪在第一次造訪時，坐在那裡注視著珍・費爾法斯，內心感到雙重的滿意——一種是愉悅感，一種是伸張正義的感覺，她當下決定不再討厭珍了。當她瞭解她的身世、她的處境以及她的美麗；當愛瑪想到珍的這份優雅將引領她至何處、她即將失去的事物，以及她將如何過日子，對於珍便只存憐憫與尊敬。尤其再加上珍很可能打從一開始就在心裡喜歡上狄克森先生。如果眞是這樣，她還決心將奉獻自己，那麼就再也沒有比這更可悲且光榮的事了。愛瑪此刻非常願意打消當初對珍的誤解——她以爲珍想要誘惑狄克森先生，或有任何邪惡的企圖。就算珍對狄克森先生有愛意，也不過是單方面徒勞無功的純純愛戀。她很可能在和朋友一塊陪他散步聊天時，不自覺地誤飲了愛情毒藥。她也許是基於最純良的動機而推辭了愛爾蘭之行，因此決定立刻投入她的教職生涯，藉此切斷一切與他的關聯。

造訪結束後，愛瑪對珍寄予無限的同情，使得她在走路回家時四處張望，哀嘆海伯瑞村沒有一個年輕人能讓珍不必擔心溫飽，沒有一個年輕人能讓她想要配對給珍。

這些都是很可貴的感受，但持續不久。她尙未昭告她與珍・費爾法斯的永久友誼，也尙未撤回她過去的偏見與錯誤，她只來得及對奈特利先生說：「她眞的很漂亮！漂亮仍不足以形容她！」某個晚上，珍與她外婆及姨媽前來哈特菲宅邸作客，一切又退回到平常的狀態。之前那種討人厭的行爲又重新出現了。珍的姨媽比從前更加煩人，因爲現在她除了不斷讚美珍的優點之外，還多了一份對她健康的擔心。他們必須聽她描述珍早餐吃的麵包、奶油分量多麼少，以及她晚餐吃的羊肉有多麼小片。他們還必須看她展示珍送的新帽子與提包。而且珍的防禦心再度升起。眾人想聽音樂，愛瑪不得不和珍一起彈奏。珍隨後所表達的感謝與讚美，在愛瑪看來，充滿了矯柔做作與惺惺作態，目的只是爲了炫耀她自己擁有更高明的彈奏技巧。除此之外，最糟糕的是，她很冷淡且謹愼！無法探知她眞正的意思。她用禮貌來包裝自己，似乎決意不想引起任何麻煩。她的過分含蓄保留，讓人覺得噁心又可疑。

她尤其對於威茅斯港與狄克森先生的事情特別保留。她似乎下決心不透露狄克森先生的個性，或是她對他的作伴有何看法，也不針對這樁婚姻的合宜性表示意見。她說出口的全是讚美與肯定，未描述任何細節或特別的事。不過這對她毫無助益。她的謹慎，徒勞無功。愛瑪看出了她的僞裝，於是回到她原先的假設猜想。也許除了她對狄克森先生的愛慕之情外，她還隱瞞了其他事呢！也許狄克森先生是爲了未來的一萬兩千英鎊，才放棄了珍，把目標鎖定在坎貝爾小姐身上。

珍在談論其他話題時也同樣保留。她與法蘭克·邱吉爾先生同時身在威茅斯港。大家都知道，他們兩個有點認識。但是愛瑪問了半天，都無法得知他究竟是什麼樣子。「他很英俊嗎？討人喜歡嗎？」「我相信他被公認爲是位好青年。」「他看起來像是個聰明的年輕人嗎？他懂很多事情嗎？」「不論是去海邊渡假，或者在倫敦的普通聚會上，都很難判斷這些事情。要判斷禮儀風度這種事情，需要更長的時間。我相信每個人都覺得他的風度翩翩。」愛瑪無法原諒珍。

第二十一章

Emma

愛瑪無法原諒珍。當時在場的奈特利先生並未注意到她的惱怒與厭惡，他只看到雙方互動熱絡且氣氛愉快，因此隔天早上他有事前往哈特菲宅邸去找伍德浩斯先生時，對整件事加以肯定。他說得很直截了當，如果她父親不在場，他也許會更開門見山。他向來覺得愛瑪對珍不甚公平，如今他很高興兩人之間的互動有所改善。

「昨晚的氣氛眞是愉快啊，」奈特利先生在向伍德浩斯先生交代完正事，得到他的理解並收妥文件後說：「特別愉快。妳和費爾法斯小姐爲我們彈奏了多麼美妙的音樂。我不知道還有什麼事情比得上輕鬆地坐在那裡一整晚閒聊，聆聽兩位年輕姑娘的音樂饗宴。我相信費爾法斯小姐必定也認爲昨晚很愉快，愛瑪。妳把一切安排得好極了。她在外婆家沒有樂器可以彈，我很高興妳讓她彈奏那麼多音樂，那對她來說肯定是一大享受。」

「我很高興你予以肯定，」愛瑪微笑著說：「我希望我沒有任何怠慢賓客之處。」

「不，親愛的，」她父親立刻說：「我敢確定妳並沒有怠慢。沒人像妳這樣周到有禮。若眞要說有什麼缺點，那就是妳太周到了。昨天的那些鬆餅，我相信只要供應一輪就夠了。」

「不，」奈特利先生幾乎與伍德浩斯先生同時開口：「妳沒什麼失誤。不論在態度或理解上，妳都沒什麼失誤。我想妳明白我的意思。」

愛瑪露出一個「我很清楚你的意思」的表情，但她只說：「費爾法斯小姐非常含蓄。」

「我一直跟妳說她是這樣的，是有那麼一點。但妳很快就會攻克她的含蓄，一定可以的，她可能只是害羞罷了。謹言愼行是很可貴的。」

「你認爲她害羞？我完全看不出來。」

「我親愛的愛瑪，」他換到她身旁的椅子上，「我希望，妳不會告訴我說妳昨天晚上過得不開心吧？」

「噢，不，我很滿意我自己堅持提問的執著，不過我得到的資訊是那麼的少，想想也還挺有意思的。」

「我很失望。」這是他唯一的回答。

「我希望每個人都有個愉快的夜晚，」伍德浩斯先生如平常般斯文地說：「我覺得很愉快。昨晚我一度覺得爐火太大了，但是後來我把椅子往後推移一點，只那麼一點點，就舒服多了。貝茲小姐一如往常，相當健談，而且很幽默，只不過有時候講話速度太快了。不過她非常討人喜歡，貝茲太太也是，卻是另一種風格。我喜歡老朋友，而珍・費爾法斯小姐是個漂亮的年輕女孩，眞的非常漂亮又有教養。奈特利先生，她一定也覺得昨晚的氣氛很愉快，因爲她有愛瑪作伴。」

「的確，伍德浩斯先生。而且愛瑪這邊一定也覺得很愉快，因爲她有費爾法斯小姐作伴。」

愛瑪看出他的緊張，她希望至少暫時幫他緩和一下，於是用一種不會令人起疑的誠懇態度說：「她眞是優雅，讓人無法移開視線。我一直注視著她，欣賞她的優雅。我的確打從心裡憐惜她。」

奈特利先生彷彿感動得說不出話來。在他還來不及作出任何回應之前，心思還掛念著貝茲一家人的伍德浩斯先生搶先出聲。

貝茲小姐心情很好，如同往常一般健談。
她陪著伍德浩斯先生話家常。

「她們目前的狀況如此悲慘，眞是可憐啊！眞的很可憐！我一直希望能送些特別的小禮物，嚷嚷了好久，卻遲遲未實現。現在我們剛宰了一隻豬，愛瑪想要送她們一塊腰肉或一隻豬腿。雖然分量很少——哈特菲宅邸的豬肉不同於其他豬肉——但仍然是豬肉。親愛的愛瑪啊，除非她們確定要拿來煎成美味的豬排，就像我們家煎的一樣，而且不加任何一點油，也不能用烤的，因爲沒有人的胃適合消化烤豬肉，否則我想我們還是送豬腿給她們好了，妳覺得如何？」

「親愛的爸爸，我已經把整隻後腿肉送給她們了。我就知道您會希望這麼做。她們可以把豬腿醃起來，一定非常美味。至於腰肉，就隨她們的喜好去烹調囉！」

「很好，非常好。我之前完全沒想到，但這是最好的處理方式。她們不能把豬腿醃得太鹹。只要豬腿不要醃得太鹹，用水煮的方式烹調，就像廚娘瑟莉替我們做的，且適量食用，搭配一些水煮的甘藍菜、一點胡蘿蔔或防風草，我就不會認爲吃豬肉是不健康的。」

「愛瑪，」奈特利先生即刻說：「我有個消息要告訴妳。妳向來喜歡新消息。我在剛剛來的路上聽到一個消息，我認爲妳可能會感興趣。」

「消息！噢，是的，我向來喜歡聽消息。什麼消息？爲什麼你要微笑？你從哪裡聽來的？蘭道斯宅邸？」

他只來得及回答：「不，不是蘭道斯宅邸。我最近都沒到那附近去——」

這時門突然被打開，貝茲小姐與費爾法斯小姐走了進來。貝茲小姐心裡充滿感謝，還有腦中的許多消息，她不曉得該先說哪一個好。奈特利先生立刻明白他錯失了良機，因爲接下來他完全沒有插上嘴的餘地。

「噢，我親愛的伍德浩斯小姐，您今早好嗎？親愛的伍德浩斯小姐，我實在太感激了。您送來的後腿肉是多麼漂亮啊！您太慷慨了！您聽到那個消息了嗎？艾爾頓先生要結婚了。」

愛瑪最近根本沒有時間想到艾爾頓先生的事，此刻她是如此驚訝，所以一聽到這個消息，免不了顯露出一些吃驚與困窘。

「我剛剛要說的就是這個消息，我想妳應該會感興趣。」奈特利先生說，他的微笑暗示著他知道他們兩個之間有一些曖昧。

「可是您是從哪裡聽來的呢？」貝茲小姐大叫。「奈特利先生，您怎麼可能從任何地方得知這個消息？我是五分鐘前才接到柯爾太太的信，不，根本沒超過五分鐘，至少不會超過十分鐘（對了，那時候我已經戴好帽子、披上衣服要出門啦）。我剛剛只是下樓到派蒂那裡去跟她交代有關豬肉的事，珍也在場，是不是啊，珍？因爲我母親很擔心我們沒有夠大的醃鍋。所以我說我會到商店裡去看看。結果珍說：『要不要我去啊？我想您有點感冒，而派蒂最近一直在清洗廚房。』『噢，親愛的——』我說。這時候，那封信就送來了。我知道他要娶一位霍金斯小姐，巴斯地區的霍金斯小姐。然而，奈特利先生，您怎麼可能知道呢？因爲當柯爾先生告訴他太太這個消息時，她就立刻坐下來寫信給我了。霍金斯小姐啊——」

「我在一個半小時前和柯爾先生談事情。我剛進他家的時候，他正好讀完艾爾頓先生的信，便直接拿給我看。」

「眞的？那眞的是——我想，再也沒有比這更耐人尋味的消息了。我親愛的伍德浩斯先生，您眞的太大方了。我替我母親致上最深的謝意與讚美，以及無盡的感激。您眞的讓她很過意不去。」

「我們自認爲我們家的豬肉眞的優於其他的豬肉，」伍德浩斯先生回答：「愛瑪與我再榮幸不過了——」

「噢，親愛的伍德浩斯先生，如同我母親所說，我們的朋友都對我們太好了。如果世界上眞有些家境不富裕卻擁有一切的人，那肯定就是我們了。我們甚至可以說：『我們的好運，就是上天給的恩賜。』奈特利先生，那麼您眞的親眼看過那封信囉？」

「那封信很短，只是宣布消息罷了，但信中的語氣當然很喜悅。」此時他稍微瞄了愛瑪一眼。「他向來都很幸運，尤其是——我忘記精確的措辭是什麼了，我老是記不住那些字眼。就像您說的，他要娶一位霍金斯小姐。依他的行事風格來判斷，我敢說事情大致底定了。」

「艾爾頓先生要結婚了！」愛瑪終於勉強擠出話來，「大家都會爲他的幸福而祝禱。」

「他現在就成家，算是非常年輕，」伍德浩斯先生回應道：「他最好不要操之過急。在我看來，他原來的日子也挺好的。我們向來很歡迎他到家裡來作客。」

「我們大家將會有一位新鄰居了！伍德浩斯小姐！」貝茲小姐開心地說：「我母親很高興，她向來無法忍受可憐的牧師公館缺少一位女主人。這眞是好消息！珍，妳還沒有見過艾爾頓先生！難怪妳會這麼好奇想見到他。」

珍的好奇心，並沒有強烈到看似佔據她整個心思。

「不，我從來沒有見過艾爾頓先生，」她接腔回答：「他——他的個子高嗎？」

「這要看是誰回答這個問題呀！」愛瑪大聲說：「我父親會說是，奈特利先生會說不是，而貝茲小姐與我會說他身高適中。費爾法斯小姐，妳如果在這裡再待久一點，妳就會知道艾爾頓先生是海伯瑞村的完美典範，不論是外貌或內在。」

「的確，伍德浩斯小姐，她總會知道的，他是最優秀的年輕人。不過，我親愛的珍，如果妳記得昨天我跟妳說，他的身高跟培瑞先生一樣。我敢說，霍金斯小姐一定是個優秀的年輕女孩。艾爾頓先生向來非常關心我母親，他一直要她去坐在牧師席裡，這樣較聽得清楚他的佈道內容，因爲您們也知道，我母親有一點耳背，雖然並不太嚴重，但講話速度太快的話她聽不清楚。珍說坎貝爾上校也有一點耳背。他認爲沐浴有助於治療耳背——熱水浴——但是她說效果無法持續。您們都知道，坎貝爾上校是我們的大恩人。狄克森先生似乎是個非常迷人的年輕人，挺匹配坎貝爾家的。好人們能結成連理，眞是幸福啊，而好人們的確往往會被湊在一起。眼前的另一個例子就是艾爾頓先生與霍金斯小姐，還有柯爾夫婦，他們都是如此的好。還有培瑞夫婦，我想，再也沒有比培瑞夫婦更幸福的夫妻了。我說，伍德浩斯先生，」她轉向伍德浩斯先生，「我認爲很少有地方能像海伯瑞村這樣。我常說，能有這些鄰居，眞是我們的福氣。親愛的伍德浩斯先生，如果要說我母親有什麼最愛的東西，那肯定是豬肉了——一份碳烤的豬腰肉。」

「至於霍金斯小姐是個什麼樣的人物，或者他和她認識多久，」愛瑪說：「我想目前都暫時不得而知。大家都知道，他們不可能認識很久。他只離開了四星期啊！」

沒有人知道這些細節。稍加思考過後，愛瑪才又開口。

「妳都沒說話，費爾法斯小姐，但我希望妳對這則消息也能感興趣。這些都是坎貝爾小姐知之甚深的人物，妳最近一定也聽多了或見多了這些人。妳不可能對於艾爾頓先生與霍金斯小姐的事情漠不關心。」

「如果我見過艾爾頓先生，」珍回答：「我敢說我一定會感興趣，但是目前我還沒有見過他。況且坎貝爾小姐已經結婚好幾個月了，我對她說的那些人事物有點印象模糊了。」

「是的，伍德浩斯小姐，如您所說，他只離開四星期，」貝茲小姐說：「到昨天就滿四星期。霍金斯小姐——嗯，我本來一直以爲艾爾頓先生會娶這裡的年輕女孩。我並不是——柯爾太太曾經偷偷告訴過我，但當時我立刻說：『不，艾爾頓先生是條件很好的年經人，但是——』簡而言之，我認爲自己並不擅長察覺一些小細節。這我一點也不否認。我只看得見我眼前的事物。況且，如果這是艾爾頓先生想要的，沒人會有意見。伍德浩斯小姐，您眞是有修養，願意讓我繼續喋喋不休。您知道我一點也不想冒犯任何人。但史密斯小姐最近如何？她似乎完全恢復了。您最近是否從約翰・奈特利太太那裡聽到什麼消息？噢，那些可愛的小孩子！珍，妳知道我老是覺得狄克森先生很像約翰・奈特利先生嗎？我指的是外表——個子高，面貌也像，而且都不太愛講話。」

「您錯了，親愛的姨媽，他們兩個一點也不像。」

「非常奇怪！不過我們不應該對別人妄下判斷。我們常常會有先入爲主的觀念。我記得妳說過，狄克森先生嚴格說來並不英俊。」

「英俊？噢，不。一點也不英俊，非常平凡。我說過他長相平凡。」

「親愛的，妳說過坎貝爾小姐不會挑選一個長相平凡的夫婿，而妳自己——」

「噢，至於我自己，我的判斷根本不值一提。只要是我喜歡的人，我都認爲他長得好看。但是當我說他長相平凡時，我給的就是最中肯的意見。」

「嗯，親愛的珍，我相信我們該離開了。天氣看起來不太妙，外婆會很擔心的。您實在太客氣了，伍德浩斯小姐，不過我們必須離開了。這眞的是最令人開心的消息了。我必須先繞到柯爾太太家一趟，但我不能待超過三分鐘。珍，妳最好直接回家，我絕對不能讓妳淋雨！我們都認爲自從她來到海伯瑞村之後，身體已經好多了。眞是太感謝您們了。我不應該去拜訪嘉達德太太的，我知道她最喜歡的莫過於水煮豬肉了。不過當我們把豬腳料理好之後，那又另當別論了。再見了，伍德浩斯先生，噢！奈特利先生也要跟我們一塊兒走啊？那眞的是非常好。我相信如果珍半途累了，您一定會好心攙扶她一把的。艾爾頓先生與霍金斯小姐要結婚啦。再會了，各位。」

此刻只剩愛瑪與她父親。她心不在焉地聽著她父親抱怨年輕人爲什麼要這麼急著結婚，而且還是和陌生人結婚。愛瑪另一半的心思都在思考著她對這件事的看法。這個消息對她來說是値得高興的，這證明了艾爾頓先生並沒有難過太久。但是她很擔心海芮的心情：海芮一定會很難過的，而她所能希望的就是──如果她能在第一時間告知海芮這個消息，就可以避免讓她從別人那裡突然得知。如果她不想在半路上遇到貝茲小姐的話，現在該是她造訪海芮的時候了。開始下起雨的時候，愛瑪不禁擔心天氣可能會使貝茲小姐在嘉達德太太家耽擱下來，到時候海芮就會在毫無心理準備的情況下得知消息。

雨下得很大，但很快就停了。不到五分鐘的時間，海芮就進到屋子裡來，表情激動慌張，彷彿有很多話要說。她一開口便說：「噢！伍德浩斯小姐，您猜發生了什麼事？」這證明了她似乎已經聽到消息了。既然打擊是無可避免的，愛瑪覺得她唯有專心聆聽才能顯示她最大的誠意。海芮一股腦兒地說完她要說的話。「我是半小時前從嘉達德太太家裡出發的，我很擔心隨時都會下起傾盆大雨，但是我覺得我最好先趕來哈特菲宅邸。我已經盡快趕過來了，只是當我經過一幢房子時，屋主剛好是替我縫製禮服的一名婦人，我想我應該先進去看看禮服縫製的進度如何。雖然我並不想待在那裡太久，但是我一出門，就開始下雨了，我不曉得怎麼辦才好。所以我直接拔腿就跑，盡可能地跑，然後跑進福特布行躲雨。」福特布行專賣麻布、亞麻布與縫紉用品，是當地規模與商品第一流的店家。「所以我在那裡待了整整十分鐘，完全不曉得該怎麼辦，突然間，您猜誰進門來了？眞的非常奇怪啊！居然是伊莉莎白．馬汀與她弟弟！太不可思議了，不過他們的確常常去那家店裡買東西。親愛的伍德浩斯小姐呀！您想想看那種景象。我以爲我快昏過去了。我不曉得該怎麼辦。我坐在靠近門邊的地方，伊莉莎白立刻就看見我了，但是她弟弟並沒有看到，他忙著收起雨傘。我相信她看見我了，但她直接把頭撇開，假裝沒看到。他們兩個一起走到店裡的另一端，而我繼續坐在門邊。噢，天啊！我是如此悲慘啊！我相信我的臉色一定和我的禮服一樣慘白。當時還在下雨，我一時也走不開，但我當時眞希望自己不在那個地方。噢，天啊，伍德浩斯小姐，終於，他環顧四周，看見我。他們並沒有繼續購物，而是開始彼此低聲交談。我相信他們一定是在談論我，我忍不住心想，他一定是在勸她過來和我說話，您是不是也這麼認爲啊，伍德浩斯小姐？因爲她很快就走到我面前，問我最近過得如何，似乎隨時準備與我握手。她對我的態度並不像從前，我看得出來她的態度轉變了，然而她似乎試圖對我友善，於是我們握了手，站在那裡交談了一會兒。但我不知道該說什麼——我渾身顫抖——我記得她說她很遺憾我們現在不常見面了。她這麼說眞是太善良了。親愛的伍德浩斯小姐，我眞是太悲慘了。這個時候，天氣已經漸漸放晴了，我決定不再讓任何事情防礙我離開那裡，就在這個時候，我發現他也慢慢地朝我走過來，顯得手足無措。他對我說話，而我答話。我站在那裡一會兒，內心的慌張是無人能體會的。然後我鼓起勇氣，說雨已經停了，而我必須離開，於是我便離開了。我走出門口還不到三碼路，他就追上來說，如果我打算到哈特菲宅邸來，他認爲我最好繞過柯爾先生的馬廄，因爲那附近因爲下雨而滿是泥濘。噢，天啊，我以爲我當時就快死掉了！所以我說我非常感激他。您知道我一向很感激他。然後他便轉身回去找伊莉莎白，我則繞過馬廄。我相信我繞過馬廄了，但我根本不知自己身在何處。噢，伍德浩斯小姐，我眞希望這一切都沒發生，不過，看到他的態度如此親切和善，我眞的很滿足。伊莉莎白也是！噢，伍德浩斯小姐，請您和我說說話，讓我心裡好過一些。」

愛瑪非常誠心地想這麼做，但一時辦不到。她只好停下來思考。她自己心裡也不太好過。馬汀先生與他姐姐的舉止，似乎都是發自內心的感受，她不禁同情起他們。正如海芮所形容的，他們的行爲裡夾雜著受傷的情感與眞誠的體貼。她以前也相信他們是善良且值得尊敬的人，但後來事情演變得很難堪，對於整件事也毫無助益吧？此刻若是被這件事情影響心情，未免太愚蠢了。當然，他一定很遺憾失去了海芮，他們一定都很遺憾。他們對海芮的企圖心與愛情，想必已消失殆盡。他們本來也許期望藉由認識海芮而提升自己的身分地位。除此之外，海芮剛剛的那番敘述有何意義呢？她是如此容易被取悅，如此沒有心機。她對他們的讚美，代表了什麼意涵？

她爲了讓海芮心裡好過一些，於是把剛剛發生的那一切認定爲不足掛齒的區區小事。

「當下也許會讓妳覺得很沮喪，」她說：「不過妳似乎表現得非常得體。而且整件事結束了，也許不會再發生了，因此妳不需要再去想這件事。」

海芮回應「的確」，還說她「再也不會想這件事」，但她還是不斷提起它，她還是只能提起這件事。愛瑪爲了不讓她再去想馬汀姐弟的事，最後終於不得不把消息告訴海芮，本來她打算以溫柔提醒的方式告知這個消息。看到可憐的海芮在得知這個消息後的心境變化，愛瑪不曉得該高興或憤怒、該羞愧或愉悅——這證明了艾爾頓先生對她來說意義重大。

海芮在店門邊躲雨，
這時走進來的卻是馬汀家兩姐弟，教她尷尬不已。

艾爾頓先生的事情漸漸在海芮的心裡復活過來。雖然她對第一個消息的感受不同於她在一天之前或一小時之前可能有的感受，但她對這個新消息的興趣陡然升高了。在她們談話結束之前，她已經談遍了所有的情緒感受，包括好奇、納悶、後悔、痛苦與愉悅，甚至還談到這位幸運的霍金斯小姐。這一切足以讓她將馬汀姐弟的事情拋諸腦後。

愛瑪後來十分慶幸海芮能與馬汀姐弟不期而遇，這場不期而遇沖淡了艾爾頓先生結婚消息所帶來的衝擊，不至於造成任何令人擔心的後續影響。依照海芮目前的生活方式看來，除非刻意尋找，否則馬汀一家人難有機會再遇到她。他們似乎再也不會刻意去找她了，他們沒有那種勇氣，也不願意喪失尊嚴。自從海芮拒絕了她們弟弟的求婚之後，馬汀兩姐妹就沒有再去過嘉達德太太家了，也許他們一整年都不再有碰面的必要。

第二十二章

Emma

人性就是如此，對於那些處境特殊的人往往特別好奇，以至於一個年輕人不論是結婚或死亡，都爲人所津津樂道。

霍金斯小姐的名字初次出現在海伯瑞村之後不到一星期，大家便透過各種途徑發現她不論在外貌或內在方面都很傑出——她美麗優雅、多才多藝，而且十分親切。因此當艾爾頓先生回來親自宣布他的好消息、宣揚她的優點時，發現他所能提供的新消息已經不多了，只能交代她的受洗名字以及她主要彈奏誰的音樂罷了。

艾爾頓先生回來了，變成一個十足快樂的男人。他離開的時候，面臨被拒絕的羞辱心情，從原本滿懷樂觀希望轉而失望。他把一連串的跡象都錯想爲鼓勵追求的暗示，然而他最後不僅沒有贏得佳人芳心，還發現自己被貶抑爲極不適合的對象。他離開時，覺得受到奇恥大辱；他回來時，已和另一位佳人訂了親，而這位新佳人當然比之前的那個對象更優秀，就像諺語常說的——「塞翁失馬，焉知非福」。他帶著雀躍自滿的心情回來，熱切而忙碌。他再也無心理會伍德浩斯小姐，甚至蔑視史密斯小姐。

迷人的安古絲塔・霍金斯，除了具備美貌與優點之外，還擁有一筆豐厚的財富，將近上萬英鎊。這使她贏得尊貴與便利。這段故事傳頌得很精采。他把握大好機會，贏得了萬鎊身價的女子。他在如此短暫的時間內便贏得佳人芳心——他們在互相認識的第一個小時內，便立刻熱絡起來。他在向柯爾太太交代這段戀情緣起的過程時，把故事說得十分動聽：他們進展神速，從意外的邂逅，到葛林先生家的晚宴，以及布朗太太家的宴會——在關鍵時刻展現微笑與羞怯，以及洋溢的感性與激動。那位女孩的芳心很快就打動了——如此傾心愛慕。如果用一個最恰當的字眼來形容，她已經隨時準備接受他。不論是虛榮心或精明的算計，都同樣得到滿足。

他同時捕捉到實質與幻影，財富與愛情兼得，成爲快樂的男人。他只談論自己及與自己相關之事——他期待接受眾人的恭賀，也時時準備回應別人的微笑——就在幾個星期前，他對於村裡所有年輕女孩還抱著一份謹愼的態度，不敢太過殷勤，如今他對這些女孩綻放誠心且無懼的微笑。

他們的婚期不遠了，因爲雙方家長都已經不在，除了必要的準備之外，沒有什麼需要等待的。當他再度出發前往巴斯時，眾人都期待他下次回到海伯瑞時，會偕同他的新婚妻子；而從柯爾太太的表情看來，這似乎不成問題。

在他這次短暫的停留期間，愛瑪幾乎沒見到他，但足以讓她感覺到他們之間的情誼已經結束了。從他現在渾身散發出來的惱怒與虛榮看來，愛瑪覺得他並沒有改善多少。事實上，她開始納悶以前怎麼會覺得他討人喜歡。現在一見到他，總會無可避免地聯想起一些令人不愉快的感覺，除非是從道德的觀點把見到他當作是一種修行、一種教訓，或是有利於磨鍊心智的忍辱，否則她會很慶幸再也不需見到他。她祝福他一切都好，但是他會造成她的痛苦，因此如果他可以遠離二十哩，是最令人滿意的了。

他繼續住在海伯瑞村造成的痛苦，勢必會因爲他結婚而緩和一些。他的喜事不僅可以讓大家避免一些無謂的擔心，而且會化解許多尷尬。只要拿出艾爾頓太太當藉口，就可以不用交代爲何他們的友誼生變。從前的親密友誼，將會無聲無息消失。他們幾乎可以再度回到相敬以禮的日子。

愛瑪私下對那位準新娘的評價並不高。她對於艾爾頓先生來說，算是夠好了。對海伯瑞村的居民來說，她夠多才多藝，也夠漂亮，儘管站在海芮身邊可能還是略顯平凡。至於她的家世背景，愛瑪十分安心。即使他之前堅持自己的條件而輕視海芮的出身，她相信他在這方面也沒佔到什麼便宜。眞相呼之欲出。不論她的出身是什麼，一定是不明確的，但是不難查出她是誰。撇開那一萬英鎊不談，她的身分地位似乎也不比海芮好到哪去。她並沒有顯赫的名聲、血緣或親戚。霍金斯小姐的父親是一位布里斯托人士，她上面還有一位姐姐。她父親雖被稱爲商人，他的商場生涯顯然並不十分成功，可見他在商界的威望也不怎麼樣。每年冬天，她都習慣在巴斯住上一段日子，布里斯托則有她的家，就位在市中心。她父母在幾年前過世了，但她還有一位叔父，在法律界工作，除此之外沒有什麼更光榮的事情了。霍金斯小姐和叔父住在一起。愛瑪猜測他是某位律師的助手，因爲太愚蠢了，所以無法昇遷。而她比較體面的親戚則有賴她那位嫁得不錯的姐姐，她嫁給布里斯托附近一位名紳，家裡有兩部馬車！這些就是有關她的身世。這些就是霍金斯小姐的榮耀。

眞希望她能把所有的感受都移轉到海芮身上！她曾經說服她陷入戀愛，可是，哎呀！要說服她從戀愛中清醒，則沒那麼容易啊！一旦海芮心裡的許多空隙被心儀對象佔據得滿滿的，就很難說服她清醒。他的地位可能會被其他人取代，一定會的。事情再清楚不過了，就連羅伯特・馬汀都足以取代他。但她擔心的是，海芮的心恐怕很難治癒。海芮是那種一旦愛上就永遠愛上的人。現在，可憐的女孩！自從艾爾頓先生再度出現之後，她的情況又更糟了。她到處都見得到他。愛瑪只見過他一次，但是海芮一天要見到他兩三次，不論是碰巧遇見他，或碰巧錯過他，或碰巧聽到他聲音或看見他背影，總有事情碰巧發生，讓他始終被保存在她的幻想之中，保存在她那夾雜著驚喜與臆測的溫情之中。此外，她時時刻刻都聽見有關他的事情，除了在哈特菲宅邸之外。海芮就像其他人一樣，看不到艾爾頓先生的任何缺點，而且最感興趣的莫過於談論和他相關的事情。因此，她身邊總持續不斷地有人提起或猜測有關他的事——所有已經發生的事，以及所有可能將發生的關於婚事的安排，包括收入、僕人與傢俱等等。她對他的關心，隨著旁人不斷地讚美他而日益增強，她的悔恨無法消除，她的情緒常因身旁的人不斷豔羨霍金斯小姐的幸福而波動不已。每次他經過屋子前，海芮總會觀察他的神態，他看起來多麼像個戀愛中的人啊！還有他戴帽子的方式，在在證明他是多麼沉浸在愛情裡！

海芮的心境常常劇烈地擺盪起伏，如果這算是正當的休閒娛樂，如果這不會使海芮產生痛苦或自責，那麼愛瑪倒會覺得這樣的擺盪起伏還挺有意思的。有時是艾爾頓先生佔上風，有時是馬汀一家，而雙方都可以用來當作牽制對方的靈藥。艾爾頓先生訂婚的消息，被用來減緩與馬汀先生不期而遇所引起的情緒波動。而得知艾爾頓先生訂婚的沮喪心情，則因為幾天後伊莉莎白·馬汀造訪嘉達德太太家而平復許多。海芮這陣子都不在家，伊莉莎白·馬汀留了一封信給她，語氣十分感人。這封信的內容夾雜著些許的責備，但大部分都是親切仁慈的語句。在艾爾頓先生出現前，海芮的心思幾乎被這封信佔據著，她一直思考著該如何回報，而且希望能不止是坦承自己的錯誤而已。但艾爾頓先生本人的出現，把這些心思都驅散了。在艾爾頓先生停留期間，馬汀一家人全被忘光了。當艾爾頓先再度出發前往巴斯的那個早上，愛瑪為了要平復海芮的難過心情，於是認為海芮最好趁此時回訪伊莉莎白·馬汀。

然而，該如何承受款待，以及怎麼做才是最安全的，還需要好好考量一番。當受邀前去造訪時，如果完全忽視馬汀先生的母親與姐妹，會顯得不知感恩。絕不能讓這種情況發生，但風險是：海芮與馬汀一家很有可能再度恢復來往！

經過一番思考後，除了讓海芮前去拜訪馬汀家之外，愛瑪仍想不出更好的辦法。不過愛瑪決定採取一種方式，讓馬汀一家人瞭解這只是一場形式上的拜訪。愛瑪打算用馬車載海芮去，把她留在艾比密農場，而愛瑪自己則駕車往遠一點的地方去，然後很快又回頭來接她，讓他們沒有時間施展詭計或回想舊日情誼。她要讓馬汀一家人明白海芮決定日後保持淡淡的情誼。

愛瑪想不出更好的辦法了。雖然連她自己內心都不甚贊成這個辦法——這樣做似乎有點不知感恩，只是隨便敷衍罷了。可是必須這麼做，否則海芮將來會變成什麼樣呢？

第二十三章

Emma

海芮其實無心回訪。在愛瑪到嘉達德太太家接她之前的半小時，她莫名地不幸被引到一個地點，那裡有一口行李箱，箱子上貼著一張「菲利普・艾爾頓牧師，白鹿旅店，巴斯」的地址條。此刻她看到那口行李箱被搬上載貨馬車，將被載送到驛站去。此刻除了那口行李箱與那張地址條之外，海芮的世界只剩下一片空白。

然而海芮還是出門去了。當她們來到艾比密農場的大門口時，海芮獨自下車。通往屋舍前門的碎石子路寬廣而整潔，兩旁種植了成排的蘋果樹。從前的秋天時節，海芮只要看到這裡的一切，就會滿心歡喜；此刻她心裡開始略爲激動起來。當她們分開時，愛瑪注意到海芮好奇地環顧四周，這讓愛瑪心生警戒，於是她決定不讓海芮這次的拜訪超過她所建議的十五分鐘。愛瑪先行離開，趁這段時間去拜訪一位結了婚後住在丹威爾莊園的老僕人。

十五分鐘後，愛瑪準時回到艾比密農場的白色大門前。史密斯小姐接獲通報，也即刻來到門口與她會合，身邊並沒有任何年輕男子作伴。她獨自走下碎石子路。其中一位馬汀小姐出現在門邊，看似恭敬有禮地與她道別。

海芮一時也講不清會面的狀況，她內心百感交集。不過愛瑪最後還是從她零零碎碎的回答中拼湊出會面的景象，以及這次會面所造成的痛苦。她只見到馬汀太太與她兩個女兒。她們接待她的態度就算不是冷淡，至少也可說得上是戒愼懷疑。她們所談的都只是平常的寒暄，直到最後，馬汀太太突然說她認爲史密斯小姐長高了，這時她們談話的主題才變得有意思，態度也更親和些。就在去年九月，她和她的兩位朋友才在這個房間一起量過身高。窗邊的護牆板上還留有鉛筆做的記號。替她們量身高的人是他。她們似乎都記得那一天，那一個小時，那個宴會，那個場合——她們感受到同樣的心思，同樣的懊悔——她們隨時都準備恢復往日的情誼。正當她們開始稍微恢復往日的熱絡互動時（正如愛瑪所料，海芮是她們當中最容易恢復誠心快樂的一個），愛瑪的馬車又回來了，一切也戛然而止。這種拜訪的形式，以及時間的短暫，頓時令人覺得果斷無情。她居然只花了十四分鐘，來應付曾與她愉快地共度六週的朋友，而且那件事發生在不到六個月前！愛瑪忍不住想像那幅情景，她覺得如果她們會生氣，那也難怪，而海芮一定很痛苦。這件事眞是太糟了。她其實願意多給她們一點時間，或者要自己再暫時忍受一下，馬汀一家人也許就不會那麼難過了。他們是好人，値得多給他們一點相處的時間，多一點點應該就夠了。話雖如此，她又能怎麼做呢？不可能！她絕不能心軟！必須把她們分開來！但這過程充滿痛苦，這次連她也覺得很難過，覺得自己也需要一點安慰，於是她決定回家途中先經過蘭道斯宅邸，以尋求一些安慰。她已經不想再去思考有關艾爾頓先生與馬汀一家人的事情了。去一趟蘭道斯宅邸，有助於轉換心境。

這是個好主意，然而當她們來到蘭道斯宅邸的門口，她們聽到僕人告知「主人與太太都不在家」，他們同時出門了。那位男僕相信他們夫婦倆是到哈特菲宅邸去了。

「這實在太不巧了，」當她們轉身時，愛瑪大叫：「我們現在剛好錯過他們，太氣人啦！我再也沒有比此刻更失望的了！」然後她往後躺進馬車的角落裡，讓自己盡情低聲抱怨，或者試圖排解這些抱怨，也許兩者都有一點——對於一個不常生氣抱怨的人來說，這種過程是再自然不過的了。就在此時，

海芮回憶起去年九月曾在馬汀家，
讓馬汀先生幫忙量過身高。

馬車停了下來，她抬頭望，發現馬車是被威斯頓夫婦攔住的，他們就站在馬車外對她說話。愛瑪一見到他們，心情立刻飛揚了起來，聲音裡透露著興奮喜悅。威斯頓先生立刻問候她。

「妳們好嗎？妳們好嗎？我們剛剛才和妳父親聊過天，很高興看到他身體健康。法蘭克明天就要來了。我今早收到他的信。明天晚餐之前，我們就可以見到他了。他今天在牛津，他要來這裡住上半個月。我就知道會是這樣的。如果他在聖誕節來，就不可能待超過三天。我一直很高興他不是選在聖誕節前來。現在我們這裡的天氣剛好適合他，和煦乾爽又穩定的天氣。我們一定會很享受他的到來。一切正如我們所希望的。」

聽到這樣的消息，不可能讓人反感，也不可能不受到威斯頓先生那張快樂面容的感染。他的妻子也用言語與表情證實了這個消息，只不過她的話較少，也沒那麼激動，但卻具有異曲同工之效。光是知道他確定要來，就足以讓愛瑪感染到他們的喜悅了。這個消息可以讓疲憊的精神再度活躍起來。筋疲力盡的過去，將被即將到來的新鮮事給淹沒。愛瑪立刻想到，但願從此之後艾爾頓先生的事情可以不必再被眾人談論。

威斯頓先生向她簡述發生在恩斯康宅邸的事情——他兒子如何得以依自己所願而計劃這場長達半個月的造訪，包括他將經過的路徑以及旅行方式。她聆聽著，並微笑道賀。

「我會立刻帶他過去哈特菲宅邸拜訪。」他篤定地說。

愛瑪此刻看到他妻子輕輕碰了一下他的手臂。

「我們最好繼續往前走了，威斯頓先生，」她說：「我們耽擱這兩位小姑娘太久的時間。」

「好吧，好吧，我快好了，」然後他再度轉向愛瑪，「但是妳可別期望會見到一位非常優秀的年輕人，畢竟妳只是聽了我的描述罷了。我怕他其實沒那麼特別。」然而威斯頓先生此刻卻雙眼發亮，明顯地言不由衷。

愛瑪當下大可表現出天真無邪、不作任何辯解的態度。

「親愛的愛瑪，明天四點鐘，妳要想到我呀。」臨別時，威斯頓太太說道，她的語氣有點慌張，且是特意對著她說話。

「四點鐘？他明天三點之前就會抵達。」威斯頓先生立刻糾正道。於是這場令人滿意的會面便結束了。愛瑪的心情很快就振奮起來，一切的氣象都變得不一樣了。詹姆斯與他的馬匹們似乎也不再像之前那麼遲緩。當她注視著路旁的樹籬時，覺得老幹好像快要長出新芽了。當她轉向海芮時，她看到她臉上散發春天的氣息，露出溫柔的微笑。

「法蘭克．邱吉爾先生會經過牛津，也會經過巴斯嗎？」海芮隨口問問。

愛瑪一時之間沒有任何概念，心情也還鎮靜不下來。然而她此刻心情頗佳，決意總有一天要把地理知識弄清楚，而且心情也總會鎮靜下來的。

眾所期待的這天早晨終於來臨。身為威斯頓太太忠實的學生，愛瑪在十點、十一點或十二點都沒有忘記要在四點鐘時想到威斯頓太太。

「我親愛的、慌張的朋友啊！」她從自己的房間走下樓時，在心裡自言自語：「妳總是過分關心別人的舒適安穩，而忘了照顧自己。我可以想像妳現在一定是緊張地在他的房間裡進進出出，以確保一切都打點好了。」她穿過大廳時，十二點的鐘聲敲響了。「現在是十二點，我不會忘記在四點鐘想起妳。而且明天這個時候，也許再晚一點，我可能得預期他們全都上這兒來。我相信他們會帶著兒子一起來。」

她打開客廳大門，看見兩位紳士與她父親坐在一起——那是威斯頓先生與他兒子。他們在幾分鐘前才抵達。當愛瑪出現時，威斯頓先生正在解釋爲什麼他兒子提早一天抵達，而愛瑪的父親正忙著歡迎與道賀。愛瑪趕上了這驚喜愉悅的介紹場面。

長久以來爲眾人所津津樂道的法蘭克．邱吉爾先生，如今就在她眼前。他被介紹給愛瑪認識，愛瑪認爲眾人對他的讚美並不算太過分，他是一個非常好看的年輕人，不論是身高、氣質、談吐都無懈可擊，尤其他的面容散發著與他父親一樣的精神與活力。他看起來敏捷聰明。她立刻覺得自己應該會喜歡他。他有一種極富教養的從容態度，也很健談，這使她相信，他的到來必定是爲了認識她，他們一定很快就會熟稔起來。

他在前一天晚上就抵達蘭道斯宅邸了。她很滿意他急著趕來的那份心意，這表示他一定改變了計畫，提早出發，日夜兼程，加快趕路的速度，才能提早半天抵達。

「我昨天就跟妳說過，」威斯頓先生得意地說：「我就說他一定會比預定的時間提早抵達。我記得我一直這麼對自己說。一般人都受不了旅途緩慢拖拉，忍不住加快速度，而且比預定時間提早抵達朋友家，往往能帶來很大的驚喜與樂趣，爲此多做一點努力是値得的。」

「這的確是令人難以忘情的樂趣，」這位年輕人說：「雖然目前爲止我還沒見識過太多的家宅，所以無從推測想像，但說到回家這件事，我覺得我願意盡力而爲。」

他說到「家」這個字時，他的父親不禁滿意地注視著他。愛瑪立刻就確定，他知道如何讓自己討人喜歡。接下來所發生的事，更加強化這個信念。他非常滿意蘭道斯宅邸，他認爲那是打理得最好的房子，甚至幾乎不認爲它太小。他喜歡它的位置，不論到海伯瑞村郊、海伯瑞村中心甚至是哈特菲宅邸，都可以徒步到達。他說自己向來對鄉間景色很感興趣，尤其是自己的家鄉，他一直懷著極大好奇，希望有朝一日能造訪。他說他從來沒有感受過如此親切的熱情，這讓愛瑪的腦海裡閃過一陣懷疑。然而，就算是謊言，仍是個令人愉快的謊言，掌握得恰到好處。他的態度沒有一絲勉強或誇張。他的神情與說話的態度，看起來的確像是沉浸在難得的喜悅之中。

他們的話題多半都是初相識的寒暄。他一直問問題——「伍德浩斯小姐會騎馬嗎？喜歡騎馬嗎？還是喜歡走路？這附近有很多戶人家嗎？海伯瑞村是否有足夠的社交活動？這附近有幾幢非常漂亮的房子。這裡有舞會嗎？這裡的人喜歡音樂嗎？」

當這些問題得到滿意的答覆，而他們也稍加熟稔了一些後，他趁兩位父親正在彼此交談時，努力找到一個機會提起他的繼母，對她多所讚美，並懷著熱切的讚賞，感激她爲他父親帶來的快樂，還如此寬容地接納他。這更加證明了他知道如何討人歡心，且表示他認爲值得討愛瑪的歡心。他對威斯頓太太的稱讚恰如其分，的確，他所知不多，但已足夠他說些討喜的話，而且相當拿手。除此之外他不可能知道太多。「我父親的婚姻，」他說：「是最明智的抉擇，每個朋友肯定都很贊成，而我能從這個家庭得到如此多的關愛，眞是莫大的恩惠。」

他盡可能地讚揚泰勒小姐的優點，但又不至於讓人覺得他忘了理當是泰勒小姐型塑了伍德浩斯小姐的品性，而不是伍德浩斯小姐調教了泰勒小姐。最後，他彷彿決意要更強調他的意見，於是他以讚嘆威斯頓太太外表的年輕美麗做爲結束。

「我早預見到，她具有優雅怡人的風範，」他說：「不過我得坦承，我本來以爲她頂多是差強人意的上了年紀的女人，我沒想到威斯頓太太會是個漂亮的妙齡女子。」

「我個人覺得威斯頓太太再完美不過的了，」她說：「如果你猜她十八歲，我會很高興；但是你用那樣的字眼來形容，我想她恐怕會跟你大吵一架。千萬別讓她知道你形容她是漂亮的妙齡女子。」

「我希望我能更清楚一些，」他回答：「不，沒錯。（他謙遜地鞠了個躬）在讚美威斯頓太太時，我應該要注意不要讓人誤以爲我過分誇張了。」

愛瑪很好奇，對方心裡是否也和她一樣對於他們的相識有任何期待。她很好奇，是否該把他的恭維視爲默認的象徵，或是一種試探？她必須多多觀察，才能瞭解他的行事風格。目前，她只覺得他的舉止還挺合宜的。

她很確定威斯頓先生心裡在想什麼。她一再發現他那敏銳的眼神不時朝他們兩人投射過來，臉上帶著喜悅的表情。甚至當他決定不偷瞄他們的時候，她相信他仍在側耳傾聽。

她自己的父親則完全沒有這種念頭，他一點也不擅長觀察與懷疑，這讓愛瑪感到放心自在。幸好他並不贊成婚姻，自然也不會關注這種事情。雖然他總是反對任何被撮合的婚姻，但他卻從來沒有爲這種事擔心過。他看到兩個人相知相惜，也不會懷疑他們打算結婚，直到事情被證實爲止。她很慶幸她父親在這方面的盲目。起碼現在他可以不帶任何不悅的猜測，也不用擔心他的客人有任何企圖，以他天生仁慈有禮的態度，客氣地向法蘭克・邱吉爾詢問問題。他問道法蘭克在這趟旅程中連續兩晚外宿的不便與無奈，並且眞誠地擔憂他是否因此受了風寒，而此刻他對這件事仍無法完全放心，必須再等一個晚上才能安心。

眼看造訪的時間差不多該結束了，威斯頓先生起身動作。「我得走了。我還要去克隆旅店打理稻草的事情，還得替威斯頓太太到福特布行採買一些東西。不過其他人不必跟著我趕時間。」

他那教養良好的兒子沒聽出他的暗示，於是立刻起身說：「既然您有事要忙，那麼我也利用機會去拜訪一位朋友，反正遲早都要拜訪，不如現在就去。我有幸認識一位妳的鄰居（他轉向愛瑪），是住在海伯瑞村這一帶的一位姑娘，她的姓氏是費爾法斯。我想我應該可以找到她住的房子。雖然我認為不應該用費爾法斯這個姓氏來尋找那幢房子。我找的應該是巴恩斯或貝茲這個姓氏。妳是否認識？」

「我們當然知道！」他父親大叫，「貝茲太太——我們剛剛才經過她家，我看到貝茲小姐站在窗邊。的確，的確，你認識費爾法斯小姐。我記得你是在威茅斯港認識她，一位漂亮的姑娘。你一定要去拜訪她。」

「我不必非得在今天早上拜訪，」這位年輕人說：「改天拜訪也行，但是以我們在威茅斯港熟絡的程度——」

「噢，今天就去，今天就去，不要拖延。該做的事，就早一點做。除此之外，我必須提醒你，在這裡，你必須盡量避免怠慢了她。當你見到她和坎貝爾一家人在一起的時候，她似乎和大家的地位相等，但是在這裡時，她和她可憐的老外婆住在一起，她的外婆日子勉強還過得去而已。如果你不早一點去拜訪她，會稍嫌怠慢。」

他兒子看來像是被說服了。

「我曾聽她提起你們認識，」愛瑪說：「她是非常優雅的小姐。」

他表示贊同，但只輕輕地回答一聲「是的」，使她幾乎要懷疑他是否真的同意。然而，對於大城市的人來說，優雅自有一番不同的定義，也許珍·費爾法斯在那裡只能被視為中等罷了。

「如果你之前未曾被她的風範迷倒，」她說：「我想你今天會有這種感受。你會看到她的優點。看到她，聽到她——不，我怕你今天恐怕聽不到她說話，因爲她姨媽很愛講話，根本不會讓她有機會開口。」

「你和珍·費爾法斯小姐很熟，對吧？先生？」伍德浩斯先生說，他總是最後一個開口說話的人。「那麼我確信你會發現她是個很討人喜愛的小姐。她和她外婆及姨媽不久前才來過這裡，她們都是非常可敬的人。我已經認識她們大半輩子了。我相信她們會很高興見到你，我可以請我的僕人帶你過去。」

「先生，不用麻煩了，我父親可以爲我指路。」

「可是你父親並沒有要去那麼遠的地方，他只要到克隆旅店而已，就在這條路的另一端。況且那附近有好幾幢房子，你可能會搞不清楚是哪一間。還有，那條路十分泥濘，除非你走在人行道上。不過我的馬夫可以告訴你從哪裡過馬路是最好的。」

法蘭克·邱吉爾還是拒絕了，他的態度很認眞，他的父親便加以聲援。

「我的好朋友，不用麻煩了。法蘭克知道如何避開水窪。至於貝茲小姐的家，他可以跟著我在克隆旅店下車，再走個兩三步就到了。」

他們終於獲准獨自離開了。父子倆一個誠心地點點頭，一個優雅地鞠個躬，便轉身離去。愛瑪相當滿意這場初次會面，她開始想像他們當天還會在蘭道斯宅邸碰面；她很有信心，大家都會很舒適愉快。

第二十四章

Emma

隔天早上，法蘭克‧邱吉爾先生再度造訪。他與威斯頓太太一塊兒前來。他似乎對威斯頓太太與海伯瑞村居民都很誠摯友善。在家裡，他陪她坐著聊天，直到她固定外出活動的時間到來。他們在選擇散步的路徑時，立刻就選定了海伯瑞村。「我一點也不懷疑，這裡到處都很適合散步，但如果讓我選擇的話，我應該永遠都會做同樣的選擇。海伯瑞村，空氣新鮮、舒適宜人、看起來很快樂的海伯瑞村，會是我一貫的選擇。」對威斯頓太太來說，海伯瑞村就代表著哈特菲宅邸，她相信它對他的意義也是一樣的。於是他們立刻朝哈特菲宅邸走來。

愛瑪沒有料想到他們會來。因爲威斯頓先生爲了想聽到他們稱讚他兒子很英俊，所以半分鐘前才剛進門來，而他完全不曉得威斯頓太太與他兒子的計畫。因此，當愛瑪看見他們肩並肩一起朝哈特菲宅邸走過來時，非常驚喜。她一直想再見到他，尤其是看到他伴隨著威斯頓太太。他對威斯頓太太的行爲舉止，會影響愛瑪對他的觀感。如果他表現不好，就無可彌補了。但是看到他們兩個一同前來，愛瑪頓時覺得很滿意。這證明了他不是只用恭維讚美來應付了事。他對威斯頓太太的態度非常合宜。他希望把她當成朋友，並且贏得她的友誼，這眞的讓人覺得很欣慰。整個早上他們都會待在這裡，因此愛瑪有足夠的時間進行觀察，作出合理的判斷。他們一夥人散步了一兩個鐘頭——先繞了哈特菲宅邸一圈，然後在海伯瑞村上走走。他對每件事情都很滿意：他不斷地稱讚哈特菲宅邸，讓伍德浩斯先生聽了十分歡喜。當他們繼續走遠一些時，他表明自己很希望認識整個村子的人，他對這裡的讚美與興趣遠遠超過愛瑪的想像。

他對某些事情的好奇，透露了他極爲親切友善的個性。他要求能看看他父親住了很久的房子，也就是他祖父的家。當他得知一位曾經照顧過他的老婦人還活著時，他沿街問人，想知道她家在哪裡。雖然對於某些事情他並沒有作出正面的評價，但整體說來，他還是對海伯瑞村抱持著善意，這對於他身邊的人來說，等同於稱讚。

愛瑪觀察一切，心裡暗想，從他此刻的情緒表現看來，之前誤會是他自己不想到這裡，這種想法是不公允的。他絲毫不像在演戲，也沒有任何不眞誠的表現。奈特利先生對他的評斷顯然不甚公允。

他們第一次停下腳步是在克隆旅店，這是幢不太起眼的房子，雖然它的地位堪稱重要；這裡養著兩匹驛馬，主要是爲了附近居民的方便，而不是用來作長途運輸。大家都沒料到這裡會有事情能引起法蘭克·邱吉爾的興趣，可是當他們經過這裡時，簡述了加蓋的那個大房間的事情。這個大房間是多年前加蓋的，本來是個宴會廳，當時這裡很流行跳舞，所以常在這裡舉辦舞會。然而那些光輝歲月早已過去，如今這個房間最大的用途就是用來舉行當地仕紳所發起的惠斯特牌聚會。他立刻對這件事感到興趣，沒有繼續往前走，而是停下來好幾分鐘，望著兩扇敞開的華麗窗戶，思索著它的特色，並且哀嘆它原來的用途已不復在。他覺得這個房間零缺點，就算其他人指出一些缺點，他也不覺得是。不，它夠長、夠寬、夠漂亮，可以容納很多人。冬天時，他們應該在此舉辦舞會，至少半個月一次。伍德浩斯小姐不如讓這個房間重現舊日美好時光吧！她在海伯瑞村是無所不能呀！大家提到，這裡並沒有適合的家庭，再說居民除了身邊的事務之外，無心去參加額外的活動。然而他並不滿意這樣的說法。他不相信他在這裡看到那些美麗的房子會派不出人來參加聚會。就算大家向他解釋這個地方的特點，或是描述這裡的家

經過克隆旅店，法蘭克·邱吉爾停下腳步，
好奇地往裡頭探看。

庭，他還是不願意承認讓大家聚一聚會有什麼不方便，大家隔天早上依舊能夠回到平日的生活，一點困難也沒有。他爭論的樣子，像是個熱愛跳舞的年輕人。愛瑪驚訝地看到，這位威斯頓先生的個性居然與邱吉爾夫婦的習性截然不同。他似乎像他父親一樣，具備所有的生命力與活力、愉悅的情緒感受、熱愛社交的特質，毫無邱吉爾夫婦的高傲與保守。說到高傲，他顯然還是不夠。他一點也不在意不同階級的人混雜在一起，甚至是有點少根筋。就算對於那些他認爲粗俗的，他也認爲無可厚非，因爲在他看來，那只不過是氣韻生動的表現罷了。

在眾人的勸說之下，他終於離開克隆旅店的前門。這時候，眾人幾乎面向著貝茲家的房子，愛瑪突然想起他前一天打算造訪貝茲家，於是問他是否去過了。

「喔，是的，」他回答：「我正打算提起。那是非常成功的造訪，三位女士我全都見到了，實在感激妳事前的提醒。如果我是在毫無心理準備的情況下碰見那位愛講話的姨媽，那我就死定了。事實上，我唯一覺得不妥的，就是逗留時間太長，不太合宜。十分鐘大概就夠了，可能也是最恰當的。我告訴父親我應該會比他早到家，但是我根本無法脫身，她講話毫無停頓。當我父親因爲到處找不到我而跑到貝茲家時，我才驚訝地發現已經坐在那裡和她們聊了四十五分鐘。那位女士不給我任何脫身的機會。」

「那麼你認爲費爾法斯小姐長相如何？」

「看起來憔悴，非常憔悴。年輕姑娘不應該看起來憔悴的。威斯頓太太，用這樣的字眼來形容根本是不對的，是吧？年輕姑娘絕對不能看來憔悴。而且，說眞的，費爾法斯小姐天生如此蒼白，所以才會常常看起來健康不佳。她缺乏血色。」

愛瑪無法苟同，開始爲費爾法斯小姐的臉色進行溫和的辯駁。「她的臉色也許向來缺乏光彩，但她也不會允許自己老是呈現病容。她的皮膚很柔軟細嫩，爲她的臉龐增添了一份優雅。」他予以尊重地聆聽，表示他曾聽很多人說過同樣的話，不過他必須承認，對他而言，再也沒有什麼比缺乏健康光澤更糟的事了。當五官不出眾時，只要氣色好，人看起來也會很美；如果五官本來就美，那麼有了好氣色，那效果更是——幸好他不需要形容那是什麼效果。

「這個嘛，」愛瑪說：「關於品味喜好，當然是見仁見智。至少除了她的氣色之外，你還滿欣賞她的。」

他搖頭大笑：「我無法將費爾法斯小姐與她的氣色分開而論。」

「你在威茅斯港時常見到她嗎？你們常參加同一群人的聚會嗎？」

這時候，他們已快走到福特布行了，他立刻大喊：「哈！這裡一定就是大家天天報到的店舖，就像我父親告訴我的。他說他自己一星期會有六天到海伯瑞村來，而且常常在福特布行買東西。如果不會造成妳們的不方便，那麼請讓我們進去看一下吧，這樣就能證明我自己屬於這個地方，成爲眞正的海伯瑞村居民。我一定得在福特布行買點東西。我敢說他們有賣手套。」

「噢，是的，手套，以及很多東西。我很欣賞你對家鄉的情感。你在海伯瑞村會受到眾人喜愛。早在你來之前，就已經大受歡迎了，因爲你是威斯頓先生的兒子呀。不過如果你在福特布行掏一點小錢出來，你才會發揮自己的個人特質而受到歡迎。」

他們走進店裡。當店主人拿出「男用海狸皮手套」與「約克鞣」的瘦長包裹擺在櫃檯上時，他說：「伍德浩斯小姐，請原諒我，剛剛妳在對我說話時，我的愛鄉意識正好發作。別讓我打斷妳的話題。我向妳保證，任公眾領域的名聲再好，也彌補不了失去私領域裡的生活樂趣。」

「我剛剛只是在問，你是否很瞭解費爾法斯小姐以及她在威茅斯港的朋友？」

「現在我終於明白妳的問題了。我必須說，這是很不公平的問題。往往都是女士們有權利決定朋友間的熟稔程度。費爾法斯小姐一定表達過她的說法了，我不能踰越她所宣稱的熟稔程度。」

「我的天啊！你回答的方式和她一樣謹慎。她的說法讓人有很多想像空間，語帶保留，很不願意洩露關於任何人的任何訊息。我眞的認爲以你和她的熟稔程度，你可以愛怎麼說就怎麼說。」

「我眞的可以嗎？那麼我就實話實說，這最適合我了。我在威茅斯港的時候常和她碰面。我在城裡的時候對於坎貝爾一家略知一二，也經常聚會。坎貝爾上校是個好人，而坎貝爾太太非常友善熱心。我很喜歡他們一家人。」

「我想，你知道費爾法斯小姐的生活處境。我是指她未來的命運。」

「是的（他有點躊躇），我相信我知道。」

「愛瑪，妳碰觸到敏感話題了，」威斯頓太太微笑著說：「記住，我在這兒哪！當妳提到費爾法斯小姐的生活處境時，法蘭克・邱吉爾先生根本不知道該說什麼。我還是走遠一些較好。」

「我的確忘了想到她，」愛瑪說：「她可是我的朋友及最親愛的朋友哪！」

他看似能完全理解，並且很敬重這樣的感情。

當他買下手套後，他們離開那家店。

「妳是否聽過我們剛剛在談論的費爾法斯小姐彈琴？」法蘭克・邱吉爾問道。

「是否聽過？」愛瑪重複他的話。「你忘了她和海伯瑞村的淵源多深嗎？打從我們兩個開始學琴之後，我每年都要聽她彈琴哩！她彈得很好。」

「妳這麼認爲，是吧？我需要某個有資格評斷的人給我一點意見。在我看來，她似乎彈得好，我是說，還頗有水準的，但是我本身對彈琴這件事一竅不通。我非常喜歡音樂，可惜半點技巧都無，沒有權利評論別人的表現。我常聽說她彈琴技巧頗受青睞，我還記得有個例子可以說明她彈得有多好：有一位很懂音樂的男子，已經與另一名女子戀愛，甚至和她訂婚，就快要結婚了；可是若能邀請到費爾法斯小姐坐下來彈琴，他就不會邀他自己的未婚妻坐下來彈。聽過費爾法斯小姐彈琴，就不會再想聽別人彈吧！我想，這種事情發生在某個深諳音樂的男子身上，證明了她彈得很好。」

「的確是個證明！」愛瑪興奮了起來，「狄克森先生很懂音樂，是吧？你在半個小時內透露出關於他們的事，可能比費爾法斯小姐半年內說得還要多。」

「是的，狄克森先生與坎貝爾小姐就是我剛剛說的故事主角，我認爲這個故事是很有力的證明。」

「的確非常有力，說實在的，如果我是坎貝爾小姐，肯定無法忍受。我無法原諒一個男人重視音樂勝過愛情，重視耳福勝過眼福，或是對於聲音的敏感度高於對我情緒感受的敏感度。坎貝爾小姐怎能忍受這件事？」

「因爲當事人是她非常特別的朋友啊。」

「好悲哀的自我安慰。」愛瑪大笑，「那麼我寧願當事人是位陌生人，而不是特別的朋友。因爲如果對方是陌生人的話，這種情況就不會再發生，但萬一這位特別的朋友常常出現在身邊，而且每件事情都做得比自己還好，那就太悲慘了！可憐的狄克森太太！我很高興她將定居在愛爾蘭。」

「妳說得沒錯！這對坎貝爾小姐似乎不大有面子，但是她好像眞的不太介意。」

「這樣究竟是更好，還是更糟，我實在不知道。不管她是出於溫婉或愚蠢——不論是太重視友情，或是感覺遲鈍——我認爲有一個人一定很有感觸，那就是費爾法斯小姐本人。她一定感覺到這件事的不妥與危險。」

「至於那一點，我不——」

「噢！別以爲我想從你或任何人那裡套出有關費爾法斯小姐的感情事。我猜，除了她自己，沒有人知道。但是如果她每次都應狄克森先生的邀請彈琴，那麼別人愛怎麼猜想，也由不得她了。」

「他們三人之間好像滿有共識與體諒的，」他一開始脫口而出，但是考慮了一下之後，補充道：「話說回來，我哪可能說清楚實際情況如何，哪曉得幕後發生什麼事呀。我只能說，他們對外表現出平和的樣子。妳從小就認識費爾法斯小姐，一定比我更瞭解她的個性，也更清楚她在關鍵時刻會如何行事。」

「我的確從小就認識她。我們從小到大都在一起，所以大家很自然會認爲我們應該很親密，認爲她每次探訪她的朋友時都會把細節告訴我。但我們從來不是這樣。我幾乎不曉得爲什麼會變成這樣，也許是我本身有點彆扭——她向來被她外婆與姨媽等人捧成崇拜與讚美的對象，讓我覺得很反感。還有，她的含蓄保留——我從來都不太欣賞如此隱藏自己的人。」

「這的確是最令人討厭的特質了，」他說：「雖然有時候還挺方便的，但絕對不是討人喜歡的。含蓄保留是挺安全，卻缺乏吸引力。沒人會愛一個含蓄保留的人。」

「除非那個含蓄保留的人突然不再對某人如此，屆時的吸引力甚至會更大。除非我缺乏朋友或是缺乏一個討人喜歡的友伴，否則我才不會自找麻煩，費心征服一個含蓄保留的人。費爾法斯小姐和我之間是不可能有親密情誼的。我沒有理由對她印象不好，一點理由都沒有，除了她講話與態度極端謹愼外，她好像很怕針對任何人作出明確評斷，讓人不禁懷疑其中似乎有隱情。」

他完全同意她的看法。一起散步這麼久，想法又如此相近，愛瑪彷彿覺得已和他相當熟稔，她幾乎不敢相信這只是他們的第二次會面。他並非完全如她所預期的。他的一些想法不像他那個世界的人，他也不太像是被寵壞的富家子弟，因此比她所預期的更好。他的想法似較溫和，感情較熱烈。令她印象深刻的是他端詳艾爾頓先生公館與教堂的態度，他湊近觀察時，並不會和她們一起挑那些建築物的缺點。不，他不相信那是一幢破房子，擁有那幢房子的人不至於該受到同情。如果他即將與心愛的女子共享那幢房子，那便更無理由要受到同情，這幢房子應該有足夠的空間讓他們日子過得很舒適。如果這個男人還別有奢求，就是個笨蛋。

威斯頓太太大笑，說他不知道自己在說什麼。他向來只習慣住大房子，從來沒有仔細想過大房子的優點與容量，所以根本不瞭解小房子的不便與痛苦。然而愛瑪在心中暗想，他的確知道自己在說什麼，這反映了他基於一些可貴的動機，極有可能很早成家。他可能不明白有時候，屋子裡若缺乏管家的房間或者儲肉櫃不夠大，會防礙家庭和樂，但是無疑地，他的確覺得恩斯康宅邸不能使他快樂；一旦他戀愛了，他願意放棄大筆財富，換取早日成家的自由。

隔天，愛瑪一聽到法蘭克・邱吉爾僅僅爲了剪頭髮就跑去倫敦，她對他的好印象便打了些折扣。他在吃早餐時突然心血來潮，於是召來一輛馬車出發，打算晚餐前回來。他此行除了理個頭髮之外，並沒有更重要的事情。他趕了來回三十二哩路程去理髮，自然無啥害處，但愛瑪實在難以認同這種紈褲子弟的行徑與瘋狂。昨天她在他身上看到的那種行事理性、花費節制且可說是無私溫暖的心，與他今天的行徑完全不符。今天的他，奢華、浮誇、善變、心性不穩定、恣意而爲，也不管好壞。他絲毫沒留意他父親與威斯頓太太是否高興，也不在意這樣的行爲給別人的觀感。對於以上這些罪名，他是要負責任的。他父親只笑稱他是花花公子，還認爲他編了個好故事。然而威斯頓太太不怎認同，從她巴不得快速帶過這個話題，只說了一句「年輕人難免都有一些小瘋狂」，就可以看得出來。

除卻這個小意外，愛瑪發現他迄今的造訪在威斯頓太太心中都留下了好印象。威斯頓太太常常誇讚他是個很用心且令人愉悅的友伴，以及她有多麼喜歡他渾身散發的個性。他顯然具有開朗的性格，非常活潑快樂。她在他的信念思想中找不到什麼謬誤之處，多半再正確不過。他提起他的舅舅時，語帶感情與關心，喜於談起他。他說如果他舅舅能自己作主的話，絕對會是世界上最佳男士。雖然他的話語裡聽不出他對舅媽的依戀，但是他感激她的仁慈，常常以尊敬的口吻提起她的事。這一切讓他看起來像是個大有爲的青年，除了今天執意要去倫敦理髮之外，沒有什麼可以減損他在愛瑪心目中所贏得的殊榮——相當於愛上她（或近似這般情感）的殊榮——若非她仍決意終身不嫁，加之表現出一種不熱中的態度，

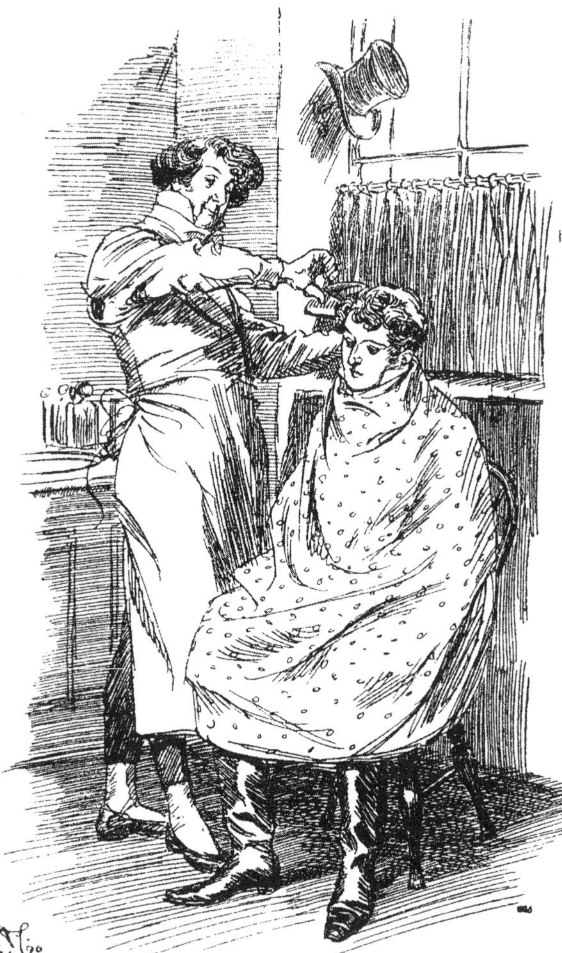

法蘭克·邱吉爾突然跑到倫敦去，只爲了理髮。
這個行徑讓愛瑪不敢領教。

他們兩人之間也許早就有所進展。這是他們共同認識的人都認定的。

威斯頓先生替他兒子說話，為法蘭克的形象大大加分。他讓愛瑪得知法蘭克極欣賞她，認為她是多麼漂亮迷人。由於大家都爭著想替法蘭克說話，所以愛瑪認為自己對他的評斷不應過分嚴厲。就像威斯頓太太說的：「年輕人難免都有一些小瘋狂。」

在薩里郡新認識的這群人中，只有一個人對法蘭克．邱吉爾不那麼寬厚。整體而言，在丹威爾與海伯瑞村一帶的人都以極寬容的態度來評斷他。對於這位經常微笑、打躬作揖的英俊年輕人偶爾犯點小錯，大家都給予極大的包涵。然而，其中有個人並不會因為他的微笑與作揖，就不予以責備。這個人就是奈特利先生。他在哈特菲宅邸得知這個消息。當下他保持沉默，但愛瑪隨即聽到他對著手中的報紙自言自語：「哼！他正如我所想的，是個輕佻愚昧的傢伙。」她本想要反駁，但她觀察了一會兒，發現他純粹想發洩自己的情緒，並無挑釁之意，於是她也就不跟他計較了。

威斯頓夫婦今早的造訪帶來了關於法蘭克的這個壞消息，卻剛好碰上了一件事，使得此回造訪顯得再恰當不過了。當他們夫婦倆還在哈特菲宅邸時，突然發生一件事，愛瑪希望尋求他們的建議；更幸運的是，他們所給的建議正是愛瑪想要的。

事情是這樣的：柯爾夫婦已經在海伯瑞村定居多年，他們都是好人，友善開明又不做作。然而，他們的出身不高，從事貿易，家境僅是小康。他們剛搬到這裡時，過著量入為出的日子，鮮少與人往來，生活簡約。過去一兩年間，他們因為城裡的房子獲利豐厚而收入大增，運氣也一路亨通。財富增加後，視野也隨之擴展，他們想要一幢更大的房子，想交更多的朋友。他們添置屋舍，增聘僕佣，各方面的開銷高出許多。如今，他們在財富與生活水準方面僅次於哈特菲宅邸的伍德浩斯家。他們喜愛社交生活，增建了宴客廳，以期讓所有賓客皆能盡興。他們舉辦了幾場宴會，主要是單身漢之間的聚會。愛瑪不認爲他們會冒昧邀請到當地最具名望的家族——包括哈特菲宅邸的伍德浩斯家、丹威爾莊園的奈特利家或蘭道斯宅邸的威斯頓家。就算他們遞出邀請，愛瑪也興趣缺缺。而且以她父親的習性看來，定會回絕。柯爾夫婦雖有可敬之處，但是應該有人教教他們一件事，那就是不該由他們來舉辦宴會，邀請比他們有名望的家族前去參加。這件事恐怕還得由愛瑪來告知他們，愛瑪一點也不敢奢望奈特利先生或威斯頓先生會承擔這個告知的責任。

愛瑪早在好幾個星期之前就決定該如何面對這種冒昧的邀請，所以當這種羞辱終於發生時，她發現自己仍頗受震盪。丹威爾莊園與蘭道斯宅邸都收到了邀請函，但愛瑪與她父親尚未收到。威斯頓太太對這件事的解釋是：「我想，他們不敢冒昧邀請你們，因爲他們知道你們通常無意願出門參加晚宴。」這樣的解釋仍不夠，愛瑪覺得自己寧願擁有受邀而後拒絕的權利。後來，當她不斷想到前去參加柯爾夫婦晚宴的賓客，全是和她交情甚篤的朋友，她便覺得自己或有可能接受邀請。海芮當晚會去參加晚宴，貝茲母女也是。她們前一天一起在海伯瑞村一帶散步時，就談論過這件事，而法蘭克．邱吉爾很惋惜愛瑪不參加。他的疑問是「宴會不是會以跳舞做爲結束嗎？」這讓愛瑪情緒受到波動。唯獨她沒有受到邀請。雖然她把這被刻意的遺漏視爲是柯爾夫婦基於禮貌而未提出邀請，但還是無法安慰愛瑪的落寞。

柯爾夫婦給伍德浩斯家的邀請函送達的時候，威斯頓夫婦剛好在哈特菲宅邸。雖然愛瑪讀完邀請函的第一句話是「我們當然必須拒絕邀請」，但她隨即便問他們建議她該怎麼做，他們當然鼓勵她去參加晚宴。

愛瑪承認，考量所有的情況之後，她並非一點也不想參加晚宴。柯爾夫婦的解釋非常得體，而且充滿誠意——一切都是爲她父親著想。「我們本該早點提出邀請的，但是一直在等候從倫敦送來的屏風，我們希望這幅屏風能讓伍德浩斯先生免受強風吹襲之苦，好讓伍德浩斯先生更願意答應賞光。」總的來說，愛瑪被這樣的解釋深深打動。他們簡短地討論了一下該如何處理，又不至於犧牲伍德浩斯的安適；如果當晚貝茲太太無法前來與她父親作伴，那麼就只有嘉達德太太這個人選了。他們想說服伍德浩斯先生答應讓他女兒出門參加當晚舉行的宴會，能夠接受她女兒一整個晚上都不在他身邊。愛瑪希望父親能打消一同前往的念頭，畢竟晚宴很晚才會結束，而且賓客人數太多了。他果然很快就拒絕了。

「我不喜歡出門參加晚宴，」他說：「我向來不喜歡。愛瑪也不喜歡。晚上出門，實在不適合我們的健康。我很遺憾柯爾夫婦竟然舉行晚宴。我認爲，夏天到來時，他們如果能來這裡喝個下午茶，那就太好了。他們可以和我們一塊來個午後的散步。他們會答應的，因爲我們挑選的時間很恰當，可以在傍晚濕氣變重之前趕回家。我可不願意我的身體接觸到夏日傍晚的濕氣。不過，他們深切盼望親愛的愛瑪能一起共進晚餐，況且貴伉儷也會在場照顧她，奈特利先生也是，那麼我就不阻止了。只要天候良好，不濕不冷，也不起風就好。」然後他轉向威斯頓太太，以溫和責備的眼神說：「啊！泰勒小姐，要不是妳結婚了，今晚妳就可以留下來陪我了。」

「這個嘛，伍德浩斯先生！」威斯頓先生大喊：「既然是我把泰勒小姐娶走了，如果可以的話，我當然義不容辭地想辦法找人替補她的位置。您願意的話，我待會兒就去和嘉達德太太商量。」

由於事情發生得太突然，要在這麼趕的時間內做出這些決定，讓伍德浩斯先生的情緒更加不安。愛瑪與威斯頓太太知道如何安撫他。威斯頓先生必須安靜下來，而一切都要謹慎安排。

經過安撫，伍德浩斯先生很快就平靜下來，恢復往常的談笑自若。「我應該會很高興見到嘉達德太太。我很欣賞嘉達德太太。愛瑪應該寫一封信邀請她，讓詹姆斯把信送過去。但最重要的是，必須先給柯爾太太一個回覆。」

「親愛的，妳得把我不去的藉口盡量說得客氣委婉。妳可以說，我身體不適，哪兒都不能去，所以必須拒絕他們誠摯的邀請。當然，妳必須先從我對他們的『恭維』開始。這不必我交代，妳會把一切都處理妥當。我們必須記得讓詹姆斯知道星期二要用馬車。有他和妳一塊兒去，我就甭擔心了。自從新的道路造好之後，我們還沒去過那裡，不過我相信詹姆斯一定會載妳平安抵達的。妳到了那裡之後，一定要告訴他何時去接妳。最好早一點，妳不會想要待到太晚的，喝完茶後，妳就會覺得非常疲累了。」

「不過您不會要我在還沒覺得累之前就離開吧？爸爸？」

「喔，不，親愛的，妳一定很快就覺得累了。到時候有一大堆人同時講話，妳不會喜歡那些噪音的。」

「但是，伍德浩斯先生，」威斯頓先生大聲說：「如果愛瑪提早離開，晚宴就會結束了。」

「晚宴若眞的因此結束，那也沒啥壞處，」伍德浩斯先生說：「所有宴會都是愈早結束愈好。」

「您沒考慮到柯爾夫婦會作何感想。愛瑪如果在喝完茶之後立刻離開，也許會很失禮。他們都是很善良的人，自知身分地位不高，可是如果有人急著離開，仍會讓他們覺得有失顏面。伍德浩斯小姐這麼做，比在場的任何一位更加不妥。我相信您不會想讓柯爾夫婦失望難過的。他們都是友善的好人，還是您十年的老鄰居呢。」

「不，我絕對不想讓他們失望。威斯頓先生，我非常感謝您的提醒。如果造成他們任何痛苦，我會很難過的。我知道他們都是値得尊敬的人。培瑞告訴過我，柯爾先生從來不碰啤酒。你從他外表根本看不出來，但他有肝膽疾病易上火，非常嚴重。不，我絕對不想造成他們痛苦。我親愛的愛瑪，我們必須考慮到這一點。我們不能冒著傷害柯爾夫婦之險，妳寧可多待些時間。先別管累不累的事情，妳身處在朋友之間一定會很安全的。」

「噢，是的，爸爸，我一點也不擔心自己，而且我一點也不介意留到和威斯頓太太一樣晚，除了擔心您之外。我只怕您會熬夜等我。有嘉達德太太陪您，我放心得很，您一定會受到很好的關照。她喜歡打牌，您是知道的；可是一旦她回家後，我怕您會獨自熬夜等我回來，不照您平常就寢時間上床。我只要一想到有這個可能，就全無興致了。您必須答應我不會熬夜等門。」

他答應了，但同時也要求她應承一些條件：如果她回家後覺得冷，一定要暖和自己；如果餓了，必須吃點東西；她的女僕必須為她等門；廚娘瑟莉與管家必須確保屋裡的一切安全如往常。

第二十六章

Emma

法蘭克・邱吉爾趕回來了。就算他眞讓父親等他開席，哈特菲宅邸這邊的人也無從得知，因爲威斯頓太太想讓伍德浩斯先生對法蘭克抱持好印象，會盡力隱瞞他的瑕疵。

他回來了，頭髮理好了，還無傷大雅地自嘲了一番，似乎一點也不爲他的作爲感到抱歉。他不希望自己的頭髮長到遮蓋住臉，所以不在意花一點錢來改善形象。此刻他出奇的積極且有活力。

見過他之後，愛瑪告訴自己：「我不知道這樣對不對，然而如果愚蠢的事情是由聰明人以一種桀驁不遜的態度做了，便不再顯得愚蠢。壞事永遠是壞事，但愚蠢不一定永遠是愚蠢。這端看是誰處理這些事情。奈特利先生，他並不是輕佻愚蠢的年輕人。如果他是的話，他就不會這樣做了。他要不是會對這件事沾沾自喜，要不就是感到羞愧。這若不是一個花花公子的浮誇賣弄，要不便是一個脆弱到無法爲自個兒奢華辯解之人刻意的閃躲迴避。不，我相信他並非輕佻或愚蠢。」

星期二，她將再見到他，而且會是至今見面時間最久的一次。她可以好好評斷一下他的態度，並推測一下他對她的態度究竟具有什麼意涵。她可以衡量她多快必須潑他冷水。她可以觀察那些第一次看到他們倆在一起的人有何反應。

儘管此次宴會是在柯爾先生家舉辦，愛瑪還是決意要讓自己開心。愛瑪也沒有忘記，即使在他們還未交惡前，艾爾頓先生所有缺點之中，最令愛瑪無法忍受的就是他偏愛和柯爾先生一起吃晚餐。

由於貝茲太太與嘉達德太太兩位都方便過來和她父親作伴，所以父親獨處的問題已無消擔心。愛瑪離家之前最後一個甜蜜的責任，就是在他們用完晚餐後閒坐時去向他們請安。愛瑪趁父親欣賞她衣裳的美麗時，趕緊替兩位太太盛了大塊的蛋糕、斟滿紅酒，藉此補償她們，因爲她很怕父親在晚餐時一直表達對她們體態的關心，而讓兩位太太不甚情願地節制了自己的食欲。其實愛瑪爲他們準備了頗豐盛的晚餐，她希望兩位太太能有機會盡情享用。

愛瑪跟隨著另一輛馬車抵達柯爾夫婦家門前，她很高興看到坐在前面那輛馬車裡的是奈特利先生，因爲奈特利先生沒有養馬，無啥閒錢，但有充分的健康、活力與自主性。在愛瑪看來，他很喜歡四處走動，卻鮮少用到自家馬車，實在不符丹威爾莊園主人的身分。在走過來伸手牽她下車時，愛瑪剛好趁機向他表達誠心的建議。

「你應該像今天這樣多加利用自己的馬車，」愛瑪說：「像一名紳士一樣。我眞高興見到你。」

他向她道謝，然後說：「幸好我們同時抵達。如果我們是在客廳裡才見到面，我不曉得妳是否還會覺得我比平常更具有紳士風範。妳也許從我的外表或態度都判斷不出我是怎麼來的。」

「會的，我會判斷得出來，我確信。當人們以一種有失身分的方式前來，臉上一定會有匆促或尷尬的神色。我敢說，你一定以爲你掩飾得很好，但其實你是故作不在乎罷了。每次我在那種情況下遇見你，就會看見那種神色。而此刻你絲毫不故作一派輕鬆。你不怕被認爲是丟臉的，也不特意昂首挺胸。現在，我眞的很高興和你一塊走進屋裡。」

「妳這個小姑娘眞是胡說八道！」這是他的回答，未露出任何怒意。

愛瑪與奈特利先生一樣，有充分的理由對於接下來的晚宴感到滿意。她得到誠心的敬重，一切正如她所希望的。當威斯頓夫婦抵達時，夫婦倆對她展現最誠摯的愛意與強力的讚美。法蘭克・邱吉爾興奮急切地向她走來，顯然將她當作特別的對象。晚餐時，她發現他被安排坐在她旁邊，她十分確定，這一定是他特意交代的。

這場晚宴的規模不小，因爲其中包含了另一個家族，一個無懈可擊的家族，是柯爾夫婦引以爲傲的朋友。另外還有海伯瑞村的律師——考克斯先生家的男性成員。其他較不重要的女士如貝茲小姐、費爾法斯小姐、史密斯小姐稍後才會到，但光是在晚餐時，賓客人數已經多到無法一塊兒談論同一話題。當大夥兒正討論著政治與艾爾頓先生的婚事時，愛瑪把所有注意力全放在陪坐她身旁的法蘭克身上。她無法不留意到的唯一一個字眼，是珍．費爾法斯的名字。柯爾太太似乎是在談一件大家預期有趣的事情時提到她。愛瑪專心聆聽了一會兒，發現似乎還値得聽下去。愛瑪覺得頗有意思。柯爾太太提起曾造訪過貝茲家，她一進門就看到一架鋼琴，不由得感到驚訝——那是一部看起來十分優雅的樂器。雖然不算華麗，卻是一架大型的方形鋼琴。她向貝茲家道喜，而貝茲小姐解釋起事情的原由，開啓了一連串驚訝且好奇的對話。原來，這架鋼琴是在前一天從倫敦著名的布洛伍德樂器行送來的，讓貝茲小姐和費爾法斯小姐都吃了一驚，完全出乎意料。根據貝茲小姐的說法，起初珍自己也很茫然，想不出究竟是誰會訂購這樣一架鋼琴，但現在她們都確信只有一種可能——肯定是坎貝爾上校。

「除此之外別無其他可能了，」柯爾太太說：「我只是很驚訝妳們居然會有任何懷疑。不過，珍最近似乎接到他們寄來的信，信中卻隻字未提鋼琴之事。她很瞭解他們的行事作風。我想，他們保持沉默，並不代表禮物不是他們送的。他們可能是想給她一個驚喜。」

有許多人贊同柯爾太太的說法。每位參與談論的人都相信鋼琴是坎貝爾上校送的，而且很羨慕他送了這樣的贈禮。大夥兒紛紛投入談論行列，讓愛瑪有足夠時間思索自己的看法，一邊專心聽著柯爾太太說話。

「我認爲，再也沒有什麼比聽到這個消息更教我滿意的了。每回一想到琴彈得這麼好的珍・費爾法斯小姐居然沒有鋼琴，我就覺得痛心不已。這是多可惜的事哪，尤其想到有些家庭裡的樂器根本閒置不用。這彷彿是給我們自己一個難堪！我昨天還對柯爾先生說，每次看到我們家客廳裡那部新的大鋼琴，就萬分慚愧，因爲我根本不識半個音符，家裡的小女兒們又才剛開始學琴，搞不好永遠都沒法好好利用它。而可憐的珍・費爾法斯，她那麼熟諳音樂，卻少了像樣的樂器自娛，甚至連一架小型的立式鋼琴都沒有。我昨天才跟柯爾先生這麼提過，他也很贊同我的說法。只不過他自己熱愛音樂，才忍不住買下那部鋼琴，他希望有一天我們的好鄰居能行行好，比我們更加善用它。否則的話，我相信我們該覺得慚愧。我們深切盼望伍德浩斯小姐今晚能賞臉爲我們彈奏幾曲。」

伍德浩斯小姐默許了。當她察覺柯爾太太的談話裡已無什麼值得繼續聆聽時，她轉頭望向法蘭克・邱吉爾。

「你爲什麼笑？」她問道。

「沒事，妳又爲什麼要笑呢？」

「我？我想，我之所以微笑，是因爲很高興知道坎貝爾上校是如此慷慨大方。這眞是個貴重禮物呢！」

「的確是。」

「我很好奇，爲什麼他之前沒送過這麼貴重的禮物。」

「也許是因爲費爾法斯小姐不曾在這裡待上這麼久。」

「或者他之前不讓她使用他們家中的鋼琴。現在那架鋼琴一定被鎖在倫敦，沒有人能碰。」

「那是一架大鋼琴，他可能覺得貝茲太太的房子擺不下。」

「隨便你怎麼說吧，但是你的表情說明了你對這件事的看法和我很接近。」

「我不曉得。我寧願相信妳是高估了我的敏銳。我之所以微笑，是因爲妳微笑了。而且我很可能也對妳所懷疑的事情存疑。但目前我看不出有什麼好質疑的。如果不是坎貝爾上校送的，那又會是誰送的？」

「你認爲有沒有可能是狄克森太太？」

「狄克森太太？的確有可能！我之前沒想過會是狄克森太太。她和她父親一樣清楚這架鋼琴會多麼受到歡迎。也許送這個禮物的模式、神祕與驚喜，比較像是一位年輕女士的傑作，而不像個老男人會做的事。我敢說，一定是狄克森太太。我就說妳的猜測會導引我的猜測。」

「如果眞是如此，那麼你必須延伸你的猜測，將狄克森先生納入考量。」

「狄克森先生，好極了。是的，我立刻就想到那架鋼琴必定是狄克森夫婦連袂送的禮物。我們前天才聊到他非常欣賞她的鋼琴演奏。」

「是的，你那天告訴我的事情，證實了我先前的一項猜測。我並非要懷疑狄克森先生或費爾法斯小姐的良善意圖，但我忍不住懷疑，若不是他在向她朋友求婚之後又不幸地愛上她，要不就是他察覺到她對自己有些情意。我很可能猜錯了許多事，但我肯定她選擇來到海伯瑞村，而不是與坎貝爾夫婦一起前往愛爾蘭，這其中必有蹊蹺。在這裡，她必須過著困苦貧乏的生活；而她到了愛爾蘭，則能盡情享受一切。至於她說想到這裡來呼吸新鮮空氣，我認爲那純粹是個藉口。若是夏天，或許還說得過去；然而在一月至三月時，新鮮空氣對一個人又有何用？溫暖的爐火與馬車，肯定對健康不佳的人更有益處，我敢說對她也更好。我不是要你接受我所有的猜測，儘管你曾大方宣告會這樣做，我只是誠實地把自個兒的猜測告訴你。」

「妳的猜測當然有極大的可能。狄克森先生喜愛她的彈奏，勝於她朋友的。這一點我可以肯定。」

「還有，他曾經救過她的命。你聽說了嗎？那是在一場水上宴會，她意外地快要掉下船，而他及時抓住她。」

「他的確救了她。當時我人在場。」

「你眞的在場？嗯，但是你一定沒察覺到，否則你此刻就不會表現出彷彿第一次想到這件事似的。如果我當時在場，我想我應該會察覺一些事情。」

「我敢說一定會的。不過我只看到事實，單純如我，只瞧見費爾法斯小姐差一點跌下船，而狄克森先生拉住她。眞是千鈞一髮！雖然造成很大的震驚，令人難忘，但我相信不過半小時的光景，大家又恢復平靜。那種情緒反應太平常了，實在難以察覺到任何不尋常的事。不過我並不是說妳會無所發現。」

此刻他們的對話被打斷了。當時上菜的空檔出現了很長一段間隔，他們只好隨眾一般保持拘謹安靜。當桌上再度擺滿佳餚，每個角落的盤子也擺放正確之後，他們才恢復自在的交談。

愛瑪說：「這架鋼琴的送達，對我來說別具意義。我本來就想多知道一些，這件事恰提供了足夠的訊息。我們一定很快就會聽到這是來自狄克森夫婦的禮物。」

「如果狄克森夫婦否認知情，那麼我們就可以判定這是坎貝爾夫婦送的。」

「不，我很確定不是坎貝爾夫婦送的。費爾法斯小姐明白不是坎貝爾夫婦送的，否則她們一開始就會如此猜想了。如果她一開始就猜是坎貝爾夫婦送的，就不會那麼困惑。我也許還無法說服你，但我很確信，狄克森先生是這件事的主角。」

「如果妳以爲我沒有被說服，那就太傷我的心了。妳的推論，完全主宰了我的判斷。起初，我以爲妳認定坎貝爾上校是送禮者時，我認爲他送那架鋼琴是出於父愛般的情感，是世界上再自然不過的事了。當妳提到狄克森太太，我又覺得那也可能是她出於溫暖的姐妹情誼所致贈的禮物。而現在，我又覺得它著實是個愛的禮物。」

此刻沒有必要再繼續強調這件事。他似乎眞的相信了，他看起來彷彿感同身受。她不再針對此事發言，讓其他話題繼續。晚餐結束，甜點也上完了，孩子們走進來；在尋常的交談中，大夥兒和孩子們說話，給予欣賞與讚美。大夥兒說了一些睿智之語，也說了些蠢話，但多半時候，大家說的都是一些日常對話，以及無聊又重複的舊消息、沉悶笑話——再也沒有比這更糟的事了。

女士們在客廳裡待沒多久，另一批女士便抵達了。愛瑪看著她的朋友海芮走進來。就算愛瑪不爲海芮的尊貴優雅而高興，那麼至少她很欣賞海芮那種青春的甜美與天眞的態度，也喜歡她那輕快愉悅、不多愁善感的個性，這種特質使她得以在戀情受挫的痛苦之中仍能保持愉悅的心情。此刻她坐在那裡——誰能猜得出她最近流了多少眼淚呢？她爲了參加宴會而精心打扮，並且欣賞著其他人的巧裝精扮。她坐在那裡微笑，看起來格外美麗，海芮一言不語，靜靜安享當下的快樂。珍・費爾法斯的外表舉止看起來確實略勝一籌，但是愛瑪暗自猜想，也許她樂意與海芮交換感受，她會非常樂意交換那種愛情的痛苦——是的，即使是愛不到艾爾頓先生的痛苦，她願意拿那種知道自己被朋友之夫所愛的快樂來交換。

在這般大型的宴會中，愛瑪沒必要靠近海芮。她不想再談論那架鋼琴的事，她私底下知道太多事情了，覺得不該故作感興趣，所以她盡量和海芮保持距離。然而，其他人幾乎立刻就提起這個話題，她看到珍．費爾法斯禁不住臉紅，並且接受眾人的道賀，而她臉上出現一抹罪惡感的神色時，則伴隨著「我親愛的朋友坎貝爾上校」的名字。

威斯頓太太，仁慈又熱愛音樂，她對於這件事特別感興趣，愛瑪很高興看到她執著地追問這個話題。威斯頓太太有好多事情想問想說，像是鍵盤啦、踏板啦，完全沒意識到珍．費爾法斯的表情明白透露著她希望盡可能少說。

幾位男士很快加入這群女士的行列，而最早加入的就是法蘭克．邱吉爾。他走進客廳，不僅是第一個，也是最英俊的。他向貝茲小姐及她外甥女恭維了一番之後，便直接走向人群的另一端，也就是伍德浩斯小姐坐著的地方。他一直等到她身邊空出一個位子，才願意坐下來。愛瑪猜想在場每個人的心思。她是他的心儀目標，每個人一定都察覺到了。她將他介紹給她的朋友史密斯小姐，後來她分別聽到兩人對彼此的看法。「我從來沒見過這麼可愛的臉龐，也很喜歡她的天眞無邪。」而她則說：「我也許太過恭維他了，但是我覺得他長得有點像艾爾頓先生。」愛瑪壓抑住她的憤怒，只沉默地別過頭去。

她和法蘭克之間交換著詭異的微笑，眼神不斷投向費爾法斯小姐，但小心翼翼地避免談及此事。他告訴她說，他向來都迫不及待要離開餐廳——他討厭久坐——他總是盡可能第一個起身移動。不過今晚當他和他們一起坐著聊天時，倒覺得挺愉快的，因爲他發現他們都是一群具有紳士風範的聰明人。法蘭克不斷地讚美海伯瑞村，說這裡有很多討人喜歡的人家，愛瑪不由開始覺得她從前似乎太過討厭這個地方。她問他有關約克郡那裡的人們，有關恩斯康宅邸的鄰近地區。從他的回答裡，她推敲出下列事情：恩斯康宅邸那裡罕有大事發生；他們出門造訪的盡是有名望的大家族，且無一個在附近；有時候就算日期定下來，也接受邀請了，邱吉爾夫人仍有可能因爲身體不適或精神不佳而不出門；他們造訪的都是舊識；雖然法蘭克有他自己的社交活動，但有時候他還是沒辦法從恩斯康宅邸開脫，或者讓朋友留宿一晚。

愛瑪知道恩斯康宅邸無法滿足法蘭克，而海伯瑞村也許會更吸引被迫一天到晚待在家裡的年輕人。他在恩斯康宅邸的重要性是顯而易見的。他並非自誇，卻不經意地透露有時候他舅舅無能爲力時，他反能勸得動他的舅媽。愛瑪大笑並追問此事時，法蘭克承認他相信總有一天自己可以在任何事情上（也許除了一兩件之外）勸得動她。他接著提到他無能爲力的一件事。他一直很想出國——他很希望能獲准去旅行，但他舅媽不想聽他談起這件事。這事情發生在去年，如今，他說他再也不作此打算了。

愛瑪猜想，他並未提到的另一項他無法勸說的事情，是他對他父親的孝心。

「我發現了一件最可悲的事，」停頓了半晌後，他說：「明天就是我到此屆滿一星期！而我尚未開始玩得盡興呢！我只認識了威斯頓太太還有其他幾位！我眞是討厭不斷地敘舊。」

「也許你現在開始後悔花了寶貴的一整天去理髮。」

「不，」他微笑著說：「我絕對不會爲這種事後悔。除非我相信自己儀表整齊，否則我不願意跟朋友見面。」

此刻其他的男士陸續走進客廳，愛瑪不得不暫時把注意力從法蘭克身上轉移，改爲聆聽柯爾先生說話。當柯爾先生走開之後，她的注意力才拉回來，她瞥見法蘭克・邱吉爾的目光正投向坐在客廳另一端的費爾法斯小姐。

「怎麼了？」她說。

他吃了一驚。「謝謝妳把我喚醒，」他回答：「我想我一定很失禮，但是費爾法斯小姐的髮型真的很奇怪，非常奇怪，我無法移開我的目光。我沒有看過這麼特殊的髮型！妳瞧那些鬈髮！這一定是她自己想出來的。我沒有看過其他人梳這種髮型。我必須過去問她這是否是愛爾蘭的流行。我應該這麼做嗎？是的，我會，我發誓我會。妳待會兒就知道她是怎麼梳的，妳還可以瞧瞧她會不會臉紅。」

他立刻走開了。愛瑪看到他很快就站到費爾法斯小姐面前，對她說話。由於法蘭克站在費爾法斯小姐正前方，擋住了愛瑪的視線，所以愛瑪看不到費爾法斯小姐的任何反應。

法蘭克還不及回來，他的位子就被威斯頓太太坐定了。

「這就是大型宴會的好處，」威斯頓太太說：「人人都可靠近任何人，說任何事情。我親愛的愛瑪，我很想和妳談談。我就像妳一樣，觀察到一些新發現，也作了一些打算，我必須趁我的想法還新鮮時，找人說說。妳知道貝茲小姐她外甥女是如何來到這裡？」

「如何來到這裡？她們不是受到邀請嗎？」

「噢，是啊。不過我指的是她們前來這裡的交通方式。」

「我想她們是走路來的。否則還能怎麼來？」

「嗯，剛剛我才想到，珍．費爾法斯必須在像今晚這樣寒冷的深夜走路回家，實在太悲慘了。而且剛剛我看到她時，雖然她今天比往常更加美麗，但我覺得她好像在發燒，很有可能感冒了。可憐的女孩！我無法不去想這件事。所以剛剛威斯頓先生走進來，我一有機會和他講話，便向他提到馬車的事情。妳也知道他立刻就答應我的提議了。有了他的支持，我立刻就走去對貝茲小姐說，在馬車載我們回家之前，她隨時可以使用，我想這一定會立刻讓她放心。天啊，她非常感激，這點是無庸置疑的。她說：『沒人像我一樣幸運！』但是她說了好多次謝謝之後，居然說：『我們不需要為這件事擔心，因為我們今天是搭奈特利先生的馬車來的，待會兒他的馬車還會送我們回去。』我很驚訝。我為此事高興，但卻很驚訝。奈特利先生是如此仁慈體貼呀！很少男士會想到這種事情。總之，從他平常的行事風格來判斷，我猜今天他的馬車一定是為了她們而安排的。我很懷疑，如果是為了他自己，他可能不願意費事安排兩匹馬。他肯定是為了幫助她們。」

「很有可能，」愛瑪說：「這是最有可能的了。我認識的人之中，再也沒有比奈特利先生更可能做這種事的了——這種善良助人、體貼好心的事情。他也許不是什麼豪氣英雄，但相當具有人情味。而這次他考慮到費爾法斯小姐健康不佳，對他來說也許是展現人情的大好機會。再也沒有比奈特利先生更可能默默行善的人了。我知道他今天備了馬車，因為我們是一起抵達的，我還為此嘲笑過他呢，他當時隻字未提這件善舉。」

「嗯，」威斯頓太太微笑著，「妳認為他是出於純粹無私的善心，我可不這麼認為。因為當貝茲小姐說這件事時，我腦海裡起了某種懷疑，從此便揮之不去。我愈想，愈覺得有此可能。簡而言之，我想撮合奈特利先生與珍．費爾法斯。妳看到了吧，這就是我太常和妳在一起的結果。妳覺得這件事如何？」

「奈特利先生與珍．費爾法斯！」愛瑪驚呼。「親愛的威斯頓太太，妳怎麼能作此打算？奈特利先生！奈特利先生不能結婚啊！妳不會希望我姐姐的兒子小亨利無法繼承丹威爾莊園吧？噢，不，不，亨利必須繼承丹威爾莊園。我絕對不能同意奈特利先生結婚。我很確定那是一點都不可能的。我很驚訝妳居然作此打算。」

「我親愛的愛瑪，我所告訴妳的，都是事實所引導我的想法。我並不希望他們在一起，也不喜歡危害小亨利的權益。不過我是根據現實情況而有了這個想法。奈特利先生若眞的想結婚，妳也不能要求他爲了才五、六歲大還不懂事的小亨利就放棄婚姻啊！」

「是的，我會。我無法忍受亨利的權益被剝奪。奈特利先生結婚？不，我從來沒想過這件事，我現在也無法接受。況且，在那麼多女人之中，何必非要珍・費爾法斯不可？」

「這個嘛，她向來都是他最欣賞的女孩，妳很清楚。」

「不過這樣的配對實在太不恰當！」

「我不是在討論它恰不恰當，只是說說它的可能性。」

「我沒看出任何可能性，除非妳有更好的證據。我告訴妳，他的好心、他的人情味，就足以讓他命人備好馬車。就算不是爲了珍・費爾法斯，他向來很敬重貝茲母女，妳知道的，他向來樂於向她們表達關心。我親愛的威斯頓太太，別再亂點鴛鴦譜了。這不是妳擅長的。妳能想像珍・費爾法斯成爲丹威爾莊園的女主人嗎？噢！不，不！整個感覺都不對。爲了他好，我絕不會讓他做這種瘋狂的事。」

「妳可以說它不恰當，但絕稱不上瘋狂。除了財富不平等，或者年齡有一些差距之外，我不覺得有什麼不適合之處。」

「可是奈特利先生並不想結婚呀。我確信他一點也不想。別惹他興起這念頭。他何必結婚？他一個人過日子很快樂，他有農場、有綿羊、有書庫，加上所有的土地要管理。而且他疼極了他弟弟的小孩。他不需要打發時間，也不需要塡補空虛的心，毫無結婚的必要。」

「我親愛的愛瑪，只要他是這麼想，那就好了。但如果他眞的愛上珍・費爾法斯——」

「胡說！他根本不喜歡珍・費爾法斯。我確定他並沒有愛上她。他願意對她或她家人略施小惠，但是——」

「這個嘛，」威斯頓太太笑，「也許他能對她們所做最好的事，就是給珍一個幸福美滿的家。」

「如果這對她是好事，我敢說對他而言百分百是壞事。這樣的婚姻非常不智。他要如何忍受並承擔起照顧貝茲小姐的責任？他怎麼能忍受她一天到晚跑到丹威爾莊園，爲了他慷慨地娶了珍而感謝他？『您眞是太仁慈、太客氣了，不過您向來都是非常仁慈的鄰居啊！』然後她一下子又會岔開話題，談起她老母親的舊裙子。『雖然它是件非常舊的裙子，不過還是可以再撐上一段時日——眞的，我必須很慶幸地說，我們的裙子都很耐穿——』」

「愛瑪，別再模仿她說話了，太丟臉了。妳讓我違背我的良心。無論如何，我不認爲奈特利先生會覺得貝茲小姐有多煩擾。他不會因爲這點小事情而煩心。就算她叨唸個沒完，他只會提高音量，壓過她的聲音。但重點不是這樁婚姻會否爲他帶來不好的姻親，而是他本人的意願。我想他有這意思的。我聽他談起珍・費爾法斯時評價極高，妳一定也聽過。他對她甚感興趣——他很關心她的健康，擔心她是否快樂！我聽過他極感性地表達這些事情。他非常欣賞她的鋼琴演奏與歌聲。我聽過他說願意永遠聆聽這些音樂。噢，我幾乎忘了回想一件事，那架鋼琴是某個人送她的，雖然我們全都以爲那是坎貝爾夫婦送的禮物，但也許是奈特利先生送的呢？我忍不住懷疑是他。我想他的確有可能是會做這件事的人，就算他沒有愛上她。」

「雖然缺乏證據證明他愛上她了，但是我並不認爲他有可能做這件事。奈特利先生可不喜歡搞神祕。」

「我好幾次聽到他惋惜珍沒有鋼琴可彈。他重複好多次，遠超過他平常該有的舉止。」

「很好，可是如果他想送她一架鋼琴，他會明白告訴她。」

「我想他可能擔心惹人說閒話吧，我親愛的愛瑪。我強烈地覺得那架鋼琴是他送的。剛剛柯爾太太在餐桌上提起這件事時，他顯得特別安靜。」

「威斯頓太太，妳實在太會捕風捉影了，這是妳多次責備我的啊！我看不出任何戀愛的跡象。我相信那架鋼琴並不代表什麼，除非有證據，否則我不相信奈特利先生會想娶珍・費爾法斯。」

她們繼續爭執了一會兒。愛瑪逐漸佔了上風，因爲威斯頓太太往往是她們兩個當中先讓步的人。直到屋內起了一陣騷動，顯示喝茶時間結束，而樂器已經準備好了。就在此時，柯爾先生走過來詢問愛瑪是否願意彈奏一曲。在愛瑪與威斯頓太太方才熱烈的交談當中，愛瑪都沒見到法蘭克・邱吉爾，只見到他在費爾法斯小姐身邊找到一個座位。此刻法蘭克・邱吉爾跟在柯爾先生身後，一起力邀愛瑪彈琴。這剛好稱了愛瑪想領先彈奏的心意，於是她非常得體地允諾了。

她太清楚自己的能力限度，所以小心翼翼地盡量展現自己的優點，不敢踰越自己的能力所及。她所彈奏的小品都極富品味與風韻，受到大家讚賞，而且她邊彈邊唱的歌聲也很優美。突然有人隨著她低柔唱誦，讓她深感意外——那是法蘭克・邱吉爾的歌聲。歌曲結束後，法蘭克請求愛瑪原諒他貿然隨之唱和。愛瑪稱讚他有一副好歌喉，且深諳音律，他則謙恭地否認。他說他對音樂一竅不通，也沒有歌喉可言。他們再度合唱了一曲，愛瑪接下來便讓位給費爾法斯小姐。她一點也不諱言，費爾法斯小姐的歌聲與彈奏技巧俱比她精湛太多了。

百感交集中，她退出圍繞在鋼琴周圍的人群，挑了個邊上的位子坐下。法蘭克・邱吉爾再度唱起歌來。他們兩個似乎曾在威茅斯港合唱過一兩次。當愛瑪在那群熱切注視的人們之中瞧見奈特利先生，她立刻變得心神不寧。她開始陷入沉思，回想著威斯頓太太的起疑，偶爾才被合唱的動人歌聲打斷思緒。她反對奈特利先生結婚的心思絲毫沒有動搖。她認爲這件事無半點好處。約翰・奈特利先生一定會很失望，依莎貝拉也是。這對孩子們尤其傷害很大——對他們一家人來說都是最劇烈的變化、最具體的損失。父親的日常樂趣勢必減少，至於對她來說，她完全無法忍受珍・費爾法斯成爲丹威爾莊園女主人的事實。他們所有人都得禮讓這位奈特利太太！不，奈特利先生絕對不能結婚。小亨利必須是丹威爾莊園的繼承人。

此時，奈特利先生回頭望，走過來坐在她身邊。起初他們只談論鋼琴演奏。他對珍的確非常欣賞；要不是威斯頓太太的提醒，愛瑪根本完全沒注意到這件事。接著，她開始談起他慷慨地用馬車接送貝茲小姐與她外甥女。他的回答明顯想盡快結束這個話題，但她相信這只意味著他羞於談論他的慷慨。

「我常常擔心，」她說：「擔心沒有讓自家馬車在這種場合裡充分發揮功用。並非我不希望這麼做，你知道我父親絕對不贊成讓詹姆斯這麼勞累。」

「的確非常不可能，非常不可能，」他回答：「但是我相信妳一定常常這麼希望。」然後他展露微笑，彷彿對自己的信念很有把握。於是愛瑪只好採取下一步行動。

「坎貝爾夫婦送的禮物，」她說：「他們送了那架鋼琴，多慷慨呀。」

「的確。」他回答，臉上絲毫不見困窘。「不過如果他們事先告知，那就更好了。驚喜是最愚蠢的事情，既不能提升愉悅感，還會造成極大不便。我以爲坎貝爾上校能作出更好的判斷。」

從那時起，愛瑪發誓奈特利先生和送鋼琴這件事毫無關聯。然而他究竟對珍・費爾法斯有沒有半點特別的愛戀，究竟是否有所偏愛，仍然是個疑問。珍的第二首曲子快要結束時，她的聲音變得沙啞。

「這樣就夠了，」當曲子結束時，他大聲說出心中的想法，「妳今晚已經唱夠了，現在，妳就休息一下吧。」

然而，眾人又要求她再唱一曲。「再唱一曲吧，只要再唱一曲，我們就不勞煩費爾法斯小姐了。」眾人聽見法蘭克・邱吉爾說：「這對妳來說是輕而易舉。這首歌的第一部分很輕鬆，第二部分才需要費點力氣。」

奈特利先生很生氣。

「那個傢伙，」他不屑地說：「他只想炫耀他的歌聲。絕不可如此。」然後他碰觸了一下剛好經過他身邊的貝茲小姐。「貝茲小姐，您瘋了嗎？居然讓您的外甥女唱到嗓子沙啞？快去阻止吧！他們對她太殘忍了。」

貝茲小姐的確很擔心珍，她甚至來不及向奈特利先生道謝，便走上前去阻止。今晚的音樂演奏到此落幕，因爲在場能彈奏鋼琴的年輕女孩只有伍德浩斯小姐與費爾法斯小姐。很快（不到五分鐘）又有人提議跳舞——沒人知道究竟是誰發起的——然而在柯爾夫婦極力鼓吹之下，現場迅速被清空，騰出適當的空間。擅長鄉村舞曲的威斯頓太太在鋼琴前坐下，以一首令人無法抗拒的華爾滋做爲開場，而法蘭克・邱吉爾以最殷勤的姿態走向愛瑪，執起她的手，引領她走到最前排。

當他們正在等候其他年輕人配對時，儘管法蘭克・邱吉爾不停地稱讚愛瑪的歌喉與品味，她還是趁隙環顧四周，打量奈特利先生的情況。這將會是個試驗。他通常不跳舞的，如果他現在眞的邀請珍・費爾法斯跳舞，那麼也許別具涵義。他並未有立即的表現。不，他正在對柯爾太太說話，他看起來似乎滿

法蘭克·邱吉爾向愛瑪邀舞，執起她的手走向舞池。

不在乎。其他人正邀請珍跳舞，而他仍在和柯爾太太交談。

愛瑪再也不替亨利窮緊張了，亨利的權益暫時不會受到危害。愛瑪帶著愉悅興奮的心情領銜跳舞。今晚下場跳舞的人不超過五對，但是由於這樣的跳舞場合少見，加上臨時起意，更增添它的樂趣，而且她覺得和舞伴搭配良好。他們是引人注目的舞伴。

可惜的是，他們一共只跳了兩支舞。時間愈來愈晚了，貝茲小姐急著想回家，因爲她很擔心老母親。因此，經過幾番請求，威斯頓太太難掩失望之情地同意她們先行離開。

「也許她們先離開也好，」法蘭克·邱吉爾後來送愛瑪上馬車時說道：「否則我就必須邀她跳舞。然而和妳跳過舞之後，我可能無法適應費爾法斯小姐那種無精打采的舞步。」

第二十七章

Emma

愛瑪並不後悔屈尊前往柯爾家。這趟造訪，使她在隔天有了許多愉快的回憶。平常她因爲深居簡出所喪失的樂趣，都因爲在這次宴會中大受歡迎的光采而得到充分補償。她一定讓柯爾夫婦樂開懷——他們都是可敬的人，值得讓他們開心。她也給自己留下了個好名聲，這名聲肯定不會迅速消失。

圓滿的快樂並不常見，即使在記憶中也不可多得。然而仍有兩件事是她不怎麼寬心的。她把自己對於珍・費爾法斯感情之事的懷疑透露給法蘭克・邱吉爾，她不知道這樣做是否踰越了女人間的道義職責。這麼做一點也不對，但她當下的想法太強烈以至於無法憋忍住。而他附和她所說的一切，對她的洞察力是種莫大的恭維，使她忘了自己理當把話打住。

另一個讓她有所遺憾的狀況也和珍・費爾法斯有關，且是她自覺無疑的。對於自己的琴藝與歌唱技巧不如珍・費爾法斯，她真心感到後悔。她十分後悔童年時期太過於懶散，故而此刻坐下來努力練琴練了一個半小時。

海芮的來訪，打斷了她的練習。如果海芮的讚美能滿足她，也許她的心情很快就會好起來。

「噢！眞希望我能彈得像您和費爾法斯小姐一樣好！」

「別把我們相提並論，海芮。我的琴藝和她比起來，簡直是小巫見大巫。」

「噢！親愛的，我認爲您彈奏得比她好，至少和她不相上下。我確信我寧願聽您彈奏。昨晚人人都誇您彈得精采。」

「那些內行的人一定不這麼認為。海芮，事實是我的彈奏技巧的確值得受人稱讚，但珍．費爾法斯明顯超越我太多了。」

「這個嘛，我向來認為您和她不分軒輊，如果眞有差別的話，根本沒有人會發現。柯爾先生說您深具品味，而法蘭克．邱吉爾先生也大大地讚揚這點，他重視品味更甚於技巧。」

「啊！不過珍．費爾法斯可是技巧與品味兼俱啊，海芮。」

「您確定？我只看出她有技巧，卻不曉得她有任何品味。沒人稱讚過她的品味。而且我討厭她用義大利文歌唱，我根本一個字都聽不懂，況且，就算她眞的彈得很好，那也是出於不得不如此，因為以後她必須教書。昨晚考克斯家的兩位小姐還在討論她是否眞能找到一個好人家。您認為考克斯家的小姐看起來如何？」

「正如她們一貫的格調──非常庸俗。」

「她們告訴我一件事，」海芮略顯猶豫，「但並不是什麼重要的事。」

愛瑪不得不詢問她們告訴她什麼，雖然她心裡憂懼是有關艾爾頓先生的事。

「她們告訴我說，馬汀先生上星期六和她們共進晚餐。」

「喔！」

「他去找她們的父親談事情，受邀留下來吃晚餐。」

「喔！」

「她們談了好多關於他的事情，尤其是安妮．考克斯。我不知道她出於何意，但她問起我是否自認為應該在今年夏天再次造訪馬汀家。」

「她這麼問只不過是出於好奇，她向來都是這麼魯莽。」

「她說他那天和他們共進晚餐時，表現得十分得體且討人喜歡。吃晚餐時，他坐在她旁邊。納許小姐認爲考克斯姐妹之中定有一位會嫁給他。」

「很有可能，我認爲她們無疑是海伯瑞村最庸俗的女孩了。」

海芮要到福特布行去辦點事情。愛瑪認爲，爲了謹慎起見，她最好跟著去一趟。海芮很有可能再度和馬汀家的人不期而遇，而以她目前心靈脆弱的狀況而言，是很危險的。

海芮向來易對樣樣事情心動，加上三心二意，所以每回購物都相當費時。當她還在考慮該買哪塊棉布，並且猶豫不決時，愛瑪就走到門邊打發時間。即使在海伯瑞村最繁忙的街道，也沒什麼看頭。培瑞先生疾步經過；威廉・考克斯先生開門走進他的辦公室；柯爾先生的馬匹正從外頭返回；一名閒晃的送信小僮正騎著一匹頑固的騾子……這些就是她所能預期最活潑生動的景象了。當愛瑪的目光落在一名拿著盤子的屠夫身上時，一名捧著滿載籃子的老婦人正從肉舖要回家，兩隻野狗爭搶著一根髒骨頭，幾個閒晃的孩子趴在麵包店小櫥窗前盯著薑餅麵包看。愛瑪知道自己沒有任何理由可以抱怨，目睹這一切讓她覺得很有意思，甚至不禁直站在門邊。她的心情輕快又自在，就算什麼都不看、什麼都不想，也甘之如飴。

她望向通往蘭道斯的路，整個街景變得寬廣許多。此時出現兩個人的身影，那是威斯頓太太與她的繼子。他們正走進海伯瑞村，當然是要前往哈特菲宅邸。他們先在貝茲家停下腳步。貝茲家距離蘭道斯宅邸比福特布行更近。當正準備敲門時，他們看見了愛瑪。他們立刻越過大街向她走來。昨晚聚會的愉快氣氛似乎讓眼前的不期而遇更添樂趣。威斯頓太太說她正要上貝茲家去聽聽新鋼琴的音色。

「因爲法蘭克告訴我，」她說：「說我昨天晚上的確答應貝茲小姐今天早上會前去拜訪。我完全不記得這回事。我不曉得自己居然連日期都講定了，不過既然他說我的確允諾，那麼我現在就去拜訪她們。」

「既然威斯頓太太要先造訪貝茲家，」法蘭克・邱吉爾說：「我希望妳能准許我陪妳一道回到哈特菲宅邸等她——如果妳待會兒要回家的話。」

威斯頓太太掩不住失望。

「我以爲你打算陪我一塊兒去貝茲家。她們一定會很高興的。」

「我？我一定會礙事的。不過，也許我在這兒也很礙事。伍德浩斯小姐看似不希望我在這裡。每次舅媽在買東西時，都會把我打發走。她說我把她煩死了。伍德浩斯小姐看來彷彿也會說同樣的話。我該怎麼做才好？」

「我來這裡並不是爲了買自己的行頭，」愛瑪說：「我只是在等朋友。她應該很快就會買好了，然後我們會回家。不過你最好和威斯頓太太一起去聽聽那架鋼琴的音色。」

「好吧，如果妳如此建議的話。不過（他微笑著），萬一坎貝爾上校請了位粗心的朋友替他打點此事，如果事實證明那架鋼琴的音色很差，那麼我該說什麼？我很可能沒辦法幫上威斯頓太太的忙，她自己就能應付自如了。再殘酷的事實，透過她的巧口都能變得悅耳動聽，但我是最不會客套虛僞的。」

「我不相信會有這種事，」愛瑪回答：「我相信，在必要的時候，你一定可以像你的鄰居們那樣客套虛僞一番。不過，我們沒理由假設那架鋼琴的音色差。如果我昨晚沒有誤解費爾法斯小姐所言的話，我認爲那架鋼琴的音色應該很美。」

「跟我一塊兒去吧，」威斯頓太太說：「如果你不滿意那架鋼琴的音色，那麼我們就不會逗留很久。我們隨後就前往哈特菲宅邸，跟在愛瑪她們後頭抵達。我眞的希望你能跟我去。她們一定會很高興你的賞光！我一直認爲你是眞的要拜訪。」

他無法再說什麼。於是，懷著稍後能到哈特菲宅邸以茲報償的心態，他跟著威斯頓太太來到貝茲家門前。愛瑪看著他們走進去，然後她走到一個展示櫃去和海芮會合。她試圖說服海芮，如果她想要素面棉布，那麼根本就不需要費事打量花布；再者，一條藍色緞帶無論再怎麼漂亮，都無法搭配她的黃色花布。海芮終於選定了棉布，開始安排包裹寄送的地址。

「我是否該把它送去給嘉達德太太呢？小姐。」福特太太問道。

「是的，不，是的，送去給嘉達德太太。只不過，我的禮服衣樣留在哈特菲宅邸。不，您還是把包裹送到哈特菲宅邸好了。可是，嘉達德太太會想看一眼的。反正我隨便哪一天都可以把那件禮服衣樣帶回家去。不過我還是想立刻拿到緞帶，所以還是送到哈特菲宅邸比較好——至少緞帶要先送到。您可以分成兩個包裹嗎？福特太太？」

「海芮，不值得麻煩福特太太分成兩個包裹寄送。」

「那就算了。」

「一點也不麻煩的，小姐。」福特太太客氣地回答。

「噢！不過我眞的較希望使用一個包裹就好了。如果可以的話，請您把所有東西都送給嘉達德太太吧。我不知道。不，伍德浩斯小姐，我想我大可讓包裹送到哈特菲宅邸，然後晚上再帶回家。您有什麼建議呢？」

「我建議妳別再三心二意了。福特太太，請您把包裹送到哈特菲宅邸。」

「是，那樣最好了，」海芮很滿意地說：「我一點也不希望包裹被送到嘉達德太太家。」

店門外傳來一陣人聲——實際上是兩位女士，而只有一個人在說話。那是威斯頓太太與貝茲小姐在門口等候愛瑪她們。

「我親愛的伍德浩斯小姐，」貝茲小姐說：「我過街來邀請您進來寒舍閒坐片刻，您與史密斯小姐。——您好嗎，史密斯小姐？很好，是嗎？——我拜託威斯頓太太和我一起來，這樣您或許可能答應賞光。」

「我希望貝茲太太與費爾法斯小姐——」

「她們很好，太感激您了。我母親非常健康，而珍昨晚並沒有著涼。伍德浩斯先生還好嗎？我很高興知道他健康無恙。威斯頓太太告訴我您人在這兒呢。於是我說，那麼我非得跑過街去，我相信伍德浩斯小姐一定會允許我跑過街來邀請她到寒舍坐坐。我母親見到她絕對會開心，既然如今我們是感情這麼好的一群朋友，她可不能拒絕。『哎呀，請吧，』法蘭克·邱吉爾先生說：『伍德浩斯小姐對於這架鋼琴的意見是值得一聽的。』不過我說：『如果您們其中一位陪我同去，我相信她答應的機會更高了。』『噢，』他說：『等我半分鐘，讓我把事情做完。』您相信嗎？伍德浩斯小姐，當時他正以世界上最彬彬有禮的態度替我母親固定眼鏡的螺絲釘呢！因為今天早上螺絲釘鬆了。他是如此有禮啊！我母親沒辦法用眼鏡，她沒辦法戴上。總之，每個人都應該有兩副眼鏡，真的應該。珍也這麼說。我本來是想趕緊把眼鏡拿去給約翰·桑德斯修理的，但是今天早上被其他事情給絆住了。先是一件事，後來又是另一件事，根本說不準的。先是派蒂跑過來跟我說，她覺得廚房的煙囪該清一清了。我說：『噢，派蒂，現在先別拿這壞消息來煩我。老太太眼鏡的螺絲釘鬆掉了。』接下來，華利斯太太派她的僮僕送來了一些烤蘋果。華利斯家一直以來對我們非常客氣有禮。我聽一些人說，華利斯太太有時很無禮，常常會給出無禮的答案，但是她對我們向來都只有最熱切的關注。不過她可不能常常往我們那兒送東西，因爲您知道我們現在的麵包消耗量是如何嗎？只有我們三個人，雖然親愛的珍現在住這裡，她幾乎沒吃什麼東西，如果您見過她的早餐，一定會嚇壞。我不敢讓我母親知道珍吃東西的分量有多麼少，所以我顧左右而言他，就把話題帶過去了。她大概中午時會肚子餓，而她最愛的就是這些烤蘋果了，它們非常有益健康，我前天找機會問過培瑞先生了。當時我剛好在街上遇到他。並不是我曾有任何懷疑，畢竟我常常聽伍德浩斯先生大力推薦烤蘋果的益處。我想，伍德浩斯先生大概認爲唯一適合水果的烹調方式就是用烤的。不過，我們常常吃蘋果餡餅。派蒂做的蘋果餡餅十分可口。威斯頓太太，我希望有您出馬，這兩位姑娘願意賞光，到我們家坐坐。」

愛瑪表明「很願意向貝茲太太請安」，於是她們終於走出布行。這時貝茲小姐立刻說：「您好嗎？福特太太？我請求您的諒解。我剛剛沒看見您。我聽說您從城裡帶回來一些漂亮的新緞帶。昨天珍回家時好高興。謝謝您啊，上次在這裡買的手套實在好用，只是手腕的部分有點太寬鬆了，不過珍還能接受。」

等到她們全都回到大街上時，她又再度開口：「我之前說到哪裡呀？」

愛瑪很好奇，在剛剛那一串連珠砲之中，她究竟指的是什麼？

「我發誓我想不起來我剛剛在說什麼。喔！我母親的眼鏡。法蘭克・邱吉爾先生眞是禮貌周到哇！他說：『喔！我想我可以拴緊螺絲釘，我很喜歡做這種事。』這顯示他非常……我必須說，以我之前聽說關於他的事，以及對他的期望，他眞的遠遠超過我的預期。我眞的要恭喜您，威斯頓太太。他幾乎是所有父母夢寐以求的好兒子……他說：『喔！我想我可以拴緊螺絲釘，我很喜歡做這種事。』我永遠不會忘記他的彬彬有禮。當我從食櫥裡拿出烤蘋果時，我希望客人們都能享用一些。他立刻說：『喔，沒有任何水果能及得上這些蘋果的一半好，這些是我這輩子見過最漂亮的自製烤蘋果。』這句話聽起來多麼動聽啊！而我從他的態度可以知道，他絕對不是恭維。那些的確是很漂亮的蘋果，華利斯太太並沒有糟蹋它們——只不過我們單讓這些蘋果烤了兩次，而伍德浩斯先生交代我們蘋果必須烤三次。伍德浩斯小姐，您可千萬別讓令尊知道啊！這些蘋果本身非常適合烘烤，這是無庸置疑的。這些蘋果都是丹威爾莊園出產的，是奈特利先生慷慨的贈與。每年他都會送我們一袋蘋果。沒有哪個地方的蘋果比得上他那些蘋果樹——我相信他有兩棵蘋果樹。我母親說，她年輕時，他們的果園很有名。但是前幾天我眞的很驚訝——某天早上奈特利先生造訪時，珍正在吃這些蘋果，我們聊起了蘋果，珍說她特別鍾愛，於是他問我們是否快吃完了那袋蘋果。『我確信妳們一定快吃完了，』他說：『我會再送妳們一些蘋果，因爲我的蘋果多到吃不完。威廉・拉金斯今年讓我保留下來的蘋果數量比往年多。我會趁它們爛掉之前再送一些過來。』於是我哀求他別再送了，雖然我們的蘋果眞的已所剩無幾，只剩五、六顆了，應該全留給珍。可是我不能再讓他送我們更多蘋果，他已經對我們很慷慨了，珍也是這麼說。當他離開之後，珍幾乎快要跟我吵架。不，我不應該用『吵架』這個字眼，因爲我這輩子都沒吵過架。不過她很氣我坦承家裡沒剩多少蘋果，她希望我讓他以爲我們還剩很多蘋果。我說：『噢，親愛的，我純粹是實話實說。』然而，當天晚上威廉・拉金斯送來了一大籃蘋果，同一個品種的蘋果，至少有一大堆。我覺得受寵若驚，趕緊下樓去和威廉・拉金斯說話，您也猜得到我會跟他說什麼。威廉・拉金斯是咱們的老朋友！我很高興見到他。可是我後來從派蒂那兒得知，威廉說他主人所擁有的這品種蘋果，全數都在這裡啦！他把它們全都送來了，一個不留。現在他主人沒有任何蘋果可以烘烤或水煮了。威廉本身似乎一點也不介意，他很高興，以爲他主人賣出了這麼多蘋果。因爲威廉最在意他主人的利潤了。然而，他說哈吉斯太太很不高興蘋果全被送光了。她無法忍受她的主人今年春天吃不到蘋果餡餅。他把這件事告訴派蒂，但是懇求她別在意，也不能對我們說起這件事，因爲哈吉斯太太有時候會發脾氣。況且只要賣出了這麼多袋蘋果，那麼究竟是誰吃了剩下的蘋果，也就不重要了。於是派蒂告訴我這些事時，我眞的很震驚！我絕對不會讓奈特利先生知道這件事！他會非常……我希望能不讓珍知道這件事，但不幸的是，我不小心提起了。」

派蒂來開門時，貝茲小姐剛好說完。她的客人們走上台階，沒有半句尋常的客套寒暄，只有她出於善意的隨口叮嚀。

「請小心，威斯頓太太，轉角處有個台階。請小心，伍德浩斯小姐，我們的樓梯光線昏暗，又暗又窄。史密斯小姐，請小心。伍德浩斯小姐，我很擔心您撞到腳。史密斯小姐，請注意轉角的台階。」

當她們進入貝茲家時，小客廳的景象呈現一片詳和。沒有眼鏡可使用的貝茲太太，靠在爐火邊打盹。法蘭克・邱吉爾在她附近的一張桌子旁忙著修理她的眼鏡。而珍・費爾法斯則背對她們站著，打理她的鋼琴。

雖然法蘭克・邱吉爾正忙碌著，但他再度見到愛瑪時，仍然展露出最開心的表情。

「眞是榮幸，」他低聲地說：「妳們比我預計的早了十分鐘進來。妳看得出來我試著讓自己派上一點用場，妳覺得我是否成功呢？」

「什麼？」威斯頓太太說：「你還沒有修好啊？依照這種修理速度來看，如果你是一名銀匠，大概無法賺錢維生吧？」

「我剛剛在修理時，一直受到打斷啊，」他回答：「我剛剛一直在幫費爾法斯小姐試著讓鋼琴站得穩，它不太穩，我想是地板不平的關係。您瞧，我們用紙墊在一隻桌腳下。妳們眞好心，願意被勸進來這裡。我本來很怕妳們急著趕回家呢！」

他主張愛瑪應該坐在他旁邊，他還替她去張羅了一枚烤得最好的蘋果，並且鼓動她協助修理眼鏡，或是給點建議，直到珍・費爾法斯終於準備好坐下來彈琴。看到珍無法立即準備好彈琴，愛瑪立刻警覺地起了懷疑。珍擁有這部琴的時間還不夠久，因此尙無法在碰觸鋼琴時不帶任何情緒激動。她必須調整自己，進入表演的心態狀況。愛瑪十分同情她的這種情緒，不論這種情緒從何而來。她同情珍被迫在鄰居面前顯露這種情緒。

珍終於開始彈琴了。雖然一開始幾個音符彈得有點虛弱，然而這架鋼琴的性能逐漸發揮。威斯頓太太原本就愛聽珍彈琴，此刻再度感受到那份開心。愛瑪附和她的讚美。而那架鋼琴在受過眾人鑑定之後，被認定爲是品質最佳的鋼琴。

「不論坎貝爾上校託誰買這架鋼琴，」法蘭克．邱吉爾對著愛瑪微笑，「那個人倒是挺識貨的。我在威茅斯港就聽聞坎貝爾上校的品味不凡。我相信這架鋼琴高音部分的音色，正是他與相關人等都格外讚賞的。我敢說，費爾法斯小姐，坎貝爾上校若不是給了他朋友非常詳細明確的指示，要不就是親自寫信給樂器行。妳是否也這麼認爲？」

珍看起來心不在焉，似乎沒有聽到，威斯頓太太同時間也在對她說話。

「你這樣並不公平，」愛瑪低聲地說：「我單單是胡亂猜測的。你別拿這種事打擾她。」

他微笑搖搖頭，看起來彷彿無所疑慮，也毫無憐憫。他很快地再度開口問話。

「妳那些此刻身在愛爾蘭的朋友如果到這兒來，絕對會很開心，費爾法斯小姐。我敢說，他們一定經常想起妳，並且猜想這架鋼琴究竟哪一天會送到妳手上。妳能想像坎貝爾上校知道事情發展至現在這個情況嗎？妳認爲他是否指定要立刻送來，或者他只大致交代了訂購的事，但並沒有指定送達的時間，端看店家的安排與方便性？」

他暫停了一下。她無法避免聽到他的問話，不得不作回答。

「除非等到我接獲坎貝爾上校的信，」她強作鎮定地說：「否則我也沒有任何把握。現在一切都純屬臆測。」

「臆測，哎呀，人有時候會猜對，有時候會猜錯。我希望我可以猜猜多快能把這個螺絲釘拴緊。伍德浩斯小姐，當一個人辛勤工作時如果開口，說的淨是一些胡言亂語。我想，眞正的工匠在工作時都閉口不語，但是如果要我們這種紳士忍住不吐任何一個字，例如針對臆測發表意見，實在太困難。好囉，修好了。我很榮幸爲您修好眼鏡（他對貝茲太太說），目前暫時可以用了。」

貝茲母女非常熱切地向他道謝。他爲了躲離貝茲小姐，於是走向鋼琴，請求仍坐在鋼琴前的費爾法斯小姐彈奏一曲。

「如果妳行行好，」他說：「是否能彈奏一曲我們昨晚跳的華爾滋，讓我可以再度回味。昨晚妳並沒有像我一樣享受那些曲子。妳整晚看起來十分疲累。我相信妳一定很慶幸跳舞時間結束了，但是我不惜拿一切來換取半小時的跳舞時光。」

她開始彈奏了。

「能再度聽到這首令人開心的曲子，眞是莫大的福分呀！如果我沒記錯的話，我們曾在威茅斯港跳過這首曲子。」

她抬頭注視了他一會兒，立刻羞紅了臉，然後開始彈奏其他曲子。他從靠近鋼琴的一張椅子上拿起幾份樂譜，然後轉頭對愛瑪說：「這首曲子對我來說是首新曲。妳知道這首曲子嗎？來自克拉默音樂出版社。這裡還有一份新的愛爾蘭樂譜。從哪裡寄來的，可想而知。這是隨著鋼琴一起送來的，坎貝爾上校眞是體貼，對吧？他知道費爾法斯小姐在這裡可能沒有樂譜可用。我非常敬佩他的這份心意，這展現了他的誠意。一切都很周到圓滿，只有眞實的情感才能做到這樣。」

愛瑪希望他能避免太過意有所指，但又忍不住覺得有趣。當愛瑪瞄了一眼珍・費爾法斯時，無意間看到她臉上餘留的一抹微笑。愛瑪發現，在珍的害羞臉紅之後還出現竊喜的微笑，她頓時覺得沒那麼有趣，也少了幾分對珍的尊敬。這位討人喜歡、誠實又完美的珍．費爾法斯，顯然正隱藏著不可告人的情感。

他把所有的樂譜都拿過來給愛瑪，他們一起端詳著樂譜。愛瑪趁機低聲地說：「你說得太直接了。她一定懂你的意思。」

「我希望她懂。我寧願她懂我的意思，我一點也不羞於表達我的意思。」

「可是我眞的頗不好意思，我眞希望從沒提起那回事。」

「我很高興妳對我提起這件事。現在我對於她那奇怪的打扮與行爲，總算有點頭緒。讓她去害羞吧！如果她做錯了事，理當覺得害羞。」

「我認爲她剛剛的確略顯害羞了。」

「我看不太出來。她現在彈的是一首愛爾蘭民謠，這是他最愛的歌曲。」

不久之後，貝茲小姐經過窗邊時，發現騎著馬的奈特利先生就在不遠處。

「我發誓那是奈特利先生！如果可以的話，我必須和他說說話，向他道謝。我不會打開這扇窗戶，那會害您們著涼。但是我可以進去我母親的房間。我敢說，一旦他知道現在有誰在這裡，自然會進來的。能讓您們在這裡碰到面，眞是開心啊！令我們感到蓬蓽生輝。」

她人已經走到隔壁房間，嘴巴還在講話。她一打開那個房間的窗子，立刻就呼引奈特利先生的注意。他們對話的字字句句，所有人都聽得清清楚楚，彷彿是在同一個房間裡發生的。

「您好嗎？您好嗎？很好，我感謝您。謝謝您昨晚用馬車載送我們。我們剛好趕得及回家，我母親正等我們回家。請您進來吧，您會發現一些朋友在這裡。」

貝茲小姐率先說完之後，奈特利先生似乎決意輪到他說的話被聽見，因爲他以最有氣魄與權威的語氣說道：「您的外甥女還好嗎？貝茲小姐？我想問候妳們一家人的情況，尤其是您的外甥女。費爾法斯小姐還好嗎？我希望她昨晚沒有著涼。她今天如何？告訴我她今天還好嗎？」

貝茲小姐只得把其他話擱在嘴邊，先給他答覆。聽到這些對話的人都覺得很有意思，威斯頓太太意有所指地拋給愛瑪一個眼神。但是愛瑪仍然搖搖頭，充滿懷疑。

「非常感謝！非常感謝您的馬車。」貝茲小姐繼續說。

他打斷她的話。

「我現在要前往京斯頓。是否有爲您效勞之處？」

「噢，天啊！京斯頓！您現在要去？柯爾太太前幾天才說她想託人從京斯頓帶個東西呢！」

「柯爾太太有僕人可以派遣。我能爲您效勞嗎？」

「不，謝謝您。但請您務必進屋來。您猜誰在這裡？伍德浩斯小姐與史密斯小姐啊！她們人眞好，進來聽聽新鋼琴的音色。請您先把馬拴在克隆旅店，然後進屋裡來吧。」

「好吧，」他從容地說：「也許待個五分鐘。」

「威斯頓太太與法蘭克・邱吉爾先生也在這裡！眞是令人開心啊，這麼多朋友都在這裡。」

「不，現在不行，謝謝您。我連兩分鐘都待不得，我必須盡快趕到京斯頓。」

「噢！請務必進來一下！他們會很高興見到您！」

「不，不，您的屋內已經夠多人了。我可以改日再上門來聽聽鋼琴的音色。」

「唔，眞是抱歉呀！噢！奈特利先生，昨晚的宴會眞是愉快啊，非常地快樂。您是否曾見過這樣的舞會？是不是很開心啊？伍德浩斯小姐和法蘭克．邱吉爾先生的舞蹈。我從來沒見過這麼美妙的事。」

「喔！的確非常愉快。我不能說任何壞話，因爲我想伍德浩斯小姐和法蘭克．邱吉爾先生聽到我們剛剛說的每個字了。而且（他故意提高音量），我不明白爲什麼您沒有一併提到費爾法斯小姐？我認爲費爾法斯小姐跳得很好，還有，威斯頓太太無疑是全英格蘭最會彈奏鄉村舞曲的人。如果您的朋友們有任何感激之意的話，現在該輪到他們大聲稱讚您與我了。只不過我恐怕無法留下來聽他們的讚美。」

「噢！奈特利先生，再等一會兒。有一件很重要的事，非常令人震驚。珍和我對於那些蘋果的事情感到很震驚。」

「有什麼問題嗎？」

「您居然把您剩下的所有蘋果都送給我們！您說您還有很多蘋果，但實際上您自己卻一個也沒留。我們眞的很震驚。哈吉斯太太可能也會很生氣。威廉．拉金斯剛剛在這裡的時候提到這件事。您不該這麼做的，您眞的不該。啊！他已經走了。他大概不好意思聽到別人對他道謝吧？但是我以爲他會留下來的，如果不提起這件事實在可惜……好吧（她回到客廳），我沒有成功把他留下來。奈特利先生無法留步，他要趕去京斯頓。他詢問是否能爲我辦點事情——」

「是的，」珍說：「我們聽見他慷慨的提議，全都聽到了。」

「噢！是的，親愛的，我敢說你們可能都聽見了，因爲門是開的嘛，窗戶也是開的，再說奈特利先生講話很大聲。你們一定聽到每一句話了。他說：『我在京斯頓有任何可爲您效勞之處嗎？』於是我就提到……噢！伍德浩斯小姐，您非走不可了嗎？您才剛來耶，您實在太客氣了。」

貝茲小姐熱情地招呼路過的奈特利先生，
還提醒說伍德浩斯小姐和法蘭克．邱吉爾都在她屋內。

愛瑪發現眞的該是回家的時候了，這場造訪實在拖延太久。她瞥了一眼手錶，發現整個早上差不多快結束了，剩下的時間只夠威斯頓太太與法蘭克·邱吉爾陪著兩位姑娘走到哈特菲宅邸的門口。他們隨後又返回蘭道斯宅邸了。

第二十九章

Emma

生活中沒有半場舞會，是有可能的。有些年輕人即使一連好幾個月都沒有任何像樣的舞會，也不至於對身心造成任何危害。然而，一旦有了開始，一旦年輕人感受到身體快速動作所帶來的愉悅，哪怕只有一點點，就會一發不可收拾。

法蘭克・邱吉爾在海伯瑞村跳過一次舞之後，便渴望再度起舞。某個晚上，伍德浩斯先生被說服了，跟著他的女兒到蘭道斯宅邸作客。在當晚最後的半小時裡，法蘭克與愛瑪這兩位年輕人商討著這件事。法蘭克率先向愛瑪提議，而且熱切地想要執行。雖然愛瑪最瞭解整個計畫的困難度，很擔心場地大小與布置，然而她也很想再讓人們瞧瞧法蘭克・邱吉爾與伍德浩斯小姐跳舞時是多麼開心——因爲在跳舞時，她不擔心拿自己與珍・費爾法斯做比較——就算沒有任何花俏動作的簡單舞蹈本身，她也明顯勝出。他們一起在當時身處的宴客廳裡四處走動，以估計可容納多少人，然後他們開始測量另一個房間的大小。雖然威斯頓先生說兩個房間的大小差不多，他們還是希望另一個房間會稍大一些。

他首先提出的要求是——既然舞會是在柯爾先生家開始的，就必須以舞會作結束——必須再度邀集同一批人，由同樣的人來彈奏音樂。他的提議被接受了。威斯頓先生愉快地附議，而威斯頓太太極樂意擔綱音樂彈奏的工作，無論他們想跳多久。接著他們開始討論有趣的工作內容，包括預計誰會參加，以及爲每一對舞伴規劃空間。

「妳與史密斯小姐，加上費爾法斯小姐，一共是三個人；再加上考克斯家的兩姐妹，一共五個人，」這句話被重複了許多次，「還有吉爾伯特夫婦、考克斯家的兒子、我父親和我自己，再加上奈特利先生。是的，這樣就夠好玩了。妳與史密斯小姐，加上費爾法斯小姐，一共是三個人；再加上考克斯家的兩姐妹。如果只有五對舞伴，那麼空間是綽綽有餘。」

很快地，有人說：「可是這樣容納得下五對舞伴嗎？我眞的不認爲容納得下。」另一個人則說：「不管怎麼說，只有五對舞伴，是不會讓人想要起而共舞的。仔細想想，五對舞伴根本不成氣候。不可能只邀請五對舞伴，這太不切實際了。」

有人說，吉爾伯特小姐這幾天也在她哥哥家作客，所以必須連她一併邀請。還有一個人說，前天晚上如果有人邀請吉爾伯特太太跳舞，她一定會答應的，所以這次她很可能也會想要下場跳舞。還有人提到考克斯家的二公子。最後，威斯頓先生更指名必須包括一個表親家族，以及另一位不可忽略的老朋友。可以確定的是，本來預計的五對舞伴，最後會變成至少十對。而且大家還興味盎然地猜測該如何進行舞伴配對。

兩個房間的門正好是相對的。「他們何不使用兩個房間，邊跳邊穿越走廊？」這似乎是最好的安排，不過這想法還不夠好，所以許多人仍想找出更好的辦法。愛瑪說這樣的安排很奇怪；威斯頓太太擔心的是晚餐的安排，伍德浩斯先生則基於健康的理由而強烈反對。他十分不悅這計畫，覺得不可不加以阻攔。

「噢！不，」他說：「這是極不恰當的。我不能讓愛瑪參加。愛瑪身體不夠強壯，她會著涼的，可憐的小海芮也是。你們也全都是。威斯頓太太，妳一定會累壞的，別再讓他們討論這件瘋狂的事情。請別讓他們再繼續討論了。那個年輕人（他壓低聲音）做事情實在有欠考量。別告訴他父親，但是那個年輕人做事真的有欠考量。今天晚上他一直開開關關那兩道門，而且還很不體貼地讓門開著。他都沒考慮到冷空氣的問題。我不是想要煽動妳對他有負面觀感，不過他的確做事太欠考量。」

威斯頓太太對於伍德浩斯先生這樣的指控感到難過。她知道這項指控的嚴重性，竭力地澄清。如今每道門都被關上，跳舞穿過走廊的計畫也終止，於是他們再度考慮只在這房間裡跳舞的第一個計畫。由於法蘭克．邱吉爾的一片善意，因此在十五分鐘之前仍被視爲不夠容納五對舞伴的房間，如今居然被規劃爲容納十對舞伴的場地。

「我們之前太過豪氣，」他說：「預留了太多不必要的空間。其實這裡足以容納十對舞伴。」愛瑪反駁道：「到時候會很擠，非常擠。如果跳舞時沒有空間可以轉身，豈不是太糟糕了？」

「的確，」他表情嚴肅地回答：「的確很糟。」然而他依舊繼續測量，最後說出：「我想這裡勉強能夠容納得下十對舞伴。」

「不，不，」她說：「你真是太不理智了。人與人之間站得太近，實在很可怕。在擁擠的人群中跳舞，是最掃興的了。你想想看，一大群人同時擠在一個小房間裡。」

「這我不否認，」他回答：「我完全同意妳的看法。『一大群人擠在一個小房間。』伍德浩斯小姐，妳眞是擅長用簡潔的字眼描繪生動的場景。了不起，十分了不起！然而，都已經討論到目前這般地步，我實在不願意放棄。我父親一定會很失望，況且整體說來，我還是認爲足以容納得下十對舞伴。」

愛瑪感覺到他執意要獻殷勤，他寧願反對，也不願失去與她共舞的樂趣。她接受了他的恭維，忘記了他的缺點。如果她打算嫁給他，也許還値得稍作考慮，並且試著瞭解他的偏好以及脾氣個性。但是既然她只打算和他做朋友，那麼他這種個性算是可以令人接受。

隔天還不到中午時刻，他就已經來到哈特菲宅邸。他進門時，帶著如此和悅的微笑，證明了他們的計畫將會繼續進行。他顯然是來此宣布一項進展。

「這個嘛，伍德浩斯小姐，」他幾乎立刻就開始報告，「我希望妳想跳舞的意願並無因爲我父親的那兩個小房間而打消。我帶來了一項新提案——這是我父親的想法，只等妳首肯，就可以著手進行了。我是否有此榮幸，能在這次的小型舞會中邀請妳跳前面兩首曲子？舉行的地點不是在蘭道斯宅邸，而是在克隆旅店？」

「克隆旅店？」

「是的。如果妳與伍德浩斯先生不反對，我相信妳不會反對，那麼我父親希望他的朋友們都能行好，移師到那兒去看看他。那裡能容納更多人，他可以擔保，而且一定會讓他們感到賓至如歸，一點也不輸給蘭道斯宅邸。這是他自己的想法。威斯頓太太並不反對，只要妳滿意就好。這是我們大家的感受。噢！妳一點都沒錯！十對舞伴不論是在蘭道斯宅邸的哪個房間，肯定會讓人無法忍受。太可怕了！我一直都認爲妳是對的，但是我太想保住這場舞會，所以不願意讓步。這樣的地點替換是否理想？妳會同意嗎？我希望如此。」

「在我看來，只要威斯頓夫婦不反對，這個計畫就沒有人能反對。我認爲這是可行的，而我可以代表我自己發言——我是最高興的了。這似乎是唯一的改善辦法了。爸爸，您不覺得這是好辦法嗎？」

她不得不重複並解釋好幾次，她父親才完全理解。由於這是個新點子，所以她必須進一步說明解釋，以讓這項計畫被她父親接受。

「不，我覺得這根本不是改善辦法，這是很糟的計畫，比原先的計畫更糟。旅店的房間總是潮濕又危險，通風不良，不適合久留。如果他們非得跳舞，最好在蘭道斯宅邸跳舞。我這輩子從沒走進去克隆旅店的房間，也沒有親眼見過旅店的主人。喔，不！這計畫太糟啦。他們在克隆旅店會比在其他地方更容易著涼。」

「我正要說，」法蘭克．邱吉爾說：「這辦法的幾個優點之一就是它可以降低感冒的風險，在克隆旅店比在蘭道斯宅邸安全多了。以治病維生的培瑞先生或許有理由反對，但是其他人並不反對。」

「先生，」伍德浩斯先生激動地說：「如果你以爲培瑞先生的人格是那樣，那麼你就搞錯了。培瑞先生在我們每個人生病時都關心備至。我不瞭解克隆旅店的房間怎麼會比令尊的家更安全？」

「因爲克隆旅店的房間較寬敞，先生。我們便不需要打開窗戶，一整個晚上都不需要開窗。就是開窗這個可怕的習慣，讓冷空氣灌到發燙的身體上，因而讓人著涼的。您最清楚不過了，先生。」

「開窗！可是，沒錯啊，邱吉爾先生，沒人會想到要在蘭道斯宅邸開窗。沒有人會這麼輕率！我從來沒聽過這樣的事。跳舞的時候開著窗！我很確信，不論是令尊或威斯頓太太（也就是可憐的泰勒小姐）都不會忍受這件事。」

「啊！先生，但是思慮欠周的年輕人有時候會躲到窗簾後面，將窗框往上推，沒有人會注意到。我自己就常常知道有人這麼做。」

「你眞的知道？天啊！我無法想像。我過著與世隔絕的日子，往往對於我聽到的事情感到驚訝。然而，這的確至關重要，也許我們可以好好討論——這種事情需要好好考慮，我們不能操之過急。如果威斯頓太太願意找一個早上到這裡來，我們就可以好好討論，看看能怎麼做。」

「不幸的是，先生，我的時間很有限——」

「噢！」愛瑪打斷他的話，「我們有很多時間可以把每件事情都討論清楚，一點也不需要急。如果這場舞會在克隆旅店舉行，對於馬匹來說就方便多了，馬廄離得這麼近。」

「的確是，親愛的。這是件好事。雖然詹姆斯從未抱怨，我們仍該盡可能地讓馬匹方便一些。但願我可以確信那些房間的通風夠良好。史托克斯太太是可信賴的嗎？我很懷疑。我不認識她，甚至沒見過。」

「我可以回答有關那方面的任何問題，因爲那是威斯頓太太照管的。威斯頓太太擔綱統理一切的責任。」

「您瞧！爸爸！現在您包準滿意了吧。我們親愛的威斯頓太太，謹愼小心的威斯頓太太。您不記得多年前我出麻疹時培瑞先生說過的話嗎？『如果泰勒小姐承擔起照料愛瑪小姐的責任，您就可以放一百二十個心了，先生。』我不是常常聽到您提起這件事來讚美她嗎？」

「哎，的確。培瑞先生的確這麼說，我永遠不會忘記的。可憐的小愛瑪呀！妳那時候出麻疹的情況很糟，我是說，要不是培瑞先生的細心照料，妳的情況會很糟。那時候他一天來四次，連續一星期。一開始他說情況還好，給了我們很大的安慰。麻疹眞的是很可怕的惡疾，如果依莎貝拉的孩子們罹患麻疹，我希望她會請培瑞先生去替他們看病。」

「我父親與威斯頓太太此刻正在克隆旅店，」法蘭克．邱吉爾說：「他們正在檢查那幢房子的狀況。我把他們留在那裡，然後自己來到哈特菲宅邸，我急著聽取妳的意見，企望妳能被說服加入他們的行列，提供一點建議。我父親與威斯頓太太都希望我這麼說。如果妳能准許我陪妳到那兒去，對他們來說會是莫大的榮幸。少了妳，他們不可能把事情辦得圓滿成功。」

愛瑪極樂意被徵詢意見。兩名年輕人立刻一起出發前往克隆旅店，她父親則趁她出門後好好地思索這件事。威斯頓夫婦都在克隆旅店，很高興見到她，並且接受她的肯定，他們都忙得快樂，只是方式不同。她有一點苦惱，而他則覺得一切完美。

「愛瑪，」她說：「這壁紙比我所預期的還糟。瞧！有好幾個地方都很髒，尤其這護牆板比我所想像的更泛黃陳舊。」

「親愛的，妳太挑剔了，」她丈夫說：「那有什麼要緊的？在燭光之下，什麼都看不見。在燭光下，它看起來就和蘭道斯宅邸一樣乾淨。我們的俱樂部之夜，不也是什麼都沒看到嗎？」

此時女士們開始交換眼色，意味著「男人根本不會注意到東西髒不髒」；而幾位男士很可能正在心想：「女人總愛注意一些無聊不重要的瑣事。」

一個令兩位男士不敢小覷的麻煩出現了，那就是有關餐廳的問題。在這間宴會廳建造時，晚餐還不成問題，緊鄰的一間小小打牌房是唯一的增建。該怎麼辦？如果有人想打牌，這間打牌房勢必還是得用來打牌。或者如果他們四個人決議取消打牌活動，那麼這個房間仍嫌太小，沒辦法當作舒服的用餐地點。另一個比較大的房間也許可以拿來當作餐廳，但位在房子的另一端，必須先走過一段長廊才能抵達。這造成不便。威斯頓太太擔心年輕人行經走廊時會吹到冷風，而愛瑪與在場幾位男士們也無法忍受一大群人擠在狹小的房間裡用餐。

威斯頓太太提議不要享用正式晚餐，只要在小房間裡準備一些三明治就好了。然而有人以為這樣未免太克難，一場私人舞會如果不讓人坐下來享用晚餐，會被批評為不名譽的欺騙，危及與會男女的權益。威斯頓太太不能再提起這件事。於是她只好另想辦法，注視著那個有問題的房間，然後說：「我不覺得這個房間過小。我們人數應該不會很多。」

此時，威斯頓先生快步走過走廊，大聲喊道：「你們一直說這個走廊很長，結果根本不算什麼嘛！樓梯這裡一點冷風也沒有！」

「我眞希望有人知道什麼樣的安排對賓客是最好的。」威斯頓太太說：「我們的目標是要做到讓賓客盡歡。眞希望有人知道怎麼做才好。」

「是的，的確，」法蘭克大喊：「的確！您希望能獲得鄰居的好評，我一點也不覺得奇怪。如果可以知道其中一些重要人物的看法，例如柯爾夫婦。他們住的地方離這兒不遠，我應該去拜訪他們嗎？或者貝茲小姐？她住得更近。我不曉得貝茲小姐是否瞭解其他任何人的意願。我認爲我們應該徵詢更多意見。我是否該去邀請貝茲小姐來加入我們的討論呢？」

「這個嘛，如果你高興的話，」威斯頓太太略顯猶豫地說：「如果你認爲她幫得上忙的話。」

「你不可能從貝茲小姐那裡得到什麼有用的意見，」愛瑪說：「她會很高興又感激，但是沒辦法告訴你什麼。她甚至不會專心聆聽你的問題。我不覺得徵詢貝茲小姐的意見有何用處。」

「但是她是多麼有意思啊！我非常喜歡聽貝茲小姐說話。況且我們並不需要把她全家人都請過來呀！」

此時威斯頓先生回到他們身邊，他聽到方才的提議，大表贊同。

「哎呀，去吧，法蘭克。去把貝茲小姐請來，讓我們立刻把這件事解決。我相信她會很喜歡這個計畫。我不知道還有誰比她更適合告訴我們該如何排解困難。去把貝茲小姐請來吧！我們都變得太愛抱怨挑剔了，而貝茲小姐是教人如何快樂的活教材。不過請把她們兩位都邀來吧！」

「她們兩位？那位老太太也能……？」

「老太太？不，我說的當然是那位年輕女孩。法蘭克，如果你把那位姨媽接來時沒有一併邀請她的外甥女，我就會覺得你太愚蠢了。」

「噢！請您包涵，父親，我剛剛一時沒有會意過來。如果您希望這麼做，我一定會極力說服她們兩位。」然後他便跑開了。

過了許久，法蘭克才再度出現，伴隨著那位衣著整潔、快步走路的矮小姨媽，以及她那位優雅的外甥女。威斯頓太太宛如一位性情溫婉的好妻子，再度檢視那道走廊，發現它的狀況並沒有她原先所想的那麼糟，缺點確實是微不足道。於是他們就此排除了困難，剩下的討論過程非常平順。一切的小細節，例如桌椅、燈光與音樂、茶與晚餐，全由他們親自準備，或者只剩一些威斯頓太太與史托克斯太太可即時解決的瑣事。每個人都受邀，而且都會前來。法蘭克已經寫了一封信給恩斯康宅邸，稟報他會比原定的半個月再多待幾天。這個提議不可能被拒絕。於是一場歡樂的舞會即將舉行。

貝茲小姐抵達時，也認同這場舞會一定要舉行。她並沒有發揮提供意見的作用，但是身為一位附和贊同者（這個角色安全多了），她的確是受到眾人歡迎的。她對大小事情都予以贊同，熱切且持續不斷，有如開心果。他們繼續花了半小時，在各個房間來回走動，有人提出建議，有人回應，全都為了即將到來的舞會興高采烈。大夥兒解散之前，先說定了當晚的前兩首舞曲由愛瑪與法蘭克擔綱領銜。而愛瑪不經意偷聽到威斯頓先生低聲對他妻子說：「親愛的，他向她邀舞耶！這樣才對嘛！我就知道他會這麼做！」

威斯頓先生悄聲地向他妻子說，
他兒子已經邀請愛瑪當舞伴。

第三十章

Emma

還有一件事必須打點，才能讓愛瑪覺得這場舞會是完全圓滿的——舉辦舞會的日期必須選定在法蘭克・邱吉爾原先獲准留在薩里郡的期間，因爲儘管威斯頓先生自信滿滿，愛瑪並不認爲邱吉爾夫婦會大方讓法蘭克多停留一天。舞會不太可能在法蘭克原先預定停留期間舉行。他們需要時間準備，必須要等到第三個星期才能夠一切就緒。接下來幾天，他們必須在不確定的狀況之下籌備進行、保持希望。在她看來，這一切極有可能變成一場空。

豈料邱吉爾夫婦居然非常大方，即使不是表現在言語上。他想多留幾天的意願固然讓他們頗爲不悅，但終究未受到反對。一切都安全過關。雖然麻煩總是接踵而來，此刻愛瑪得知舞會確將舉行之後，開始應付的下一個麻煩就是奈特利先生對這場舞會的漠然，這著實惹愛瑪惱怒。若非因爲奈特利先生不熱中跳舞，若非因爲這場舞會是在未徵詢他意見的情況下成形的，他才似乎對此不感興趣，決意不想顯露任何好奇，也不認爲它會爲他帶來任何樂趣。愛瑪興致勃勃地和他聊起這件事，除了底下的話之外，根本得不到任何贊同的回答。

「很好。如果威斯頓夫婦認爲值得爲幾個小時的熱鬧而忙碌個老半天，那麼我也沒什麼好反對的，不過他們不應該把我考慮在內。喔！是的，我必須在場，無法拒絕。我會盡可能保持清醒，只是我寧願在家閱讀威廉・拉金斯的每週帳目，老實說我眞的比較想待在家。看別人跳舞有何樂趣可言？對我來說一點也不好玩。我從來不看人跳舞。我不曉得有誰會做這種事。我相信精湛的舞姿就像美德一樣，本身就是報償，不需他人額外肯定。那些站在旁邊看人跳舞的人，總是別有企圖。」

愛瑪覺得他說這番話乃是針對她，因此氣惱起來。他並不是爲了迎合珍・費爾法斯而表現得如此漠然或憤慨。他在對舞會加以譴責時，可沒有受到珍・費爾法斯的感受所影響，因爲珍・費爾法斯是非常贊同舉辦這場舞會的。這件事讓珍整個人都振奮了起來，她敞開心胸，坦誠地說：「噢，伍德浩斯小姐，我希望沒有任何事能阻礙舞會的舉行，否則就太令人失望了！我承認，我非常期待，滿心喜悅。」

所以他對珍・費爾法斯並不感興趣，寧願待在家裡和威廉・拉金斯作伴囉！愛瑪愈來愈相信威斯頓太太之前的猜測是錯誤的。他的確展現許多友善與憐惜，但絕對不是愛。

哎呀，愛瑪很快就沒空和奈特利先生爭吵了。愛瑪才安心了兩天，一切又隨即被推翻了。邱吉爾先生寄來一封信，催促外甥即刻返回。邱吉爾夫人身體欠安，情況嚴重到不能沒有他在身邊。她在兩天前寫信給她外甥時，一直處於很痛苦的狀態（她丈夫是這麼說的），雖然她向來不願意造成麻煩，而且往往不會只考慮自己，所以在信中並沒有提到她的健康情形。然而此刻她病得太重，必須請他立刻出發回到恩斯康宅邸。

威斯頓太太立刻發了一封短箋給愛瑪，告知邱吉爾先生那封信的內容。他勢必非得趕回去不可了。他必須在幾個小時內離開，雖然他基於反感，不覺得舅媽有任何眞正的危險。他知道她的病情，那些疾病從未眞正發生，充其量只是圖她自身方便而採用的藉口。

威斯頓太太還說：「他只允許自己留一點時間在早餐後趕到海伯瑞村，向少數幾位眞正關心他的朋友道別。他還說他很快會抵達哈特菲宅邸。」

這封不幸的短箋送達時，愛瑪正好吃完早餐。愛瑪讀完信之後，除了不斷地哀嘆與驚呼之外，什麼事也做不了。舞會的損失，法蘭克的損失——法蘭克的心情會有多麼鬱悶啊！這眞是太悲慘了！本來會是個多麼愉快的夜晚啊！每個人都會很開心！而她與她的舞伴會是最開心的！她唯一的自我安慰是：「我早說過結果會變成這樣。」

她父親的感受則截然不同。他關注的主要是邱吉爾夫人的病情，並且想知道她是如何被照料；至於舞會，雖然讓愛瑪失望是一件令人痛心的事，但他們還是全都待在家裡比較安全。

過沒多久，愛瑪便盼到法蘭克．邱吉爾上門；若是他的迅速抵達反映了他的歸心似箭，那麼他那沮喪的神情與無精打采的神態，也許能爲他平反一些。他對這次必須離開感到難過，幾乎不想開口談及。他的沮喪洩氣顯而易見。最初幾分鐘他都茫然地坐在那裡。當他回過神來時，只說了一句：「道別是世界上最糟糕的事情。」

「但是你還會再回來啊，」愛瑪說：「這不會是你唯一一次造訪蘭道斯宅邸。」

「啊！（他搖搖頭）我也不曉得我何時能再回來！不過我會奮力一搏的！這將會是我全心全意的目標。但願我舅父舅媽今年春天會進城去，可是我有點擔心，他們去年春天並沒有出門，我怕他們會放棄這個習慣。」

「我們可憐的舞會只好被放棄了。」

「啊！舞會！我們之前爲什麼要等待呢？爲什麼不及時行樂？快樂往往都是被準備工作給摧毀了，愚蠢的準備工作啊！妳曾告訴我們結果會是這樣。喔！伍德浩斯小姐，爲什麼凡事總被妳說中呢？」

「的確，我很遺憾這次居然說中了。我寧可傻傻地過快樂的日子，也不奢求自己那麼睿智。」

「如果可以再來，我們還是能夠舉行舞會。我父親對這件事很期待。別忘了妳的努力。」

愛瑪親切地望著他。

「這半個月過得眞是精采！」他繼續說：「每一天都彌足珍貴，愈來愈開心。每天都讓我覺得自己不屬於其他任何地方。那些能留在海伯瑞村的人們眞是幸福啊！」

「既然你此刻這麼稱讚我們，」愛瑪笑著說：「那麼我就大膽地問，你當初來到這裡時是否曾有過狐疑？我們是否超越了你的預期？我相信我們的確是。我相信你並沒有預期會喜歡我們。如果你當初對海伯瑞村是抱持著良好的印象，那麼你就不會等了這麼久才來。」

他笑得有點靦腆，雖然他否認，但愛瑪確信定是如此。

「你今天早上一定得離開嗎？」

「是的，我父親片刻後會到這裡來和我會合。我們將一起走回去，然後我就必須馬上離開了。他恐怕隨時都會抵達這裡。」

「你連五分鐘都不留給你的朋友費爾法斯小姐與貝茲小姐？太不巧了！也許貝茲小姐堅強善辯的心智可以增強你的意志。」

「是的，我已經造訪過那裡了。既然經過她家門，我想這樣較妥當。這樣做是對的。我進去待了三分鐘，因貝茲小姐不在而耽擱一點時間。她出門了。我覺得不可能不等她回來。她也許是個會惹人發笑的女人，但絕對不會有人想輕忽她。我最好還是上她家去道別——」

他躊躇了一下，站起身來，走向窗邊。

「簡而言之，」他說：「也許伍德浩斯小姐——我想妳不可能沒有懷疑——」

他注視著她，彷彿想要讀出她的心思。她幾乎不知道該說什麼。接下來似乎會發生一件很嚴肅的事，是她最不希望發生的。因此她逼自己說話，想藉此迴避掉接下來要發生的事。她鎮定地說：「你說得很對。上她家去道別本來就是應該的——」

他保持沉默。她相信他正注視著她。也許他正在思索她所說的話，並且試著瞭解其中意涵。她聽見他嘆了一口氣。他當然有充分的理由可以嘆氣。他不敢確信她是否在鼓勵他告白。經過了一陣尷尬時刻，他再度坐下，然後以較篤定的態度說：「我覺得我剩下的時間應該獻給哈特菲宅邸，我對哈特菲宅邸的情感是最深切的。」

他再度沉默，再度起身，似乎非常尷尬——他愛上她的程度，遠超過愛瑪所預期的。若非他的父親及時出現，誰知道這樣的局面會如何結束？伍德浩斯先生緊跟在威斯頓先生的後頭出現。法蘭克努力讓自己鎮定下來。

然而，又過了幾分鐘，眼前的這段折磨才結束。威斯頓先生總是十分注意該做的事是否完成，尤其不願意拖延任何該辦的麻煩事，以便能防患於未然。他說：「該出發了！」而法蘭克雖然不免嘆氣，也只好答應，起身道別。

「我會留意你們所有人的消息，」他說：「那是我最大的安慰。我會仔細聆聽你們所發生的一切。我已經拜託威斯頓太太與我通信。她好心地答應了。喔！當一個人想知道自己不在場時發生什麼事，能和一位女性互通信息是多麼幸運啊！她會告訴我一切。從她的字裡行間，我會覺得自己彷彿再度身處於鍾愛的海伯瑞村。」

他們友善地握了手，非常誠摯地道了聲「再見」，便結束談話。法蘭克．邱吉爾走出去之後，門旋即關上。這樣的通知太突然，他們的會面太短暫。他走了。愛瑪相當捨不得與他分開。她可以想見，他的離開對於他們這個小團體而言是多麼大的損失，以至於她開始擔心自己是否太難過，是否投入太多的情感。

這是個令人難過的改變。自從他來到這裡，他們幾乎天天見面。他造訪蘭道斯宅邸，的確爲過去這兩星期帶來不少活力，一股難以形容的活力。每天早上期待見到他的心情，他的注意所帶來的安心感，他的活潑，他的態度！過去這半個月來非常快樂，而此刻又要回復到哈特菲宅邸的尋常生活。對照其他種種跡象，他幾乎就要告訴她說他愛上她了。他的情感有多強烈，或者能持續多久，是另一碼事。但此刻她絲毫不懷疑他對她懷有熱切的愛慕，明顯地對她有所偏愛。這樣的信念，加上其他種種跡象，使她相信自己必定也動了心，儘管她之前打定主意抗拒此事。

「我一定是戀愛了，」她說：「這種無精打采、焦慮、愚鈍，無法坐下來讓自己專心、覺得這房子裡的一切都枯燥無趣！我應該是戀愛了。如果這不是戀愛，那麼我肯定是世界上最奇怪的人——至少會持續幾星期吧！這個嘛，對某些人來說是壞事，對其他人也許是好事。一定有很多人會和我一樣難過，就算不是爲了法蘭克．邱吉爾的離開而難過，至少也會因爲舞會取消而遺憾。不過奈特利先生會很高興。現在他可以如願整晚都陪著他那親愛的威廉．拉金斯。」

然而，奈特利先生一點也看不出獲勝的喜悅之情。他不能說他爲了自己不能參加舞會而感到遺憾，若眞這樣說，那麼他臉上興奮的表情就會證明他口是心非。但是他堅定地說，他爲其他人的失望之情感到遺憾，而且還很仁慈地補充道：「愛瑪，妳跳舞的機會很少，這次舞會取消對妳來說實在不幸極了。妳的運氣眞的很不好。」

幾天之後見到珍．費爾法斯，她才得以判斷珍對於這不幸變化是否眞的感到遺憾。但是當她們碰面時，珍·費爾法斯的鎮靜模樣卻令人覺得可惡。不過，珍飽受頭痛所苦，身體不舒服，以至於她姨媽說，就算舞會照常舉行，珍也不見得能夠參加。愛瑪只好把珍的那份漠然，歸咎爲她身體不適所造成的懶洋洋。

愛瑪仍然堅信她正陷入戀愛。她唯一不確定的是她戀愛的程度。起初她以爲自己愛得很深，後來又覺得只有一點點。她很高興聽到有人談起法蘭克・邱吉爾。由於他的緣故，她比以往更加高興見到威斯頓夫婦。她常常想到他，而且渴望收到他的信，讓她知道他的近況、他的心情、他舅媽的情形，以及他今年春天再度來到海伯瑞村的機會有多大。然而，另一方面，她無法承認自己是不快樂的，過了頭一個早上之後，她又回復往常般投入該做的工作。她仍忙得開心。儘管他是如此討人喜歡，她還是無法不想起他仍有一些缺點。再者，雖然她常掛念著他，當她坐著畫圖或做針線活兒時，腦海裡繞著千百個有關他們戀情進展的念頭，她想像他們之間有趣的對話，以及杜撰一些優雅的書信，然而在她的幻想情節中，最後的結局都是她拒絕了他。他們的感情總是淡化成友誼。一切溫柔迷人的舉止，都是爲了提防他們的情感破裂，他們最後還是分手了。當她意識到這件事時，她突然領悟到她並未愛得很深。她之前一直都決意不和她父親分開，永遠不結婚，但如果這份愛戀如此強烈，勢必會造成她情感上的掙扎，程度遠超過她所能預期。

「我個人認爲『犧牲奉獻』這個字眼對我毫無用處可言，」她說：「在我所有明智的回答或者否定的意見中，從來沒有提過做出犧牲奉獻這回事。我的確很懷疑，他的存在對於我的幸福來說是否眞屬必要。這倒也好，我當然不會說服自己懷持不必要的感情。我已經嘗夠了戀愛的滋味，不希望再繼續深陷下去。」

大致上，她同樣滿意她對他的感情所抱持的觀察與看法。

「他肯定愛得很深——每件事都看得出來，眞的愛得很深！當他再回到這裡時，如果他的感情仍持續，那麼我就得提防著點，別讓他誤以爲我在鼓勵他。絕對不能發生這種情形，因爲我已經打定不婚的主意了。難不成他以爲我之前都在鼓勵他？不，如果他以爲我會接受他的感情，那麼他現在就不會這麼痛苦了。如果他以爲他的感情是受到我的鼓勵，那麼我們道別的時候，他的神情與說話方式就不會是那樣了。我還是得提防著點。這是假設他對我的愛戀會持續，但我不確定他的感情會持續。我不認爲他是那種人，我不認爲他會那麼專情或執著。他的感情的確很熱烈，但恐怕也是善變的。每次一想到這件事，我都很慶幸沒讓自身的幸福受到更多影響。過一陣子我就會再度回復正常。況且，這畢竟還是一樁好事，因爲大家都說每個人一生中總會戀愛一次，而我應該可以安然度過的。」

當法蘭克寫給威斯頓太太的信送達時，愛瑪仔細讀過。她是帶著愉悅與愛慕的心情讀那封信，這使得她起初對於自己的情感驚愕不已，覺得自己低估了這些情感的強度。這是一封寫得很好的長信，仔細交代他的路程和感想，表達了所有發自內心的情感、感激與敬意，並且描述了種種他認爲有吸引力的事物，既生動又精確。他的信裡不見任何道歉或擔憂的可疑措辭，只有對威斯頓太太的眞實情感。他提到了從海伯瑞村到恩斯康宅邸的心情調適，以及兩個地方在社交生活方面的反差，足以顯示出他的感受多麼深切，若非礙於禮節，他還有好多話要說。信裡當然免不了要提到她的名字。伍德浩斯小姐這個字眼出現不止一次，且總是伴隨著令人愉快的聯想，若不是讚美她的品味，就是回憶她說過的話。他最後一次提到她的名字時，雖然沒有綴以任何殷勤的讚美，她還是感受到她對他的影響，她樂於接受這種最大的恭維。在信紙最底部的角落，密密麻麻地寫了這些字：「正如您所知，星期二那天我來不及拜訪伍德浩斯小姐那位美麗的小朋友。請替我向她道歉致意。」愛瑪毫不懷疑，這完全是爲了她的緣故。海芮只因爲是她的朋友，所以才被提及。他在描述恩斯康宅邸的情況時，和她所預期的沒啥兩樣，沒有更好，也沒有更差。邱吉爾夫人逐漸康復中，而他根本不敢確定下次造訪的時間，連想都不敢想。

儘管這封信是如此文情並茂，如此感性，可是當愛瑪把信摺起來交還給威斯頓太太時，並不覺得它在她心裡增添了任何熱情，她發現自己就算沒有他也是可行，她認爲他必須學會習慣沒有她。她的心意並沒有改變。她不僅決心要拒絕他的感情，還開始盤算起他接下來的情感慰藉與幸福。他提起海芮時所使用的字眼：「美麗的小朋友」，讓愛瑪想到海芮可以接替她來獲得法蘭克的愛情。這有可能嗎？不。海芮的智力遠不如他，但是他對她美麗的臉龐及善良純眞的態度印象深刻，而且她在身世背景方面的條件都是有利的。對海芮而言，這件事的確是有利且令人開心的。

「我不能執著於這件事了，」她說：「我不能再掛心這件事。我知道讓自己耽溺於猜測是多麼危險的事。奇怪的事情總會發生，當我們不再像這樣欣賞彼此的時候，就表示我們之間存在的是眞正無私的友誼，這是我早就樂於期盼的。」

能爲海芮事先準備一些安慰當然很好，儘管較明智的作法是別再去想這件事，因爲厄運似乎即將報到。雖然自從法蘭克・邱吉爾到來之後，海伯瑞村的居民的興趣焦點落在他身上，而鮮少談及艾爾頓先生的訂婚，不過既然此時法蘭克・邱吉爾離開了，艾爾頓先生的事情免不了又成爲眾人關注的焦點——他的結婚日期已經確定了。他很快又會回到這裡來，而且這次會帶著他的新娘。大家根本還沒有時間討論法蘭克・邱吉爾從恩斯康宅邸寄來的第一封信，人人嘴巴上掛著的都是「艾爾頓先生和他的新娘」，法蘭克・邱吉爾暫時被忘卻了。愛瑪對於眾人的談論感到厭煩。過去三星期以來她過得非常快樂，因爲可以不必想起艾爾頓先生。她也希望海芮的心智在這段期間內堅強了不少。至少有了威斯頓先生的舞會可關注，就較不會想到其他的事情。然而此刻，她顯然尚未平靜沉著到可以對抗即將發生的事情，像是艾爾頓先生的新馬車、婚禮鐘聲響起等等。

可憐的海芮此刻心情紛亂無比，需要愛瑪盡可能地給她各種說理、安慰與關注。愛瑪覺得她為海芮做再多也不為過，海芮有權利獲得愛瑪的耐心協助。但是如果不斷地勸說仍達不到任何效果、無法讓海芮與她想法一致，那就是件苦差事了。海芮順從地聆聽著，並且說：「的確，正如伍德浩斯小姐所說的，根本不值得想到他們倆，我不會再掛心他們的事了。」可是她們的話題還是改變不了，接下來的半小時，只見她對於艾爾頓夫婦的事情更顯焦慮不安。最後愛瑪只得採取另一攻勢。

「妳讓自己為了艾爾頓先生的婚事而如此執著且不開心。海芮，妳這樣的表現是對我最強烈的譴責。妳讓我無法原諒自己所造成的錯誤。這一切都是我造成的，我知道。相信我，我並沒有忘記。我的確害妳誤會了，我自己也誤會了，這件事對我來說永遠是個痛苦的回憶。妳不要以為我可以忘記。」

海芮百感交集，除了幾句驚嘆之外，什麼也說不出口。愛瑪繼續她的話。

「我並沒有說，海芮，請妳為了我振作妳自己。為了我，請少想一點且少談論一些艾爾頓先生的事，因為我希望妳是為了妳自己而這樣做，這比讓我覺得心裡好過更重要。妳應該要能自我掌控，考量妳的責任，考量妳的禮節，盡力避免讓別人心生懷疑，這是為了挽救妳的健康與名譽，也是為了回復妳的平靜心情。這些都是我一直想灌輸給妳的想法。這些很重要，我很遺憾妳之前無法充分感受這些事情的重要性而採取行動。讓我免於痛苦，僅是次要的考量。我要妳解救自己免受更大的痛苦。這樣一來，也許我有時可以覺得海芮沒有忘記她的本分，或者沒有忘記我對她的好。」

這種訴諸於情感的勸說，比其他方法更見效。海芮發現自己忽略了對於伍德浩斯小姐的感激與體貼，這讓她痛苦了好一會兒。當她逐漸平復了強烈的哀傷之後，她開始獲得了力量，足以讓自己勉強打起精神做該做的事情。

「您是我這輩子最好的朋友。我虧欠您許多感激。沒有人像您一樣重要，您是我最關心的人。噢，伍德浩斯小姐，我是多麼不知感恩啊！」

這樣的說法，再加上她的神情態度，使愛瑪覺得自己從來沒有像此刻這樣深愛海芮，也沒有如此重視過她的感情。

「再也沒有比柔軟的心更迷人的了，」她後來在心裡對自己說：「沒有什麼比得上它。心頭的熱切、溫柔，加上充滿感情與坦率的態度，其吸引力勝過世界上任何精明的頭腦。我相信會的。正是心的柔軟，使父親如此爲人愛戴，也讓依莎貝拉如此受人歡迎。我缺乏那顆柔軟的心，但我瞭解它的價值。海芮比我更迷人，也因此更接近幸福。親愛的海芮！就算有最精明、最有遠見、最具判斷力的女性朋友出現，我也不願意拿妳去交換！噢！珍・費爾法斯是多麼冷淡啊！一個溫暖的海芮，抵得過一百個冷淡的珍・費爾法斯。海芮做爲一名妻子——一個睿智男子的妻子，肯定是無價的。我先不說那些男子是誰，但是懂得放棄愛瑪、轉而追求海芮的男子才是最幸福的！」

第三十二章 Emma

眾人初次見到艾爾頓太太，是在教堂裡頭。雖然祈禱被干擾了，但光是看到新娘坐在教堂長椅上，仍然無法滿足眾人的好奇心，必須透過累次的拜訪，大家才能斷定她是否眞的美麗出眾、或只是尙可，甚至根本不漂亮。

愛瑪也有感受，她沒那麼多好奇，而是基於尊嚴與禮節，讓她決定不能成爲最末個向艾爾頓太太致意的人。她決定讓海芮陪她一起去，這樣一來，也許能盡快熬過最糟的狀況。

她無法在不回憶起往事的情況下重返牧師公館，再度踏進三個月前她使出扯斷鞋帶詭計得以進入的房間。她無法避免回想起上千件惱人的念頭，恭維、字謎以及可怕的誤會。可憐的海芮不可能不回想起這些事，但是她表現得很好，只是臉色蒼白，且始終沉默。這場造訪當然很短，更何況有許多的尷尬與心神不寧，縮短了這次的造訪。愛瑪不允許自己立刻對這位新娘妄下判斷，也不願意發表意見，除了那些「打扮很優雅、非常討人喜歡」的客套話之外。

愛瑪並不眞的喜歡這位艾爾頓太太。愛瑪不急著找出她的缺點，但懷疑她欠缺優雅——雖然她的態度很從容，但終究有失優雅。愛瑪甚至覺得，身爲一名年輕小姐、陌生人與新娘，她表現得太過從容。她有中等姿色，臉蛋並非不漂亮，可是五官特色、氣質、聲音、態度俱欠缺優雅。愛瑪認爲至少表面看起來如此。

至於艾爾頓先生，他沒表現出應有風度，然而愛瑪不允許自己急著對他的風度下定論。接受新婚探

大家在教堂裡初次看見艾爾頓太太。

訪這種儀式，不論在何時發生都很奇怪，一個男人必須夠大方才能應付自如。女性這邊較無此問題，可能得益於精美服飾的輔助，加上享有害羞靦腆的特權；男性就只能依靠自身智慧去應付這種場合了。愛瑪想到可憐的艾爾頓先生此刻是多麼不幸啊，他同時和他剛娶了的女子、曾經想娶的女子、別人以為他想娶的女子同處一室。當愛瑪想到這一點，她便只好允許他有權利看起來有些笨拙、情緒激動，以及不自在。

「這個嘛，伍德浩斯小姐，」當她們離開牧師公館時，海芮見愛瑪半天都不說話，只好先開口說：「伍德浩斯小姐（她輕嘆了一口氣），您認為這位新娘如何？她是不是很迷人啊？」

愛瑪的回答略顯遲疑。「噢，是的。非常、非常討人喜歡的小姐。」

「我認為她很漂亮，非常漂亮。」

「的確打扮得很美麗，那件禮服十分優雅。」

「我不訝異他會愛上她。」

「噢，不，一點也不讓人訝異。她坐擁許多財富，又剛好出現在他眼前。」

「我敢說，」海芮又嘆了一口氣，「我敢說她非常愛他。」

「或許她是這樣，但可不是每個男人都注定要和最愛他的女人結婚。霍金斯小姐也許想要一個家，而認為艾爾頓先生可能給她最好的選擇。」

「是的，」海芮急切地說：「她也許是這麼想的，沒人能給她更好的選擇。嗯，我眞心希望他們幸福。伍德浩斯小姐，現在我不介意再度遇見他們了。他就像往常一樣傑出優秀，但是既然他已經步入婚姻，就是另一回事了。不，眞的，伍德浩斯小姐，您不需要擔心。我可以坐在那裡欣賞他，不帶任何悲情。知道他娶了個好對象，就足堪安慰了！她似乎的確是個迷人的小姐，這是他應得的。眞是幸福啊！他喚她『安古絲塔』。多麼甜蜜啊！」

當艾爾頓夫婦回訪時，愛瑪打定主意。她可以利用這個機會看得更清楚，作出更好的判斷。當時海芮剛好不在哈特菲宅邸，而她父親忙著和艾爾頓先生聊天，於是愛瑪有十五分鐘的時間得以和這位新娘交談，鎮靜沉著地觀察她。經過這十五分鐘的相處，愛瑪確定艾爾頓太太是個虛榮自負的女子，非常自滿，且自以爲是。她本來應可出色優秀，但是由於受教於不好的學校，使她的態度顯得冒昧失禮，即使稱不上愚蠢。她的想法都是取擷於一組特定的人，而她的朋友圈肯定不會爲艾爾頓先生帶來好處。

海芮本來會是較理想的伴侶。就算海芮本身並不聰明，至少她身邊環繞著聰明的朋友，讓他得以結識。然而從霍金斯小姐故作從容的態度看來，她極可能已經是她那個社交圈裡最優秀的了。她那位住在布里斯托附近的富有姐夫，是她親友圈裡唯一的驕傲，而她的姐夫則以自己的住所與馬車爲傲。

艾爾頓太太坐下之後的頭一個話題是楓林莊園。「我姐夫沙克林先生的住所」——她將哈特菲宅邸與楓林莊園做了一番比較。哈特菲宅邸的面積較小，但乾淨又美麗，屋舍也建造得極具現代感。艾爾頓太太似乎對於房間的大小、入口及眼前所見一切感到印象深刻。「眞的像極了楓林莊園！我很驚訝兩個地方如此相像！這個房間的形狀以及大小正合楓林莊園的晨間起居室，那可是我姐姐最愛的房間。」她詢問艾爾頓先生：「是不是非常相像呢？我幾乎以爲置身於楓林莊園。」

「還有那座樓梯——當我走進來時，就發現樓梯好像，坐落的位置正好一樣。我眞的忍不住驚呼！我向妳保證，伍德浩斯小姐，我眞的很開心這裡可以讓我聯想起我如此鍾愛的楓林莊園。我在那裡度過了許多快樂時光（她感傷地輕嘆了一口氣）。那無疑是個迷人的地方。每個見過的人都爲它的美麗所懾服。但是對我來說，它就等同於家。如果妳像我一樣不得不離開家，妳就會瞭解一個人遇到和自己家鄉相似的景物時會有多麼開心。我總說結婚的壞處之一就是必須離鄉背井。」

愛瑪盡可能不多作回應，這對艾爾頓太太來說已經足夠，因爲她其實只想自言自語。

「眞的和楓林莊園相像極了！不只是房子，還有土地，我向妳保證，我觸目所及的土地都非常相像。楓林莊園的月桂樹也是像這樣一大片，而且排列的樣子很相似，都是橫越草坪。我剛剛瞄到一株美麗的大樹，周圍還擺置著長椅，正好喚起我的回憶！我姐姐與姐夫一定會很喜歡這個地方。擁有大片土地的人往往對於風格相同的地方心生滿意。」

愛瑪很懷疑她這句話的眞實性。愛瑪認識很多擁有大片土地的人，但他們對於其他人的大片土地卻不怎麼在乎。此刻實在不值得反駁如此見仁見智的錯誤，因此她只回答：「當妳再多看幾眼這裡的鄉間景色，我怕妳會認爲妳高估了哈特菲宅邸。薩里郡有許多美景。」

「噢，是的，我很清楚這一點。這裡是英格蘭的花園。薩里郡是英格蘭的花園。」

「是的，但是我們不敢獨享這樣的殊榮。我相信，許多鄉間地帶都被稱爲英格蘭的花園，就像薩里郡一樣。」

「不，我不這麼認爲，」艾爾頓太太回答，臉上帶著最滿意的微笑。「我只聽過薩里郡被稱爲『英格蘭的花園』。」

愛瑪保持沉默。

「我姐夫與姐姐答應在春天的時候造訪我們，最遲也是夏天，」艾爾頓太太繼續說：「到時候我們就可以好好探索一番。當他們造訪時，我們會一起好好探索這個地方，我敢說。他們當然會搭他們的四輪大馬車來，剛好可以容納四個人。因此，不必用到我們的馬車，我們就可以好好探索不同的美麗景致。我想，他們不太可能在春夏季節搭他們的輕便馬車前來。眞的，當時間快到時，我應該建議他們搭乘四輪大馬車前來，這樣會理想得多。伍德浩斯小姐，妳知道嗎，當人們來到這麼美麗的鄉間，自然會很希望能盡可能飽覽美景，而沙克林先生尤其喜歡探索。去年夏天，就在他們購買了四輪大馬車之後，我們兩度探索了京斯威斯頓，太令人開心了！我想，你們這裡每年夏天也有很多人潮吧？」

「不，這裡並沒有。我們離妳所說的那些吸引人潮的風景名勝還有一段距離，況且我相信這裡的人們都很文靜，我們偏好待在家裡，不怎喜歡出門去郊遊。」

「啊，沒有什麼比待在家裡更舒適的了。沒有人比我更戀家了。我在楓林莊園就素以戀家聞名。我姐姐瑟琳娜常說，每次她要前往布里斯托街上時都說：『我眞的沒辦法讓這女孩離開屋子。我只好一個人去囉，雖然我討厭一個人坐在四輪馬車裡卻無人作伴。但我相信安古絲塔是盡可能讓自己不越過庭院籬笆一步。』她常常這麼揶揄，然而我一點也不贊成完全與世隔絕。相反的，我認爲當人們完全自絕於人群時，是件很糟糕的事，最好還是要適當地與人群交流，不要離人群太近或太遠。不過我很瞭解妳的狀況，伍德浩斯小姐（她望向伍德浩斯先生），令尊的健康狀況必定是一大考量。爲什麼他不試試到巴斯去呢？他眞的應該去看看。讓我向妳推薦巴斯。我向妳保證，它對伍德浩斯先生百分百有益。」

「我父親試過不止一次了，但是沒有任何好處。再說培瑞先生——我敢說妳一定知道這號人物——他不認爲現在去巴斯對我父親會有幫助。」

「啊！眞是太可惜了。因爲我向妳保證，伍德浩斯小姐，只要水質合適，靠近池邊的確能讓人心情大大放鬆。我住在巴斯的時候，就親眼見過許多這樣的例子！它是個非常令人開心的地方，絕對有助於提振伍德浩斯先生的心情，我知道他有時候似乎有點憂鬱。既然我是向妳推薦，我想我應該不必太費心鼓吹。年輕人哪會不瞭解巴斯的優點。這對於過著如此隱居生活的你們來說，是絕佳的引薦。我立刻就可以替你們介紹幾個那裡的朋友。透過我的介紹，可以讓妳認識一些朋友。我在那裡有一位特別的朋友，帕崔吉太太，每回我去巴斯都借住在她家。她一定相當樂意接待你們，而且會引領你們參與那裡的社交圈。」

愛瑪盡可能地保持禮貌，但這已經是愛瑪所能容忍的極限了。一想到她必須藉由艾爾頓太太的引薦，甚至要在艾爾頓太太的朋友陪同之下認識那裡的社交圈，而那個朋友可能是某個高姿態的庸俗寡婦，得靠著寄宿者的幫助才能勉強維生——這著實刺傷了哈特菲宅邸伍德浩斯小姐的尊嚴！

然而她忍住不讓自己出言不遜，只冷淡地向艾爾頓太太道謝。「但我們是不可能前往巴斯的。況且我也不太相信那個地方對我會比對我父親更有好處。」接下來，爲了避免更進一步的怒意與輕蔑，她直接轉換話題。

「艾爾頓太太，我剛剛沒問妳是否會彈奏音樂。在這種情況之下，新嫁娘的風評往往會比她本人先抵達，海伯瑞村的人們早就聽聞妳彈得一手好琴。」

「噢，不，眞的。我必須澄清這印象。彈得一手好琴？我向妳保證，我還差得遠哪。妳想想看，傳播這個消息的人，本身立場就對我有偏愛啊。我的確喜歡音樂，非常喜歡，朋友們都說我頗具品味，然而我的彈琴技巧充其量不過只是中等而已。伍德浩斯小姐，我倒是聽說妳琴彈得極好。我向妳保證，當我得知自己即將進入如此具有音樂涵養的社交圈，我是多麼滿意、欣慰與開心。我的生活絕對少不得音樂。音樂是我生活中的必需項目，我向來習慣身處於具有音樂涵養的社群，不論是在楓林莊園或巴斯

愛瑪心想，艾爾頓太太的朋友肯定是庸俗的寡婦。

都一樣，沒有音樂，犧牲可大了。當艾爾頓先生向我提起未來的新家時，他擔心這兒太僻靜，而且房子的狀況也不如我向來所習慣的住家，他當然免不了擔心。當時他說這些事情時，我就誠實向他表達我的生活中不能沒有音樂。我誠實地說，我可以放棄全世界，包括宴會、舞會、戲劇，這些我都不怕失去。幸好我向來有很多個人消遣，所以外在世界對我來說並非必需。沒有這些，我還是可以過得很好。對於那些缺乏個人消遣的人，可就不一樣了，幸好我的消遣讓我可以獨立自主。至於房間的規模比我所習慣的更小，我眞的一點也不介意。當然，我習慣了楓林莊園的寬敞，但是我向他保證，我的幸福快樂不在於兩部馬車或寬敞的住所，『但是，』我說：『說實在的，我無法想像置身於一個缺乏音樂涵養的社群裡。其他一切都我來說全不重要，但如果缺乏音樂，我的生活將會是一片空白。』

「我想，」愛瑪微笑著說：「艾爾頓先生一定馬上就向妳保證海伯瑞村有群熱愛音樂的人們。我希望妳不會發現他其實是言過其實了，畢竟他爲了抱得美人歸，很可能說出任何不實的話。」

「不，眞的。對於這件事我毫無懷疑。我很高興發現自己身處於這樣的社群。我希望我們能一起共享許多愉快的小型音樂會。伍德浩斯小姐，我想，妳與我必須建立一個音樂社團，定期在貴宅或寒舍聚會。這項計畫是否很好哇？如果由我們來發起，我想很快就會不乏同好。這樣的事情對我來說是特別有利的，可以敦促我維持練琴的習慣。妳知道的，對於結了婚的女人來說，一般得面臨一個不樂見的抉擇——她們很可能被迫放棄音樂。」

「可是妳這麼喜歡音樂，一定不會有這個危險的。」

「我當然希望不至於如此，然而當我環顧身邊所認識的人，便不禁害怕。瑟琳娜雖然彈得很好，但是她婚後完全放棄了音樂，再也沒碰鋼琴。傑佛瑞斯太太（就是克拉拉．帕崔吉）也是一樣。還有兩位米爾曼家的女兒，也就是現在的柏德太太與詹姆斯．庫伯太太，多得不計其數。已經夠把我嚇壞的了。我本來很氣瑟琳娜，但我現在確實開始體會到女人結了婚之後，有好多事情需要照料。我相信今天早上光是交代管家就花了半個小時。」

「不過，」愛瑪說：「那種事情很快就會上軌道──」

「這個嘛，」艾爾頓太太大笑，「就讓我們拭目以待囉！」

愛瑪發現自己迫不及待想結束音樂的話題，卻擠不出話可說。經過短暫的沉默之後，艾爾頓太太選了另一個話題。

「我們才造訪過蘭道斯宅邸，」艾爾頓太太說：「發現他們夫婦倆都在家。他們夫婦倆很親切。我非常喜歡他們。威斯頓先生像是個優秀人物，幾乎可說是我最喜歡的類型了。他的夫人看上去也好極了，她有種母性光輝與親切氣質，立刻就讓人喜歡。她曾是妳的家庭教師，對吧？」

愛瑪幾乎驚訝得無法回答，但艾爾頓太太還沒等到她確認便繼續說：「我曾聽聞過這些事情，因此很驚訝她居然如此具有淑女風範！她眞是一位溫文儒雅的女士。」

「威斯頓太太的風範，」愛瑪說：「永遠都是那麼優異。她所蘊含的禮儀、純樸與優雅，是任何年輕小姐的當然典範。」

「妳猜我們在蘭道斯宅邸時，誰正好也去拜訪了？」

愛瑪頗茫然。艾爾頓太太的語氣裡暗示著那個人是她的舊識，她哪裡猜得到呢？

「奈特利！」艾爾頓太太繼續說：「奈特利本人！我們是否很幸運啊？因爲前兩天他造訪牧師公館時我們剛好不在，所以之前我從未見過他。當然，由於他是艾爾頓先生如此特別的朋友，所以我不免抱持高度好奇。艾爾頓先生常常提到『我朋友奈特利』，所以我眞的迫不及待想見他。我要爲親愛的丈夫說句公道話，他不需要以他的朋友爲恥。奈特利十足是個紳士。我非常欣賞他。我認爲他是個眞正具有傑出紳士風範的男子。」

所幸此刻是該離開的時候了。他們離開了，愛瑪終於可以喘一口氣。

「眞是令人無法忍受的女人！」她立刻叫出聲來。「比我想像的還糟。簡直令人無法忍受！奈特利！我眞不敢相信！奈特利！從來不曾見過面，居然直呼他奈特利！還發現他十足是個紳士！眞是個傲慢自負又庸俗的女人！包括她的艾爾頓先生，她親愛的丈夫，還有她的個人消遣，以及她一切的虛榮做作及俗氣的服飾！她還敢說她發現奈特利先生是個紳士哩！我懷疑他是否也會回敬同樣的恭維，發現她是一名淑女？我眞是不敢相信！她還敢提議和我一塊兒組織音樂社團！怎麼有人認爲我會和她成爲好朋友？還有她提到威斯頓太太！她居然訝異把我撫養長大的人是具有淑女風範的？她眞是愈講愈糟！我沒見過像她這樣的人，完全超乎我的預期。若拿她和海芮比較，對海芮來說是一種羞辱。噢！如果法蘭克・邱吉爾在場，會對她說什麼？他一定會感到好氣又好笑！噢，我又來了，立刻又想起他。他總是我第一個想到的人。我是多麼不經意啊！法蘭克・邱吉爾不斷地出現在我腦海！」

這些念頭快速閃過她的腦海。經過了艾爾頓夫婦離開後的一陣忙亂、她父親重新調整好準備說話時，她也勉強可以專心聽父親說話了。

「這個嘛，親愛的，」他謹愼地開口說話：「我們之前從未謀面，她似乎是個相當美麗的年輕小姐。我敢說她一定非常滿意妳。她說話速度有點快，快到讓她的聲音有點刺耳。不過我相信我表現得還滿和善的。我不喜歡不熟悉的聲音，沒有人講話像妳和可憐的泰勒小姐一樣悅耳。不過她似乎是個十分客氣、舉止得宜的小姑娘，一定可以成爲他的好妻子。雖然我認爲他最好還是別結婚。對於我無法親自前去恭賀他與艾爾頓太太這件事，我盡可能地找到最好的藉口。我說我希望我應該可以在夏天時前去恭賀。不過我之前就應該去的。無法親自恭賀新娘，實在很遺憾。啊！這顯得我是多麼悲哀的病人啊！可是我眞的不喜歡牧師公館那條巷子。」

「我敢說您的道歉已被接受了，爸爸。艾爾頓先生瞭解您的情形。」

「是的，不過對一位年輕小姐，一位新娘，我應該盡可能向她致上我的敬意。我太失禮了。」

「但是，我親愛的爸爸，您向來不贊成婚姻，那麼您又何必急著向一名新娘致意呢？對您來說這是不値得建議的。如果您向新娘致意的話，就表示鼓勵人們結婚啊！」

「不，親愛的，我從來不鼓勵任何人結婚，但是我向來樂意向女士致意，尤其新娘是不容忽視的。她理當獲得更多的致意。妳知道的，親愛的，新娘子永遠是一群人之中最重要的，其他人就無關緊要了。」

「這個嘛，爸爸，如果這不是鼓勵婚姻，那麼我不知道這算什麼。我從來沒想過您會爲了可憐的年輕女孩而允許結婚這種虛榮的誘餌。」

「親愛的，妳誤解了我的意思。這只是一種基本禮貌與教養罷了，與鼓勵人們結婚毫無關係。」

愛瑪說完了。她父親愈來愈緊張不安，而且無法瞭解她的心情。她腦海裡想起艾爾頓太太那些無禮的言辭，久久無法釋懷。

不論接下來有什麼新發現，都不會讓愛瑪撤回對艾爾頓太太的負面評價。她的觀察向來十分正確。正如她在第二次見面時艾爾頓太太表現出來的樣子，以及每次她們碰面時她的姿態——自以爲是、傲慢、庸俗、自大、缺乏教養。她或許有一點美貌、有一點才藝，但是判斷力奇差無比，居然以爲自己對世界的見解優於常人，足以活絡且改善一個鄉村社區。而且她以爲霍金斯小姐所佔據的社會地位，在成爲艾爾頓太太之後會更形重要。

艾爾頓先生的想法肯定也與他妻子無異。他似乎不僅很滿意她，更引以爲傲。他表現得像是非常慶幸自己把這樣一名女子帶到海伯瑞村來，甚至認爲連伍德浩斯小姐都比不上她。貝茲小姐率先表達善意，或者說，她理所當然認定這位新娘就像她所預期的一樣聰明且討人喜歡；而這位新娘所認識的新朋友多半都給予讚美，或者不習慣妄加批評。因此，大家對於艾爾頓太太的讚美果如預期地口耳相傳，伍德浩斯小姐也不吝於加入讚美的行列，她仍堅持最初的讚美語句，大方地稱讚這位新娘「打扮很優雅、非常討人喜歡」。

艾爾頓太太在某方面的表現比她最初的樣子更加糟糕。她對於愛瑪的熱絡情感有所改變。也許是因爲當初她提議與愛瑪一起共組音樂社團卻得不到回應，因而感覺被冒犯了，所以她收回原先的熱情，逐漸變得冷淡與疏離。雖然愛瑪很滿意這樣的結果，但是艾爾頓太太的敵意，自然也惹得愛瑪不開心。艾爾頓夫婦對海芮的態度也頗不友善。他們對海芮的態度輕蔑且隨便。愛瑪希望這可以立刻治癒海芮失戀的傷痛，但是促成這種行爲的情緒波動，讓她們兩個都沉痛不已。可憐海芮自然成爲他們夫婦倆之間開誠布公的話題，而愛瑪在這件事當中亦有份，肯定也被拿出來討論，只不過是被艾爾頓先生扭曲成對愛瑪最不利、對他自己最安慰的版本。當然，愛瑪會成爲他們共同討厭的對象。當他們夫婦倆無話可說時，就會輕易地把伍德浩斯小姐拿出來數落一頓。儘管他們不敢公然顯露對愛瑪的不尊重，但他們爲這股敵意找到一個更寬闊的發洩出口，化爲對海芮的輕蔑對待。

艾爾頓太太打從一開始就欣賞珍・費爾法斯。並非在她和愛瑪交惡之後才喜歡起珍，而是打從一開始就很喜歡。她不只是表達自然合理的欣賞，且是在沒有懇求、請託或特權操弄的情況下，便想要協助珍並與她交朋友。早在愛瑪摧毀了艾爾頓太太的信任之前，約莫是第三次碰面時，她就聽到艾爾頓太太對這件事大放厥詞。

「珍・費爾法斯絕對是迷人的，伍德浩斯小姐。我十分喜歡珍・費爾法斯。她是一個甜美又有趣的人。如此溫和，具有淑女風範，而且如此有天分！我向妳保證，她具有過人的天分。我不諱言地說，她琴彈得非常好。我很瞭解音樂，所以有資格對這件事發表見解。噢！她眞是迷人！我這麼激動，妳可能要笑話我了。但是我說的就只有珍・費爾法斯。她的情況著實令人同情！伍德浩斯小姐，我們必須盡力爲她做點事。我們必須引領她向前。像她這樣的天分如果不爲人知，一定很痛苦。我敢說妳應該聽過那位詩人的迷人詩句：

許多花兒生來便暗自綻放，不爲人所見，
它的香氣飄散在荒漠的空氣中，著實浪費。①

艾爾頓太太不停地在愛瑪耳邊讚美珍·費爾法斯的優點。

——我們必須讓甜美的珍・費爾法斯充分發揮她的天分。」

「我不認爲這有何礙，」愛瑪平靜地回答：「當妳更熟悉費爾法斯小姐的情況，瞭解她和坎貝爾夫婦同住的那個家是什麼樣子，我相信妳就不會認爲她的天分遭埋沒了。」

「噢！但是親愛的伍德浩斯小姐，她現在處於一種荒廢停頓的狀態，多麼浪費啊！她與坎貝爾夫婦同住所享有的一切好處，如今顯然都結束了！我想她也感受到這一點！我確定是的。她非常靦腆沉靜。看得出來她感覺到自己缺乏鼓勵。我爲此更喜歡她了。我必須承認，我向來極看重這一點，我向來大力倡導靦腆的美德，而我相信大家很少見到這種美德。但是在那些處於比較劣勢的人身上，這絕對格外惹人憐愛！噢！我向妳保證，珍・費爾法斯是個非常討人喜歡的人，我對她感興趣的程度，難以用言語表達。」

「妳顯然感觸很多，我不曉得這裡任何認識費爾法斯小姐的人，任何比妳認識她更久的人，會不會那麼爲她擔心——」

「親愛的伍德浩斯小姐，那些勇於採取行動的人可以做很多事情。妳和我則不需擔心。如果我們立下典範，許多人就會盡可能地跟隨，即使那些人不具我們的優勢。我們有馬車可以接送她來回，加上以我們的生活條件來說，無論何時多容納珍・費爾法斯一個人，都不至於造成不方便。如果我的管家萊特送上來的晚餐不夠讓珍・費爾法斯一同分享的話，我會很不高興的。我沒想過會有那種事情。考慮到我從前過慣了的生活，這種情況不可能發生。也許我在持家方面最大的危險，和一般人相反，我管太多，而且對於花費太不在意了。我也許不該把楓林莊園當作標準，因爲我們的收入根本比不上姐夫沙克林先生。然而，我決意要關照一下珍．費爾法斯。我定會常常邀她到家中，盡可能地介紹她結識人群，舉辦一些音樂性的聚會讓她展露天分，時時替她留意機會。我的人面廣，肯定很快就會得知適合她的機會。當然，我姐姐與姐夫來訪時，我一定會特別把她介紹給他們。我相信他們會非常喜歡她；當她和他們稍爲熟絡一些之後，她的恐懼就會完全消失了，因爲他們夫婦倆的態度再親切不過。當他們夫婦倆來作客時，我絕對會時常邀請珍過來的。我敢說，當我們出去探索這附近的美景時，肯定也能爲她留一個四輪大馬車上的位子。」

「可憐的珍．費爾法斯！」愛瑪心想，「妳不該受這種折磨的。也許在有關狄克森先生的事情方面，妳做錯了，但這超出了妳所應受的懲罰啊！妳竟必須接受艾爾頓太太的好心與保護！聽她『珍．費爾法斯，珍．費爾法斯』不停地叫喚，天啊！我希望她不至於也到處向人直呼我的名字——愛瑪．伍德浩斯！但我以名譽起誓，那個女人的確有可能口無遮攔。」

愛瑪不需要再聽這些嘮叨了，尤其艾爾頓太太看上去像是在自言自語，只不過矯情地綴以一句「親愛的伍德浩斯小姐」罷了。

如今艾爾頓太太對愛瑪的態度很快就趨於冷淡，愛瑪終於可以暫時得到安寧，不必被迫成爲艾爾頓太太的密友，也不必在艾爾頓太太主導之下熱烈地支持珍．費爾法斯，只需和大家一樣以客觀立場瞭解她的感受、她的想法與她的行爲舉止即可。

她帶著興味觀察這一切。貝茲小姐很感謝艾爾頓太太對於珍的關注，她的感謝發自毫無虛假的單純與熱情。艾爾頓太太成爲貝茲小姐尊敬的人之一，她是最親切、感情豐富、開朗愉快的女人，正如艾爾頓太太想成爲的形象——既有成就卻又不擺架子。唯一讓愛瑪感到驚訝的是，珍．費爾法斯居然接受了艾爾頓太太的這些關注，而且似乎能容忍她。她聽說珍與艾爾頓夫婦一同散步，並坐在一起，和他們共處了一整天！這眞是令人驚訝！愛瑪不敢相信費爾法斯小姐的品味或尊嚴能夠忍受這對牧師夫婦所提供的友誼與社交互動。

「她是個謎樣的人，眞的很神祕！」愛瑪說，「她選擇待在這裡過著困苦的生活，月復一月。如今又選擇接受艾爾頓太太的關注，忍受與她對話的痛苦，卻不願意回到較優秀的同伴身邊，坎貝爾一家向來都是以眞摯慷慨的感情在愛著她呀。」

珍已經來到海伯瑞村整整三個月；坎貝爾夫婦已經去了愛爾蘭三個月；但如今坎貝爾夫婦答應他們女兒將會在那裡待到至少仲夏節（六月二十四日），他們也再度邀請珍前往那裡去和他們會合。根據貝茲小姐的說法（這消息正出自於她），狄克森太太以最懇切的語氣寫下了這封邀請函。如果珍答應了，他們會找到合宜的安排，派遣僕役，或是請朋友中途接應，絕對不允許任何旅途障礙發生；然而珍仍然婉拒了這項邀請！

「她會拒絕這項邀請，絕對有比表面上更加強烈的理由，」愛瑪作了這個結論。「她一定是受到某種心裡煎熬，若不是坎貝爾夫婦引起的，就是她加諸於自己的。這背後含藏著極大的恐懼、警戒與決心。她執意不想見到狄克森夫婦，一定是有人對她授意。然而她爲什麼會願意與艾爾頓夫婦爲伍呢？這又是另一個謎題了。」

愛瑪當著少數知道她對艾爾頓太太之觀感的一群人面前，針對這個話題發表她的質疑。威斯頓太太立刻挺身爲珍說話。

「親愛的愛瑪啊，雖然我們無法想像珍在艾爾頓夫婦家有任何樂趣可言，但那總比待在家裡好哇！

她姨媽是個好人，但如果要長時間與她作伴，恐怕會很累人。在我們譴責她交朋友的品味之前，我們必須考慮她究竟是想躲開什麼。」

「妳說得沒錯，威斯頓太太，」奈特利先生激動地說：「費爾法斯小姐就和我們任何一個人一樣，都有足夠的能力形成對於艾爾頓太太公允的判斷。如果她能有其他的選擇，肯定不會選擇艾爾頓太太。但是（此時他對愛瑪釋出一個別有寓意的微笑），沒有任何其他人如此關心她，她只得接收艾爾頓太太的關心注意。」

愛瑪感覺威斯頓太太此時也意有所指地瞄了她一眼，她自己也對於奈特利先生的激動感到非常詫異。愛瑪滿臉通紅，立刻回答：「我早就想過了，像艾爾頓太太那樣的關注，只會令費爾法斯小姐感到厭煩，不會有任何感激。我認爲艾爾頓太太對她的那些殷勤邀請，根本無法打動她。」

「我想，」威斯頓太太說：「或許費爾法斯小姐是因爲她姨媽急著想接受艾爾頓太太的好意而違背了自己的意願，我並不感到驚訝。可憐的貝茲小姐很可能希望她的外甥女能與艾爾頓伉儷發展更親密的友誼，儘管這有違費爾法斯小姐本人意願，但生活中有點小改變未嘗不好。」

兩位女士急著想聽奈特利先生再度發表評論。經過幾分鐘的沉默之後，他說：「另一件事也必須列入考量，艾爾頓太太對費爾法斯小姐說話的態度，並不像她談起費爾法斯小姐那樣熱絡。我們都知道『他』或『她』與『你』這些代名詞之間的差別，這些是我們最常用的字眼。我們全都在與他人交往互動中感受到一種超越尋常禮儀的影響力，一種早就根植的感覺。我們也許在一小時前還對某人懷著負面的觀感，但在見到這個人時卻不能把這種情緒表現出來。我們對事情的感受不一樣了。除了這種通則運作之外，妳也許可以確信，費爾法斯小姐在心智與態度上的優異，令艾爾頓太太感到敬仰，因此面對面時，艾爾頓太太以她所宣稱的敬仰態度對待她。艾爾頓太太可能從未見過像珍·費爾法斯這般女子，就算從前再怎麼過著奢華的生活，艾爾頓太太也許還是無法不承認自己的行爲表現和她比起來相形渺小，就算不是心智意識上。」

「我知道你對珍·費爾法斯的評價很高。」愛瑪說。這時她想起了小亨利，一種警戒與敏感的複雜情緒讓她一時間不曉得該說什麼。

「是的，」他回答：「任何人都知道我對她的評價很高。」

「可是，」愛瑪開始急促地說，臉上帶著一抹淘氣的表情，但很快就停住了。然而，早一點知道壞消息還是比較好，於是她連忙繼續說：「你可能一點也沒意識到自己對她的評價高到什麼地步。你對她欣賞的程度，也許總有一天會讓你吃驚。」

奈特利先生正忙著扣上他那雙厚皮革綁腿的下排釦子，可能是太過用力之類的緣故，使他漲紅了臉。這時他回答：「喔！妳也注意到了？不過妳慢了半拍。柯爾先生早在六星期前就暗示過我了。」

他停住不再說話。愛瑪感覺到她的腳被威斯頓太太踩了一下，她不曉得該作何感想。過了一會兒，他繼續說：「不過我向妳保證，那是不可能發生的。就算我開口向她表白，她也不會接受我的。更何況我非常確定我不會向她告白。」

愛瑪戲謔地回踩了威斯頓太太一腳，她滿意地大叫：「奈特利先生，你不會被拒絕的，我大可以替你這麼說。」

他似乎沒聽見她說話。他正在沉思，感覺似乎不太高興。不一會兒，他便說：「所以妳一直認定我應該娶珍·費爾法斯？」

「不，我眞的沒有這麼想。你老是責備我愛替人作媒，所以我也不敢替你撮合。我剛剛所言，完全是無心的。人常常會說一些言不及義的話。噢！不，我一點也不希望你娶珍·費爾法斯或任何人。如果你結婚了，就不能過來陪我們自在地閒坐了。」

奈特利先生再度陷入沉思。他沉思之後的結論是：「不，愛瑪，我不認爲我對她的欣賞程度會讓我感到驚訝。我對她從來不是那種感覺，我向妳保證。」他隨即又說：「珍·費爾法斯是個非常迷人的小姐，然而就連珍·費爾法斯都是不完美的。她有一個缺點。她的個性不夠開朗，不是男人冀求的好妻子特質。」

愛瑪最高興的莫過於得知珍也有缺點。「這個嘛，」她接著問說：「我猜你當時很快就讓柯爾先生閉嘴了？」

「是的，很快。他給我一道隱微的暗示。我告訴他說他誤會了。他請求我的原諒，不再繼續說下去。柯爾不想表現得比自己的鄰居更聰明睿智。」

「這種事情根本不可能發生在艾爾頓太太身上。她多麼希望自己是世界上最聰明睿智的人啊！我很好奇她是怎麼談論柯爾夫婦？她會如何放肆地稱呼他們？如果她直呼你奈特利，那麼她又是如何稱呼柯爾先生呢？所以對於珍·費爾法斯接受她的殷勤，同意與她作伴，我實在不需要感到太驚訝。威斯頓太太，我對妳的論點最感到信服。我寧可相信珍·費爾法斯是爲了想要躲開貝茲小姐，也不認爲費爾法斯小姐有辦法壓得過艾爾頓太太。我不相信艾爾頓太太願意承認自己在想法、口才或行爲上比別人差一等，也不相信她不會虛張聲勢。我想，她還是會繼續用讚美、鼓勵與提供服務來魅惑她的訪客，她還是會繼續一點一滴釋放她那宏大的善意，從爲她保留固定的位置，到邀請她一起搭乘四輪大馬車進行愉快的郊遊探索。」

「珍・費爾法斯也有感受，」奈特利先生說：「我無意指控她缺乏感受。我猜她的感受力也很強，而且她的個性向來擅於容忍與自我控制，不過缺乏開朗。她很含蓄保守，甚至超過原本應有的程度。我喜歡開朗的個性。不，直到柯爾暗示我對她有愛戀之意前，我幾乎不曾想過這回事。我見到珍・費爾法斯，然後和她說話，雖然總是帶著欣賞與愉悅之情，但僅止於此。」

「這個嘛，威斯頓太太，」當奈特利先生離去之後，愛瑪以勝利之姿對威斯頓太太說：「現在妳對奈特利先生娶珍・費爾法斯這件事有何看法？」

「親愛的愛瑪，他現在這麼極力否認愛上她，最後要是眞的發生，我反而不覺得奇怪。妳就別再拿這個問題爲難我了。」

譯註：

①英國詩人湯瑪斯・葛雷（Thomas Gray，一七一六至一七七一）的詩句，引自〈墓園輓歌〉。原文為：

Full many a flower is born to blush unseen, and waste its fragrance on the desert air.

第三十四章

Emma

拜訪過艾爾頓先生的海伯瑞村居民，均相當關注他的婚姻。人們爲他與他的新娘舉行餐會與晚宴。邀請函如雪片般飛來，她很快就發現他們幾乎沒有一天未安排聚會活動，因而開心不已。

「我知道這是什麼情況，」她說：「我知道我和你們一起的生活會是如何。我們一定會有許多宴會。我們似乎成爲這裡的潮流。如果生活在鄉間就是如此，那麼我也沒什麼好怕的了。從星期一到星期六，我們天天都有聚會活動。不像我有那麼多個人消遣的女人亦無須擔心不知所措。」

她沒有拒絕任何一項邀請。她在巴斯養成的習慣，讓她覺得晚宴是再自然不過的事情，而楓林莊園的生活涵養了她對晚餐的品味。對於海伯瑞村居民住家缺乏兩間客廳、蛋糕不夠可口，以及牌局中未提供冰品，她不免感到有點吃驚。貝茲太太、培瑞太太、嘉達德太太等人在安排宴會方面的常識都落伍了，但是她很快就可以讓她們知道一切該如何安排。春季期間，她必須舉辦一場盛大的宴會來答謝她們，到時候她的牌桌上會擺放不同的蠟燭與未使用過的高級紙牌，而且她會加派一些侍者，讓他們在適當時機，以適當的順序，端著點心飲料四處走動服務。

在此同時，愛瑪也沒忘記爲艾爾頓夫婦在哈特菲宅邸準備一頓晚宴。他們做的不能比別人少，否則會啓人疑竇，以爲她討厭艾爾頓夫婦倆。她必須舉辦一場晚宴。愛瑪談論這件事十分鐘之後，伍德浩斯先生未表示不情願之意，只像往常一樣表達自己不願意獨自坐在桌子的另一端，並且照例難以決定該由誰來替補他的位置。

該邀請哪些賓客，根本不需費心思量。除了艾爾頓夫婦之外，必定有威斯頓夫婦與奈特利先生。可憐的小海芮當然也必須受邀，以湊足八個人。不過海芮收到邀請時，沒有欣然接受，反而哀求愛瑪允許她拒絕邀請。基於許多理由，愛瑪對海芮的反應感到十分滿意。

「除非不得已，否則我不願意碰到他。我還沒有辦法看到他和他幸福的妻子在一起的景象，而不感到難受。如果伍德浩斯小姐不介懷的話，我寧願待在家裡。」這正是愛瑪所希望的。她很高興她的小朋友如此有魄力；她知道海芮必須有魄力，才能放棄參加晚宴而待在家裡。如今愛瑪可以邀請她眞正想要邀請的第八位與會人士——珍・費爾法斯。自從愛瑪上次與威斯頓太太及奈特利先生談話之後，她對於珍・費爾法斯較以往更懷有一份愧疚。奈特利先生的話一直縈繞她心頭。他說珍・費爾法斯除了接收到艾爾頓太太的關注之外，沒有別人關懷她。

「這句話說得沒錯，」她說：「至少這是和我有關聯的，這句話就是針對我說的。眞是慚愧！我和她同年，而且認識她那麼久，我理當做她的朋友。現在她永遠不會喜歡我了。我疏忽她太久。但從現在起我會比以往對她更加關心。」

每個受邀人士都答應赴約了。他們全都有空，也相當開心。然而，這場晚宴的前置作業又出了一些小狀況。一個不幸的情況發生了。姐姐依莎貝拉兩位年長的孩子將在春天時前來探訪外公與阿姨，要住上幾星期，如今他們的父親約翰・奈特利提議要帶著兩個小外孫前來，並且將待在哈特菲宅邸一整天，偏偏那天剛好就是晚宴舉行的日子。他由於事業繁忙，所以無法延期，伍德浩斯父女爲此而煩擾不已。伍德浩斯先生認爲八個人共進晚餐是他的神經所能忍耐的極限，如今還要加上第九個人，而愛瑪很擔心約翰・奈特利先生可能不太高興待在哈特菲宅邸不到四十八小時竟還得被迫參加晚宴。

她安慰父親，卻無法安慰自己。她告訴父親說，雖然約翰・奈特利一來就免不了變成九個人的晚宴，但他總是話很少，所以並不會增加什麼實質的喧鬧。她認爲這對她來說其實也是不樂見的改變，因爲到時候她姐夫不僅會帶著凝重的表情參加晚宴，不情願地參與對話，且座位就安排在她對面（若是他哥哥奈特利先生多好）。

在這場晚宴中，伍德浩斯先生比愛瑪幸運許多。約翰・奈特利抵達了，但是威斯頓先生臨時被召進城裡，當天不在海伯瑞村。他也許可以在晚間趕回來加入他們，但確定無法趕得上晚宴。伍德浩斯先生鬆了一口氣。愛瑪看見他的神情，再加上兩位小男孩的抵達，以及她姐夫聽到自己必須參加晚宴的消息並無面露不悅，於是愛瑪的煩惱當場消去了一大半。

晚宴舉行的時刻到來，賓客準時抵達，約翰・奈特利先生似乎也早早現身，盡量表現得合群。在等候晚餐時，約翰・奈特利並沒有把他哥哥拉到一旁的窗戶邊，而是走向費爾法斯小姐。艾爾頓太太佩戴著蕾絲與珍珠，盡可能表現得優雅，約翰・奈特利沉默地注視著她——他只想爲了回去向依莎貝拉描述而進行觀察——然而費爾法斯小姐是他的舊識，且是個文靜的女孩，更何況他和她有話聊。他在早餐前就見過她，當時他正帶兩個兒子散步回來，天空正好開始下起雨。他很自然地對早上偶遇的這個話題表達一些禮貌的期望。

「費爾法斯小姐，我希望妳今天早上沒有走得太遠，否則我確信妳一定會全身濕透。我們父子三人差一點無法及時趕回家。我希望當時妳立刻調頭回家了。」

「我只去了郵局，」她說：「大雨之前就趕到家了。我每天固定跑郵局一趟。我在這裡的時候，總是親自去拿信。這會省去很多麻煩，而且能讓我出門透透氣。早餐前的散步對我有好處。」

「但我想，最好別在雨中散步。」

「是啊，不過我出門的時候還沒開始下雨。」

約翰・奈特利微笑著回答：「也就是說，妳選擇妳的散步，而妳離家還不到六碼，我便有幸遇見妳了。亨利與約翰今天見到的雨滴可眞夠多了。郵局在我們每個人的生命中，都有段時期特別迷人。當妳活到我這個年紀，就會開始認爲不值得冒雨出門去拿信。」

珍・費爾法斯略微臉紅，然後回答：「我從來不敢冀望自己能像您一樣，有幸和最親愛的家人共同生活，因此我想，不管年紀多大，我永遠不會對信件失去熱情。」

「失去熱情！噢，不！我永遠無法想像妳會失去熱情！信件絕對不會讓人失去熱情。只不過它們通常都是麻煩。」

「您說的是商業信件，而我的信都是來自朋友。」

「我常常認爲朋友的信件比商業信件糟糕多了。」他冷酷地回答：「妳知道的，商業會帶來金錢，但友誼卻很少帶來財富。」

「啊！您該不會是認眞的吧？我太瞭解約翰・奈特利先生了。我非常確定您和任何人一樣瞭解友誼的價值。我可以輕易地相信信件對您的意義遠不如對我的意義，但您我的差別不是因爲十歲的年齡差距，並不是年紀，而是生活現況的關係。您最親愛的家人都在您身邊，而我可能再也不會有家人。因此除非我耗盡了我的情感，否則我想郵局對我永遠都有一股吸引力，就算天氣比今天還糟糕，我也風雨無阻。」

「當我說妳會被時間及歲月的進程所改變，」約翰・奈特利說：「我暗指的是時間帶來生活現況的改變。我兩者都考量進去了。時間當然會淡化一些不在妳每天接觸範圍內的情感關係，但我不認爲妳會遇到這種情形。身爲妳的老朋友，費爾法斯小姐，但願妳能允許我希望十年之後妳能像我一樣擁有許多需要妳關注的家人。」

這番話說得懇切，且一點也不失禮。珍・費爾法斯一句愉悅的「謝謝您」似乎就可讓這個話題一笑置之，然而此刻珍・費爾法斯漲紅了臉，嘴唇顫抖，眼泛淚光，顯然她所感受的不只是一笑置之的情緒。此刻伍德浩斯先生正根據他在這種場合的慣例，在賓客之間巡繞，向女士們表達他特別的讚美。他來到珍・費爾法斯小姐身邊，以最溫和謙恭的態度問候她。

「費爾法斯小姐，我很遺憾得知妳今天早上冒雨出門。年輕女孩們應該好好照顧自己。年輕女孩像嬌嫩的植物。她們應該照顧自己的健康與氣色。親愛的，妳是否換上了乾爽的襪子呢？」

「是的，伍德浩斯先生，我的確換了。我非常感激您對我的關心。」

「親愛的費爾法斯小姐，年輕女孩理當受到關心。我希望妳的外婆與阿姨都健康安好。她們是我的老朋友了。我希望我的健康能讓我做個更稱職的鄰居。妳今天讓我們感到極爲榮幸。我女兒和我都非常感謝，並且高興見到妳光臨哈特菲宅邸。」

這位善良有禮的老人這時便坐下來，感覺他已善盡職責，讓每位淑女都感到受歡迎且自在。

這時候，雨中散步的消息已傳到艾爾頓太太耳裡，她立刻向珍當面抗議。

「我親愛的珍，我剛剛聽到的這個消息是怎麼回事？冒雨前往郵局？絕對不能這樣！妳這個令人難過的姑娘，妳怎麼能做這種事？這表示我沒有盡到照顧妳的職責。」

珍非常有耐心地向艾爾頓太太保證她並沒有著涼。

一聽說珍・費爾法斯冒雨走路，
伍德浩斯先生立即向她表達關心。

「噢！別告訴我！妳眞是個教人放不下心的姑娘，不曉得如何照顧自己。居然冒雨到郵局去！威斯頓太太，妳有沒有聽過這種事？妳和我一定要行使我們的管教。」

「我當然很願意提供建議，」威斯頓太太親切地緩頰，「費爾法斯小姐，妳務必不可冒這種險。妳受過嚴重的風寒，眞該格外小心才是，尤其在這種時節。我向來認爲人們在春天應該更加小心。最好等個一兩小時，甚至半天，才去拿妳的信，總比冒著再度咳嗽的風險更好。現在妳不覺得著涼了嗎？是的，我相信妳是很理性的。妳看來似乎不會再做這種事了。」

「噢！她不會再做這種事情，」艾爾頓太太急著插嘴：「我們不能允許她再做這種事。」她猛力地點點頭，「我們必須做些安排，眞的有必要。我應該要告訴艾爾頓先生。每天早上替我們拿信的那個人（家裡的一位僕人，我忘了他叫什麼名字）應該可以替妳詢問，幫忙把信帶回來給妳。那樣可以解決所有麻煩，親愛的珍，妳大可毫無顧慮地接受我們的好意。」

「您們眞的太好心了，」珍說：「但是我不能放棄我的晨間散步。醫生建議我盡量多出去走走，我必須走到某個地方，而郵局正是我的目標。更何況，我之前鮮少在散步時碰到壞天氣。」

「我親愛的珍，別再說了。這件事就這麼決定了（她做作地大笑），這件事是我可以在不經上帝與丈夫同意之下就做決定的。威斯頓太太，妳和我一定要格外小心自己表達意思的方式。但是我必須自誇一下，親愛的珍，我的影響力並沒有完全消失。如果沒有其他更大的障礙出現，那麼我們就暫時當作這件事已經說定了。」

「抱歉，」珍認眞地說：「我絕對不能同意這樣的安排，這太麻煩您的僕人。假使跑這一趟路對我來說沒半點樂趣，也許我會接受這種安排，一如平常我不在這裡時，都是由我外婆的僕人去拿一樣。」

「噢！親愛的，可是派蒂要做的事情太多啦！讓我們的僕人能派上用場，也是一樁好事。」

珍看似不會被說服，但是她並沒有回答，而是再度開口對約翰．奈特利說話。

「郵局眞是個完善的制度！」她說：「它的規律性與派送制度，眞是完善啊！想想看它要處理那麼多信件，又全都處理得很好，眞是不可思議！」

「它的管理制度的確非常好。」

「他們幾乎很少把信件寄丟或弄錯！一封信在全國上千封信中流轉，卻鮮少遺失。我想，一百萬封信裡才有一封信眞正被弄丟吧！想想看，信件經手那麼多人，其中不乏粗心大意的人，仍能安全送達，眞是令人覺得驚異！」

「郵局職員個個熟能生巧。他們一開始必須有某種程度的眼明手快，然後熟能生巧。如果妳想要進一步的解釋，」他微笑著繼續說：「他們是拿錢辦事的。這是他們如此熟練的關鍵。人民納稅付錢給他們，所以理應得到良好的服務。」

他們繼續討論到字跡多樣性的問題，順勢發表了一些尋常的意見。

「我聽說，」約翰．奈特利說：「同一家人的字跡通常非常相像，畢竟是由同樣的老師來教授寫字技巧，當然會很相像。但如果是這個原因的話，我想大概只有女性的字跡才會相像，因爲男孩們從很小的年紀就不再學寫字，之後便隨意潦草寫字。我認爲，依莎貝拉和愛瑪的字跡就很相像。我有時候甚至分辨不出來。」

「是的，」他的哥哥立刻接話：「她們的字跡的確很像。我明白你的意思。不過愛瑪的字跡較強勁有力。」

「依莎貝拉與愛瑪的字跡都很漂亮，」伍德浩斯先生說：「一直都很漂亮。可憐的威斯頓太太的字跡也很漂亮。」他朝威斯頓太太半嘆息半微笑。

「我從未見過任何男士的字跡——」愛瑪開口說話，她也注視著威斯頓太太，可是話說到一半又停住了，因爲她發現威斯頓太太正在招呼別人。這個停頓，讓愛瑪有時間回想，「現在我該怎麼介紹他？我是否適合在這些人面前提起他的名字？我是否該使用任何迂迴的辭彙？妳在約克郡的朋友，妳在約克郡的聯絡人？我想，如果我心中在意他的話，才會那樣說。不，我可以不帶著任何沮喪心情說出他的名字。我一定可以漸入佳境的。現在我要開口說了。」

威斯頓太太又得空了，於是愛瑪再度開口。「法蘭克．邱吉爾先生是我見過字跡最漂亮的男士。」

「我不欣賞他的字跡。」奈特利先生說：「他的字太小，缺乏力道，像是女人的字跡。」

愛瑪與威斯頓太太都不同意他這樣的說法。她們反駁他的批評。「不，他的字跡一點也不缺乏力道。他的字的確不大，但是很清楚又有力。威斯頓太太身邊不是有一封信嗎？」不，雖然威斯頓太太最近才收到他的信，但她已經回完了信，所以把信收起來了。

「如果我們在另一個房間裡，」愛瑪說：「如果我有自己的寫字桌，我相信我可以模仿出他的字跡。我有一張他的字條。威斯頓太太，妳記得嗎？某天妳要他替妳寫字？」

「他總喜歡說是別人要他寫的。」

「嗯，嗯，我還留著那張字條。我可以在晚餐後拿出來，以說服奈特利先生。」

「噢，當像法蘭克．邱吉爾先生這樣的年輕人在寫信給美麗的伍德浩斯小姐時，當然會盡力展現自己最好的一面。」奈特利先生冷冷地回應道。

晚餐已經就緒。艾爾頓太太還未等任何人開口，便準備好了。伍德浩斯先生還來不及走過去邀請並挽著她的手前往餐廳，她便說：「我一定得走第一個嗎？我眞不好意思每次都是由我帶路。」

剛剛珍堅持自己拿信的對話全沒逃過愛瑪的耳目。她聽到也看到一切發生經過。她很好奇珍今早的雨中散步是否拿到任何一封信？她猜想珍的確收到信了。如果不是全心期待收到摯愛者的來信，她不會執意要去，而且看來應該不是無功而返。愛瑪認爲珍看起來比平常更加快樂，不論是氣色或精神都散發著一種光采。

愛瑪本來可以問一兩個問題，問問有關愛爾蘭信件的寄送速度與郵資，她幾乎就快問出口了，但她及時止住。她決意不再說任何會傷及珍・費爾法斯感情的事。她們手挽著手，跟著其他女士走出房間，善良的光輝使她們兩個看起來格外美麗優雅。

第三十五章

Emma

晚餐完畢後，女士們回到客廳。這時愛瑪發現大夥兒不可避免地分成兩群，因為艾爾頓太太對凡事都妄加評斷，行為態度樣樣拙劣，全神貫注在珍・費爾法斯身上，卻冷落了愛瑪。愛瑪與威斯頓太太被逼得只好同時開口講話，或者乾脆兩人都不說話。艾爾頓太太讓她們無從選擇。即使珍讓她稍微停頓一下，艾爾頓太太很快又會開口說話。雖然她們兩人之間的交談多半是低聲竊竊私語，尤其是艾爾頓太太，但愛瑪還是知道她們談話的主題——郵局、著涼、取信、友誼——這個話題持續了很久。而接下來的話題勢必也讓珍同樣不自在，艾爾頓太太問她是否打聽到任何適合她的職位，接著便提起自己對這件事的打算。

「現在已經四月了！」她說：「我十分擔心妳。六月很快就到了。」

「但我從來沒有說定在六月或任何月分離開，我只是想等到夏天罷了！」

「妳真的沒聽到任何消息？」

「我甚至沒做任何打聽。我還不想打聽有關工作的事情。」

「噢，親愛的！找工作的事情是愈快愈好。妳不曉得找到理想工作是多麼困難的事情。」

「我不曉得？」珍搖搖頭說：「親愛的艾爾頓太太，有誰能像我這樣考慮過那麼多呢？」

「但是妳不像我一樣見過那麼多世面。妳不曉得有多少人在爭奪最好的一些職位。我在楓林莊園一帶見過太多這種人啦！沙克林先生的表妹，布拉吉太太，就收到很多這樣的申請信。每個人都渴望到她家工作，因爲她來往的都是上流社會人士。她的書房裡還點蠟燭呢！妳可以想像那有多華麗。在全國所有的豪宅中，我最希望看到妳在她家裡工作。」

「坎貝爾夫婦直到仲夏才會回來，」珍說：「我必須花點時間陪陪他們。我相信他們也會希望這樣。畢竟我也很想早日獨立自主，但目前我不想麻煩您替我打聽任何職位。」

「麻煩？哎呀，我知道妳的顧慮。妳害怕爲我找麻煩。但我向妳保證，親愛的珍，坎貝爾夫婦不可能比我更關心妳。我再過一兩天會寫信給帕崔吉太太，我會明確交代她替妳留意。」

「謝謝，但我寧願您別對她提起這件事。在時間接近之前，我都不想麻煩任何人。」

「可是我親愛的孩子，時間的確快接近了。現在是四月，而六月，甚至七月都快到了，我們眼前還有這麼多事情要忙。妳的經驗不足，眞是讓我大開眼界。妳所應得的職位，以及妳的朋友希望妳得到的職位，可不是天天都有的，不是一蹴可幾的。眞的，我們應該開始替妳找工作。」

「抱歉，夫人，但我眞的不希望這樣。我自己沒有做任何打聽，自然也不希望朋友替我打聽。我已經對於求職的時間打定了主意，我一點也不擔心長期沒有工作。城裡的一些地方與辦公室只要問一問應該很快就會有職位開缺。一定有一些工作需要的是智力，而不是勞力。」

「噢，親愛的，勞力！妳把我嚇壞了，如果妳指的是奴隸市場的交易，我向妳保證沙克林先生向來都支持廢除這種制度。」

「我指的不是這個，我想的不是奴隸買賣，」珍回答：「我向您保證，我現在所想的只有家庭教師。對於執行這兩種買賣的仲介商來說，罪惡感的程度或許有極大的差異，但是對於兩種交易裡的受害者來說，悲慘的程度不相上下。而我的意思只是說，現在有很多求職介紹所，如果向他們申請，應該很快就可以找到能接受的工作。」

「可以接受的工作？」艾爾頓太太重複。「哎呀，妳向來謙遜，也許這樣就可以讓妳滿足。我知道妳非常謙遜，但是妳的朋友們不忍心見妳接受任何不夠理想的平凡職位，到一個不入流或者無法享受優雅生活的人家裡去工作。」

「您非常客氣，但是我對那些都不感興趣。和富人在一起並非我的目標，我想我只會更加不快樂，我會因爲被加以比較而痛苦。我所嚮往的是一名紳士的家庭。」

「我瞭解妳，我瞭解妳。妳對任何事情都可以逆來順受，但是我應該替妳多挑剔一些，我想坎貝爾夫婦會站在我這邊。妳有那麼優異的天分，絕對有權利活躍於上流社會中。光是妳的音樂天分，就讓妳有資格開出自己的條件，想要多少房間就有多少房間，並且與妳選擇的家庭盡量融合。也就是說，如果妳會彈豎琴，就可以無往不利。不過妳既會唱歌又會彈鋼琴，是的，我相信就算妳不會彈豎琴，還是可以隨心所欲。妳一定可以找到開心、榮耀又自在的理想工作，否則坎貝爾夫婦和我可難放心。」

「您大可把開心、榮耀、自在都歸納在這樣一個職位之中，」珍說：「這三者當然都是相等的，然而我在此鄭重聲明，目前我不想要任何這樣的工作。我由衷感激您，艾爾頓太太，我感激任何關心我的人，但我希望在夏天之前，請大家不必爲我費心安排。未來兩三個月我仍然會留在這裡。」

「我也很認眞，我向妳保證，」艾爾頓太太神情愉悅地回答：「我一定會常常留意，並且請我的朋友們也替妳留意，絕對不會讓眞正大好機會錯過的。」

她依然故我地叨絮下去，直到伍德浩斯先生走進房間。她的話題突然轉變，於是愛瑪聽見她用同樣的低聲對珍說話。

「我所敬愛的老先生來了！瞧瞧他是多麼有禮貌啊，居然比其他男士更早進到客廳裡來。他是多麼親切的人啊！我向妳保證，我非常喜歡他。我很欣賞他那種傳統的紳士風範，比起現代儀節更令我傾心，現代人的隨意自在眞是讓我討厭。但是這位善良可愛的老好人，我眞希望妳聽見他在晚餐時對我表達的恭維讚美。噢，我向妳保證，我開始覺得我丈夫一定會嫉妒。我想我眞受寵，他注意到我的晚禮服。妳喜歡它嗎？這是瑟琳娜挑選的，我認爲很美麗，但我不曉得它是否過分裝飾？我十分不喜歡過分裝飾，恐怕太過繁複華麗了。現在我得放上一些裝飾，因爲大家會期望我這麼做。身爲一名新娘，就必須看起來像一名新娘，但我天生偏愛樸素。我向來喜愛風格簡單的衣著，勝過華麗精美的服飾。我相信我一定是少數分子，因爲似乎很少人喜歡風格簡樸的衣著，一般人總喜歡炫耀華服。我有點想把這樣的飾物放上我那白色與銀色的府綢。妳認爲這樣好看嗎？」

當威斯頓先生進到客廳裡來時，大夥兒又重組了。他回家吃晚餐時，時候已經不早，一吃完晚餐，他便快步走到哈特菲宅邸。大夥兒見到他均非常意外，但是都很高興。伍德浩斯先生尤其高興在此刻見到他，彷彿若是早一點之前見到他會很難過似的。約翰・奈特利只是暗自驚訝——這個男人到倫敦出差忙了一整天之後，本來可以在家度過安靜的夜晚，卻再度出門，走了半哩路到另一個人家裡，只爲了和大夥兒交際直到就寢時間，在客套寒暄與眾人喧囂中結束他的一天！這樣的情況眞讓約翰・奈特利感到不可思議。一個人從早上八點鐘就開始忙，此刻應該累到沒有體力，因講了太多話而想沉默一會兒，因碰過一批人而只想獨處！這個人居然可以放棄他自己壁爐旁安靜的獨處時光，在清冷的四月天夜晚，急著出門加入人群！他也許僅是暫停一下，只爲立刻接回他的妻子，這種出門的動機倒還說得過去，然而他的到來只是延長聚會的時間，並沒有破壞眾人的興致。約翰・奈特利驚訝地注視威斯頓先生，然後聳聳肩說：「即使是他，還是令我無法置信。」

此時，威斯頓先生完全沒有察覺他所引起的義憤塡膺，仍是一如往常的快樂興奮，理所當然地成爲主要發言人，因爲他一整天都在外面，他在外頭遇到的新鮮話題，使他成爲眾人關注的焦點。他的妻子詢問他有關晚餐的事情，他向她妻子保證她向僕人交代的所有指示均已照辦，並且向她講述他白天所聽到的消息。接下來則慢慢變成他們兩夫婦之間的聊天，雖然他主要是對威斯頓太太講話，但他也知道屋內的每個人無疑地都非常感興趣。他交給她一封信，是法蘭克寫給她的。他在半路上收到信，便拆開那封信。

「讀吧，讀吧，」他說：「這會讓妳很開心。只要讀幾行就好，不需花妳很多時間。讀給愛瑪聽吧。」

威斯頓太太與愛瑪一起看信，他全程都坐在一旁微笑注視著，不斷對她們說話。他壓低講話的音量，但每個人還是聽得見。

「這個嘛，他要來了，妳們瞧。我想這是好消息。妳有什麼看法？我總是跟妳說他很快就會再到這裡來，對吧？親愛的安妮，我是不是常這樣告訴妳呀？可是妳一直不相信我。我敢說，他最晚下星期就要進城來了，妳瞧。當她有事情要辦的時候，沒耐心的程度就像她丈夫一樣。他們明天或星期六就會前往倫敦了。至於她的病，當然都不成問題了。不過，法蘭克能再回到離我們這麼近的地方，眞是一件好事。他們來的時候，會待上好一段時間，而他有一半的時間將跟我們共度。這正是我所希望的。嗯，非常好的消息，是吧？妳們讀完信了嗎？愛瑪都讀完了嗎？收起來，收起來。我們另外找時間再好好談談，現在先不談。我只會先向其他人報告一下概況。」

威斯頓太太此刻是最自在愉快的人。她的表情與措辭充分顯露她的開心。她開心極了，她知道自己開心，也知道她應該要開心。她的道賀既熱烈又坦率，然而愛瑪卻無法如此流利表達她的恭賀。她忙著衡量自己的感受，試著瞭解自己激動的程度。她認爲自己十分激動。

威斯頓先生太過急切，無法保持冷靜客觀；他太急著傳達他的訊息，因此不希望別人開口說話。他很滿意愛瑪的恭賀，於是很快就轉身走開，向其他朋友報告這個好消息，讓他們也感染開心。而整屋子的人其實早就聽到他們部分的談話了。

他一定是認爲每個人都會感到高興，否則他就不會以爲伍德浩斯先生或奈特利先生該特別高興了。他們兩位是暨威斯頓太太與愛瑪之後他告知好消息的人。接下來他繼續去找費爾法斯小姐，但是當時她和約翰·奈特利聊得正起勁，他不想打擾他們。最後他發現他自己走到艾爾頓太太身邊，而且她當時正好有空，於是他自然地開始和她聊起這件事。

「我希望很快有此榮幸向妳介紹我兒子。」威斯頓先生說。

艾爾頓太太非常樂意接收針對她而來的特殊恭維，因此笑得非常開心。

「我想，妳應該聽過某個叫做法蘭克・邱吉爾的人，」他繼續說：「而且知道他是我兒子，雖然他並沒有承襲我的姓氏。」

「喔！是的，我非常樂意認識他。我相信艾爾頓先生會很快就去拜訪他。我們兩個也會很樂意邀請他到牧師公館來坐坐。」

「妳實在客氣了，法蘭克一定很開心。他最遲下星期就會到城裡來，我們今天接到他的通知信。我今天早上在路上遇見送信人，看見是我兒子的筆跡，就把信拆開了，雖然那封信並不是寫給我，而是寫給我夫人的。她是他主要的寫信對象。我幾乎從未收過他寫給我的信。」

「而你到底還是拆開了寫給她的信！噢，威斯頓先生（她做作地大笑），我必須抗議一下！這眞是最危險的示範了！我求你別讓你的鄰居有樣學樣。如果這是我將來會遇到的事情，那麼我們這些結婚的女人一定要開始申張自己的權益！噢！威斯頓先生，我眞不敢相信你會這麼做！」

「哎，我們男人眞是可憐的傢伙。妳必須好好照顧自己，艾爾頓太太。這封信告訴我們——這是一封短信，寫得匆忙，只爲了通知——他們三人很快會到城裡來，是爲了邱吉爾夫人的緣故。她整個冬天都不太舒服，認爲恩斯康宅邸對她來說太冷了，所以他們全都盡快往南邊來。」

「的確！我猜他們是從約克郡過來。恩斯康宅邸在約克郡？」

「是的，他們離倫敦大約一百九十英里，非常遠的路途。」

「是的，非常遙遠，比楓林莊園與倫敦之間的距離還多了六十五英里。但是，威斯頓先生，對於有錢人來說，距離又算什麼呢？你如果聽到我姐夫沙克林先生三不五時的長途旅行，一定會很驚訝的。你一定不相信我，但是他和布拉吉先生有時候一星期帶著四匹馬來回城裡兩次。」

「恩斯康宅邸和這裡的距離太遙遠，」威斯頓先生說：「就我們所知，邱吉爾夫人已經整整一星期無法離開沙發，使得這趟旅程格外麻煩。在法蘭克的上一封信中，她抱怨自己太虛弱，以至於法蘭克必須和他舅舅兩人合力才能把她抱進溫暖的房間裡。這在在顯示她虛弱的程度，但如今她急著想到城裡來，所以打算只花兩個晚上在路程中。法蘭克在信中是這麼寫的。嬌弱的女士都有特殊體質，艾爾頓太太，妳一定同意我說的這一點。」

「不，真的，我一點也不同意你說的。我向來都站在我們女性這一邊。我的確是如此。我先告知你一聲，你會發現我是難以應付的唱反調者。我總是爲女性的權益發聲，我向你保證，如果你知道瑟琳娜對於在旅館過夜有何感受，你就不會奇怪爲何邱吉爾夫人會極力避免這種事情。瑟琳娜說，在旅館過夜對她來說很恐怖。我相信我大概也感染了一點她的挑剔。她總是帶著自己的床單出門旅行，這是非常好的防護措施。邱吉爾夫人也會這麼做嗎？」

「毫無疑問的，任何其他高貴女士會做的事情，邱吉爾夫人都會做。邱吉爾夫人不會亞於世上任何其他女性——」

艾爾頓太太急著插話：「噢！威斯頓先生，請別誤會我的意思。瑟琳娜可不是什麼高貴女士，我向

艾爾頓太太不停誇耀她姐夫沙克林先生所擁有的四輪大馬車。

你保證。你千萬別有這種錯誤觀念。」

「她不是嗎？那麼就不能拿她來推測邱吉爾夫人的行為舉止，因為她是大家所公認的高貴女士。」

艾爾頓太太開始認為自己這麼激動地反駁似乎錯了。她的目標絕對不是讓人家相信她姐姐不是一位高貴女士。也許她也無意掩飾了。正當她思索著該如何收回剛剛的話時，威斯頓先生繼續說話。

「妳可能會懷疑，我並不怎麼欣賞邱吉爾夫人，但是這最好是妳我知道就好。她非常喜歡法蘭克，因此我不會說她壞話。此外，她現在健康不佳，不過就她自己的說法，她向來健康欠佳。我不會對任何人說這件事，艾爾頓太太，可是我不太相信邱吉爾夫人生病了。」

「如果她真的生病，為什麼不去巴斯呢？威斯頓先生？她應該去巴斯，或克利夫頓啊？」

「她認定了恩斯康宅邸對她來說太冷。事實上，我認為她是厭倦了恩斯康宅邸。如今她待在那裡的時間比從前更長，她開始想要換換環境。那是一個很僻靜的地方。雖然是個美麗的地方，但是很僻靜。」

「哎呀，我敢說，就像楓林莊園一樣。沒有哪個地方像楓林莊園那樣遠離大馬路了。四周圍繞著一大片的樹林啊！住在裡面的人似乎與世隔絕，置身於完全的隱居天地裡。邱吉爾夫人似乎不像瑟琳娜那樣具有足夠的健康與精神來享受隱居的樂趣；或者，也許她缺乏個人消遣，無法享受鄉居生活。女士向來不嫌消遣多，我很慶幸我有如此多的個人消遣，讓我可以過著離群索居的生活。」

「法蘭克二月的時候在這裡待了半個月。」

「我記得聽說過這件事。等他再度來到海伯瑞村時，會發現這裡多了位新朋友。我是說，容我大膽地稱我自己是新朋友。但也許他還沒有聽說過有我這個人的存在。」

她的這番話，很明顯是等著對方恭維，而具有風度的威斯頓先生立刻大喊：「我親愛的夫人啊！只有妳才會以為有這種可能。他怎麼可能沒聽說過妳？我相信威斯頓太太最近的信中除了艾爾頓太太的事情之外，別無其他的了。」

他已經盡完他表達恭維的職責，於是再度把話題繞回他兒子身上。

「當法蘭克離開我們的時候，」他繼續說：「我們不確定何時會再見到他，所以今天的這個消息才更加受歡迎。這完全出乎意料。我的意思是說，我有強烈的預感他很快會再度回到這裡，我確信好事即將發生，但沒人相信我。當時他和威斯頓太太都很沮喪。『我要如何想辦法再來？舅舅舅媽怎可能讓我再來？』等等的話語不斷冒出。我總是覺得對我們有利的事情會發生，於是它眞的發生了，妳瞧。艾爾頓太太，我這大半輩子已經體悟到，如果事情一時發展不順利，也許下一刻就會好轉。」

「的確，威斯頓先生，非常正確。以前某位紳士在追求我的時候，我也常這麼對他說——因為事情進展得不佳，並沒有立刻順隨他的心意，所以他很容易陷入沮喪，嚷嚷著說如果事情再這樣發展下去，可能就得等到五月才能等到婚姻之神為我們戴上祝福的花朵了。我為了驅散他這種憂鬱的想法，給他較鼓舞的信念，可是費了好大一番工夫呢！馬車——我們對馬車感到失望。有一天早晨，我記得他心情沮喪地來找我。」

她的話被一陣輕微的咳嗽給打斷了，威斯頓先生立刻抓住機會繼續說。

「妳剛剛提到五月。邱吉爾夫人正是指定要在五月時前往比恩斯康宅邸更溫暖的地方，簡言之，也就是倫敦。所以我們都預期法蘭克在整個春季會常常來看我們——春季正是最適合人們的季節：白晝幾乎是最長的，天氣溫煦宜人，總是適合外出，而且做運動也不至於太熱。當他之前在這裡時，我們充分把握天氣，但仍然有很多潮濕陰鬱的日子。二月往往碰上壞天氣，我們打算做的事情有一半都沒完成。現在時機正對，這次將會徹底盡興。艾爾頓太太，我不認爲我們再度碰面的這種不確定性，持續期待他今天、明天任何時刻會到來的心情，可比得過他確實抵達這裡帶來的快樂。我認爲的確如此。我認爲是我們的心智狀態賦予我們活力與興奮。我希望妳會滿意我的兒子，但妳千萬不要期望他是個神童。威斯頓太太明顯地厚愛偏袒他，妳可想而知，我是最高興的。她認爲沒有人比得上他。」

「我向你保證，威斯頓先生，我絲毫不懷疑，我對他一定會有好印象。我已經聽到太多對於法蘭克·邱吉爾先生的讚美。同時，你大可以說，我也是那種總是爲自己而下判斷的人，絕對不會受到他人的影響。我先說好，我見到你兒子之後就會形成我的判斷。我不會逢迎奉承。」

威斯頓先生陷入沉思。

「我希望，」不一會兒他說：「我不至於對邱吉爾夫人太過苛刻。如果她生病了，我一定會因爲對她不公允而感到抱歉。但她的某些人格特質，使我難以用我所希望的寬容態度來談論她。艾爾頓太太，妳應該不可能不知道我和他們家的關係，也不可能沒聽聞我所受到的對待。而且，這件事我只告訴妳，這一切都是她的錯。是她的教唆煽動，否則法蘭克的母親當初不會遭受那般疏離冷落。邱吉爾先生是高傲，但他的高傲和他妻子比起來不算什麼。他的高傲是那種安靜、無傷大雅、具有紳士風範的，不會傷及任何人，只會讓他自己有點無助與令人厭煩。然而她的高傲卻是傲慢無禮的！而且令人無法忍受的是，她並不具有良好的家世或血緣。當他娶她時，她根本什麼都不是，只是某位紳士的女兒，但是自從她變成邱吉爾家的人，她就喧賓奪主，掌握所有權力。我向妳保證，她其實只不過是個暴發戶。」

「眞是難以想像！那一定令人非常氣惱！我很怕這種暴發戶。楓林莊園的生活，令我對那種人徹底地討厭。當地有個家族，從他們表現出來的態度就可以知道我姐姐、姐夫有多麼討厭他們。你對邱吉爾夫人的敘述，讓我立刻聯想到他們。他們是塔普曼家的人，最近才到那兒定居，有很多不入流的親戚，他們卻表現出不可一世的態度，還奢望能與當地有名望的古老家族平起平坐。他們在西園最多只住了一年半，而且沒人知道他們的財富是怎麼來的。他們來自伯明罕，那不是個太有前景的地方，你知道的，威斯頓先生。很少人對伯明罕抱有什麼期望。我常說光是它唸起來就有一種不祥感。但沒人知道更多塔普曼家族的底細，雖然我知道連你也有許多懷疑。但是從他們的態度看來，他們顯然認為他們的地位和我姐夫沙克林先生相當，而我姐夫正好是最靠近他們的鄰居之一。這眞的是太糟糕了。沙克林先生已經在楓林莊園住了十一年，他父親先擁有了楓林莊園。我相信，至少我很確定，老沙克林先生在死前就買下了那座莊園。」

他們的談話被打斷了。僕人正在賓客之間侍奉茶水，威斯頓先生已經說完他要說的話，立刻藉機走開了。

喝完茶後，威斯頓夫婦與艾爾頓先生坐下來與伍德浩斯先生打牌。剩下的五個人可以自行決定要做什麼。愛瑪很懷疑他們五個人是否能相處得好，因為奈特利先生似乎不太想聊天，艾爾頓太太很希望得到注意，卻沒人願意花時間聽她說話，愛瑪自己則是陷入憂慮的情緒，因此寧願保持沉默。

沒想到約翰·奈特利比他哥哥更多話。他隔天一大早就要離開，於是他立刻開口說話。

「愛瑪，關於我這兩個兒子的事情，我想我應該沒什麼再補充的了。妳有妳姐姐寫給妳的那封信，信裡詳細說明了一切注意事項。我的敘述會比她的簡潔得多，而且我可不會像她那樣擔心。我唯一必須補充的是，不要寵壞他們，也不要隨便給他們服藥。」

「我希望我能滿足你這兩項要求，」愛瑪說：「因爲我會盡一切努力讓他們開心，這對依莎貝拉來說就已經足夠了。他們的開心，遠比錯誤的溺愛與胡亂投藥更加重要。」

「還有，如果妳覺得他們很麻煩，請務必再把他們送回家裡來。」

「那還眞有可能啊！你是這麼想的，對吧？」

「我知道對妳父親來說，他們可能太吵鬧了，甚至對妳而言也是累贅，如果妳的造訪聚會像目前這樣繼續增加的話。」

「增加？」

「當然。妳一定感覺到，過去這半年來，妳的生活有了很大的不同。」

「不同？不，我並沒有。」

「毫無疑問的，妳比從前參加更多的聚會了。就拿這一次來說吧！我才到這裡來待一天，妳就忙著舉辦晚宴！以前何時發生過這種事？妳的社交圈正在擴張，往來也更頻繁。不久前，妳寫給依莎貝拉的每封信都敘述著新鮮的歡樂聚會——柯爾先生家的晚餐，或是克隆旅店的舞會。光是蘭道斯宅邸的威斯頓夫婦，就讓妳的生活忙得不可開交。」

「沒錯，」他哥哥立刻說：「全部都是蘭道斯宅邸的影響。」

「很好，而且我認爲，蘭道斯宅邸從今以後的影響力又更大了，我認爲這是很有可能的。愛瑪，亨利與約翰也許有時候會妨礙了妳。如果是那樣的話，我只求妳把他們送回家。」

「不！」奈特利先生大叫，「不會是這種結果的。把他們送到丹威爾莊園來吧。我一定有空照顧他們的。」

「眞是的，你眞是愛說笑！」愛瑪大喊，「我倒想知道，在我那麼多次的社交聚會活動中，有哪幾次是你沒參與的？爲什麼你們要懷疑我沒空陪我的兩位小外甥呢？我那些精采的聚會——究竟是什麼呢？與柯爾夫婦共進一次晚餐，還有一場只有討論過但卻從未舉行的舞會。我可以體諒你（她朝約翰・奈特利點點頭）——你幸運地在這裡一次見到許多好朋友，這讓你太高興了，所以無法不注意到這樣的聚會。但是你（轉向奈特利先生），你知道我很少離開哈特菲宅邸超過兩小時，爲什麼你會認爲我接下來會有一連串歡樂放縱的時光？我實在難以想像。況且，關於我親愛的小外甥，我必須說，就算愛瑪阿姨沒時間陪他們，我也不認爲他們和奈特利伯父在一起會好到哪裡去。愛瑪阿姨頂多是一個小時不在家，而奈特利伯父一次出門就得花上五小時才能返家，再說當他在家時，不是看他自己的書，就是忙著算帳。」

奈特利先生似努力忍住不微笑，不過當艾爾頓太太開始對他說話時，他根本不必費力強忍，就完全笑不出來了。

第三十七章

Emma

愛瑪只需要些許安靜的回想，就足以讓她明白爲什麼自己在聽到法蘭克‧邱吉爾的消息時會情緒激動。她很快就領悟到，她並非爲了自己感到憂心或尷尬，而是爲了他。她自己的情愫已淡化爲雲煙，根本不值得憶起。法蘭克‧邱吉爾是他們兩人之間用情較深的一個，如果他回來時的感情仍像離開時那樣濃烈，就太令人苦惱了。假使兩個月的分隔無法使他的熱情冷卻下來，那麼眼前便有危險與麻煩等著她——爲了他，也爲了她自己，必須提高警戒。她不想再讓自己捲入感情的漩渦，她有義務避免任何鼓勵他情感的舉措。

她希望能防止他進行明確的告白。那確實會導致他們的友誼在痛苦中結束，但她還是忍不住期待他明確的示愛。她感覺這個春天勢必免不了帶來一場危機、一段插曲，一件會改變她目前平靜心情的事。

過沒多久——雖然比威斯頓先生預估的更久——她終於有機會得以判斷法蘭克‧邱吉爾的感受。邱吉爾一家人並未如預期那麼早進城，但是他一進城後沒多久，就來到哈特菲宅邸。他往南騎馬兩小時，這是他最大的能耐了。不過他立即從蘭道斯宅邸趕到哈特菲宅邸，因此她可以運用所有敏銳的觀察，即刻判斷他受影響的程度，以及她該如何因應。他們碰面的時候，互相表現出最友善的態度。無疑地，他非常高興見到她。但她當下立刻懷疑他是否仍像先前般鍾情於她，或者柔情一如從前未變。經她一番仔細觀察，他顯然不像之前那樣沉浸在愛情裡。他離開這裡有一段期間，再加上相信男方落花有情、女方流水無意，很自然地造成這種令愛瑪滿意的結果。

他的情緒高昂，很快就跟從前一樣談笑自若，看似愉悅地談及他前一次的造訪，同時回憶起那些舊事：一副興奮莫名的模樣。她在他的平靜神態之間未讀出他相對於之前的漠然。他並不平靜，明顯難掩激動，流露了一種心神不寧。雖然他表現輕快活潑，但這種快活樣連他自己都無法騙過。讓她確認這信念的事實，是他只在哈特菲宅邸停留了十五分鐘，便急著趕去拜訪海伯瑞村的其他朋友。「我剛剛經過街上時，遇見不少舊識，可惜時間匆忙，沒能停下多聊上幾句。我如果不去拜訪他們的話，他們一定會很失望，因此雖然企望在哈特菲宅邸多停留一些時間，但我必須趕緊離開了。」

愛瑪毫不懷疑他已不像之前那樣熱情了，然而不論是他那激動的情緒或趕著離開的行爲，似乎都不是面對此事最好的辦法。她寧願把它想成是他害怕不敵佳人魅力，於是暗自決定不能和她相處太久。

這是法蘭克·邱吉爾在十天之中唯一一次的造訪。在寄給蘭道斯宅邸的信中他提起，他常打算來，但總是被阻止，他舅媽無法忍受他的離去。如果他的誠意夠，如果他眞的想來，那麼他一定可以辦得到。可想而知，邱吉爾夫人來到倫敦，無法讓病情好轉。他確定她病得不輕，他在蘭道斯宅邸表明他相信這件事。雖然這裡頭有諸多值得揣測之處，但他回想起來，舅媽健康確已不如半年前了。他雖相信醫療與藥物可治癒，也認爲舅媽應能活上好幾年，卻仍無法接受父親質疑她的抱怨純粹出於想像，她其實比從前健康多了。

邱吉爾夫人很快發現倫敦太過吵雜，她的神經一直處於擾動與痛苦的狀態下。到了第十天，她的外甥便捎信到蘭道斯宅邸通知計畫生變，他們打算立刻前往里奇蒙。有人向邱吉爾夫人推薦當地醫術超群的醫生，因此她想去那邊看看。他們在一處好地點租下附有傢俱的房子，期待這樣的改變會帶來益處。

愛瑪聽說法蘭克興高采烈地描述如此安排，似乎滿心期待未來兩個月（房屋租期爲五、六月）能住在親朋好友們的近處。此刻他來信中透露著滿滿的信心，說他總算能常常探訪大家，幾乎是想來就可以來。

愛瑪知道威斯頓先生如何看待這一切愉快的期待。他認為愛瑪是法蘭克所有快樂心情的泉源。愛瑪希望事實並非如此，未來兩個月一定足以證明。

威斯頓先生本身的快樂是不爭的事實。他開心得不得了，這正是他所期望的發展。現在法蘭克真的就住在附近了。對一個年輕人來說，九英里算什麼？騎馬一小時的路程罷了，他會經常來造訪的。里奇蒙與倫敦的差別，就在於能夠常見到愛子和無緣相見。十六英里——不，十八英里——倫敦曼徹斯特街距離這裡的十八英里是個大阻礙。就算他能脫身前來，白天也幾乎耗在來回的路途上。他人在倫敦，並沒能帶來更大的安慰，就和他人在恩斯康宅邸沒兩樣。但里奇蒙與這裡往返方便，再近不過了！

這次遷移立刻促成一樁好事，就是克隆旅店的舞會。舞會未曾被遺忘，只是遲遲無法確定日期，然而此刻舞會勢在必行，每項準備工作重新啓動。很快的，就在邱吉爾一家人遷往里奇蒙之後，法蘭克寫來的短信上說他舅媽的身體好多了，他隨時可動身來此相聚，待上二十四小時也沒問題。他還催促大家盡快把舞會的日期定下來。

威斯頓先生的舞會終成定局。再不過幾天，海伯瑞村的年輕人將沉醉在歡樂喜悅之中。

伍德浩斯先生不再堅決反對了。這個時節對他來說沒那麼糟糕，五月在各方面都比二月好。貝茲太太答應當天晚上前往哈特菲宅邸陪陪伍德浩斯先生。馬夫詹姆斯也接獲了指令通知。伍德浩斯先生衷心希望親愛的愛瑪不在家時，小亨利和小約翰可別出什麼亂子才好。

第三十八章

Emma

阻擾舞會舉行的厄事再也沒有發生，一天天倒數中，日子到了。經過了一個早上的焦急觀望，法蘭克意氣風發地在晚餐前抵達蘭道斯宅邸，一切都安全了。

自從頭一回拜訪之後，他與愛瑪就沒再碰過面。如今克隆旅店的這個房間將見證兩人的二度會面，但若不是一大群人的聚會場面，或許會更好些。威斯頓先生懇求愛瑪能早一點抵達，他希望愛瑪能緊接其後抵達，這樣他們就可在眾人抵達前先聽取她對會場準備舒適妥善程度的意見。愛瑪無法拒絕威斯頓先生的請託，況且她必定能因此而與法蘭克共享一段不被打擾的安靜片刻。愛瑪先去接海芮，然後一塊乘車到克隆旅店，時間拿捏得恰好，蘭道斯宅邸一行人正巧比她們先一步抵達。

法蘭克．邱吉爾似乎早有準備。雖然他口中沒說什麼，眼神卻已道出對享有個愉快夜晚的期盼。他們四處走動，檢視一切就緒與否。不到幾分鐘，來了另一部馬車，來者下車加入他們的行列。愛瑪最初聽到這批人的聲音時，著實嚇了一跳。「這麼早就有人抵達，真是奇怪！」她本要大喊出來，但她立刻發現那是一家子老朋友，他們同樣受到威斯頓先生的特別懇求，提早來協助查勘會場。緊接在後頭的是另一部載滿表兄弟姐妹的馬車，他們提早前來的原因和前面兩批人一樣。看來，今天參加舞會的大半賓客也都受邀參與事前檢查，很快人就全到齊了。

愛瑪意會到自己的個人品味並非威斯頓先生所唯一依賴，同時感覺到即使在擁有一票親密好友的威斯頓先生心中，她是最受喜愛且最親密的，她並無感覺到格外光榮。她喜歡他開朗的態度，但如果他能再收斂一點豪爽慷慨的作風，他的人格將更顯高尚。他可以對人人懷有善心憐憫，但不應過分濫用友誼，這才是一個男人該有的舉措。她推崇這樣的男子。

所有賓客四處走動檢視，口中不停地讚美。接下來無事可做，大夥便在爐火旁圍成半圈，七嘴八舌地交談。雖然已至五月，在爐火旁度過夜晚時光，仍是相當舒服愉快的一件事。

愛瑪發現威斯頓先生的私人顧問團成員人數原來更多，卻未全數現身。這並非威斯頓先生的錯。她們曾停在貝茲小姐家門口，想讓她和費爾法斯小姐搭便車，可是對方說要搭艾爾頓夫婦的馬車前來。

法蘭克站在愛瑪身邊，但非時時都在。他神色稍有不安，可見心裡頗不平靜。他環顧四周後，走到門邊，留意著馬車聲——若非迫不及待舞會開場，便是害怕一直待在她身邊。

大家談起艾爾頓太太。「我想她馬上就會到了，」他說：「我期待一睹艾爾頓太太，她的事我聽到不少。希望她很快就抵達。」

一陣馬車聲傳出。他立刻走到門邊，但又走回來說道：「我都忘了沒見過艾爾頓夫婦，認不出人。我不應該把自己推到最前面的。」

艾爾頓夫婦出現了，大夥兒微笑，禮貌示意。

「貝茲小姐與費爾法斯小姐呢？」威斯頓先生四處張望。「我們以爲你們會接她們一道來。」

這問題不大，威斯頓先生即刻派出馬車去接她們。愛瑪盼望知道法蘭克對艾爾頓太太的第一印象如何。她想得知他對於她精心裝扮出來的優雅以及她那親切的微笑有何感想。經過初次引見之後，他立刻仔細觀察了她一會兒，以便讓自己有資格形成判斷見解。

幾分鐘後，馬車返回。有人提到外頭下起雨。「我去把雨傘準備好，爸爸，」法蘭克對他父親說：

「不能怠慢了貝茲小姐。」然後便轉身走開。威斯頓先生正要跟著去，卻遭艾爾頓太太攔住，說出她對他兒子的印象。她話說得快，法蘭克在不疾不徐的走路當中便聽到了這番話。

「他眞是個好青年啊，威斯頓先生。你知道我明白告訴過你，我有自個兒的主見。我可以大聲地說，他眞是好到沒得挑。你可以相信我，我從不諂媚恭維哪。這麼個風度翩翩的英俊紳士，一點也不自負或傲慢，眞教我欣賞。你必須知道，我特別討厭傲慢的人，巴不得閃得遠遠的。楓林莊園向來無法容忍這樣的人。不論是沙克林先生或我，對這種人都沒有耐性，有時候我們還會對這種人說一些非常尖銳的話呢！我姐姐瑟琳娜向來溫和過了頭，還能忍受這種人。」

當她大發讚語時，威斯頓先生還聽得專心，但當她開始講到楓林莊園時，他才想起有一些剛抵達的女士需要關注，於是帶著開心的微笑迅速告退。

艾爾頓太太轉向威斯頓太太。「我毫不懷疑，這一定是寒舍馬車把貝茲小姐與珍接來了。馬夫與馬匹眞是迅速啊！我相信我們的行車速度比任何人都快。能夠爲朋友派遣馬車，眞是榮幸啊！我瞭解你們人都很好，願意提供馬車接送服務，但下次眞的不需費事了。妳可以放心，我定會經常照顧她們。」

貝茲小姐與費爾法斯小姐，在兩位紳士的護送之下走進來。艾爾頓太太似乎自認與威斯頓太太同樣負有責任迎接她們。她的舉動或可被愛瑪這種在場者所理解，但是她的話語，以及每個人的話語，很快即被一進門就叨絮個不停的貝茲小姐給淹沒了。貝茲小姐一連講了好幾分鐘，直到被引進房間內的爐火旁，都還沒講完她要講的話。門一打開時，大家便聽到她的一長串問候。

「您眞是太客氣了！外頭根本沒滴雨，不打緊的。我不擔心自己，我穿的鞋子挺厚的，珍還——（她一跨進門內便驚呼）哇，哇，這眞是太美了！令人佩服！眞是個絕妙布置！全都妥當啦。我根本想像不到，實在令人眼睛為之一亮。珍，珍，瞧！妳有沒有看到什麼？噢！威斯頓先生，您一定有盞阿拉丁神燈！史托克斯太太肯定認不得她自己的房間。我進來的時候瞧見她了，就站在門口。『噢！史托克斯太太，』我喊出聲，但可惜沒時間和她多聊聊。」如今她和威斯頓太太碰到面。「太好了，太太，我感謝您。祝您身體健泰。非常高興聽到您健康的消息。我擔憂您犯頭疼！我時常看見您經過我家門口，知道您一定有不少麻煩事。我真高興聽到您很健康。啊！親愛的艾爾頓先生，我真感激您派馬車來接我們。時間捏得真巧，珍和我當時早就準備好了，一點兒也沒耽擱到馬匹和那舒適的馬車。噢！威斯頓太太，我相信這件事要感謝您。拜好心的艾爾頓太太之賜，派人拿字條通知珍說要來接送，否則我們早就搭您的馬車了。短短一天之內居然有兩位主動提出要派馬車接送我們！這樣的鄰居太罕有。我對母親說：『相信我，媽媽——』托您的福，我母親很健康，她到伍德浩斯先生家去了。我要她戴上圍巾，這幾天夜晚不太溫暖。她那條新的大圍巾是狄克森太太的結婚禮物，太太人真好，居然想到我母親。那是在威茅斯港買的，您知道的，是狄克森先生挑選的。珍說還有其他三條圍巾，他們猶豫了一陣，坎貝爾上校較喜歡橄欖綠的。我親愛的珍，妳確定腳沒沾濕嗎？雖然只有一兩滴雨，我還是擔心。不過法蘭克・邱吉爾先生實在體貼極了，還準備一塊門墊讓我們踏腳。我永遠不會忘記他的禮貌周到。噢，法蘭克・邱吉爾先生，我必須告訴您，我母親的眼鏡依然完好，螺絲釘再也沒鬆脫過。我母親三不五時就談起您的好品性。是不是啊，珍？我們是不是常常提到法蘭克・邱吉爾先生啊？啊！伍德浩斯小姐在這裡。親愛的伍德浩斯小姐，您好嗎？很好，我謝謝您，非常好。這次彷彿是在童話世界裡聚會。如此的改裝！我不能諂媚恭維，我知道（她用最滿意的眼神注視著愛瑪），那會顯得很無禮。但相信我，伍德浩斯小姐，您看起來——您喜歡珍的髮型嗎？您最有資格評斷了。這髮型都是她自己梳的。她梳理自己髮型的過程實在太精采。我想，連倫敦的美髮師都辦不到。啊！那是修斯醫生跟他的太太。我必須去和修斯夫婦說一下話。您好嗎？您好嗎？很好，我謝謝您。這眞是令人開心，是吧？理察先生在哪裡呢？噢，他在這裡啊。別打擾他。讓他和年輕女孩聊天，這樣好多了。您好，理察先生？前幾天您騎馬經過街上時，我瞧見您了。歐特威太太！還有親愛的歐特威先生、歐特威小姐，以及卡洛琳小姐。今天來了好多朋友啊！還有喬治先生與亞瑟先生！您好嗎？您們大家都好嗎？很好，我非常感謝您。再好不過了。我是不是聽到另一部馬車抵達的聲音？會是誰呢？應該是可敬的柯爾夫婦吧。能夠置身於這些好朋友之中，實在太好了！還有這堆溫暖的火！我都快被烤熟了。我不喝咖啡，謝謝您。我從來不喝咖啡。不過如果可以的話，我可以喝一點茶。不急不急！噢！茶來了？一切都這麼好！」

法蘭克・邱吉爾回到愛瑪身邊。當貝茲小姐一安靜下來，愛瑪發現自己無可避免地偷聽到在她後方的艾爾頓太太與費爾法斯小姐的對話。法蘭克・邱吉爾也陷入沉思。她無法判斷他是否也在偷聽。艾爾頓太太大大讚美了珍的衣著與打扮，珍得體地默默接受了讚美，接下來艾爾頓太太顯然也盼獲得一番讚辭，於是她說：「妳認爲我的禮服如何？妳喜歡我的配飾嗎？萊特幫我梳的髮型如何？」她還問了許多相關的問題，珍全都耐心有禮地回答了。然後艾爾頓太太又接著說話。

「平常我是最不在意衣著一事的，但在像今天這般場合，眾人目光焦點都會落在我身上，也爲了向威斯頓夫婦致意——因爲他們無疑地是爲了我而舉辦這場舞會，所以我不希望自己比任何人遜色。我發現這屋內除了我以外，沒幾位配戴珍珠。所以法蘭克・邱吉爾是主要的領舞者囉，我懂了。大家可以瞧瞧我們倆的風格是否搭配。法蘭克・邱吉爾的確是個好青年，我欣賞他。」

這時候，法蘭克・邱吉爾開口熱烈地談話，愛瑪不禁認爲他一定是偷聽到了艾爾頓太太對他的讚美，而不希望繼續聽下去。幾位女士的聲音被淹沒了一陣子，直到另一段說話空檔，艾爾頓太太的聲音才又響起。這時艾爾頓先生剛好加入談話，他妻子正大喊出聲。

「噢！你終於找到我們了。我剛剛才告訴珍說，你也許開始不耐煩要在人群中找到我們。」

「珍！」法蘭克·邱吉爾重複了一聲，臉上帶著驚訝與不悅。「那樣的稱呼眞是隨便啊，但我想費爾法斯小姐並不反對。」

「你喜歡艾爾頓太太嗎？」愛瑪低聲地說。

「一點也不喜歡。」

「你眞是不知感恩。」

「不知感恩？妳這是哪兒話？」他的表情隨即由皺眉轉爲微笑。「不，別告訴我，我不想知道妳話中意味。我父親呢？我們何時開始跳舞？」

愛瑪幾乎快弄不懂他這人，他似乎不解幽默。他走開去找他父親，很快又跟著威斯頓夫婦一起回來。他剛剛遇見正陷入苦惱的威斯頓夫婦，他們必須把這苦惱告訴愛瑪。威斯頓太太適才想到，必須邀請艾爾頓太太開舞，艾爾頓太太肯定如此期待；偏偏這又會違反他們當初希望由愛瑪來開舞的期望。愛瑪帶著堅忍心情聆聽這個殘酷的事實。

「但我們要如何找到適合她的舞伴呢？」威斯頓先生說：「她會認爲法蘭克應該邀請她跳舞。」

法蘭克立刻轉向愛瑪，再次確認她先前的允諾，並且表明自己已經有舞伴了。他父親滿意地注視這一切，而威斯頓太太顯然希望威斯頓先生自己與艾爾頓太太一起開舞，並且認爲愛瑪與法蘭克應該幫忙說服他。他們的說服迅速奏效。威斯頓先生與艾爾頓太太一起走在前頭，法蘭克·邱吉爾先生與伍德浩斯小姐這對緊隨其後。愛瑪必須讓位，屈居在艾爾頓太太之後，即便愛瑪一直認爲這場舞會是特別爲自己而舉行的。光是這一點，就幾乎讓她想要結婚了。

艾爾頓太太此刻無疑地享盡了虛榮。雖然她原本擬定和法蘭克・邱吉爾一起開舞，可她還是不能錯失眼前的機會。威斯頓先生這人選或許比起兒子更好。儘管有這段令人不快的小插曲，愛瑪仍然開心地微笑，欣於見到跳舞隊形逐漸成型加長，她感覺到接下來會有數鐘頭無比歡樂的時光。她最介懷的是奈特利先生不跳舞。他置身於一群旁觀者之間，他不應該在那個位置的，不應該把自己歸類爲與丈夫們、父親們、玩牌的人們爲伍，那些人直到牌局分出勝負之前，都不會想要加入舞池。他看起來是多麼年輕啊！他此刻所身處的位置，大概最有利了。他那高大結實挺拔的身材，在一群肥胖駝背的年長男性之中，格外引人注目。除了她此刻的舞伴法蘭克・邱吉爾之外，在場所有男士無一可與他匹敵。他向愛瑪靠近了幾步，這幾步足以顯示，如果他不怕麻煩的話，跳起舞來定可流露天生優雅的紳士風範。每次她接觸到他的目光，她總會逼得他不得不展露微笑，但大體上他看起來還是很嚴肅。她希望他能對這場舞會提起一些興致，並能對法蘭克・邱吉爾多些好感。他似乎時時留意她的動向。她不敢自詡他是在欣賞她的舞姿，但如果他是正在批評她的行爲，她也不怕。她和她的舞伴之間毫無半點調情氣氛，看起來倒像開心自在的朋友，而不是戀人。法蘭克・邱吉爾無疑地不再像從前一樣關注她了。

舞會進行得流暢順利。威斯頓太太持續不斷的擔憂關心無所白費，每個人看似都很盡興，對於這場愉快的舞會稱讚連連。通常這番稱讚總要等到舞會落幕之後才會聽到，但今天打從舞會一開場，大家的讚美聲便此起彼落。今晚的舞會堪稱是值得記錄的重要場景。然而，愛瑪想起了一件事——晚餐之前的最後兩支舞已經開始，而海芮仍缺舞伴，她是唯一還坐在位子上的年輕女孩。如今舞伴們多半都已配

在愛瑪眼中，
奈特利先生無疑是在場男士中體態風采最爲優雅的一位。

對，愛瑪納悶著是否尚有未覓得舞伴的男士！愛瑪的納悶不久即獲緩解，她看到艾爾頓先生四處閒晃走動。若非逼不得已，他不會去向海芮邀舞的，她確定如此。她猜想他隨時可能躲進打牌室裡。

然而，艾爾頓先生並未打算躲避。他來到旁觀者聚集的區域，找其中一些人說話，在他們面前走動，彷彿申明他沒有舞伴，且決心要維持這等狀態。他並沒有刻意避免偶爾經過史密斯小姐面前，也會和她附近的人交談。愛瑪將一切都看在眼裡。她尚未起舞，正慢慢從隊伍末端往前移動，趁空暇環顧四周。她稍微一轉頭，就可以清楚地看見一切。當她移動到隊伍的中央時，剛好背對著旁觀者，她的視線再也看不見他們。可是艾爾頓先生靠她如此近，她清楚聽見他與威斯頓太太對話的字字句句。愛瑪發現，排在她前面的艾爾頓太太不僅在聆聽，甚至以別具意涵的眼神示意她的丈夫。好心溫柔的威斯頓太太離開座位迎向他，說：「你不跳舞嗎？艾爾頓先生？」他立刻回答：「威斯頓太太，如果妳願意和我跳一支舞，我隨時奉陪。」

「我？噢！不，我替你找一位比我更稱職的舞伴。我不會跳舞。」

「如果吉爾伯特太太想跳舞，」他說：「我很樂意有此榮幸。雖然我開始覺得自己像個結婚的老男人，跳舞歲月彷彿結束了，但是我很樂意隨時奉陪像吉爾伯特太太這樣的老朋友。」

「吉爾伯特太太並不想跳舞，但有一位還缺舞伴的小姑娘呢，我樂於欣賞她跳舞，那便是史密斯小姐。」

「史密斯小姐！喔！我剛剛沒有注意到。妳眞是考慮周到。就算我不是個結了婚的老男人，我的跳舞歲月畢竟結束了，威斯頓太太。請原諒我。我願意爲妳效勞任何其他的事情，可是我的跳舞歲月已經結束了。」

威斯頓太太不再多言。愛瑪可以想像得到，當威斯頓太太回到她座位上時，會有多麼驚訝與難過。難道這就是艾爾頓先生？那位和藹可親、禮貌周到、溫文儒雅的艾爾頓先生？她環顧了一下四周，發現他已經加入位在有點距離處的奈特利先生，正努力搭上話，而他和他妻子之間則交換著興奮的微笑。

愛瑪不想再看下去了。她怒火中燒，恐怕她的臉也一樣炙燙。

過了一會兒，一幅令人開心的景象引起她的注意——奈特利先生領著海芮加入跳舞行列！她從未比此刻更加驚訝開心。她爲了海芮與自己而感到快樂且感激，她期待著能向他道謝。雖然他們距離太遠，無法說到話，但一旦她與他四目交接，她的表情說明了一切。

他的舞技正如她所預期，十分出色。若非之前發生的那些殘酷窘境，海芮幾乎可稱得上極其幸運；此刻她快樂的表情說明了她沉浸在全然喜悅與無比殊榮之中。這件事並沒有對她造成打擊，她跳躍得比平常更高，往舞池中央愈移愈近，臉上一直掛著微笑。

艾爾頓先生早已躲進打牌室裡，看起來愚蠢之至（愛瑪這麼認爲）。她本以爲他不若他妻子那樣冷酷強硬，雖然他倆的確愈來愈有夫妻樣。艾爾頓太太對她的舞伴大聲地表達她的感受：「奈特利同情那位可憐的史密斯小姐！他眞是太好心了。」

晚餐宣布開動，大家開始移往餐廳。打從那刻起，直到她在餐桌旁坐定、拿起湯匙之前，大家都聽見貝茲小姐的說話聲，而且沒人打斷她。

「珍，珍，我親愛的珍，妳在哪裡？這是妳的披肩。威斯頓太太懇求妳披上披肩。她怕走廊上會有冷風吹進來，雖然一切防護措施都做了。一扇門被釘起來，也掛上了好幾層窗簾。我親愛的珍，妳眞的應該披上。邱吉爾先生，噢，您太有禮貌了！謝謝您幫她披上！太好了！非常精湛的舞技。是的，我親愛的，我剛剛跑回家去張羅外婆上床睡覺，我說我會這麼做的，然後又趕回來了，沒有人知道我離開。就像我之前告訴妳的，我會一聲不響地離開。外婆很好，她和伍德浩斯先生共度了一個愉快的夜晚，聊了很多，還玩了雙陸棋。她還沒有到家之前，樓下的僕人就為她沏好了茶，也準備了餅乾、烤蘋果與酒。她眞是幸運兒。她一直關切妳的事情，想知道妳玩得高不高興，妳的舞伴是誰。『噢，』我說：『我不想打擾珍。我離開時，她正與喬治．歐特威先生跳舞。明天她就可以親自把一切都告訴您：她的第一位舞伴是艾爾頓先生，我不曉得接下來是誰邀請她跳舞，可能是威廉．考克斯先生。』我親愛的先生，您太客氣了。您總是放心不下客人？我可以自己走的。先生，您太好心了。您一手挽著珍，另一手挽著我！停，停，讓我們往後站一步，艾爾頓太太要離開了。親愛的艾爾頓太太，她看起來是多麼優雅啊！好美的蕾絲！現在我們全都會跟隨她的打扮了。她眞是今晚的女王啊！這個嘛，我們已經來到走道了呀！這兩個台階，珍，小心這兩個台階。噢，不，只有一個台階。我一直以為這裡有兩個台階。眞是奇怪啊！我一直相信有兩個台階，現在卻只有一個。我從沒見過這般舒適的場面，到處都有蠟燭。我剛剛正好告訴妳外婆，珍。我說有個令人小小失望的地方。那些烤蘋果與烤餅乾都很美味，遺憾美中不足的是，他們先送上了燉羊肉塊與蘆筍，而伍德浩斯先生認為蘆筍沒有煮熟，所以命人送回廚房。外婆最喜歡的就是燉羊肉與蘆筍了，所以她很失望，我們說好不會對任何人提起這件事，以免話傳到親愛的伍德浩斯小姐耳裡，她一定會非常在意的！嗯，這裡眞是太美了，我眞是驚喜！我想都沒想過會是這樣！如此優雅慷慨！我已經很久沒看過這樣的事情了。嗯，我們該坐哪裡？我們該坐哪裡？哪裡都行，只要珍別吹到風。我坐在哪裡都不要緊！噢，您建議我坐這邊嗎？嗯，我相信這是個好位子，邱吉爾先生，這位子似乎太好了，不過只要您高興就好了。您在這屋子裡所安排指使的一切，絕對不會錯的。親愛的珍，我們要如何向外婆一一重述今晚半數的佳餚呢？還有湯！天啊！我不應該急著用餐的，但這些佳餚的香味是如此誘人，我忍不住要開動了。」

愛瑪直到晚餐後才有機會對奈特利先生說話。當他們全都再度回到舞廳裡時，她的眼神使他難以抗拒地走到她面前來，接受她的道謝。他激動地批評艾爾頓先生的舉止，稱那是難以饒恕的無禮；艾爾頓太太的行爲也同樣受到批評。

「他們的目的不只是要傷害海芮，」他說：「愛瑪，爲什麼他們也變成了妳的敵人？」

他帶著銳利的眼神微笑注視著她，當他發現沒得到回應時，又說：「我想，不論丈夫過去如何，她都不應該對妳有敵意。當然，雖然妳什麼都沒說，但妳的確曾經希望他娶海芮。」

「我的確曾經如此，」愛瑪回答：「所以他們不原諒我。」

他搖搖頭，但帶著一抹寬容的微笑，微微地說：「我不會責備妳。我讓妳自己好好反省。」

「你相信我會好好反省嗎？我的自負性格會告訴我自己是錯的嗎？」

「會提醒妳的不是妳的自負性格，而是妳的認眞性格。如果自負誤導了妳，我相信妳的認眞會提醒妳這一點。」

「我承認自己確實完全錯看了艾爾頓先生。他的確如你所觀察到的，懷有一種輕佻，而我竟沒發現。當時我還非常相信他愛上了海芮。這眞是一連串的陰錯陽差啊！」

「爲了回報妳這番坦承錯誤的誠意，我願意替妳說句公道話——妳替他選擇的對象，比他自己挑的對象好多了。海芮．史密斯有些一流特質，是艾爾頓太太所欠缺的。她不做作、單純又天眞無邪。任何有智慧、有品味的男士，都會喜歡海芮勝過於艾爾頓太太。海芮比我所預期的更加健談。」

愛瑪非常感動。他們的對話被打斷了，因爲威斯頓先生召喚大家再度繼續跳舞。

「來吧，伍德浩斯小姐、歐特威小姐、費爾法斯小姐，妳們都在做什麼啊？來吧，愛瑪，爲妳的同伴們樹立榜樣。每個人都很懶散！每個人都昏昏欲睡！」

「我準備好了，」愛瑪說：「隨時樂意效勞。」

「妳想與誰共舞？」奈特利先生問道。

她猶豫了一會兒，然後回答：「如果你邀我跳舞的話，我想與你共舞。」

「妳願意跳支舞嗎？」他伸出手來。

「樂意之至。你可以展示你眞的會跳舞，況且我們並非眞的兄妹，所以共舞也沒什麼不妥。」

「兄妹？不，的確。」

第三十九章
Emma

這場與奈特利先生的交談，給愛瑪相當大的快樂，成爲這場舞會中最愉快的回憶，讓她隔天早上在草坪上散步時仍回味不已。她非常高興他們兩人對於艾爾頓夫婦的看法有志一同，對夫妻雙方的評價也相近。他對海芮的讚美，他替她說的好話，尤其教愛瑪感激。艾爾頓夫婦的傲慢無禮，險些破壞了她的興致，結果卻促成當晚最令她滿意的片刻之一。此刻她期待著另一個愉快的結果——海芮對艾爾頓先生的迷戀可以治癒。從她們離開舞會之前海芮提起那件事的態度看來，希望很大。彷彿她的眼睛突然被打開了，她終於看清楚艾爾頓先生並非她之前所以爲的那個優秀男子。她的狂熱宣告結束，而愛瑪可以不再那麼擔心海芮的情愫會再被挑動，因爲現時艾爾頓先生的態度是如此無禮又傷人。愛瑪相信，艾爾頓夫婦的敵意，定會使他們日後表現出更多故意的忽視冷落。海芮很理性，法蘭克・邱吉爾不再那麼迷戀她，奈特利先生也不想與她爭辯，即將到來的這個夏天，愛瑪將會多麼愉快愜意啊！

今天早上她不會見到法蘭克・邱吉爾。他早先告訴過她，說他無法享受造訪哈特菲宅邸的樂趣，因爲他在中午之前都會待在家裡。她一點也不介意。

愛瑪整理好所有思緒，正要打起精神回到房子裡看看兩個小外甥和老父親時，宅邸入口處的雙扇鐵門突然打開，兩個人走進來。這兩個人是愛瑪沒料到會一起出現的，是法蘭克・邱吉爾，以及斜靠在他身上的海芮——確實是海芮！不一會兒，愛瑪立刻領悟到不尋常的事發生了！海芮看起來蒼白又驚恐，而他正試著安撫她。鐵門與屋子前門距離不到二十碼，他們三人很快進到玄關處，海芮立刻跌坐進椅子裡，昏了過去。

昏倒的年輕女孩理應得到照料直至甦醒，如此，問題才會有答案，驚愕才有所解釋。這樣的事情非常有趣，但是不能吊太久的胃口。幾分鐘之後，愛瑪便獲悉了概況。

史密斯小姐，以及另一名嘉達德太太家的寄宿者畢克頓小姐（當晚也參加了舞會），一起外出散步。兩人後來轉進里奇蒙路，雖然那條路人潮還算多，不至於危險，但卻讓她們驚恐不已。那條路在往海伯瑞村外圍延伸約半哩之後，突然轉彎，小路在兩旁濃密榆樹蔭底下頓時變得僻靜。這兩名女孩往前走了一點路後突然發覺，離她們不遠的一處寬闊草皮出現一群吉普賽人。有個直盯著她們的孩子靠過來向她們乞討。畢克頓小姐過於驚恐，放聲大叫，呼喊著要海芮跟著她，她跑上一處斜坡，撥開斜坡上方的樹叢，奮力循著捷徑奔回海伯瑞村。然而可憐的海芮沒辦法跟上同伴的腳步，她的雙腿因前晚跳舞而痠痛不已，她最初想爬上斜坡卻跌回來，完全失去力氣。在這種情況下，再加上過度驚恐，她只好維持原來的姿勢不動。

如果兩名女孩能勇敢一點，也許這群流浪者就不敢亂來了。但她們這樣的反應舉動無可避免地引來了一場攻擊。海芮很快地就被五、六個孩子圍住，由一名矮胖的女人與壯碩的男孩帶頭，他們大聲嚷嚷，個個眼神不懷好意，儘管不見得在言語上表現出來。海芮愈來愈害怕，她答應給他們錢，然後從皮包裡掏出一先令，求他們別再要了，並且別傷害她。然後她才得以站起來以緩慢的步伐走開。然而她的驚恐與錢包太吸引人，招惹這一整群人尾隨在後，或者該說是遭到包圍。他們要求更多施捨。

法蘭克・邱吉爾發現她的時候，她渾身顫抖，那群吉普賽人則無禮地叫囂著。幸好他離開海伯瑞村時耽擱了一下，才得以在關鍵時刻解救她。這天早上的舒適愉快使他決定下馬步行，讓馬兒到海伯瑞

海芮遭遇吉普賽人圍住強行乞討，
差點當場就要嚇昏過去。

村一兩哩外的另一條路上去等主人。他前一天晚上剛好向貝茲小姐借了一把剪刀，忘了歸還，所以不得不暫停在她家門口，叨擾幾分鐘，因而比預定行程推遲了些。由於他用步行，整群人直到他走近了才察覺。此時輪到那個帶頭的女人及男孩感到驚恐了。他嚇走了吉普賽人，海芮連忙緊抓住他，幾乎說不出話來，僅存氣力只足夠她撐著身子走到哈特菲宅邸，然後精神隨即崩潰。是他決定把海芮帶到哈特菲宅邸來，他實在想不到其他好地方。

這就是整個故事的來龍去脈。一旦海芮恢復知覺與說話能力，他與海芮便急著交代整件事。他一見海芮好轉，便不敢再待下去了。這一連串的耽誤讓他不能再浪費任何時間。愛瑪遣人去向嘉達德太太通報海芮安然無恙，並且派人向奈特利先生通知有這樣一群人在這附近晃蕩。法蘭克·邱吉爾離開時，愛瑪代替密友也爲自己，向他致上感謝與祝福。

一名有爲青年與一位可愛小姐一同遭遇這種險狀，就算最冷漠的心與最冷靜的頭腦，也很難不激起一點想法。至少愛瑪是這麼想的。要是一名語言學家、文法學家甚至數學家目睹她所見的這一切，見證他們一起出現的樣子，聽到他們對這件事的描述，一定也會覺得這種狀況極有可能讓他們對彼此產生興趣。像她這樣富有想像力的人，不禁熱烈地猜測、預想，尤其是她心中早已浮現出期待。

這眞是一件極不尋常的事！在愛瑪的記憶中，這裡的年輕女孩從未碰過這般事，像這樣的衝突或驚慌。但這種事怎麼會在那個時候發生在她身上，而另一個人正好經過解救了她呢？這的確是很不尋常！她知道此時他們兩人心態正處於最有利的時候，因此她忍不住多作聯想。此刻他希望能讓自己別再那麼迷戀愛瑪，她則剛從對艾爾頓先生的癡狂中甦醒。一切似乎都有利於誕生最有趣的結果。這個偶發事件不可能不讓他們對彼此產生強烈的好感。

在海芮仍然昏厥的幾分鐘內，愛瑪與法蘭克・邱吉爾交談，他提到了當她抓住他時的驚恐、天眞、以及狂烈，他的語氣似乎感到頗愉快開心，就在海芮終於陳述了自己的遭遇後，他激動地表達他對於畢克頓小姐的愚蠢充滿不屑。一切都順其自然發展，不見任何推波助瀾。愛瑪絕對不會插手，也不再投予任何暗示。不，她已經干預得夠多了。她只是在心中盤算，無傷大雅，僅僅是消極的盤算罷了。這只能稱得上是個願望罷了。除此之外，她不會再多做什麼。

愛瑪首先決定不讓父親知道事情發生的經過，她知道這會引起父親高度的不安與恐慌；但她很快就感覺到事情瞞不住。不到半小時，這起消息便傳遍了整個海伯瑞村。年輕人與下人們是最愛談論小道消息的，而這件事便成爲他們唯一的話題，這群好事者開始熱烈地討論這件駭人的消息。昨晚的舞會似乎淹沒在吉普賽人的話題中。可憐的伍德浩斯先生坐在椅子上顫抖，而且正如愛瑪所預料的，他非得要她們答應再也不到樹林裡去散步，才放下一顆心。接下來一整天，許多人捎來了對他、伍德浩斯小姐及史密斯小姐的問候（因爲鄰居們都知道他喜歡接到問候），這對他來說是莫大的安慰；他樂於回覆問候，並告訴對方說她們受到極大驚嚇——雖不完全眞實，愛瑪的確沒事，而海芮也沒大礙，但愛瑪無從干涉父親的回答。愛瑪向來不知道何謂身體微恙，可是身爲她父親的孩子，她在別人的印象中往往處於健康不佳的狀態；如果他不替她編造一些生病的假消息，別人在言談間就不會提到她。

那群吉普賽人還未等到法律制裁，便逃之夭夭。海伯瑞村的年輕女孩還沒來得及感到恐慌，就再度回歸安全狀態，可以安心四處走動。整件事對於海伯瑞村的居民來說很快就變得不重要了，只剩愛瑪和她的兩位小外甥還關心——在她的想像中，這件事歷歷在目，而亨利與約翰則是天天問起海芮與吉普賽人的故事，如果愛瑪敘述的和頭一回說的情節有所出入的話，他們還會予以糾正呢！

第四十章 Emma

這次驚險事件過了幾天之後，某天早上，海芮手裡拿著一個小包裹來找愛瑪。她坐下來躊躇了一會兒，才開口說：「伍德浩斯小姐，若您有空的話，有件事我想向您坦白，然後，您知道的，這項祕密就告終結。」

愛瑪很驚訝，但仍要求海芮趕快講。海芮的態度略帶嚴肅，她的用字遣詞也是，這讓愛瑪感覺此事必定不尋常。

「這是我的職責，也可說是我的希望，」她繼續說：「能無所顧忌地邀您參與這個話題。此刻我在某方面已有了全新改變，能讓您滿意地分享這祕密，怎麼說都不爲過。我不想多說廢話。對於之前表現的軟弱，我感到很慚愧，但我敢說您是瞭解我的。」

「是的，」愛瑪說：「我希望我的確瞭解。」

「我怎會讓自己長久以來深陷於那種虛幻想像之中？」海芮激動地大叫，「簡直像瘋了一樣！如今我看不出他有哪點優異過人之處。我不在乎是否會再見到他——在他們夫婦倆之中，他是我較不願碰到的，我寧願多繞一點路以避開他——現在我一點也不會嫉妒他妻子了。我不再羨慕她或嫉妒她。她確實迷人，儘管如此，我還是認爲她脾氣很差，不討人喜歡——我永遠難以忘記她前天晚上的那種表情！不過，伍德浩斯小姐，我向您保證，我不會詛咒她。不，讓他們去幸福快樂吧，痛苦已遠離我了。爲了讓您相信我句句肺腑眞言，我現在就摧毀一件早該摧毀的物品，自知本不應保留的東西（她說這些話時，滿臉通紅）。不過我現在要把它毀棄，尤其希望當著您的面進行，這樣您便能體認我變得多麼理性。您猜得出這包裹中是什麼嗎？」她帶著一種意有所指的表情。

「不，我猜不著。他曾送過妳什麼嗎？」

「那不能稱作禮物，但卻是我之前特別寶貝的東西。」

海芮把包裹遞過去，愛瑪讀到包裹上頭寫著「最珍貴的寶物」字樣，她的好奇心驟然而起。海芮打開包裹，愛瑪焦急地注視著。在厚厚一層銀紙之下是一枚漂亮精緻的手工小木盒，海芮把盒子揭開，裡面鋪著柔軟的棉布，除此之外，愛瑪只看到一小塊硬藥膏。

「現在，」海芮說：「您一定記得。」

「不，我眞的不記得。」

「天啊！我沒想到您竟忘記這房間裡發生過的硬藥膏那件事，僅在前幾回見面時。就在我喉嚨痛的幾天前，約翰．奈特利夫婦來此作客之前，我想就是在那個晚上。您不記得他使用您的新筆刀時割傷了手指，您推薦了硬藥膏嗎？當時您手邊沒有，而您知道我有，便希望我能提供。所以我把硬藥膏拿出來切一塊給他，但我切得太大塊，所以他又切小塊一些，在他把剩下的藥膏返還之前，還不斷地把玩著。當時癡傻的我，不禁把藥膏當成了寶貝收藏起來，打算永遠不用，偶爾拿出來端詳就好。」

「我親愛的海芮呀！」愛瑪大喊，一隻手支在臉龐前方，跳起來。「妳讓我更加感到慚愧了。記得嗎？哎，我現在全想起來了。只不過我到現在才知道妳把那塊殘渣特地留存起來。我記得他割傷手指，也記得曾推薦藥膏，還記得說過我手邊沒有！都是我的錯！都是我的錯！其實當時我口袋裡還有很多。那不過是我愚蠢的詭計之一。我活該一輩子羞愧。好吧（她再度坐下），繼續說吧，妳還要說什麼？」

「您當時手邊眞的有藥膏嗎？我毫未起疑，您的演技太自然了。」

「妳眞的爲了他而保留這塊藥膏？」愛瑪正從羞愧與激動的情緒中慢慢恢復，如今夾雜著好奇與興味的情緒。她在心裡自忖：「天啊！我哪想得到把法蘭克・邱吉爾把玩過的藥膏收在棉布裡保存起來？我永遠也做不到。」

「這個，」海芮繼續把注意力轉移到盒子上，「這裡還有一樣更珍貴的，我的意思是曾經更珍貴的東西，因爲這是眞正屬於過他的，那塊藥膏並不曾眞正屬於他。」

愛瑪急著瞧瞧這樣更珍貴的寶物。那是一枝舊鉛筆的末端，沒有筆芯那部分。

「這的確是他的，」海芮說：「您還記得某天早上——不，我敢說您不記得了。某天早上，我忘了是哪一天，也許是我方才提起那晚之前的星期二或星期三，他想在口袋筆記本上記下有關雲杉啤酒的備忘錄。當時奈特利先生跟他說了一些相關的事情，他想寫下來，拿出鉛筆時卻發現沒剩多少筆芯，他立刻把筆削開竟不管用，所以您慷慨借出另一枝鉛筆，而那截無用的鉛筆末端就被留在桌上。我一直留意著它，鼓起勇氣伺機抓住，從那之後便不曾離開身邊。」

「我的確記得，」愛瑪大叫：「記得很清楚。我們在談論雲杉啤酒。噢！是的，奈特利先生和我都說喜歡雲杉啤酒，而艾爾頓先生似乎打定主意要學著喜歡上它。我記得很清楚。等等，當時奈特利先生就站在這邊，對吧？我記得他當時就站在這個位置。」

「啊！我不曉得。這眞奇怪啊，但我不記得了。艾爾頓先生是站在這裡，我記得，差不多就在我現在的位置。」

「好吧，繼續說。」

「噢，就這樣了。我沒有別的東西要給您看，或對您說了。我現在就要把這兩樣東西丟進火堆裡，希望您能看著我做這件事。」

「我親愛又可憐的海芮呀！妳究竟從珍藏這些東西的過程裡得到哪般樂趣呢？」

「是啊，我眞是愚蠢！我現在很慚愧，希望我能在燒毀後輕易地忘記這些事。打從他結婚那一刻起，我便不該留著這些紀念品。我知道這樣做是錯的，但當時還未能有足夠決心丟掉它們。」

「不過，海芮，眞有必要燒掉藥膏嗎？我對於燒掉舊鉛筆末端沒意見，可是藥膏還有用啊！」

「我希望能燒掉，」海芮回答：「這東西會勾起那段不愉快的回憶。我必須斬斷一切。這個舊鉛筆末端在這兒，謝謝老天，它代表有關艾爾頓先生的一切就此結束。」

「那麼，」愛瑪心想，「邱吉爾先生何時會開始呢？」

她後來很快就告訴自己，他們之間的序曲早已奏起，她忍不住期許希望那些吉普賽人即使沒替海芮算過命，最後仍能爲海芮帶來好運。那次驚恐事件經過半個月之後，她們僅好好聊過一次，且是無意間提起來。只是愛瑪當時沒把這件事放在心上，反而使得她所接受到的訊息更具價值。她只在閒談時隨口說：「好吧，海芮，妳以後結婚時，我會建議如此——」然後愛瑪就沒再多想了，直到一分鐘的沉默過後，她聽到海芮以非常認眞的語氣說：「我永遠不會結婚。」

愛瑪抬頭注視海芮，立刻明白究竟是怎麼一回事。愛瑪在內心天人交戰了一陣，考慮著是否該刻意不加理會，然後才給出回答。

「永遠不結婚？這是妳的新決定？」

「雖然是新決定，但卻是個永遠不會改變的決定。」

經過另一陣短暫的躊躇之後，愛瑪說：「我希望不是因爲……我希望這不是爲了艾爾頓先生！」

「爲了艾爾頓先生？」海芮不屑地大叫，「噢！不！」愛瑪隱隱聽到以下這些字：「比艾爾頓先生優秀多了。」

然後愛瑪又花了更長一點的時間思考。她是否該就此打住？她是否該讓這話題就此過去，假裝不再有所懷疑？如果她這麼做，也許海芮會覺得她很冷淡或正在生氣。或者如果她完全保持沉默，只會逼得海芮要求她聽更多事情；儘管她們此刻像往常一樣開誠布公，坦率地討論著希望與機會，她仍然下定決心，相信最好是讓海芮一口氣說出想吐露的一切事情。坦誠永遠是上上之策。她之前已考量過在這種情況下她能說多少。她早在腦海裡快速地衡量過一番，這樣做對她倆來說都較安全。她下定決心，然後開口說：「海芮，我並非要懷疑妳的意圖。妳對於永不結婚的決心，或者說是期望，都是源自於妳自覺意中人在家世背景上均優於妳，因而會看不上妳。是不是如此？」

「噢！伍德浩斯小姐，相信我，我絕對不敢這麼想。我沒有那樣瘋狂，光是從遠處欣賞他，就讓我開心不已了。我是帶著感激、驚喜與尊敬的心情，去看待他遠遠超越所有其他人的優異傑出之處，這種心情是很適切的，尤其對我而言。」

「我一點也不感到驚訝，海芮。那個人爲妳做的事情，已足夠溫暖妳的心。」

「爲我做的事情？噢！那眞是難以表達的感激啊！一想到那件事，之前的不幸際遇，以及我當下的感受。當我看見他走過來，他那高貴的容貌。多麼大的改變啊！瞬間就帶來難以置信的轉折，從最悲慘的境地，飛躍至幸福的雲端。」

「這是非常自然的，極其自然又可貴。誠然來說，有這麼好的選擇降臨，彌足可貴，但無法保證它能迎向美好的結局。我不建議妳立刻就付出感情，海芮。我不敢打包票說妳會得到同等的回報。想想目前的處境，也許妳該趁還有機會的時候確認一下自己的感受：無論如何千萬別沖昏了頭，除非百分百確定他也喜歡妳。好好觀察他吧！讓他的行為，決定妳要投注多少感情。我給妳這分提醒，今後便不會再和妳談論這個話題了。我決定不再干預，從現在開始，不再過問此事。我們別談起那個人的名字。之前離譜的錯誤，讓我們該學到教訓了。對方的身分地位無疑對妳高不可攀，眼前勢必將遇到一些嚴重的反對與障礙。但是，海芮，好事亦曾發生過，仍舊有差異更大的天作之合。妳要好好照顧自己。我不會讓妳太過樂觀，只是不論結果如何，妳都要相信，現在這位優秀的意中人足以表明妳的品味提升，這是永遠值得重視的。」

海芮帶著順從感激的心情，默默地親吻愛瑪的手。愛瑪確信這樣的依戀對她的密友來說並不是件壞事，可以解救她免於沉淪下流社會的危險，心靈變得更高貴。

在籌劃打算、抱持希望與默許縱容的氛圍之中，六月時節降臨了哈特菲宅邸。海伯瑞村大致上沒有特別變化，艾爾頓夫婦仍談論著沙克林夫婦坐四輪大馬車的造訪；珍．費爾法斯依舊住在外婆家；坎貝爾夫婦從愛爾蘭返回的計畫再度延後了，他們原本說要在仲夏節之前回來，如今又延到八月，因此珍很可能還會在這裡繼續待上兩個月，只要她能抵擋得住艾爾頓太太積極爲她探聽教職的壓力，不被迫匆匆接受「理想」的工作。

奈特利先生早就因爲某種不爲人知的理由而討厭法蘭克．邱吉爾，如今更加嫌惡他。他開始懷疑法蘭克在追求愛瑪的過程中玩著兩面手法。愛瑪無疑是他的追求對象，一切都說明這個事實：他自己的意圖，他父親的暗示，他繼母毫無辯解之意的沉默；他們全都口徑一致。言語、行爲，加上種種謹慎與不經意的態度，全都昭示著同一件事。只不過雖然他爲愛瑪付出了這麼多，愛瑪卻想把他轉介給海芮，奈特利先生則暗自懷疑起法蘭克．邱吉爾企圖玩弄珍．費爾法斯的感情。他不是很瞭解箇中巧事，但這兩位之間似乎有些徵兆，至少他是作如此想。法蘭克似乎表現出些許愛慕之意，一旦奈特利先生察覺到這一點，便無法說服自己不去揣想其中蹊蹺，儘管百般不願跟著愛瑪那樣犯了瞎猜的錯誤。奈特利先生首度起疑時，愛瑪人恰不在場，那是他與蘭道斯宅邸一家及珍一起在艾爾頓夫婦家共進晚餐。奈特利先生注意到法蘭克．邱吉爾這位伍德浩斯小姐的愛慕者，似乎不止一次向珍．費爾法斯投以別具意涵的眼神，行止有些失當。後來每當奈特利先生遇到他們一家人，就忍不住想起之前所見到的情景，每次他都更加懷疑法蘭克．邱吉爾與珍之間私通款曲，除非這整件事是像詩人考柏①詩句所言的「是我的疑心生了暗鬼」。

某天晚餐之後，他一如往常般散步到哈特菲宅邸消磨夜晚時光。當時愛瑪與海芮正要去散步，他加入小姐們的行列；回程時，他們遇到人數更多的一夥人——威斯頓夫婦和他們的兒子，以及貝茲小姐與她外甥女。他們也認爲應該趁時間還早時外出散步活動，因爲當時天色看似快下起雨了。他們巧遇後一起散步，當大夥兒抵達哈特菲宅邸門口時，愛瑪知道她父親一定會很歡迎這些賓客的造訪，於是熱情地邀請他們進屋去和他喝杯茶。蘭道斯宅邸的一家人立刻欣然同意，貝茲小姐發表了沒什麼人注意聽的長篇大論之後，也接受伍德浩斯小姐的誠摯邀請。

當他們正要轉進哈特菲宅邸的庭院內時，培瑞先生正好騎馬經過。幾位男士談論起他騎的這匹馬。

「究竟，」法蘭克．邱吉爾隨後對威斯頓太太說：「培瑞先生對於購置馬車這件事有何打算？」

威斯頓太太神色驚訝地說：「我不曉得他有這樣的打算！」

「不，我是從您那裡得知的。三個月前您在來信中寫到這件事。」

「我？不可能！」

「您眞的有，我記得很清楚。您提到這件事一定很快就會成眞。培瑞太太很高興地把這件事告訴某人。這件事多虧她的勸說，因爲她認爲，在天氣惡劣時騎馬出門會對他造成重傷害。您現在肯定想起來了吧？」

「我發誓，我直到此刻才聽說這件事。」

「從來沒有？眞的從來沒有？天啊？這怎麼可能？那麼我一定是作夢囉，但我當時完全相信。史密斯小姐，妳走路的模樣看起來累壞了。如果妳想回家去休息，不要緊的。」

「究竟怎麼一回事？」威斯頓先生大聲說：「培瑞與馬車究竟是怎麼一回事？培瑞打算添購馬車嗎，法蘭克？我很高興他負擔得起這費用。你是從他那裡得知的，對吧？」

「不，父親，」他兒子大笑著回答：「我不曉得究竟從誰那裡得知這個消息。這可眞奇怪哪，我非常確信威斯頓太太在幾星期前寄往恩斯康宅邸的信中提及此事，還寫了不少細節。但既然她本人都宣稱之前完全沒聽過此事，那麼這當然是個夢囉！我很會作夢的。我人不在這裡時，老夢著海伯瑞村的每個人，當我夢完了那些特別的朋友之後，居然開始夢到培瑞夫婦啦！」

「這眞是夠奇怪的了，」他父親說：「你居然會夢到你在恩斯康宅邸不太可能有時間想到的這群人。你居然夢到培瑞要買馬車，還夢到是他妻子出於關心丈夫健康而勸他買的——我毫不懷疑，這一切遲早會發生的，只不過現在還沒罷了。有時候，夢境成眞是大有可能的！而且你還夢到其他人，多麼不可思議啊！法蘭克，你的夢代表著你不在海伯瑞村時仍時時思念這裡。愛瑪，我想妳也很會作夢吧？」

愛瑪沒有聽到這些對話。她趕著走在其他賓客之前，告知父親有關賓客造訪的消息，所以她不清楚威斯頓先生的暗示。

「說實話，」在過去兩分鐘內，貝茲小姐一直試圖引起眾人注意聽她說話，但都徒勞無功，「如果我必須針對這件事發表意見，那麼法蘭克・邱吉爾先生不需要否認——我並不是說他沒有夢到這件事——我相信有時候我會夢到世界上最奇怪的事。如果有人質問，我必須承認今年春天時的確有這麼一回事。因爲培瑞太太親口向我母親提到這件事，而柯爾夫婦也知道，但那仍是個祕密，沒有其他人知道，那件事僅被考慮了三天。培瑞太太熱切期待培瑞先生添購一輛馬車，某天早上她興高采烈地來找我母親，因爲她認爲她終於成功說服了她先生。珍，妳還記得當我們回到家時，外婆告訴我們這件事嗎？

我忘了當時我們走去哪裡散步，很有可能是蘭道斯宅邸。是的，當時我們應正從蘭道斯宅邸散步回來。培瑞太太向來偏愛我母親，我不曉得有誰會不喜歡她。培瑞太太自信滿滿地向我母親提到這件事；她當然不介意母親向我們轉述此事，只說這件事不能再對外傳出去了。從那天起，我就沒再對任何熟人提。不過雖然如此，還是不敢保證自己口不透風，畢竟有時總會不經意地說漏了嘴。我很愛講話，你們都知道，話多了，偶爾會將一些不該說的也說出去。我不像珍，眞希望我像她。我敢保證，她從來沒有洩露半點不該說的事情。她在哪兒？喔，就在我後面。我清楚記得培瑞太太的造訪。邱吉爾先生的那個夢眞是不尋常啊！」

他們正要進入大廳。奈特利先生的目光越過貝茲小姐，瞄了珍一眼。奈特利先生在法蘭克・邱吉爾的臉上看到了被壓抑住卻藉由大笑來掩飾的困窘，於是他不由自主地轉頭瞄了一眼珍，她走在很後面的地方，忙著整理她的披肩。威斯頓先生走了進來。另外兩位男士等在門邊，禮讓珍通過。奈特利先生懷疑法蘭克・邱吉爾決意要捕捉她的目光，似乎刻意注視著她，即使如此，她還是沒有迎向他的目光。珍經過男士們身邊走進大廳，並未與他們的眼神相會。

沒有時間多作評論或解釋，那個夢的話題就此打住。奈特利先生必須與其他人一起圍坐在那張現代化的圓桌旁，這張桌子是愛瑪購進哈特菲宅邸的，唯獨她有能力把這張桌子擺在那裡，並且說服她父親加以使用。過去四十年來，她父親每天都在之前那張較小的餐桌上，硬擠放著餐具享用兩次餐點。熱茶立刻端上桌來，似乎沒有人趕著離開。

「伍德浩斯小姐，」法蘭克・邱吉爾仔細檢查他座位後面伸手可及的一張桌子，然後說：「妳的外甥們是否拿走了他們的字母盒？那個盒子本來放在這裡的。現在到哪裡去了？今晚有點無聊，彷彿像是冬日夜晚，而非夏夜。某個早上我們曾玩那些字母玩得興高采烈，我很想再讓妳猜幾道字謎。」

愛瑪滿意這提議，於是把那盒子拿出來，整個桌面很快就散佈著字母，但似乎沒有人像他們兩個那麼擅長擬出字謎題目。他們很快地就爲參與猜字遊戲的人擬出字謎題目。這項遊戲需要安靜，對於不愛喧鬧的伍德浩斯先生來說特別令人滿意；平常聚會時，有時候威斯頓先生會帶頭玩起較吵鬧的遊戲，如今他坐在那裡，一會兒帶著憂鬱的心情哀嘆「可憐的小男孩們」的離開，一會兒拿起掉落在他附近的字母牌，讚美愛瑪的字跡眞是漂亮。

法蘭克・邱吉爾把一道字謎放在費爾法斯小姐面前。她稍微環顧了一圈圓桌，然後專心破解字謎。法蘭克・邱吉爾坐在愛瑪隔壁，珍坐在他們對面——奈特利先生的位置剛好可以清楚地看見三個人，他決意盡量不動聲色地觀察他們的舉動。那道字謎被解開了，珍略帶微笑地把字母牌推開。如果她打算立刻把那些字母牌與其他的混合、不讓別人看到，那麼她應該注視著桌上，而不是望向桌子對面，因爲那些字母牌並沒有與其他的混合。而急著想要猜新字謎的海芮由於苦尋不著字牌，所以直接把珍的字牌拿起來，開始進行猜字。她坐在奈特利先生的隔壁，試著尋求他的協助。那道字謎是「差錯」（blunder），當海芮大聲把謎底唸出來時，珍的臉上泛起一陣令人費解的紅暈。奈特利先生聯想到那個夢，卻無法理解兩者之間究竟有何關聯。珍平時最教他欣賞的細膩與謹慎，此刻竟都不見了？他認爲其中必有蹊蹺。他不斷地想到其中定暗藏隱情與兩面手法。這些字母只不過是調情的花招伎倆。這本是小孩子玩的遊戲，被用來掩飾法蘭克・邱吉爾的狡猾詭計。

奈特利先生帶著憤慨的心情繼續觀察他，並以警戒與不信任的態度觀察他那兩位不知情的同伴。他看到法蘭克・邱吉爾爲愛瑪準備了一道短的字謎，當他把字母牌推向愛瑪時，臉上還帶著狡猾與故作正經的表情。他看到愛瑪很快就猜出了字，且被逗得樂不可支，雖然她認爲表面上應當假裝加以譴責一下，因爲她說：「胡鬧！你眞可恥！」他聽到法蘭克・邱吉爾接著一面說，一面瞄了珍一眼：「我應該把這道字謎給她？是不是啊？」然後他清楚地聽見愛瑪急著大笑制止：「不，不，你千萬不要！你眞的不應該給她。」

然而他還是把字謎交給了珍。這位風流倜儻又浮誇的年輕人，直接把字謎交給費爾法斯小姐，並且以特別沉著的謙恭態度請求她研究這道字謎。奈特利先生亟欲知道那道字謎爲何，於是他把握任何可能的機會緊盯著那道字謎，不一會兒，他看到那個字是「狄克森」（Dixon）。珍・費爾法斯似乎和他猜到同樣的字，她當然知道這五個字母安排有其背後的深意。她顯然很不高興，一抬起頭，發現自己被注視著，於是臉龐整個羞紅起來。奈特利先生從未見過如此狀況。她只說：「我不曉得姓氏也可以拿來當字謎！」隨後憤怒地把字母推開，看來似乎決意不再繼續猜字了。她不願意再注視故意調侃她的法蘭克，而把臉別開，轉向她的姨媽。

「哎呀，的確，親愛的，」她姨媽大喊，珍不發一語。「我也正要這麼說。該是我們告辭的時候。天色愈來愈晚了，外婆在家裡等我們。親愛的伍德浩斯先生，您太客氣了。我們眞的必須告辭啦。」

珍立刻動作，表明如姨媽所預期的隨時準備離開。她立刻起身，想要離開桌邊，但是當時有許多人也正在移動，所以她一時無法離開。奈特利先生隱約看到法蘭克趁機將另一組字母推向她，但她看也沒看一眼就推開。她隨後找起她的披肩，法蘭克・邱吉爾也跟著尋看。天愈來愈暗，屋內一片混亂，奈特利先生甚至不曉得最後他們是如何離開的。

所有人都走了之後，奈特利先生繼續留在哈特菲宅邸，他滿腦子充斥著剛才所見的景象。當蠟燭點上、照亮屋內時，他猛地覺得身爲一位朋友，一位心急的朋友，他必須給愛瑪一些提醒，問她一些問題。他不能見到她身陷於如此危險的情境中而不試著拉她一把，這是他的責任。

「拜託，愛瑪，」他說：「我是否可以請問一下，方才妳和費爾法斯小姐拿到的那道字謎中，究竟有什麼值得開懷大笑的？我看到那個字了，忍不住好奇地想知道，何以對妳來說那麼有趣的字謎，會令費爾法斯小姐那麼不高興呢？」

愛瑪著實感到困惑。她不能給他正確解答，雖然他的疑惑絕對不可能消除，但她實在不方便告訴他眞正的原因。「噢！」她明顯羞窘地大叫：「那完全不具任何意義，只是我們之間的玩笑。」

「玩笑？」他語氣嚴肅地重複，「似乎只有妳和邱吉爾先生認爲那是個玩笑。」

他本來希望她能再度開口，但卻沒有。她寧願去忙其他事情，也不願意開口講話。奈特利先生滿腹狐疑地坐在那兒一會兒。各種不好的念頭掠過他的腦海，一場徒勞無功的干預。愛瑪的困惑，以及她和法蘭克・邱吉爾之間明顯的親密互動，似乎說明她動情了。但他仍必須把話說出來。他有義務這麼做，寧可冒險進行不受歡迎的干預，也總勝過看見她的幸福潛藏危機。他寧可正面迎擊，也不願日後想起自己的疏忽而痛苦。

「親愛的愛瑪，」他終於開口說話，語氣中帶著熱切的誠懇，「妳認爲妳很清楚剛剛那兩位紳士與淑女之間的交情？」

「你是說法蘭克・邱吉爾與費爾法斯小姐之間的交情嗎？噢，是的，我非常清楚。你爲什麼對這件事有所質疑呢？」

「妳是否曾經想過，也許他喜歡她，或者她喜歡他呢？」

「從來沒有！」她以最急切的語氣大叫，「我壓根兒沒有想過。你又怎會想到有這種可能呢？」

「我最近察覺到他們兩位之間潛藏曖昧情愫。他們彼此傳情的眼神，相信連他們本人也不想公開。」

「噢！你眞是讓我樂壞了。我很高興知道你也會大膽地讓你的想像力馳騁，不過你想錯了。我很抱歉在你頭一回做這種想像力練習時就必須把你點醒，但你眞的想錯了。他們兩人之間並無任何愛慕之意，我向你保證。你注意到的那些表象，都是源自於一些特殊狀況，那些純粹只是一種特殊情況下的情緒感受。這不可能解釋清楚，其中有許多荒謬之處，但我唯一能說的是，他們是世界上最不可能互相愛慕的兩個人；也就是說，我可以大膽推測她不會愛上他，而且我也可以直接替他答覆，他不可能愛上她。我敢保證，法蘭克・邱吉爾對珍完全沒有愛慕之意。」

她語氣中的自信使奈特利先生動搖了念頭，她的自滿也使得奈特利先生靜默了下來。她興致高昂，想要繼續聊下去，想要得知他心生懷疑的細節，他話中所提到的每一抹表情，以及她有興趣聆聽的每個場景發生地點與經過。然而，奈特利先生的心情並不像愛瑪那麼興奮。他發現自己本來要給的建議派不上用場，情緒受到擾動，使他根本不想談話。他甚至沒有心情坐到熱烘烘的爐火旁去聊天，這是伍德浩斯先生終年每晚例行的習慣。擔憂爐火會助漲心中的怒火，於是奈特利先生連忙告辭，走回丹威爾莊園的冷清與孤寂之中。

譯註：

①考柏（William Cowper，一七三一至一八〇〇），英國詩人、讚美詩作家、書信作家，同時也是翻譯家。

第四十二章

Emma

海伯瑞村的居民長久以來便聽說沙克林夫婦很快將前來造訪，因此當他們聽說沙克林夫婦直到秋天才會來訪，都感到十分失望。目前沒有其他新奇事件能夠豐富他們的知識庫。在他們日常的訊息交流中，必須再度把話題限定在其他無趣的話題上，例如邱吉爾夫人每日更新的健康狀況，以及威斯頓太太的情況，她的鄰居們都認爲她的快樂或許會因爲新生兒的降生而大大增加。

艾爾頓太太極爲失望，因爲這代表著歡聚與郊遊的日期又要延後了。她的介紹與引薦皆須暫停，而所有計畫中的宴會仍回到紙上談兵的階段。她起初是這麼想的，但在稍加思量之後，她認爲一切並不需要延後。就算沙克林夫婦不來，他們何不依照原定計畫去巴克斯丘郊遊呢？他們可以在秋天時再次陪同沙克林夫婦前往。於是他們說好了要前往巴克斯丘。眾人這陣子來都曉得有這樣的聚會進行中，它甚至促成了另一場郊遊。愛瑪從來沒有去過巴克斯丘，她想去見識人人都覺得值得一睹的景象爲何，於是與威斯頓太太說好要選擇某天早晨一同驅車前往。她們只想再找兩三個人同行，而且這趟郊遊必須以安靜、低調、優雅的方式進行，一定要優於艾爾頓夫婦與沙克林夫婦那種大費周章的行前準備、例行的吃吃喝喝與野餐郊遊模式。

愛瑪與威斯頓太太針對此事已達共識，所以當她從威斯頓先生那裡聽說他曾向艾爾頓太太提議——既然她姐姐與姐夫不能前來，那麼兩組人馬不如合併，艾爾頓太太立刻欣然同意，表明只要愛瑪不反對，事情就這麼說定了。愛瑪聽到這個消息時，感到頗爲驚訝與不悅。此刻，她的反對完全是基於她非常討厭艾爾頓太太，而威斯頓先生必定早就察覺這一點了，因此不值得再度提起。愛瑪不得不向威斯頓先生抗議一番，但這會讓他妻子陷於尷尬；她發現自己只好同意，雖然她之前一直努力避免這種情況發生。如此安排很可能會被人說閒話，說她降格至與艾爾頓太太爲伍。她感到十分不痛快。雖然她表面上忍耐順從，但一回想起威斯頓先生那種難以駕馭的老好人個性時，還是忍不住在心裡暗自嚴厲譴責。

「我很高興妳贊成我這麼做，」他非常欣慰地說：「不過我本來就認爲妳會贊成的。這樣的活動如果人數不夠多，就沒意思了。人是愈多愈好。人愈多，肯定會愈有意思。再說她這個人畢竟還不錯，是不容忽略的。」

愛瑪儘管表面上未加反對，心裡卻很不以爲然。

此時正值六月中，氣候宜人。由於馬車的馬匹臨時傷了腳，不曉得何時會復原，使得郊遊的日期尚未能確定。但艾爾頓太太急著想把郊遊日期定下來，並且和威斯頓先生商量好，要準備鴿子派與羊肉冷盤。也許還要再等上幾個星期，也許就在這幾天，馬匹才能使用，在此之前，一切的準備工作只能停擺，實在掃興。艾爾頓太太縱有再多人脈與資源，也無法從容應付這種突發狀況。

「這不是很惱人嗎？奈特利？」她大呼，「現在的天氣正適合出遊啊！這些延遲與掃興眞是討厭啊。我們能怎麼辦呢？照這種速度，一整年很快就會飛逝，而我們仍一事無成。我向你保證，去年的此時，我們早就完成了一趟愉快的出遊，從楓林莊園前往京斯威斯頓區。」

「妳最好到丹威爾莊園來郊遊，」奈特利先生回答：「那就不需要用到馬匹了。來吧，來嚐嚐我種的草莓，很快就要成熟了。」

就算奈特利先生一開始只是隨口說說，後來也被迫不得不認眞起來，因爲他的無心提議引起了極熱情的回應，艾爾頓太太一句「噢！我喜歡這個主意」，在言語與態度上俱透露了她的興奮。丹威爾莊園向來以草莓圃聞名，因此這聽起來像是個懇切的邀請；然而事實上根本不需這般懇切，就算是包心菜園，都足以撩起艾爾頓太太的興致，她只是想找個地方走走罷了。她向他再三保證她樂意一遊，強調的次數之多，讓奈特利先生無法不相信她的話。她非常滿意，她寧願選擇相信這番邀請象徵了親密的情誼與特別的恭維。

「你放心，」她說：「我一定會前往的。你說個日子吧，我就去看看。你願意讓我帶珍・費爾法斯一起去嗎？」

「我現在沒辦法說定一個日子，」他說：「我還想邀請其他人來，必須先和對方談談。」

「噢，這件事就交給我吧。你只要全權委任給我吧，我把自己當女主人。這是我的宴會。我會帶這些朋友一塊兒去。」

「我希望妳能帶艾爾頓一起來，」他說：「但我不想勞煩妳來擔任這份邀請工作。」

「噢！你眞是客氣啊！但請你思考一下，你不需要害怕分派權力給我。我可不是考慮欠周的小女生。你知道的，你大可放心把事情交辦給已婚的持家女士。這場宴會就當作是我的，把一切交給我。我會爲你邀請賓客。」

「不，」他平靜地回答：「這世界上只有一名已婚女子是我願意讓她隨心所欲邀請前往丹威爾莊園的賓客，而那名女子是——」

「我猜一定是威斯頓太太。」艾爾頓太太打岔，神情頗不悅。

「不，是我未來所娶的奈特利太太，直到她出現之前，我會親自打理這些事情。」

「噢！你眞是個怪人！」她大聲地說，似乎滿意於無人具有凌駕於她的特權。「你眞的很幽默，而且想說什麼就說什麼。眞是幽默！好吧，我會帶珍一起去，珍和她姨媽。其他賓客就交給你了。我一點也不反對遇到哈特菲宅邸那一家人，別擔心。我知道你和他們交情很好。」

「若是由我來張羅的話，妳一定會見到他們的。我在返家的路上會先造訪一下貝茲小姐，親自提出邀請。」

「這不需要，我每天都會見到珍，不過你堅持親自邀請的話也行。奈特利，這場聚會最好安排在早上，形式簡單一點。我會戴一頂大遮陽帽，手臂上掛著一個小籃子，也許還會在小籃子上繫上粉紅緞帶。再也沒有比這更簡單的了。珍也會拿著這樣的小籃子。不要有任何形式或盛大的陣容，這才較像是一場鬆散悠閒的聚會。我們會逛逛你的果園，親自採草莓，坐在樹底下。不論你還想另外供應什麼，都應該在戶外進行，例如在樹蔭底下擺張桌子，一切都盡可能自然與簡單。你是否也這樣認爲？」

「我並不這樣認爲。我所認爲的自然與簡單，是把桌子擺在餐廳裡。我認爲，最能展現紳士淑女們的自然與簡單，莫過於把餐點設置在室內，享受僕人的服務與傢俱擺設。當你們在花園裡吃膩了草莓，隨時可進到屋子裡嚐嚐肉類冷盤。」

「好吧，就照你的意思，只不過別弄得太鋪張。還有，順帶一提，我或我的管家是否有任何能爲你提供意見之處？請不要客氣，奈特利。如果你希望我去和哈吉斯太太說，或者要檢查什麼事情──」

「我一點也不希望這樣叨擾妳，感謝妳。」

「但是，萬一碰到什麼困難，我的管家可是非常機警伶俐的。」

「我可以代我的管家回答，我的管家也自認非常機警伶俐，她不會需要任何人的協助。」

「我希望我們有一隻驢子。這樣一來，珍、貝茲小姐和我都可以搭乘驢車前往。我眞的應該要和我丈夫談談買驢子的事情。既然居住在鄉間，擁有驢子是必要的，即使像我有這麼多個人消遣的女人，也不可能老是關在家裡。再說住在鄉間得走很多路，夏天塵土飛揚，冬天滿是泥濘。」

「在丹威爾莊園與海伯瑞村，妳不會發現有什麼塵土或泥濘。丹威爾路從無塵土飛揚的狀況，而且現在路面很乾燥。不過如果妳喜歡的話，就搭著驢車前來吧！妳可以向柯爾夫婦借驢子。我希望一切都盡量合妳的意。」

「我相信你會這麼希望的。事實上，讓我爲你說句公道話，我親愛的朋友。在你那粗魯率直的態度之下，其實含藏著最溫暖的心。就像我告訴艾爾頓先生的，你眞的很幽默。是的，相信我，奈特利，我完全能感受到你在這次事件中對我的關心。你的邀請眞的讓我非常開心。」

奈特利先生不想在樹蔭底下擺設餐桌還有另一個理由。他希望能說服伍德浩斯先生與愛瑪加入聚會，而伍德浩斯先生知道如果要他們坐在戶外吃東西，一定會很反感。絕對不能讓伍德浩斯先生特地在早晨搭馬車前來丹威爾莊園待上一兩個小時，最後還讓他敗興而歸。

伍德浩斯先生受到最誠心的邀請。沒有任何潛藏的危險能讓他拒絕邀約，他的確答應赴約了。他已經有兩年沒到丹威爾莊園去。「某個天氣好的早晨，我、愛瑪與海芮可以前往；我可以和威斯頓太太一起閒坐，而女孩們則到花園裡去四處走動。我認爲此時大白天的花園不可能會是潮濕的。我急切希望再度見到那幢老宅，也很高興見到艾爾頓夫婦與其他鄰居。我看不出我、愛瑪或海芮有什麼可以反對造訪的理由。奈特利先生能邀我們前往實在太好了，多麼仁慈且明智，室內用餐可比在戶外用餐聰明多了！我一點也不喜歡在戶外用餐。」

奈特利先生著實幸運，每個人剛好都能赴約。他提出的邀請處處受到歡迎，每個人都像艾爾頓太太一樣把這項邀請視爲殊榮。愛瑪與海芮對於這場活動所帶來的樂趣具有高度期待，而威斯頓先生主動允諾會盡可能邀法蘭克加入，以示對這樣的邀約充滿肯定與感激。奈特利先生只好回應說他也很高興見到法蘭克。威斯頓先生立刻著手寫信，極力說服法蘭克前來。

在此同時，那匹腳受了傷的馬復原得很快，於是大家再度開心地談論起前往巴克斯丘的事情。丹威爾莊園之行的日期終於確定，巴克斯丘之行是安排在隔天——此時的氣候顯然正適合外出。

仲夏節前某個豔陽高照的早晨，伍德浩斯先生安然地坐在拉下一扇窗的馬車裡，參與這場歡樂的聚會。他置身於丹威爾莊園最舒適的房間裡，整個早上都坐在爲他特別準備的爐火旁，他開心又舒適，愉快地談論著奈特利先生精心安排的這一切，並且建議每個人都過來坐下，可別把自己曬壞了。威斯頓太太似乎刻意要步行前往丹威爾莊園，讓自己好好運動疲累一番，故當大夥兒受邀或被說服出去花園裡走動時，威斯頓太太便陪伍德浩斯先生坐在屋內，耐心地聆聽他說話，表示同情。

愛瑪已許久沒造訪丹威爾莊園了，一旦打點好父親的舒適安妥，她便高高興興地離開，四處打量。她與父親都對這屋子及土地極感興趣，因此她急著好好觀察，以重新喚起與修正昔日記憶。

對於自己與現任及未來莊園之主有著深厚的關係，愛瑪感到十分驕傲志得。她檢視著這幢老宅的規模與建築風格，以及它那恰當且蔚然成風的特色，低矮但防護性高，寬闊的果園直直延伸到有河流流過的草原；從莊園裡這裡幾乎看不見盡頭，茂密的樹林錯縱排列，遠非時尚或奢華所能比美。這幢老宅比哈特菲宅邸更大，風格截然不同，佔地面積相當廣，呈不規則狀延展，裡頭有許多舒適的房間，以及一兩間華麗的房間。它本來就該是這樣子，它看起來就是這樣子。愛瑪愈來愈推崇這幢房子，因爲居住在此的家族深具大家風範，歷代的家族成員均不辜負家族名聲威望。約翰．奈特利的脾氣縱有一些缺點，依莎貝拉與這個家族的聯姻仍可說是完美匹配，她的娘家、名聲與地位俱不讓奈特利家族感到困窘。這些都是令愛瑪愉快的感受，她四處走動，沉醉其中，直到不得不加入其他人的行伍，一起在草莓園裡採草莓。所有人都集合在一起，獨缺法蘭克．邱吉爾，但他隨時會從里奇蒙趕到。而眉開眼笑的艾爾頓太太戴著她的遮陽帽，提著籃子，早已準備好帶領著大家採草莓、挑選草莓與聊天。此時大家想的與談論的都只有草莓：「英格蘭最優質的水果——每個人的最愛——永遠都有益健康——這些是最優質的園圃與品種——為自己採草莓眞是有趣——這是眞正享受草莓的唯一方法——早晨絕對是最適合的時間——永遠不會累——每個品種都很好——麝香草莓非常好——無與倫比——其他地方的草莓幾乎不能吃——麝香草莓非常稀少——智利品種的不錯——白木品種的味道是最好的——倫敦的草莓價格——布里斯托盛產——楓林莊園——培育——草莓苗圃何時該被翻新——園丁們的想法不同——沒有什麼通則——園丁從來不會洩露他們的方法——美味的水果——只不過太營養了，沒辦法吃太多——比櫻桃稍微差一點——紅醋栗比較提神——採草莓唯一的壞處就是必須一直蹲著——烈日之下——快累死啦——再也受不了啦——必須趕緊坐到樹蔭下。」

這樣的對話就這樣持續了半小時，期間只被威斯頓太太打斷過一次。掛心著繼子的她，當時走出來詢問法蘭克是否已經抵達，難掩一點不安。她有點害怕他的馬匹出了問題。

一夥人勉強找到樹蔭下的座位。此刻愛瑪不可避免地聽到艾爾頓太太與珍．費爾法斯的對話。她們正在談論一個差事，一個最理想的差事。當天早上艾爾頓太太接到這起通知，狂喜不已。這個差事與沙克林太太無關，也與布拉吉太太無關，但是幸福與光榮的程度只略遜於這兩家的差事：這是為布拉吉太太的一位表妹工作，沙克林太太認識她，楓林莊園的人也都知道她。她們提到「開心、迷人、優異、第一流社交圈、身分地位、行業、階級」等等，而艾爾頓太太急著要珍立刻把這個工作確認下來。艾爾頓太太一頭熱，充滿精力與勢在必得的企圖心，她顯然拒絕接受她朋友的否定答案，雖然費爾法斯小姐不斷強調她目前無意接受任何差事，重複述說她之前用來推辭的動機理由。艾爾頓太太還是堅持能被授權寫一封默許信，請人隔天送回信件。愛瑪很訝異珍如何能忍受這一切？她看起來的確很惱怒，她的確語氣強硬尖銳，最後她做出了不尋常的行動決定，提議要起身走走。「難道我們不再多走走？奈特利先生不是要帶大家逛逛庭園，所有的庭園？我希望能看完整個庭園。」珍似乎再也受不了她朋友的頑固。

天氣很熱，大夥兒在庭園裡三三兩兩地走了一會兒之後，不自覺地跟著彼此走進一條蔭涼的萊姆樹叢小徑間。這片萊姆樹叢由果園往外延伸，與河流之間保持相等的距離，看起來就像是這片遊樂園的盡頭。這片萊姆樹叢並未通往任何地方，盡頭只有一道低矮石牆，綴以幾根高高的廊柱，豎立的樣子看似屋子入口處，但那裡從無存在任何房子。儘管果園盡頭的景致有點令人錯愕，但整體來說這仍是一場愉快的散步，周圍的風景也十分賞心悅目。在丹威爾莊園坐落的山丘下方有個斜坡，坡度緩緩地下降，緩降了半英里之後，突然出現一處寬廣的堤岸，覆蓋著樹林。在這個堤岸的底部，則坐落著受到屏蔽保護的艾比密農場，前方是一片草原，河流則緊挨著農場形成一道美麗弧彎。

這是幅宜人的風景，對於眼睛與心靈來說都很舒服。英格蘭的青翠蔥鬱、英格蘭的文化、英格蘭的舒適，全都映照在豔陽之下，卻又不致令人有壓迫感。

在這場散步中，愛瑪與威斯頓先生發現所有人都到齊了。在走向這幅景致的途中，愛瑪立刻察覺到奈特利先生與海芮擺脫其他人，悄悄地在前頭帶路。奈特利先生與海芮！（奇妙的組合，不過愛瑪卻欣喜樂見。）他曾經不屑視她爲同伴，甚至不太禮貌地避開她。如今他們兩人似乎聊得很愉快。愛瑪曾經很不願意讓海芮身處於一個會見到艾比密農場的地方，如今她一點也不擔心。此刻他們可以放心地欣賞它的繁盛與美麗、它的豐美牧草、散佈各處的羊群、綻放的蘭花，以及裊裊升起的炊煙。愛瑪在石牆邊加入奈特利先生與海芮的行列，卻發現他們兩人較熱中於聊天，反而沒那麼陶醉於欣賞風景。奈特利先生正在向海芮說明各種農作方式，他向愛瑪投以一個微笑，像是在說：「這些是我關心的話題。我有權利針對這樣的主題發表意見，妳可別懷疑我是在向他介紹羅伯特・馬汀。」愛瑪並未多疑。那早就是陳年往事了，羅伯特・馬汀可能早已經不再想起海芮。他們一起轉了幾個彎。樹蔭是最令人覺得舒爽的，愛瑪發現這是這一天最令人愉快的部分。

接下來，大家往屋子裡移動。他們必須全進去屋內吃東西。他們都坐下來忙著聊天，法蘭克・邱吉爾還是沒有來。威斯頓太太盼了又盼，仍落了空。他的父親不肯承認自己也會擔心，反倒取笑威斯頓太太過於緊張了。然而，光是希望法蘭克不是騎著他的黑馬來，並無法緩解威斯頓太太的擔心。他曾信誓旦旦地表示絕對會到。「舅媽的身體已經好多了，我一定可以趕過來加入大夥兒的行列。」正如大夥兒想提醒威斯頓太太：邱吉爾夫人的狀況往往會突然產生變化，因而在最後關頭阻撓了她外甥的計畫，牽絆住他。最後威斯頓太太終於被說服了，她只好相信他一定是因爲邱吉爾夫人的事情而無法前來。當大夥兒在討論這件事情時，愛瑪注視著海芮。她表現得很好，完全沒有洩露半點情緒。

冷盤食物享用完畢之後，一夥人再度來到戶外，打算瞧瞧尚未遊賞完的景致例如老魚池，也許還會走到明天就要開始收割的苜蓿園，至少可讓大家享受一下在炙熱當中漸漸變得涼爽的快感。伍德浩斯先生早已在庭園最高處稍微繞行了一圈，他在那裡沒有感覺到來自河流的濕氣，所以也就不再擔心了。他的女兒決意要留下來陪他，因此威斯頓太太接受她丈夫的勸說，一起到戶外活動一下，看看各種景致，這似乎有於提振她的精神。

奈特利先生已盡一切努力讓伍德浩斯先生待在室內時不覺得無聊。奈特利先生為這位老朋友準備了一堆版刻書籍和放置勳章、浮雕瑪瑙、珊瑚、貝殼的抽屜，以及所有櫃子上的家族收藏，好讓他打發早上待在屋內的時間。奈特利先生的仁慈也得到熱情的回應。伍德浩斯先生非常滿意，威斯頓太太向他展示過這些東西。此刻輪到伍德浩斯先生向愛瑪解說，幸好他沒有其他像孩童般的行為舉止，只不過是對於所見到的東西缺乏鑑賞力，而且他的解說慢條斯理、鮮少變化，猶如在講課一樣。在伍德浩斯先生尚未開始進行第二輪的解說之前，愛瑪先走進大廳，以便讓自己有片刻時間可自由觀賞房子的入口處與格局。她還沒有走到那裡時，珍・費爾法斯便出現了，她從庭院裡匆忙跑過來，臉上帶著逃跑的神情。珍・費爾法斯沒料到會這麼快就碰到伍德浩斯小姐，所以一開始顯得有些吃驚，但她原本正想尋求伍德浩斯小姐的協助。

「您是否能行行好，」她說：「當大家發現我不見的時候，說我已經回家了？我現在就要離開了。我姨媽沒注意到現在已經多晚了，也沒發現我們離開了多久，但我相信家裡需要我們，所以我決定立刻離開。我沒對任何人說。這只會引起麻煩與掃興。有些人走向池塘，有些人走向萊姆樹叢。等到所有人都進屋時，才會有人發現我不見了，到時候您是否能行行好，就說我已經離開了。」

「當然，如果妳希望如此的話。但妳該不會要一個人走到海伯瑞村吧？」

「是的，有什麼能傷得了我呢？我走路很快，二十分鐘就能到家了。」

「如果要獨自步行的話，海伯瑞村眞的太遠了。讓我父親的僕人陪妳一起去吧。我吩咐一下馬車，五分鐘左右就可準備好。」

「謝謝，謝謝，但千萬別麻煩，我寧願走路。我根本不怕獨自步行！我也許很快就得護衛別人了！」

她異常激動地說著。愛瑪滿懷同情地回答：「即使如此，也不能讓妳現在暴露在危險之中。我必須吩咐馬車。今天的高溫尤其危險，妳已經累壞了。」

「我的確是，」她回答：「我累壞了，但不是那種累。快步行走有助提振我的精神。伍德浩斯小姐，我們都知道有時候精神會耗盡。我承認，我的精神很疲累。您如果想對我施捨一些仁慈，就讓我走吧，只在必要時說我已經離開就好了。」

愛瑪再也無言可反對，她很明白這一切。一種同情之意油然而生，她立刻離開房子，以一種朋友的熱情目送珍安全地離去。珍離開時的表情充滿感激，她臨別前說的是：「噢！伍德浩斯小姐，能偶爾獨處一段時間，是多麼令人欣慰啊！」這似乎是發自她那過分負荷的心，也透露了她長久以來的隱忍，甚至包括必須容忍那些最愛她的親朋好友。

「的確，妳有那樣的家，有那樣的姨媽！」愛瑪再度轉身走回大廳時，內心這麼想著，「我實在同情妳。妳愈是感性地透露她們對妳造成的壓力，我就愈喜歡妳。」

珍離開還不到一刻鐘，伍德浩斯先生與愛瑪才僅看完了威尼斯聖馬可廣場的一些風景畫，法蘭克·邱吉爾便走進房間來。愛瑪並沒有想到他，她完全忘了這回事，但仍喜於見到他現身。威斯頓太太可以放心了。他的遲到，並不是因爲那匹黑馬出了什麼問題。他們沒有猜錯，邱吉爾夫人的確是造成他遲到的原因：她的病情略爲加重，造成他的耽擱，她出現一陣神經性癲癇，持續了好幾個小時，使他幾乎要放棄了前來的念頭。如果他早知道騎這一趟路來會這麼炎熱，而且儘管他快馬加鞭還是這麼晚才抵達，那麼他就絕對不會跑這一趟。天氣異常高溫，他從來沒遇過這麼痛苦的事，他幾乎希望自己留在家裡，沒什麼事情像高溫一樣令他難以忍受。他可以忍耐嚴寒，卻無法耐得住高溫。他坐下來，盡可能遠離伍德浩斯先生那盆爐火的餘燼，神色看起來頗是淒慘。

「如果你坐著不動，很快就會涼爽一些了。」愛瑪說。

「一旦我涼爽了，就得再度動身返家了。我本可不來的，但畢竟之前已經講好了。我想你們很快就會離開，大夥兒都開始分散了。我來這裡的路上遇到了一個人——在這種天氣裡走路，眞是瘋狂，絕對瘋狂！」

愛瑪傾聽、注視著，很快就察覺到法蘭克·邱吉爾的心情可是一點都不像在開玩笑。有些人在覺得熱時，總是脾氣暴躁。他的性情極可能就是這樣。愛瑪知道，飲食往往是治癒這種勃然大怒的良方，於是建議他吃點東西。餐廳裡準備了豐盛的食物，於是她好心地指著餐廳那道門。

「不，我不應該吃東西。我並不餓，吃東西只會讓我覺得更燥熱。」過了兩分鐘，他的態度緩和下來，低聲說了一些有關雲杉啤酒的事情，然後走開了。愛瑪的所有注意力又回到她父親身上，暗地裡自忖：「我很高興自己已不再迷戀他。我不喜歡這種會爲了炎熱早晨就大發脾氣的男人。海芮的個性溫婉隨和，也許不會在意。」

他離開了好一陣子，大快朵頤一番，等到他再度出現時，情況已經好多了，情緒也冷靜下來，回復他平常的謙恭態度。他拉一張椅子坐到他們旁邊，對他們正在進行的活動感到有興趣，並且遺憾他居然這麼晚才抵達。他的精神稱不上頂好，但似乎試圖提振自己的精神。最後他終於讓自己再度恢復談笑，他們一起觀察瑞士的風景畫。

「一旦舅媽恢復健康，我就要出國。」他說：「我一定要親眼見見這些地方，才能甘心。你們遲早會收到我寄過來的素描，或是閱讀我寫的遊記、我的詩。我會做點事情來表現我自己。」

「你也許可以表現自己，但不會是透過在瑞士的素描來表現。你不會到瑞士去的。你舅媽怎肯讓你離開英格蘭？」

「我會說服他們一起去。醫生說她可能需要溫暖的氣候，我頗有把握會作伴一起出國。我向妳保證我有信心。今天早上我有一股強烈預感，我很快就會出國。我應該去旅行，我厭倦了一事無成的感覺，我渴望有所改變。我是認眞的，伍德浩斯小姐，不論妳那犀利的眼睛預見什麼，我對英格蘭已厭倦透了。如果可以的話，要我明天早上離開英格蘭也成。」

「你厭倦了奢華與溺愛？你難道不能爲自己想出一些困難事，然後滿足於留下來？」

「我厭倦了奢華與溺愛？妳誤會大了。我並不認爲自己享受奢華或被溺愛。我被一切現實事物羈絆著，我一點也不認爲自己是個幸運兒。」

「不過你現在並不像你剛來的時候那樣悲慘啊！再去吃一點東西吧，你會好多的。再吃一片冷盤肉片，再喝一杯加水的馬德拉葡萄酒，會讓你像我們其他人一樣精神抖擻。」

「不，我不想移動身子。我想和你們坐在一起，你們是我最好的解藥。」

「明天我們要去巴克斯丘，你要和我們一起去。那裡雖然不是瑞士，但對於一個渴望有所改變的年輕人來說，是非常有益處的。你會留下來，和我們一起去嗎？」

「不，當然不。等今晚涼快一些之後，我就要回家了。」

法蘭克·邱吉爾稍微恢復過來後，
馬上提起興趣加入愛瑪父女倆的對話。

「不過你可以趁明天一早還涼爽的時候再趕過來。」

「不，不值得這樣做。如果我趕來了，肯定會發脾氣。」

「那麼請你就待在里奇蒙吧！」

「不過如果我待在里奇蒙，我還是會發脾氣。我無法忍受你們全都去了那裡而只有我缺席。」

「你必須自己解決這些問題。請你選擇你想發脾氣到什麼程度吧！我不再逼迫你了。」

此刻其他人陸續進屋了，大夥兒很快就到齊。有些人見到法蘭克・邱吉爾覺得格外高興，有些人的反應則很平靜；但當愛瑪解釋費爾法斯小姐的離開時，大家都很失望與驚訝。大夥兒決定該是散會的時刻。眾人稍微討論一下隔天郊遊的安排事項之後，便各自回家了。法蘭克・邱吉爾愈來愈不願意錯過這場郊遊，他對愛瑪所說的最後一句話是：「好吧，如果你們希望我留下來加入大夥兒的郊遊，那麼我恭敬不如從命。」

她以微笑表示接受。除非是來自里奇蒙的緊急召喚，否則在隔天傍晚之前，再也沒有什麼能把他叫回去了。

第四十三章

他們到巴克斯丘郊遊的這天，天氣晴爽。一切外在條件，包括行程安排、馬車座位以及準時狀況，全都很順利。威斯頓先生指揮全局，在哈特菲宅邸與牧師公館這兩戶人家之間妥善協調，每個人開心出遊。愛瑪與海芮同乘一部馬車，貝茲小姐與她外甥女和艾爾頓夫婦同車，男士們則騎馬，伍德浩斯先生這邊由威斯頓太太陪伴在家。一切都打點妥善，就爲了希望他們抵達目的地時能盡興。在興奮期待的心情中，一夥人行進了七英里路，每個人剛抵達那裡時，都忍不住發出讚嘆。但整體說來，這一天仍殘留一個缺憾：有一種倦怠、無精打采、缺乏和諧的氛圍，始終無法克服。一夥人分成三三兩兩。艾爾頓夫婦走在一起；奈特利先生看顧著貝茲小姐與珍；愛瑪與海芮則由法蘭克・邱吉爾照顧。威斯頓先生試圖讓一夥人融合在一起，可惜徒勞無功。乍看之下像是不經意的分組，只是後來這樣的分組卻鮮少變動。艾爾頓夫婦並非不願與大家打成一片，也盡量保持和善禮貌的態度，但大夥兒在山丘上共度的整整兩小時內，各個小團體間似乎刻意保持距離，這種意味非常濃厚明顯，即便是在欣賞美景、享用冷食之時或是熱情的威斯頓先生招呼之下，都難以化解。

起初愛瑪覺得十分無聊。她從未見過法蘭克・邱吉爾如此沉默木訥。他說的話不值得一聽，心不在焉，讚美之詞也了無新意，在聽她說話時也似懂非懂。他是如此沉悶，難怪海芮也同樣無趣，他們兩人都同樣令愛瑪難以忍受。

當所有人都坐下時，情況倒是好了一些。對愛瑪來說情況好了很多，因爲法蘭克・邱吉爾變得多話且開心，把她當作他的第一目標。他盡可能對她釋出特別的關注。逗她開心、給她留下好印象，似乎變成他唯一在乎的事。愛瑪樂見氣氛能活潑起來，不介意受到這樣的殷勤討好，她的心情也隨之變得輕鬆愜意許多。她給了他友善的鼓勵，這是他們剛認識的那段期間她所默許的；此刻依照愛瑪自己的判斷，這應該無傷大雅，雖然在其他人看來，只能用「調情」這個字眼來形容這種情況。「法蘭克・邱吉爾與伍德浩斯小姐很明顯地是在調情嘛！」他們急著宣揚，某位女士派人送了一封信把這消息傳到了楓林莊園，另一位女士則捎了信到愛爾蘭去。愛瑪並非高興得沖昏頭以致失去了分寸，而是因爲她覺得自己不如預期的快樂。她之所以大笑，是出於失望；雖然她喜歡他大獻殷勤，且認眞思考過，不論這些殷勤是出於友誼、愛慕或開玩笑都不可能贏回她的芳心了。她仍然只想把他當成朋友。

「我是多麼感激妳啊，」他說：「謝謝妳邀我今天一起來！要不是妳，我可能錯過這場歡樂的聚會。我當時決意要再度離開呢！」

「是的，當時你氣沖沖的，我不知道什麼惹你那樣生氣，只能猜想你應是氣自己錯失了最優質的草莓。我這個朋友仁慈得沒話說，遠超過你所應得的。但你很謙遜。你努力哀求，奉命與我們一起來。」

「請別說我當時是在生氣。我只是累壞了，高溫把我累垮了。」

「今天的天氣更熱哪！」

「我倒不這麼覺得。我覺得今天非常舒服宜人呀。」

「你之所以覺得舒服，是因爲你正受到控制。」

「妳的控制？的確。」

「也許我希望你這麼說，但我的意思是你的自我控制。昨天你多少有點失控，但今天你又回復控制了。既然我不能永遠伴著你，那麼你最好能讓你的脾氣接受自己指揮，而不是由我來指揮。」

「說到這件事。我並不是毫無來由就失去了自我控制的能力。不論妳有沒有開口，我都聽命於妳。而且妳可以永遠都伴著我，永遠伴著我。」

「我那永遠的影響力恐怕昨天下午三點鐘之前都尙未開始，否則你當時就不會那麼沒有幽默感。」

「昨天下午三點？那是妳說的時間。我以爲我是在二月時第一次見到妳。」

「你的殷勤確實令人無法反駁。但是（她壓低了聲量），現在除了我們兩個以外，沒人講話。要講一些言不及義的話來娛樂七個安靜的人，壓力實在太大了。」

「我不會說一些讓自己感到羞慚的話。」他高傲地回答：「我是在二月初次見到妳。就讓山丘上的各位都聽見我說話吧！讓我的聲音傳到山丘一側的米克漢，以及另一側的多爾金。我是在二月初次見到妳。」然後他低聲地說：「我們的同伴眞愚蠢。我們該怎麼做才能讓他們開心？任何蠢話都可以。他們該開尊口啦。紳士淑女們，我聽命於伍德浩斯小姐（她不論在何處都是做決定的那個人），她要我說，她很想知道你們所有人此刻在想什麼。」

有些人大笑，幽默地回應幾句。貝茲小姐說了一大堆話；艾爾頓太太對於伍德浩斯小姐到哪裡都主導一切這件事頗不以爲然；奈特利先生的回答是最明確的。

「伍德浩斯小姐眞的想知道大家此刻在想什麼？」

「噢！不，不，」愛瑪大喊，她盡可能自然地大笑，「絕對沒有這回事。那是我最無法招架的事情了。讓我聽什麼都好，就是別告訴我你們在想什麼。我不會說是所有人，不過你們其中有一兩個人的想法倒是我不怕聽聽的（她瞄了威斯頓先生與海芮一眼）。」

「這種事情，」艾爾頓太太用強烈口吻說：「是我不認爲自己有特權探問的。雖然也許身爲我們這群人裡的女監護人——我從沒隸屬於任何社交圈——郊遊聚會——年輕小姐——已婚婦女——」

她主要是低聲對她丈夫說這些。他低聲回答：「的確，吾愛，的確。正是如此，眞的——從來沒聽過——但有些小姐就是什麼話都敢說。最好把這些當作玩笑話，聽聽就好。每個人都知道對妳來說什麼是恰當的。」

「這可不行，」法蘭克低聲對愛瑪說：「他們這樣實在太公然侮辱人了。我要好好修理他們一番。各位先生女士，我聽命於伍德浩斯小姐，在此宣布，她放棄權利，不想知道你們大家究竟在想什麼了，她只希望聽到在場各位說出一件娛樂大家的事。除了我之外（她樂於承認我已夠逗趣的了），你們有七個人，她只要求各位提供精采美事，不論是散文或韻文都可以，原創或傳誦的都行。如果不夠精采，那就得講兩件；如果事情非常無聊，那就得講三件。她保證對你們所說的每件事都會努力大笑。」

「噢！非常好，」貝茲小姐大呼，「那麼我就不需要擔心了。『如果事情非常無聊，那就得講三件，』這可剛好爲我量身訂作。一旦我張開嘴巴，立刻就可以說出三件非常無聊的事，是不是啊？（她以最幽默的表情環視大家，等待眾人的附議）你們是否都這樣認爲？」

愛瑪再也忍不住了。

「啊！貝茲小姐，還有一個條件喲。請原諒我。但是您要留意一下，數量是有限制的，一次只能講三件無聊的事喔！」

貝茲小姐被愛瑪那種表面的客套態度給矇騙了，所以並沒有立刻會意過來，但當她突然領悟了愛瑪的揶揄後，卻沒有動怒。只是，從她臉上的些許困窘，看得出來她被這句話刺傷了。

「啊！嗯，當然。是的，我明白她的意思了（她轉向奈特利先生），我會試著閉上嘴巴。我一定讓自己很討人厭，否則她不會對一位老朋友說那種話。」

「我喜歡妳的提議，」威斯頓先生大叫：「我同意，我同意！我會盡力，我來出一道謎語吧！謎語的精采程度如何？」

「恐怕很低，非常低。」他的兒子回答：「不過我們是很寬宏大量的，尤其是對於第一個帶頭的人，可以特別通融。」

「不，不，」愛瑪說：「謎語的精采程度不低。威斯頓先生出的謎語肯定精采，一人抵兩人。來吧，威斯頓先生，請讓我聽聽您的謎語。」

「我自己都懷疑這道謎語是否夠精采呢！」威斯頓先生說：「這道謎語其實太淺白了，不過我還是說了吧！有哪兩個英文字母代表完美？」

「哪兩個英文字母代表完美？我很確定我不知道。」

「啊！你們永遠猜不到。妳（他對愛瑪說），我很確定妳永遠猜不到。我來告訴你們。這兩個英文字母是M與A。發音就像艾瑪的名字（Em-ma）。你們懂了吧？」

大夥兒理解了之後，有些人滿意地笑了。這也許是個微不足道的機智問答，但愛瑪卻覺得很有趣，頗值得大笑。法蘭克與海芮也這麼認為。其他人似乎不覺得那麼有意思，有些人看起來似乎還聽不懂。奈特利先生嚴肅地說：「這的確符合了我們所追求的精采，威斯頓先生做了良好的示範。但他必須要能讓其他每個人也都能贊同。不能從這兩個字母就直接推想到『完美』這個字義。」

「噢，為了我自己，我說就讓我跳過這個遊戲吧，」艾爾頓太太說：「我真的不能嘗試，我一點也不喜歡這種遊戲。有一次有人用我的名字作了一首離合詩①給我，我可一點也不高興呀！我知道那首詩是誰送來的。令人討厭的狗！你知道我指的是誰（她對她丈夫點點頭）。這種遊戲適合在聖誕節時大夥兒圍坐在爐邊時玩；就我個人看法，當一個人在夏日時節探索鄉間風景時，實在不適合進行這個活動。伍德浩斯小姐必須原諒我。我不是那種隨時都講得出精采事的人。我不會假裝自己是個聰明人。我自有我個人的活潑方式，但我眞的必須有權利判斷何時該開口，何時該住口。如果可以的話，請讓我們棄權吧，邱吉爾先生。讓艾爾頓先生、奈特利、珍與我自己跳過這個遊戲。我們沒什精采的事好說，我們都沒有。」

「是的，是的，請跳過我吧！」她的丈夫帶著嘲諷的語氣說：「我沒什麼事可以說來娛樂伍德浩斯小姐或任何在場的年輕女士。一個結了婚的老男人，什麼都不管用了。我們去散散步吧，安古絲塔？」

「樂意之至。我眞的很厭倦在同一個地點探索這麼久。來吧，珍，挽著我的另一隻手臂。」然而珍拒絕了，於是這對夫婦便走開了。「眞幸福的一對啊！」一旦他們走遠了，法蘭克．邱吉爾便說：「他們還眞是相配啊！非常幸運！像他們這樣在公共場合認識而結婚，眞是非常幸運。我想，他們在巴斯只認識了幾個星期吧！非常幸運！因爲說到巴斯或任何公眾場所是否能讓人眞正瞭解一個人的性情，根本是不可能，絕對不可能看到眞相。只有觀察女士們在自己家裡的情形，瞭解她們平常的習慣，才能形成公正的判斷。如果缺乏了這樣的觀察，就只能全憑猜測與運氣，而且通常運氣不會太好。很多男人都僅憑著短暫的相識而許下承諾，結果後半輩子都在懊悔中度過。」

費爾法斯小姐在此之前除了和她的同伴說話之外，很少說話，如今她開口了。

「這種事情確實會發生——」她被一陣咳嗽止住了話。

法蘭克．邱吉爾轉向她，洗耳恭聽。

「妳剛剛說話了。」他認眞地說。

她恢復了聲音。「我只想說，雖然這種不幸的情況的確會發生在男男女女身上，但我認爲不會太常發生。人也許會有一時衝動的愛戀，但通常時間也會滋長穩固情感。我的意思是說，只有脆弱且心志不堅定的人（往往抱著碰運氣的心情追求幸福的人）才會爲了孽緣而受苦，一輩子沉悶壓抑。」

他沒有回答，只是注視著，然後謙恭地一鞠躬。

接下來他用爽朗語氣說：「嗯，我對自己的判斷沒什麼信心，不論我何時會結婚，我希望有人可以爲我挑選妻子。妳願意嗎？（他轉向愛瑪）妳願意爲我挑選妻子嗎？我確定我會很希望由妳來替我物色對象。妳最擅長替人建立家庭，妳知道的（他朝他父親投以一個微笑），請爲我找個妻子。我不急。可以先物色一個對象，再好好教育她。」

「然後把她變得像我一樣。」

「如果妳辦得到的話，請務必這麼做。」

「很好，那我就接下這份委任囉！你肯定會有個迷人的妻子。」

「她必須非常活潑，有雙淡褐色眼睛。其他的我不介意。我會出國一兩年，當我回來時，我會來找妳討索我的妻子。請務必記住。」

愛瑪不可能會忘了這件事。這件委託任務正合她的意。他剛剛所描述的對象不正是海芮嗎？除了淡褐色的眼睛以外，再過兩年的時間，肯定能讓海芮變成他所期許的對象。他甚至很可能此刻心裡想的就是海芮，誰曉得？他提到有關好好教育的事情，似乎便是有所暗示。

「姨媽，」珍對她姨媽說：「我們現在是否該加入艾爾頓太太的散步了？」

「如果妳想的話，親愛的。樂意之至，我已經準備好了。我剛剛本來就準備好跟她一起離開，不過現在也可以啦。我們應該很快就可以趕上她。她在那裡——噢，不，那是別人。那是乘坐愛爾蘭馬車那群人裡的一位姑娘，一點也不像她。嗯，我說啊——」

她們走開了，半分鐘後奈特利先生也跟上去。只留下威斯頓先生、他兒子、愛瑪與海芮。此刻法蘭克．邱吉爾的情緒變得很亢奮激動，幾乎令人覺得不悅了。就連愛瑪最後也厭倦了恭維與讚美，她希望自己寧可和其他人一起安靜地散步，或者獨自坐著，不受打擾，靜靜地欣賞眼底美麗的景致。此時僕人們出現，提醒他們有關吩咐馬車事宜，正合愛瑪的意。即使此時大夥兒出現收拾東西、準備離開的喧鬧，以及艾爾頓太太吩咐先準備她的馬車，這一切被欣然接受了，大夥兒心裡都希望平靜的回程足可為這一天劃下愉快的句點。愛瑪希望從此再也不需要被迫參加這種由許多討厭對象所組成的聚會。

正在等候馬車時，她發現奈特利先生站到她旁邊來。他環顧四周，彷彿是想確定附近沒人，然後才開口說話。

「愛瑪，我必須再次像從前那樣對妳說：也許妳不允准我享有這樣的特權，但我還是必須利用這樣的特權，也只能請妳多擔待了。我不能見到妳舉止失當而不指正妳。妳怎麼能對貝茲小姐那麼冷酷無情？妳怎麼能對像她這種個性、年齡與家庭狀況的女子如此無禮？愛瑪，我眞沒想到妳會這樣。」

愛瑪想起了之前的事，羞紅了臉，感到很慚愧，但她試著用大笑掩飾。

「哎呀，我怎麼能忍得住我方才說的話？沒有人能忍得住的。那並沒有那麼糟，我敢說她根本沒聽懂我的意思。」

「我相信她聽懂了，她完全領會了妳的意思。她在那之後便一直提到那件事。我眞希望妳聽到她是怎麼說的——她是帶著寬容大方的態度說的，我希望妳能聽到她讚美妳的容忍，讚美妳能對她施予這麼多關注。她說雖然她的身分地位與情況不怎麼體面光彩，妳和妳父親卻長久持續地關心她。」

「噢！」愛瑪大喊，「我知道世界上沒有比她更好的人了，但你必須承認，她的個性裡不幸地同時融合著良善與可笑。」

「的確是融合了兩者，」他說：「這我承認，而且如果她是富有的，那麼我會容忍她的可笑偶爾凌駕於良善。如果她是個富有的女子，我可以不追究每個無傷大雅的荒誕滑稽，我就不會因爲妳的無禮冒犯而與妳爭辯。如果她與妳地位相當的話——但，愛瑪，請妳想想目前的情況根本不是如此。她很窮，她的家道中落，如果她活到老年，情況必定更糟。她的狀況，應該能激發妳的同情憐憫。妳剛剛那樣的舉止眞是糟透了！打從妳還是個小嬰兒起，她就認識妳，當初受到她的關注還稱得上光榮哩！她看著妳長大，如今妳卻極不體貼又傲慢地嘲笑她、讓她面子掛不住，還是在她外甥女以及其他人面前，其中很多人（的確有某幾個人）會受到妳對待她的態度而影響。這對妳來說並不好玩，愛瑪！這對我來說也不好玩，但我必須告訴妳。我要趁有機會時告訴妳實話，這才能藉由提供忠告來證明我是妳的朋友。我知道妳此刻頗不以爲然，但我相信總有一天妳會因此而感激我。」

他們一面說話，一面步向馬車。此時馬車已備妥，在她還來不及回話，他便把她送進馬車裡。她一直把臉別開，緊閉著嘴，而他誤解了她的感受。她的感受只是夾雜著對自己的憤怒、羞愧與深切的擔憂。她還無法開口說話，在進入車廂時一股腦地坐進座椅裡，沉浸於懊悔，然後才開始譴責自己沒有道別、沒有認錯、離開時滿臉明顯不高興。她望向窗外，聲音與手勢在在都想彌補方才的無禮，不過太遲了，他已經轉身走開，馬車也開始動了。她繼續回頭望，但徒勞無功。馬車以不尋常的快速度前進，不一會兒走下半個山坡，一切都被遠遠地拋在後頭。她的悔恨遠超過言語所能表達，幾乎再也掩飾不住了。她這輩子從來沒有感覺到如此氣憤、羞愧與難過。她被重重地抨擊了一番。而他的指責都是事實，無從否認。她心裡一直想著這件事。她怎麼能對貝茲小姐如此冷酷無情？她怎麼能在她所重視的人面前暴露自己的惡毒？尤其他沒有表示任何道謝、贊同或常見的仁慈便離開，這表示他處於極度不悅之中。

時間並沒有撫平她的情緒。她愈是回想，就愈覺得懊悔。她從來沒有如此沮喪過，幸好此刻她不一定要說話。車廂裡只有海芮，她精神似乎也不太好，看起來很累，極樂意保持沉默。愛瑪感覺到整趟回家的路途，她的眼淚都不斷滑落臉龐，而她不必費事確認，便十分確定眼淚是扎扎實實滑落臉龐的。

譯註：

①詩句中首字母或最後字母排列下來，可組成另一種詞句的詩體；或句首加上句尾的字母可合體成另一個詞，猶如中文對聯或藏頭詩的規則。至今仍相當流行於歐美的字謎遊戲。

第四十四章

Emma

整個晚上，愛瑪心裡縈繞著這場巴克斯丘之行所發生的不愉快。她不曉得其他人會如何看待這場郊遊。此刻每個人已經各自回到家，他們很可能懷著愉悅的心情回想這場郊遊，各自以不同的方式記憶這一天；然而在她看來，這是她所經歷過最虛擲光陰、最無法令人感到滿意、最令人不願回想的早晨。她與她父親玩一整晚的雙陸棋，都比這還幸福。此話一點也不假。她把一天二十四小時的寶貴時光都奉獻給她父親，以換得他的安適；雖然他對她的疼愛與信賴的確有點過了頭，但即使如此，她平常的舉止也堪稱孝順，不至於受到嚴厲指責。身為女兒，她希望自己不會被認為沒有孝心。她希望沒有人會對她說：「妳怎麼會對妳父親如此冷酷無情？我必須趁我有機會時告訴妳。」貝茲小姐將永遠再也不——不，永遠不！如果未來她可以用關注來彌補今天發生的事情，也許她有機會被原諒。她的良心知道，她向來都是如此疏忽不經意，也許比較常表現在內心想法上，鮮少化為外在舉止；她常在心裡有著一些輕蔑與沒禮貌的想法。但以後再也不會這樣了。在真心懊悔的激烈情緒中，她決定隔天早上就去拜訪貝茲小姐，愛瑪認為從此她們之間會開始一種愉快平等且和善的互動。

第二天早上，她仍決心要去拜訪貝茲小姐，她很早就出發，這樣一來就沒什麼事情可阻擋她。她盤算著很有可能在路上遇見奈特利先生；或者當她還在貝茲小姐家時，奈特利先生很可能隨時造訪。她不介意。她不恥於表現出贖罪的舉止，她是真心誠意的。當她走在路上時，一直留意著丹威爾莊園的方向，但卻沒看到他蹤影。

「女士們全都在家。」她之前從來沒有那麼高興聽到僕人這麼通報，也從未帶著希望散佈愉悅氣氛的心情進入走廊、爬上階梯。以前她來到這裡都是出於勉強，且往往還在事後揶揄奚落一番。

在她走上階梯時，聽到一陣走動、交談的喧鬧聲，她聽到貝茲小姐的聲音，談到某件事必須趕緊進行。女僕看起來很驚恐，希望愛瑪不介意再多等一會兒，然後很快就引她進去。貝茲小姐與珍似乎都躲進隔壁的房間。愛瑪無意間瞥見珍一眼，珍看起來非常憔悴，而在門還沒有關上之前，她聽到貝茲小姐說：「嗯，親愛的，我會說妳正躺在床上，我相信妳是真的生病了。」

可憐的老貝茲太太，一如往常的謙遜有禮，看似不曉得究竟發生什麼事。

「珍現在恐怕不太舒服，」她說：「但我不曉得，她們剛剛跟我說她很好。我敢說我女兒很快就會出來了，伍德浩斯小姐。我希望妳能找一張椅子坐下。我希望海蒂還沒走太遠。我的行動不太方便，妳是否找到椅子啦？妳是否挑到妳喜歡的位子？我相信她很快就會出現了。」

愛瑪眞的希望她會很快出現。有那麼一瞬間，愛瑪很怕貝茲小姐是在躲她。

不過貝茲小姐很快就出現了。「我非常高興與感激——」

愛瑪察覺到貝茲小姐不像從前那樣發自內心地高興，她的神情態度也有些不安。愛瑪希望藉由友善地問候費爾法斯小姐，也許可以重回到從前那種自然的氣氛。這個方法似乎立刻奏效了。

「啊！伍德浩斯小姐，您人眞好！我猜您一定聽說了，所以立刻前來給我們祝賀。事實上，這對我來說並不是件喜事（她抹去了一兩滴眼淚），與她一起生活了這麼久之後突然要分離，對我們來說是很掙扎的事。她整個早上都在寫信，所以剛剛頭疼得厲害。您知道的，要寫給坎貝爾上校與狄克森太太的信很長。『親愛的，』我說：『妳會把自己弄瞎了。』因爲她一直噙滿了淚水。沒人能想像，這是個巨大的改變。雖然她非常幸運——我想，從來沒有哪個年輕女子第一次離家自立就碰到這麼好的差事——但請別誤以爲我們不知感恩，伍德浩斯小姐，我們很清楚這是令人驚喜的好運（她再度揮淚），但是我可憐的珍啊！如果您親眼瞧見她的頭疼有多厲害！當一個人處於極大的痛苦中，哪能感受到應得的祝福。她現在心情很低落，如果現在見到她，沒人會認爲她得到好差事是快樂開心的。您必須原諒她無法出來見您，她沒辦法——她已回到她的房間。我要她躺到床上去。『親愛的，』我說：『我要妳躺到床上去。』但她沒有聽話，在屋內四處走動。不過現在她已經寫完了信，她說她很快就會好起來。她非常遺憾無法出來見您，伍德浩斯小姐，您的仁慈寬容一定會能諒解她的。剛剛請您在門邊等候，我眞是不好意思，不過剛剛亂成一團，我們沒有聽到敲門聲，直到您爬上階梯之前，我們都不曉得有客人來了。『應該只是柯爾太太，』我說：『一定是的。沒有人會這麼早來。』『嗯，』她說：『如果她遲早要來，不如現在來也好。』後來派蒂進房間裡來，通報說是您來訪。『噢！』我說：『是伍德浩斯小姐。我相信妳會很樂意見到她。』她回說：『我現在什麼人都不能見。』然後她起身，打算離開。——這就是爲什麼我們讓您等候，眞不好意思，實在非常抱歉。『如果妳必須離開，親愛的，』我說：『那麼妳就先離開吧，我會說妳躺回床上去了。』」

愛瑪眞的很關心，已經有好一段時間，她對珍的態度逐漸變得和善仁慈。方才貝茲小姐生動地描述珍受苦的情景，使愛瑪先前對她不友善的懷疑全都一掃而空，只留下無限的同情。她想起過去對珍不公平且不溫和的態度，不禁暗自承認，也許珍寧願見到柯爾太太或其他更友善的朋友，也不願見到愛瑪。她以懊悔與懇切的心情說出她的肺腑之言：她眞誠地希望費爾法斯小姐能專心致力於剛剛貝茲小姐所說的差事，而且希望那個差事能盡可能爲費爾法斯小姐帶來益處與安適。「這對他們所有人都是嚴厲的考驗。據我所瞭解，費爾法斯小姐至少要等到坎貝爾上校回來，才會去赴職。」

「您人眞好！」貝茲小姐回答：「不過您一直以來都是這麼好。」

愛瑪擔當不起「一直以來」這個字眼。爲了不讓貝茲小姐繼續表達令愛瑪汗顏的感激，愛瑪直接問道：「我是否能請問，費爾法斯小姐將要到哪裡去？」

「去爲一位史摩瑞吉太太工作，她是位非常迷人的女性，人好得不得了。珍要去照顧她的三位小女兒，可愛的孩子們。也許除了沙克林太太自己家與布拉吉太太家的工作以外，再也不可能有比這個差事更理想的了。不過史摩瑞吉太太與兩位夫人的交情很好，而且都住在同一區，離楓林莊園只有四哩路。將來珍會住在離楓林莊園只有四哩路的地方。」

「我以爲艾爾頓太太一直是替費爾法斯小姐探聽差事的人——」

「是的，好心的艾爾頓太太。她是最不屈不撓且眞摯的朋友。她絕對不會接受任何拒絕的答案，她不會讓珍說『不』。當珍第一次得知這個消息（也就是前天，當天早上我們一夥人都在丹威爾莊園），當時珍決意要拒絕這份差事，理由就像您剛剛提到的；就像您說的，她想要等到坎貝爾上校回來才做最後的決定，目前沒有任何事能促使她允諾任何差事——她反覆地把這些話對艾爾頓太太說，我壓根沒想到她會改變心意！不過那位好心的艾爾頓太太，判斷從不失準，她比我有遠見。並非人人都能像她那樣以溫和態度堅持己見，她拒絕接受珍的答案，肯定地宣布她不會依照珍所期望的爲她寫一封推辭信，她說她會等待——果然，昨天晚上一切便說定了，珍接下這份差事。我多驚訝哪！我根本沒想到！珍採納了艾爾頓太太的意見，還立刻告訴艾爾頓太太說，當她仔細考慮過沙克林太太差事的優點，馬上決定要接受這個差事。直到事情決定好了，我才知道。」

「妳們昨天晚上都和艾爾頓太太一起？」

「是的，我們所有人，受艾爾頓太太之邀而過去。當我們還在山丘上和奈特利先生一起散步時，這件事就決定好了。『你們今晚全都得和我們一起度過，』她說：『我必須請你們各位都到家裡來。』」

「奈特利先生也去了，是嗎？」

「不，奈特利先生沒去，他打從一開始就拒絕了。雖然我認爲他會來，因爲艾爾頓太太宣稱她不會讓他缺席，但他還是沒來。不過我母親、珍與我都去了，我們度過了一個愉快的夜晚。伍德浩斯小姐，您知道的，人人都會認爲和這樣的好朋友在一起是愉快的，雖然每個人似乎因爲早上的郊遊而疲累不已。雖然愉快，還是逃不過疲累，我不敢說有誰覺得那一切很享受。不過，我還是認爲那是一場愉快的聚會，我很感激這些仁慈的朋友把我也算進去。」

「我認爲，雖然您沒有察覺，但費爾法斯小姐一整天下來早已做好了決定。」

「我敢說她的確是的。」

「不論她何時投入新工作，她與她所有的朋友必定是不捨的。我希望她的差事盡可能地順利。我的意思是，希望那一家人的個性與態度不會讓她的日子太難過。」

「謝謝您，親愛的伍德浩斯小姐。是的，的確，這差事的一切都能讓她滿意。在艾爾頓太太所認識的人裡，除了沙克林家與布拉吉家以外，沒有一戶人家的育嬰室是如此寬敞優雅的了。史摩瑞吉太太，她是一位最可愛的女性！她家的生活型態與楓林莊園不相上下，至於孩子們嘛，除了沙克林家的小孩與布拉吉家的小孩之外，再也沒有比他們更優雅甜美的了！珍一定會受到仁慈敬重的對待。這份差事只有愉悅可言，愉悅的新生活。還有她的薪水！我不敢向您透露她的薪水，伍德浩斯小姐。就連向來習慣了家財萬貫的您，一定也不敢相信他們肯付如此高薪給像珍這樣的年輕女孩。」

「啊！貝茲小姐，」愛瑪大喊，「如果其他小孩也像我小時候那樣頑皮，那麼就我所聽過的薪水行情，要我付五倍的薪水我都願意，這份差事可不輕鬆。」

「您的想法真是令人敬佩！」

「那麼費爾法斯小姐何時離開妳們？」

「很快，真的很快，這是最糟糕的部分。不到半個月了，史摩瑞吉太太很急。我可憐的母親不曉得該如何承受。我試著不讓她去想這件事，於是我說：『拜託，媽媽，我們就別再想這件事了吧。』」

「珍的朋友們一定很遺憾將要失去她。坎貝爾夫婦發現她在他們回來之前就允諾了差事，難道不會覺得難過嗎？」

「是的，珍說她相信他們會很難過，但她不想因此推辭這樣一份差事。當她第一次告訴我她對艾爾頓太太說的話，艾爾頓太太同時走過來向我恭賀，當時我真是驚訝啊！那是在喝茶之前，且慢，不，不可能是在喝茶之前，因為當時正要打牌——在喝茶之前，因為我記得我心想——噢！不，現在我想起來了，我知道了——喝茶之前發生了一件事，但不是這件事。艾爾頓先生在喝茶之前被召出了房間，老約翰．艾布迪的兒子想要和他說話。可憐的老約翰，我很關心他。二十七年前他替我可憐的父親做過店員。如今，可憐的老人臥病在床，罹患了風濕性關節炎——我今天必須去探望他，我相信如果珍出門的話，一定也會去探望他。可憐約翰的兒子來這裡找艾爾頓先生談談有關教會的援助。他很努力，擔任克隆旅店的領班、馬夫，以及類似的種種工作，但仍然還是得有些援助才能撫養他的老父親。艾爾頓先生回到屋內告訴我們馬夫約翰告訴他的事情時，大家談到馬車已被派到蘭道斯宅邸去送法蘭克．邱吉爾回里奇蒙。這就是發生在喝茶之前的事情。珍對艾爾頓太太說話，是在喝茶之後。」

貝茲小姐根本沒給愛瑪半點時間表示她也是現在才得知法蘭克・邱吉爾要離開的消息。貝茲小姐雖不認爲愛瑪尚未得知法蘭克・邱吉爾即將離開的細節，還是繼續交代一切。

艾爾頓先生從馬夫那裡得知相關消息，這些消息都是馬夫將自己的訊息加上蘭道斯宅邸僕役們的消息拼湊出來的。當他們從巴克斯丘返回後不久，一位從里奇蒙派來的信差抵達了，這名信差的出現是在意料之外——邱吉爾先生給他外甥捎來了幾行字，主要交代邱吉爾夫人還算健康的訊息，僅盼望他隔天一早就能回去，別再耽擱。不過法蘭克・邱吉爾先生決意直接回家，一刻也不願多等，而他的馬匹似乎著涼了，於是湯姆立刻受派去駕駛克隆旅店的馬車，馬夫恰好走到戶外，便看見這部馬車經過。那馬僮以極快極穩定的速度駕車前行。

這件事無啥好驚訝或有趣的，唯有把這件事和愛瑪腦海所繫之事搭在一起時，才引起她的興趣。邱吉爾夫人與珍兩者之間重要性的反差，讓愛瑪有所感觸。一個是最重要的，一個是微不足道。愛瑪坐在那裡思索著女性命運的不同，沒意識到自己的目光定著在何處，直到貝茲小姐說話才驚醒她。

「哎，我知道您在想什麼，那部大鋼琴。它會被如何處置？的確。可憐又親愛的珍剛剛才說起這件事。『你必須被送走，』她說：『你和我必須分開。你在這裡毫無用處。不過，還是讓它留下吧！』她說：『先找個房間放置它，直到坎貝爾上校回來，我會和他談談這件事。他會替我處理，他會幫助我度過所有困難。』我相信，直到今天，她都還不知道這部鋼琴是坎貝爾先生或他女兒送的。」

此刻愛瑪不得不想起那部鋼琴的事。她想起她之前所有想像與不公平的猜測是多麼討人厭啊。她很快便意識到她的造訪已經拖太久了，因此她重複了所有她所能說的衷心祝福，便道別離開了。

克隆旅店的馬夫恰巧看見法蘭克乘馬車經過，
要回里奇蒙去。

第四十五章

Emma

愛瑪走回家的路上，一路沉思，未受到任何打擾，當她一走進客廳，便發現那些讓她從沉思中驚醒的人。她不在家的這段期間，奈特利先生與海芮前來拜訪，陪著她父親閒坐話家常。奈特利先生隨即起身說話，態度遠比往常更加嚴肅。

「我必須先見到妳才能離開，但已沒有多餘的時間了，我現在立刻得走。我要去倫敦，與約翰和依莎貝拉共度幾天。除了『愛』這種沒人能攜帶得了的東西外，妳可有什麼要帶給他們或對他們說？」

「沒有。不過，這是臨時起意嗎？」

「是的，算是吧，雖說我已經盤算了一陣子。」

愛瑪確信他還沒有原諒她，他看起來不像平常的樣子。不過她心想，時間會讓他知道他們應該再度恢復友誼。他站在那裡，似乎想走卻未付諸行動，她父親開始發問。

「呃，親愛的，妳是否安全地抵達貝茲太太家呢？我那可貴的老朋友及她女兒還好嗎？我敢說她們一定很感激妳的造訪。奈特利先生，親愛的愛瑪方才去拜訪貝茲太太與貝茲小姐了，就像我剛剛所說的。她向來都如此關心她們哪！」

愛瑪因為這句不公允的讚美，瞬間紅了臉。她綻放微笑，似有意味地搖搖頭，注視著奈特利先生。彷彿他對她的印象即刻好轉，彷彿他從她的眼神裡接收到眞相；所有一度消失的好感，此刻突然重新被捕捉回來。他充滿感情地注視著她，她由衷喜悅。過了一會兒她更加高興，因為他展開了超出尋常友誼的小舉動，執起她的手。她說不清這是因自己先行釋放善意所得到的回應嗎？她很可能伸出手了，但他執起她的手輕握一下，正要行吻手禮時，不曉得想到了什麼，突然把她的手放開。爲什麼他會突然感到有所顧忌？爲什麼當一切動作就要完成時，他驟然改變心意？她實在無法理解。她心想，繼續完成動作，才是常理上更好的判斷。然而他的意圖再清楚不過；不論他是因爲平常很少出現這種獻殷勤的態度，或者發生什麼其他的事，她都認爲這就是他本來的樣子。他本來就具有這種單純又高貴的本性。她回想起他方才的舉動，不禁心滿意足，那代表著他原諒她了。他隨即向大家告辭，匆匆離開。他行事向來敏捷快速，從不會猶豫不決或拖泥帶水，但此刻他的告辭似乎又比平常更加倉促。

愛瑪一點也不後悔去了貝茲小姐家，她只希望自己能夠早十分鐘離開那裡；如果能有時間和奈特利先生談談珍・費爾法斯的差事，一定很有意思。她也不後悔他必須前往倫敦去找約翰・奈特利一家人，她知道他的造訪會給他們一家人帶來多大的歡樂，但如果這事情能發生在更好的時機，而且早一點讓大家知道，那就會好一些。不過，他們分別的時候終究又回復友誼了；她不可能沒讀懂他的表情以及那股勤舉動休止前所代表的意涵。他這麼做，都是爲了向她確定，他已重拾舊時情誼。她發現他和她父親及海芮同坐了半小時。她沒能早一點回來，實在可惜！

伍德浩斯先生想到奈特利先生突然前往倫敦，還是騎著馬去，心裡著實感到不安。爲了轉移父親的注意力，愛瑪開始談起珍・費爾法斯小姐的消息，這招果然奏效了。消息十分管用，她父親對這消息很感興趣，但又不至於擾動他的情緒。他早就認定珍・費爾法斯未來將會成爲女家庭教師，因此他談起這件事時興高采烈，只是奈特利先生突然前往倫敦則出乎他的意外。

「親愛的，我眞高興得知她找到一份理想的差事。艾爾頓太太很和善，又討人喜歡，我相信她的朋友一定也是如此。我希望那裡氣候乾爽，她一定要好好保重身體。這是首要之務，就像可憐的泰勒小姐在我們家時的情況一樣。妳知道，親愛的，珍所要擔任的角色，就像泰勒小姐在我們家的角色一樣。我希望她能夠理智，不要像泰勒小姐一樣，在長久以來把那個地方當成家之後，最後又被婚姻拐走了。」

隔天，從里奇蒙捎來的消息，使一切事物都成了次要。一份送達蘭道斯宅邸的快信宣布了邱吉爾夫人的死訊！雖然先前她外甥並沒有特別的理由需要爲了她而趕回去，但就在他返家後不到三十六個小時，她過世了。一陣不同於以往的癲癇發作，使她經過短暫掙扎後便斷了氣。重要的邱吉爾夫人不復存在了。

眾人的感受，正如人之常情。每個人都生起某種程度的沉重與傷感。大家對於逝去的人不免也心軟許多，並且爲失去親人的朋友們感到難過。過了一段時間，大家自然開始好奇她將下葬於何處。愛爾蘭劇作家哥德史密斯①告訴我們，當可愛的女子爲了蠢事而墮落時，她除了死之外，沒有其他事可以清除她的醜名；當她沉淪至討人厭的地步時，她也只有等死亡之後才能擺脫她的醜惡名聲。邱吉爾夫人受到討厭的時間至少有二十五年了，如今大家才以同情憐憫的口吻談論她。在某方面，的確是該還給她一個公道。過去大家一直都不承認她病得很重，此時她的死亡，才讓大家領悟到她並非全然假藉稱病抱怨以了遂她自私的企圖。

「可憐的邱吉爾夫人啊！她無疑地是受到很大的磨難啊，遠超過任何人能想像，而持續的病痛勢必使她變得脾氣暴躁。這實在令人難過又震驚。儘管她有那麼多缺點，但邱吉爾先生失去了她，該怎麼辦呢？邱吉爾先生的損失肯定是很悲慘的，他一定難以克服。」就連威斯頓先生都搖頭，神情嚴肅地說：「啊！可憐的女人，誰想得到呢？」然後他決意盡可能表達他誠摯的哀悼。他的妻子坐在那裡嘆息，以同情憐憫與明智的見地發表她的意見。他們兩人最先考慮到的都是這件事會如何影響法蘭克。愛瑪也是立刻思索起這件事。邱吉爾夫人的個性、她丈夫的哀傷，她以敬畏同情的心情在腦海裡快速地回想他們兩人，然後又把心思焦點放在法蘭克會受到什麼樣的影響——這件事對他多麼有利、他會覺得多麼解脫呀？她立刻就看見這件事所能帶來的所有好處。如今再也沒有什麼事可以阻礙他與海芮・史密斯戀愛了！不再受到妻子控制的邱吉爾先生，也不會再有人懼怕他了。他是個隨和、可被勸服的人，他的外甥可以說服他任何事情。愛瑪現在只希望法蘭克能趕快喚起對海芮・史密斯的愛意，畢竟儘管愛瑪決意要撮合這樁好事，唯仍不確定法蘭克對海芮的愛意是否已經成形。

海芮在這次事件中的表現非常好，自我控制極佳。不論她感受到怎樣光明的希望，依然沒有洩露半點情緒。愛瑪喜於見到海芮如此表現，這證明海芮的個性變得更加堅強，能忍住任何衝動，以免破壞了好事。因此她們兩人帶著自制的態度談論起邱吉爾夫人的過世。

蘭道斯宅邸收到了來自法蘭克的幾封短信，信中交代著重要的狀況與計畫。邱吉爾先生的狀況比預期的更理想。他們出發前往約克郡舉辦葬禮之後，將先待在溫莎鎮一位老朋友家，因爲過去十年來邱吉爾先生一直允諾要拜訪這位朋友。目前對海芮來說毫無可努力的空間，愛瑪只能暫時把美好的希望寄託於未來。

儘管海芮時來運轉，但現今更要緊的是對珍・費爾法斯表達關心，她離開的日子逐漸迫近。馬上就要赴職的珍，不容許海伯瑞村任何想對她表達關心的人稍作延遲，於是這變成愛瑪此刻的第一心願。她很少像現在這樣爲她過去的冷淡感到強烈後悔，她過去幾個月來一直忽視的人，此刻晉身爲她關心與同情的主要對象。她希望自己對珍有點用處，她想要表達自己重視珍的友誼，並且證明她的尊重與關心。

愛瑪決定邀請珍到哈特菲宅邸來作客一整天。她寫了一封短信去敦請珍。這份邀請被拒絕了，還是透過口信傳回來的。「費爾法斯小姐健康狀況不佳，無法動筆寫信。」當培瑞先生在造訪哈特菲宅邸時，他表示同一天稍早他受貝茲小姐之邀去為費爾法斯小姐看診，她似乎對於他的到訪感到些許不悅，因為她本來沒有點頭同意。當時她頭疼得厲害，有點發燒。培瑞先生很懷疑她是否能如期前往史摩瑞吉太太家。她目前的健康狀況糟透了，食欲全無，雖然尚未出現絕對的警訊，也還沒有聽見她抱怨肺部不舒服（這是她家人很擔心的問題），但是培瑞先生挺擔憂她的情況。他認為她承擔了過多的負荷，縱然她死不承認，但本身的確也這麼想。她的精神似乎被擊垮了。他忍不住表示，她目前所住的家容易讓她產生神經失調──她總是被局限在一個小房間裡，培瑞先生眞希望情況不是這樣。而她姨媽貝茲小姐雖是他的舊識，他卻也不得不承認，貝茲小姐並非最佳的作伴者。貝茲小姐的關注不容質疑，只不過太多了一些。他非常擔心貝茲小姐對費爾法斯小姐的關注是壞處多於益處。愛瑪熱切地傾聽這一切，她愈來愈為珍感到難過，她急切地環顧四周，想發現任何讓自己派得上用場的地方。她想把珍從她姨媽身邊帶開，哪怕只有一兩個小時，讓她有機會呼吸新鮮空氣、看看外頭的風景、享受安靜理性的對話，就算只有一兩個小時，也許對她會有好處。隔天早上她再度寫信，盡可能地用最誠摯的言語表示，只要珍說個時間，她隨時可以乘馬車去接她──她還為她詢問過培瑞先生的意見，他認為身體活動對病人有好處。愛瑪得到的回答卻只有以下的簡短字條：

費爾法斯小姐充滿感激，可惜目前她無法從事任何身體活動。

愛瑪本以爲她的短信會得到更好的回應，但她所得到的是不成比例的簡短回應，這明白表達了珍・費爾法斯的不願意，偏偏愛瑪一心只想著如何對付這種不願被見到或被協助的堅決意志。因此，儘管得到的是婉拒的答案，愛瑪還是命人備妥馬車，駛往貝茲太太家，希望珍最後會被打動加入她。只是這麼做也不管用。貝茲小姐來到馬車門邊，充滿感激，並且贊同愛瑪認爲新鮮空氣有助於珍的健康——雖然貝茲小姐想盡辦法向珍傳送這個訊息，一切徒勞無功。貝茲小姐不得不無功而返，珍無法被勸服；光是邀她出門的這個提議，似乎又讓她覺得更不舒服了。愛瑪希望自己可以見見珍，以便試著發揮自己的影響力；但她還來不及做任何暗示，貝茲小姐便表示她已經答應她外甥女，無論如何都不會讓伍德浩斯小姐進門。「事實上，可憐的珍無法忍受見到任何人，任何人都不行。艾爾頓太太確實是無法被拒絕的，柯爾太太態度堅決，培瑞太太也常常好說歹說，不過除了她們幾位以外，珍的確不見任何人。」

愛瑪不想被歸類爲和艾爾頓太太、柯爾太太、培瑞太太一伍，她們幾位到哪裡去都會強人所難；愛瑪也不想認爲自己有什麼特權一定要見珍。於是她屈服了，她只繼續向貝茲小姐追問她外甥女的胃口與進食狀況，希望自己在這方面能有所幫助。一提起這個話題，貝茲小姐便非常不高興，吐出連串的抱怨：珍幾乎都不吃東西，培瑞先生建議了一些滋補食品，但她們所能張羅到的食物（沒人能像她們這樣擁有這麼好的鄰居）都被珍拒絕了。

愛瑪一回到家便立刻召喚管家，瞧瞧廚房裡的食物。她立刻派人送了一些品質好的竹竿去給貝茲小姐，還附了一張非常友善的字條。不到半小時，竹竿就被送回來了，附上了貝茲小姐的萬分感謝，但是「親愛的珍非要我送回來不可；她不能收下這樣的東西，此外，她堅持她向來所說的話——她不缺任何東西」。

貝茲小姐來到愛瑪車門邊，
轉述珍・費爾法斯的婉拒出遊。

後來愛瑪聽說，就在愛瑪邀請珍乘馬車出去散散心卻受到斷然拒絕的當天下午，有人見到珍・費爾法斯在離海伯瑞村有點距離的草原上散步。愛瑪將點點滴滴拼湊起來之後，絲毫不懷疑珍是決意不接受她的任何好意。愛瑪感到遺憾，非常遺憾。她見到珍這種惱怒的情緒、前後不一致的行動與差別待遇，縱使難過，但更感受到可憐同情的情緒。令她難過的是，珍無法信任她表達的是眞心關懷，尤其似乎無意把她當成朋友般對待。她只能安慰自己：她不過是出於一片好意，而且可以自豪地說，如果奈特利先生得知她想協助珍的這一切舉動，假使他眞的看透了她的心，也絕對找不到任何可以反駁之處。

譯註：

①哥德史密斯（Oliver Goldsmith，一七三〇至一七七四）愛爾蘭詩人、作家，以小說《威克菲牧師傳》（*The Vicar of Wakefield*）和詩集《荒村》（*The Deserted Village*）聞名於世。

第四十六章

Emma

邱吉爾夫人過世約十天後的早上，愛瑪被召喚下樓去見威斯頓先生，他「無法待超過五分鐘，想特地與她說個話」。他在客廳門邊和她見到面，才用他平常的自然語調問候，就立刻壓低聲音對她說話，沒讓她父親聽見。

「妳今天早上是否能找個時間來一趟蘭道斯宅邸？如果可能的話，請務必這麼做。威斯頓太太想見妳。她必須見妳。」

「她身體不舒服嗎？」

「不，不，一點也不，只是有一點激動。她本來想吩咐馬車，前來找妳，但她必須單獨見妳，而妳知道（他朝她父親的方向點點頭）——嗯！妳能來嗎？」

「當然可以。如果您希望的話，我現在就可以去。您用這種方式提出要求，我不可能拒絕您的。但究竟是什麼事情？她真的沒有生病？」

「相信我，絕對沒有，請不要再多問了。妳到時候就知道了。這件事很難說得清楚！不過，噓，別大聲嚷嚷！」

就連愛瑪也猜不出這一切究竟是什麼意思。從他的表情可看出這件事非常要緊，不過只要她的朋友威斯頓太太健康平安，她就不擔心了。於是她向父親交代現在要出門去散步，然後便與威斯頓先生立刻出門，快步走向蘭道斯宅邸。

了。」

「現在，」當他們終於走出大門一段路後，愛瑪說：「威斯頓先生，請務必讓我知道發生什麼事了。」

「不，不，」他嚴肅地回答：「不要問我。我答應我妻子由她來說這件事。她會交代得比我更好。別不耐煩，愛瑪。妳很快就會知道了。」

「向我交代？」愛瑪大叫，驚恐得定住不動。「天啊！威斯頓先生，立刻告訴我。一定是我姐姐家裡出事了。我知道一定是的。告訴我，我請您現在就告訴我究竟是什麼事。」

「不，其實妳誤會了。」

「威斯頓先生，別跟我耗時間了。請您想想我現在有多少親愛的朋友在我姐姐家裡啊！究竟是誰出事了？我求您千萬不要試圖隱瞞我。」

「我以我的話起誓，愛瑪！」

「以您的話起誓？爲什麼不是以您的榮譽起誓呢？爲什麼您不說以您的榮譽起誓？這跟他們任何人都沒關係嗎？天啊？什麼事情要向我交代呢？跟我姐姐一家人眞的沒有關係嗎？」

「我以我的榮譽起誓，」他非常認眞地說：「眞的沒有關係。這件事與奈特利家族一點關係都沒有。」

愛瑪恢復了勇氣，她繼續往前走。

「我剛剛錯了，」他繼續說：「我剛剛不應該說向妳交代的。我不應該使用那樣的詞彙。事實上，這件事與妳無涉，只和我有關係。我的意思是，我們希望只和我有關係。嗯！簡而言之，我親愛的愛瑪，妳一點也不需要緊張。我並不是說這件事不令人討厭，但是事情本來也許更糟。如果再走快一點，我們很快就會抵達蘭道斯宅邸。」

愛瑪發現她必須等待，此刻無須白費力氣。於是她不再多問，光運用自己的想像，她很快就想到這件事很可能跟財產問題有關，這件事八成導因於最近里奇蒙發生的憾事，而財產問題自然成了這個家庭……她的想像異常活絡。也許邱吉爾家多出了六、七個私生子女，法蘭克被取消了繼承權！這種事即便不討喜，對愛瑪來說倒也算不上什麼壞事，反會激發她旺盛的好奇心。

「騎著馬的那位先生是誰？」當他們行進時，愛瑪問道。她這麼問純粹是爲了幫威斯頓先生暫時保守住祕密，找些話題充場面，不是眞想知道那個人的背景。

「我不知道，大概是歐特威家的人吧？不是法蘭克。那不是法蘭克，我向妳保證。妳不會見到他的。他現在已經在前往溫莎的途中。」

「那麼您的兒子曾經找過您囉？」

「噢，是的。妳不曉得嗎？喔，嗯，算了，當我沒說。」

他安靜了一會兒，然後用一種更提防謹愼的語氣說：「是的，法蘭克今天早上來過了，他是來向我們請安。」

他們疾步往前走，很快便抵達蘭道斯宅邸。「嗯，親愛的，」他們進屋時，他說：「我把她帶來了，現在我希望妳很快就好一些。我讓妳們兩個聊聊，事不宜遲。如果妳需要我幫忙，我就在附近。」接著愛瑪清楚地聽見他在離開房間時壓低聲音說：「我的口風很緊，她什麼都還不知道。」

威斯頓太太看起來滿臉愁容，似乎非常煩惱，這使得愛瑪再度緊張不安起來。一旦屋內只剩她們兩個，愛瑪便焦急地說：「我親愛的朋友，究竟是怎麼回事？我想，一定是發生了非常令人難過的事情。

請立刻讓我知道究竟是什麼事。我在走來的路上，一顆心都一直懸著。我們兩個都很憎恨懸著一顆心的感覺。別讓我繼續懸著一顆心。不論是什麼事，把妳的煩惱說出來會有幫助的。」

「妳眞的一點頭緒也沒有？」威斯頓太太聲音顫抖。「我親愛的愛瑪，妳難道對於妳即將聽到的消息沒有半點猜測嗎？」

「目前我的確猜測這件事與法蘭克・邱吉爾先生有關。」

「妳沒猜錯，的確和他有關。我會立刻告訴妳，」她繼續做著手中的針線活兒，似乎決意不抬頭看愛瑪。「他今天早上來到這裡，爲了一件極不尋常的事情而來。我難以表達我們的驚訝。他來向他父親報告一件事，他宣布他的戀情——」

她停下來稍歇口氣。愛瑪最先想到法蘭克戀愛的對象是她自己，然後又想到海芮。

「事實上，不止是戀情，」威斯頓太太繼續說：「是訂婚，確確實實的訂婚。妳會怎麼說？愛瑪？當任何人得知法蘭克與費爾法斯小姐訂婚了，他們會怎麼說？哎呀，他們已經訂婚很久了。」

愛瑪驚訝得跳起來。她驚恐地說：「珍・費爾法斯？天啊！妳不是說眞的吧？妳是認眞的？」

「妳大可感到驚訝，」威斯頓太太回答，目光仍然迴避，她急著繼續講話，好讓愛瑪有時間恢復心情。「妳大可感到驚訝。但事實就是如此。他們自從去年十月便正式訂婚，是在威茅斯港舉行，沒告訴任何人。除了他們自己以外，沒人知道。坎貝爾夫婦也不知情，男女兩方的家人全被瞞著。這實在奇妙，雖然我清楚確知已成事實，但還是不敢置信。我幾乎無法相信。我以爲我很瞭解他們。」

愛瑪幾乎聽不見威斯頓太太所說的話。她的心思被兩個想法各自佔據——她之前和他談起費爾法斯小姐的對話，以及可憐的海芮。有好一段時間，她只能不斷驚呼，尋求確認，重複確認。

「唔，」她終於開口說話，並努力要恢復鎮靜，「這種情況必須好好思索個半天，我才能弄明白。天啊！他整個冬天以來都處於與她訂婚的狀態？甚至早在他們兩個分別來到海伯瑞村之前？」

「自從去年十月就訂婚了，祕密訂婚。愛瑪，這太教我傷心了，他父親也這樣想。他的某部分行為是我們無法原諒的。」

愛瑪沉思了一會兒，然後回答：「我不會假裝自己不瞭解妳的意思。為了盡我所能地給你們安慰，我確信他除了對我表示好感之外，並沒有任何後續的追求動作。我想這正是妳所擔心的。」

威斯頓太太抬起頭來，不敢置信，然而愛瑪的表情和她的言語一樣堅定。

「妳也許比較容易相信我的自吹自擂，不過我目前對法蘭克．邱吉爾是沒有愛慕之意的，」她繼續說：「我還要告訴妳，曾經在我們剛認識的時候，我的確喜歡他，當時我也極有可能愛上他——嗯，應該說我的確愛上他了——但後來那種感覺莫名其妙地停止了。不過我很慶幸它停止了。我確實曾有一段時間忘卻了，至少最近三個月我對他的事不再投入關注。妳可以相信我，威斯頓太太，這些句句屬實。」

威斯頓太太帶著喜悅的眼淚親吻愛瑪。當威斯頓太太能再度開口說話時，她對愛瑪說，愛瑪的這份坦白比世界上任何事情對她更有助益。

「威斯頓先生一定會和我一樣鬆了一口氣，」她說：「在此刻之前，我們止不住擔心。我們本來很希望你們兩個能愛上彼此，我們也一直以為事實如此。妳可以想像我們為妳感到多麼沮喪啊！」

「我早就躲開了，而且我應該躲開，這對你們和我自己來說都是值得慶幸的。但這並不能替他開罪，威斯頓太太。我必須說，我認為該好好怪罪他一番。他有什麼權利在面對我們的時候，明明已經與人訂婚了，卻表現得一副置身事外的態度呢？在他有婚約的同時，他有什麼權利費心討好任何他所見到的年輕女孩，表現出一貫的關注與熱忱呢？他要如何交代他究竟在玩什麼把戲？他怎麼確知沒有招惹我愛上他呢？他這麼做眞的錯了。」

「愛瑪，從他所說的某件事來判斷，我寧願認爲——」

「再說，她，如何能忍受這樣的行爲？她眼見這一切，卻還要保持沉著。她竟然眼睜睜地看著他當著她的面奉承別的女人，卻不敢有怨言？那可需要某種程度的沉著冷靜啊，那是我既無法理解，也無法苟同的。」

「愛瑪，他們倆之間存有誤會，他是這麼說的。他剛剛沒有時間解釋細節。他在這裡只待了十五分鐘，而且情緒很激動，根本無法把事情做個完整交代。但是他的確表示他們倆之間存有誤會。眼前的危機似乎就是這些誤會造成的，而這些誤會很可能源自於他的行爲不當。」

「不當？噢！威斯頓太太！這樣的譴責太無關痛癢了。他的行爲遠遠超過不當的程度。他的行爲貶低了他的人格，我無法表達我認爲他的行爲對他的人格傷害有多大。他這麼做根本不像一個男人所應爲。一點也不正直，一點也不謹守眞理與原則，那種卑劣的騙術，這本是一個男人終生該小心避免的。」

「哎，愛瑪，現在我該爲他說幾句話了。雖然他在這件事上是錯了，但以我長久以來對他的認識，我可以代他回答，他的確仍有許多的優點，而且——」

「天啊！」愛瑪大叫，她根本沒注意聽威斯頓太太所言，「還有史摩瑞吉太太！珍本來還正要去當家庭教師！他如此荒唐的行爲，究竟是什麼意思？他跟她訂婚，又讓她去找一份差事。他讓她這麼痛苦，逼她出此下策？」

「他毫無所悉，愛瑪。在這件事情上，我完全原諒他。那是她自己的決定，沒有事先和他溝通過；至少並沒有明確地和他溝通。據我所知，他說直到昨天他仍不曉得她的計畫。他無意間得知，我不曉得他是如何知道的，好像是透過某封信或信息。總之他就是得知了她即將要做的事，以及她的計畫，才決定要立刻公布這件事，向他舅舅坦承一切，懇求他的仁慈，同時終結長久以來這種可悲的隱瞞狀態。」

愛瑪開始比較專心聆聽了。

「我很快就會收到他捎來的消息，」威斯頓太太繼續說：「他在臨行前告訴我，他很快就會寫信。他說話的態度似乎允諾他會交代一切此刻無法說清的細節。所以，讓我們耐心等待他的來信吧！信中也許會釐清不少細節，也許能讓我們此刻無法理解的百般事情變得合理，值得體諒。我們不要太嚴厲，過於急著譴責他。有點耐心吧！我必須愛他；既然我曾經滿意於某一要點上，那時我殷切期待事情有個好的結果，也隨時盼望事情果眞如此。他們兩人承受了這樣的祕密與隱瞞，一定吃足了苦頭。」

「他的苦頭，」愛瑪冷冷地回答：「顯然並沒有對他造成太大的傷害。哎，邱吉爾先生又是如何看待這件事呢？」

「他非常支持他的外甥，幾乎立刻就贊同了。想想看，他們家在一星期之內發生了這麼多事情啊！當可憐的邱吉爾夫人還在世之時，我想絕無半點希望、機會或可能性，讓他違逆她的意願。除非等到她的屍骨在家族墓園裡安息了，她丈夫才有可能被說服而做出違背她意願的事。幸好她的強勢在墓穴裡發揮不了作用！他幾乎不需任何勸說，就給予他外甥贊同。」

「啊！」愛瑪心想，「他本來可以爲海芮帶來雲端幸福的。」

「這件事是昨晚說定的，而法蘭克今天早上便如釋重負地離開了。他停在海伯瑞村，我想是停在貝茲小姐家一段時間，然後再過來這邊。但他急著趕回去見他舅舅，此刻他對他舅舅的重要性更甚於以往，就像我告訴妳的，他只能和我們一起待個十五分鐘。他的情緒太激動，眞的激動不已，使他看起來和之前相比恍若變了個人似的。除此之外，他發現她健康不佳之後也很震驚，他之前從未多想。他所表現出來的一切行爲在在顯示他情緒激昂。」

「妳眞的相信他們的戀情一直是祕密進行的？坎貝爾夫婦、狄克森夫婦，難道沒有一個人知道他們已經訂婚？」

愛瑪在提到狄克森這個名字時，忍不住一陣臉紅。

「沒有，沒有半個人知道。法蘭克很肯定地說除了他們自己以外，這世界上沒有第三人知道。」

「那麼，」愛瑪說：「大家該慢慢接受這個事實，我祝福他們幸福快樂。不過還是難免覺得這件事給人的感覺糟糕到極點。這簡直是一整套的僞善與欺瞞，加上陰謀與背叛。他居然在眾人面前表現得一副坦然單純的樣子，而小倆口必定私底下暗自評斷我們！整個冬天與春天以來，大家完全被蒙在鼓裡，以爲所有人都是以同樣的眞誠與榮譽相互對待，不料他們兩個混在其中，持續聽到不該讓他們兩個同時知道的情緒與言語，然後暗自比較並形成小倆口對大家的印象見解。如果他們從彼此那裡聽到我們所說的一些不中聽話語，那麼他們自己必須承擔後果，不干別人的事。」

「我倒不擔心這件事，」威斯頓太太回答：「我很確定自己從沒有對其中一位評論另一位，所以他們兩個絕對無緣聽說。」

「妳很幸運。妳所犯的唯一錯誤，只有我一個人聽到；當時妳猜想我們的某位朋友愛上了費爾法斯小姐。」

「的確，但由於我向來對費爾法斯小姐持有好印象，所以就算猜錯了，也不可能說她壞話。至於這位紳士的閒話，那更不可能從我口中迸出。」

此時，威斯頓先生出現在窗戶附近，顯然是在觀察她們的情形。他妻子對他使了個眼色，示意請他進屋裡來。當威斯頓先生正要繞過來時，威斯頓太太趁機對愛瑪說：「親愛的愛瑪，容我請求妳說些話安撫威斯頓先生，說服他滿足於這樁婚事。讓我們好好把握機會吧，盡量多說一點她的好話。和費爾法斯小姐這樣的對象結成親家，儘管差強人意，但若邱吉爾先生都不介意，我們又何必介懷呢？或許這對他來說再幸福不過，我的意思是對法蘭克來說，他何其幸運能愛上一個個性如此穩定、見解又頗高明的女孩，這是我向來稱許的優點。即便他們這樣欺瞞大家是徹頭徹尾的錯誤，我仍然願意承認她的優點。以她的處境，就算她犯了那樣的錯誤，我們又能怎麼苛責她呢？」

「可議之處多不勝數，眞的，」愛瑪情緒激動地說：「如果一個女人自私地淨想到自己卻又被原諒，那就是費爾法斯小姐現在的情況了。對於這種人來說，幾乎可說是『這世界不是他們認同的世界，自然也不必遵守這世界的規則常理』。」

她將威斯頓先生迎進房裡，帶著微笑的表情大呼：「您著實把我耍弄了一會兒。您剛剛的確刺激了我的好奇心，讓我絞盡腦汁瞎猜一番。眞的把我嚇壞了，我以爲是您失去了半數的財產。結果，完全不是發生什麼可悲之事，反倒是値得慶賀之事。我全心全意向您恭賀，威斯頓先生，恭喜您未來的媳婦將是全英格蘭最可愛且最有才華的女孩之一。」

在愛瑪說這番話的同時，威斯頓先生與他妻子互相交換了眼色，確定一切都沒事了，於是他的心情立刻飛揚起來。他的態度與聲音回復原本的輕快活潑。他衷心且感激地握握她的手，然後直接切入主題，他的態度似乎是想證明，此刻只需要一點時間與說服，就可以讓自己相信他們的訂婚並不是件壞事。威斯頓太太與愛瑪只給他一些建議，教他如何淡化眾人對這種輕率行爲的觀感，或者如何緩和眾人的反對意見。三人一起把事情詳細討論一番後，在陪愛瑪走回哈特菲宅邸的路上他又和愛瑪討論了一次，這時他已經完全能接受，甚至幾乎要認爲這是法蘭克所做過最好的一件事了。

第四十七章

Emma

「海芮，可憐的海芮！」這是愛瑪所能說的話，話裡含藏著愛瑪無法擺脫的折磨念頭，這些念頭帶給她眞正的悲慘。在她看來，法蘭克・邱吉爾的行爲極爲惡劣，在許多方面都很惡劣，但他的行爲再惡劣，都還不及她本身的行爲，這使得愛瑪對法蘭克・邱吉爾氣惱不已。是他的挑弄，使愛瑪把海芮拖進這個渾水之中，這是他最惡劣之處。可憐的海芮！再次因爲愛瑪的錯誤判斷與吹捧而受傷。奈特利先生早有先見之明，他曾經說：「愛瑪，妳根本不是海芮・史密斯的朋友。」愛瑪擔心她又爲海芮幫了倒忙。此次不同上次，愛瑪不需自我譴責是整件烏龍的始作俑者，在她建議下使海芮作此想像萌發愛意；因爲早在愛瑪有所暗示之前，海芮已吐露出對法蘭克・邱吉爾的欣賞與喜歡。可是愛瑪還是深懷罪惡感，沒有她的鼓勵，也許海芮本來可以壓抑住這股愛慕之意。她也許不會沉溺於日漸濃烈的愛慕情緒之中。愛瑪的影響是無庸置疑的。如今愛瑪才領悟到她應該制止這種情緒的。愛瑪覺得自己在證據不充分的情況下便置朋友的幸福於風險之中。如果愛瑪有點常識，就應該告誡海芮不能允許自己想起他，因爲他愛上她的機率非常渺茫。「但是，就算我有常識，」她補了一句，「恐怕也無濟於事。」

愛瑪很氣自己，如果她不能遷怒法蘭克・邱吉爾的話，情況會更慘。至於珍・費爾法斯，至少愛瑪現在不必再爲她懸念了。光是海芮就夠愛瑪煩心的了，她無須再爲珍的事情感到不開心，珍的麻煩與健康不佳當然同出一源，如今都將得到治癒。她那些悲慘不幸的日子已告結，她很快就會重拾健康，變得開心又富有。愛瑪如今可理解爲什麼珍會故意忽視來自自己的關心。這個頓悟讓很多小疑惑都得到解答。無疑的，珍的反應源自於嫉妒。在珍看來，愛瑪一直是情敵，無怪乎愛瑪提出的任何協助與關心盡遭拒絕。乘著哈特菲宅邸的馬車兜風，簡直是個折磨；哈特菲糧倉送來的竹竿肯定是毒藥。愛瑪全明白了。一旦愛瑪的腦子終於擺脫了對於不公義與自私的惱怒情緒之後，她承認珍．費爾法斯這段時間的孤立，恐怕也不怎麼開心快樂。但可憐的海芮此刻多麼需要愛瑪的同情啊！愛瑪沒有多的同情憐憫可分享給別人了。愛瑪不免擔心，這二次的失望恐怕會比第一次更嚴重。考慮到法蘭克．邱吉爾那麼優異的條件，海芮這次肯定會比上一次更受打擊，且對她的心智造成更強大的影響，因爲海芮變得更含蓄自制了，由此看來，這次的打擊一定會比上次更大。可是，愛瑪必須盡快告知海芮這個殘酷的事實。威斯頓先生臨別時所說的話指示要謹守祕密，「目前，整件事仍是個祕密。邱吉爾先生已表明必須這麼做，以示對於他剛過世妻子的尊重；每個人都認同這麼做才是恰當的。」愛瑪允諾保守祕密，但海芮必須被列爲例外。這是愛瑪更重要的職責。

儘管愛瑪相當苦惱，卻忍不住覺得可笑，她居然必須爲了海芮而必須承擔令人煩惱且敏感的職責，正如威斯頓太太稍早之前不知如何對愛瑪啓齒的心情。之前威斯頓太太不安地向她宣布這個消息，如今她又必須不安地向海芮宣布。愛瑪聽到海芮的腳步聲與說話聲，心跳猛然加速。愛瑪心想，稍早之前當她快要抵達蘭道斯宅邸時，可憐的威斯頓太太肯定也是這種心情。她們兩人在宣布這項消息時，情況居然如此相似。然而遺憾的是，情況不可能完全相似。

「嗯，伍德浩斯小姐！」海芮一邊大喊，一邊急奔進屋內。「這難道不是最奇怪的消息嗎？」

「妳指的是什麼呢？」愛瑪回答，她從海芮的表情或聲音無法猜測出是否走漏任何一丁點消息。

「有關珍．費爾法斯。您是否聽過這麼奇怪的事？噢！您不需要擔心向我透露，因爲威斯頓先生全告訴我了。我剛剛遇到他。他說這將是個天大的祕密，因此我除了對您說之外，絕對不會向別人提起的。不過他說您已經知道了。」

「威斯頓先生對妳說了什麼？」愛瑪追問，她仍感疑惑。

「噢！他全都告訴我了！他說珍・費爾法斯與法蘭克・邱吉爾先生要結婚了，還說他們早就已經祕密訂婚。這多麼奇怪啊！」

這的確是非常奇怪。海芮的行爲不尋常，愛瑪不知該如何理解她的行爲。她的個性似乎全然改變了，幾乎看不出任何激動或失望，甚至對於這個消息亦無特別介意。愛瑪注視著她，說不出話來。

「您知道嗎？」海芮大喊：「您知道他們兩人的戀情嗎？您很可能知道。您總是能看進每個人的心坎裡（她說這句話的時候臉紅了起來），但是沒有其他人——」

「絕不是的，」愛瑪說：「我開始懷疑自己是否具有這樣的天分。海芮，我怎麼可能在知道他愛著另一個女子的同時，還半暗示地鼓勵妳付出情感？直到過去這一個小時之前，我從來沒猜想過法蘭克・邱吉爾先生對珍・費爾法斯小姐有任何情愫。妳大可確信，如果我早知道這件事，一定會向妳提出警告。」

「我？」海芮大喊，漲紅了臉，非常吃驚。「您爲什麼要向我提出警告？您該不會以爲我喜歡法蘭克・邱吉爾先生吧？」

「我很高興聽到妳這麼勇敢地談論這件事，」愛瑪微笑回答：「但妳不會否認，就在不久前，曾有一段時間，妳讓我有理由相信妳的確喜歡他。」

「他？絕不，絕不。親愛的伍德浩斯小姐，您怎麼會如此誤解我？」她難過地轉過身去。

「海芮！」經過短暫的停頓之後，愛瑪大喊：「妳是什麼意思？天啊？妳是什麼意思？我誤解妳？難道我應該要認爲——」

愛瑪再也說不出半個字，陷入沉默。她坐下來，在極度驚恐中等待著海芮的回答。站在不遠處、把臉別開的海芮沒立刻說些什麼，當她開口時，激動語調不下於愛瑪。

「我不該認爲您會如此誤解我！」海芮開始說話：「我知道我們說好絕對不能提到他的名字。但您想想，他的條件遠比其他人優秀得多，我從未想過會有可能被誤解爲意指其他人。怎麼可能是法蘭克・邱吉爾先生？我不知道如果他和我說的那個人站在一起，有誰會注視他？我希望我的品味遠勝於此，他在我所說的那個人身旁相形失色。而您居然會弄錯，眞是令我吃驚！因爲我相信您完全贊同且鼓勵我投入感情，所以初始我還認爲以他爲心儀對象實在太抬舉我了。一開始時，您曾告訴我說更美妙的事情曾經發生，身分更懸殊的配偶也所在多有（這些都是您當初說過的話）；我本來不敢奢望的，本來不認爲有可能，但是如果您向來都和他那麼熟識——」

「海芮！」愛瑪大叫，表情認眞嚴肅，「讓我們此刻弄清楚彼此的意思，以免再繼續誤解下去。妳說的那個人是——奈特利先生？」

「我當然是說他。我從頭到尾不曾想過其他人，所以以爲您知道。當我們談到他時，意思再清楚不過了。」

「並沒有那麼清楚，」愛瑪回答，她強作鎭定。「因爲當初妳所說的話，讓我聯想到不同的人。我幾乎可以確信妳指的就是法蘭克・邱吉爾先生。我確信法蘭克・邱吉爾先生曾經幫助過妳，我以爲我們說的是他從吉普賽人手中解救妳的事情。」

「噢，伍德浩斯小姐，您眞的忘記了嗎？」

「親愛的海芮，我清楚地記得我當時說過的話。我告訴妳我一點也不訝異妳會喜歡他；想到他爲妳解圍，妳會付出感情自是理所當然。妳當時也同意我說的話，且極熱切地表達對於此舉的觀感，甚至提到當妳見到他前來解圍時有多麼感動。我對那件事印象深刻。」

「噢，天啊，」海芮大喊：「現在我想起來妳所指爲何了。可是當時我心裡想的是完全不同的一回事。我想的不是那些吉普賽人，我指的並不是法蘭克·邱吉爾先生。不！（她的聲量略為提高）當時我心裡想的是另一件更珍貴的情況。我心想的是當艾爾頓先生不願和我站在一起而當時屋內沒有其他舞伴時，奈特利先生走過來邀請我跳舞。那才是眞正仁慈的舉動，那才是高貴的善心與慷慨！正是那樣的舉動，讓我開始覺得他遠勝過世界上其他紳士。」

「天啊！」愛瑪大喊：「這眞是最不幸、最悲慘的錯誤！我們該怎麼辦？」

「要是您瞭解我的意思，就不會鼓勵我了嗎？然而如果我的對象是另一個人，至少我的情況不會比原本的更糟；而現在，很有可能——」

海芮停頓了半晌。愛瑪說不出半句話。

「伍德浩斯小姐，」海芮繼續說：「我不訝異您會認爲這兩位紳士對於我或其任何人來說有這麼大的差別。您一定認爲其中一人的身分地位比另一人高於我億萬倍。可是，伍德浩斯小姐，即使如此，即使乍看之下很奇怪，我還是抱持希望。您記得自己說過，更奇妙的事情都曾發生過，身分地位比我和法蘭克·邱吉爾先生之間更懸殊的配偶也所在多有；因此，如果眞有這等事情曾經發生，而我如此幸運，奈特利先生不介意我倆之間的懸殊地位，那麼我希望親愛的伍德浩斯小姐不要反對此事，請不要試圖阻撓。不過我相信您是個好人，不會阻撓我們的。」

海芮佇立在一扇窗戶旁。愛瑪轉過身去，驚駭地注視著她，急忙地說：「妳感受到奈特利先生回應妳的感情了？」

「是的，」海芮謙恭但無懼地回答：「我必須說我感受到了。」

愛瑪立刻收回她的注視，安靜地坐在那裡沉思了片刻。只要幾分鐘，就足以讓她明白自己的心。像她這樣的心智，一旦坦然面對疑惑，便會有快速的進展。她面對，她承認，她接受所有的眞相。爲什麼海芮戀上奈特利先生，會比戀上法蘭克・邱吉爾更糟呢？爲什麼海芮對於情感得到回應抱持著希望，會讓愛瑪感到愈發不安呢？一個念頭像飛箭般射中愛瑪——奈特利先生除了娶愛瑪以外，不能娶任何人！

就在這幾分鐘內，她清楚地看見了自己的行爲與她的心。她看清楚了一切，這是她從未有過的體驗。她明白了自己在海芮身邊的舉止是如何不恰當。她的行爲是多麼不體貼、不細膩、不理性、無情冷酷！她是如何被盲目與瘋狂所主宰啊！她猛然驚覺到，隨時都有可能敗壞了自己的名聲。儘管愛瑪有這麼多缺點，她仍保有些許自尊——也考量到自己的顏面，以及強烈的正義感（她不需要對這個自認爲受到奈特利先生愛慕的女孩感到同情，但基於公道，愛瑪不應表現出任何冷淡而澆對方冷水）——於是愛瑪決定坐在那裡繼續平靜以對，甚至表現得更加仁慈。爲了愛瑪自己好，最好探問一下海芮所抱持希望的最大程度，而海芮似乎沒有設防，毫不掩飾地表露她發自內心形成且維持的情感與興趣，即便沒能及時予以忠告的人也無權輕視她的情感。因此，當愛瑪從沉思中覺醒，收斂了自己的情緒，便再度轉向海芮，她用一種更熱絡的語調重啓對話。當初她們之所以談起這個話題，是源自於珍・費爾法斯的精采故事，如今那個故事相形失色。此刻她們兩人心裡想的只有奈特利先生與自己。

海芮一直站在那裡作著開心的白日夢，她很高興從白日夢中被喚醒，欣喜看到伍德浩斯小姐這位裁判與朋友如今表現出鼓勵的態度，只需等伍德浩斯小姐一開口，就準備好全盤托出有關她懷抱希望的始末，她興奮不已，雖然有點顫抖。愛瑪在開口詢問與聆聽時，比海芮更擅長掩飾顫抖，顫抖的程度可一點也不亞於海芮。她的聲音還算平穩，但她的心思雜亂不已，幾乎要衍生出另一個自我，一個有害的惡毒念頭，並且困陷在突然且狂亂的情緒之中。她聆聽著海芮交代的細節，內心煎熬痛苦，表面上卻表現出極大的耐心。海芮的交代亂無章法，表達也不盡理想，但姑且不論海芮的敘述薄弱無力且重複贅述，她這番話裡有種成分使得愛瑪的心直往下沉，尤其再加上相關的佐證，包括她想起奈特利先生對海芮的觀感的確大大改善。

自從那兩支決定性的舞曲後，海芮便察覺到他行爲的改變。愛瑪知道奈特利先生的確是在那個情況之下發現海芮比他預期的優秀。從那天晚上開始，或者至少從伍德浩斯小姐開始鼓勵她喜歡他的那時候起，海芮便注意到他比從前更常和她交談，且態度明顯不同，變得親切又體貼。近來她愈來愈意識到這一點。當他們大夥兒一起散步時，他常常走到她身邊來，興高采烈地聊天。他似乎想要多認識她一些。愛瑪知道情況的確如此，她常觀察到同樣的改變。海芮重複述說他對她的肯定與讚美，而愛瑪認爲這很符合她所知道的他對海芮的觀感。他曾經讚美她毫無矯飾做作，具有單純、誠摯、豐富的感受。她知道他在海芮身上看到這些優點；他曾經不止一次在愛瑪面前表達這個想法。海芮記得許多她從他那裡接收到的關注細節，包括一個眼神、一句話、換位子到她身邊、暗示的恭維讚美與偏愛，愛瑪完全沒有注意到這些細節，因爲她絲毫不曾起疑。海芮的說明足足持續了半小時，其中包含了愛瑪親眼所見的諸多證據，如今她聽到這些敘述，才發現自己之前渾然不覺。但是最後提到的兩件事，也是對海芮來說最強而有力的事證，則是愛瑪或多或少有所見證的。第一個事證便是眾人在丹威爾莊園散步時，他和她擺脫其他人走在一起，當時在愛瑪加入他們之前，他們一起走了一會兒，而且愛瑪相信他花了好一番工夫才把海芮從人群中拉出來，尤其一開始時，他用一種有別於以往的方式和她說話，非同一般的態度！（海芮回想起這些時，忍不住臉紅）他似乎差一點就想問她是否心有所屬。然而當伍德浩斯小姐似乎快要走到他們身邊時，他立刻轉換話題，開始談起農作。第二件事，是在他最後造訪哈特菲宅邸的早上，在愛瑪外出訪友回家之前，他坐在那裡和海芮聊了將近半小時——儘管剛進門時他曾說無法停留超過五分鐘——在他們聊天時，他曾經告訴海芮，雖然他必須前往倫敦，但其實他很不情願離家（愛瑪也感覺到了），愛瑪認爲他向海芮透露的心思多於他向愛瑪吐露的。他向海芮吐露很多心意，尤其是這一點，讓愛瑪感到格外心痛。

有關於上述的第一個事證，愛瑪稍微回想一下後，便鼓起勇氣提出以下的問題。「他有沒有可能不是這個意思？當他在探問妳是否心有所屬時，他是否有可能向妳暗示馬汀先生？他可能是爲了馬汀先生著想？」但海芮激動地否定了這個質疑。

「馬汀先生？眞的不是！沒提到馬汀先生。希望我現在不會被視作對馬汀先生舊情難忘，或有類似揣測。」

當海芮說完了她的事證，她請求親愛的伍德浩斯小姐說說她是否看好這段戀情。

「起初我連想都不敢想，」海芮說：「但若不是您。若不是您告訴我要仔細觀察他，讓他的行爲成爲我的判斷基準，我才聽從您的話。不過現在我覺得自己也許配得上他。如果他眞的選擇了我，世界上就再也沒有比這更美好的事了。」

愛瑪聽到這番話，心中苦不堪言，這使得她必須費好大一番工夫，才能讓自己勉強作出回應。

「海芮，我只敢說，奈特利先生是最不可能爲了討好女孩而故意假裝自己有情意，所以他的感情絕對是眞實的。」

海芮似乎早就祈禱她的朋友會說出這麼一句令人滿意的話。海芮差點表現出狂喜與歡欣的情緒，這對愛瑪來說將會是痛苦的折磨，所幸此時愛瑪聽到她父親的腳步聲，暫時獲得解救。他正穿過大廳朝她們走來。海芮的情緒太激動，她不能在這種情況下見人。「我無法控制好自己的情緒，這會讓伍德浩斯先生起疑的，我最好先離開。」因此，在她朋友的鼓勵之下，她從另一道門離開了。她才剛離開，愛瑪的情緒立刻爆發：「噢，天啊！我怎麼會沒有注意到她？」

接下來的一整天以及夜晚時光，她千頭萬緒。過去幾小時所發生的事情，使她深陷於困惑與茫然之中。時時刻刻湧起新的驚異，每個驚異都擺脫不了難堪。該如何理解這一切？理解她的自欺欺人，甚至活在自欺的謊言中？她的頭腦與心靈是如此盲目，錯得多麼離譜！她坐著不動，她四處走動，一下待在自己的房間，一下穿過灌木林，嘗試過每個地方、每種姿勢，才意識到自己其實很脆弱。她發現受欺瞞到令人心痛的地步，而她自欺的程度更甚於此，她發現自己很悲慘，且今天可能是她悲慘歲月的開始。

她的首要渴望，是徹底瞭解自己的心。在和父親共處的休閒時光裡，她不斷思索這件事，時而不自覺地想得出神。

奈特利先生究竟從何時起教她如此在乎？他的這股影響，究竟萌發於何時？他是在哪一刻攻佔了她的心房？那裡是法蘭克·邱吉爾曾經短暫佔據的啊！她回顧一切，比較了他們兩位的表現，尤其是法蘭克·邱吉爾出現在她視線內之後。她必定是時時拿他們兩個來比較。噢，一定曾發生過什麼幸福的事情，激起她作這種比較。她領悟到，自己向來認爲奈特利先生是明顯勝出的那位，一直親切待她。在說服自己或是陷入幻想、做出違心舉動之時，她原來被錯覺所遮蔽，未曾察覺自己的心意——簡而言之，她從來沒有眞正愛上法蘭克・邱吉爾！

這是她首度回顧之後所得的結論。這是她思索了第一個問題後所生的自我體認，而且不消多少時間就體認到這事實。愛瑪非常氣惱悲憤，對自己的種種念頭覺得羞愧，除了她對奈特利先生的情意之外，其他部分的心思都惹她厭惡。

由於可憎的自負，她自以爲瞭解每個人情感的祕密；由於不可饒恕的傲慢，她意圖主導每個人的命運。事實證明她完全弄錯了，她並非一事無成，只是她做的事情都出了差錯。她爲自己與海芮帶來了災難，且深怕也爲奈特利先生帶來麻煩。假若這是有史以來最不相配的婚事，她會自責是自己起了頭，因爲她相信奈特利先生如果對海芮有了好感，必定也是因爲意識到海芮的情愫。就算事實並非如此，要不是愛瑪的愚蠢，奈特利先生根本不會認識海芮。

奈特利先生與海芮・史密斯！這種配對，使得其他的怪異組合相形失色。法蘭克・邱吉爾與珍・費爾法斯的戀情相形之下，變得平凡普通、乏味無趣，激不起任何驚奇，顯示不出雙方的懸殊地位，根本不值得討論或思索。奈特利先生與海芮・史密斯！這對她來說是身分地位的大躍進！對他來說卻是地位的失格。愛瑪根本不敢想像這會讓大家對他的評價變得多麼差，她幾乎可以想像大家得知這個消息之後對他的訕笑、嘲弄，他弟弟會很不以爲然，他的生活會出現諸多不方便。這件事眞的有可能嗎？不，不可能的。但如今事態看起來又不是完全沒有可能，甚至可能性很高。難道這是一種新的趨勢——條件優越的男子，都臣服於比他們條件差很多的女子？難道這是一種新的風潮——男子都太忙碌，沒時間尋覓佳偶，所以被動地接受主動追求他們的女子？難道這是一種新的流行——世界上的一切都必須如此差異懸殊、不一致、不相配，或者讓機運與條件（條件爲次要影響因素）來主宰人的命運？

噢！如果愛瑪從來沒有把海芮引薦給大家！如果她讓海芮留在她原本該在的位置，而且是當初奈特利先生告誡愛瑪該讓海芮身處的位置！如果當初愛瑪沒有愚蠢地阻止海芮嫁給那個無可挑剔的年輕人——那個人會讓海芮留在她該歸屬的地位層級，感到快樂且受到敬重——那麼一切就會沒事，後來就不會發生一連串糟糕的事情。

海芮當初怎麼會大膽地把心思動到奈特利先生身上？她怎麼會在尚未確認之前就天眞地以爲奈特利先生會選擇她？海芮已不像從前那樣謙遜多慮了。她似乎完全沒有意識到自己不論在心智或身分地位方面，條件都遠不如奈特利先生。難不成海芮單只意識到艾爾頓先生和她的不相配，卻沒意識到條件更優越的奈特利先生如果娶她更爲荒謬。哎呀，難道這不是愛瑪自作自受嗎？當初除了愛瑪以外，還有誰費盡心力灌輸海芮自尊的信念？當初除了愛瑪以外，還有誰教海芮要盡可能提升自己的身分地位，還說海芮的條件值得擠入上流階層？如果海芮從當初的謙遜純樸變成現在的虛榮自負，那也是愛瑪自作自受。

直到現在，愛瑪才警覺到失去快樂的危險。她從不曉得自己的快樂竟會繫於成爲奈特利先生首要的情感傾吐對象。她向來享有這份殊榮，因而覺得滿意且理所當然，不曾有絲毫質疑。直到此刻憂懼自己的地位被取代，她才明白奈特利先生的這份情感依賴對她來說有多麼重要。長久以來，她都覺得自己是奈特利先生第一個分享情緒與想法的人，因爲他身邊罕見女性親屬，只有弟媳依莎貝拉的條件能與愛瑪相提並論，愛瑪向來都知道奈特利先生對依莎貝拉心存敬愛。過去多年來，愛瑪一直是他最在乎的對象。但她不值得這份殊榮，因爲她常常不珍惜，輕忽他的建議，甚至故意和他唱反調，也不懂得欣賞他大部分的優點；她常常和他吵架，只因爲他不肯認同愛瑪錯誤偏頗的判斷。可是出於兩家人的情誼與長久以來的習慣、他那無懈可擊的卓越心智，以及從小看著她長大，他期望能改善她，竭力讓她一切行事正確，這世界上再也沒有其他人能享有此殊榮與特權。儘管揹著百般錯誤與缺點，她知道他仍然關愛她，甚至可說是非常鍾愛！然而，當海芮指出奈特利先生與她極有希望成爲一對，並且提出事證時，愛瑪再也不敢確定自己是否還獨享奈特利先生的關愛。海芮・史密斯很可能自認爲並非配不上奈特利先生那份特別的、專屬的、熱烈的愛。愛瑪卻辦不到。她不敢故意視而不見他對海芮的情意。她最近才目睹了一個他看重平等的事證。當他發現愛瑪對貝茲小姐的行徑是多麼無禮時，他有多麼震驚啊！當時他直接且強烈地向愛瑪表達他的不滿。愛瑪無禮在先，奈特利先生的反應儘管強烈，卻也無可厚非，然而他態度的強烈，的確超過了公正與善意的程度。對於奈特利先生是否可能愛上自己，愛瑪不抱任何希望，也沒有資格抱持希望；但仍有一線希望的是（有時希望渺茫，有時候希望又濃厚一些），也許海芮是自欺欺人，高估了奈特利先生對她的情意。爲了他，愛瑪必須如此祈禱——她不是非要奈特利先生和自己有什麼結果，而是希望他一輩子保持單身。只要他能終身不娶，她相信自己就能心滿意足了。讓他繼續當那個對她與她父親來說永遠不變的奈特利先生吧！讓丹威爾莊園與哈特菲宅邸永遠都不要失去珍貴的友誼互動與互信，並且讓她可以永遠保持平靜安適。事實上，婚姻對她無益。婚姻比不上她父親爲她付出的，也比不上她對父親的情感。沒有任何事情可以拆散他們父女倆。就算奈特利先生向她求婚，她也不嫁。

愛瑪滿心期盼海芮的希望落空；她希望下次見到他們兩個在一起時，她至少可以判斷一下他們發展戀情的希望有多濃厚。從現在開始，她應該密切注意他們兩人的互動。可悲的是，之前她誤解了她親眼所見的事情，因此不確定之後是否還會被盲目矇騙。她每天都期盼他會回到這裡來。她很快就能施展她的觀察力——當她專心一致時，她的觀察力即可發揮驚人的效果。同時，她決定不再見海芮。即使繼續深入討論這個話題，對她們兩人來說並沒有好處，對整件事也是。愛瑪下定決心，只要她還有質疑的能力，就絕對不相信這個事實；然而她還是沒有權利推翻海芮的信心。再多加討論，只會惹得彼此不開心。因此愛瑪寫信給海芮，語氣和藹但堅定，請求她暫時不要到哈特菲宅邸來；她坦承自己認爲最好不要再私下討論「那個」話題；她希望如果能有幾天不單獨見面（除了有人作陪之外），她們也許才能假裝已經忘記了昨天的對話。海芮也表贊同，而且充滿感激。

愛瑪才剛處理完這事，便有一名訪客抵達，愛瑪得以稍微轉移注意力，暫時不想那個在過去二十四小時內讓她不論在睡著或醒著時都困擾她的事情。威斯頓太太剛剛去拜訪了她未來的兒媳婦，在返家途中先在哈特菲宅邸暫時打擾；她仔細交代造訪貝茲小姐家的細節，一方面是滿足愛瑪的好奇，但同時她自己也很樂意說這些事情。

威斯頓先生陪她一起去貝茲太太家，得體地表現了對她們一家人的關心，後來威斯頓太太邀請費爾法斯小姐一起乘車兜風。在她們兜風期間，因爲少掉了尷尬的感覺，她們談論的事情遠超過在貝茲太太客廳裡一刻鐘的談話；如今威斯頓太太得知更多可以談論的事情，便帶著滿意的心情分享。

愛瑪有一點好奇，當威斯頓太太在交代這些細節時，她專心聆聽。威斯頓太太原是在情緒激動的狀態之下前去造訪貝茲家，起初她本來希望暫時先別去造訪，而改用寫信給費爾法斯小姐的方式，等過一段時間再做正式且禮貌性的拜訪，好讓邱吉爾先生對訂婚消息被公開的事實緩衝一下。在衡量一切之後，她認爲如果選在此刻造訪，消息勢必立刻就會傳開來。然而威斯頓先生的看法不同，他急著向費爾法斯小姐與其家人表達對這樁婚事的贊同之意，他認爲就算此刻造訪，也不至於讓任何人起疑；就算眞有人起疑，亦無啥大不了，因爲他認爲「這種事情總有一天會傳開來」。愛瑪忍不住微笑，她覺得威斯頓先生有充分的理由這麼說。他們夫婦倆很快就動身前去造訪，費爾法斯小姐的苦惱與困惑顯而易見。她幾乎說不出話來，眼神與行爲在在顯示她的內心承受著多麼大的煎熬。貝茲太太表現出內斂安靜的滿意，貝茲小姐則是興奮狂喜，甚至興奮過了頭，以至於無法像平常一樣流利地說話，這一幕景象著實令人滿足又感動。她們兩人展現出的喜悅之情如此得體可貴，全然無私；她們心裡想的都是珍的事情；她們想到每個人，卻鮮少想到她們自己，她們永遠心存善意。費爾法斯小姐近來身體不適，威斯頓太太於是邀請她乘車兜風；起初她退縮拒絕，但最後拗不過威斯頓太太的好意，只好順從；在她們兜風期間，威斯頓太太溫柔鼓勵的態度，大大化解了費爾法斯小姐的尷尬困窘，總算能對這件重大事情侃侃而談。

威斯頓太太首先爲初次見面時她看似無禮的沉靜而道歉，其實她一直都感受到珍對她與威斯頓先生的感激與善意。一旦她們把話說開了，便開始熱絡地聊起這場婚事的現在與未來情況。威斯頓太太相信這場對話對於珍來說必定是如釋重負，畢竟她長久以來都必須把這件事牢牢鎖在心裡。威斯頓太太對於珍所吐露的一切感到非常滿意。

「說到她這幾個月來隱瞞這件事所承受的痛苦折磨，」威斯頓太太繼續說：「可眞是有能耐啊！她親口吐訴：『我不會說自訂婚後不曾享受過快樂時光；但是我必須說，我的確沒有一刻是感到安靜平適的。』愛瑪啊，她在說這些話時嘴唇顫抖，我打從心裡相信她句句肺腑眞言。」

「可憐的女孩！」愛瑪說：「那麼她認爲當初她同意祕密訂婚是錯的囉？」

「錯的？我相信沒有人怪罪她的程度超過她的自責。『這個後果，』她說：『對我來說是持續不斷的煎熬，而且事情本該如此。即使經歷過這件錯誤行爲所帶來的懲罰，它仍是個錯誤的行爲。痛苦並無法贖罪。我永遠無法否認我的罪。我的行爲違背了心底的正義公道。我的良知告訴我，事情突然有了好的發展，以及我此刻所接收來自大家的善意與仁慈，都是我沒資格得到的。夫人，請別以爲，』她繼續說：『請別以爲我的家教不好。請別質疑那些撫養我長大的朋友們所施予的教養。這全都是我自己的錯，我向您保證，雖然目前情況似乎讓我有値得原諒的理由，但我還不敢讓坎貝爾上校知道這件事。』」

「可憐的女孩！」愛瑪又說了一次。「我想她一定非常愛他。她起初只是很喜歡他，才會被引導至同意訂婚。她的情感一定凌駕了她的理智判斷。」

「是的，我絲毫不懷疑她非常愛他。」

「我恐怕，」愛瑪嘆了一口氣，回答道：「我想必常常惹她很不開心。」

「親愛的，妳是無辜的。但當她暗示他的一些行爲可能會造成我們的誤會時，她心裡可能有些想法。這件事情使她產生的自然反應之一，」威斯頓太太繼續說：「就是她變得很不講理。她知道自己做錯了，使她深陷於極度不安的情緒之中，變得吹毛求疵與易怒，這令他難以忍受。『我沒讓他保有他的性格與特質——他那開心、愉悅、詼諧的個性，我相信若在其他情況之下，絕對永遠足以讓我著迷，這也正是當初我被他深深吸引的特質。』然後珍提到了妳，有關妳在她生病期間對她的善意關懷；然後她要我有機會的話務必替她轉達謝意，感謝妳盡心盡力爲她著想。她說這些話時臉都紅了，我相信她一定是眞心眞意的。她知道妳從來沒有接受過來自她的謝意與感激。」

「假使我不知道她現在是快樂的，而我相信她現在一定很快樂，」愛瑪認眞地說：「儘管她那過於謹愼的個性讓她再三拒絕我的善意，我可承受不起她的感謝。因爲，噢！威斯頓太太，如果有人仔細計算我對費爾法斯小姐做過的好事與壞事的話，嗯（她停頓了一下，試圖表現得一派輕鬆），一定不會認爲我有什麼值得感謝的！妳眞好心，把這些有趣的細節與我分享。這些細節意味著她目前狀況良好。我相信她現在好極了，我希望她非常幸福。法蘭克．邱吉爾的確很幸運，在我看來，她可是集所有的優點於一身。」

威斯頓太太不可能對這樣的結論不加回應。她對法蘭克．邱吉爾各方面的評價極高，尤其重要的是，她非常愛他，當然會急切地想爲他辯護。她說話的態度十分理性，感性的程度亦不相上下，但即使她滔滔不絕，也沒辦法激起愛瑪的注意力。愛瑪的心思一下子飛到倫敦的姐夫家（奈特利先生此刻所在之處），一下子飛到丹威爾莊園，忘了好好聆聽。當威斯頓太太最後說了一句：「我們還沒有收到那封熱切期待的信，但是我希望那封信很快就寄到了。」愛瑪不得不在回答之前頓了一會，最後隨便虛應，她仍是想不起來他們究竟在熱切期待哪一封信。

「妳還好嗎？我親愛的愛瑪？」威斯頓太太道別之前如此問。

「噢，非常好。我向來安好，妳知道的。請務必盡快讓我知道那封信的消息。」

威斯頓太太所說的話，引發愛瑪產生更多不愉快的回想，讓她對費爾法斯小姐添了一分敬意與憐憫，也歉疚過去對費爾法斯小姐不甚公平。她十分後悔沒有和珍變得更熟絡一些，甚至還因爲自己曾浮現過一些嫉妒的情緒而感到羞愧。如果她聽從奈特利先生的意思，對費爾法斯小姐多關心一些（這本來就是她該做的事）；如果她曾試圖更瞭解費爾法斯小姐；如果她盡責地表現出親密熱絡；如果她努力和費爾法斯小姐成爲朋友，而不是海芮・史密斯；如此一來，就可能免於目前所承受的一切痛苦。不論是出身、天賦或教養，均可讓她懷著感激心情，和費爾法斯小姐成爲密友；而海芮・史密斯呢？她是什麼？就算愛瑪與珍從來沒有成爲好朋友，就算愛瑪在這件重要事情上沒有成爲珍傾吐祕密的對象，她當初也不應該惡劣地懷疑珍和狄克森先生之間有不當的戀情。當初愛瑪不僅愚蠢地作此猜測，還不可饒恕地把這個猜測透露出去。她很怕萬一法蘭克・邱吉爾不經意向珍提起此事，肯定會傷害了珍脆弱的感情。自從珍來到海伯瑞村之後，種種不愉快的事情便困擾著她，愛瑪相信自己一定是其中最惡劣的一個人。她對珍來說定是永遠的敵人。他們三人永遠不可能共處，因爲愛瑪總是會破壞珍的平靜心情。也許在巴克斯丘的那次郊遊，便是珍忍受厭惡的極限。

這一天，哈特菲宅邸的夜晚格外漫長且殘酷。氣候增添原本陰鬱的氣氛。一場寒冷的暴風雨來襲，一切看起來根本不像七月，只有風在樹林與灌木叢間肆虐，而白晝的長度只會讓眼前這些殘酷的景象更顯漫長。

天氣對伍德浩斯先生造成影響。唯有愛女在旁無微不至的照顧，才能讓他勉強覺得舒適。愛瑪今晚的心情不佳，因此必須比往常更加費力才能讓自己的注意力持續放在老父親身上。這讓她想起威斯頓太太結婚當晚他們父女倆淒涼的獨處；不過當時在喝過茶後，奈特利先生隨即造訪，立刻驅散了每一個陰鬱的念頭。哎呀，當初那些頻繁的造訪，證明了哈特菲宅邸對奈特利先生的吸引力，如今這種吸引力很快就要消失了。當初她爲了即將到來的冬天所繪的凋零景象，後來都顯得是個錯誤；當時並沒有朋友遺棄他們，他們也沒有失去任何歡樂。但是此刻她有一些不祥的預感，她怕他們不會再有這種好運。目前她所面臨的情況，對她來說備感威脅，且難以完全驅散這種威脅感，甚至想要稍微淡化都不可能。如果該發生在她朋友圈裡的事情眞的發生了，那麼哈特菲宅邸一定會比從前更加荒涼。她起身想辦法提振父親的心情，然而自己也跟著覺得掃興了。

將來在蘭道斯宅邸出生的孩子，一定比愛瑪和他們一家人更加親近，威斯頓太太的時間與心思勢必會被完全佔據。愛瑪父女倆篤定會失去威斯頓太太的關注，甚至可能一併失去威斯頓先生。法蘭克・邱吉爾再也不會來陪愛瑪父女倆；而費爾法斯小姐可能很快也會離開海伯瑞村了。他們會結婚，定居在恩斯康宅邸或者附近。一切的美好，將會消失；除了這些損失之外，他們還會失去丹威爾莊園的主人。到時候他們身邊還會剩下哪些令人愉快或理智的朋友？奈特利先生再也不會到哈特菲宅邸來消磨夜晚時光！他再也不會到這裡來散步幾個小時，彷彿想把自己的家換成他們的！這要如何忍受呢？若是爲了海芮的緣故，而讓他們必須失去奈特利先生；如果到時候他在海芮的朋友圈裡找到一切他所需要的；如果海芮成爲他所選擇最重要、最親愛的朋友，如果海芮成爲他尋尋覓覓的妻子；最讓愛瑪感到可悲的是她腦海裡永遠無法擺脫的想法——這一切全是愛瑪自己造成的。

每次一想到這一點，她便不由自主地產生一陣驚恐，或是一聲長嘆，甚至忍不住在屋內踱步個幾秒鐘。唯一能讓她稍微感到安慰或鎮靜的，便是她決意要改善自己的行爲，她希望不論生命中未來的冬天會變得多麼悲慘陰鬱，她都要變得更加理性、更加認識自己，且不再爲過去的事情而懊悔。

第四十九章

Emma

接下來的整個早晨，氣候如昔，同樣寂寥鬱悶的氣氛似乎也依舊盤踞在哈特菲宅邸。然而到了下午，所有陰霾一掃而空。風開始變得柔和，烏雲也飄散開來，太陽露了臉，一切再度恢復夏日景致。方才的過渡情況使愛瑪對於好天氣產生焦急盼望，因此當氣候好轉，愛瑪決意要盡快到戶外去。最吸引愛瑪的，莫過於暴風雨過後的景致、氣味、田野氣氛，恬靜溫暖又燦爛耀眼。她期盼這一切能逐漸帶給她平靜。況且，培瑞先生於晚餐後不久便來到哈特菲宅邸，有一整個小時的空閒可以陪她父親，於是愛瑪毫不浪費半點時間，立刻快步走入林間。來到林子裡之後，她的精神煥然一新、思緒稍微輕鬆一些，轉了幾個彎，她突然看見奈特利先生穿過花園的門，向她走近。她才得知他已從倫敦回來了。她不久前剛想到他，以爲他人還在十六哩外的地方。愛瑪只來得及在分秒間整理一下思緒。她必須保持沉著鎮定。半分鐘後，他們碰到面了。雙方都以小聲且壓抑的語調問好。她問候他們共同的朋友，回答是大夥兒一切安好。「你是何時離開他們家的？」「就在今天早上。」「這趟路程一定讓你渾身都被雨淋濕了吧？」「是的。」——愛瑪發現他想和她一起散步。「我剛剛探看餐廳一下了，既然那裡似乎不需要我，那麼我寧可到戶外來走走。」她認爲他不論看上去或是聽上去都不大愉悅的樣子。她擔心最有可能讓他不高興的原因，就是把他的結婚計畫告訴了弟弟卻受到反對而心生痛苦。

他們一起散步。他保持沉默。她覺得他不時注視她，試著看清楚她的臉孔，甚至已經踰越了他該有的分寸。這種想法使愛瑪心中升起另一股恐懼，也許他想和她談談有關他對海芮的感情，也許他是在觀望愛瑪是否有意鼓勵他開啓這個話題。她並沒有，而且一點也不想引導到這個話題。他必須自己導引到這個話題。但她無法忍受此刻的靜默。這時的他，很不像他平常的樣子。她考慮了一會兒，終於決定開口說話，並且努力保持微笑。

「你不在的期間，發生了一些事情，如今你回來了，聽到這些消息一定會很吃驚的。」

「是嗎？」他低聲地說，然後注視著她。「是哪一方面的消息？」

「噢！是世界上最好的消息，即將要有一場婚禮。」

他停頓了片刻，彷彿想確定她已經說完，然後回答：「如果妳指的是費爾法斯小姐與法蘭克·邱吉爾的婚事，我已經聽說了。」

「怎麼可能？」愛瑪大叫，她把臉龐轉向他，雙頰泛著紅暈。當她說話時，她突然想到也許他已經先造訪過嘉達德太太了。

「我今天早上接到一封威斯頓先生送來的短信，和我談到教區的事情。在信的末尾，他簡單交代了一下事情的經過。」

愛瑪鬆了一口氣，終於可以稍微鎮定一點回答：「你可能比我們少一點訝異，因爲你早就懷疑過他們了。我還記得你曾經試圖提醒我。我希望我當時多加注意一些，不過（她壓低聲音，重嘆一口氣），我的盲目似乎是無可救藥的。」

兩人靜默了一會兒。愛瑪心想自己似乎並沒有激起他對這個話題的特別興趣，直到她發現自己的手臂被拉向他的臂彎，並且壓在他的胸口上。她聽到他說話，語調感性低沉。

「時間，我最親愛的愛瑪，時間會治癒傷口。妳自己的優異資質，妳爲妳父親所做的努力，我知道妳不會允許自己——」她的手臂再度被緊壓在他胸口上，他用一種更沙啞微弱的語調繼續說：「最溫暖的友誼——太令人憤怒了，眞是惡棍！」然後他用較宏量且更堅定的語調把話說完，「他很快就會離開了。他們很快就會到約克郡去。我爲她感到難過，她值得更好的歸宿。」

愛瑪明白他的意思。她看到他如此溫柔體貼，覺得很高興。一旦她恢復平靜，便立刻回答：「你眞是善良，可惜你搞錯了，我必須讓你明白。我不需要那種同情憐憫。因爲我對於眼前所發生的事情很盲目，以至於做出讓自己永遠感到慚愧的行爲，我的言行太愚蠢，作了很多討人厭的猜想與臆測，但我別無理由遺憾沒有早一點得知這祕密。」

「愛瑪！」他焦急地注視著她。「妳眞的——」他打住了話。「不，不，我瞭解妳——原諒我——我很高興妳可以說出這麼多。他的確不值得妳遺憾！我希望要不了多久，妳可以在感情上與理智上接受這個事實。幸好妳的感情不會再糾纏不清了！我承認，我從妳的態度無法確定妳用情到什麼程度。我只能確定妳偏愛於他，而我從來不認爲他值得妳的偏愛。他有辱男性的名聲，怎麼能讓他贏得那位甜蜜佳人的芳心呢？珍啊，珍，妳的人生將會變得很悲慘。」

「奈特利先生，」愛瑪試著讓氣氛輕鬆愉快，但深深困惑仍揮之不去。「我處於一個不尋常的情境中。我不能讓你繼續誤會下去。不過，既然我的態度給予你這般印象，那麼我有充分理由羞愧地坦承——我從沒愛上我們剛剛談論的那個人，雖然女人通常只有在坦承自己愛上某人時才會感到羞愧，但我的情況剛好相反。」

他安靜地聆聽。她希望他開口說話，他卻不發一語。她以爲她必須再多說一點，才能使他仁慈寬厚地開口說話，但要她放低身段等候他的意見發表，實在不容易。不過，她還是繼續說了。

「對於自己的行爲，我無話可說。我的確被他的關心注意給誘惑，因而表現出一副被取悅的樣子。這也許不是新鮮事，這種事情早就發生在許多女子身上，我的情況並不特別值得原諒。不過，許多情況助長了這份誘惑。他是威斯頓先生的兒子、他老是出現在這裡、我向來覺得他頗討人喜歡，還有，簡而言之（她嘆了一口氣），雖然我剛剛一口氣說出這麼多理由，但最後的癥結還是在於我的虛榮心作祟，我允許他對我關心注意。話說回來，他的確有那麼一陣子對我十分關注，當時我並不認爲那代表任何意義。我以爲那些只是他的習慣或開玩笑，我不需要太過認眞。他確實利用了我，但並沒有傷害到我。我從來沒有迷戀過他。如今我勉強可以理解他的行爲。他從無意想要和我發展感情。他只是拿我來混淆視聽，以隱瞞他與另一個女孩的眞實情況。他的目的是要瞞騙大家有關他的事情，而我相信我是其中被欺瞞得最徹底的一個，只不過我並不盲目。這是我的幸運，我並沒有受到他的傷害。」

她本來希望他可以在這時候回答，只要說幾句話，說她的行爲至少還算可以理解；但是他沉默不語，依她看來，他彷彿陷入沉思。終於，他勉強用他慣有的語調說話。

「我對法蘭克．邱吉爾向來沒有好評價，不過我想我也許太過低估他了。我對他的認識不深。就算我當時沒有低估他，也不會影響他現在幸運的結果。和那樣一名女子在一起，他的確是有幸福的機會——我無意詛咒他——更何況，她的幸福取決於他良好的品性與舉止，所以爲了她的幸福，我當然要祝福他。」

「我絲毫不懷疑他們倆在一起會很幸福，」愛瑪說：「我相信他們彼此眞心相愛。」

「他是最幸運的男人！」奈特利先生精力充沛地回答。「一個男人若是在這麼輕的二十三歲年紀選擇終生伴侶，通常都不容易有好的結果。然而他在二十三歲就遇見上天掉下的大獎！他的前方還有那麼多年的幸福時光！他得到這樣一名女子的愛——無私的愛，珍的個性保證會對愛情無私地奉獻。每件事都對他有利，我指的是他們倆往來的朋友差不多，所有重要的習性與態度也都很匹配。他們倆在各方面條件相差不大，除了某一點以外——當然她純潔的心是不容質疑的，那個唯一的不平等之處是——只有他才能給予她想要的好處。不過男人總是想給女人一個比她原生家庭更好的家。倘若她的關愛無所置疑，那麼我認爲，有這種能力的男人肯定是最幸福的了。法蘭克・邱吉爾的確是個幸運兒，他在各方面都很幸運。他在港都遇見了一名年輕女子，贏得她的芳心，即使冷落了她一陣子，仍沒失去她的愛。如果他和他全家人找遍全世界，想替他找一名完美的妻子，恐怕還找不到比她更好的。他的舅媽本是兩人的阻礙，如今舅媽也走了，他只需要開口，朋友們就會急著替他張羅幸福。他利用了每個人，大家卻很樂意原諒他。他的確是個幸運的男子！」

「你說話的口氣，像是很嫉妒他。」

「我的確嫉妒他，愛瑪。在某方面，他的確是我嫉妒的對象。」

愛瑪再也說不出話來。他們似乎就快要提到海芮了，而她當下的感受是想盡可能轉移話題。她擬定了計畫，要說一件截然不同的事，關於姐姐家的孩子們。她只等吸一口氣再說話，此時奈特利先生說的話，著實把她嚇一跳。

「妳不問我究竟是嫉妒他哪一點嗎？我知道妳打定主意不想抱有好奇心。妳很聰明，但是我不能聰明。愛瑪，我必須告訴妳有關妳不會問的事，雖然待會兒我可能寧願自己沒說出口。」

「噢！那麼就別說吧！別說了！」她焦急地大喊。「花一點時間考慮一下，別太衝動。」

「謝謝妳。」他語帶失落，接著沒再多說半個字。

愛瑪不忍造成他的痛苦。他本來希望能向她透露心事，也許是想徵詢她的意見。不論要付出什麼代價，她都願意聆聽。她也許可以增強他的決心，或者讓他打消心意。她也許儘管稱讚海芮就好，或者努力鼓吹他保持單身的好處，讓他擺脫猶豫不決的心態，這對於像他這種心智個性的人來說，也許是比較理想的選項。此時他們已經走回屋子旁了。

「我想，妳要進屋裡去了。」他說。

「不，」愛瑪答道，因爲他此刻口氣仍舊沮喪而使她決定如此回應，「我還想再多走一會兒。培瑞先生還沒有離開。」往前走了幾步後，她又說：「我剛剛無禮地打斷你的話，奈特利先生，恐怕造成了你的痛苦。如果你想以朋友的身分向我傾吐，或者針對你正在思索的事徵詢我的意見——身爲一位朋友，你可以放心交付我。我願意聆聽任何你想說的事，也會把我眞誠的意見告訴你。」

「身爲一位朋友！」奈特利先生重複道。「愛瑪，我就怕聽到這個字眼。不，我並不希望——等等，是啊，我爲什麼要猶豫？我已經隱藏夠久了——愛瑪，我接受妳的提議。這聽來似乎很不尋常，但我接受，我願意自稱是妳的朋友。那麼，請告訴我吧，難道我沒有任何機會贏得妳的心嗎？」

他停下來，急著尋求問題的答案，他的眼神令她無力招架。

「我最親愛的愛瑪，」他說：「妳永遠都是最親愛的，不論這一個小時的談話結果如何，我最親愛的愛瑪——立刻告訴我吧！如果必要的話，就說『不』。」她眞的說不出話來。「妳不說話，」他激動地大喊：「完全不說話！我暫時不再問了。」

在此刻的激動情緒之下，愛瑪幾乎隨時都要昏倒。也許她當下最深刻的感受，就是害怕自己從最幸福的美夢中醒過來。

奈特利先生探詢的眼神，教愛瑪心慌又欣喜。

「我說不出話來了，愛瑪，」他隨即繼續說，語調眞誠又堅定、明顯的溫柔，極具說服力。「如果我愛妳不夠深，也許我就能夠多說一點話。但妳知道我深愛著妳。我說的話，字字屬實。我曾經怪罪過妳，對妳說教，而妳都能忍受，英格蘭地區沒有其他女子具此雅量。請仔細聆聽我現在要告訴妳的事實，最親愛的愛瑪，就像妳之前忍受我所說的實話一樣。也許我的態度讓我要說的話聽起來不像實話。天知道，我一直是個不洩露情感的愛慕者。但是妳瞭解我。是的，妳知道，妳瞭解我的感受，而且如果可以的話，妳會回應我的感受。此刻，我只求再一次聽到妳的聲音。」

當他說話時，愛瑪的腦袋一直忙碌著，儘管她千頭萬緒，卻還是能一字不差地捕捉與理解他所說的這一番話。愛瑪明白了海芮的希望完全是毫無根據，只是誤解和錯覺，如同愛瑪本身的錯覺——她明白了，海芮什麼都不是，這回她自己才是主角。她明白了她曾經說過有關海芮的事情，如今正適用來形容她自己的感受。她明白了她的激動、質疑、不情願、沮喪，全都是自己給自己的。她不僅有時間在腦海裡釐清這些爲她帶來幸福感的念頭，也有時間慶幸沒洩露了海芮的祕密，而且她決心不需要也不應該洩露。這是她此刻所能爲她可憐的朋友做的事情了。也許如果愛瑪夠義氣的話，會請求他把感情從她身上轉移到海芮身上，畢竟海芮是她們兩個之中比較値得投注情感的對象——或者既然奈特利先生不可能同時娶她們兩個，那麼如果她具有更單純崇高的情操的話，乾脆毅然決然地拒絕他，不交代任何理由，然而愛瑪卻不具備這種情操。她替海芮感到難過，滿心痛苦悔恨，只不過她再怎麼大方慷慨，也沒想瘋狂到推翻所有可能或合理之事。她已經誤導了她的朋友，她將會一輩子自責，但她的判斷力和她的感受一樣強而有力，且是前所未有的強烈；基於他的利益考量，她強烈反對他與海芮的婚事，她認爲這對他來說是地位的不平等與貶低。她的思路清楚了，雖然不是很平順。——這時候，在受到如此懇求的情況下，她說話了。她說了什麼？當然是說了她該說的話，有教養的女子都是如此。她說的話，剛好讓奈特利先生明白他根本不需要沮喪難過，而且她還請求他再多說一些。他曾有一度非常沮喪；他接收到這種警戒與靜默的訊息時，幾乎要粉碎所有希望；他以爲她已經藉由拒絕聆聽來當作回應——這種轉變也許稍微突然了些；她提議再多走一些路，她重新開啓原本已結束的談話，這些也許都有一些不尋常！她感覺到前後的不一致。但奈特利先生是如此有禮貌，所以能夠應付這種情況，不再尋求進一步的解釋。

人們在揭露自己的感情時，很少是完全眞實的；某件事發生時，免不了會有一些掩飾或錯誤；然而在這個情況中，雖然行爲被誤會了，感情卻是眞實的。愛瑪原本就有一顆溫和寬容的心，奈特利先生不能要求愛瑪更加溫和寬容，也不能要求她非要接受他的情意。

事實上，他從來不曾懷疑過自己的影響力。他不自覺地跟著她走進樹林裡。他急著想知道她是如何看待法蘭克・邱吉爾訂婚的消息，所以跟著她來，毫無自私的念頭，純粹只是想知道她是否會給他機會，讓他安撫她的情緒或給她建議。接下來便發展到此刻的狀態，也就是他所聽到的事情對於他的心情所造成的即刻效果。他很高興得知她對法蘭克・邱吉爾完全沒有興趣、毫不在意，這給了他希望，他相信只要假以時日，也許自己可以贏得她的芳心；但是他目前完全感受不到希望——在焦急戰勝理智判斷的決定性時刻，他只能冀望聽到她說不排斥他的追求。然而，超出預期的希望逐漸變得明朗，這種感受居然如此迷人。本來他只想請求愛瑪允許他愛她，沒想到她的心早已經是他的了！就在短短的半小時之內，他從完全絕望，轉換到彷如完美幸福的狀態，再也沒有比這個更恰當的形容了。

她的轉變也是相同的。這半個小時讓他們兩個人都體會到被愛的可貴確定感，一掃之前的無知、嫉妒與猜疑。在他這邊，打從法蘭克・邱吉爾的抵達，甚至大家還在盼望其人到來時，他便懷有一種嫉妒。他已經愛上愛瑪，所以嫉妒法蘭克，打從那時起，他便產生一連串情緒反應。他對法蘭克・邱吉爾心生嫉妒，促使他離開海伯瑞村。巴克斯丘的那場郊遊，讓他決定離開。他不想再親眼見到愛瑪允許、鼓勵法蘭克・邱吉爾獻殷勤。他之所以離開，是想要讓自己學著收斂感情。但是他去錯了地方。他弟弟家裡充滿太多家庭歡樂，那個家的女主人太和藹可親；依莎貝拉太像愛瑪了，只有細微的缺點不足，這往往使得他眼前浮現愛瑪的身影，就算他再多待幾天，也無法淡化這種感覺。然而他還是努力一天撐過一天，直到今天早上的信件傳達了有關珍・費爾法斯的事情。那時候，他心裡本來應該感受到一股欣喜，但他卻沒有這種喜悅，他從來不相信法蘭克・邱吉爾配得上愛瑪。他為她感到擔憂，所以一刻也留不住。他冒著大雨趕路回家，晚餐後直接走到哈特菲宅邸來，想知道這位世界上最甜美、最優秀、不斷犯錯卻仍完美無瑕的女孩對這個消息的接受程度。

他見到她時，她的情緒激動且低落（法蘭克・邱吉爾是個壞蛋）。——他聽見她宣稱她從未愛過他（法蘭克・邱吉爾的人格並不算太卑劣）。——當他們回到屋子裡時，她已經是屬於他的愛瑪；當時他心裡若有想到法蘭克・邱吉爾，可能還會認為他是個好人哩！

愛瑪離開屋子時的感受，與回到屋子時的心情是多麼截然不同啊！原本她只希望能暫緩一些痛苦，如今她居然置身於無比喜悅之中，她相信即使此刻的興奮喜悅平息過後，前方還有更大幸福等著她。

他們坐下來喝茶。同樣的一群人，圍坐在同樣的餐桌旁，這種景象是多麼經常發生啊！她的目光不時落在草皮的灌木叢上，觀察著夕陽製造出來的美麗光影！但她從未處於此刻的心情狀態中，不曾有過類似的心情；此時的她難以集中精神，無法像往常一樣稱職地扮演體貼周到的女主人，甚至沒辦法好好服侍父親。

可憐的伍德浩斯先生哪裡懷疑眼前的奈特利先生暗中正有打算，他是如此衷心地歡迎奈特利先生，還擔心對方冒雨趕路會著涼。要是伍德浩斯先生能看清楚奈特利先生心中的想法，可能就不會那麼關心他的肺部是否發炎感染了。伍德浩斯先生終究沒想到奈特利先生會帶來壞消息，也沒察覺到來者的神色或行爲舉止有何不尋常，他極其熱心地向奈特利先生交代他從培瑞先生那裡得知的消息細節，而且自滿地談論著，完全沒料到他們接下來要向他宣布的消息。

只要奈特利先生還和他們在一起，愛瑪就忍不住雙頰發燙；不過當他一離開，她便稍微平靜下來。她爲這個傍晚所付出的代價就是失眠，睡不著時，她發現有一兩件非常嚴肅的事情必須考慮，這兩件事讓她覺得即使是幸福，也不免摻和著雜質。她得考慮她父親，以及海芮。獨處時，她總會想像這兩個人各自會有什麼反應，而該如何讓他們心裡最好過，則是問題所在。關於她父親，這個問題立刻就獲得解答。她還不知道奈特利先生會如何提問，但稍微在心裡思索一下，便決定她永遠也不拋棄父親。她甚至連想到這個念頭都會覺得罪過而落淚。當她父親在世時，她必須只能維持訂婚的狀態，不過她安慰自己，只要不讓父親覺得自己會離開他身邊，也許對他而言反覺欣慰。如何盡力讓海芮心裡覺得好過，則是她最棘手的難題。如何讓她免於不必要的痛苦？如何盡可能補償她？如何不讓她覺得愛瑪是敵人？思考這些問題時，她極爲困擾與難過。她的心裡似乎必須一再經歷痛苦的自責與遺憾後悔。最後她終於只能下定決心，仍要避免見到海芮，只透過書信進行必要的溝通。她認爲海芮最好暫時離開海伯瑞村，而她又想到另一個辦法，幾乎立刻做出決定——也許可以讓海芮受邀前去倫敦的姐姐家造訪。依莎貝拉一直都很喜歡海芮，海芮可在倫敦待上幾個星期，定會覺得開心。她認爲依海芮的個性來判斷，接觸新奇與多樣化的事物對她有好處，包括街道、店舖，以及姐姐家的孩子們。無論如何，這都可以展現愛瑪的關心與仁慈，是愛瑪向來該有的表現。讓她們暫時分開一下，暫時避開三個人必須碰面的尷尬日子。

愛瑪一大早就起床寫信給海芮。這件任務教她緊張，幾近難過，因此走到哈特菲宅邸來享用早餐的奈特利先生，可說來得正是時候。愛瑪偷了半小時的空閒，和奈特利先生再度到林間散步，這有助於讓她重新感受到前一天傍晚所體驗到的幸福感。

奈特利先生離開後才片刻工夫，愛瑪根本還沒有時間想到其他人，便接到一封蘭道斯宅邸送來的信，是一封相當厚重的信。她猜測著信的內容，但不認爲有必要拆閱。她現在對法蘭克．邱吉爾抱著仁慈寬容的態度；她不需要任何解釋，只想保守自己的想法——至於是否能理解他所寫的任何東西，她很確定自己辦不到。然而，她終究還是得讀信。於是她打開信封。她猜到了，那是一封威斯頓太太寫給她的短信，後面附著一封法蘭克．邱吉爾寫給威斯頓太太的信。

我親愛的愛瑪，把這封信轉交給妳，是我最大的榮幸。我知道妳一定會公正地看待它，而且不會懷疑這封信帶給我們的快樂。我想，我們再也不會對於寫這封信的人有歧見了，但我在這封短信裡不會說太多，免得耽誤妳的時間。——我們很好。這封信消除了我近來一直感受到的些許緊張。——我不太滿意妳星期二時的臉色，不過那天早上天氣本來就不佳；雖然妳從來不受天候影響，但我認為人人應該都感受到東北風了。星期二下午與昨天早上有暴風雨，當時我一直掛念著妳與妳父親，直到昨晚從培瑞先生那裡得知妳父親無恙，我才感到安心。

永遠愛妳的安妮．威斯頓

〈致威斯頓太太〉

親愛的夫人：

昨天我已表示過稍後會寫這封信，不論您是否正期待這封信，我知道您一定會帶著坦率眞誠與寬容溺愛的心情閱讀它。您非常寬容善良，我相信我過去的部分行為的確很需要您以寬容善良來對待。然而我已經被一位理應更憤怒的人原諒了。在我寫信的同時，勇氣油然而生。要運氣好的人保持謙恭，是非常困難的。我已經成功地體會了兩次被原諒的經驗，不過我也許會陷入一種危險，太過分確信您與您那些感覺被冒犯的朋友們會原諒我。您們各位請務必諒解我初次抵達蘭道斯宅邸時的狀況，務必設身處地想想我懷有必須不顧一切保守的祕密。這的確是事實。我是否有權利隱瞞我的情況，則是另一個有待商榷的問題。在此我不多作討論。雖然我試圖把它視爲一種權利，我認爲有權利苛責我的人住在海伯瑞村的一幢磚屋裡，隱身格窗內。我不敢坦白公開她的存在；我在恩斯康宅邸所面臨的難處，不說大家也都明白；我很幸運的是在我們快要離開威茅斯時，有幸使一位最正直誠實的女性同意與我祕密訂婚。如果她當時拒絕的話，我一定會瘋掉。但是您一定很想說，這麼做到底有何希望？你究竟期盼什麼？——我期盼的是一切。期盼時間、機會、時機，長期等待下盼來好結果或突然好事降臨，也許情比石堅，也許日久厭倦，健康和疾病帶來轉機。一切美好的可能都呈現在我眼前，而我所獲得的第一個美好幸福，就是贏得她的信心與通信的承諾。如果您需要進一步的解釋，親愛的夫人，我有幸身爲您丈夫的兒子，遺傳了他天生樂觀的個性，這是繼承房屋或土地都媲美不上的。所以，我當時是在這些情況之下初次抵達蘭道斯宅邸。此刻我知道自己錯了，當初應該更早一點進行那初次的造訪。您回頭想想就知道，我是一直等到費爾法斯小姐來到海伯瑞村才造訪的。當時我輕忽怠慢了您，您立刻就原諒了我。不過我當時爲了贏得父親的同情，提醒他說，我一直沒能到蘭道斯宅邸拜訪，就像失去了認識您的榮幸。

在與您共處的兩星期快樂時光中，我希望除了隱瞞事實之外，我的行爲不至於有大錯。現在我要談談我在那段時間唯一重大的行爲不當，那讓我感到不安，需要急切的解釋。懷著最大的敬意與最眞摯的友情，我要提到有關伍德浩斯小姐的事情。我父親也許會認爲我應該補充一句——懷著最羞愧的心意。昨天我父親發表了他的意見，說了幾句話，我承認我的確該受指責。我相信我對伍德浩斯小姐的行爲似乎有點過分——爲了隱瞞一件對我很重要的事情，我濫用了我們一開始認識時那種親密熟悉的友誼。不可否認伍德浩斯小姐是我用來混淆視聽的對象，但我確信您會相信我所澄清的：我要不是認爲伍德浩斯小姐對我其實並沒有情意，我一定不會因爲私心作祟而繼續演戲。伍德浩斯小姐是如此親切開朗，她從來沒讓我覺得她有可能墜入情網；她完全不可能愛上我，這是我深深相信且希望的。她以一種隨和友善、幽默戲謔的態度來回應我對她的關注，這正合我意。我們似乎瞭解彼此。從我們之間的相對情況來看，她理所當然獲得這些關注。我不曉得伍德浩斯小姐是否在我那兩星期的停留結束之前便開始瞭解我。當我去她家拜訪，向她道別時，我記得當時我差一點就對她坦白，我想她當時未必沒有起疑；但我一點也不懷疑，她打從那時候起便一直觀察我，至少就某種程度而言的確如此。她也許沒有猜到整件事，她的敏銳定也看穿了部分事實。我絲毫不懷疑。您會發現，每次有關這件事的消息洩露而被傳開來時，她都沒有顯露出完完全全的驚訝。她常常給我一些提示。我記得她在那場舞會裡告訴我，說我應該好好感謝艾爾頓太太，因爲她很關照費爾法斯小姐。我希望如此說明我對伍德浩斯小姐的行爲，能減輕您與我父親認爲我所犯的過錯。您們認爲我這樣對待愛瑪．伍德浩斯是罪過的，我實無理由值得原諒。但請饒恕我的罪，而且如果可以的話，請替我爭取愛瑪．伍德浩斯小姐的原諒與祝福，我以手足之情來對待她，眞心希望她能和我一樣沉醉在愛情中。

不論我在那兩星期裡說過或做過什麼奇怪的事，您現在都得到解答。當時我的心在海伯瑞村，我的任務就是讓我盡可能置身於那裡，而且盡量不讓人起疑。如果您記得我任何奇怪的行爲，現在應該都能明白我的用意。有關那部被眾人所談論的大鋼琴，我覺得我必須要說，費爾法斯小姐絕對不曉得是我訂了那部鋼琴，如果她有任何選擇的話，一定不會允許我讓人送過去的。親愛的夫人，自從我們訂婚以來，她的心態一直很脆弱敏感，連我都束手無策。我熱切地期望，您很快就能徹底地認識她了。沒有形容詞可以形容她。她必須親自讓您瞧瞧她究竟是什麼樣的人，不過她不會直接用嘴巴說出來，因爲這世界上再也沒有人比她更會掩藏自己的優點。自從我開始寫這封比我預期還長的信之後，我已經收到她的信。她仔細交代了自己的健康；不過由於她從未抱怨，所以我也不敢完全相信她的話。我想知道您對她氣色的看法。我知道您很快就會去探望她，她現在很擔心您的造訪。也許此刻您已經去過了。讓我立刻就收到您的消息吧！我急著聆聽所有的細節。您還記得我停留在蘭道斯宅邸的時間極爲短暫，且當時我的心情是多麼迷惘狂亂啊！我現在也沒有好到哪裡去，我仍然很瘋狂，一下子很高興，一下子覺得悲慘。當我想到我所得到的仁慈與幫助，想到她的優秀與耐心，想到我舅舅的慷慨大方，我就高興得快瘋了。而當我想到我所造成她一切的不安，以及我多麼不值得被原諒，我又因爲憤怒而發狂。眞希望我能再度見到她！但是我還不能提出這個要求。我舅舅人實在太好，我不忍傷他的心。雖然這封信已經很長，我還是必須繼續。您還沒有聽完您該知道的事情。昨天我沒辦法交代相關細節，但是我們這份戀情曝光之後所顯露的突然與不合常理，是需要解釋的。雖然就像您所說的，舅媽過世的這件事立刻就爲我的幸福帶來了希望，但我不應該假設這一切會發生得這麼快，可依當時的特別情況來判斷，我連一小時的時間都不能浪費。我應該防止自己如此倉促行事，她才會感覺到我是更加堅強進步的人。只是我別無選擇。她急著答應那個女人替她張羅的差事。（親愛的夫人，我不得不暫時擱筆，爲了重新振作與整頓自己的心情。我在原野間行走了好一會兒，此刻我希望自己已經恢復理智，寫完我剩下該說的話。）

事實上，這對我來說是最痛苦的回想。我的行爲令我慚愧。我在這裡承認，我對伍德浩斯小姐的態度，造成費爾法斯小姐的不悅，確該受到嚴厲指責。她不贊成我的行爲，認爲我該適可而止。當初我託口是爲隱瞞眞相，她不認爲如此。她很不高興；而我的想法很不講理：我認爲她常常在大小事情上都表現出不必要的謹愼與細心，我甚至認爲她冷酷無情。但是她往往是對的。如果我聽從她的判斷，收斂情緒至她認爲恰當的程度，就可以避免掉這場我所遇過最不開心的事情了。我們爭吵過——您記得在丹威爾莊園度過的那個早晨嗎？每一個曾經發生過的小小不滿，形成了一種危機。我遲到了；我遇到她獨自走路回家，所以想陪她一起走，但她不願意承受那種痛苦。她堅決地拒絕我陪她走，當時我認爲她實在很不講理。如今我回頭去看那件事，才發現那不過是她出於謹愼的自然反應。我爲了向眾人隱瞞我們訂婚的消息，故意向另一個女子大獻殷勤，爲什麼非得要她同意我提出的提議，尤其這提議很可能會讓我們之前的謹愼全都前功盡棄！如果我們一起走在丹威爾莊園與海伯瑞村的路上而被人瞧見了，眞相一定會受到懷疑。然而當時我眞是夠瘋狂，居然生起她的氣。我質疑她對我的感情。隔天在巴克斯丘，我更加質疑。她受到我這樣的行爲激怒，對她如此無情地疏忽，又明顯地向伍德浩斯小姐獻殷勤，任何一個理智的女子都不可能忍受，她用一種我聽得懂的說辭來表達她的不滿。簡而言之，親愛的夫人，在這場爭論中，她是無可責備的，而我是可惡的。當晚，我回到里奇蒙，我本可和你們一起待到早上才離開，但當時我太氣她了。雖然我並沒有那麼愚蠢，也很想及時與她和好，但是我心裡受傷了，被她的冷酷所傷害，於是我離開，認爲應該由她先來向我示好。我一直很慶幸您那天沒有參加巴克斯丘的郊遊。如果您親眼見到我在那裡的行爲，我幾乎不敢認爲您還會再對我抱持好感。這件事對她造成的影響，表現在她立刻做出的決定：一旦她發現我眞的離開蘭道斯宅邸，她便答應了愛管閒事的艾爾頓太太替她張羅的差事。艾爾頓太太對待珍的方式，讓我感到非常憤怒與憎恨。我不應該和一位這麼能容忍我的人吵架；然而我卻要大聲抗議那個女人介入我們的事情。「珍，」的確！您會發現我從未囂張地呼喚她的名字，就連和您說話時也不敢。請您想想看，當我聽到艾爾頓夫婦不必要地重複叫喚她的名字，語氣中暗示他們自身傲慢的優越感，當時我心裡有多麼難以忍受啊。（請您對我保持耐心，我就快說完了。）她允諾了那份差事，決意要與我斷絕關係，隔天便寫了一封信給我，要我們永遠別再見面了——她覺得這場訂婚對彼此都是後悔與悲慘情緒的來源，於是她想解除婚約——那封信在我可憐的舅媽過世當天早上送達。我在一小時之內便回信，但由於當時心情困惑慌亂，加上突然間有好多事情等著我去處理，所以我的回信並沒有連同當天許多信件一起寄出，而是被鎖在我的書桌裡。我相信自己已適切地作出回應，雖然只有寥寥幾行字，但應該能令她滿意，所以也就保持鎮定，不再那麼慌張不安。只是很失望我沒有很快再度收到她的信。但我一直替她找藉口，況且我自己當時也太忙了，甚至可說是對於前景太過樂觀，所以沒有起疑。我和舅舅搬到溫莎去，兩天之後接到她寄來的包裹，我寫的信全被退回來了！她還在包裹裡附了幾行字，說她很驚訝我居然沒有針對她上一封信作出任何回應，還說我在此刻保持沉默，意思再清楚不過了，我們彼此一定都希望一切的關係盡早結束，於是她現在透過安全的遞送方式把我所有的信件送還給我，還說如果我來不及在一星期內立刻把她寫的信寄到海伯瑞村，那麼之後就把信寄到以下地址，也就是靠近布里斯托的史摩瑞吉家。我知道那個名字、那個地方，我知道有關它的一切，我立刻就明白她在打什麼主意。這正是她那種堅決的個性，我太瞭解她了；她在前一封信裡所維持的神祕也透露了她個性中的焦慮敏感。她似乎不可能只是在嚇我。您可以想像我的驚愕，您可以想像我是多麼憤怒指責郵局出的紕漏，直到察覺自己沒把那封信寄出的錯誤愚昧。——我該怎麼彌補錯誤？只有一件事可做。我必須和我舅舅談談。

如果沒有他的允准體諒，我就失去機會再讓珍聽我解釋了。於是我向他坦承。當時的情況條件有利於我；舅媽的過世，軟化了舅舅的驕傲自負，他比我所預期的更快妥協，而且這位可憐的男人最後還深深嘆了一口氣，說他希望我也能像他一樣在婚姻裡找到幸福。我覺得我的婚姻不會和他一樣。您是否很同情我在向他交代我必須隱瞞事實時所承受的痛苦？不，我在此時還不需要同情。我眞正需要被同情的，是當我抵達海伯瑞村時親眼見到我害她變得多麼憔悴、親眼見到她那枯槁的病容。我抵達海伯瑞村的時間，是我算準了她很有可能獨處的時刻，因爲我知道她們總是很晚才吃早餐。當時我並不失望，最後也沒有因爲我這趟旅程的目標而失望。我花了好大一番工夫，才能說服她化解許多很合理也無可厚非的不悅感受。但我最後還是成功說服了她。如今我們已經和好，比以往更加相親相愛，我們之間再也不會發生任何不安與緊張了。

親愛的夫人，我對您的叨擾，到此爲止。我萬分感謝您一直以來對我的仁慈厚愛，我也要先感謝您未來對她的關注。如果您認爲我此刻的幸福程度遠超過我應得的，我著實認同您的看法。——伍德浩斯小姐稱呼我爲幸運之子。我希望她是對的。我居然能讓自己獲得佳人青睞認同，在這方面我無疑是幸運的。

您的兒子，法蘭克．威斯頓．邱吉爾

七月，於溫莎

這封信必定感動了愛瑪。正如威斯頓太太所預言的，她畢竟還是以公正的態度看待這封信，儘管她之前決意不接受他的解釋。一旦這封信是指名了要向愛瑪致意，愛瑪便難以招架。每一行有關愛瑪的字句都引起她的興趣，幾乎每句話都深得她的認同。當這種陶醉感消退之後，這封信的主題內容依舊緊扣她的心弦，一方面是出於她之前對於執筆者的關心而產生的自然反應，一方面也是因爲此刻的她會被任何有關愛情的描述所強烈吸引。她一口氣讀完整封信，未稍停頓；雖然她不免仍覺得他有錯，但是似乎沒有她原先所想的那麼不可饒恕。何況他自己也很痛苦，深具悔意。他很感激威斯頓太太，並且深愛費爾法斯小姐，愛瑪自己也浸於幸福中，故此就跳過嚴斥吧。如果法蘭克・邱吉爾此時走進屋裡來，愛瑪定會一如往常般衷心地與他握手致意。

她對這封信留下很好的印象，因此當奈特利先生再度造訪時，她希望他也能讀讀這封信。她很確信威斯頓太太冀望這封信的內容廣爲人知，尤其是像奈特利先生這種極有可能怪罪法蘭克・邱吉爾的人。

「我極樂意仔細閱讀這封信，」他說：「但這封信似乎很長，我今晚再把它帶回去看。」

這辦法可行不通。威斯頓先生今晚將會前來造訪，到時候愛瑪必須把信還給他。

「我寧願和妳講講話。」他說：「不過既然它似乎涉及正義公道，那麼我確實應該先閱讀一下。」

他開始閱讀，一下子又停下來說：「如果我在幾個月前能有機會看一眼這位年輕人寫給他繼母的信件之一，我此刻就不會對這封信這麼漠不關心了。」

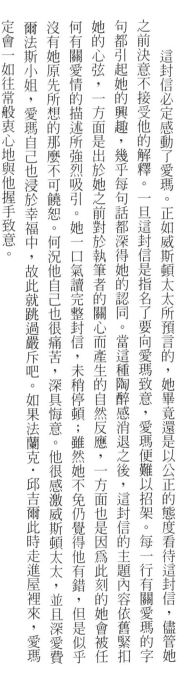

他繼續往下讀了一些，然後微笑地說：「哼！開場白盡是讚美恭維，不過這就是他的風格。每個人都有各自的風格偏好。我們不必太過苛求他。」

不一會兒他又補充：「我很自然地會在閱讀的時候大聲發表我的意見。只有這麼做，才能感覺到我在妳身邊。這樣才不會浪費太多時間，但是如果妳不喜歡——」

「一點也不。我很喜歡你這麼做。」

奈特利先生以更情願欣然的態度繼續讀那封信。

「有關誘惑的事情，他的解釋太薄弱了，」他說：「他知道自己錯了，他知道沒有任何合理的理由迫使他那麼做。太糟了。他不應該訂下婚約的。『他父親的性格』——他這麼說，對他父親並不公允。威斯頓先生的樂觀性格，是表現在一切正大光明的勤奮工作上；威斯頓先生是先經過一番努力，才贏得目前的安適幸福。——這是眞的，他的確是在費爾法斯小姐到這裡後才前來造訪。」

「我並沒有忘記，」愛瑪說：「當初你很確定如果他想來的話，早就來了。你很大方地沒深究這個話題，但你當時一點也沒說錯。」

「我的判斷並非完全沒有偏頗，愛瑪，不過我想——要不是因爲妳，我到現在仍不信任他。」

當他讀到有關伍德浩斯小姐的部分，不禁大聲地唸出整段有關她的內容，他不時地投注一個微笑、一個眼神、一陣搖頭、一兩個表示贊同或反對的字眼，或者是配合內容需要而展露一些情意。經過不斷地思索之後，他終於嚴肅地作出結論——

「這封信糟透了，雖然本來有可能寫得更糟。他玩的是一場最危險的把戲。他太過於爲自己開罪。他沒有反省他對妳的態度。他其實一直被自己的私心所蒙蔽，只在意自己的方便，沒考慮到其他事情。

他以為妳已經看穿他的祕密！他自己心裡詭計多端，當然也會懷疑別人是否有詭計啊！故作神祕、耍手段，他用這些來混淆視聽。我親愛的愛瑪，難道這一切不是在在證明了我們之間的坦誠相待是多麼美好啊？」

愛瑪同意這一點，不過她想到海芮時不禁一陣臉紅，她還不曉得該如何向他解釋這件事。

「你最好繼續讀下去。」她說。

他照做了，但很快又停下來說：「那架鋼琴！啊！只有少不更事的男子才會如此做，他太年輕了，根本沒考慮到這種事所帶來的不方便很有可能超過它帶來的喜悅。真是幼稚的行為！我實在無法理解，如果一個男人知道女孩寧願不要某份禮物，為什麼還會硬要送這份禮物來證明自己的情意呢？他的確知道如果她可以的話，一定會阻止他送來那架鋼琴啊！」

說完了這句話，他繼續往下讀信，好一會兒都沒有停頓。一直讀到法蘭克・邱吉爾坦承自己行為可恥，他才忍不住停下來發表意見。

「我完全同意你的坦承，先生，」這是奈特利先生的評論。「你的行為的確非常可恥。你從來沒寫過這麼真實的一句話。」他繼續讀到接下來有關法蘭克與珍兩人的意見分歧，以及法蘭克的行為總是違背珍所認為的公道正義。讀完這段文字後，奈特利先生又停下來說：「這真是差勁。他誘導她為了他的私利而將自己置於極度難受不安的情勢之中，他的首要目標本該保護她免於不必要的痛苦啊！在他們魚雁往返的過程中，她必定要比他花上更大心力，才能對這段戀情感到滿意。如果她有任何擔憂顧忌的話，即使再不合理，他都必須吞忍尊重；再說她的擔憂顧忌全是合理的啊！不過我們必須承認她的確犯了一個錯誤，我們必須記住她犯的錯就是同意訂婚，這樣我們才能接受她的確是該受到這樣的懲罰。」

愛瑪知道他現在快要讀到有關巴克斯丘郊遊的那一段，因此愈來愈不安。她當時的行爲也非常不恰當啊！她深覺慚愧，很害怕他下一個眼神。然而他很沉穩地專心讀信，不加任何評論見解，期間只有一度短暫瞄了她一眼，但旋即收回目光，害怕造成她的難堪痛苦。他有關巴克斯丘的回憶似乎消失了。

「他沒提太多有關我們好朋友艾爾頓夫婦的細節，」這是他接下來的評論。「他的感受是很自然的。珍居然決心想與他完全斷絕關係——她覺得這場訂婚對彼此都是後悔與悲慘情緒的來源，於是她解除婚約了。這可以看出她對他的行爲抱持什麼樣的觀感啊！這個嘛，他一定是個最不尋常的——」

「哎呀，哎呀，繼續讀下去吧！你會發現他也深感痛苦。」

「我倒希望他眞的感到痛苦，」奈特利先生冷酷地說，然後繼續讀信。「史摩瑞吉！這是什麼意思？這是怎麼一回事？」

「她本來答應要去當史摩瑞吉太太那三個女兒的家庭教師。她是艾爾頓太太的一位好朋友，也是楓林莊園的鄰居。我很好奇此刻艾爾頓太太是如何承受失望的心情。」

「我親愛的愛瑪，在妳逼我讀這封信的時候，別再多說了，甚至別再提到艾爾頓太太。只剩最後一頁了，我很快就會讀完。這個男人寫的信還眞長啊！」

「我希望你能以一種對他更和善仁慈的態度來讀這封信。」

「這個嘛，這裡終於看到他的感受了。他似乎在發現她生病時感到痛苦。當然，我絲毫不懷疑他是喜歡她的。『比以往更加相親相愛。』我希望他可以持續感受到這種感情復合的可貴。他道起謝來倒是頗大方，千百個感謝。——『幸福程度遠超過我所應得的。』拜託，他倒挺瞭解他自己！『伍德浩斯小姐稱呼我爲幸運之子。』這些是伍德浩斯小姐說的，對吧？——結尾寫得還可以。這封信還給妳吧！

幸運之子！那是妳給他的稱呼，對吧？」

「你似乎不像我那樣對他的這封信感到滿意，但你應該會因此對他有比較好的觀感吧？至少我希望你會如此。我希望這封信會讓你對他的印象好一些。」

「是的，這封信的確有這個作用。他犯了很多重大的錯誤，有欠思慮及不體貼的錯誤。我很贊同他認為自己的幸福程度很可能超過他所應得的。但是既然他無疑地真的愛著費爾法斯小姐，而且很可能即將與她長相廝守，那麼我很願意相信他的個性會改善，從她那裡學習到他個性裡所缺乏的沉穩與細膩。現在，讓我和妳談談其他事情吧！目前我心裡掛念著另一個人的利益，我再也沒有心思理會法蘭克・邱吉爾的事情了。愛瑪，自從今天早上離開妳之後，我的心思就一直無法專注在一件事情上。」

奈特利先生開始談起這個話題。即使是對他心愛的女人說話，他也慣用一口平易清楚的、不受感情影響、具有紳士風範的英語。他談到如何能向她求婚，卻又不危及她父親的幸福。他一提出這個問題，愛瑪就已經準備好了答案。「當我親愛的父親還在世，我就不可能改變目前的任何狀況。我絕對不可能放棄我父親。」

奈特利先生只認可她這個答案的一部分。奈特利先生強烈地認同她說絕對不會放棄她父親的這部分，但他不認同她說不能改變任何現況。他已經仔細且特地思考過這件事。起初他希望能說服伍德浩斯先生和她一起搬到丹威爾莊園；他本來很希望相信這是可行的，不過他很瞭解伍德浩斯先生的個性，所以沒有懷抱這種自欺欺人的想法太久。如今他承認，如果硬要她父親搬過去，很可能會犧牲他的安適，甚至可能危及他禁不起半點風險的生命。要伍德浩斯先生離開哈特菲宅邸！這是多麼瘋狂的事啊！不，他覺得不應該冒這個險。這個念頭打消之後，緊接著他又想到另一個計畫，他相信他最親愛的愛瑪一定也找不到任何可反對之處。這個計畫就是，他搬到哈特菲宅邸來。如果讓愛瑪繼續留在哈特菲宅邸可以維繫她父親的幸福（或者說是生命），那麼他就願意這麼做。

有關於他們全都搬到丹威爾莊園這件事，愛瑪早就已經在私底下想過了。就像奈特利先生一樣，她也試想過這件事，然後又否決掉了。不過她倒是從未想到奈特利先生提出的這個替代方案。她意識到這個方案所象徵的情意。她覺得，要奈特利先生離開丹威爾莊園，他勢必得犧牲許多獨處的時光與習慣；長期與她父親生活，又不是在自己的房子，對他來說一定非常難以忍受。她答應會好好想想這個方法，並且建議他再多思考一下；然而他自信滿滿，認爲就算再考慮，也不會改變他對這件事的意願或看法。他向她保證，他已經針對這件事情做了長久且冷靜的思考。他整個早上都避開威廉·拉金斯，爲的就是讓自己好好思考這件事。

「啊！眼前還有一個難題尚未解決！」愛瑪大呼，「我相信威廉·拉金斯不會喜歡這個主意的。在你詢問我的意思之前，應該先徵得他的同意。」

然而她還是答應會好好思考這件事，而且更重要的是，她答應會以認爲這是個好辦法的心情，來思考這件事。

如今愛瑪在思考很多事情的時候，都開始必須將丹威爾莊園列入考量。不可思議的是，她似乎都沒有想過這一切會對她的外甥亨利造成任何權益上的危害，畢竟之前愛瑪曾堅持捍衛亨利身爲未來繼承人的權益啊！她必須考慮到這件事對那個可憐小男孩可能的影響，然而此刻她只是泛起一抹調皮的微笑，因爲她終於明白當初她對於奈特利先生可能娶珍·費爾法斯或任何人爲什麼會有那麼強烈的反感，當時她甚至還以妹妹及阿姨的身分擔心了好一會兒呢！

奈特利先生的這個提議——結婚並且繼續住在哈特菲宅邸——愛瑪愈是考慮，就愈覺得滿意。他的不利似乎稍微減輕，她自己的好處也增加，他們倆的共同好處凌駕每個缺點。往後在慌張與心情低落的時刻，她的眼前有此良伴！這樣一個盡責又關心她，足以分憂解勞的伴侶！

要不是想到可憐的海芮，愛瑪很可能會高興過了頭。她自己的每項幸福，似乎都會加遽她朋友海芮的痛苦，因此海芮此刻必須遠離哈特菲宅邸。基於仁慈的考量，將來愛瑪爲自己舉辦的歡樂家庭聚會，可憐的海芮最好遠離。她在各方面都是輸家。愛瑪甚至不能哀嘆海芮日後的缺席，因爲那對海芮而言未必是歡樂的減損。在那樣的聚會之中，海芮一定會覺得生不如死。爲了讓那位可憐女孩好過一些，不讓她參加這種聚會，似乎是一種必要的殘酷。

當然，假以時日，海芮會逐漸忘掉奈特利先生，甚至會有別人取代奈特利先生的位置，但是這種情況在近期內是不可能發生的。奈特利先生本人也幫不上忙，他不可能協助海芮撫平傷口。奈特利先生不同於艾爾頓先生。奈特利先生向來都如此仁慈、體貼關懷每一個人，沒有人會稍減對他的尊敬崇拜。況且，如果要期望海芮在一年之內愛上三個以上的男人，未免也太不可能了。

當愛瑪得知海芮也像她一樣希望避免見面，她著實覺得如釋重負。她們之間光是書信往來，就已經夠痛苦了。如果她們被迫要見面，情況會有多糟！

海芮充分地表達了自己的意思，正如愛瑪所預期，她沒有任何責備，或者明顯的強烈措辭。然而愛瑪認爲在海芮的信中仍充斥著一股怒意，一種瀕臨情緒爆發的感覺，這增加了她們被分開來的迫切性。這很可能只是她自己的想法，話說回來，在受到這種打擊時，似乎只有天使才不會有任何憎恨情緒。

愛瑪不費吹灰之力就讓依莎貝拉答應邀請海芮前去倫敦小住一段時日。愛瑪很幸運地找到一個充分的理由，不需絞盡腦汁另想。海芮犯牙疼，她早就希望能夠去看牙醫。約翰・奈特利太太樂於幫這個忙，任何與健康不佳有關的事，都是她關心注意的。雖然她對牙醫的信任不若對溫菲爾醫生，卻仍十分希望海芮能受到她的關照。姐姐那邊說定之後，愛瑪便向她的朋友海芮提議，結果發現海芮也欣然接受。海芮即將前往倫敦，受邀在那裡待上至少兩星期，她會搭乘伍德浩斯先生的馬車前往。一切安排就緒，圓滿順利，海芮安全地達倫敦的布朗斯威克廣場。

如今愛瑪終於可以眞正地享受奈特利先生的造訪。在海芮未離開之前，每次愛瑪總會想起她身邊有一顆失落的心，在不遠處承受這一切的痛苦失望，且都是因爲愛瑪的誤導而造成的。如今她可以帶著眞正快樂的心情說話與聆聽，不會受到不公平、罪惡感或痛苦的情緒所煎熬。

海芮在嘉達德太太家或在倫敦，這兩者間的差異造成愛瑪感受大大不同。每次愛瑪憶起人在倫敦的海芮，總免不了想到那裡的新奇事物與活動一定可以幫助她忘掉過去，重新振作起來。

愛瑪不會允許其他的焦慮緊接著佔據原本海芮在她心中所佔據的位置。她眼前有件事情必須溝通，而且只有她能勝任，那就是向父親坦白她心有所屬，唯目前她還不能動聲色。她已經決定延後揭露這個消息，直到威斯頓太太平安生產。在這個時候，絕對不能再給她所愛的人們帶來激動不安——在約定的時間到來之前，她絕對不能因爲焦慮心慌而壞了好事。她至少要先讓心情放鬆平靜兩個星期，接下來有更興奮激動的時刻正等著她。

她很快就決定趁這段平復心情的時間，花個半小時去拜訪費爾法斯小姐。她是出於責任這麼做，同時也是爲了樂趣。她應該要去，而且她很渴望見到珍·費爾法斯。她們目前面臨相同的處境，這更使得愛瑪想要釋出善意。這對愛瑪而言將會是個私底下的滿足，但由於她們處境相似，所以愛瑪會更加興味盎然地注意任何珍可能想傳達的事情。

愛瑪前去造訪了。在巴克斯丘郊遊之後的那個早上，她曾經乘馬車去到她們家門邊，卻沒成功地進到屋內，當時可憐的珍處於沮喪難過之中，雖然當時無人懷疑她正承受最大的痛苦。愛瑪很擔心自己又被排斥，因此雖然確定她們此刻都在家，卻還是決定在走廊上等候，只請人上樓通報她的名字。她聽到僕人派蒂宣布了她的名字，但是接下來並沒有出現上次可憐的貝茲小姐所出現的一陣慌亂。沒有，她只聽到立即的回應：「快請她上來。」一會兒之後，愛瑪便發現珍親自在樓梯旁迎接她，急切地走上前來，彷彿唯有如此才能表示她的歡迎。愛瑪從沒見過她氣色這麼好，如此美麗動人。她的神情裡充滿生氣、活力與熱情，這些全都是她從前的容貌或態度所缺少的東西。她走過來，伸出一隻手，然後用低沉但充滿感情的聲音開口說：「您眞是太仁慈了！伍德浩斯小姐，我實在難以表達——我希望您會相信——請原諒我實在完全說不出話來。」

愛瑪很感動，本來她是說得出話來的，然而聽到艾爾頓太太的聲音從起居室裡傳出，使她頓時止住話，立刻把所有友善與道賀的情緒壓縮成極其熱切的握手動作。

貝茲太太與艾爾頓太太坐在起居室裡。貝茲小姐不在家，難怪方才屋子裡如此安靜。愛瑪本希望艾爾頓太太不在這裡，但她今天打算要對每個人持有耐心。當艾爾頓太太以一種不尋常的親切態度迎接她時，她希望這場意外的見面不會對她們造成任何傷害。

她很快就相信自己看穿了艾爾頓太太的心思，明白為什麼艾爾頓太太像她一樣心情很好。那是因為費爾法斯小姐向她傾吐了祕密，她自以為接收了其他人仍未知的祕密。愛瑪立刻在她臉上觀察出了跡象。當愛瑪正在向貝茲太太問候致意，假裝關注這位慈藹老婦人的回答時，她看到艾爾頓太太神祕慌張地摺起一封信，顯然是她剛剛正朗讀給費爾法斯小姐聽的，如今她把那封信收進她身邊一個紫金色的袋子裡，用力地點頭回應。

「我們可以另外找個時間讀完信。妳和我一定還有很多機會的。其實妳已經聽到重點內容了。我只是想向妳證明，史摩瑞吉太太接受了我們的道歉，沒有生氣。妳瞧，她信中的口吻是多麼愉悅啊！噢！她真是貼心溫柔！如果妳真的去了那裡，一定會喜歡她的。不過我不再多說了。讓我們謹慎行事吧！噓！妳記得那些字句吧，我一時忘記了那首詩：『當淑女出現，你知道，所有一切皆須讓位。』親愛的，我現在要說的是，在我們剛剛說的那件事情裡，可以把淑女這個字代換成——嗯！聰明人該懂得別說出口。我太興奮了嗎？我只是想讓妳對史摩瑞吉太太的事情放心。妳也知道，我替妳所作的解釋，安撫了她的情緒。」

就在愛瑪轉頭注視貝茲太太的針織時，艾爾頓太太又低聲地補充道：「妳會發現，我沒有提到名字。噢，不！要像國家大臣一樣謹慎。我控制得好極了！」

愛瑪一點也不懷疑。這是一場極其明瞭的表演，在每個可能場合都見得到。當她們一起閒聊了一會兒有關氣候與威斯頓太太的事情時，她發現自己突然被提問。

「伍德浩斯小姐，妳是否認為我們這位可愛的小朋友恢復了不少元氣呢？妳不認為她的復元，讓培瑞很有面子嗎？（這時候她別有用意地斜睨了珍一眼。）我說眞的，培瑞在如此短的時間內就讓她神奇地恢復元氣！噢！如果妳像我一樣見過她之前的樣子，妳就會知道她何時的狀況是最糟的！」當貝茲太太正在對愛瑪說話時，艾爾頓太太又低聲說道：「我們並沒有說培瑞可能有任何協助，也沒有提到來自溫莎的某位年輕醫生。噢！不，培瑞應該獲得所有的功勞。」

「自從上次的巴克斯丘郊遊之後，我罕有榮幸見到您，伍德浩斯小姐，」她立刻接著說：「那是非常愉快的聚會。但我還是認為好像少了什麼。事情似乎並沒有——也就是說，某人的心情好像不太好——至少對我而言是如此啦，或許也有可能是我弄錯了。不過我認為那場郊遊十分成功，讓人很想再去一次。要不趁著好天氣持續的這段期間，我們再把同一批人集合起來，再去一趟巴克斯丘。妳們兩位有何看法啊？必須要是完全同一批人，缺一不可喔！」

她說完之後不久，貝茲小姐便走進屋裡來。愛瑪忍不住分心了。她對於艾爾頓太太第一個自問自答的題目感到困惑，她猜想，艾爾頓太太一定是不曉得該說什麼，所以隨便扯個話題。

「謝謝您，親愛的伍德浩斯小姐，您眞是好心。眞不知該怎麼說——是的，眞的，我很瞭解——親愛的珍的未來——也就是說，我不是那個意思——但是她神奇地恢復健康了——伍德浩斯先生還好嗎？——我很高興——這眞的超出我能力所及——您也瞧見了，我們這一小群人是多麼快活啊——是的，的確——迷人的年輕人！是的，非常友善。我指的是善良的培瑞先生！他給了珍這麼好的照護！」從貝茲小姐對艾爾頓太太在場所表現出超乎平常的感激與興奮，愛瑪猜測本來這對牧師夫婦對珍曾表現出些許厭惡，如今都克服了。經過一陣令人猜測不出的低聲交談之後，艾爾頓太太大聲地說話。

「是的，我在這裡，我的好朋友。我在這裡待得太久了，若是身處在其他地方，此刻我恐怕該要道歉了，但其實我是在等候我的丈夫。他答應要到這裡來找我，並且親自向妳們致意。」

「什麼？我們有幸迎接艾爾頓先生的大駕光臨？那眞是一項殊榮！因爲我知道紳士們通常不喜歡在早晨造訪，尤其艾爾頓先生平時如此忙碌！」

「的確是的，貝茲小姐。他眞的從早忙碌到晚，用各種名目來找他的人幾乎從不間斷。地方官員、監督員、教會委員，這些人總是需要他的意見，似乎沒有他就不成事。我常常說：『相信我，艾爾頓先生，還好忙碌的是你而不是我。我的訪客光有你的一半多，那些畫筆和樂器就不曉得會被冷落到什麼樣子了。』現在的情況已經夠糟了，因爲我已經忽略這兩樣東西到一種不可饒恕的地步。我相信我這兩星期以來還沒彈過一個音。不過，我向妳們保證，他的確會來，是的，他特意要等妳們全部到齊。」然後她舉起一隻手，掩住口不讓愛瑪聽到，「他是來道賀的，妳知道。噢！是的，這是絕對不能少的。」

貝茲小姐開心不已地環顧四周。

「他答應我，一旦見過奈特利就會盡快趕來找我，但是他和奈特利討論得正起勁。艾爾頓先生是奈特利的好幫手。」

愛瑪一點也不想讓大家看見她的微笑，只說：「艾爾頓先生是走路去丹威爾莊園嗎？這趟路想必熱得很。」

「噢，不，他們在克隆旅店開會，例行會議。威斯頓與柯爾也在那裡。但是人人都傾向於聽命於領導者。我想，艾爾頓先生與奈特利大概是主導全局的人。」

「妳沒有弄錯日期吧？」愛瑪說：「我大概確定克隆旅店的會議是明天舉行。奈特利先生昨天人在哈特菲宅邸，親口說會議是星期六。」

「噢，不，會議確定是今天，」艾爾頓太太斷然地回答，表示她不可能犯任何錯誤。「我確信，」她繼續說：「這是有史以來最麻煩的教區了，我們在楓林莊園從沒聽過這裡發生的事情。」

「你們那裡的教區很小。」珍說。

「相信我，親愛的，我不曉得，因爲我從來沒有聽人說過那裡的教區很小。」

「但是從那裡的學校很小，就可以證明教區很小這件事。我曾聽妳提過那裡的學校很小，是由令姐與布拉吉太太所管理的，而且是那裡唯一的學校，不超過二十五個學童。」

「啊！妳眞是聰明，倒是沒錯。妳的腦子動得眞快！我說珍啊，如果妳和我可以被混合在一起的話，絕對可以產生一個完美的人物性格。我的活潑，加上妳的堅強，一定可以誕生完美。不過，不是我冒昧暗諷妳不夠完美，我想有些人可能已經認爲妳夠完美了。不過——噓！別再洩露任何一個字啦！」

這似乎是不必要的警告；珍正要宣告她的話，但不是對艾爾頓太太說，而是對伍德浩斯小姐說。伍德浩斯小姐看得很清楚。珍明顯地希望能特別關注愛瑪，雖然她最多只能用眼神致意。

艾爾頓先生終於現身了。他的妻子以俏皮活潑的態度迎接他。

「很好，先生，你打發我到這裡來，造成我朋友的不便，而你拖了這麼久才來！但是你本來就知道你朝夕相對的是個非常聽話的人，你知道在我的男主人出現之前，我不會亂跑。這個小時以來我都一直坐在這裡，向這些年輕女孩示範什麼叫做眞正的順從配偶——因爲誰知道，也許很快就有人需要順從配偶啦！」

艾爾頓先生又熱又累，似乎沒聽懂艾爾頓太太這個巧妙的暗喻。他必須先向其他女士致意，但是他接下來淨在哀嘆自己忍受酷熱的步行之後卻徒勞無功。

「當我抵達丹威爾莊園時，」他說：「竟找不到奈特利。眞奇怪！沒道理啊！我今天早上捎給他短信，他回覆了訊息，說他會在家裡待到下午一點。」

「丹威爾莊園？」他的妻子大叫：「我親愛的艾爾頓先生，你怎會跑到丹威爾莊園去？你指的是克隆旅店吧？你是從克隆旅店的會議趕過來的吧。」

「不，不，那是明天。我正是爲了明天的會議，特地想在今天去見奈特利。今天早晨是多麼可怕的炎熱啊！我還越過田野呢！（他用一種埋怨嫌惡的語調說話）實在糟透了。接著又發現他不在家！老實說，我的確有些不高興。加上他沒留下任何道歉字語，也沒留給我任何訊息。管家說她根本不曉得我會去。這太不尋常了！沒有人知道他去了哪裡！也許是去哈特菲宅邸，也許是去艾比密農場，也許是到他自己的樹林裡去了。伍德浩斯小姐，這一點也不像我們的朋友奈特利。妳能解釋這件事嗎？」

愛瑪故意假裝責怪這實在不尋常，還說她沒有什麼話可替他辯解。

「我無法想像，」艾爾頓太太大叫（恰如一名妻子的本分，感受丈夫尊嚴受辱）：「無法想像他怎能這樣對待你！這世界上所有人裡，你是最不應該被忘記的！我親愛的艾爾頓先生，他肯定留了訊息給你，我相信他一定有留。奈特利不會如此反常，八成是他的僕人忘記了。事實就是這樣，這種事情很有可能發生在丹威爾莊園的僕人身上，我常常觀察到那裡的僕人都非常糟糕粗心。我相信我絕對不會考慮讓他的僕人哈利在一旁侍候我。至於哈吉斯太太，萊特對她的評價很差。她答應要給萊特一張收據，卻從來沒有送出。」

「當我走近那幢房子時，我遇到威廉・拉金斯，」艾爾頓先生繼續說：「他告訴我說他主人不在家，但是我不相信。威廉的心情似乎不太好。他說他不知道他主人最近怎麼了，幾乎沒跟他說上幾句話。我並不在意威廉到底想要做什麼，不過我今天應該要見到奈特利，這件事至關重要。爲此我在酷熱中走了這麼久的路，卻落個徒勞無功，造成我多大的不便啊！」愛瑪覺得她最好的做法就是立刻回家去。奈特利先生極有可能此刻正在她家等她。如果她趕緊趕回家，至少可以讓奈特利先生免於招惹艾爾頓先生愈來愈深的敵意，至於他和威廉・拉金斯之間的問題，就再說吧！

愛瑪正在道別時，很高興地發現費爾法斯小姐決定要送她到門外，甚至還陪著她下樓。這讓她立刻逮住機會說道：「或許是沒機會。要不是妳被其他朋友圍住，我很想要和妳聊個話題，問幾個問題，不那麼拘謹地說話。我覺得我一定是很莽撞無禮。」

「噢！」珍大叫，臉上露出一種害羞與猶豫的神色，愛瑪認爲這比她平常的鎭定優雅更適合她。「那些都是無傷大雅的。眞正的傷害是我讓妳覺得厭煩。妳光是對我表示關注，就讓我非常高興了。眞的，伍德浩斯小姐（此刻她說話的態度較先前鎭定），我知道自己行爲失當，非常嚴重的行爲失當，因此當我知道那些見解正派的朋友們並不至於太厭惡我，這對我來說是莫大的安慰——可惜沒有時間說完我想說的話，連一半都沒說完。我渴望能好好道歉、解釋，來爲自己挽回尊嚴。我覺得這樣做才對。但不幸的是——簡而言之，如果妳的同情並不代表——」

「噢！妳想太多了，妳眞的想太多，」愛瑪激動地大喊，然後執起她的手。「妳不欠我任何道歉。妳可能以爲妳欠一些人道歉，但那些人此刻都心滿意足，甚至很興奮——」

「妳非常好心，但我知道我過去對待妳的態度。我是如此冷淡與虛假啊！我總是在演戲。那是一種欺瞞的生活！我知道我一定令妳厭惡。」

「請別再說了，該道歉的人是我。讓我們原諒彼此吧！我們必須盡快完成該做的事情，而我認爲最不該耽擱的就是我們的感受。我想妳已經得到來自溫莎的滿意解釋了？」

「是的。」

「我想接下來的消息是，我們將會失去妳，就在我才剛開始瞭解妳的時候。」

「噢，關於那些事情，我們當然都還沒有考慮。我會待在這裡，直到坎貝爾夫婦來接我。」

「也許現在還沒有任何事情能決定，」愛瑪微笑回答：「不過恕我直言，這些事情得優先考慮。」

珍回答時，回報了一個微笑。

「妳說得對極了，關於這件事，的確被考慮過。我向妳說實話（我相信這麼做會很安全），目前爲止已塵埃落定的，是我們會和邱吉爾先生一同住在恩斯康宅邸。未來三個月的服喪期間，邱吉爾先生會陷入深沉的哀傷情緒中；不過等到這段日子結束之後，我想事情就不會再耽擱了。」

「謝謝妳，謝謝妳。這正是我想確定的事。噢！妳知道我是多麼喜歡每件事情都是確定且公開的啊！再見，再見！」

第五十三章

Emma

威斯頓太太的朋友們聽到她平安順產的消息都感到快樂。對愛瑪來說，除了知道威斯頓太太平安健康而感到開心之外，更滿足的是知道她成爲一名小女娃的母親。愛瑪向來便希望一位威斯頓小姐能誕生。愛瑪不會承認她在懷抱這願望的同時，還盤算著爲這名小女娃作媒，也許是許配給依莎貝拉的某個兒子；但是她相信女兒是最適合父母親的。當威斯頓先生年紀大之後，也許是距今十年後，如果爐火邊有孩子的活蹦亂跳、胡言亂語、奇思怪想，對他來說會是極大的安慰。至於威斯頓太太，沒有人會懷疑女兒會是她的最愛；如果像她這種深諳教養之道的女子卻沒有任何可以實地操練的機會，將會是莫大的遺憾。

「你知道她已經充分利用機會，在我身上練習運用她的教養之道，」她繼續說：「就像《阿黛雷德與錫爾多》（*La Batonne d'Almane on La Comtesse d'Ostalis*）那本書裡的艾爾瑪男爵太太在奧斯泰莉女伯爵身上練習教養之道一樣，我們現在就可以親眼見到她依照完美的教養計畫來教養她自己的小女兒。」

「也就是說，」奈特利先生回答：「威斯頓太太會更加溺愛自己的女兒，比溺愛妳還嚴重，卻自以爲一點也沒有溺愛女兒。這將會是唯一的不同。」

「可憐的孩子！」愛瑪大呼，「如果眞是這樣，那麼那個小女兒最後會變成什麼樣？」

「也不至於太差。很多人都是這樣。她在嬰兒時期會很討人厭，隨著她慢慢長大，逐漸修正自己。愛瑪，我只要遇到被寵壞的小孩，就會沒轍。從今以後，我所有的幸福都要靠妳了，如果我對妳的孩子們很嚴厲，可不顯得忘恩負義？」

愛瑪大笑著回答：「但是我有了你的努力協助，才能對抗其他人對孩子們的溺愛。我很懷疑如果沒有你的協助，光憑我自己的智慧，恐怕連我自己都修正不了。」

「妳會懷疑嗎？我可一點也不懷疑。妳天生具備理解力，加上泰勒小姐潛移默化陶冶出的原則，妳一定能做得很好。我的干預大多只有壞事的份。到時候妳一定會說，他有什麼資格對我說教？我很擔心妳會覺得我拿出討人厭的態度說教。我不相信我會給妳帶來任何好處。把妳變成我的心上人，好處就是我一人獨得了。我愈是想妳，就愈想溺愛妳，不管妳有什麼缺點。我知道妳犯過那麼多錯誤，但至少自從妳十三歲起，我就一直愛慕著妳。」

「我很確信你對我極有用處！」愛瑪大喊，「我常常受到你直接的影響，遠比我當時願意承認的還要頻繁。我深信你對我有幫助。如果可憐的小安娜·威斯頓將會被寵壞的話，那麼你最仁慈的表現，莫過於為她帶來正面的影響，就像你當初為我所做的一樣，只不過你不准在她十三歲的時候愛上她。」

「當妳還是個小女孩時，妳常常以調皮的表情對我說：『奈特利先生，我要做這個、做那個，爸爸說我可以』，或是『泰勒小姐允許我這麼做』——往往是我不太贊成的事情。碰到這樣的情況，我的干預阻止就會給妳加倍不愉快的感受。」

「當時的我是多麼可愛啊！難怪你會這麼感性地記住我當時所說的話。」

「『奈特利先生，』妳總是這麼稱呼我，喚著『奈特利先生』，本來只是出於習慣，並不是個非常正式的稱呼，可是後來就變正式了。我本來希望妳稱呼我別的，但我不知道該稱呼什麼。」

「我記得大約是十年前，有一次在我很衝動時，曾經稱呼你『喬治』。我那麼做，是因為我認為那會冒犯你，但是由於你當時沒有表示反對，所以我就沒再那麼做了。」

「難道妳現在不能叫我『喬治』？」

「不可能！除了『奈特利先生』以外，我不可能稱呼你別的。我甚至沒辦法像艾爾頓太太一樣用簡稱而稱呼你K先生①。但是我答應，」她隨即補充，同時大笑並且臉紅。「我答應會用你的教名來呼喚你一次。我沒說什麼時候，但也許你猜得到是在哪裡——在那幢某人答應與某人患難與共的建築物裡。」

愛瑪很遺憾當時她不能再更坦誠一些，否則她就可以藉助他較佳的判斷力，來幫她一個重要的忙，給她建議，讓她免於犯下女性特有的愚昧錯誤——與海芮．史密斯維持親密友誼。但這個話題太敏感，她無法切入這個話題。他們倆之間很少提起海芮。在他那邊，可能只是因爲沒有想到她；但是愛瑪常常把它歸類爲敏感話題，而且從一些跡象顯示，她懷疑她們的友情正在崩解。愛瑪自己也意識到，以前即使她們暫時分開，也只會讓她們更頻繁地通信，而不是像現在這樣，幾乎只有在依莎貝拉的信裡才得知海芮的消息。他也許發現這種情況。她不得已必須向他隱瞞這件事，感到很痛苦，其程度不亞於造成海芮不開心的痛苦。

依莎貝拉盡可能詳實地傳達有關海芮這名訪客的消息。海芮初次抵達時，依莎貝拉認爲她似乎沒什麼精神，但這是很自然的，畢竟她是到那裡求醫的；然而看完牙醫之後，依莎貝拉發現海芮依舊如此。依莎貝拉固然稱不上敏銳的觀察者，但如果海芮和孩子們玩樂的情形不同以往，可也逃不過依莎貝拉的眼睛。海芮將多待上一段時間，愛瑪的放心與希望得以延續；海芮原本打算待兩星期，如今至少會延長至一個月。約翰．奈特利夫婦即將於八月回來探親，所以海芮受邀一直待到那時候再和他們一起回來。

「約翰甚至沒提過妳的朋友，」奈特利先生說：「如果妳想知道的話，這是他的回信。」

這是奈特利先生向弟弟傳達他想結婚的消息後，約翰．奈特利所作的答覆。愛瑪急切地接過那封信，焦急地想知道約翰．奈特利會怎麼說；即使她聽見有關她朋友未被提及的事，也沒有半刻停頓。

「約翰恰如兄弟本分般爲我的幸福祝禱，」奈特利先生繼續說：「只是他向來不懂恭維；雖然我知道他是以兄長之情來待妳，卻一點也不會說好聽話，其他女子很可能會以爲他很冷酷，吝於讚美。但是我不擔心妳會不懂他的意思。」

「他的文字很理性，」愛瑪讀完信後回答：「我敬重他的眞誠。他顯然認爲在這場婚姻中，幸運的是我，但他還是抱著希望，期待有朝一日我能成長，能配得上你的這份感情，儘管你已經認爲我値得你的愛。如果他的語調風格不是這樣，我或許還不相信這是他寫的呢！」

「我的愛瑪，他不是這個意思。他只是說——」

「有關對於我們兩人的評價，其實他和我的看法不會差太多。」她打斷他的話，臉上帶著一抹認眞的微笑。「如果我們可以省去客套，毫無保留地討論這個話題，也許他會發現我和他的看法比他預期的更接近。」

「愛瑪，我親愛的愛瑪——」

「噢！」她更加開心地大叫，「如果你以爲令弟對我不甚公平，就只管等我父親知曉這個祕密吧，到時候你再聽聽他的意見。相信我，他對你甚至會更不公平。他會認爲所有的幸福與好處都是你獨得的，而所有的優點盡在我身上。我希望我不至於立刻就被他稱呼爲『可憐的愛瑪』。他對於被壓榨者的同情，是無濟於事的。」

「啊！」他大叫，「我希望妳父親被說服的容易度只要有約翰的一半就好了，我希望他能相信我們彼此條件相當，能幸福廝守。我對於約翰那封信的某段話感到很有意思——妳注意到了嗎？他在某處提到，我的消息並未完全出乎他意料之外，他其實早就預期會聽到這樣的消息。」

「如果我瞭解你弟弟，他指的只不過是目前你還有想結婚的念頭。他根本不曉得我的事情。他似乎完全沒有心理準備。」

「是的，是的，只是我很驚訝他居然這麼瞭解我的感受。他是憑什麼來判斷？我沒注意到我這次和他們見面時的心情或談話有任何不同，否則他們怎麼會比以往更認為我有結婚的可能？但我想我的言行一定有所不同。我敢說，當我前幾天和他們一起的時候，肯定透露出異樣。我相信一定是我並沒有如同往常般和孩子們玩樂。我記得有一天晚上那幾個可憐的小男孩說：『現在伯父似乎總是很疲累。』」

宣布消息的時間逐漸逼近了，愛瑪想先試探一下其他人對這個消息的接受度。一旦威斯頓太太的身體康復到可以接受伍德浩斯先生的探訪時，愛瑪便希望能演練一下她那一套溫和的說詞；她決定先在家裡宣布，然後在蘭道斯宅邸宣布。她該如何向父親稟明這樁大事！她要求自己趁奈特利先生不在的一小時內完成這件事，否則她如果講到臉紅心跳而講不下去時，就會誤了事；而當奈特利先生來了之後，便可接著她的開場白繼續說下去。她被迫開口，而且還必須興高采烈地述說這件事。她不能用憂鬱的語調，否則她父親會覺得這是一個悲慘的話題。她不能有半點差錯表現，以免使父親將喜事想成不幸之事。她控制所有的情緒，首先她讓他有個心理準備，說要告訴他一件不尋常的事情，然後繼續說，如果這件事能夠得到他的同意與肯定，一切就會毫無障礙困難，因為這個計畫本來就是要為所有人帶來幸福——她與奈特利先生打算結婚；這表示哈特菲宅邸會得到奈特利先生不間斷的陪伴，而她知道在這世界上除了他的兩個女兒與威斯頓太太以外，奈特利先生是她父親關愛的人。

可憐的老人！起初這對他來說是相當大的震撼，他急著試圖勸阻她。他不止一次提醒她——她曾說永遠不結婚，而他認爲她還是保持單身會好得多。他談到可憐的依莎貝拉與可憐的泰勒小姐。但這招不管用。愛瑪親密地環抱著他，微笑著說事情必須如此，還說他不能把她和依莎貝拉及威斯頓太太歸爲一類，因爲她們的婚姻是把她們從哈特菲宅邸帶走，而她則會永遠留在這裡；她只會增加家庭成員，提升每個人的舒適幸福。她很確定，一旦他習慣了這個主意，一定會很高興奈特利先生就在身邊。難道他不是很愛奈特利先生嗎？她很確定她父親不會否認的。除了奈特利先生以外，他還會想找誰商量事情？是誰對他如此有用，隨時可以替他寫信，又樂於幫助他？是誰對他如此和顏悅色、專心呵護、充滿感情？難道他不想時時有奈特利先生在側嗎？是的。這些都是對的。奈特利先生應要更常出現；他會很高興天天見到奈特利先生。但是難道他們之前不就已經每天見面了嗎？爲什麼不維持之前的狀況呢？

伍德浩斯先生一下子沒辦法適應，但是最糟的障礙已排除，想法也告知他了，接下來僅剩時間以及不斷地重複勸說。在愛瑪的懇求與保證之後，輪到奈特利先生上場，他對愛瑪的大力讚美，使得伍德浩斯先生更樂意談論這個話題；他很快就習慣於兩個人找各種機會來和他談話。他們得到依莎貝拉的傾力相助，她寄回來的每封信都強烈贊同兩人的婚事。威斯頓太太則在第一次碰面時便準備好從實用性的角度來考慮這件事——首先，這是一件說定了的事；第二，這是一件好事——她很清楚這兩件事在伍德浩斯先生心中的重要性。這件事是大家都贊同的；平常他信賴且聽從意見的人，個個向他保證這件婚事有利於他的幸福快樂，而他自己其實也有所感觸，因此他開始認爲也許不久之後——也許再過一兩年——如果這場婚禮能舉行，倒也不是一件壞事。

伍德浩斯先生如預料中反對愛瑪的婚事，
愛瑪擺出親暱姿態向父親勸說。

威斯頓太太在向伍德浩斯先生表達她贊同這門婚事時，既不是在演戲，也沒有半點虛假的情緒。當愛瑪第一次向她宣告戀情時，她非常驚訝，從未如此驚訝；但是她看出這樁婚事只會增進所有人的幸福，所以她不加思索地力勸伍德浩斯先生。她非常欣賞奈特利先生，認爲他配得上她最親愛的愛瑪；而且從各方面來看，這樁婚事都非常恰當適合且無懈可擊。最重要的一點是，他們兩人的條件特別相配、出奇幸運，彷彿愛瑪愛上奈特利先生是最安全的，換作愛上別人會有風險似的。而威斯頓太太覺得自己是最愚蠢的人，居然從來沒有想過這個可能；她希望她能早一點想到。有多少這種身分地位的男人，會爲了追求愛瑪而放棄自己的家，搬到哈特菲宅邸去？除了奈特利先生以外，有誰能夠瞭解並忍受伍德浩斯先生的脾氣，因而做出這種令伍德浩斯先生滿意的安排？當初她丈夫與她自己想撮合法蘭克與愛瑪時，最常感受到的困難就是如何說服伍德浩斯先生。如何解決恩斯康宅邸與哈特菲宅邸之間的歧見一直是個障礙，雖然威斯頓先生不承認，她倒是這麼認爲；但是連威斯頓先生所能作出的最佳結論也只是：「船到橋頭自然直，年輕人自己會找到辦法。」然而此刻大家不必再針對未來作瘋狂的猜測。未來一切美好，一切明朗，一切平等。雙方都不需要做任何犧牲。這種結合本身就充滿了幸福的可能，沒有任何實際的困難可以阻礙或延遲這樁婚事。

威斯頓太太此時把女兒抱在膝上，沉醉在美好的思考之中，她是世界上最幸福的女人之一。如果要說有什麼事情可以增加她此刻的愉悅，那就是她希望小嬰兒可以快快長大，讓她可再幫女兒換大一點的衣帽。

消息傳開之後，在到處都造成驚訝。威斯頓先生也體會了五分鐘的驚訝，但五分鐘就足以讓他那敏捷的腦袋瞭解整個事情。他看見這樁婚事的好處，他的興奮狂喜映襯著他妻子的沉穩堅定。不過他一開始的驚訝很快就消逝無蹤，一小時過後，他幾乎快要相信他一直有預感這件事會發生。

「我猜想，這仍然是個祕密，」他說：「這種事情永遠是個祕密，直到人人都知道。所以在我可以說出去時，再把祕密告訴我吧！我很好奇珍是否會起疑？」

隔天早上他前往海伯瑞村，滿足了他告知祕密的快感。他把消息告訴珍。珍就像是他的女兒，他最大的女兒。他必須告訴她。由於貝茲小姐當時也在場，因此消息當然又立刻傳到柯爾太太、培瑞太太、艾爾頓太太那裡。這一切都在兩位當事人的預料之中，他們根據消息在蘭道斯宅邸宣布的時間，來推估消息多快會傳遍整個海伯瑞村。他們早就料到，當天晚上在很多人的家裡，他們的事情會變成茶餘飯後的談論主題。

大致而言，這是個眾人極爲贊同的婚事。有些人認爲奈特利先生何其幸運，有些人認爲愛瑪是較幸運的一方。有些人可能會贊同他們全都搬到丹威爾莊園去，把哈特菲宅邸留給約翰・奈特利一家人。另一批人則預測他們的僕人一定會有閒隙。然而整體而言，沒有人提出嚴正的反對，除了牧師公館那一戶人家以外。在牧師公館裡，驚訝並沒有被任何滿意的情緒軟化。與他妻子相較起來，艾爾頓先生顯得漠不關心。他只希望「那個年輕女孩的尊嚴如今可被滿足了」，還說「她向來都想盡辦法擄獲奈特利」，而當他聽到奈特利先生即將住進哈特菲宅邸時，他激動地大喊：「幸好是他而不是我！」艾爾頓太太這廂就眞的非常不平衡。「可憐的奈特利！可憐的傢伙！這對他來說是一件悲慘的事。我眞是擔心啊！雖然他性格古怪，但畢竟有很多優秀特質。他怎麼會這樣就被收服了呢？我一點也沒想到他會戀愛，一點也不像。可憐的奈特利！以後再也沒機會和他愉快地互動了。每次我們邀請他的時候，他是多麼開心前來與我們共進晚餐啊！現在全都成爲過去了。可憐的傢伙！他再也沒機會特地爲我而邀請大家去丹威爾莊園散步了。噢！不！到時候會有一位奈特利太太，讓每件事都很掃興。這眞是非常討人厭！不過我一點也不後悔我前幾天痛罵了那位管家。他們打算住在一起，眞是驚人之舉。這是行不通的。我知道楓林莊園附近有戶人家試過，結果第一季還沒有過完就分手了。」

譯註：

①艾爾頓太太對艾爾頓先生（Mr. Elton）的暱稱是E先生，而奈特利先生（Mr. Knightley）的首字母是K。

一旦把消息告訴威斯頓先生，
便可預測多久的時間會傳到柯爾太太、培瑞太太
和艾爾頓太太耳裡，直到整個海伯瑞皆知。

第五十四章

時光如梭。再過幾天，來自倫敦的約翰・奈特利一家人就要抵達了。這會是個驚人的改變。某個早晨正當愛瑪思索著這件事會帶給她多麼大的擾動與難過時，奈特利先生走進來，於是她趕緊收拾起難過的念頭。經過一開始愉快的閒聊之後，他沉默下來，然後用更凝重的語調開口說話。

「我有一件事要告訴妳，愛瑪，一個消息。」

「好消息或壞消息？」她說，然後很快地抬頭注視他。

「我不曉得該說是好消息或者壞消息。」

「噢！我相信一定是好消息。我從你的表情就知道。你試著強忍住微笑。」

「我很擔心，」他臉色恢復平靜，「我親愛的愛瑪，我很擔心妳聽到消息之後會笑不出來。」

「眞的？爲什麼？我實在無法想像，如果有什麼事情是能逗你開心的，爲什麼沒辦法逗我開心呢？」

「有一件事，」他回答：「我希望唯獨這一件事，我們的看法會有不同。」他停頓了一會兒，然後再度微笑，目光定在她臉上。「妳沒有想到什麼事嗎？妳想不起來嗎？海芮・史密斯。」

愛瑪聽到那個名字，雙頰瞬間通紅。她感覺到隱約的擔心，雖然她不知道會是什麼事。

「妳今天早上是否親自收到她的消息？」他大聲問道。「我相信妳收到了，而且全都知情。」

「不，我沒有。我什麼都不知道，請告訴我。」

「我看得出來妳作好最壞的打算了，事情眞的很糟。海芮·史密斯將要嫁給羅伯特·馬汀。」

愛瑪顯露出驚訝，看起來似乎毫無心理準備。她焦急地注視著他，說道：「不，這不可能！」她緊抿著雙唇。

「事實如此，」奈特利先生繼續說：「我聽羅伯特·馬汀親口說的。我不到半個小時前才和他分開。」

她仍然注視著他，表情說明了她極度的驚訝。

「我親愛的愛瑪，妳不喜歡這個主意。我希望我們的意見能一致，不過假以時日，我們的意見會一致的。妳很清楚，時間會讓我們其中一人的想法改變。何況此時我們實在不需要一直討論這件事。」

「你誤會我了，你眞的誤會我了。」她努力表明自己的意思。「這種情形現在已不會讓我不開心了，但我還是不敢置信。這似乎是不可能的事！你的意思該不會是海芮·史密斯接受了羅伯特·馬汀吧？你該不會是說，他又再度向她求婚？你的意思只是他想再度向她求婚吧？」

「我的意思是他已再度求婚，」奈特利先生帶著微笑回答，但態度很堅定，「而且也被接受了。」

「天啊！」她大喊。「這個嘛！」然後她伸手去拿工具籃，其實是找藉口俯下頭，以掩飾她臉上顯露出來的興奮喜悅。她接著說：「好吧，現在把一切都告訴我吧，讓我弄清楚這件事。如何發生？何處？何時？讓我知道一切細節。我從未如此驚訝，可是這件事並沒有令我不開心，我向你保證。這件事怎麼會有可能？」

「這是個非常簡單的故事。三天前，他到城裡去辦事，我託他幫忙轉交一些想要送去給約翰的文件。他把這些文件送去給約翰，在約翰的書房裡。約翰邀請他當天晚上相偕去艾斯特利劇院。他們要帶那兩個年紀較大的男孩去看戲，要去的人包括我們的弟弟、姐姐和小亨利、小約翰，以及史密斯小姐。我的朋友羅伯特無法拒絕。他們半途中去接他，度過了愉快的時光；約翰邀請他隔天一塊用餐，他答應了。就在那次造訪時（就我所知），他找到機會和海芮說話，而他顯然並沒有白費力氣。她接受了他的求婚，他獲得了應得的快樂。他搭乘昨天的馬車回來，今天早上吃完早餐就立刻來找我，向我報告他發生的事情，先報告那件託付事宜，然後講起他自己的事。這就是我所能報告的如何、何處、何時。當妳見到妳的朋友海芮時，她會交代得更詳細。她會告訴妳所有的細節，那是只有女人間才能說得精采的。在我們男人的對話中，只交代重要的事情。然而我必須說，對我而言，羅伯特·馬汀的心似乎為了他自己而滿溢興奮之情。他的確不經意地提到，在離開艾斯特利劇院包廂時，我弟弟帶著妻子與小約翰，而他則跟著史密斯小姐與小亨利；曾有一度他們擠在人群中，使史密斯小姐覺得很不自在。」

他停頓下來。愛瑪不敢試著立刻回應。如果她一開口，勢必會洩露了她不合情理的喜悅。她必須稍候片刻，否則他會以為她瘋了。

她的靜默令他不安。仔細觀察了她一會兒之後，他說道：「愛瑪，吾愛，妳說這種情況現在不會再令妳不開心，但是我很擔心它帶給妳的痛苦超乎妳的預期。他的身分地位是個遺憾，但妳必須考慮那是可以滿足妳朋友的。我敢說，一旦妳多瞭解他一些，對他的印象也會轉好。他的理智與良好的信念，會教妳滿意。只要妳朋友的對象是羅伯特·馬汀，妳便可以放心，她會得到很好的照顧。如果我有能力改變他的身分地位，我願意這麼做；這說明了我給妳的莫大保證，愛瑪。就算妳為了威廉·拉金斯的事情取笑我，我也沒辦法不為羅伯特·馬汀這個朋友說話。」

他希望她抬起頭微笑。愛瑪此刻已恢復自持，盡量不顯露太過分的微笑，她神色愉悅地回話。

「你不必費力勸我接受他們的婚事。我認爲海芮做得非常好。她的親戚也許比他的更糟。說到個性的契合，他們無疑如此。我只是因爲太驚訝而說不出話。你想像不到這個消息對我來說有多麼突然。我毫無心理準備！因爲我有理由相信她最近不可能接受他的心意，甚至比以前更不可能。」

「妳應該最瞭解妳朋友，」奈特利先生回答：「但我必須說，她是個脾氣好、心腸軟的女孩，不太可能過於強硬地拒絕任何向她示愛的年輕人。」

愛瑪回答時，忍不住大笑：「相信我，我認爲你和我一樣瞭解她。但是，奈特利先生，你很確定她已經明確直接地接受他了。我認爲過一段時間也許有可能，但是她有可能已經接受了嗎？你是否誤會他的意思了？你們兩個還談論了其他事情，談公事、牛隻展示或者新的播種機。你是不是被這麼多話題給弄混了，而誤解了他的意思？也許他執起的並不是海芮的手，而是某隻良種公牛的蹄？」

現在，奈特利先生與羅伯特．馬汀兩者之間氣質與個性的反差，在愛瑪的感覺是非常強烈的。同樣強烈的還有她回想起海芮不久前才說過的話，「不，我希望我的品味勝過只欣賞羅伯特．馬汀。」她當時說話的聲音與強調的語氣，鮮明地迴蕩耳畔。因此愛瑪眞的認爲這個消息最後證明會是烏龍一場。這不可能是眞的。

「妳竟敢這麼說！」奈特利大叫。「妳眞的敢認爲我是個大笨蛋，不曉得對方在說什麼？妳該受到什麼樣對待才好呢？」

「噢，我向來値得最好的對待，因爲我從來都無法忍受不是最好的對待，因此，你必須給我一個最明白直接的答案。你眞的確定馬汀先生與海芮此刻的進展嗎？」

「我非常確定，」他回答，字字清晰。「他告訴我說她已經接受他，他的用字遣詞沒有模糊曖昧，也沒有任何可疑。我想我可以給妳一個例證。他問我此刻他該怎麼做。他只認識嘉達德太太，可以從她那裡找到有關海芮親朋好友的資訊。除了要他去找嘉達德太太幫忙之外，我還能想出更好的建議嗎？我跟他說我想不到更好的建議了。然後他說他會想辦法在今天去見她。」

「我非常滿意，」愛瑪綻放最燦爛的微笑，「我眞心希望他們幸福。」

「妳的態度和我們上次討論這件事時有很大的轉變。」

「我希望如此。當時我很愚蠢。」

「我也改變了。因爲我現在很希望告訴妳海芮所有的優點。我曾經爲了妳、爲了羅伯特·馬汀而努力去認識她，我認爲他仍對海芮一往情深。我和她聊了很多。妳一定也看到了。有時候我的確認爲妳可能會懷疑我是爲了可憐的馬汀向她求情，但事實並非那樣。從我所有的觀察看來，我相信她是個純眞親切的女孩，有良好的信念與教養，而且是個愛家戀愛的好女孩。我絲毫不懷疑，她的這一切都多虧了妳。」

「我？」愛瑪猛搖頭。「啊！可憐的海芮！」

然而她停頓了一下，默默地接受這個言過其實的讚美。

他們的談話隨即因她父親走進來而結束了。她並不覺得可惜。她想要獨處。她的腦袋處於一種激動又訝異的狀態，使她無法集中精神。她想要跳舞、唱歌、大叫。直到她到處跳動、自言自語，並且大笑及反思之後，她才能恢復理性思考。

她父親走進屋裡來，是要宣布馬夫詹姆斯已出去備馬，準備載他們前往蘭道斯宅邸進行每天的例行造訪。因此，愛瑪找到一個立刻脫身的理由。

愛瑪的情緒混雜著喜悅、感激與興奮，這是可以想見的。如今海芮未來的幸福，已經排除了唯一需要擔憂的事項，於是愛瑪的確置身於快樂過了頭的風險之中。她還有什麼好奢求的呢？沒有，她只需要讓自己更加成長，直到足以匹配奈特利先生的程度。他的意向與判斷向來都比她優異。沒什麼好奢求的，她過去的愚蠢必定給了她一些教訓，教她在未來要更加謙遜謹慎。

她以非常認真的心情面對她的感謝與決心，但有時候她在心懷感激與下定決心時，仍免不了會發出一聲大笑。對於這樣的結局，她沒有辦法不大笑出來。在經歷過去五星期的失望難過之後，竟然出現這樣的結局！如此樂觀開朗的心、如此可愛的海芮！

如今海芮即將回到這裡來，到時必定會有很多歡樂。每件事都會很快樂。認識羅伯特・馬汀也會很快樂。

當正沉醉在最真摯、最發自內心的幸福感中時，她想到再也沒有必要向奈特利先生隱瞞這件事了。她很痛恨自己必須掩飾、說些模稜兩可的話、故作神祕，如今這一切也即將結束了。如今她可以期盼把所有的祕密都毫無保留地告訴他，這才是她的天生本色。

沉醉在最興奮快樂的心情之中，她跟父親一同出發，雖然沒有一直專心聆聽，但卻永遠樂於同意他所說的話；而且不論是透過說話或沉默暗示，她都默許他父親勸她每天到蘭道斯宅邸造訪的必要性，否則威斯頓太太會很失望。

他們抵達蘭道斯宅邸。威斯頓太太獨自在客廳裡，卻沒有向他們提到有關小嬰兒的事情。伍德浩斯先生接受了威斯頓太太對於他們造訪的感激之意，這時候他突然透過窗簾，看到兩個人影正經過窗邊。

「那是法蘭克與費爾法斯小姐，」威斯頓太太說：「我正要告訴你們，當他今天早上抵達時，我們也是非常驚喜。他會待到明天，我們已經勸費爾法斯小姐今天留下來和我們共度。我希望他們就要走進屋裡來了。」

過了半分鐘，他們人就在屋裡。愛瑪非常高興見到他，但卻有某種程度的困惑，雙方都想起一些尷尬的回憶。他們立刻微笑迎接彼此，由於雙方心裡都有些顧慮，所以使得一開始大家不曉得要說什麼。當大家再度坐下來之後，出現短暫的冷場，愛瑪開始懷疑她本來的希望是否破滅——長久以來她都覺得，如果再見到法蘭克．邱吉爾，如果見到他和珍一起，一定會產生相當程度的快樂。然而，當威斯頓先生加入他們，小嬰兒被抱來的時候，屋子裡再也不乏話題或活力。法蘭克．邱吉爾終於有了勇氣與機會靠近愛瑪說道：「我必須向妳道謝，伍德浩斯小姐，謝謝妳在威斯頓太太的信件中傳達了一則願意原諒我的訊息。我希望時間並沒有讓妳打消原諒我的意願。我希望妳不會想要收回當初妳說的話。」

「不，真的，」愛瑪非常高興地回答：「一點也不會。我尤其高興見到你，與你握手，並且親自向你恭喜。」

他真誠地向她道謝，然後繼續鄭重地談論一會兒他的感激與快樂。

「她看起來是不是氣色很好啊？」他的目光轉向珍。「比她之前的氣色好多了。妳可以看得出來我父親與威斯頓太太是多麼寵愛她。」

不過當他提到坎貝爾夫婦即將回來，心情很快再度飛揚起來，眼中滿是笑意。他提到狄克森這個名字，愛瑪臉紅了，要他別再提起。

「我每次一想到這件事，」她大喊：「就覺得很羞愧。」

「羞愧的人是我，或說應該是我。」他回答：「但妳有可能毫不起疑嗎？到後來的時候？我知道妳起初未起疑。」

「我從來沒有任何起疑，我向你保證。」

「那就太好了。有一次我差點就要脫口而出，我希望當時我眞的這樣做，也許情況會更好。不過雖然我老是做錯事，盡是一些非常糟的錯事，對我無所幫助。當初我如果打破約定，把一切祕密都告訴妳，也許事情會有好轉折。」

「現在不値得後悔。」愛瑪說。

「我抱著一絲希望，」他繼續說：「希望我舅舅能被說服，到蘭道斯宅邸來走走；他想要認識珍。當坎貝爾夫婦回來之後，我們會在倫敦和他們碰面，我想待在那裡，直到我們可以帶她到北方去。但是現在我和她兩地相隔，這不是很辛苦嗎？伍德浩斯小姐。自從和好的那天起，我們直到今天早上才又再度見面。妳不同情我嗎？」

愛瑪非常仁慈地表達她的同情。這時候他突然想到一個快樂的念頭，於是大叫：「順便問一下，」接著他壓低聲音，一時顯得有點嚴肅正經，「我希望奈特利先生一切安好？」他停頓了一下。愛瑪羞紅了臉，笑了起來。他繼續說：「我知道妳看過我的信，我想妳可能記得我對妳的祝福。讓我向妳回敬恭賀之意吧！我向妳保證，我聽到這個消息時，感到非常歡喜滿意。他是個讓我無法停止讚美的人。」

愛瑪很高興，只希望他繼續說下去，但是他的心思一下子又跳回自己關心的事，以及他的珍。因此他的下一句話是：「妳是否見過這樣的肌膚呢？如此光滑細緻！但又不眞的算是白皙。她的皮膚不能說是白皙。這是很不尋常的膚色，搭配她的深色睫毛與頭髮——這是最出奇的膚色！她能擁有這樣的膚色，眞是特別啊！光是氣色好，看起來就很美了。」

「我一直很欣賞她的膚色，」愛瑪淘氣地回答：「但是我記得你上次不是挑剔她的臉色太蒼白？當我們第一次開始提到她的時候。你難道都忘記了嗎？」

「喔！不，我眞是放肆無禮啊！我竟然敢——」

但是他對這個記憶片段放聲大笑，愛瑪忍不住說：「我的確懷疑當時你正處於茫然困惑之中。你把我們騙得團團轉，心裡一定很得意，我相信你一定是的。我想這對你來說一定是個慰藉。」

「喔，不，不，不。妳怎麼能這樣懷疑我？我是最悲慘的可憐人耶！」

「你並沒有悲慘到無法感受愉悅歡樂呀！我相信那對你而言是極大的娛樂——看到我們全都被你騙了。也許我比別人更早起疑，老實說，那是因爲我想我在同樣的情況裡也找到一些逗樂我自己的事情。我以爲我們之間有一些相似之處。」

他鞠了個躬。

「就算不是在我們的個性裡，」她隨即說道，帶著深富感性的表情。「我們的命運也頗相似。命運讓我們兩個都各自結織了個性超越我們很多的對象。」

「的確，的確，」他熱切地回答：「不，這句話用在妳身上並不對。不可能有人比妳更優秀，但我的對象的確比我優秀。她簡直是個天使。妳瞧瞧，她的每個姿勢都像是天使吧？觀察一下她喉嚨的轉折處。趁她正在注視我父親時，觀察她的雙眼。妳會很高興聽到（他歪斜著頭，嚴肅地低聲說著）我舅舅想把我舅媽的所有珠寶留給她。那些珠寶全部會被重新打造，我打算拿一些珠寶來爲她製作頭飾。珠寶配戴在她的深色頭髮上，一定很美麗吧？」

「的確非常美麗。」愛瑪回答。

由於她說話如此仁慈，他感激地大呼：「我多麼高興再次見到妳啊！而且看到妳如此動人！我絕對不會願意錯過這場會面。就算妳今天不能來，我也一定會去拜訪哈特菲宅邸的。」

其他人仍不停在談論小嬰兒的事情，威斯頓太太描述她在前一晚受到驚嚇，因為小嬰兒似乎狀況不太好。她相信自己太笨了，不過昨晚的事情真的嚇到她，她差一點就派人去請來培瑞先生。也許她應該要覺得慚愧，但是威斯頓先生當時幾乎和她一樣緊張。然而，過了十分鐘之後，孩子再度恢復正常了。這是她的故事，也許對伍德浩斯先生來說特別有趣，他讚許她想到要派人請來培瑞先生，只是遺憾她沒有真的把培瑞先生請來。「如果那個孩子稍微有一點不對勁，她都應該要把培瑞請來，即使情況只持續一會兒。她永遠都要保持警覺，不必害怕太常召喚培瑞。也許他昨天晚上沒來，是件可惜的事，因為雖然那個孩子現在似乎好多了，如果培瑞來看過她，也許她的情況會更好。」

法蘭克．邱吉爾聽到那個名字。

「培瑞！」他對愛瑪說，而且在說話時，試圖捕捉費爾法斯小姐的目光。「我的朋友培瑞先生！他們在說培瑞先生的什麼事？他今天早上曾到這裡來嗎？他現在是怎麼來來去去的呢？他買了馬車嗎？」

愛瑪立刻想起來，瞭解了他的意思。當她和眾人一起大笑時，從珍的表情可以看出她確實也在聽他說話，雖然她試圖假裝沒在聽。

「這真像我不尋常的夢境！」他大喊。「我每次想起這件事，都忍不住要大笑。她聽見我們了，她聽見我們說話，伍德浩斯小姐。我從她的雙頰與微笑看出來了，她還試著假裝皺眉。妳瞧瞧，她寫給我那封信裡的字句，此刻都在她眼底裡流轉——整個錯誤都攤開在她面前——雖然假裝聆聽他人說話，卻沒在留神。」

珍只好微笑了一會兒，當她轉過頭去用低沉穩重的聲音對他說話時，臉上還殘留著部分笑容。

「你的腦袋裡怎麼能裝這麼多回憶？眞是讓我驚訝！回憶有時候會突然闖出來，但你不一定非要說出口呀！」

他有很多十分耐人尋味的話可以回應，但是在這場爭論中，愛瑪主要與珍有相同的感受。離開蘭道斯宅邸的時候，愛瑪很自然地會開始比較兩個男人；她覺得，雖然她很高興見到法蘭克・邱吉爾，也眞的以友情對待他，不過此刻她卻比以往更意識到奈特利先生優異的人品。愛瑪便在思念奈特利先生這位人生伴侶的幸福心情中，結束了今天這個最快樂的日子。

第五十五章

Emma

愛瑪在想到海芮時，偶爾還是會懷疑海芮是否眞的忘卻她對奈特利先生的感情，是否眞的能夠接受另一個男人的情意？想到這件事，仍會讓愛瑪感到焦慮。再過不久，她就必須承受這種不確定感所帶來的重複折磨。幾天之後，一群人便從倫敦抵達這裡。就在愛瑪有機會與海芮獨處一小時之後，她立刻獲得十分滿意——難以形容這種感覺！羅伯特・馬汀已經徹底取代了奈特利先生在海芮心中的位置，如今海芮的心裡充滿了幸福感。

海芮起初有一點難過，且看起來有點愚昧，可是一旦承認她有點冒昧愚蠢與自欺之後，她的痛苦與困惑似乎隨著她的這些話一同消失了，讓她不再眷戀過去，轉而對現在與未來充滿動力。尤其愛瑪一直努力化解海芮的恐懼，不斷地向她道賀。海芮高興地描述在艾斯特利劇院那個夜晚，以及隔天的晚餐；她可以興高采烈地持續談論這個話題。然而這些細節解釋了什麼事情？事實正如愛瑪現在所承認的，海芮一直都愛著羅伯特・馬汀，而男方一往情深的這份心意，著實令她難以抗拒。若非如此，怎教愛瑪接受？

這整件事非常歡樂，每天都有新鮮的理由讓愛瑪相信一切是很歡樂的。海芮的身世終於揭曉了，她被證明是一名商人的女兒。那位富商很有錢，足以供給她過著衣食無虞的日子，不過因爲他的身家地位頗高，所以向來希望隱瞞自己身分。愛瑪從以前就信誓旦旦地保證海芮具有高貴的血統了！即使海芮很有可能具有清白的紳士血統，但她私生女的身分的確是一項污點，無法因爲貴族或富商的血統而被漂白，也因此她的身分對於奈特利先生、邱吉爾家族或者甚至是艾爾頓先生而言，都不甚體面。

海芮的生父並不反對這項婚事；羅伯特・馬汀這位年輕人受到款待，正如一切該有的禮數。羅伯特・馬汀如今被帶到哈特菲宅邸來介紹給大家認識。隨著愛瑪愈來愈認識他這個人，就愈來愈體認到他的智慧與人品能爲她的小朋友海芮帶來最大幸福。愛瑪毫不懷疑，海芮與任何好脾氣的男人在一起都會很幸福，但是如果嫁給羅伯特・馬汀，住在他所提供的屋宅裡，會讓她更有希望、更有安全感、更安穩、更進步。她會被愛護她的人所圍繞，而且他們都比她更理智。他們住的房子夠隱密，提供足夠的安全性。他們的日子夠忙碌，絕對不乏歡樂。她永遠不會受到誘惑，也不會被誘惑找麻煩。她會受到尊敬，快樂地生活。愛瑪承認海芮是世界上最幸運的人，她讓感情如此堅定執著的男子爲她付出眞心。就算海芮不是最幸運的，至少也僅次於愛瑪。

海芮訂婚之後，常常在馬汀家裡忙碌，愈來愈少出現在哈特菲宅邸，但這沒有什麼好難過的。她與愛瑪之間必定不會再像以前那樣親密了，她們的友誼必須轉換成較爲冷靜的敬意；幸運的是，一切該有與必須有的變化，似乎早已經開始，而且是以一種最漸進自然的方式在變化。

在九月底以前，愛瑪陪海芮上教堂，親眼看見海芮的手被交到羅伯特・馬汀的手中，臉上帶著滿足；即使當時艾爾頓先生就站在他們面前，也看不出與艾爾頓先生有關的回憶會對這雙有情人造成任何影響。也許當時愛瑪根本沒看著艾爾頓先生，再說接下來這位牧師的聖壇祝福很可能會落在愛瑪自己身上。羅伯特・馬汀和海芮・史密斯是三對新人中最晚訂婚，卻最早結婚的。

珍・費爾法斯已經離開海伯瑞村了，隨著坎貝爾夫婦回到她最愛的家，享受那個家的舒適溫暖。邱吉爾父子倆也在城裡，他們只是在等候十一月的到來。

下一個月是愛瑪與奈特利先生決定舉辦婚禮的月分。他們已經決定，必須趁約翰與依莎貝拉仍在哈特菲宅邸期間舉行婚禮，好讓他們有兩星期的時間可以前往海邊度蜜月。約翰與依莎貝拉，以及每一位朋友，都同意支持他們這個計畫。但是伍德浩斯先生——如何誘使伍德浩斯先生贊同這個計畫呢？他沒想到他們的婚禮會這麼快就舉行，他以爲婚期還遠著呢！

當伍德浩斯先生第一次被告知這個消息時，顯得非常難過，害這對新人以爲毫無希望了。然而當伍德浩斯先生第二次思考這件事時，似乎沒有那麼痛苦了。他開始覺得這是必定會發生的事情，而他阻止不了。這種心態代表著他很快就會屈服了。不過，他還是不開心。他表現得很不開心，使得他女兒的勇氣喪失了。她不忍心看見他痛苦，不忍心知道他覺得自己被冷落了。奈特利兄弟倆一直向她保證，一旦婚禮結束，她父親的難過也會隨即結束；她幾乎都要默認這件事了，但最後還是猶豫不決，她不能繼續下去。

在這種懸著一顆心的狀態中，他們的問題突然獲得解決，並非因爲伍德浩斯先生突然想通，也不是他的神經系統起了什麼美妙變化，而是他的神經系統受到另一種方式的影響。某天晚上，威斯頓太太的雞舍被偷走了所有的火雞——這顯然是某人的巧計。其他鄰居的雞舍也遭殃了。這些偷盜事件，觸發了伍德浩斯先生的恐懼。他坐立難安，要不是感受到他女婿的保護，他可能這輩子每個晚上都要提心吊膽了。奈特利兄弟倆的力量、決心以及關心，使他產生對他們全然的依賴。只要他們兄弟倆其中一個保護他與他的家人，哈特菲宅邸便是安全的。但是約翰·奈特利先生在十一月的第一週之前就要重返倫敦。

這場意外事件的結果是，伍德浩斯先生主動地欣然答應了女兒的婚事，遠超過他女兒所預期的程度，於是她終於可以訂下她的婚期。在主持完羅伯特·馬汀夫婦的婚禮之後不到一個月，艾爾頓先生又被請去主持了奈特利先生與伍德浩斯小姐的婚禮。

這場婚禮就和其他的婚禮一樣，主辦人不講究華麗鋪張。而艾爾頓太太根據她丈夫所描述的細節，認定這是一場非常寒酸的婚禮，比她自己的婚禮還遜色。「很少白色絲緞，很少蕾絲婚紗，最寒酸的婚禮！我姐姐瑟琳娜如果知道了，一定會驚訝得瞪大眼睛。」然而儘管有這些小瑕疵，幾位一起見證婚禮的真心朋友所帶來的祝願、希望、信心與預言，都在這對佳偶的美滿幸福中得到應驗。

國家圖書館出版品預行編目資料

愛瑪【經典插圖版】/ 珍．奧斯汀 (Jane Austen) 著；林劭貞譯 . -- 初版 . -- 臺中市：好讀, 2021.03
面；　公分 . -- (珍．奧斯汀小說全集；04)
譯自：Emma.

ISBN 978-986-178-535-6(平裝)

873.57　　　　　110000849

好讀出版

珍．奧斯汀小說全集 04

愛瑪【經典插圖版】

原　　著／珍．奧斯汀 Jane Austen
翻　　譯／林劭貞
總 編 輯／鄧茵茵
文字編輯／林碧瑩、林泳誼
美術編輯／謝靜宜、賴怡君、鄭年亨
行銷企畫／劉恩綺
發 行 所 ／好讀出版有限公司
407 台中市西屯區工業 30 路 1 號
407 台中市西屯區大有街 13 號（編輯部）
TEL: 04-23157795 FAX: 04-23144188 http://howdo.morningstar.com.tw
（如對本書編輯或內容有意見，請來電或上網告訴我們）
法律顧問／陳思成律師

總 經 銷 ／知己圖書股份有限公司
106 台北市大安區辛亥路一段 30 號 9 樓
TEL: 02-23672044 / 23672047 FAX: 02-23635741
407 台中市西屯區工業 30 路 1 號
TEL: 04-23595819 FAX: 04-23595493
E-mail: service@morningstar.com.tw
網路書店：http://www.morningstar.com.tw
讀者專線：04-23595819#230
郵政劃撥：15060393（戶名：知己圖書股份有限公司）

印　　刷／上好印刷股份有限公司
初　　版／西元 2021 年 3 月 1 日
定　　價／ 390 元
如有破損或裝訂錯誤，請寄回臺中市 407 工業區 30 路 1 號更換（好讀倉儲部收）

Published by How Do Publishing Co., Ltd.
2021 Printed in Taiwan

ISBN 978-986-178-535-6

讀者回函

只要寄回本回函，就能不定時收到晨星出版集團最新電子報及相關優惠活動訊息，並有機會參加抽獎，獲得贈書。因此有電子信箱的讀者，千萬別吝於寫上你的信箱地址

書名：愛瑪

姓名：______________ 性別：□男□女　生日：____年____月____日

教育程度：________________________

職業：□學生　□教師　□一般職員　□企業主管

□家庭主婦　□自由業　□醫護　□軍警　□其他______________________

電子郵件信箱（e-mail）：______________________ 電話：________________

聯絡地址：□□□ ____

你怎麼發現這本書的？

□書店　□網路書店（哪一個？）__________________ □朋友推薦　□學校選書

□報章雜誌報導　□其他____

買這本書的原因是：____

□內容題材深得我心　□價格便宜　□封面與內頁設計很優　□其他____________

你對這本書還有其他意見嗎？請通通告訴我們：

____

你買過幾本好讀的書？（不包括現在這一本）

□沒買過　□ 1 ～ 5 本　□ 6 ～ 10 本　□ 11 ～ 20 本　□太多了

你希望能如何得到更多好讀的出版訊息？

□常寄電子報　□網站常常更新　□常在報章雜誌上看到好讀新書消息

□我有更棒的想法____

最後請推薦五個閱讀同好的姓名與 E-mail，讓他們也能收到好讀的近期書訊：

1. ____

2. ____

3. ____

4. ____

5. ____

我們確實接收到你對好讀的心意了，再次感謝你抽空填寫這份回函

請有空時上網或來信與我們交換意見，好讀出版有限公司編輯部同仁感謝你！

好讀的部落格：http://howdo.morningstar.com.tw/

請填妥後對折黏貼，直接投郵即可，無須貼郵票。

廣告回函
台灣中區郵政管理局
登記證第 3877 號
免貼郵票

好讀出版有限公司　編輯部收

407 台中市西屯區何厝里大有街 13 號
電話：04-23157795-6　傳眞：04-23144188

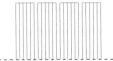

沿虛線對折

購買好讀出版書籍的方法：

一、先請你上晨星網路書店http://www.morningstar.com.tw檢索書目
或直接在網上購買

二、以郵政劃撥購書：帳號15060393 戶名：知己圖書股份有限公司
並在通信欄中註明你想買的書名與數量

三、大量訂購者可直接以客服專線洽詢，有專人爲您服務：
客服專線：04-23595819轉230 傳眞：04-23597123

四、客服信箱：service@morningstar.com.tw